Les Misérables
悲惨世界

（上）

[法]维克多·雨果　著　　　李玉民　译

云南出版集团
云南人民出版社

某些思想就是祈祷

有时

不管身体姿势如何

灵魂却在下跪

果麦文化 出品

冉阿让盗银器

人们总是从容地安排启程

殊不知往往是生离死别

芳汀之死

人生至福

就是确信有人爱你

有人为你的现状而爱你

说得更准确些

有人不问你如何就爱你

冉阿让带走珂赛特

目　录

第一部　芳　汀

第二部　珂赛特

译者序

《悲惨世界》——人类苦难的"百科全书"

"在文学界和艺术界的所有伟人中，他是唯一活在法兰西人民心中的伟人。"这是罗曼·罗兰对雨果的评价。青少年时期的罗兰保存一期《堂吉诃德》画报，上面有一幅"老俄耳甫斯"彩画：苍苍白发罩着光环，他正抚弄着竖琴，为苦难的民众引吭高歌。《悲惨世界》的作者留下的这副形象，也许是大众更乐意接受的。

捧读《悲惨世界》，最突出的当是厚重之感。同样是杰作，同样又厚又重，读《约翰·克里斯托夫》，或者读《追忆似水年华》，都没有这种感觉，这种厚重之感，不是拿在手上，而是压在心头，感到的是人类苦难厚厚而沉重的积淀。不是写苦难深重的书，都能当得起这"厚重"二字。而《悲惨世界》独能当得起，只因这部大书压在作者心头，达三十年之久。

历时三十余年，从1828年起构思，到1845年动笔创作，直到1861年才终于写完全书，真是鬼使神差，这在雨果的小说创作中也是绝无仅有的。这部小说的创作动机，来自这样一件事实：1801年，一个名叫彼埃尔·莫的穷苦农民，因饥饿偷了一块面包被判五年苦役，刑满释放后，持黄色身份证找生计又处处碰壁。到1828年，雨果又开始搜集有关米奥利斯主教及其家庭的资料，酝酿写一个释放的苦役犯受圣徒式的主教感化而弃恶从善的故事。在1829年和1830年间，他还大量搜集有关黑玻璃制造业的材料，这便是冉阿让到海滨蒙特伊，化名为马德兰先生，从苦役儿变成企业家，开办工厂并发迹的由来。此外，他还参观了布雷斯特和土伦的苦役犯监狱，在街头目睹了类似芳汀受辱的场面。

到了1832年，这部小说的构思已相当明确，而且，他在搜集素材的基础上，写了《死囚末日记》（1829）、《穷汉克洛德》（1834）等长篇小说，揭露使人走上犯罪道路的社会现实，并严厉谴责司法制度的不公正。此外，他还发表了纪念碑式的作品《巴黎圣母院》（1831），以及许多诗歌与戏剧，独独没有动手写压在他心头的这部作品。酝酿了二十年之久，直到1845年11月，雨果才终于开始创作，同时还继续增加材料，丰富内容，顺利写完第一部，定名为《苦难》。书稿写出将近五分之四时，不料雨果又卷入政治漩涡，于1848年2月21日停止创作，一搁置又是十二年。《苦难》一书遭遇苦难的命运，尚在胎中就要随作者流亡了。

设使雨果也像创作其他小说那样，构思一明确便动笔，那么以他的文学天才，他一定能继《巴黎圣母院》之后，推出又一部巨著。或者在1848年书稿写出五分之四的时候，再一鼓作气完成，那么在雨果的著作表中，便多了一部惩恶劝善的力作。虽然在雨果那里，只是添加上又一部名篇，但是在世界文学宝库里，就很可能多出一部屈指可数的称得上厚重的鸿篇巨制。

这三十余年，物非人亦非，发生了多大变化啊！如果说1830年，在他的剧本《艾那尼》演出时发生的那场斗争中，雨果接受了文学洗礼，那么1848年革命，以及1852年他被"小拿破仑"政府驱逐而开始的流亡，则是他的社会洗礼。流亡，不仅意味着离开祖国，而且离开所有的一切，包括文坛领袖的头衔、参议员的地位等等。流亡，不仅意味着同他的本阶级决裂，而且也同他所信奉的价值观念、文学主张决裂。流亡，给他一个孤独者的自由：从此他再也无所顾忌了，不再顾忌社会、法律、信仰，也不再顾忌虚假的民主、人权和公民权，甚至不再顾及自己的成功形象和艺术追求。流亡使他置身于这一切之外，给他一个大解脱，给他取消了一切禁区，从而也就给了他全方位的活动空间，使他达到一个新的层次和高度。

雨果在盖纳西岛流亡期间，就是以这种全方位的目光、全方位的思想，重新审视一切，反思一切。在此基础上，他不仅对《苦难》手稿作了重大修改和调整，还增添大量新内容，终于续写完全书，定名为《悲惨世界》。整部作品焕然一新，似乎随同作者接受了洗礼，换了个灵魂。这是悲惨世界熔炼出来的灵魂，它无所不在，决不代表哪个阶层、哪个党派，也不代表哪部分人，而是以天公地道、人性良心的名义，反对世间一切扭曲和剖割人的生存的东西，不管是多么神圣的、多么合法的东西。

世间的一切不幸，雨果统称为苦难。因饥饿偷面包而成为苦役犯的冉阿让、因穷困堕落为娼妓的芳汀、童年受苦的珂赛特、老年生活无计的马伯夫、巴黎流浪儿伽弗洛什、甘为司法鹰犬而最终投河的沙威以及沿着邪恶的道路走向毁灭的德纳第，这些全是有代表性的人物。他们所经受的苦难，无论是物质的贫困还是精神的堕落，全是社会的原因造成的。雨果作为人类生存状况和命运的思想者，能够全方位去考察这些因果关系，以未来的名义去批判社会的历史和现状，以人类生存的名义去批判一切异己力量，从而表现了人类历史发展中的永恒性矛盾。正是在这个意义上，《悲惨世界》可以称作人类苦难的"百科全书"。

1862年7月初，《悲惨世界》一出版，就获得巨大成功，人们如饥似渴地阅读，都被一种不可抗拒的力量征服了。持否定态度的人则从反面证实这部作品的特殊分量：居维里耶·弗勒里称雨果为"法国第一号煽动家"，拉马丁撰文赞赏作家本人的同时，却抨击了他的哲学观点："这部书很危险……灌输给群众最致命、最可怕的激情，便是追求不可能实现的事情的激情……"也有人指责他喜欢庞大，喜欢夸张，喜欢过分。然而，他这种恢弘的风格，添上了"全方位"的翅膀，在"悲惨世界"中奋击冲荡，恰恰为人类的梦想，不可能实现的事情呐喊长啸。

时间作出了判断，《悲惨世界》作为人类思想产生的一部伟大作品，已被全世界接受，作为世界文学巨著的一个丰碑，在世界文学宝库中占据了无可争议的不朽地位。

李玉民

作者序

　　值此文明的鼎盛时期，只要还存在社会压迫，只要还借助于法律和习俗硬把人间变成地狱，给人类的神圣命运制造苦难；只要本世纪的三大问题：男人因穷困而道德败坏，女人因饥饿而生活堕落，儿童因黑暗而身体孱弱，还不能全部解决；只要在一些地区，还可能产生社会压抑，即从更广泛的意义来说，只要这个世界还存在愚昧和穷困，那么，这一类书籍就不是虚设无用的。

1862年1月1日于上城别墅

第一部　芳　汀

第一卷 正义者

一、米里哀先生

1815年，迪涅的主教还是查理-弗朗索瓦-卞福汝·米里哀先生。他年事已高，约有七十五岁，从1806年起，就到迪涅城担任了这一职务。

这个细节虽然同本书的正题毫无关系，不过，事事求准确，在此提一提他到这个教区就任之初，关于他有些什么风言风语，也许不是白费笔墨的。一个人的传闻无论真假，在他的生活中，尤其在他的命运中，往往和他的所作所为居同等地位。米里哀先生的父亲是艾克斯城法院的推事，即法袍贵族。据说父亲打算让他继承职位，在米里哀十八九岁，还不满二十岁时就早早为他完婚，这也是法袍贵族家庭相当普遍的习俗。查理·米里哀虽已完婚，据说仍引起不少非议。他身材虽不高，但是生得相貌出众，风度翩翩，谈吐俊雅风趣。他的整个青春，就在交际场和情场中消磨了。后来爆发革命[1]，事态急遽变化，法袍贵族家庭遭到摧残、驱逐和追捕，都四处逃散了。革命刚一爆发，查理·米里哀先生便流亡到意大利。他的妻子长期患肺病，死在异国他乡，没有留下一儿半女。此后，米里哀先生命运又如何呢？法国旧社会崩溃了，他的家庭破败了，93年[2]发生了一系列悲

---

[1]　指1789年爆发的法国资产阶级革命。

[2]　1793年是革命达到高潮的一年。

惨事件，在远方的流亡者看来，也许倍加恐怖和可怕。凡此种种，是否使他万念俱灰，萌生了出世的念头呢？一个人在天下动乱中，身历其难，家道衰败，还可能处变不惊，然而在无忧无虑的温馨生活中，突然遭到神秘而可怕的打击，往往就会心死而一蹶不振吧？谁也说不清楚，只知道他从意大利回国，就已经当上了教士。

1804年，米里哀先生当上百里鸟乐的本堂神父。人已老迈，终日深居简出。

在皇帝即将登基加冕[1]的时候，也不知道为本堂的一件什么小事，他到了巴黎，为他的教徒陈情，见到一些显要人物，其中就有斐茨红衣主教。有一天，皇帝来看他舅父，正巧这位可敬的本堂神父在前厅候见，两人不期而遇。拿破仑发觉这个老者颇为好奇地看着他，便转过身来，突然问道：

"这个老人是谁，这么瞧我？"

"陛下，"米里哀先生答道，"您瞧一个老人，而我却瞧一位伟人。我们彼此都能开眼。"

当天晚上，皇帝向红衣主教询问了这个本堂神父的姓名。事过不久，米里哀先生便得知委任他到迪涅担任主教，不免深感意外。

此外，关于米里哀先生早年生活的传闻，有哪些是属实的呢？谁也不知道。革命之前，很少人家认识米里哀这家人。

小城市里嘴杂的人多，动脑筋的人少，初来乍到的人就得容忍，米里哀先生也不例外。他虽然贵为主教，也正因为是主教，就得忍而再忍。其实，把他名字扯进去的那些议论，也许仅仅是议论而已，无非是谣传、流言、闲话，甚至连闲话都算不上，按照南方人生动的说法，就是"胡诌八扯"。

不管怎样，他到迪涅担任教职并居住九年之后，当初小城和小百姓议论的话题，所有那些闲言碎语，全被深深地遗忘了。谁也不敢再提起，甚至都不敢回忆了。

1　拿破仑于1804年12月2日称帝加冕，1805年称拿破仑一世。

米里哀先生到迪涅时，带了一个老姑娘，名叫巴蒂丝汀，那是比他小十岁的妹妹。

他们只有一个用人，称为马格洛太太，与巴蒂丝汀小姐同龄。她先是"本堂神父先生的女佣"，现在则有两个头衔：小姐的贴身女仆和主教的管家。

巴蒂丝汀小姐身材又高又瘦，肌肤苍白，性情温和，整个人儿理想地体现了"可敬"一词的含义，因为照世俗之见，一个女人必须做了母亲才能受人尊敬。她天生就不貌美，一生尽做善事，临老整个躯体呈现出一种洁白和清亮，年龄越大越具有我们所说的慈善之美。年轻时瘦溜的身躯，到了中老年就变得透明。这种通透空灵，令人想到天使。与其说这是位贞女，不如说这是颗灵魂。她这个人似乎是由影子构成的，仅仅略有一点儿肉体来显示性别，略有一点儿物质来容含光亮。大眼睛始终低垂，这便是一颗灵魂留在人间的缘故。

马格洛太太是个矮矮的老太婆，又白又胖，身体臃肿，整天忙忙碌碌，总是气喘吁吁，首先是由于操劳，其次是由于患了气喘病。

米里哀先生到任时，安排住进主教府，并按帝国法令的规定，接待他的规格仅次于驻军司令。市长和议长先来拜贺，他也去拜见了将军和省长。

主教安顿下来之后，全城就等他布道了。

二、米里哀先生改称卞福汝[1]主教

迪涅主教府同医院毗邻。

主教府大厦非常气派，是上世纪初用石料建成的。兴建者亨利·彼惹大人是巴黎神学院博士，曾任西摩尔修道院院长，1712年当了迪涅主教。这是一座贵族气象十足的府邸，处处都显得华贵：主教寝宫、大小客厅、正室偏房，样样齐备；正院非常宽敞，有圆拱回廊，是古典的佛罗伦

1　卞福汝：法文中"受欢迎"一词的近似音译。

萨风格；庭园则有参天大树。楼下朝庭园一侧有一条长廊，装饰得富丽堂皇，亨利·彼惹主教大人于1714年7月29日，曾在这条长廊宴请过下列几位大人：

安白朗亲王——大主教查理·勃吕拉·德·让利斯；

格拉斯主教——嘉布遣会修士安东尼·德·梅格里尼；

法兰西圣约翰会骑士——勒兰群岛圣奥诺雷修道院院长菲利浦·德·旺多姆；

旺斯主教——弗朗索瓦·德·贝尔东·德·格里翁男爵；

格朗代夫主教——恺撒·德·萨勃朗·德·福卡吉埃大人；

斯奈主教，奥拉托利会修士，御前普通讲道师——约翰·索阿南大人。

这七位德高望重的人物的画像，一直挂在这条长廊大厅里，而"1714年7月29日"这个值得纪念的日子，也用金字刻在厅内一张白色大理石案上。

医院只有一层楼，既狭窄又低矮，庭园也小得可怜。

主教到任三天之后，便去观察医院。事后，他派人去请医院院长赏光到主教府来。

"院长先生，"主教问他，"现在您有多少住院病人？"

"二十六个，主教大人。"

"这正和我数的一样。"主教说道。

"那些病床，"院长接着说，"一张挨一张，太拥挤了。"

"这正是我注意到的。"

"病房都是小间，空气不易流通。"

"这正是我的感觉。"

"还有，即使出一点太阳，庭园也太小，装不下要康复的病人。"

"这正是我心里想的。"

"还会有传染病，今年就流行过伤寒，两年前流行过粟粒热，有时患者数以百计，我们简直没办法。"

"这正是我考虑到的。"

"有什么办法呢，主教大人？"院长说道，"只能这么将就。"

这场谈话，就是在楼下长廊餐厅里进行的。

主教沉吟片刻，突然转身，对院长说：

"先生，只拿这个厅来说，您看能放多少床位呢？"

"主教大人的餐厅！"院长不禁愕然，高声说道。

主教环视大厅，仿佛在目测计算。

"足够容纳二十张病床！"他仿佛自言自语，接着提高声音说道，"喏，院长先生，我要告诉您。显然出了差错。你们二十六个人，只有五六间小屋，而我们这里三个人，却占了六十个人的地方。肯定出了差错。您住了我的房子，而我占了您的。把我的房子还给我吧，这里才是您的住所。"

次日，那二十六名可怜的患者都被接到了主教府，主教则搬进医院去住了。

米里哀先生没有一点财产，他的家庭早已在革命中破产了。他妹妹领五百法郎的终身年金，住在主教府里，也刚够她本人的用度。米里哀先生作为主教，每年领取一万五千法郎的国家俸禄。他搬进医院里居住的当天，就最终确定了这笔钱如何使用。具体分配，有他亲笔写的一张单子，现抄录如下：

本府开销标准单

小修院教育费	一千五百利弗尔[1]
传教会津贴	一百利弗尔
迪迪耶山遣使会修士津贴	一百利弗尔
驻巴黎的外国传教会津贴	两百利弗尔

1　利弗尔：法国计算收入的货币单位，相当于法郎。

圣灵会津贴	一百五十利弗尔
圣地宗教团体津贴	一百利弗尔
慈幼会津贴	三百利弗尔
阿尔勒城慈幼会津贴	五十利弗尔
改善监狱费用	四百利弗尔
改善囚犯待遇和救济费用	五百利弗尔
解救负债入狱的家长费用	一千利弗尔
本教区穷苦教师补助津贴	两千利弗尔
为上阿尔卑斯省义仓捐款	一百利弗尔
为迪涅、马诺斯克和西特等地贫穷女孩	
免费教育妇女会捐款	一千五百利弗尔
穷人救济款	六千利弗尔
本人用费	一千利弗尔
总计	一万五千利弗尔

米里哀先生在迪涅担任教职期间，几乎没有改变这种分配办法。正如我们看到的，他称之为"本府开销标准"。

巴蒂丝汀小姐奉命惟谨，接受这样的开销方案。在这位圣女的心目中，米里哀先生既是她的兄长，又是她的主教；依据人性是她的朋友，依据教会又是她的上司。巴蒂丝汀小姐爱他，对他敬佩得简直五体投地。他说话时，她就俯首恭听；他做事时，她就追随左右。唯独女佣马格洛太太有点儿怨言。我们也看得明白，主教先生仅为自己留下一千法郎，加上巴蒂丝汀小姐的年金，每年一千五百法郎。两个老妪和一个老翁，就靠这一千五百法郎度日。

不过，主教先生还能设法招待到迪涅来的乡村神父，这当然多亏了马格洛太太的处处节俭，巴蒂丝汀小姐的精打细算。

到迪涅三个月的光景，有一天，主教说道：

"这样下去，我也难以维持了！"

"我说也是!"马格洛太太高声说,"省里每年应当给的城区车马费和巡视费,大人连要也没有要。从前的主教,都是照例要拿的。"

"对呀!"主教说道,"您讲得有理,马格洛太太。"

于是,他提出申请。

事过不久,省议会审查他的申请书,投票通过每年给他提供三千法郎,款项为:"主教先生公共马车费、驿车费和教区巡视费津贴。"

这件事引起当地士绅的非议。其中有一个帝国元老院的元老,为了发泄冲天的怒气,还给宗教大臣比戈·德·佩雷姆内先生写了封密函。此公从前就是五百人院的议员,曾投票拥护"雾月18日政变",住在迪涅城附近富丽堂皇的元老府邸里。下面是这封密函原文的节录:

……车马费津贴?在一座居民不满四千人的小城里,有此必要吗?驿车费和教区巡视费津贴?首先要问,何必巡视呢?其次,在这样的山区,怎么通驿车?根本没有车道,只能骑马。阿尔努堡的那座杜朗斯河桥,也只能过牛车。这些神父无不如此,又贪婪又吝啬。这一位初到任时,还装出至善圣徒的样子。现在他的所作所为,同其他人一样了。他像从前那些主教那样要摆阔气,要给他配备马车和驿车。哼!这帮奥神父!伯爵先生,只有皇上替我们清除白吃饭的教士,事情才会好转。打倒教皇!(当时同罗马的关系闹翻了。)至于我,我只拥护恺撒。……

事情成了,最高兴的还是马格洛太太。

"喏,"她对巴蒂丝汀小姐说,"主教大人先考虑别人,但最后总得顾顾自己。慈善捐款一项都有了着落,这三千法郎可是我们的了。好啦!"

当天晚上,主教又开了一张单子,交给他妹妹,列出以下几项:

车马费与巡视费津贴

供给住院病人肉汤补贴　　　　　　　　　一千五百利弗尔

为艾克斯慈幼会捐款	二百五十利弗尔
为德拉吉尼昂慈幼会捐款	二百五十利弗尔
弃儿救济款	五百利弗尔
孤儿救济款	五百利弗尔
总计	三千利弗尔

这就是米里哀先生的支出预算表。

至于主教的额外收入，诸如婚礼布告费、宽恕费、简行洗礼费、布道费、教堂及小礼拜堂祝圣费、主持婚礼费等，他总是取之于富人，给予穷人，讨得急也给得快。

时过不久，捐款源源而来。富有的和贫穷的都来敲米里哀先生的院门，有的来施舍，有的讨施舍。不到一年工夫，主教既成为所有善施的司库，又成为所有苦难的账房先生。大笔大笔钱经过他的手，但是他丝毫没有改变生活方式，也没有增添一点所需之余的东西。

事情远不止这样。由于下层的穷困总是多于上层的博爱，可以说钱到手之前就全给出去了，恰似水洒在干旱的土地上，他收到钱等于没有收到，从来留不住。于是，他又节衣缩食，打自身的主意。

主教颁布告发公函，照习惯总在顶头写上自己的教名。当地穷人仿佛出于感戴的本能，在这位主教诸多名字中，挑选一个对他们有含义的，只叫他卞福汝大人。必要时，我们也要这样称呼他。况且，他喜欢这个称呼。

"我喜爱这个名字。"他说道，"卞福汝冲淡了大人的尊号。"

我们不敢说这里描绘的形象多么逼真，只能说近似而已。

三、好主教摊上苦教区

主教先生的车马费化为救济款，他并未因此减少视察。迪涅教区是个累人的地方，平地少，山岭多，如刚才所说，几乎没有道路。总共三十二个堂区，四十一个司铎区，两百八十五个小区。这些地方都巡视遍了，确非易事。然而，主教先生却办到了。去近处他就步行，平川路就坐乡村马车，进山里就干脆乘驴去。两个老妪一般都会陪同，如果路上太颠簸，他就独自前往。

有一天，他乘驴到达旧主教城色内兹。当时他囊空如洗，不能雇用别的坐骑。城市长官在主教府邸门前迎候他，直眉瞪眼地看着他从驴背上下来。几位富绅在他周围嘿嘿讪笑。

"长官先生、各位富绅先生，"主教说道，"我明白你们为什么反感，你们认为一个穷教士居然妄自尊大，乘着耶稣－基督用过的坐骑。我要明确告诉诸位，我这样做是迫不得已，并非爱慕虚荣。"

他在巡视中，对人宽容和气，谈心的时候多，说教的时候少。他不把任何美德置于高不可攀的境界，讲道理和举范例也从不舍近求远。面对一乡居民，他往往要以邻乡为榜样。到了对穷人悭吝刻薄的乡镇，他就说：

"瞧瞧布里昂松的居民吧！他们让穷人、寡妇和孤儿，有权比别人早三天到他们牧场割草。房子如果倒塌，他们就给重盖，分文不取。因此，那地方受到上帝的保佑，整整一百年间，没有发生过一起凶杀案。"

到了争利抢收的村庄，他就说："瞧瞧昂布兰那儿的人吧！在收割的季节，万一哪个家庭儿子去当兵，女儿进城做工，父亲又病倒，不能下地，本堂神父在布道时就把这事儿提出来。于是，星期天做完弥撒之后，全体村民，男人、女人和孩子，都到那个可怜人家的田里，帮忙收割，将麦秸运回，麦子装进仓里。"

到了为金钱和遗产而分裂的家庭，他就说："瞧德沃吕山区的人吧！那里十分荒凉，五十年也听不到一回夜莺的叫声。可是，家里父亲去世，男儿便出去谋生，把财产留给姐妹，好让她们嫁出去。"

到了打官司成风、农民因而倾家荡产的村镇，他就说："瞧瞧盖拉谷的那些善良农民吧！那里住着三千人，上帝啊！真像一个小小的共和国。他们既没有法官，也没有执达吏。乡长处理一切事务：他分派捐税，每人缴纳多少，全凭良心秉公办事，还义务为人排解纠纷，替人分配遗产而不取酬劳，判案也不收费用。大家都服他，因为他是生活在淳朴人民之中的一个公证人。"

到了没请教师的村庄，他又举盖拉谷人的例子："你们知道他们是怎么做的吗？一个小地方，只有十几户人家，供养一位教师自然困难，于是，全谷就公聘几位教师，让他们走村串庄，在这村教一周，到那庄又教十天。在集市上我碰见过那些教师。他们帽带上插着鹅毛管笔，容易认出来。教语文的只插一支，又教语文又教算术的插两支，教语文算术又教拉丁文的就插三支。他们都很有学问。是啊，没有知识多么丢脸啊！照盖拉谷的人那样做吧！"

他的谈话就是这样，又严肃又慈祥。如果缺少实例，他就打比喻，直言不讳，话并不多，但是非常形象化。这正是耶稣-基督的雄辩，自信不疑而又能服人。

四、言行一致

主教说话和气而愉快，总照顾在他身边生活的两个老妇人的理解力。

马格洛太太爱称他"大人"。有一天，他从座椅上起来，走向书橱，要找一本书。那本书放在上面一格，主教个子偏矮，伸手够不到。

"马格洛太太，"他说道，"给我搬张椅子来。本大人还不够高大，够不到这个格板。"

德·洛伯爵夫人是他一个远亲，总喜欢在他面前罗列她三个儿子的所谓"前程"。她有好几位长辈亲戚，都年事已高，行将就木，继承人自然是她的几个儿子。小儿子将从一个姑奶奶那里得到一笔整整十万利弗尔的年金；二儿子将继承她叔父的公爵头衔；大儿子则必然承袭先祖的爵位和领地。做母亲的这种天真的炫耀情有可原，主教通常只是听着，不置一词。然而有一回，德·洛夫人又一一详细卖弄那些继承权和"前程"，而主教显得格外心不在焉。德·洛夫人有点不耐烦，戛然住口，问道："上帝呀！表哥，您究竟是想什么呀？"

"我嘛，"主教回答，"我在想一句奇特的话，我想是出自圣奥古斯丁之口：'把希望寄托在别人什么也继承不着的人身上吧。'"

还有一回，他收到当地一位贵绅的讣告，看见满满一张纸，不仅列了死者的所有爵位荣衔，还列上他所有亲戚的所有封建贵族的尊号，不禁高声喊道："死者的腰板真够硬朗的！准备这样一副沉重的头衔担子，让他轻快地挑走。人的智慧确实了不得，讲虚荣连坟墓也不放过！"

他一有这种机会，就委婉地嘲讽一句，但是弦外之音，几乎总有一层深意。一次过封斋节，有个年轻的助理主教来到迪涅，在大教堂里讲道，他以慈善为题，还相当有口才，要求富人救济穷人，以便上天堂，免得下地狱。他把地狱描绘得极其阴森可怕，而把天堂描绘成令人渴望的美妙境界。听众里有个杰博朗先生，是个歇了业的富商，还时而放点儿高利贷。从前他制造粗布、哔叽、粗呢和帽呢，赚了五十万，但一生也没有向穷苦人施舍过。听了那次讲道之后，大家注意到每逢星期天，他就拿一个铜子，施舍给大教堂门口的六个乞婆。一个铜子要由六个人分享。有一天，主教撞见他正在行善事，便微微一笑，对他妹妹说："杰博朗先生又在那儿花一个铜子买天堂了。"

只要是行善，即使碰钉子他也不退缩，总能想出引人深思的话来。有一回，他到城里一座府邸的客厅为穷人募捐，正巧德·尚特西埃侯爵在座。此公年迈，富有但是吝啬，竟能设法既当极端保王党人，又是极端伏尔泰派。世上确实有这种杂糅。主教走上前，拍了拍他的手臂，说道："侯爵先生，您应当给我点什么。"侯爵转过身去，冷淡地回答："主教大人，我有我的穷人呢。"主教立刻又说："那就把他们给我吧。"

还有一天，他在大教堂这样讲道：

"我最亲爱的兄弟们、我的好朋友们：法国有一百三十二万农舍，都只开三个通口；有一百八十一万七千农舍，都只开两个通口，就是一门一窗；还有三十四万六千座木棚，只开一个通口，也就是一扇门。这种状况，完全是所谓的门窗税造成的。把穷人家、老太婆、小孩子，安排住进那些房舍里看看，准要得热症或其他疾病！唉！上帝把空气给人，法律却让人出钱买空气。我不想指责法律，但我要颂扬上帝。在伊塞尔省、瓦尔省、上阿尔卑斯和下阿尔卑斯两省，农民连小推车都没有，粪肥要由人背着送到地里。他们没有蜡烛，只好点含树脂的枝子或蘸了树脂的绳子。多菲内地区整个山区全是这样。他们要把半年的面包做出来，用干牛粪烤好，到了冬天，面包要用斧子劈开，放进水里浸泡二十四个钟头才能吃。我的兄弟们，发发善心吧！瞧一瞧，你们周围的人生活多苦啊！"

他生在普罗旺斯地区，不难掌握南方的各种方言。他到下朗格多克地区就说：Eh bé！moussu，sés sagé？到下阿尔卑斯省就说：Onté anaras passa？到上多菲内地区就说：Puerte unbouen moutou embe un bouen froumage grase。他讲方言，得到当地人的喜欢，靠此接近所有人。他进草房，到山里，就像在自己家一样。他善于用大众语言说明大道理。他会讲各种语言，因而能深入所有的心灵。

而且，他对待上流社会和平民百姓，总是一视同仁。

他绝不轻率地谴责任何行为，总要先考虑整个环境的因素。他常说："让我们瞧瞧，是什么途径导致了这个错误。"

他常常笑呵呵地自称是"回头的浪子"，决不义正词严地唱高调。也不像嫉恶如仇的正人君子那样横眉立目，而是朗声宣传一种教义，概括起来大致如下：

"人有肉体，这对人来说，既是负担又是诱惑。人拖着肉体，又屈从于肉体。"

"人必须监视、约束、抑制肉体，不到万不得已，决不屈从。即使这种屈从也还是可能有过错，但这种过失是情有可原的。这是一种堕落，但是落下来双膝着地，结果可能成为祈祷的姿势。"

"成为圣贤，那是极其特殊的；做个正义者，倒是为人的准则。你们尽可徘徊、怯懦，尽可犯错误，但是要做正义者。"

"尽量少犯错误，这也是为人的准绳。不出一点儿差错，这是天使的梦想。生在尘世，就难免有错。过错就是一种地心吸力。"

有时，他见众人哗然，都气急败坏，就微笑着说道："嘿！嘿！看来，人人都在犯这种大过错。现在事情一败露，伪君子就慌了手脚，都急忙为自己开脱，都急忙打掩护。"

他对于承受人类社会重压的妇女和穷人，总是非常宽容的。他常说："女人、孩子、仆役、弱者、穷人和愚昧的人有过失，那就是丈夫、父亲、主人、强者、富人和学者的过错。"

他还说道："对于没有知识的人，你们就要多教给他们一些事情。社会不提供免费教育是有罪的，应当为它制造的黑暗负责。这颗灵魂充满了黑暗，必然要产生罪恶。有罪的人并不是犯罪的人，而是制造黑暗的人。"

看得出来，他判断事物有自己特异的方式，我猜想他是从《福音》中得来的。

有一天，他在一个客厅听人说，有一件案子正在调查，不久就要审理。一个穷困潦倒的人，出于对一个女人和他们所生的孩子的爱，实在走投无路，便铸了伪币。那年头，造假币仍然要处以死刑。他造的第一枚假币，那女人拿去花时被抓住了。把她抓起来，但只有对她不利的罪证。唯独她能招认告发，断送她情夫的性命。她矢口否认，怎么逼供她也不肯招认。于是，检察官便想了个办法，巧妙地拼凑了一些信件的片段，制造了那情夫负心的假象，让那不幸的女人相信她有个情敌，那男人欺骗了她。她在极度妒恨之下，便举发了她的情夫，全部招认，全部证实了。那男人没救了，不久要在艾克斯城和他的同谋受审。讲述完这件事，大家交口称赞那位司法官的机敏。他利用嫉妒的心理，让人出于恼恨而讲出事实，借助报复的心理而显出司法的威力。主教一声不吭地听着，等大家说完了，他就问道：

"在哪儿审判那男人和女人呢？"

"在重罪法庭。"

主教又问道："那么，在哪儿审判检察官先生呢？"

迪涅发生一桩惨案。一个男人因杀人而被判处死刑。那不幸的人算不上个读书人，但又不是一点知识都没有，他在集市上卖艺、代写书信。这件案子引起全城人的关注。行刑的前一天，驻监狱的忏悔师病倒了，必须找个神父帮助死囚度过他最后的时刻。有人去请本堂神父。据说他拒绝了，声称："这不关我的事。我何苦接这个苦差事，何苦管那个跑江湖的。我本人也正害病。况且，那不是我的职务。"

他这种答复传到主教耳中，主教说道："本堂神父先生讲得对。那不是他的职务，而是我的职务。"

于是，主教立刻赶往监狱，下到"跑江湖的"那间牢房，叫他的名字，拉住他的手，同他说话，在他身边待了整整一天一夜，废寝忘食，祈祷上帝拯救犯人的灵魂，也祈求犯人拯救他自己的灵魂。主教告诉犯人，最完美的真理也是最简单的真理。他就像个父亲、兄长、朋友，仅仅为了祝福时才是主教。他一边安慰他，劝他放心，一边教他明白这一切。那人要在绝望中受刑而死，把死亡看成万丈深渊。他站在死亡线上，吓得魂不附体，恐惧地倒退。他还不是根本不在乎生死的冥顽之徒。死刑判决这一剧烈的震撼，似乎把他周围某处的间隔震破，这种间隔就是我们所说的生命，阻隔我们看不到事物的神秘性。他从这幽冥之隔的缺口不断窥探世外，所见唯有一片黑暗。主教却让他看到一线光明。

次日来提这个不幸的人时，主教还在牢房里。他也跟着走到刑场。他披着紫色祭披，颈上悬挂着主教十字架，同五花大绑的刑犯并肩站在大众面前。

主教同刑犯一同上囚车，一同登上断头台。那个临刑的人，昨天还那么萎靡颓丧，现在却容光焕发。他感到自己的灵魂得救了，可以寄希望于上帝。主教拥抱了他，就在屠刀要落下的当儿，还对他说道："被同类所杀的人，上帝能使他复活；被兄弟们赶走的人，能找到天父。祈祷吧，相信吧，到生命中去！天父就在那里。"他走下断头台时，眼里有异样的神色，足令众人闪避两侧。他脸色苍白，神态宁静，不知为什么那么令人敬佩。回到他戏称为"他的宫殿"的简陋居所，他对妹妹说："我刚才举行了一场隆重的祭典。"

最崇高的事物，也往往是最不为人理解的事物。城里就有人议论主教的这一举动，说是"故作姿态"。当然，这仅仅是沙龙里的一种论调。而民众又感动又钦佩，他们可不会把圣洁的行为理解为居心叵测。

至于主教，他目睹断头台，受到一次震动，心情久久不能平静。

断头台，竖立在那里，确实有一种威慑之力。只要还没有目睹过断头台，就可能对死刑抱着漠不关心的态度，不置可否，决不表示赞成还是反对。然而，一旦撞见一个，那震动就十分剧烈，就必须做出抉择，是赞成还是反对。有人赞赏，如德·迈斯特尔[1]；有人憎恶，如贝卡里亚[2]。断头台是法律的体现，并取名为"制裁"。它不是中立的，也不让人保持中立态度。看见它的人都会不寒而栗，发出神秘莫解的战栗。断头台是幻象。断头台不是一个空架子，断头台不是一架机器，断头台不是由木头、铁件和绳索构成的无生命的机械。它仿佛是一个生命体，具有一种难以言状的阴森可怕的进取性。这个架子就好像看得见，这架机器就好像听得到，这件机械就好像能理解，这木头、铁件和绳索就好像有愿望。断头台一出现，将人的灵魂投入噩梦中，就显得狰狞可怕，并参与了它的所作所为。断头台是刽子手的同谋，它吞噬，它吃人肉，喝人血。断头台是法官和木工合造的一种魔怪，是一个幽灵，似乎以它制造的死亡而生存，过着一种令人闻风丧胆的生活。

因此，这次印象极为可怕，极为深刻，到了行刑的第二天，甚至数日之后，主教还一直精神不振。在行刑时那种几乎是强制的宁静神态，早已消失了。现在，社会司法的鬼魂在困扰着他。往常他做事回来，一向心安理得，春风满面，这回他却总像自责。有时他自言自语，低声讷讷地讲一些瘆人的话。下面的一段话，就是一天夜晚他妹妹听见记下来的："真没想到会如此惨不忍睹。专心致力于上天的法则，而不再理睬人间的法律，这是错误的。生死予夺的大权只属于上帝，人有什么权利染指这件陌生的事物？"

随着岁月的流逝，这些印象也逐渐淡薄，也许消泯了。然而大家注意到，从那以后，主教一直避开那个刑场。

米里哀先生总是随叫随到，去看望病人和临终的人。他非常明确那是

1　约瑟夫·德·迈斯特尔（1753—1821）：法国神学家。在《圣彼得堡晚会》一书中，他谈到刽子手的神圣职责。

2　恺撒·德·贝卡里亚（1738—1794）：意大利刑法学家。

他最主要的职责和最主要的任务。他不用请，会主动去孤儿寡母家。他也会一连几个小时，默默地坐在失去爱妻的男子身边，或者失去孩子的母亲身边。他善于把握何时开口，也善于把握何时闭口。令人敬佩的安慰者啊！他无意用忘却抹去痛苦，反借希望使之伟大而崇高。他常说："您要当心看待死者的方式。不要想尸骨要腐烂。要凝神观看，您会发现在九重天上，有您逝去的亲人的生命之光。"他知道信仰有益无害。他指着驯顺的人，极力劝导悲痛欲绝的人。他指着仰望一颗星的悲痛，极力扭转俯瞰一个墓穴的悲痛。

五、每件主教袍都穿得太久

米里哀先生的私生活和社会生活，都贯穿着同样的思想。能有机会靠近观察的人，就会看到迪涅主教甘于清苦，过着又严肃又感人的生活。

如同所有老人和大多数思想家那样，他睡眠很少。睡眠时间短，但很深沉。清晨，他要静修一小时，然后到大教堂，或者在自己的经堂里诵弥撒经。早餐只有一块黑麦面包，蘸着自家产的牛奶食用。吃完便开始工作。

主教是个大忙人。他每天要接见主教区秘书——通常由议事司铎担任，几乎每天要接见他的几位副主教。他还要掌握宗教团体的活动，颁发特权证书，检查整个宗教图书馆，清理祈祷书、教理问答手册、日课经书等等，还要起草训谕，批示讲道手稿，还要调解各地本堂神父和行政长官的关系，还要处理教会方面的函件、行政方面的公函。总之，日理万机。既对政府，又对教会负责。

处理完繁杂的公务，做完日课，余下的时间，他首先用来去看望贫苦人、患者和伤心的人，如果再有时间，他就干活。有时在园子里挖土，有时看书和写东西。这两种活儿，他统称为"耕耘"。他常说："精神就是一块园地。"

中午用正餐，食品跟早餐一样。

将近下午两点钟，如果天气好，他就到田野或城里散步，路上经常走进陋舍。只见他拄着长手杖独自行走，目光低垂，陷入冥思苦想，身上穿着暖和的紫色棉袍，脚下穿着紫袜和粗大的鞋子，而头上则戴着平顶三角帽，由角上坠下三束菠菜籽形的金黄色流苏。

他所到之处，就跟节庆一样，仿佛一路撒播着温暖和光明。孩子和老人站在门口迎候主教，如同迎候太阳。他祝福大家，大家也为他祝福。无论谁有所需求，人们都指向他的住所。

他时走时停，跟小男孩小姑娘说说话，冲孩子的母亲笑笑。他有钱的时候，就去看望穷人；没钱的时候，便去拜访富人。

他的教袍穿得太久而破旧了，又不愿意让人看出来，进城就只好穿那件紫棉袍。可是到了夏季，未免捂得难受了。

晚上八点半钟，他同妹妹共进晚餐，马格洛太太站在身后伺候。晚餐简单极了。不过，主教若是留一位本堂神父吃饭，马格洛太太就趁机为主教大人做点儿鲜美的湖鱼或山里的野味。任何本堂神父，都是做一顿丰盛饭菜的借口，主教也听之任之。没有客人的时候，他的晚餐通常只有水煮蔬菜和素油浓汤。因此，城中盛传这样的话："主教不款待本堂神父的时候，就款待苦修会修士了。"

用过晚餐，他就同巴蒂丝汀小姐和马格洛太太闲谈半小时，然后回到自己的房间，继续写东西，有时写在单页纸上，有时写在对开本书的空白边上。他是文人，又颇有学识，身后留下五六种堪称奇文的手稿。其中有一种论述《创世记》中的一节："初始，上帝之灵漂浮在水面上。"他用三种文本比较这一节：阿拉伯文译本上说："上帝的风吹拂"；弗拉维乌斯·约瑟夫[1]写道："上界的风骤降大地"；最后，翁克洛斯[2]的迦勒底文注释性翻译则为："来自上帝的一阵风吹拂在水面上"。在另一篇论述中，他研究了

1　弗拉维乌斯·约瑟夫（37—95）：犹太历史学家。
2　翁克洛斯：古代著名犹太法学家。

雨果[1]的神学著作——那位雨果为普托勒马伊斯的主教，是本书作者的曾祖叔父——他确认上个世纪，以巴赖库尔为笔名发表的几本小册子，应当出于那位主教的手笔。

有时在阅读中，不管手上捧着什么书，他会突然陷入沉思，从沉思中醒来，便立刻在页码上写几行字。那几行字往往同书的内容毫无关系。例如，下面我们看到的几行批注，就是他写在一部四开本书的边页上，书名为：《日耳曼勋爵同克林顿、柯思华利斯两将军，以及同驻美洲海军将领的通信录》，由凡尔赛普万索书馆和巴黎奥古斯丁河滨路皮索书馆印行。

批注这样写道：

您的存在啊：

《传道书》称您为万能之主，马卡伯家族[2]的人称您为创世主，致以弗所人书称您为自由，巴鲁克[3]称您为无限，《诗篇》称您为智慧和真理，约翰称您为光明，《列王记》称您为天主，《出埃及记》呼您主宰，《利未记》呼您神圣，《以斯拉记》呼您正义，《创世记》称您为上帝，人称您为天父；不过，所罗门称您为慈悲，这是您诸多名称中最美的一个。

快到九点钟时，两位妇女告退，上楼回房间休息。主教独自留在楼下，直到拂晓。

在此，有必要准确描述一下迪涅主教的寓所。

1　查理-路易·雨果（1667—1739）：曾任古城普托勒马伊斯的主教，但并非本书作者的曾祖叔父。

2　马卡伯家族：犹太爱国家族，公元前167年曾发动反对希腊化政策的全国起义。

3　巴鲁克：先知耶利米的门徒兼秘书。

六、主教托谁看管住房

上文说过，他住的是一幢两层小楼：楼下三间，楼上三间，顶层还有一间阁楼。楼后有一座三四十亩的园子。两位妇人住在楼上，主教住在楼下。临街的那间屋作为餐室，另一间是他的卧室，第三间是他的经堂。出经堂要穿过卧室，出卧室要穿过餐室。经堂里端隔出小半间凹室，放了一张床，接待留宿的人。有了这张客床，主教先生时常接待来迪涅办事，或者为本教区的需要奔走求告的乡村神甫。

原医院的药房建在园子里，是正楼的附属小屋，改为厨房和贮藏室。此外，园子里还有一个牛棚，当初是医院的厨房，现在主教在里面喂养两头奶牛。不管挤多少奶，每天早晨他总是照例给住院病人送去一半。"这是我纳的什一税[1]。"他常这样讲。

他的房间相当宽大，严冬日子很难取暖，而迪涅的木柴又特别贵，于是他想了个办法，雇人在牛棚里用木板隔出一小间，称之为"冬斋"，最寒冷的夜晚他就在那里度过。

冬斋和餐室一样，除了一张白木方桌和四把草垫椅子，再没有别的家具。餐室里还有一个涂了粉红胶画颜料的旧碗橱。主教将同样一个碗橱罩上白布帷和假花边，作为祭台点缀他的经堂。

迪涅城来忏悔的有钱女人和信女，常常凑钱，要给主教大人的经堂购置一个美观的新祭坛。然而每回他接了钱，就分给穷人了。

"最好看的祭坛，"他常说，"就是不幸者因得到安慰而感谢上帝的一颗心灵。"

他的经堂里有两把草垫祈祷跪椅，卧室里有一张同样草垫座的扶手椅。万一他同时接待七八位客人，如省长、将军、驻军参谋，或者小修院的几名学生，那就不得不去牛棚搬来冬斋的椅子，去经堂搬来跪椅，去卧室搬来扶手椅。这样凑起来，就能有十一个座位接待客人。每当有人来访，

1　什一税：欧洲基督教会向居民征收的宗教捐税。

20

总要搬空一间屋子。

有时来了十二个人，碰到这种情况，主教为了掩饰难堪的场面，如在冬天，他就站在壁炉边；如在夏天，他就提议到园子里走走。

不错，在那小间凹室里还有一张椅子，但是椅面垫子的麦秸脱落了一半，仅有三条腿，要靠墙才能坐人。巴蒂丝汀小姐卧室里倒有一张很大的木摇椅，早先漆成金黄色，包了花锦缎椅套，但是楼梯太窄，当初是从窗口吊上楼去的，算不上备用的家具。

巴蒂丝汀小姐有个奢望，能买一套细长桃花心木家具，并配有长沙发、荷兰黄丝绒椅套。但是，这少说要花五百法郎。为此省吃俭用，五年工夫才积蓄了四十二法郎十生丁，她只好放弃这种打算。况且，谁又能达到自己的理想呢？

想象主教的卧室再容易不过了。一扇门窗朝向园子，对面是床，一张铁架病床，挂着绿色哔叽天盖。床铺暗角的布帘里边，还有能显露贵绅老派头习惯的梳洗用具。卧室有两扇门，一扇挨着壁炉，通向经堂；另一扇靠近书橱，连着餐室。那架镶玻璃的书橱很大，摆满了书籍。壁炉通常不生火，木板炉台画成大理石花纹。炉里一对铁柴架上装饰的两个花纹瓶，凹槽纹从前镶有银箔，属于主教等级的奢侈品。炉台上方一般挂镜子的地方，有一块破旧的黑丝绒，上面钉着发暗的烫金木框，里边装了一个镀银剥落的耶稣受难铜像。在那扇门窗旁摆了一张大桌案，上面有一个墨水瓶，堆满了凌乱的纸张和大部头书籍。书案前有一张草垫椅子。床铺前的祈祷跪椅，是从经堂搬来的。

床铺两侧的墙壁上，挂着两幅镶有椭圆形木框的肖像。肖像旁边中性底色的画布上，写着金黄色小字题文，标明一幅像是圣克罗德主教德·查理奥神父，另一幅像是夏特尔教区锡托修会大田修院院长、曾任阿格德代理主教的图尔托神父。迪涅主教继住院患者之后搬进这间屋里，发现这两幅画像，便保留在原处了。他们是教士，也许是施主，鉴于这两点，他尊敬他们。关于这两个人物，他仅仅知道在1785年4月27日，他们同一天得到国王封赏，一个任主教职务，另一个也任有俸圣职。马格洛太太曾摘下画像掸灰尘，主教才在大田修院院长画像背面，发现四角用胶纸黏着的一小方年久发黄的纸，上有淡淡的墨迹，标明这两位人物的出身。

窗上挂的粗毛呢帘早已破烂不堪，为了节省买新窗帘的花费，马格洛太太不得不在正中补了一大条。补缀恰成一个十字图案，主教常常叫人看，并且说道："这有多好啊！"

楼上楼下的所有房间，无一例外刷了白灰，如同兵营和医院的规矩。

然而，下文会叙述到，近年来，马格洛太太在巴蒂丝汀小姐房间里，看到白灰下面的壁纸有装饰画。这所房子改为医院之前，曾是有产者聚会的场所，因而有这种装饰。每间屋都是红砖铺地，每周刷洗一次，床前都铺了草席。总之，多亏两位妇人精心照管，这所房子从上到下极为整洁。这是主教允许的唯一的奢侈。他常说："这不用从穷人那里拿一点东西。"

不过，要承认，他从前拥有的东西，还留下六套银餐具和一只大号银汤勺。每天，马格洛太太都要喜滋滋地瞧瞧白色粗桌布上闪闪发亮的银器。在这里既然要如实描述，我们就应当补充一句，主教不止一次这样说："要我放弃用银器吃饭，恐怕难以做到。"

除了银餐具，还有两支粗大的银烛台。烛台插了两支蜡烛，通常摆在主教的壁炉台上。如果晚餐有客人，马格洛太太就点着蜡烛，将两支烛台放到餐桌上。

在主教卧室的床头有一个小壁橱，每天晚上，马格洛太太就把六套银餐具和大汤勺摆进去。应当指出，橱门的钥匙从不拿下来。

园子的景致，让前面所说的相当丑陋的建筑破坏了几分。园中四条林荫小道，从一口排污水渗井交叉向四面伸展，沿着白围墙还有一条环形路径。这几条小道两侧栽了黄杨，将园子隔成四个方块。其中三块，由马格洛太太种了菜，第四块由主教种了花。园中零散还有几株果树。

有一回，马格洛太太带着几分狡黠，甜嘴甜舌地对他说："主教大人，您什么都要派作用场，而一块方地却不利用。不如种上生菜，总比花儿好。"

"马格洛太太，"主教答道，"这您就错了。美，同适用一样有用。"他沉吟一下，又补充道："也许更有用处。"

这个方块地分三四个花坛，主教在上面花的工夫，几乎等于他看书的时间。他乐意待上一两个钟头修枝除草，随处在土里戳洞，撒进去花籽儿。他并不像园艺工那么仇视昆虫，在植物学方面也绝不自命不凡。他不懂分科和固体病理学说，也绝不想在图尔纳福尔和自然方法之间评优劣，既不站在胞果一边反对子叶，也不站在朱西厄一边反对利内[1]。他不研究植物，只喜爱花卉。他非常敬重学者，更敬重没有知识的人。对这两者从不失礼，因而夏季每天傍晚，他总提着上了绿漆的白铁喷壶去浇花。

那所房子没有一扇门上锁。前面说过，餐室的门正对着大教堂广场，从前安了锁和铁闩，好似牢门。主教让人将门锁拆掉，白天黑夜只用一个插关儿扣门。随便什么过路人，随便什么时候，都可以推门而入。这扇房门从不上锁，起初两个妇人总是担惊受怕，而迪涅主教却对她们说："你们的房门可以安上插销嘛。"到头来，她们也信从了，至少装作信从而放心。唯独马格洛太太有时还提心吊胆。至于主教这样做的心理，从他写在《圣经》边页上的三行字中，可以找到答案，至少找到线索："只有这点细微的差异：医生的门永远不应关闭，教士的门永远应当敞开。"

在另一本名叫《医学的哲学》书上，他还写了这样一段话："难道我不跟他同样是医生吗？我也有病人，首先有他们的病人，即他们所称的病人；其次，我有我的病人，即我所称的不幸者。"

在另外一处他还写道："不要问求宿者的姓名。求宿者要报姓名往往特别为难。"

有一天，一位令人尊敬的本堂神父来访，记不清究竟是库卢勃鲁还是蓬皮埃里的本堂神父，他大概应马格洛太太的请求，以试探的口气问主教大人：房门日夜敞着，随便什么人都可以进来，是否就那么肯定不是大大的失慎呢？而且住在极少防范的房舍里，是否就不担心发生什么不幸呢？主教郑重而蔼然地拍了拍他的肩膀，对他说道："房舍如无天主守护，人再

1　约瑟夫－彼通·德·图尔纳福尔（1656—1708）、贝尔纳·德·朱西厄（1699—1777）、查理·德·利内（1707—1778）：均为著名的植物学家。

怎么看守也徒然。"[1]接着，他就岔开话题了。

他常常爱说："龙骑兵队长有龙骑兵队长的胆量，同样，教士有教士的胆量。"他又补充一句："不过，我们的胆量应当是平静。"

七、克拉瓦特

这里有一件实事，我们自然不能忽略，因为通过这种事，能看出迪涅主教究竟是怎样一个人。

加斯帕尔·贝斯匪帮，曾在奥利乌勒山口一带为非作歹，被击垮之后，一个叫克拉瓦特的二头目逃进山中。他率领一伙匪徒，即加斯帕尔·贝斯的残部，在尼斯伯爵领地隐匿一段时间，继而流窜到庇埃蒙地区，忽又在法国境内巴斯洛内特一带出现。有人先后在若西耶和土伊勒见到他。他躲在鹰轭山洞里，从那里出来，取道大小玉贝山谷，窜向村落和乡镇，甚至逼近昂布兰。一天夜晚闯进大教堂，将圣器室抢劫一空。他的强盗行径扰得居民无法安生。派宪警追捕也没用，他屡次逃脱，有时还恃强对抗。他是个胆大包天的匪首。就在人人闻风丧胆的时候，主教赶来了，要巡视这个地区。乡长到沙斯特见他，劝他原路返回。克拉瓦特占据山区，其势直达阿尔什乃至更远。即使有卫队护送，路上也很危险，三四名宪警不过是白白去送死。

"那我就不用人护送了。"主教说道。

"你有这种想法，主教大人？"乡长高声说道。

"我这种想法很坚决，绝不带卫兵，而且过一小时我就动身。"

"动身？"

"动身。"

"独自一人？"

"独自一人。"

1　原文为拉丁文，引自《圣经》。

"主教大人，您可不能这样做。"

"山里有个不起眼的小村子，"主教又说道，"就这么一丁点儿大，有三年我没去看望了。那里住着我的好朋友，是些和气厚道的牧民。他们放牧的羊群，每三十只就有一只是他们的。他们打五颜六色的羊毛绳，非常好看，还用六孔小笛子吹各种山歌。他们需要不时听人谈谈慈悲的上帝。连主教也害怕，他们会怎么说呢？我若是不去，他们会怎么说呢？"

"可是，主教大人，有强盗啊！万一您碰见强盗呢？"

"对呀，"主教说道，"我还想呢。您的话有道理，我可能碰见他们。他们也需要听人谈谈慈悲的上帝。"

"主教大人！那是匪帮啊！那是狼群啊！"

"乡长先生，也许耶稣恰好让我放牧那一群。谁了解天主的道路呢？"

"主教大人，他们会把您的东西抢光的。"

"我一无所有。"

"他们会杀害您的。"

"杀害一个嘴里叨叨咕咕的过路的老教士？算啦！图什么呢？"

"噢！上帝啊！万一您碰见他们呢？"

"我就要他们施舍点钱给穷人。"

"大人，看在上天的分上，不要去吧！您有生命危险。"

"乡长先生，"主教说道，"仅仅担心这一点吗？我在这世上，不是守护自己的生命，而是守护灵魂。"

乡长只好听便。主教动身了，只带着自愿当向导的小孩。他这样一意孤行，在当地引起纷纷议论，也让人为他提心吊胆。

主教不愿带他妹妹，也不愿带马格洛太太同行。他骑着骡子穿山越岭，没有碰见一个人，平平安安到达他那些"好朋友"牧民家中。在那里，他逗留半个月，讲道，行圣事，传授知识，开导思想。要离去的日子临近了，他决计要以主教的身份做一场感恩弥撒，并同本堂神父商量。可是怎么办呢？主教没有祭礼的服饰啊。能供他使用的只有乡村寒酸的圣器室，从里边找出几件镶着假饰带的破旧花缎祭服。

"没关系!"主教说道,"神父先生,不妨宣告礼拜天做感恩弥撒。到时候会有办法。"

于是又到周围的教堂去寻找。那些穷苦教区把最华丽的服饰集中起来,也不够让大教堂的唱诗班穿戴得像样些。

正在为难之时,忽然有两个骑马的陌生人,给主教先生送来一口大箱子,放到本堂神父住宅门口,当即就离去。打开箱子一看,只见里面装着一件金线呢祭披、一顶镶有钻石的主教法冠、一个大主教用的十字架、一根精美的法杖、一件件法衣教袍,全是一个月前从昂布兰圣母教堂的圣器室抢走的。箱子里还有一张字条,上面写道:克拉瓦特送给下福汝主教。

"我说过会有办法的嘛!"主教说道。接着,他又含笑补充一句:"本来穿教士白色法衣的人,上帝却派人送来大主教的祭披。"

"主教大人,"本堂神父微笑着摇了摇头,咕哝道,"上帝,或者魔鬼。"

主教定睛看着本堂神父,以权威的口气又说道:"是上帝!"

在返回沙斯特拉的一路上,不少人出于好奇来看他。他回到沙斯特拉的本堂神父住宅,同等待他的巴蒂丝汀和马格洛太太重聚。他对他妹妹说:

"怎么样,我的想法不错吧? 一个穷苦的教士,空着双手去看望穷苦的山民,却满载而归了。我只带着信仰上帝的一片诚心出发了,结果带回来一座大教堂的宝物。"

夜晚临睡时,他还说道:

"永远也不要害怕盗贼和凶手。那是身外的危险,小危险。还是惧怕我们自己吧。偏见,就是盗贼;恶习,就是凶手。巨大的危险在我们自身。威胁我们的脑袋或者钱袋的危险,何足挂齿! 一心考虑威胁我们灵魂的危险吧!"

接着,他又转身对他妹妹说:

"妹妹,教士绝不可提防他人。他人所为,得到上帝允许。我们认为危险临头的时候,只应当祈祷上帝。祈祷上帝,不是为我们自己,而是要让我们的兄弟避免因我们而失足。"

不过,他一生极少有重大情况,这里也仅仅叙述我们所了解的。其实，平常日子，他总是在同样时刻做同样的事情。他一年的每个月，就像他一天的每个时辰。

至于昂布兰大教堂的"宝物"的下落，提出这个问题会令我们为难。那些东西的确很好看，很诱人，值得抢去救济不幸者。况且，已经抢走了。弄险的行为干了一半，接下来只要改变抢劫的方向，只要再朝穷人走一小段路就行了。这件事我们绝不断定如何了结。不过，在主教的故纸堆中发现一张字条，意思相当模糊，也许同这事儿有关，上面这样写道："关键在于明确这东西应当归还大教堂，还是应当归还医院。"

八、酒后哲学

上文提过的那个元老院元老，是个精明强干的人，他行事总是勇往直前，毫无顾忌经常遇到的阻碍，即人们所说的良心、信誓、公道、天职。他直趋目的，在他升迁和牟利的路线上，一回也没有犹豫过。他当过检察官，官运亨通，为人也渐趋温和，绝不是心狠手辣的人。他在生活中兢兢业业，总抓住有利的方面、有利时机，抓住意外的财运。然后，对于他儿子、女婿、亲戚，甚至对他朋友，也能尽量帮些小忙。其余的事，在他看来无不有些愚蠢。他颇有才智，又粗通文墨，自称是伊壁鸠鲁[1]的信徒，也许不过是比戈-勒布朗[2]的门下。他好拿无限和永恒的事情，以及"主教老头的空论"打趣。有几回，他以和蔼而不容置疑的口气取笑，米里哀先生就在场洗耳恭听。

记不清在哪次半官方的聚会上，某某伯爵（即那位元老）和米里哀先生，都应邀在省长府参加宴会。到了上甜食的时候，那位元老已有几分醉意，但仍不失庄重的仪态。他提高声音说道：

"喂，主教先生，咱们聊聊吧。一名元老和一名主教面面相觑，就难

---

1   伊壁鸠鲁（公元前341—公元前270）：希腊哲学家，主张享乐主义。
2   比戈-勒布朗（1753—1835）：法国庸俗作家。

免要挤眉弄眼。咱俩都是占卜官。我要对您讲句心里话：我有自己的一套哲学。"

"您说得对，"主教答道，"摆弄哲学，就要躺在床上。您睡在金屋雕床上，元老先生。"

元老听到这话，精神抖擞，又说道："咱们就当当老顽童吧。"

"当老魔鬼也成啊。"主教答道。

"告诉您说吧，"元老又说道，"德·阿尔让侯爵、皮朗、霍布斯和内戎先生[1]，都不是等闲之辈呀。在我的书房里，我喜爱的哲学家的书，切口都是烫金的。"

"如同您本人一样，伯爵先生。"主教接口说道。

元老继续说道：

"我恨狄德罗，他是个空想理论家，徒托空言，鼓吹革命，骨子里信仰上帝，比伏尔泰还要笃诚。伏尔泰嘲笑过尼达姆[2]，其实没有道理。因为尼达姆举鳗鱼为例，证明上帝是无用的。一匙面团加上一滴醋，就可以取代'要有光'[3]。假设那一滴要大得多，那一匙也大得多，就构成世界了。人，就是鳗鱼。因此，要永恒之父干什么呢？主教先生，关于耶和华的假说令我厌烦，那只能造出头脑贫乏的浅薄之辈。打倒令我头疼的万物之主！叫我心安的虚无万岁！虚无才叫我安心！要我把心里话全倒出来，而且，也理应向我的牧师坦白相告，老实说，我还是能明辨是非的。您那位耶稣，到处宣扬忍让和牺牲，却迷惑不了我。那无非是吝啬鬼对穷鬼的劝告。忍让！为什么？牺牲！为了什么？我没见过一只狼肯为另一只狼的幸福献身。我们生活在自然界，还是讲讲自然界的话吧。我们处于顶峰，就应有高明的

---

1 德·阿尔让侯爵（1704—1771）、雅克－安德烈·内戎（1738—1810）：均为法国二流作家，这位元老却将他们与大哲学家霍布斯和皮朗并列，可见其学识品位之低下。

2 在《哲学经典》中，伏尔泰曾讽刺尼达姆（1713—1781）力图调和自然繁殖理论和对造物主的信仰。

3 在《创世纪》第一章第三节中，上帝说，"要有光"，于是有了光。这句话成为一切伟大发现的格言，从黑夜到白昼，从无到有。

哲学。如果鼠目寸光，站这么高有什么用呢？还是寻欢作乐吧。生活，就是一切。若说在别的地方，在天上，在彼岸，在某处，人还有另一种前景，这种鬼话我一句也不相信。哼！教我牺牲，教我忍让，那么我一举一动都要当心，还要为善恶、正邪、吉凶等问题大伤脑筋。为了什么？只为将来我对自己的行为有个交代。什么时候？等我死后。多美的梦啊！等我死后，我会有个好结果。让幽灵的手抓一把灰给我看看。我们都是过来人，都撩起过爱西丝[1]女神的衬裙。实话实说吧，这世上无善无恶，唯有生物。我们要求真，要刨根问底，追本穷源，鬼都明白！要嗅到真理，入地搜寻，把真理抓住。这样，它才能给您美妙的乐趣。这样，您就会仰天大笑，不信鬼神了。主教先生，在根本问题上我决不含糊，人永生之说，不过是骗小孩子的鬼话。嗬！多么迷人的许诺！您爱信就信吧，亚当能兑现的空头支票！人有灵魂，能变成天使，从肩胛骨长出蓝色翅膀。帮我想一想，是不是泰尔图林[2]讲的，幸运的人将从一个星球遨游到另一个星球？就算这样吧。那也无非变成星际间的蝗虫。还有什么，能见到上帝。得，得，得！什么天堂，全是无稽之谈。上帝，是荒谬绝伦的鬼话。当然，这种话，我绝不会拿去刊登在《箴言报》上！但不妨在私下里讲讲。为了上天堂牺牲人世，无异于丢开猎物去追捕影子。上永生之说的圈套！还不至于那么愚蠢。我是虚无，我就叫元老院元老、虚无伯爵先生。我生前存在吗？不存在。我死后还会存在吗？不会。我是什么呢？不过是某种机体聚合的一点尘埃。在这尘世上，我能做什么呢？倒是可以选择：受罪或者享乐。受罪，能把我引到何处呢？引到虚无。白受了一辈子罪，享乐又能把我引到何处呢？也是虚无。但我毕竟享乐了一生。我已经选定了，要么吃，要么被吃。我还是吃，当牙齿总比当草料好。这就是我的明智。剩下来的事儿，就顺其自然了。掘墓人守在那里，即使为我们这些人准备了先贤祠，最后，什么都要掉进那个大洞里。完结，荡然无存，彻底清算。这便是化为乌有的地点。死

1　爱西丝：古埃及神话中掌管婚姻的女神。

2　泰尔图林（155—222）：基督教卫道士。

了，就一了百了，请相信我这话。说什么那里有人要同我谈谈，我一想就忍俊不禁。妈妈的胡编乱造，编出妖魔鬼怪来吓唬小孩，还编出耶和华来吓唬大人。算了，我们的明天是黑夜。在坟墓后边，只有虚无，对谁也不例外。纵然您曾经是萨丹纳帕路斯[1]，曾经是万森·德·保罗[2]，最后都要归于寂灭。这才是真实的。因此，最重要的是活着。您掌握自我的时候，要充分利用。老实跟您说吧，主教先生，我有自己的一套哲学，我也有自己的同道，绝不会听信那种无稽之谈。至于下等人，那些赤脚汉、穷光蛋、可怜虫，当然需要点儿什么。那就给他们享用传说、虚幻、灵魂、永生、天堂和星宿。给他们大吃大嚼吧！让他们涂在干面包上吧！一无所有的人还有慈悲的上帝，这是最起码的了。关于这一点，我决不提出非难，但为我本人还是保留奈荣先生。仁慈的上帝适于平民百姓。”

主教鼓起掌，朗声说道：

“高论，高论！这种唯物主义，的确是美妙绝伦的东西！不是谁想要就能得到的。嘿！一旦得到，就大彻大悟了，既不像迦东[3]那样傻乎乎地任人放逐，也不像圣艾蒂安[4]那样让人用石块击毙，更不像贞德那样让人活活给烧死。凡是获得唯物主义这个法宝的人，就可以优哉游哉，觉得一身轻，卸去所有责任，以为能放心大胆地吞噬一切。地位、俸禄、爵衔、正当或非正当得来的权力、见利忘义、卖友求荣、丧尽天良，这些美味的东西吞下去，等消化完了，就钻进坟墓里正寝。多么舒服啊！我不是指您而言，元老先生。然而，我也不能不向您祝贺。你们这些大老爷，正如您所说的，你有一套自己的哲学。这套哲学又巧妙又高明，专门适用于富人，适于各种口味，为生活增添无穷的乐趣。这套哲学深深扎进地下，是由非凡的探求者发掘出来的。信仰仁慈的上帝是老百姓的哲学，正如栗子炖鹅

---

1 萨丹纳帕路斯：约公元前8世纪，传说中的亚述的昏君。
2 万森·德·保罗（1581—1660）：法国天主教教士。
3 迦东（公元前95—公元前46）：罗马政治家，信奉禁欲主义，先后反对庞培和恺撒，失败后自杀。
4 圣艾蒂安：基督教历史上的第一个殉道士。

肉是穷人的蘑菇煨火鸡，而您认为这没有什么不好，你们真不愧是仁慈的王公贵族。"

九、妹子叙述的兄长

为了说明迪涅主教先生的家庭状况，也为了说明两位圣女的一言一行、一思一念，乃至女人的易受惊吓的本性，为什么能服从主教的习惯和意愿，甚至先意承志，无须他开口吩咐，我们最好将手头掌握的一封信抄录于此。这封信是巴蒂丝汀小姐写给她的幼年朋友波瓦舍夫隆子爵夫人的：

亲爱的夫人，我们没有一天不提起您。这固然是我们的习惯，但是还有一个缘故。设想一下，马格洛太太在掸灰和洗刷天棚和墙壁时，竟发现许多东西。我们这两间壁纸陈旧并刷了白灰的屋子，现在也无损于类似尊府的一座宅第了。马格洛太太将壁纸全部揭去，发现下面有东西。我们的客厅有十五法尺[1]高，十八法尺见方，里边没有安放家具，有时用来晾衣物。天棚原来是描金的，同贵府一样，改为医院时，用布覆盖了。还有，所镶的护壁板，也是我们祖母时代的。不过，我是要让您看看我的房间，那壁纸少说裱了十层，马格洛太太发现底下有油画，虽非杰作，但也看得过去。画上是密涅瓦封泰雷马克为骑士，花园图上也是他，名称我忘记了。最后，还有罗马贵族仅在一夜去过的地方。还要对您说什么呢？我这里有罗马男人和女人（此处有个词字迹不清），以及全部随从。这些壁画，马格洛太太全部擦拭干净了。有几处破损，今年夏季她要恢复，还要全部重新上色，到那时，我的房间就会变成一个名副其实的画馆了。她在阁楼的角落还找到两个古式托架，重新描金要花费六利弗尔银币，还不如省下钱给穷人，况且式样很丑，我希望有一张桃花心木的圆桌。

1　法尺：法国古长度单位，1法尺约等于0.325米。

我始终很愉快。我哥哥心肠特别好，钱财都给了穷人和病人。我们的生活十分拮据。这地方冬季非常寒冷，帮助生活困难的人是应该的。我们毕竟还有炉火和灯光。您瞧，这就非常舒服了。

我哥哥有自己一套习惯。他谈话时，总说一名主教就应该这样。您想想，临街的房门从来不上锁。谁都可以进来，而且能直接走到我哥哥的房间。他无所畏惧，连黑夜也不怕。拿他的话说，这就是他所特有的勇敢。

他不让我替他担心，也不让马格洛太太替他担心。他敢冒各种危险，而我们察觉了还不许表露出来。必须善于体会他的苦心。

下雨他也出门，走在泥水里，冬天还要远行。他不怕黑夜，也不怕路上不安宁和遭遇坏人。

去年，他就独自前往盗匪聚集的地方。他不肯带我们去。他在那里待了两周，平安返回。我们还以为他身遭不测，而他却安然无恙。他说：他们就是这样抢我的！说着就打开一只大箱子，里面满满装着昂布兰大教堂的全部珍宝，那是盗匪送给他的。

他那次回来时，我和他的几位朋友迎出去两里远。我禁不住责备他几句，但十分小心，趁车轮隆隆作响时讲的，免得别人听见。

起初，我心里常想：什么危险都挡不住他，真拿他没办法。现在，我习以为常了。我总示意，不让马格洛太太阻拦他，由他冒险去吧。我拉着马格洛太太回房间，为他祈祷，然后睡我的觉。我心里很坦然，情知他一旦出事，我也就不活了，随我哥哥和我的主教去见仁慈的上帝。马格洛太太更看不惯她所说的他的冒失行为，不过现在，习惯已成自然。我们俩一同担心，一同祈祷，然后睡我们的觉。魔鬼进屋就进屋吧。归根结底，在这所房子里我们怕什么呢？总有最强大的那位和我们同在。魔鬼可以经过这里，但是仁慈的上帝常驻我们家中。

有这一点就够了。现在，都无须我哥哥开口，不用他讲话我就明白，我们完全把自己交给了天主。

这就是同心志高远的人相处之道。

您向我打听福克斯家族的情况，我问过我哥哥。您知道他全了解，而且记得一清二楚，因为他始终是一个极忠诚的保王党人。不错，那是冈城财政区一个古老的诺曼底世家。五百年前，福克斯家族出了几个贵绅，一个叫拉乌尔，一个叫若望，还有一个叫托马斯，其中有一个当了罗什福的领主。后裔的最末一位名叫居伊－艾蒂安－亚历山大，当过团长，在布列塔尼轻骑军也有相当的军衔。他女儿玛丽－路易丝嫁给了阿德里安－查理·德·格拉蒙，即元老院元老，法国禁卫军上校和陆军中将，路易·德·格拉蒙公爵的公子。他们的姓氏有三种写法：Faux、Faug、Faoucq。

亲爱的夫人，请您转求贵戚红衣主教先生保佑我们。至于令爱西尔瓦妮，她在您身边待的时间很短，当然无暇给我写信。既然她身体康健，又按照尊意行事，并且始终爱我，我也就心满意足了。我通过您收到了她的问候。我的身体不算太坏，但是日益消瘦。再见，信纸已写满，不得不就此停笔。万事如意。

巴蒂丝汀

18××年12月16日，于迪涅

又及：令嫂同她少君家眷一直住在此地。令侄孙天真可爱。您知道吗，他很快就满五岁啦！昨天，他看见缠了护膝的一匹马走过，就问道："咦！它的膝盖怎么啦？"这孩子，真是可爱极了！他弟弟在屋里拖着旧扫把当车拉，嘴里喊着："驾！"

通过这封信可以看出，这两位妇人善于曲意顺随主教的行事方式，理解男人胜过男人自己，表现出女性这种特殊的才能。迪涅主教的仪态始终温文尔雅，淳朴厚道，有时却做出果敢、伟大而崇高的事情，又毫不显出有意为之。两位妇人为他提心吊胆，但还是由他做去。有几次，马格洛太太在事前试图劝阻，不过在事情进行过程中或事后从不妄置一词。一旦开始行动，她们从不打扰他，连一点异议的声色都没有。在某种时候，无须他明讲，也许由于淳朴到了极点，连他自己都没有意识到，而她们却隐约感到他在尽主教的职责，于是她们在家中就化为两个影子，不由自主地侍候他。如果退避就是服从的话，她们就会悄然引退。她们天生一颗灵敏细腻的心，能体会出有些关怀反而会妨碍他。我不是说她们理解他的思想，而是了解他的性情，因此，即使认为他有危险，也不再看护他了。她们把他托付给上帝了。

况且，正如上文所看到的，巴蒂丝汀说，她兄长殒命就是她的末日。马格洛太太没有这样讲，但是她心中有数。

十、主教面对鲜为人知的贤哲

在前几页抄录那封信件所载日期之后不久，他又干了一件事。而在全城人看来，比起他上次深入强盗出没的山区之行，这件事更为冒失。

在迪涅城不远的乡下，住着一个与世隔绝的人。直截了当说吧，那人从前当过国民公会[1]代表。他的名字叫G。

在迪涅这个小天地里，一提起国民公会那位G代表，大家都不免谈虎色变。一个国民公会代表，好家伙，您想象得出吗？那是以"你"和"公民"相称呼的年代里存在过的。那人简直就是个怪物。虽说他没有投票赞成处死国王，但也相去不远了。他近乎是个弑君者，曾是个无比残暴的人。正统的王室复国之后，为什么没有把这人送上重罪法庭呢？不砍他的头可以，宽宏大量嘛，但是也要让他好好尝尝终身放逐的滋味儿。总之，以儆效尤！如此等等，不一而足。况且，他是个无神论者，跟所有那些人一样——无非鹅群讥笑雄鹰的妄语。

不过，能说G是雄鹰吗？如果考虑他离群索居的生活所包含的警觉惕厉，就可以这样说。他没有投票赞成处死国王，因而没有列入放逐法令所

1　国民公会：1792年9月12日组建，法国革命时期的议会。

规定的名单，得以留在法国。

他的居处离城仅有三刻钟的路程，远离所有人家，远离所有道路，不知住在哪个荒山沟里。据说他那里有一片地，有一个山洞，有一个巢穴。没有邻居，甚至没有过路的人。自从他在那条山沟落脚之后，通往那里的小路就被荒草覆没了。大家提起那地方，就像谈起刽子手的家。

然而，主教却念念不忘，他时常眺望天边，眺望一簇树木——那位老代表居住的山沟的标志，喃喃说道："那里有一颗孤独的灵魂。"

他在内心深处又补充一句："我应当去看望他。"

不过，老实说，这个念头乍一出现觉得自然，略微思索一下，又似不妥，觉得奇怪和讨厌了。须知在内心深处，他还是赞同一般人的印象。他虽然还不明确，但是对那个国民公会代表产生一种近似仇恨的感情，用"厌恶"的字眼来表达就更准确了。

可是，羔羊长了疥癣，牧人就该却步吗？不应该。况且，那又是怎样一只羔羊啊！

这位仁慈的主教不知所措。有时，他朝那边走去，随即又返身回来。

终于有一天，在巢穴侍候那位G代表的牧羊少年进城来请大夫，说那老魔头要死了，人已瘫痪，挺不过这个夜晚了。这个消息在城里传开，有人就说："谢天谢地！"

主教立即操起拐杖，套上外衣，一来教袍太旧，二来要起晚风，他就这样走了。

他到达那个被人唾弃的地方，太阳快要落山了。他看出巢穴近在咫尺，不免有点儿心慌。他跨过一条沟，越过一道篱笆，打开栅门，走进破烂的庭园，仗着胆子朝前走了几步，突然发现那洞穴就在荒地尽头的荆丛后面。

那个小木屋低矮简陋，但是整洁，正面墙上钉着葡萄架。

门前摆着一张农村扶手椅式的旧轮椅，一位白发老人坐在上面冲着夕阳微笑。

站在老人身边的男孩就是那个牧童，他正递给老人一罐奶。

就在主教观察的工夫，那老人提高嗓门说道：

"谢谢，我不再需要什么了。"

说着，他那张笑脸从太阳移到孩子身上。

主教走上前去。坐着的老人听见脚步声，便转过头来，脸上现出久住空谷忽闻足声所能有的全部惊讶。

"自从我住到这里，"他说道，"这还是头一次有人登门。您是谁，先生？"

"我叫卞福汝·米里哀。"主教答道。

"卞福汝·米里哀！听说过这个名字。当地人称卞福汝大人，难道就是您吗？"

"正是我。"

老人微微一笑，又说道："这么说，您就是我的主教啦？"

"有一点儿吧。"

"请进，先生。"

国民公会代表朝主教伸过手去，但是主教没有同他握手，只说道：

"我很高兴发现别人骗了我，显而易见，您没有病。"

"先生，"老人答道，"我会好的。"

他沉吟一下，又说道：

"过三个钟头我就死了。"

然后他又接着说：

"我懂点医道，知道临终时刻是什么情形。昨天，我只是脚凉；今天，已经冷到膝盖了；现在，我感到寒气往腰上走，一旦到达心脏，我就停止了。太阳很美，对不对？我叫人把我推到户外，最后看一眼周围的景物。您尽可同我讲话，不会耗费我的精神。您赶来看一个要死的人，做得不错。这种时刻是得有人守在身边。人人都有点儿怪癖，我就是想熬到黎明。然而我知道，我挺不了三个钟头了，到那时天就黑了。其实，有什么关系！完结，是一件很简单的事。做这件事不必等到早晨。好啦，我就死在星光下吧。"

老人扭头对牧童说：

"你去睡吧。昨晚守了一夜，你也累了。"

孩子便进木屋去了。

老人目送他进去，仿佛自言自语：

"在他睡觉的时候，我就死了。这两种睡眠可以和睦相处。"

这话本来能打动主教，可是他并未感动。在这种对待死的态度中，他觉不出有上帝的存在。说穿了，高尚心灵的小小矛盾也应当指出来。在一般场合，他情愿嘲笑这个"本大人"，然而这次，人家没有称他主教大人，他就颇感不快，几乎要以"公民"回敬人家。大凡医生和教士，都好以粗鲁而随便的态度对待别人，他没有这种习惯，却突然产生了这种愿望。然而，这条汉子，这个国民公会代表，这位民众的代表，归根结底曾是个人杰，主教感到要严肃对待，有生以来这也许是头一回。

那位国民公会代表却以谦和热诚的目光打量他。从那神态可以看出，人行将化为尘埃时的谦卑。

主教平素总是抑制好奇心，认为好奇心近乎冒犯别人，但是此刻，他却禁不住审视这位国民公会代表，而这种专注又不是从友善出发，如果对方是别人，他很可能就要受良心的责备。不过，在他看来，一个国民公会代表可以不受法律保护，甚至不受慈悲法律的保护。

G则神态自若，这位八旬老叟身材魁伟，躯干几乎保持挺直，说话声如洪钟，足令生理学家叹为观止。大革命有一批这类与时代相称的人。这老人身上能体现出千锤百炼的人。生命眼看就要结束，他还保有健康的全部姿态。他那炯炯的目光、铿锵的声调、双肩有力的动作，无不令死神张皇失措，足令伊斯兰教的接引天使阿兹拉爱尔望而却步，以为找错了门。G看似要死了，但这是由于他的意愿。直到临终还能自主，只是双腿动不了，黑暗从这个部位抓住他。双脚死了，变冷了，而脑袋还活着，保持全部生命力、全部智慧。在这严重的时刻，G好像东方故事中的国王：上半截肉身，下半截石体。

旁边有块石头，主教坐下。对话突然开场了。

"祝贺您啊。"他以谴责的口气说，"您总算没有投票赞成处死国王。"

国民公会代表似乎没有注意"总算"这个词所暗含的尖刻意味。他完全收敛笑容，答道：

"不要太过奖了，先生。我投票结束暴君的统治。"

这是庄严的口吻回敬严厉的口吻。

"您这话是什么意思？"主教又问道。

"我是说，人有个暴君，也就是蒙昧。我投票结束这个暴君的统治。这个暴君产生的王权是伪权威，而科学才是真权威。人只应当由科学来统治。"

"也由良心统治。"主教补充道。

"这是一码事。良心，就是我们天生就有的良知的总和。"

这种论调十分新奇，卞福汝主教听了颇为诧异。

国民公会代表继续说道：

"至于处决路易十六的提案，我投票反对。我认为自己没有权利处死一个人，然而我觉得有权利铲除罪恶。我投票赞成结束暴君的统治，这就意味结束女人卖淫、男人为奴，结束儿童的黑夜。我投票赞成共和制，就是为这一切投了票。我赞成博爱、和谐、曙光！我协助破除成见和谬论。谬论和成见崩溃了，就会现出光明。我们那些人推翻了旧世界。旧世界好似苦难的罐子，从人类头顶翻落下来，就变成一把欢乐的壶。"

"混杂的欢乐。"主教说道。

"不妨说扰乱的欢乐，自从1814年所谓复旧变故之后，欢乐就消失了。唉！我承认，大业没有完成。我们在事实上摧毁了旧制度，可是在思想领域却未能彻底把它铲除。除掉恶习并不够，还必须移风易俗。风车不存在了，而风还在刮呢。"

"你们只管摧毁。摧毁可能有好处，不过，带着愤怒的摧毁行为，我可不能苟同。"

"有正义就有愤怒，主教先生，而正义的愤怒是一种进步的因素。没关系，不管怎么说，自从基督出世以来，法国革命是人类最有力的一步。固然不彻底，但是非常卓越。这场革命引出所有未知的社会革命。它减轻了人们的精神负担，起了安抚、镇定和开导的作用，使文明的洪流荡涤大地。法国革命好得很，它是人类的加冕礼。"

主教不禁咕哝道："是吗？1793年[1]！"

国民公会代表从椅子上直起来，神态庄严，几乎是悲壮的，他以垂死的人的全部气力大声说道：

"啊！您说出来啦！1793年！我就等着这个词呢。一千五百年间，乌云密布，十五个世纪之后，乌云消散了，而您还指责雷霆。"

主教嘴上未必肯承认，心里却感到什么部位被击中了。然而，他却不动声色，答道："法官以正义的名义讲话，教士以慈悲的名义讲话，慈悲不过是更高一层的正义。雷霆劈下来，总不该弄错地方。"

他逼视着国民公会代表，又补充一句："路易十七？"

国民公会代表伸手抓住主教的胳臂：

"路易十七！说说看吧。您为谁流泪？为那个无辜的孩子吗？那好吧，我同您一起洒泪。为那个年幼的王子吗？我就要求考虑了。路易十五的孙子是个无辜的孩子，他在神庙钟楼上遇难，唯一的罪过就是生为路易十五的孙子。而卡尔图什的兄弟，也是个无辜的孩子，他被吊在河滩广场的拱腋下，直至气绝，唯一的罪过就是生为卡尔图什的孙子。在我看来，两人都同样死得很惨。"

"先生，"主教说道，"我不喜欢将这两个名字相提并论。"

"卡尔图什吗？路易十五吗？您是为哪个鸣不平呢？"

二人一时默然。主教几乎后悔来到这里，不过他也有异样的感觉，隐隐为之心动。

国民公会代表又说道：

"唔！神父先生，您不爱听真话，嫌太生硬了。基督却喜爱。他拿着一条笞鞭，清除神庙的灰尘。他那鞭子电光四射，正是真理的无情代言者。他朗声说：让小孩子们……[2]当时并没有区别对待那些孩子。他毫不犹豫，同

1　1793年，法国革命进入高潮，处死国王的一年。

2　当门徒不许孩子听道时，耶稣曾说："让小孩子们到我这儿来。"原文为拉丁文，下边所有拉丁文均加着重号处理，不另作说明。

时提起巴拉巴斯的长子和希律的长子。先生，童真就是它本身的王冠。童真无须殿下的头衔。无论贵为王孙公子，还是贱为花子乞儿，童真都同样是崇高的。"

"的确如此。"主教轻声说道。

"我坚持这一点。"国民公会代表G继续说道，"您向我提起路易十七，我们得沟通一下。我们是否不管上层还是底层，要为所有无辜者，为所有死难者，为所有孩子痛哭呢？我会这样的。因此，我对您说过，必须追溯到1793年以前去，我们应当先为路易十七以前的人痛哭。只要您和我同哭老百姓的孩子，那我也和您同哭王室的孩子。"

"我为他们所有人痛哭。"主教说道。

"一视同仁！"G高声说道，"天平如果倾斜的话，那也应当偏向老百姓一边。老百姓受苦的时间更久。"

二人又沉默了。这回还是国民公会代表先开口。他用一个臂肘支起身子，用拇指和蜷曲的食指掐着脸蛋，正像人在盘问和判断事物时无意做出的动作。他那质问主教的目光，充满临终时刻的全部精神。他的话几乎是爆发出来的：

"是的，先生，老百姓受苦的时间更久。喏，再说，这一切都谈不上，您干吗来盘问我，向我谈路易十七呢？我并不认识您。自从到这地方，我就独自一人生活在这围墙里，双脚从不跨出去，除了扶持我的这个孩子，我不见任何人。不错，您的大名有时也隐约传到我耳边，应当说名声并不太坏，但是这说明不了什么问题，精明人诡计多端，总能蒙骗这些老实厚道的老百姓。对了，刚才我没有听到您车子的声响，也许您把车子停在那边岔道儿的树丛后面了。跟您说，我并不认识您。您对我说您是主教，但是通过这一点，我也根本不能了解您的人格。总之，我要再问您一遍：您是什么人？您是一位主教，也就是说，一位教门中的王爷，那些人披金戴银，饰以徽章，吃着年金，享受教士俸禄的那伙人里的一个——迪涅主教的职位，一万五千法郎的固定收入、一万法郎的补贴，总共两万五千法郎——餐桌上有美味佳肴，身边有仆役侍候，天天肥吃肥喝，礼拜五还吃黑水鸡；

出门趾高气扬，乘坐华丽的马车，随从前呼后拥，住的府邸非常气派，而且，坐在高头大马的车上，还打着赤脚走路的耶稣－基督的旗号！您是高级神职人员，因而，年金、府邸、骏马、侍从、宴席，人生的享乐应有尽有。您同那些人一样也拥有这些，同那些人一样也享受这些。这很好，然而，这既暴露无遗，又不够明显，还不能让我看清您内在的主要价值，而您前来也许要让我明智些。我是对谁讲话？您是谁？"

主教垂下头，答道："我是一条虫。"

"好一条乘坐华车的虫！"国民公会代表咕哝道。

现在轮到国民公会代表趾高气扬，主教低声下气了。

主教温和地接着说道：

"就算这样吧，先生。不过，请您向我解释一下，说我的华车停在不远的树木后边，说我肥吃肥喝，礼拜五还吃黑水鸡，说我拿两万五千法郎年金，还有府邸、仆役，可是这一切怎么证明慈悲不是一种美德，宽宏大量不是一种天职，而1793年不是伤天害理的？"

国民公会代表举手拂了拂额头，仿佛要拨开一片乌云。

"在回答您之前，我请求您原谅，"他说道，"刚才我失礼了，先生。您到我家来，就是我的客人，我应当以礼相待。您对我的思想观点提出异议，我也只应限于反驳您的论点。您的富贵和享乐生活，固然向我提供驳斥您的论据，但还是讲点儿气度，我不宜利用。我向您保证不再提了。"

"谢谢您。"主教说道。

G又说道："还是回到您要求我做出的解释吧。谈到哪儿啦？您刚才对我说什么？1793年是伤天害理的？"

"对，是伤天害理的。"主教说道，"马拉[1]对着断头台鼓掌，您是怎么看的呢？"

"博须埃[2]在龙骑兵杀害新教徒时高唱圣诗，您又是怎么看呢？"

1　马拉（1743—1793）：法国大革命时期的群众领袖，人称"人民之友"。

2　博须埃（1627—1704）：大主教，法国教会的实际领袖。

这句答话毫不留情，像利剑一样直刺目标。主教不禁浑身一抖，竟想不出一句话来反击，可他讨厌这样点博须埃的名字。最聪明的人也有自己的偶像，有时因为别人不尊重这种逻辑而感到内心受到伤害。

国民公会代表开始喘息了，这是临终时倒气，说话断断续续，但是他的眼神表明他的神志还完全清醒。他接着说道：

"再随便扯几句吧，我乐于奉陪。那场革命，总的来说，得到人类广泛的赞同，只可惜，1793年却落人口实。您认为1793年伤天害理，那么整个君主制度呢，先生？卡里埃[1]是个强盗，然而您怎么称呼蒙特维尔[2]呢？富吉埃－丹维尔[3]是个无赖，那么您又怎么看待拉姆瓦尼翁－巴维尔[4]呢？马雅尔[5]固然残忍，可是请问索勒－塔瓦纳[6]呢？杜谢纳神父[7]固然凶残，那么您又怎么形容勒泰利埃神父[8]呢？砍头匠儒当[9]是个恶魔，然而还赶不上卢乌瓦侯爵[10]。先生，先生，我可怜大公主和王后玛丽－安东尼特，我也可怜那个信奉新教的可怜女人。那是1685年，路易十四当国王的时候，先生，那女人上身扒光，被绑在木桩上，乳房胀满了奶水，心里充满了恐惧，她孩子放在附近，饿得脸色惨白，望着奶头连哭喊的气力都没有了。刽子手却对喂乳的母亲吼道：放弃邪教！让她选择，不是舍掉孩子就是舍掉信念。让一位母亲遭受坦塔罗斯[11]那种刑罚，您又怎么说呢？先生，请记住这一点，法兰西革命自有它的道理。它的愤怒会得到将来的宽恕。它的结果，

1　若望－巴普蒂斯特·卡里埃（1756—1794）：国民公会代表，在南特曾下令溺死贵族。

2　蒙特维尔侯爵（1636—1716）：曾残害新教徒。

3　富吉埃－丹维尔（1746—1795）：巴黎革命法庭公诉人。

4　拉姆瓦尼翁－巴维尔（1648—1724）：曾残害新教徒。

5　马雅尔（1763—1794）："9月大屠杀"事件的参加者。

6　索勒－塔瓦纳（1509—1573）：元帅，屠杀新教徒的策划者。

7　《杜谢纳神父》：是极端分子埃伯尔出版的报纸。

8　勒泰利埃神父（1648—1719）：耶稣教士，路易十四的忏悔师。

9　砍头匠儒当：马蒂厄·儒夫（1749—1794）的绰号，因策划一场屠杀而闻名。

10　卢乌瓦侯爵：路易十四的大臣，曾命令焚烧莱茵伯爵领地。

11　坦塔罗斯：希腊神话中的吕狄亚王，因触怒宙斯而被罚永远站在水中，头上有果树。口渴时想喝水，水就下降；饥饿时想吃果子，树枝就升高。

便是更好的世界。从它最猛烈的打击中，产生出一种对人类的爱抚。我简短截说，不讲了，理由太充分了。况且，我这就咽气了。"

国民公会代表不再瞧主教，平静地用这样两句话表达完他的想法：

"是啊，进步的野蛮行为叫做革命。这种行为一结束，人们就能认识这一点。人类受到粗暴对待，但是前进了。"

国民公会代表并不知道这一阵，他一个一个接连占领了主教内心的堡垒。仅剩下一处，那是卞福汝主教最后的防卫。突然，从那掩体后面抛出一句话，几乎重新显露开始交锋时的那种激烈口吻：

"进步应当信仰上帝，不能由不信教的人来扬善。无神论者是人类糟糕的带路人。"

年迈的人民代表没有答言。他浑身颤抖一下，仰头望天，眼里缓缓漾出一滴泪，涨满眼眶之后，便顺着青灰的面颊流下来。他出神望着幽邃的苍穹，低声讷讷地，几乎自言自语：

"你哟！理想哟！唯独你存在！"

主教受到难以言传的震动。

沉吟片刻，老人抬手指天说道：

"无限是存在的，就在那里。如果无限没有我了，那么我就是它的止境，它也就不是无限了。换句话说，它就不存在了。然而，它存在，因此，它有一个我。无限的这个我，就是上帝。"

垂死的人朗声讲这几句话时，仿佛看见什么人，浑身微微战栗，进入心醉神迷的状态。话一讲完便合上眼，气力耗尽了。显然在顷刻之间，消耗了他生命仅余的几小时。刚刚讲的几句话，把他同死亡拉近了。最后时刻到了。

主教明白，时间紧迫，原来他是作为神父来到这里的。他从极度冷淡逐渐转为极度激动；他注视这闭上的双眼，抓住这只冰凉而皱巴巴的手，俯身对着临终的人说：

"这是上帝的时刻，如果我们白白相会一场，您不觉得遗憾吗？"

国民公会代表重又睁开眼睛，脸上呈现笼罩着阴影的庄严的神态。

"主教先生,"他缓缓地说,这种缓慢的口气也许由于气力不支,也许更由于心灵的尊严,"我一生都在思考、钻研和观察。六十岁时,祖国召唤我,命令我参与国事。我服从了。当时,有积弊我就消除积弊,有暴政我就摧毁暴政,有人权和法规我就公布和宣传。国土被侵占,我就保卫国土,法兰西受到威胁,我就挺身而出。我从前不富有,现在仍然贫困。那时我是国家当政者之一,国库的地窖里装满了钱币,墙壁受不了金银币的压力,有坍塌危险,不得不加柱子撑住。我在枯树街吃二十二苏的份儿饭。我救助了受压迫的人,劝慰了受痛苦的人。我撕破了祭坛上的布毯,确有其事,但那是为了包扎祖国的伤口。我始终支持人类走向光明,有时也抵制了那种无情的进步。有机会我也保护过自己的对头,你们这类人。在佛兰德勒的彼特格姆,恰好在墨洛维王建造夏宫的地方,有一座乌尔班修会寺院,即博利耶的圣克莱尔修道院,1793年多亏我它才幸避免难。我不遗余力地尽了职责,也尽可能做好事。结果,我遭到驱逐、追捕、通缉、迫害,还遭受诬蔑、嘲笑、侮辱、诅咒,不得不背井离乡。我白发苍苍,多年来一直感到许多人自以为有权鄙视我,那些无知的可怜群众以为我青面獠牙。我离群索居,远离仇恨,也不怨恨任何人。现在我八十六岁,快死了。您还来向我要求什么呢?"

"要您的祝福。"主教说道。

主教扑通跪下去。

等他抬起头来一看,国民公会代表脸色森然,已经咽气了。

主教回到家中,便陷入无名的思绪里。他祈祷了整整一夜。第二天,好奇的人中有几个胆大的,力图引他谈谈那个G代表。但他一言不发,仅仅指了指天。从那以后,他对儿童和受苦的人更加和气热情了。

只要有人一提到"G老贼",他就心事重重,神态异常。谁也不能说,那人的神智从他的神智前经过,那人伟大的良心在他良心上所引起的反应,对他的精神趋向完善毫无作用。

这次"乡下拜访",对当地小集团来说,当然是一次饶舌的机会:

"那种人垂死的病榻,难道是一位主教该去的地方吗?显而易见,别指望改邪归正。所有革命党人都是异端。因此，何必去那里呢？去那里看什么呢？他一定是非常好奇，要看看魔鬼如何摄走那人的灵魂。"

有一天，一位阔寡妇，就是自作聪明、妄自尊大的那种人，对主教讲了这样一句俏皮话：

"主教大人，有人问起，大人什么时候能戴上红帽子[1]。"

"哦！哦！真是一种粗俗的颜色。"主教回答，"幸而蔑视帽子上红色的人，还崇敬法冠上的红色。"

十一、保留态度

从上文若是得出结论，认为卞福汝主教是个"有哲学头脑的主教"，或者是个"爱国的神父"，那就很可能错了。他同那个国民公会代表的会面，甚至可以说是结合，给他留下一种诧异，使他变得更加和善。仅此而已。

卞福汝主教绝不是个搞政治的人，尽管如此，在这里也许应当简短地指出，在当时发生的重大事件中，假如他想过采取一种态度，那么究竟是什么态度？

不妨回顾一下几年前的情况：

米里哀先生就任主教不久，就和另外几个主教同时被皇帝封为男爵。众所周知，教皇是在1809年7月5日至6日被拘捕的，为此拿破仑召开了法兰西和意大利主教联席会议，让米里哀先生参加了。联席会议于1811年6月15日在巴黎圣母院召开，首次会议由斐许红衣主教主持，包括米里哀先生在内共有九十五位主教出席。不过，他只参加一次大会和三四次专题讨论会。他是山区的一位主教，过惯了简陋贫苦的生活，十分接近大自然，因此到了那些达官贵人中间，似乎带去了改变会议气氛的见解。他很快返回迪涅。有人问他为何来去匆匆，他回答说：

"我妨碍他们。外面的空气是我带给他们的。我对他们就像一扇敞开

---

1   红帽子：法国革命党人的标志。

的门。"

另外一次他说道:

"有什么办法?那些大人全是王公贵戚,而我不过是一个可怜的农村主教。"

他确实讨人厌,说话做事很怪。有一天晚上,在一个地位很高的同事的府上,他居然脱口讲出这样的话:

"这样漂亮的座钟!这样华丽的地毯!这样漂亮的号服!这些东西一定烦人。我可不愿意让这些华而不实的东西终日冲我耳边嚷:有人在挨饿!有人在受冻!还有穷人!还有穷人!"

顺便说一句,仇视豪华的物品并不见得明智。这种仇视隐含对艺术的敌意。不过,对神职人员而言,除了显示身份和举行仪式之外,就不应该讲排场,那种习惯会暴露行善济贫未免徒有虚名。身为教士而养尊处优,就是倒行逆施。教士应当靠近穷人。要劳作就必然沾些尘土,而一个人日夜接触种种苦难、种种不幸、种种贫困,自身怎么可能毫无圣洁的清寒之色呢?能够想象一个人站在火堆旁边而不感到热吗?能够想象一个工人终日在冶炉旁干活,连一根头发也没有烧焦,连一个指甲也没有熏黑,脸上没有流下一滴汗,没有沾上一点炉灰吗?教士,尤其是主教,他的慈悲心怀的首要证据,就是清苦的生活。

自不待言,迪涅主教先生就是这样考虑的。

同样,我们也应当相信,在某些敏感点上,他不会附和那种所谓的"时代思潮"。他不大参与当时的神学争论,在牵涉教会和国家的问题上,他也讳莫如深。不过,有人若是真的打破砂锅问到底,就会看得出他倾向于罗马教派,而不大推崇法国教派。我们描写一个人而又不想隐讳,就不能不补充一句,他对逐渐失势的拿破仑的态度极为冷淡。从1813年开始,凡有抗议政府的行动,他不是参加就是赞成。拿破仑从厄尔巴岛卷土重来,经过本地区时,他也拒不迎驾。在"百日政变"期间,他还拒不指示本教区为皇帝做弥撒。

除了妹妹巴蒂丝汀小姐之外,他还有两个亲兄弟:一个是将军,另一个任过省督。他时常给他们写信。有一段时间，他对头一个兄弟口气严厉，因为在戛纳登陆那时候，那个当将军的兄弟在普罗旺斯地区是一方指挥官，率领一千两百名士卒追击皇帝，就好像有意放行。而当过省督的兄弟为人忠厚本分，回到巴黎在珠宝匣街隐居，他给这个兄弟写信的语气就亲热多了。

可见，卞福汝主教也有表示政见的时候，也有心酸的时候，也有阴云。一时情绪的阴影，还会掠过他这片只容永恒事物的温和而伟大的脑海。当然，这样一个人还是没有政治见解为好。请不要误会我们的意思，我们绝不想把所谓的"政治见解"，混同于对进步的强烈渴望，混同于爱国的、民主的和人道的信念，而在当今时代，这种信念应该是任何慷慨心灵的底蕴。仅仅间接涉及本书内容的问题，在此就不深入讨论了。一言以蔽之，卞福汝主教如果不是保王派，在静穆的瞻仰中，他的目光如果一刻也没有走神儿，那就更加出色了。须知这种静穆的瞻仰能超越人间的风云变幻，清晰地望见真理、正义和慈善这三道纯洁之光闪耀。

上帝创造出卞福汝主教来，绝不是为了一种政治作用。尽管如此，卞福汝主教以人权和自由的名义所提出的抗议，他面对不可一世的拿破仑所采取的高傲的反对态度、甘冒风险而大义凛然的抵抗，这些我们既理解又赞赏。不过，抗拒一个逐渐失势的人，毕竟不如抗拒一个扶摇直上的人那么大快人心。我们只喜欢有危险的斗争。不管怎么说，只有最初投入战斗的人，才有权清理最后的战场。在政权如日中天的时候，谁没有百折不挠地控告，那么当政权日暮途穷的时候，他就应当缄口。只有揭发称王的胜者，才有权审判为囚的败者。至于我们，只能看着老天睁眼，降祸惩罚了。1812年开始解除我们的武装。到了1813年，一向喑若寒蝉的立法院，在国难当头之际，胆量陡增，居然大放厥词，那种行径只能令人气愤，而为之鼓掌就大错特错了。在1814年，那些元帅纷纷卖主求荣。参议院从一个泥塘跨进另一个泥塘，起初奉王子为神明，这时又大肆侮辱；还有那种狂热崇拜，随后又改弦更张，唾弃自己的偶像，凡此种种不堪入目，我们理应扭过头去。及至1815年，已有大灾大难降临的征兆，法兰西因感到祸患逼近而不寒而栗，张开臂膀等待拿破仑的滑铁卢也隐约可见了。当此之际，军队和人民痛苦地欢呼气数已尽的独裁者，就丝毫也不可笑了。姑且不论这个独裁者如何，但是一个伟大的民族和一个伟大的人，在深渊的边缘紧紧搂在一起，这其中的悲壮意味，像迪涅主教那样的心灵，也许不应当视而不见。

除此而外，在任何事情上，他都一贯仗义、率直、公道、既精明又谦和，总不失身份。他乐善好施，又善气迎人，而善气迎人也是一种行善。他是一名教士、一位智者，也是一个人。我们刚刚责备了他的政治见解，还准备相当严厉地评论这一点，不过我们也应当指出，他还是很宽容和平易近人的，而且比起我们这些在此议论的人来，也许更为宽容和平易近人——且说市政厅有个门房，当初还是皇帝安置在那里的，他原是旧朝羽林军的下级军官，在奥斯特利茨战役中荣获勋章，他像鹰那样，是个坚定的波拿巴分子。这个可怜的家伙常常信口胡言乱语，而根据当时的法律，那便是"叛逆言论"。自从皇帝的侧面像在荣誉团勋章上消失之后，他就不再穿"制服"了，如他所说，免得佩戴他的军功章。他虔诚地亲手将皇帝侧面像，从拿破仑授予他的十字章上取下来，这样就留下一个洞，而他不愿意用别的饰物代替。他常说："我就是豁出去这条命，也不在我胸前挂上那三只癞蛤蟆！"他也明目张胆地嘲笑路易十八，说他是"扎着英国绑腿的老风湿！快拖着他的辫子滚到普鲁士去吧！"他十分得意，能把他最恨的两样东西："普鲁士和英格兰"，在一句话里就骂出来。骂得痛快是痛快，可也丢了差使。他和妻子儿女流落街头，衣食无着。主教让人把他找来，口气温和地责备他几句，就任命他为教堂侍卫。

米里哀先生在他的教区里，是个名副其实的牧师，是大家的朋友。

在九年当中，卞福汝主教一贯行为圣洁，态度和蔼，结果使迪涅全城都洋溢着互敬互让的家庭式温和气氛。就连他对拿破仑的态度，也为老百姓所接受，仿佛默许了。老百姓真是又善良又软弱的羊群，他们崇拜他们的皇帝，也热爱他们的主教。

十二、卞福汝主教的孤寂

　　将军周围总簇拥着一群年轻军官，同样，主教周围几乎也总有一帮小教士，即可爱的圣弗朗索瓦·德·萨勒所说的"黄口小儿教士"。哪一行都有追求者，围着功成名就的人。世间哪种势力无不拥有徒众，世间哪种荣华无不拥有幕宾。追求前程的人，总要缠着现时的赫赫显名。任何宗主国都有其参谋部，任何稍有影响的主教身边都会围着一群小修士。他们在主教府巡逻，维持秩序，小心伺候，以博得主教大人的一笑。能讨主教的欢心，就是进身台阶，有望当上副助祭。人总应当不断进取，而教会绝不会亏待神职人员的。

　　世上有人戴峨冠，教堂同样也有巍峨的法冠。得宠于朝廷的主教也同样富有，坐吃年息。他们老于世故，出入于上流社会，不但懂得祈祷，也懂得祈求，不大讲究手段，促使全教会的人都来登门拜谒，充当教会和社交界之间的纽带，身为教士更像神父，身为主教更像教会大员。能接近他们都深感荣幸。他们利用自己的名望，向周围的人普施恩泽，把富足教区的肥缺、有丰厚俸禄的教职、主教代理的头衔、随军教士的职务和大教堂里的差事，都赏给趋奉的人和亲信，赏给善于讨得欢心的一帮年轻人，将来还要将这些人提拔为主教。他们本人升迁，就能带动卫星升天，真是整整一个太阳星系在运行。他们的光芒照得随从都红得发紫。他们一人发迹，随从都能得到油水。老板管辖的教区越大，宠信分掌的地盘也就越大。况且，还有罗马在。一名主教有机谋晋升为大主教，一名大主教有机谋晋升为红衣主教，就可能进而当上教皇选举团的秘书，就可能跻身于教会最高法庭，佩戴表明身份的绣黑十字架的白呢披带，当上陪审官，再进而成为教皇侍从，再进而成为教廷官员。只需跨一步，就能从大主教升为红衣主教，而从红衣主教到教皇，只要把红衣主教的选票集中烧毁的工夫就够了。凡是戴着圆帽的教士，都可以幻想戴上教皇的三重冠。如今，神父是唯一能照例成为国王的人，又是何等尊贵的国王！那是至高无上的国王。因此，一所神学院，是何等有效地培植野心的苗圃！多少见人就脸红的唱诗班的孩子，多少年轻的神父，头上都顶着佩莱特[1]的奶罐！野心又多少容易化为使命，谁知道呢？也许诚心诚意，错而不觉还自迷其中！

卞福汝主教又朴实又穷困，与众不同，不属于头戴大法冠之列。这情况一目了然，他身边根本没有年轻教士。大家都知道，在巴黎"他吃不开"。没有一个年轻人想把自己的前程寄托在这个孤独的老人身上。没有任何发为幼苗的野心会如此愚蠢，会在他的荫庇下生长。他的那些议事司铎和副主教，全是和善的老头儿，跟他一样有些土气，和他一样困守在这个教区里，无路可往红衣主教的职位。他们很像他们的主教，唯有一点不同：他们是完事的人，他是完成的人。刚出神学院校门的青年，分配到卞福汝主教手下任职，都明显感到不可能成长壮大，纷纷走门路尽快离开，投向艾克斯或欧什的大主教。因为，我们再重复一次，谁都想要发迹高升。陪伴一个过着清心寡欲生活的圣徒，是相当危险的。他可能把无可救药的穷困症传染给你，害得你腿关节僵硬，难以往前行进，总之，你不得不更加克制自己。有鉴于此，大家都逃避这种癞疥似的德行。这就是为什么卞福汝主教的周围冷冷清清。我们生活在阴暗的社会里。要飞黄腾达，这就是自上贯彻下来的慢性腐蚀教育。

顺便说一句，飞黄腾达，是一件相当丑恶的东西。它貌似才能，实为欺世盗名的冒牌货。在大众的眼里，成功和出人头地几乎是一码事。成功，这个才能的假象，有一个上当者：历史。唯独尤维纳利斯和塔西佗[2]对此有微词。在当今时代，有一种几乎是正宗的哲学，到成功的门下甘为仆役，穿上成功的号服，卑躬屈膝地效命。飞黄腾达吧，这就是学说。风云得意就意味本事才干。你中了彩票，就被视为一个精明的人。谁得势谁就受人尊敬。生来命好，什么都不成问题。交上好运，其余的也就顺理成章了。只要万事亨通，就能身价百倍。除了反响要延续上百年的五六个重大例外，当今推

1　佩莱特：拉封丹在寓言《卖牛奶的女人和牛奶罐》中，写到一个女人幻想通过将一罐牛奶取得不尽的财富，最终却因为高兴过头而将牛奶罐摔到了地上。

2　尤维纳利斯（约60—约130）和塔西佗（约55—约120）：分别为拉丁文诗人和拉丁文历史学家。

崇的仅仅是短视。镀金即真金。谁撞上大运没关系，只要飞黄腾达就是好家伙。俗物犹如一个老那喀索斯[1]，自我欣赏而又为俗物鼓掌。无论什么人，无论在什么方面，只要达到目的，就立刻赢得众人喝彩，被夸为旷世奇才，被誉为摩西、埃斯库罗斯、但丁、米开朗琪罗或者拿破仑。一个公证人摇身一变成议员；一个假高乃依写了一部假的《提里达特》；一名太监居然掌握整个后宫；一个从军的小市民偶尔打了一场划时代的大胜仗；一名药剂师发明了纸板鞋底，当成皮底鞋卖给桑布尔-默兹军队，挣了四十万利弗尔年金；一个货郎娶了高利贷，这一公一母生下七八百万；一名传教士因为摇唇鼓舌而当上主教；一个大户人家的总管退职时成为巨富，便被擢用为财政大臣。上述种种，世人都称作天才，如同说木斯克东[2]的嘴脸非常俊美，克洛狄乌斯[3]的仪表十分庄严。他们把烂泥塘中鸭子的爪印，和苍穹上的星辰混为一谈。

十三、他所信仰的

在宗教观念上，我们对迪涅主教先生无须探测。我们面对这样一颗心灵，只能油然而生敬佩。正义者的良心凭其言语就应当相信。况且我们也认为，只要具备了某些品质，人就可能在不同的信仰中发展各种美德。

那么，他如何看待这种教条那种奥义呢？那些隐藏在内心深处的秘密，只有接纳赤裸裸灵魂的坟墓才一清二楚。但是有一点我们能够肯定，信仰上碰到难题时，他从不采取口是心非的解决办法。钻石绝不可能腐烂。他是竭诚相信的。他常说："相信天父。"而且，他行善所得的种种满足，既无愧于良心，又能喃喃说道：你和上帝同在。

我们认为应当指出的是，不妨说在他的信念之外，在他信念的界外，

1　那喀索斯：希腊神话中的美少年，他恋上自己在水中的影子，憔悴而死，化为水仙花。

2　木斯克东：大仲马小说《三个火枪手》中波尔多斯的仆人，相貌粗俗。

3　克洛狄乌斯（公元前10—54）：罗马帝国皇帝。

还存在极度的爱心。正因为如此，"因为深深爱过"，他才被那些"持重的人""严肃的人"和"理智的人"看作是脆弱的。在这个可悲的世界上，私心都打着博雅的旗号，最喜欢卖弄"持重""严肃""理智"这类字眼。极度的爱心是什么呢？这是一种平静的善意，正如我们在前面指出的，他不仅爱及所有人，有时还爱及生物。他待人接物毫无鄙夷之态，对上帝的创造物一向宽容。任何人，甚至最善良的人，身上总是不自觉地存留一分对动物的狠毒，这也是许多教士所特有的，然而，迪涅主教却绝无这种心肠。他固然没有达到婆罗门教的那种境界，但似乎深思过《传道书》上的这句话："谁知道动物的灵魂归宿何处？"外形的丑陋、本性的扭曲，都不会引起他的惶惑和气愤。他只是非常感慨，往往油然而生怜悯之心。他那沉思默想的神态，仿佛要超越表相，进一步探究生命的前因后果。还有时，他仿佛请求上帝减轻罪罚。他常以语言学家研读一本古籍的眼光，心平气和地观察自然界还存在的大量混乱现象。遐想中，他嘴里时常冒出怪诞的话。一天早晨，他在园子里散步，以为独自一个，没有瞧见跟在他身后的妹妹。他突然停下脚步，注视地上的什么东西。那是一只黑色大蜘蛛，毛乎乎的，样子很吓人。他妹妹听见他说：

"可怜虫！这不是它的过错。"

这种好心肠近乎神圣的孩子话，有什么不可以讲的呢？就算幼稚吧，可是这种崇高的幼稚，正是圣弗朗索瓦·达西斯的马克-欧雷勒的所作所为。有一天，他怕踩死一只蚂蚁，还扭伤了脚踝子。

这位正义者就是这样生活的。有几次，他就在园子里睡着了，那情景真是令人无限敬仰。

据说，在青年乃至壮年时期，卞福汝主教是个好冲动的，也许有点粗暴的人。他这种普施万物的仁慈，与其说是本性，不如说是一种伟大的信念在生活过程中，一个念头一个念头，在他心中点滴积淀而成的。须知滴水穿石，人心亦然。滴穿的洞不会消失，心中的积淀也磨灭不了。

我们好像已经说过，到了1815年，他有七十五岁了，但是看上去不像过六十岁的人。他个头儿不太高，身体有点肥胖。为了减肥，他喜欢走远路，而且步履矫健，脊背只是略显弯曲。我们举出这种细节，无意得出任何结论。格列高利十六世到了八十岁高龄，身子还挺得直直的，笑容可掬，但他仍不免是一个坏主教。卞福汝主教有一副人们所说的"英俊的相貌"，但是他为人十分和蔼可亲，就让人忽视了他的英俊相貌。

他交谈时，像孩子一样快活，我们已经说过，这是他的一种神采。别人在他身边，毫无拘束之感，就觉得他周身都释放着快乐。他的肌肤红润，满口洁白的牙齿完好无损。他的笑容十分明朗，显出一副坦荡而平易近人的神态。这种神态在一个青年身上，人见了就会说：这是个好小子。如果在一个老者身上，人见了就会说：这是个慈祥的老人。我们还记得，当年他给拿破仑的印象就是这样。初次见面给人的印象，的确像个慈祥的老人。然而，如果跟他一起待上几小时，只要稍稍留意他那若有所思的神态，慈祥的老人就会逐渐变样，呈现出一种难以描绘的威严之态。他那宽宽的严肃的额头，本来因白发苍苍就显得庄严，在沉思中就倍加庄严了。慈祥中显示出来的威严，并不妨碍慈祥继续发光。我们目睹一位含笑的天使缓缓张开翅膀，同时又笑容不敛，就会产生类似激动的心情。敬意，一种难以言传的敬意，逐渐侵入你的肌体，升到你的心田。你会感到面对一颗久经磨炼的、宽厚而坚强的灵魂，其思想无比宏大，因而只能是温柔的了。

正如我们看到的，祈祷、祭祀、施舍，安慰伤心的人，种植一块园地，广施友爱，节俭生活，热情接待，克己为人，保持信心，研究，工作，这些事儿充满了他生命的每一天。"充满"一词十分恰当，自不待言，主教的这一天非常充实，装满善良的念头、善良的言语和善良的行为。然而，到了夜晚，等两位妇人回房休息之后，他睡觉前如果由于天气寒冷或者下雨，未能到园子里待一两个小时，那么这一天还不算完整。仰望夜空的壮观景象，通过静思准备入睡，这对他来说，似乎成为一种仪式了。有时，夜已很深了，两位老妇人如果还未睡着，就能听见他走在小径上缓慢的脚步声。他在园子里，单独面对自己，聚精会神，心情平静，唯有崇拜之意。他对照内心的恬静和太空的静谧，在黑暗中感慨星斗可见的光辉和上帝不可见的光辉，心灵敞开接受从"未知"降落下来的思想。在这种时刻，夜间开放的鲜花奉献芳香，他也献上自己的心。这颗心在夜空的繁星中，就像点亮的一盏灯，忘情地放射光芒，融入整个大自然的辉光中。也许他本人也说不清思想里发生了什么，仅仅感到有什么东西从他体内飞升，又有什么东西降到他身上。灵魂的冥奥渊深和宇宙的冥奥渊深，两者神秘地交流。

他想到上帝的伟大和存在，想到无穷的未来这种奇异的神秘，也想到无穷的过去这种更为奇异的神秘，还想到他眼前朝各个方向延展的所有无限，但是并不想理解，只是观察这种不可理解的现象。他并不研究上帝，只觉得上帝光辉耀眼。他考虑原子的奇妙遇合赋予物质以形貌，确认并显示力量，在统一体中创造出个体，在空间创造出比例，在无限中创造出无穷数，并且通过光制造美。不断遇合又不断分解，这便是生和死。

他背靠衰朽的葡萄架，坐在一条木凳上，透过果木瘦枝曲蔓的暗影，仰望着繁星。这一角园地，被木棚仓房占据，草木少得可怜，但是对他来说，这已经十分宝贵而足够了。

这位老人还希求什么呢？他生活中极少闲暇，那一点儿闲暇时间，也是白天用来侍弄园子，夜晚用来静观冥想。园地虽然狭小，但是上有天空，不是足够用来崇拜上帝，轮番观赏他那最美妙的作品和最卓绝的作品吗？的确，这不是应有尽有，此外还渴求什么呢？小小的园地足供散步，无际的天空足供遐想。脚下可供培植和采摘，头上可供探究和思索。地上几朵鲜花，天空所有星辰。

十四、他所思考的

最后说几句。

这种详细叙述的方式，尤其在我们所处的时代，如果用一个时髦的字眼来说，很可能把迪涅的这位主教描绘成"泛神论者"，还会让人相信，对他或褒或贬，他身上体现我们时代所特有的一种个人哲学。这类个人哲学思想，往往在孤独者的头脑里萌发，扎根长大，在那里取代宗教。我们要强调指出，凡是认识卞福汝主教的人，绝不会无端产生这种看法。指导这个人的是心灵。他的智慧是由心灵放射的光构成的。

毫无系统，却有许多善事。探赜索隐，往往令人迷惑。没有任何迹象表明，他费神去探求世界末日的情景。使徒可以勇往直前，而主教则必须谨慎从事。也许他有自知之明，不去过分探究应由大智大勇的人考虑的问题。奥秘的大门，能引起神圣的恐惧。那些幽暗的门大敞四开，然而却有一种声音，对你这生命的过客说：不要进去，闯进去就要大祸临头！而那些天才，可以说超越了教义，在抽象概念和纯思辨方面又沉到闻所未闻的深度，他们就向上帝提出自己的见解。他们的祈祷大胆地挑起争论，他们的崇拜也提出质疑。这里却是直截了当的宗教，对于试图往上攀登的人来说，则步步有惊险和责任。

人的遐思绝无止境，而且冒着危险，分析并深入探究自己想象的奇妙境界。由于类似反光的作用，几乎可以说，这种遐思也会令大自然炫目。我们周围的世界要反射，瞻仰者很可能也被瞻仰。不管怎样，大地上确实有些人——难道是人吗？——他们在梦想的幽邃视野中，清楚望见绝对存在者的高峻，在触目惊心的幻象中望见无极山峰。卞福汝主教根本不是这类人，他不是天才。他还颇为惧怕那些绝顶聪明的人，他们中间有几个大名鼎鼎，如斯威登堡和帕斯加尔，反被聪明所误，精神逐渐失常了。那种宏伟的梦想，当然有其精神上的功效，通过艰险的道路，就能接近理想的完美境界。然而，卞福汝主教却走了一条捷径：福音书。

卞福汝主教无意将自己的法衣弄出以利亚袍的纹褶，他不投射一线未来之光，却照亮黑暗世界的沧桑，也不想把事物的微光聚成火焰。他一点儿也没有先知的气味儿，一点儿也没有占星术士的气味儿。这颗质朴的心唯有爱，仅此而已。

说他把祈祷推向一种超乎常情的渴望，这是有可能的。然而，只有超常的爱，才可能做超常的祈祷。如果说离开经文的祈祷就是异端，那么，圣女泰蕾丝和圣徒哲罗姆全成为异端了。

他经常关心痛苦呻吟和奄奄待毙的人。在他看来，整个寰宇就是无边的病痛。他感到无处不在发烧，无处不按出痛苦的脉搏，但他并不想猜透这个谜，只是勉力包扎伤口。万物惨不忍睹的景象，在他身上激发一颗悲天悯人的心。他全部心思都用来寻求同情和安慰的最好办法，既为他自己，也为了启发别人。对这位世间少有的善良神父来说，一切生存物都是他力图安慰悲伤的永久缘由。

多少人奋力挖掘黄金，而他则奋力挖掘怜悯。普天下的悲惨就是他的矿藏。随处可见的痛苦，无不是他行善的机会。"你们彼此相爱吧！"他说诚能如此，也就满足了，再也无所祈愿，这就是他的全部学说。那个以"哲学家"自诩、前边提过姓名的元老院元老，有一天对主教说："瞧瞧这世上的情景吧！人人纷争，混战一场。谁最强大，谁就最聪明。你那句'你们彼此相爱吧'，简直是蠢话。""嗯，"卞福汝主教并不同他争论，只答道，"如果这是蠢话，那么灵魂应当隐藏在里边，就像珍珠隐藏在牡蛎中那样。"他本人就隐藏在那句话里，在那里面生活，感到完全心满意足，将既诱人又骇人的那些重大问题、空而论道的那种不着边际的远景、形而上学的那种危岩绝壁全部弃之不顾。总而言之，命运、善与恶、生灵之间的争战、人的意识、动物若有所思的昏昧、死后的转世、坟墓所容纳的生存回顾、难以理解的移情——相继不断的爱移向今生今世的我、本质、实体、虚无和存在、灵魂、本性、自由、必然等，所有那些深奥的焦点问题，都留给上帝的使徒和不信上帝的虚无论者。绝高遥深的问题，由人类智慧的大天使们去探索；万丈深渊，由卢克莱修、摩奴、圣保罗和但丁观望。他们的目光如雷电，凝神注视，仿佛要让星辰跃现在无限中。

卞福汝主教是个普普通通的人，他看到神秘问题的表象，并不想深究，也不推波助澜，以免扰乱自己的思想，只是在心灵里，对虚无缥缈的东西怀着深深的敬意。

第二卷　沉　沦

一、一天行程的傍晚

　　1815年10月初，约莫日落前一个小时，有位行客走进小小的迪涅城。在这种时分，只有寥寥无几的居民还站在窗口或门口，他们望见这个行客，心中隐隐感到不安。很难遇见比他衣衫更褴褛的行人了。此人中等个头儿，身体粗壮，正当壮年，看样子有四十六岁至四十八岁。头戴一顶皮檐鸭舌帽，遮去流汗的、因风吹日晒而黑了的半张脸。身穿黄色粗布衫，领口搭了一个小银锚扣，露出毛茸茸的胸膛，领带皱巴巴的像根绳子。蓝色棉布裤已经很旧，一个膝头磨白，另一个膝头磨出窟窿。外罩灰色外套十分破旧，一个袖肘上用粗线补了一块绿呢布。背上有一个崭新的军用袋，装得满满的，袋口紧紧扎住。他手里拿一根多节的粗棍，脚上没有袜子，直接穿一双打了铁掌的鞋。他的头发短短的，胡须长得很长。

　　浑身破烂不堪，再加上汗水、热气、风尘仆仆，给他增添一种说不出来的肮脏。

　　他推成平头，但是头发又开始长了，都竖起来，仿佛有一段时间没理了。

　　谁也不认识他，显然只是一个过路人。他是从哪里来的呢？是从南边来的。可能是从海边来的。因为，他进迪涅城所走的街道，正是七个月前拿破仑皇帝从戛纳前往巴黎的路线。这个人肯定走了一整天，样子十分疲惫。城南老镇的一些妇女，看见他停在加桑迪大街的树下，并在林荫道尽头的水泉喝水。他一定渴极了，因为在后边跟随的那些孩子，看见他走了两百步远，到了集市广场又停下，对着水泉喝水。

他走到普瓦什维街拐角，便朝左手拐去，径直走向市政厅，进去之后，过了一刻钟又出来。一名宪警坐在门旁的石凳上——3月4日，德鲁奥将军正是站在那个石凳上，向惊慌失措的迪涅居民，宣读瑞安海湾宣言。那汉子摘下帽子，冲那宪警恭恭敬敬施了一礼。

那宪警没有回礼，只是定睛注视他，目送了一程，便走进市政厅。

当时，迪涅城有一家华丽的旅馆，叫做"柯耳巴十字架"。旅馆老板名叫雅甘·拉巴尔，因为是另一个拉巴尔的亲戚，在本城很受尊敬。另外那个拉巴尔，当年曾在精锐骑兵队伍服过役，后来就在格勒诺布尔开了"三太子"旅馆。在皇帝登陆期间，关于那家"三太子"旅馆有许多传闻。据说在1月份，贝尔特朗将军装扮成赶车老板，在那一带频繁来往，向一些士兵颁发十字勋章，向市民大把大把散发拿破仑金币。其实，皇帝进入格勒诺布尔城时，曾拒绝在市府公馆下榻。他谢绝时对市长说："我要到我认识的一个好汉那里去。"于是他去了"三太子"旅馆。就这样，"三太子"旅馆的拉巴尔的荣名，传到方圆二十五法里[1]之外，一直光耀了"柯耳巴十字架"的这个拉巴尔。本城人提起他就说："他是格勒诺布尔那个拉巴尔的堂兄弟。"

且说那汉子走向当地最好的这家旅馆，进入临街的厨房，只见所有炉灶都生了火，壁炉里的火很旺。老板同时也是掌勺的厨师，他正在炉灶和炒锅之间忙碌，给车老板准备丰盛的晚餐，隔壁就传来那些车老板谈笑的喧哗声。凡是旅行过的人都知道，谁也没有车老板吃得好。一根长铁钎上插着几只白竹鸡和雄山雉，中间插着一只肥肥的土拨鼠，正在火上转动烧烤。炉子上则炖着两条洛泽湖的大鲤鱼和一条阿洛兹湖的鳟鱼。

店主听到门打开，走进一位新客，没有从炉灶抬起眼睛就问道：

1　法里：法国古长度单位，1法里约等于4000米。

"先生要什么？"

"吃饭睡觉。"那人答道。

"再容易不过了。"店主又说道。这时，他回过头来，从头到脚打量一下旅客，便补充一句："……交现钱。"

那人从外套兜里掏出一个大皮钱包，答道：

"我有钱。"

"那好，这就伺候您。"

那人把钱包放回兜里，卸下行囊，撂在靠门的地上，手里还拿着棍子，走到炉火旁，坐到一张矮凳上。迪涅城位于山区，10月的夜晚很冷。

这工夫，店主来回走动，总是打量旅客。

"很快就能吃上吗？"那人问道。

"稍等一会儿。"店主答道。

这时，新来的客人转过背去烤火，可敬的店主雅甘·拉巴尔则从兜里掏出一支铅笔，又从靠窗放的小桌上的旧报纸上撕下一角，在白边上写了一两行字，再折起来，但是没有封上，交给一个看样子给他又当厨役又当小厮的孩子，还对着耳朵吩咐了一句。于是，那孩子便朝市政厅的方向跑去。

那旅客一点也没有看见这场面。

他又问了一声：

"很快就能吃上吗？"

"稍等一会儿。"店主答道。

那孩子回来，又带回那张字条。店主急忙打开，就好像等候回音似的。他仿佛仔细看了一遍，接着摇了摇头，沉吟了片刻。那旅客心神不宁，似乎在想事儿。店主终于跨上前一步，说道："先生，我不能接待您。"

那人在座位上猛然一挺身子。

"怎么！您怕我不付钱吗？您要我先付钱吗？跟您说，我有钱。"

"不是这个缘故。"

"那是为什么？"

"您有钱……"

"不错。"那人答道。

"可是我,"店主却说,"我没有客房了。"

那人平静地又说道:"那就把我安顿在马棚里吧。"

"不行。"

"为什么?"

"地方全让马匹占了。"

"好吧。"那人又说,"阁楼有个角落也行,放上一捆草。这事儿吃了饭再说吧。"

"我也不能供给您饭吃。"

这种表示,虽然说得慢条斯理,但是语气很坚定。那旅客感到事情严重了,立刻站起身。

"哼,算啦!我可饿得要死。太阳一出来我就赶路,走了十二法里。我付钱嘛。我要吃饭。"

"什么吃的也没有。"店主说道。

那人放声大笑,身子转向壁炉和炉灶。

"什么也没有!这些食物呢?"

"这些全是定做的。"

"谁定的?"

"那些车老板先生。"

"他们有多少人?"

"十二人。"

"这里的食物够二十人吃的。"

"他们全定下了,预先付了钱。"

那人重又坐下,还以原来的声调说:"我来到旅店,肚子饿了,我不走。"

这时,店主俯下身,对着他耳朵,用一种令他惊抖的口吻说:"走开!"

那旅客正弯下腰,用他棍子的包铁头往火里拨弄几块炭,他听见这话,猛地转过身,正要开口反驳,而店主却盯着看他,始终低声又说道:

"喂，别废话了。要我说出您的姓名吗？您叫冉阿让。现在，要我说您是什么人吗？我看见您进来，就觉得有点儿不对头，于是派人去市政厅问一问，这就是给我的回答。您识字吗？"

店主说着，就把打开的字条递给旅客。那张字条刚从旅馆传到市政厅，又从市政厅传回旅馆了。那人朝字条上瞥了一眼。

店主沉默片刻，接着又说道：

"我一向对所有人都客客气气。走开！"

那人低下头，拾起撂在地上的行囊，便离去了。

他上了大街，漫无目的地走去，而且溜着墙根儿，如同一个丢了面子而伤心的人。他一次也没有回头。他若是回头，就会看见"柯耳巴十字架"旅馆老板站在门口，由他所有旅客和街上行人围着，正用手指着他高声谈话。而且，从那众人惊疑的眼神里，他就能猜出他刚一到达，就闹得满城风雨了。

整个这一场面，他一点也没有瞧见。失魂落魄的人不朝身后看，他十分清楚，追随他的是厄运。

他就这样走了一阵，一直信步朝前走，穿过一条条他不认识的街道，忘记了疲劳，正像人在伤心时常有的那样。突然，他感到饥肠辘辘。天快黑了。他四下张望，看看能否发现一处可以过夜的地方。

那家华丽的旅馆拒不接待他，那么，他就找一家大众酒馆，找一家下等酒吧。

正巧街那端点亮一盏灯，悬挂在直角形铁架上的一根松枝，映现在暮晚的白色天空上。于是，他朝那里走去。

那的确是一家酒馆。在沙佛街开的一家酒馆。

那行客停了一会儿，隔着玻璃窗朝里望望，只见顶棚低矮的餐厅，由桌上一盏小灯和壁炉里的旺火照明。有几个人正在喝酒，老板在烤火。一口挂在吊钩上的铁锅在火上烧得哗哗作响。

这家酒馆也兼客店，有两个门出入。一扇门临街，另一扇门对着满是粪土的小院。

那行客不敢从临街前门进去，溜到院子里，又停了一会儿，这才小心翼翼地拉起门闩，将门推开。

"谁在那儿？"老板问道。

"一个要吃饭和过夜的人。"

"好哇。这里可以吃饭过夜。"

于是，他走进来。喝酒的人全都扭头看。他一侧有灯光，另一侧有火光照着。在他卸行囊的工夫，大家打量他好一会儿。

老板对他说："这儿有火，锅里煮着晚饭。过来烤烤火吧，伙计。"

他走过去，坐到炉灶旁边，将走远路磨破的双脚伸到火前，闻到锅里飘出的香味儿。他的帽子仍然压得低低的，露出半张脸。从脸上能隐约看出一种舒适的表情，但是掺杂着饱受苦难所具有的凄然神态。

不过，他的侧影显得坚强有力，也显得忧伤。他这相貌的组合非常奇特，乍看上去低下谦卑，最后又呈现出一派凛然正气。眼睛在眉毛下炯炯发亮，犹如荆丛里的火堆。

且说围着餐桌喝酒的人中间，有一个鱼贩子，他先去将马拴到拉巴尔的马棚里，然后才进沙佛街这家酒馆。也是碰巧，当天早晨，从布拉-达斯村到……（地名我忘了，想必是埃库布龙）的路上，他遇见这个一副狼狈相的行客。路上遇见时，这人看样子已经疲惫不堪了，还求过让他坐到马后臀捎一段路。马贩子的回答，就是催马加快脚步。半小时之前，这个马贩子也在围着雅甘·拉巴尔的那堆人中间，他还对"柯耳巴十字架"旅馆的那帮顾客，亲口叙述了他早上那次不愉快的相遇。现在，他从座位上偷偷向店主使了个眼色。店主走过去，二人低声交谈了几句。刚来的行客重又陷入沉思。

老板回到壁炉前，一只手突然按在那人肩上，对他说道：

"你给我从这儿走开！"

那生客转过身来，口气温和地回答："唔！您知道啦？"

"是的。"

"另一家旅馆把我赶出来了。"

"也同样把你从这里赶走。"

"您要我去哪儿呢?"

"别的地方去。"

那人拾起他的棍子和行囊,便离去了。

几个孩童从"柯耳巴十字架"跟来,好像守在这儿等着他,见他出了酒馆,就朝他扔石块。他气愤地回身走几步,举起棍子威胁,吓得孩子们像群小鸟一样逃散了。

他从监狱门前经过,看见门上垂着一条铁链,便上前拉响门铃。

一个小窗口打开了。

"看守先生,"他恭恭敬敬摘下帽子,说道,"您能打开门,留我住一夜吗?"

一个声音回答:

"监狱不是客店。您设法让人抓起来,这门才能给您打开。"

小窗口又关上了。

他走上一条小街,只见两侧有许多花园,其中几座只用篱笆围着,给街道增添了欢快的气氛。只见花园和篱笆之间有一座小平房,窗口有灯光,他像到那家酒馆那样,先隔着玻璃窗朝里张望。房间很大,墙壁刷了白灰,一张床上铺着印花布床单,角落里放着摇篮,屋里还摆了几张木椅子,墙上挂着一支双响猎枪。房间正中的桌子上摆了饭食。一盏铜碗灯照着粗麻布白色台布,上面盛满酒的锡壶像银器一样闪亮,棕褐色汤盆热气腾腾。餐桌旁边坐着一位四十来岁的男子,他喜笑颜开,在膝盖上颠着一个小孩。他身边坐着一位很年轻的女子,正给另一个孩子喂奶。父亲欢笑,孩子欢笑,母亲微笑。

面对这温馨宁静的家庭场景,那个外乡人出了一会儿神。他心中想些什么呢?只有他本人才可能说清楚。也许他想到,这个愉快的家庭很可能好客,他看见洋溢幸福的地方,也许能找到一点怜悯之心。

他极轻地敲了一下窗玻璃。

里边人没有听见。

他又敲第二下。

他听见女人说："当家的，好像有人敲门。"

"没有。"丈夫答道。

他再敲第三下。

这回，丈夫站起来，端上油灯，走过去开门。

这人身材高大，半务农半是工匠。他扎了一条肥大的皮围裙，一直搭到左肩上，腹部鼓起来，皮裙里边装着一把锤子、一块红手帕、一个火药壶，以及各种各样的物件，像装在口袋里一样，由一条腰带兜住。他朝后仰着头，衬衣大敞着口，露出赛似公牛的白净脖颈。他长着两道浓眉、一脸很重的黑髯须、一对金鱼眼睛，下颏儿尖尖的，整个相貌有一种难以描绘的在自家家中的神态。

"先生，"那行客说道，"打扰了。我付钱，您能给我喝点菜汤，让我在园中那个棚子角落里睡一夜吗？请告诉我，可以吗？我付钱行吗？"

"您是什么人？"房舍主人问道。

那人答道："我从皮-穆瓦松村来，走了一整天，走了十二法里。您能接待吗？我付钱行吗？"

"我不会拒绝一个正经人花钱投宿的。"农夫说道，"不过，为什么您不去旅馆呢？"

"旅馆没地方了。"

"嗳！不可能。又不是庙会赶集的日子。拉巴尔那儿您去过了吗？"

"去过了。"

"怎么样？"

那行客有点尴尬地回答："我不清楚，他没有接待我。"

"沙佛街那家叫什么来着，您去过了吗？"

那外乡人更加尴尬了，结结巴巴地回答："他也没有接待我。"

农夫的脸上换了怀疑的表情，他又从头到脚打量不速之客，突然提高嗓门，声音有些颤抖地说："莫非您就是那个人？……"

他又瞥了外乡人一眼，倒退三步，将油灯撂在桌上，从墙上摘下猎枪。

就在农夫说"莫非您就是那个人？……"的工夫，那女人已经站起身，将两个孩子抱在怀里，慌忙躲到丈夫的身后，还敞着胸口，瞪大眼睛，惊恐地望着那外乡人，嘴里咕哝着："错马罗德[1]。"

这一切在一眨眼的工夫里发生。房主就像观察毒蛇一样，打量一阵那人之后，又来到门口，说了一声：

"滚！"

"行行好吧，"那人又说，"给碗水喝。"

"给你一枪！"农夫答道。

他"啪"的一声又把门关上，求宿人听见插了两道门闩的声响。过了一会儿，又传来上窗板和别铁杠的声音。

天色越来越黑了。阿尔卑斯山区的冷风飕飕刮起来。那外乡人借着苍茫暮色，望见临街一个园子里有一草棚，仿佛是用草皮垒起来的。他把心一横，跨过一道木栅栏，溜进园子里，走近草棚，看到它的门就是又窄又矮的洞口。这类草棚，很像养路工在路边搭的窝棚。他一定认为这确是一名养路工的窝棚，而且他饥寒交迫，饥饿只好忍了，但这至少是个避寒的场所。一般来说，这类窝棚夜晚没人住，于是他趴下来，匍匐着爬进去。里面相当暖和，地上还铺了厚厚一层麦秸。他实在太累了，一动不动，就这样躺了一会儿。继而，他觉得背上压着行囊不舒服，卸下来就是现成的枕头，于是他动手解皮背带。正在这时，旁边响起吓人的吼声。他抬头一看，只见黑暗中草棚洞口映现出一条大狗的脑袋。

原来这是个狗窝。

他本人身强力壮，样子又凶猛，还有棍子当家伙，拿行囊当盾牌，挣扎着退出狗窝，只是破衣烂衫的口子又撕大了。

同样，他挥舞棍子，且战且退，不得不用剑术师所说的"玫瑰护身剑法"，逼使恶犬不敢近前，终于退出园子。

他费了好大劲儿才重又跨过栅栏，回到大街上。他现在孤苦伶仃，无

1　错马罗德：法国境内阿尔卑斯山区方言，意为"偷东西的野猫"。——原注

家可归，连个躲风避寒的地方都找不到，甚至钻进破烂狗窝里，躺在铺地的麦秸上也被赶出来。他看见一块石头，不是坐下，而是一屁股跌落在上面。一个过路人仿佛听见他恨恨说道：

"我连一条狗都不如！"

过了一会儿，他又站起来往前走，出了城，希望在田野上找到树木或者草堆，也好避避风寒。

他始终低着头，走了一段时间，直到觉得远离了所有住户人家，他才举目四望。他来到一片田地中间，前面有一个矮丘，覆盖着收割后的麦茬儿，就像剃光了的脑袋。

天边已经完全黑了。那不仅仅是夜色，还是低沉沉的乌云。乌云仿佛压着山丘，又渐渐升起，要布满整个天空。然而，月亮要升起来了，苍穹还漂浮着暮色的余光，而云彩在高空形成淡白色的圆顶，上面的微光落到大地上。

因此，大地比天空还要亮一些，这就显得格外阴森可怕。荒凉的矮丘光秃秃的，由黑黝黝的天边衬出灰色模糊的轮廓。整个形象又丑陋又卑琐，又凄惨又狭小。无论田野还是矮丘上，都空荡荡的，只有一棵歪七扭八的树，在离这行客几步远的地方瑟瑟发抖。

显而易见，在智慧和精神方面，这个人远远没有养成细腻敏锐的习惯，对事物的神秘现象麻木不仁。然而，在这天空中，在这座丘冈上，在这片平野里，在这棵树的枝叶中，有一种无限凄惶的意味，他呆立在那里出了一会儿神之后，就猛然沿原路折回去了。有些时刻，大自然也显出敌意。

他原路返回。迪涅城门已经关闭。在宗教战争中，迪涅城屡遭围困，直到1815年，老城墙两侧还有不少方形堡垒，后来才拆毁。他从城墙豁子回到城里。

约莫有晚上八点钟了。他不熟悉街道，又开始漫无目的地游荡。

走着走着，又来到市政厅，继而又到神学院，经过大教堂广场时，他朝天主教堂挥起拳头。

广场的一角有一家印刷所。在厄尔巴岛由拿破仑口授的皇帝诏书，以及羽林军告全军书，带回大陆时，头一版就是这家印刷所印制的。

他精疲力竭，再也不抱任何希望，就躺在印刷所前的石椅上。

恰好这时，一位老妇人从教堂里出来，她发现黑暗中躺着一个人，便问道："您在那儿干什么呢，朋友？"

他粗暴而气愤地回答："您瞧见了，老太婆，我在睡觉。"

老太婆，就是R侯爵夫人，她的确当得起这种称呼。

"睡在这石椅上？"她又问道。

"我拿木板当褥子，已经睡了十九年。"那人答道，"今天，我又拿石头当褥子。"

"您当过兵吧？"

"不错，老太婆，当过兵。"

"为什么您不去住旅店呢？"

"因为我没钱。"

"唉！"R侯爵夫人说，"我的钱袋里只有四个苏了。"

"给我就是了。"

那人接过四个苏铜钱。R夫人继续说道："您拿这点钱不够住旅店。您就没有去试一试吗？您这样过夜怎么行呢。您一定又冷又饿。总有人发善心，留您住一夜。"

"每扇门我都敲过了。"

"怎么样呢？"

"到处都赶我走。"

"老太婆"捅了捅那汉子的胳臂，指了指广场对面挨着主教府的一所矮小的房子。

"每扇门您都敲过了吗？"她重复说道。

"不错。"

"那扇门敲过了吗？"

"没有。"

"去敲敲那扇门吧。"

二、向明智提议的谨慎小心

这天晚上，迪涅的主教先生上街散步回来，便把自己关在房间里待到很晚。他正潜心著述，写一本大部头的《论义务》，可惜后来没有完稿。他细心查阅神父和神学博士就这一重大问题所发表的各种言论。他的书分两部分：第一部分是全体的义务，第二部分是从属各个阶级的个人义务。大众义务为大义务，共有四种。圣马太指明四种义务：对上帝的义务（《马太福音》第六章）、对自己的义务（《马太福音》第五章第二十九节和第三十节）、对他人的义务（《马太福音》第七章第十二节）、对众生的义务（《马太福音》第六章第二十节和第二十五节）。对于其他各种义务，主教在别处也找到了指示和规定。在《罗马人书》中，有君主和臣民的义务；圣彼得则规定了法官、妻子、母亲和青年男子各自的义务；《以弗所书》中有丈夫、父亲、子女和仆人各自的义务；《希伯来书》中规定了信徒的义务；而《哥林多书》中有处女的义务。主教勤奋地编辑，要把所有这些规定汇成和谐的一部分，以供世人学习。

八点钟时他还在工作，一大厚本书摊在双膝上，往小方块纸上摘录，姿势很别扭。这时，马格洛太太照习惯进来，从床边的壁橱里取出银餐具。过了一会儿，主教约莫餐桌摆好了，妹妹也许在等他，他这才合上书，离开书案，走进餐室。

餐室是个长方形的屋子，有壁炉，房门临街（我们已经说过），窗户对着园子。

马格洛太太果真摆好餐具了。

她一边忙乎，一边还跟巴蒂丝汀小姐聊天儿。

餐桌靠近壁炉，上面放了一盏灯。壁炉里的火挺旺。

不难想象，两位妇人都已年过六旬。马格洛太太又矮又胖，性情活泼。巴蒂丝汀细弱瘦长，性情温和，比她哥哥稍高一点儿，穿一件棕褐色绸袍。那还是1860年的流行色，当年她在巴黎买的，一直穿到现在。有时写上一页也不足以表达一种想法，而用一句俗话就能说清楚。我们这里也借用一下俗字眼：马格洛太太的样子像个"村妇"，而巴蒂丝汀小姐的神态像个"贵妇"。马格洛太太头戴卷管边儿的白色软帽，颈上挂着小小的金十字架，这是全家唯一的女人首饰。她穿一条黑色粗呢袍，袖子又肥又短，领口露出雪白的围巾，腰上用绿带子系着红绿方格布围裙，还有同样布料的胸巾，上面两角用别针别住，脚上像马赛妇女那样穿着粗大的鞋和黄袜子。巴蒂丝汀小姐的衣袍是1860年的剪裁，半短紧身式的，加了垫肩，镶着暗扣。她戴一顶"孩童式"卷曲假发，扣住自己的花白头发。马格洛太太看样子聪明伶俐，心地善良，两边嘴角一高一低，上嘴唇比下嘴唇厚实，这就给她添了一两分暴躁专横的神气。只要主教大人沉默不语，她就喋喋不休，态度既恭敬又有点放任。可是，主教一开口说话，她就跟老小姐一样服服帖帖，奉命惟谨了。这情景大家都见过。巴蒂丝汀小姐甚至连话都不讲，只是一味地服从和迎合。即使在年轻时候，她的相貌也不漂亮，一对蓝色大眼睛鼓出来，鼻子长而弯曲。不过，我们一开头就讲了，她的整个脸庞、整个人，透出一种难以形容的和善。她生性宽厚仁慈，而且，温暖心灵的三德：信仰、慈悲和热望，又渐渐使这种宽厚升华为圣德了。大自然只是把她造就成为羔羊，而宗教却使她成为天使。可怜的圣女！甜美的记忆风流云散啦！这天晚上主教住宅里发生的情况，巴蒂丝汀小姐后来不厌其烦地讲述，有好几个现在还活着的人连细节都能回忆起来。

主教先生进来的时候，马格洛太太说得正起劲儿呢。她跟小姐谈一个熟悉的而主教也听惯了的话题，就是临街房门的门闩问题。

好像马格洛太太听说有情况，她去为晚餐买食材时，在好几处听人说，城里来了个形迹可疑的流浪汉，样子很凶，到处转悠，这天晚上想深夜回家的人都很可能遭劫。再说，警察局办事不力，局长先生和市长先生又合不来，都巴不得出些事端嫁祸给对方。因此，明智的人就会自己担起警察的职责，小心提防，必须仔细关门闭户，上好门闩，插得牢牢的，总之，要关紧自己的房门。

马格洛太太特别强调最后这句话。可是，主教从他待着发冷的房间过来，坐到壁炉前取暖，接着另有所思，并没有注意马格洛太太重点抛出来的这句话。她又重复了一遍。这时，巴蒂丝汀小姐既要让马格洛太太满意，又不想惹兄长不快，就硬着头皮胆怯地说：

"哥，您听见马格洛太太说的话了吗？"

"恍恍惚惚听到一点儿。"主教答道。接着，他半转过椅子，双手放在膝盖上，抬起由炉火照亮下颏儿的那张诚恳而喜气洋洋的脸，望着老女仆，问道："说说看，出什么事儿啦？出什么事儿啦？我们面临什么巨大的危险吗？"

于是，马格洛太太又把整个事情从头至尾讲了一遍，无意中未免夸大了几分。据说有一个流浪汉，一个无业游民，一个危险的乞丐，这时候正在城里。他到雅甘·拉巴尔那里要住店，可是人家不肯接待。有人看见他从加桑迪大街进城，在模糊不清的街道里游荡。那个人背着行囊，领带像绳子，一副凶恶的面孔。

"真的吗？"主教问道。

他肯发问，就给马格洛太太鼓了劲儿。这似乎表明，主教快要警觉起来了。于是，她得意扬扬地继续说道：

"是真的，大人。事情就是这样。今天夜晚，城里要出事儿。大家都这么说。再加上警察又不管事（重复这点不会没有作用）。生活在山区，夜晚街上连路灯都没有！出了门，哼！黑洞洞的，伸手不见五指！跟您说，大人，喏，小姐在那儿，也是这么说……"

"我嘛，"妹妹插言道，"我什么也没有说。我哥哥怎么做怎么好。"

马格洛太太还说下去，就好像没人反驳似的：

"我们说，这所房子一点也不保险，如果大人允许的话，我这就去找锁匠保兰·穆斯布瓦，请他来把原来的铁门闩重新安上。铁闩还在，说话工夫就安上了。我还要说，大人，哪怕只为了这一夜，也应当安上门闩。要知道，只有撞锁的一扇门，随便什么人都可以推开进来，没有什么比这更可怕的了。此外，平常日子，大人总是让人随便出入，甚至夜里也一样，噢，上帝啊！要进就进，都不用问一声……"

恰好这时，有人重重地敲了一下门。

70

"请进。"主教应了一声。

三、盲目服从的英勇气概

房门推开了。

房门猛地大敞四开，就好像有人决心用力推门似的。

一个汉子走进来。

这人我们已经认识了，正是刚才我们看见到处投宿的那个行客。

他走进屋，朝前跨了一步，又站住了，还让身后的门敞着。他肩上扛着行囊，手中拿根棍子，眼神里有一种粗鲁、放肆、疲惫而狂暴的表情。在壁炉的火光中，他那样子十分丑恶，就好像魔鬼显形。

马格洛太太连惊叫一声的气力都没有了，她浑身一抖，在原地目瞪口呆。

巴蒂丝汀小姐转过头，瞧见进屋的汉子，吓得半欠起身，继而，头又慢慢转回壁炉，瞧瞧她哥哥，于是，她的脸色又恢复沉静安详了。

主教目光平静地注视来客。

那人双手扶住棍子，眼睛来回打量老人和两位妇人，未待主教开口问他有什么事，他就高声说道：

"是这样。我叫冉阿让。我是个苦役犯。我在苦役场度过了十九年，四天前刑满释放，要去蓬塔利埃。我从土伦动身，走了四天路。今天我走了十二法里，傍晚到达这地方。我持黄纸通行证，去市政厅验了，这是规定的，结果再去旅店，就被人赶出来了。我又去投另一家旅店，人家对我说：滚开！无论到哪家，谁也不肯接待我。我到监狱去，看守不给我开门。我钻进一个狗窝里，那条狗咬了我，也把我赶走，就好像它是人似的，就好像它知道我是什么人。我又跑到田野里，打算睡在星光下，可是天空没有星星。我以为要下雨了，又没有仁慈的上帝阻止天下雨，只好回城来，找个门洞避一避。在那边广场上，我躺到石板上准备睡觉，一位老太婆指着您的房子对我说：去敲敲那扇门吧。于是我敲了门。这是什么地方？是客店吗？我有钱。我有积蓄，总共一百零九法郎十五苏，是我在苦役场干了十九年活儿挣的。我付钱。这有什么关系？我有钱。我累极了，走了十二法里，我饿得很。您能让我留下吗？"

"马格洛太太，"主教说道，"您再加一副餐具。"

那人走了三步，靠近放在桌子上的那盏灯。"听我说，"他好像没怎么听明白，又说道，"不是这个意思。您听见了吗？我是个苦役犯。罚做苦役的罪犯。我刚从苦役场出来。"他从兜里掏出一大张黄纸，打开来，说道："这是我的通行证。您瞧是黄色的。拿着这东西，我走到哪儿都被人赶开。您要念念吗？我也识字，是在苦役场里学的。那里有一所学校，愿意学的就能进去。喏，通行证上就是这样写的：'冉阿让，苦役犯，刑满释放，原籍……'这对您无所谓，'在苦役场关了十九年。因破坏性盗窃判五年。四次企图越狱，加判十四年。此人非常危险'，就是这样。人人都把我赶到外面。您呢，您愿意接待我吗？这是旅店吗？您愿意给我吃的，给我住处吗？您有马棚吗？"

"马格洛太太，"主教说道，"您去里间铺上白床单。"

我们已经解释过，这两位妇人的服从是什么性质的。

马格洛太太照吩咐出去办了。

主教转向那汉子，说道："先生，您请坐，烤烤火。过一会儿我们就吃晚饭，就在您吃饭的工夫，会给您收拾好床铺的。"

至此，那人才恍然大悟，他脸上表情变了。刚才一直阴沉冷峻，现在显出惊愕、怀疑、快乐，变得异乎寻常了。他就像发了疯，说话结巴起来："真的吗？什么？您留下我？您不赶我走！一个苦役犯！您称我'先生'！您不用'你'称呼我！你给我滚，狗东西！别人总是这么对我说。我原以为您也一定赶我走。因此，我先说明我是什么人。啊！那位好婆婆，指点我来这儿！我有晚饭吃啦！还有床铺！有褥子和床单的床铺！跟别人一样！我有十九年没有睡在床铺上啦！您当真不让我走啊！你们真是大好人。再说，我有钱，会付账的。对不起，店主先生，您怎么称呼？您要多少钱我都照付。您是大好人。您是旅店老板，对吧？"

"我是住在这儿的神父。"主教答道。

"一位神父！"那人又说道，"啊！大好人的神父！这么说，您不要我钱啦？是本堂神父，对吧？这座大教堂的本堂神父？对呀！真的，我真蠢，我没有瞧您这顶圆帽！"

他边说边把行囊和棍子放到角落里，又把通行证揣进兜里，这才坐下。巴蒂丝汀小姐和蔼地看着他。他接着又说道：

"您有人性，本堂神父先生。您不嫌弃人。做一个善良的神父真好。这么说，您不要我付账吗？"

"不用付账，"主教答道，"钱您留着吧。您有多少啦？您对我说过有一百零九法郎吧？"

"十五苏。"那人补充说。

"一百零九法郎十五苏。您用了多少年挣了这些钱？"

"十九年。"

"十九年！"

主教深深叹了一口气。

那人继续说道："这笔钱我还一点儿没花。这四天我只用了二十五苏，还是我在格拉斯帮人卸车挣的。既然您是神父，我就要告诉您，我们苦役场那儿有个宣教神父。还有一天，我见到一位主教，别人管他叫大人。那是马赛的德·拉马若尔主教。他是一般本堂神父头上的本堂神父。请原谅，我不会说话，要知道，对我来说，离得太远啦！——您明白，我们是什么人！——他做过弥撒，站在苦役犯监狱的祭台上，头顶戴着金子的尖尖的东西，让中午的太阳照得闪闪发光。我们都排成队列，占了三面。在我们对面是一排大炮，火绳都点着了。我们看不大清楚。他对我们讲话，但是站得太靠里了，我们听不见。原来主教就是那样子。"

在他说话的工夫，主教过去把还敞着的房门关上。

马格洛太太拿着一套餐具回来，摆到餐桌上。

"马格洛太太，"主教吩咐道，"您把这套餐具摆在靠火最近的座位上。"然后转过身，又对客人说："阿尔卑斯山区的晚风很厉害。您一定冷了吧，先生?"

他每次说"先生"这个词,声音又和蔼又严肃,就像好伙伴之间,那人听了总是喜形于色。称一名苦役犯为"先生",就等于给美狄斯号船的遇难者一杯水。蒙受耻辱就渴望得到尊重。

"这盏灯照明太差了。"主教又说道。

马格洛太太会意,便去主教的卧室,从壁炉台上取来两支银烛台,点着放到餐桌上。

"本堂神父先生,"那人又说,"您真好。您没有瞧不起我,让我住在您家里,还为我点上蜡烛。然而我却没有瞒您说,我是从哪儿来的,我是一个不幸的人。"

主教在他身边坐下,轻轻地按住他的手。

"您不必对我说您是谁。这里也不是我的家,而是耶稣-基督的家。这扇门并不问进来的人有没有姓名,而要问他有没有痛苦。您现在受苦,又饥又寒,这里欢迎您。不要感谢我,也不要对我说,我让您住在我家里。除了需要栖身之所的人,这里不是任何人的家。我要告诉您这位过路人,这里是我的家,倒不如说是您的家。这里的东西全是您的。我有什么必要知道您的姓名呢?况且,您在向我道出姓名之前,您有个名字我早就知道了。"

那人惊奇地瞪大了眼睛。

"真的吗?您早就知道我叫什么?"

"对,"主教答道,"您就叫'我的兄弟'。"

"喏,本堂神父先生!"那人提高声音说,"我进来时很饿,可是您对我这么好,也不知道怎么回事儿,现在我不饿了。"

主教注视他,说道:"您受了不少苦吧?"

"唔!穿上红色囚衣,脚上拖着铁球,睡在一块木板上,忍受酷暑、严寒,要干活,做苦役,挨棍子!动不动就加镣铐,说句话就下地牢。甚至病倒了,还戴着锁链。不如狗,狗的生活要好得多!十九年啊!我已经四十六岁了。现在,又拿着黄纸通行证。就是这样。"

"是啊，"主教接口说，"您从一个悲惨的地方出来。请听我说。比起一百个正义者所穿的白袍来，一个忏悔的罪人流泪的脸，在上天能赢得更多的快乐。您离开那个痛苦的地方，如果对人怀着仇恨和激愤的念头，那么您是值得可怜的。如果怀着慈善、温良与平和的念头，那么您就胜过我们任何人。"

这工夫，马格洛太太已经摆好晚餐。有一盆汤，是用白水、油、面包和盐做的，还有一点咸肉、一块羊肉、一些无花果、鲜奶酪和一个大黑面包。除了主教的日常食物之外，她还加了一瓶陈年莫福酒。

主教的脸豁然开朗，换上热情好客所特有的快活神情，爽快地说："入座!"他像往常晚餐有外客那样，让来客坐在他右首。巴蒂丝汀小姐坐在他左首，她的神态完全平静而自然。

主教按照习惯先祷告，再亲手分汤。那人狼吞虎咽吃起来。

主教突然说道："咦，桌上好像缺点儿什么东西。"

的确，马格洛太太只摆上三套必要的餐具，然而按照这里的习惯，主教留客吃饭时，要把六套银餐具全摆在台布上。这是一种天真的陈列。在这个温馨而严肃的家庭里，这种类似奢华的雅致，显得有几分幼稚，但极富情趣，将清贫提到尊严的高度。

马格洛太太一点就明白，她一声不响出去了。过了一会儿，主教要的那三套餐具，就与三位进餐的人对应整齐地摆出来，在台布上闪闪发亮。

四、详细介绍蓬塔利埃奶酪厂

现在，为了概述这餐饭的情况，最好的办法莫过于抄录巴蒂丝汀小姐的一封信的一段；在写给波瓦舍夫隆夫人的这封信中，她以细腻而天真的笔调，叙述了苦役犯和主教的对话：

　　……那人根本不注意别人。他贪婪地吃着，跟饿鬼似的。然而，喝完汤之后，他却说：

"仁慈上帝的本堂神父先生，对我来说，这些食品真是太好了。不过，我得说一句，不肯让我跟他们一道吃饭的那些赶大车的，吃得比您讲究。"

说句私话，他这种指责我听着有点刺耳。我哥哥答道：

"他们比我累呀。"

"不对，"那人又说道，"他们比您有钱。看得出来，您够穷的。也许您连本堂神父都不是。本堂神父您总归是吧？哼！不像话，如果仁慈的上帝是公正的，您就应该当上本堂神父。"

"仁慈的上帝岂止公正。"我哥哥说道。

他停了一下，又补充说：

"冉阿让先生，您是去蓬塔利埃吧？"

"要走规定的路线。"

我想那人是这样讲的。然后他继续说道：

"明天天一亮，我就得上路。行路实在难啊。如果说夜晚很冷，白天却挺暖和。"

"您去的那儿是个好地方。"我哥哥又说道，"大革命时期，我的家破产了，我先逃往弗朗什-孔泰地区，靠两条胳膊干活生活了一段时间。我为人诚恳，总能找到活儿干，有得挑选呢。那里有造纸厂、制革厂、蒸馏厂、榨油厂、大型钟表厂、炼钢厂、炼铜厂，铁工厂少说有二十家，其中四家分别建在洛德、夏蒂拥、欧丹库尔和勃尔，规模都很大。"

我想我没有记错，这正是我哥哥说的地名。接着他中断谈话，又对我说：

"亲爱的妹妹，我们有些亲戚不就是住在那地方吗？"

我答道：

"从前有些亲戚住在那儿，其中有德•吕司内先生，他在旧朝任蓬塔利埃的卫戍司令。"

"不错，"我哥哥接上说，"可是到了1793年，我们在那儿就没有亲戚，只有自己的手臂了。我做过工。冉阿让先生，您要去的蓬塔利埃那地方，有的实业历史悠久，而且很有意思。妹妹，他们那里的奶酪厂叫果品厂。"

我哥哥一边劝那人吃，一边详细向他介绍蓬塔利埃果品厂的情况。果品厂分两种："大仓"是有钱人的，养了四五十头奶牛，每年夏季能产七八千奶酪饼；"合作果品厂"是穷人的，主要是住在半山腰的农民合伙养牛，共分产品。他们雇用一名制奶酪工匠，称作"格吕兰"。那个格吕兰每三天向会员收一次奶，将数量记在双合木板上。将近4月末奶酪厂开工，到6月中旬，制奶酪工就把牛赶进山里了。

那人吃着饭，精神就振作起来。我哥哥让他喝那瓶莫福好酒，而自己却不喝，说是那酒太贵。我哥哥向他介绍这些情况，那种开心的神情您是了解的。谈话中间，还忘不了殷勤照顾我。他一再强调格吕兰那种好行业，就好像希望不用他直截了当地建议，那人就能明白那是个安身的好地方。有件事令我吃惊。我对您讲了那是什么人。然而，在用晚餐的整个过程中，甚至在整个晚上，除了那人刚进门时，我哥哥提了提耶稣，后来就再没有讲一句话让那人意识到自己是什么人，也没有讲一句话向那人表明我哥哥是什么人。在这种场合，似乎应当劝诫几句，拿主教压一压苦役犯，给他留下过后不忘的印象。换个别人，接待了这个不幸者，让他吃饱肚子的同时，很可能要充实他的灵魂，责备他几句，教训开导一番，或者讲几句怜悯的话，勉励他将来好好做人。我哥哥连他的籍贯和身世都没有问。因为，在他的经历中有过错，我哥哥似乎回避一切能唤起他回忆的字眼。有一阵，我哥哥正谈论蓬塔利埃的山民，说他们"接近上天，快活地劳动"，还说"他们清清白白，所以生活很幸福"。正是说到这一点，他戛然住口，怕他无心讲出的话有什么可能触犯那人的意思。我仔细想了想，觉得洞察了我哥哥的内心活动。他一定想到这个叫冉阿让的人受苦太多，思想负担太重，最好转移他的注意力，让他相信跟别人一样，对他来说一切都平平常常，哪怕是片刻时间也好。实际上，这不正是深刻领会了慈善吗？仁慈的夫人，这种不用说教和规劝的体贴人心的态度，不是真正符合福音精神吗？一个人有了痛处，对他最好的怜悯，不就是决不触碰吗？我觉得我哥哥心中可能就是这样想的。不管怎样，可以这么说吧，他即使不折不扣有这类想法，也丝毫没有向我流露。他像每天晚上那样，从头至尾还是老样子。他同这个冉阿让一起吃晚饭，神态举止就跟他同杰德翁·勒普雷沃先生，或者同本堂神父先生一起吃晚饭一样。

晚饭尾声吃无花果的时候，有人敲门。是杰博大妈抱着孩子来了。我哥哥吻了吻孩子的额头，向我借了我身上的十五苏，给了杰博大妈。在这工夫，那人没有怎么留意，他不再讲话，好像十分疲倦。等可怜的老杰博家的走后，我哥哥就念了饭后经，随后又转身对那人说："您一定需要上床休息了。"马格洛太太急忙收拾好桌子。我明白我们必须离开，好让这行客睡觉，于是我们二人上楼去了。不过，待了一会儿，我又派马格洛太太把我房中那张黑森林子皮，送到那人的床上。夜晚很冷，这东西可以御寒，只可惜年头太久，毛都脱落了。那还是我哥哥在德国时，从多瑙河发源地附近的托特林根买的，同时还买了我吃饭时用的象牙柄小餐刀。

马格洛太太即刻就上楼来了，我们在晾床单的屋里祈祷，然后什么也没有讲，就各自回房安歇了。

五、宁静

卞福汝主教向妹妹道过晚安，从桌上拿起一支银烛台，并把另一支银烛台交给客人，对他说：

"先生，我来带您去睡觉的房间。"

那人跟随他走了。

从上文叙述中可以看出这所房子的布局，要出入凹室所在的祈祷室，必须穿过主教的卧室。

他们穿过主教房间时，马格洛太太正往床头壁橱里收银器。这是她每天晚上睡觉前要做的最后一件事。

主教将客人安顿在凹室里。床上新铺了白床单。那人将烛台放在小桌上。

"好了。"主教说道，"好好睡一夜吧。明天早晨动身前，您再喝一杯我们这儿的热牛奶。"

"谢谢，神父先生。"那人说道。

这句平静的话刚一出口，他没有过渡，就突然来了个奇异的举动，如果让两位圣女看见，她们准会吓得魂不附体。直到今天我们还弄不清楚，当时究竟是什么促使他这么做。难道他要给个警告，或者发出个威胁吗？难道他只是顺从连他自己都懵然无知的本能的冲动吗？他猛然转向老人，又起胳臂，用野蛮的目光注视着房主，粗声粗气地说：

"啊，就这样！说了就算！您让我睡在离您这么近的地方！"

他顿了一顿，"嘿嘿"狞笑了一下，又补充说道：

"您完全想好了吗？谁跟您说我没有杀过人呢？"

主教举目望着天花板，回答说："这是仁慈的上帝的事。"

接着，他敛容正色，嚅动着嘴唇，好像在祈祷或者自言自语。他举起右手，用两根指头为这人祝福，这人接受祝福连头也不低一低。然后他头也不回，也不朝后看看，就回自己屋了。

凹室里有人住的时候，就拉起一大块哔叽布帘，完全把神位遮住。主教从帘布前经过时，就跪下简短祈祷一回。

过了一会儿，他来到园中散步，沉思遐想，凝视观望，心神完全投入伟大的神秘事物中。这些伟大神秘的事物，是夜晚上帝指给仍然睁着的眼睛看的。

至于那人，他实在太困倦了，连舒适的洁白床单都没有享用，他照苦役犯的做法，用鼻孔吹灭了蜡烛，往床上一倒，和衣而眠，立刻呼呼大睡。

敲午夜十二点的时候，主教从园子回屋。

过了几分钟，这所小房子里的人就全入睡了。

六、冉阿让

睡到半夜，冉阿让醒了。

冉阿让生在布里地区的贫苦农家里。童年时没有学识字。成年之后，他在法夫罗勒当树枝剪修工。他母亲叫让娜·马蒂厄，父亲叫冉阿让，或者吾阿让，大概是外号，也是"我是阿让"的简化。

冉阿让生性沉静，但并不忧郁，这是天生富于情感的人的特点。总之，冉阿让整个人儿显得昏头昏脑，碌碌无能，至少表面看来是这样。他幼年就父母双亡。母亲害了乳腺炎，因诊治不当而死了。父亲和他一样，也是树枝剪修工，不幸从树上掉下来摔死了。冉阿让只剩下带着七个子女孀居的姐姐。正是这个姐姐把冉阿让抚养成人。丈夫在世时，她一直负担弟弟的食宿。丈夫死的时候，最大的孩子才八岁，最小的一岁。冉阿让刚满二十五岁，他代行父职，协助支撑家庭，回报姐姐的养育之恩。这事做起来自然而然，就跟天职一样，即使冉阿让有时显得有点粗暴。他的整个青春，就消耗在收入微薄的重活儿当中。当地人从来没有听说他有过"女朋友"。他没有时间去谈情说爱。

傍晚回家累得要命，他一声不吭，闷头喝菜汤。就在他吃饭的时候，他姐姐让娜"妈妈"时常从他那汤盘里取出最好的东西：一块瘦肉、一片肥肉、一块菜心，给她的一个孩子吃。冉阿让呢，却总是伏在桌上，脑袋差点浸在汤里，长头发垂落在盘边，遮住他眼睛，任凭姐姐怎么做，他好像什么也没有看见。在法夫罗勒，住着一个叫玛丽-克洛德的农妇，离冉阿让茅屋不远，就在小街的斜对面。冉阿让家的孩子饿肚子是常事，有时他们假冒母亲的名义，到玛丽-克洛德那儿借一品脱[1]牛奶，躲到篱笆后面或者小道的角落里喝起来，可是你争我抢，小女孩又喝得急，奶往往洒到罩衣上，流进脖子里。母亲若是知道了这种欺骗行为，肯定要严厉惩罚这些小骗子。冉阿让好发火又好嘟囔，但是他却背着孩子的母亲，把牛奶钱照

1　品脱：容量单位，1品脱约等于0.56升。

付给玛丽-克洛德，几个孩子才没有受惩罚。

在修剪树枝的季节里，每天他能挣二十五苏。过后他就打短工，给人收割小麦，做粗活，放牛，给人卖苦力。力所能及的活计他全干，他姐姐也干活，然而有七个小孩拖累，又能干什么呢？这是一家愁苦的人，被穷困包围，渐渐围紧。果然，有一年冬季特别艰难，冉阿让找不到活儿干。家中没有面包，一点面包渣儿都没有。只有七个孩子！

法夫罗勒的教堂广场旁边有家面包店，一个星期天晚上，老板莫贝尔·伊扎博正要睡觉，忽听店前安了铁条的玻璃橱窗咔嚓响了一声。他及时出来查看，只见一条胳膊探进铁条，从用拳头打破的玻璃橱窗里抓起一个面包。伊扎博急忙赶出来，那小偷撒腿就逃。他追上去，把那人抓住。小偷已经把面包丢下了，但是胳膊还在流血。那正是冉阿让。

事情发生在1795年，冉阿让被指控为"夜闯民宅行窃"罪，送上当时的法庭。他有一支枪，而且比世界上任何枪手都射得准。不过，他有点好偷猎，这对他相当不利。大家早有一种合情合理的成见，反对偷猎的人。偷猎者跟走私者一样，都和盗匪相去不远。然而，我们顺便要指出一点，这类人和城里那些凶恶的刽子手相比，还是有天壤之别。偷猎者生活在森林，走私者生活在山里或海上。城市腐化人，因而使人变得凶残。山林和海洋使人变得粗野，激发野性而一般不摧毁人性。

冉阿让被判有罪。法典上有明文规定。在我们的文明里，有些时刻的确叫人胆战心寒，这就是刑法置人于死地的时刻。这是何等凄惨的时刻，社会逐斥并无可挽回地遗弃一个有思想的生灵！冉阿让被判处五年苦役。

1796年4月22日，巴黎正欢呼意大利军团的总指挥在蒙特诺特所获的胜利；共和4年花月2日，督政府呈给五百人院的咨文中，称那位总指挥为布奥拿巴；就在同一天，在比塞特监狱里，给押解的罪犯扣上了长锁链，冉阿让就是锁链上的一名罪犯。当年一名监狱看守，如今年近九旬，他还记得清清楚楚。那天，那个不幸的人在院子北角，锁在第四条铁链的末端。他和其余犯人一样坐在地上，仿佛糊里糊涂，只知道自己的处境很可怕。这个蒙昧无知的可怜人在模糊的思想里，也许看出过火的成分。有人在他脑后用大锤往他锁链上打铆钉，他忽然哭起来，泣不成声，只能断断续续地说："我是法夫罗勒的树枝剪修工。"接着，他边哭边抬起右手，逐渐往下比画了七下，仿佛依次摸到七个不同高度的头，让人从这动作上猜出，他无论做了什么事，都是为了供七个孩子穿衣吃饭。

他被押解去土伦，脖子上锁着铁链，乘坐大板车，颠簸了二十七天才到达。到了土伦，他就换上红色囚衣。他从前的生活，直至他的名字，全都一笔勾销了。他不再是冉阿让，而是24601号。他姐姐怎么样？七个孩子怎么样了？谁照顾那一大家人？一棵年轻的树被齐根锯断，上面的树叶怎么样了呢？

总是千篇一律的故事。那些活在世上的可怜人，上帝的创造物，从此往后无依无靠，无人指引，也无栖身之所，到处漂流，谁说得准呢？也许四分五散，各奔西东，逐渐隐没在凄冷的迷雾中，那正是孤独命运的葬身之地，多少不幸的人，加入人类的悲惨行列，陆续消失在那幽冥之中。他们背井离乡。村庄里的钟楼把他们忘却，他们田地的界石也把他们忘却。冉阿让在监狱关了几年，也同样把钟楼和界石忘记了。他这颗心上有过一条伤口，便留下一道伤疤，如此而已。他在土伦的那段时间，只有一次听人说起他姐姐。大约是在他服刑快满第四年的时候，我不记得他是从什么途径得到的音信。有个认识他们的当地人，在巴黎遇见过他姐姐。他姐姐到了巴黎，住在揉面工街，那是圣绪尔皮斯教堂附近的一条穷街。她身边只有一个孩子了，是最晚生的小男孩。另外六个孩子在哪儿？也许连她本人都不知道了。她当了装订工，每天清晨去木鞋街3号一家印刷厂上班。早晨六点钟必须赶到，如在冬季，那时候离天亮还早呢。印刷厂里有一所小学校，她每天早晨领七岁的孩子上学。只是她六点钟要到厂，而学校七点钟才开门，孩子只好在院子里待一小时，等学校开门。到了冬季，就要露天在黑暗中待一小时。印刷厂不准孩子进去，说是妨碍干活。一清早，工人经过院子时，就看见可怜的小家伙坐在石头地上打瞌睡，往往看见他蜷缩在黑暗的角落里，伏在他的篮子上睡着了。下雨的时候，看门的一位老婆婆可怜他，让他进屋。那破屋里只有一张简陋的床、一架纺线车和两张木椅。孩子就在角落里睡一觉，怀里搂着猫，好暖和一点儿。到七点钟学校一开门，他就跑进去了。这就是有人告诉给冉阿让的情况。有一天，有人把这些情况告诉他，一时间，就像一道闪电，一扇窗户突然打开，显现他从前爱过的那些人的命运，随即又完全关闭了。他再也没有听人提起，音信永远断绝。他再也没有得到他们一点消息，再也没有见到他们，再也没有碰见他们，而在这悲惨故事的接续部分，我们再也见不到他们了。

　　快满第四个年头的时候，轮到冉阿让越狱了。狱友帮他越狱，在那暗无天日的地方，大家都那么做。他逃走了，在田野里自由地游荡了两天，如果说被追捕也算自由的话。他时时要回头看，听见一点动静就心惊肉跳，什么都怕，怕冒烟的屋顶，怕过路的行人，怕汪汪叫的狗，怕奔跑的马，怕报时的钟鸣，怕看得见东西的白天，怕看不见东西的黑夜，怕上大路，怕走小道，怕钻树丛，还怕打瞌睡。越狱的第二天晚上，他被抓回去了。三十六小时他没吃没睡。由于这次越狱行为，海港法庭判处延长他三年刑期，一共八年。到第六个年头，又轮到他越狱了。他利用了这次机会，可是未能逃脱。点名时发现他不见了，就放了警炮。到了晚上，巡夜的人发现他躲在一只正建造的船的龙骨里。他拒捕，但还是被监狱看守抓回去了。越狱又拒捕，根据特别法典的条文，就加判五年刑期，要戴两年双脚镣。总共十三年。到第十个年头，再次轮到他越狱。他又抓住机会，但是同样没有成功。由于这次新的企图，他又加判三年苦役。到末了，我想是第十三个年头上，他最后一次试图越狱，只逃出四个钟头就被抓回去了。逃出去四小时，加刑三年。总共十九年。1815年10月，他刑满释放。他是1796年入狱的，只为打碎一块玻璃，拿了一个面包。

　　在此不妨讲一句题外话。本书作者在研究刑法和依法判罪的问题时，这是第二次遇见因偷一个面包而毁了一生的惨案。克洛德·格偷了一个面包，冉阿让也偷了一个面包。一项英国统计表明，在伦敦五件盗窃案中，有四件是由饥饿直接引起的。

　　冉阿让走进监狱时战战兢兢，痛哭流涕，出狱时却神情冷漠。他入狱时艰苦绝望，出狱时神色黯然。

这颗心灵里发生了什么变化呢?

七、绝望的内涵

让我们试着说明。

这些事情,社会既已做出,就应当正视。

我们已经说过,冉阿让是个无知的人,但并不是愚蠢的人。性灵之光在他心中点亮。不幸的遭遇也有其亮光,能增强他思想中的微光。在棍棒下,在铁链下,在地牢里,在劳累中,在苦役场的烈日下,在苦役犯的木板床上,他反视良心,反躬自省。

他为自己组成法庭。

他开始审判自己。

他承认自己并不是无辜受害,判罪冤枉。他也承认他那是极端的行为,应当受到谴责。假如他向人家讨那个面包,也许人家不会不给。不管怎样,最好应当等待,或者通过怜悯,或者通过劳动得到那个面包。有人说,肚子饿了能等待吗? 这并不完全是一种无可辩驳的理由。首先,真正饿死人的事是罕见的;其次,不管不幸还是幸运,人天生在精神上和肉体上就能长期忍受很多痛苦,而不至于丧命,因此必须忍耐,甚至为了那些可怜的孩子,最好也应当忍耐。像他这样一个微不足道的不幸者,居然铤而走险,抓住整个社会的衣领,以为通过盗窃就能脱离贫困,这简直是一种疯狂的举动。不管怎么说,走出贫困而又进入卑鄙,这就是一道恶门。总而言之,他承认自己错了。

然后他又提出疑问:

在他毁掉一生的经历中,难道唯独他错了吗? 首先,他这个劳动者没有活儿干,他这勤劳的人缺少面包,如果这还不算一件严重的事情的话。那么后来,有了过错又承认了,惩罚是不是太残忍,是不是太过火呢? 执法方面是不是比有罪方面的过错更大呢? 天平的两个盘子,惩罚的一端放的砝码是不是太重了呢? 加重惩罚是不是根本不能消除犯罪,是不是会达到这种结果——扭转情势，以惩罚的过错取代犯罪者的过错，把犯罪者转化为受害者，将债务人转化为债权人，而最终把权利赋予侵犯人权的一方了？这种惩罚又因企图越狱而屡屡加重，结果是不是构成了最强者对最弱者的侵害、社会对个人的犯罪，而这种罪行天天重犯，一直延续十九年呢？

他还想道，人类社会对其成员是否有这种权利：在某种情况下毫无道理也缺乏预见，在另一种情况下又冷酷无情富于预见，从而把一个可怜的人永远置于缺少和过分的境地，即缺少工作和过分惩罚。财富分配往往是偶然造成的，因此，最穷的人最应该受到照顾，而社会又偏偏那样对待他们，是不是太过分了呢？

他提出并解决这些问题之后，就审判社会并判了它的罪。

他判处社会接受他的仇恨。

他认为社会应为他的遭遇负责，心想有朝一日，也许他毫不犹豫地要同社会算账。他向自己申明，他造成的损害和别人给他造成的损失，两者并不平衡。他最后得出结论，其实，对他的惩罚并非不正义，而是肯定极不公道。

发怒可能是失常和荒唐的，而恼火也可能不对。但是，一个人只有当内心有某种理由，才会感到愤慨。冉阿让就感到愤慨了。

再说，人类社会对待他唯有残害。他所见到的社会，总是一副自称为正义的怒容，怒视它所要打击的人。别人同他接触，只是为了伤害他。他同别人接触，对他也是一次次打击。他从童年起，从失去母亲、失去姐姐时起，就从来没有听到一句友好的话，从来没有见到一个善意的目光。从痛苦到痛苦，他逐渐确信这一点：人生就是一场战争，而且他在这场战争中是战败者。他只有仇恨这一件武器了。他决心在狱中把这件武器磨锋利，携带出狱。

在土伦，无知兄弟会办了一所囚犯学校，向有诚意学习的那些不幸者传授最基本的知识。冉阿让就是有诚意学习的一个人。他四十岁入学，学习认字、写字、计算。他感到强化他的智力，就是强化他的仇恨。有时候，教育和智慧能助恶为虐。

说起来令人伤心，他审判了造成他不幸的社会之后，又审判了创造社会的天主。

他也判了天主的罪。

在酷刑和奴役的十九年过程中，他的灵魂就这样同时升华和堕落。他一方面进入光明，另一方面又进入黑暗。

我们已经看出，冉阿让并不是生性顽劣的人，他入狱时还是善良的。他在狱中判了社会的罪，就感到自己的心变狠了。他在狱中判了天主的罪，就感到自己变成不信教的人。

这不能不引人深思。

人性真能这样完全彻底地改变吗？由上帝创造的性善的人，能由人使之变恶吗？只因交上厄运，灵魂就能整个儿由命运重新塑造，转而变恶吗？难道人心像久住矮屋的脊背那样，在巨大痛苦的重压下，也要蜷曲变形而丑陋，造成无法医治的残疾吗？在每个人的灵魂里，尤其在冉阿让的灵魂里，难道就没有一点原初的火花，没有一点神性的素质吗？这种原初的火花、神性的素质，在世间不朽，在上天永生，能由善发展、激扬、点燃并燃烧，放射奇光异彩，而永远也不会被恶完全扑灭。

这是严肃而深奥的问题。任何一个生理学家，如果在土伦看见冉阿让将拖曳的锁链装在口袋里，又着双臂，坐在绞盘的铁杆上面休息，并利用休息的时间遐想，如果看见这名苦役犯神情沉郁、严肃、默默地思索，看见这个被法律惩罚的人愤怒地注视别人，这个被文明判处的人严厉地注视天空，那么，他对上面问题的最后一个很可能回答："没有。"

我们并不想隐讳，善于观察的生理学家在那种场合，当然会看出一种无可挽救的绝境，他也许会可怜这个法律上的病人。然而，他甚至不肯试着给予治疗。他会移开目光，不看这颗灵魂中的空洞。他也会像但丁避而不看地狱之门那样，从这个生灵上抹掉上帝写在每人前额上的两个字："希望！"

我们试着分析他的这种心态，对冉阿让本人来说，是否像我们为读者试做的分析这样一目了然呢？他的精神失落的各种因素形成之后，在形成过程中，冉阿让是否看得清清楚楚呢？这个不识字的粗鄙的人是否明确地掌握，这一系列的思想带着他逐渐上升，并且下降到多少年来在他头脑的空间形成的惨景呢？他是否完全意识到自己思想的起伏变化呢？这一点我们不敢讲，甚至也不相信。冉阿让实在愚昧无知，即使饱受苦难之后，是不是仍然糊里糊涂呢？有时候，他甚至弄不清楚自己的感觉。冉阿让陷入黑暗中，他在黑暗中受罪，在黑暗中仇恨，真可以说他无所不仇视。他已经习惯于在这暗无天日中生活，像瞎子或梦游者一样摸索。不过，由于内因或者外因，他时而会突然产生一股怒火，感到一阵难忍的痛苦，仿佛一道淡淡的迅疾的闪光，照亮他整个灵魂。而他命途上可怕的深渊和黯淡的远景，在凄惨恐怖的光里，突然在他前后左右一齐显现出来。

闪光熄灭了，还是沉沉黑夜，他身在何处？连他自己也茫然不知了。

这种性质的惩罚，核心是残酷无情和愚化，旨在通过愚化逐渐把人变成野兽，有时还变成猛兽。冉阿让顽固地屡次企图越狱，就足以证明法律在人心上所起的怪作用。尽管企图越狱是完全徒劳而愚蠢的，但是冉阿让一有机会总要试一试，根本不考虑后果，也不考虑前车之鉴。他像一条狼，看见笼子门打开就必然想逃出去。本能对他说：快逃啊！理智对他说：留下！然而，面对强烈的诱惑，理智便销声匿迹，只剩下本能了。他唯独剩下野兽的行动。他被抓回去之后，新的严厉惩罚只能使人更加惊恐万状。

有一个细节我们不应当漏掉，这就是他体魄强悍，监狱里没人可比。论体力，放缆绳，推绞盘，冉阿让一人顶四人。他能抬起或用后背扛极大的重物，有时就代替千斤顶。那种工具从前叫"骄子"。顺便说一句，巴黎菜市场附近的骄子山街，就是由此得名的。狱友送给他一个绰号，叫冉千斤。有一次，土伦市政厅正在整修阳台，阳台下有几根精美的普杰雕的女像柱，其中一根脱了榫，险些倾倒。正巧冉阿让在场，他用肩膀扛住，直到其他工人赶来。

他的力气大，但是尤为敏捷。有些苦役犯终日梦想越狱，最终巧妙地结合力量和技巧，掌握一门真正的科学，就是运用肌肉的科学。囚徒们无时不羡慕飞蝇和飞鸟，天天练习，想掌握一整套神秘的飞行状态。攀登陡壁，在不易发现凸处的地方找到支撑点，这对冉阿让来说如同儿戏。假如在墙角，他用脊背和膝弯的张力，同时用臂肘和脚跟卡住石头的不平处，就能像变魔术似的登上四楼，甚至爬上监狱的房顶。

他寡言少语，也不爱笑。一年难得有一两回，他特别激动，才会笑一笑。不过，苦役犯的笑是阴惨的，好似魔鬼笑的影像。他笑的时候，仿佛久久盯着看什么可怕的东西。

他确实在凝神专注。

他的禀赋不健全，智力又受到摧残，感受能力不正常，他总隐约感到一种怪物附体。他匍匐在惨白幽暗的地方，每次扭转脖颈，想抬眼望一望，就感到一阵恐怖和愤怒。只见头顶层层叠叠，危乎高悬，一眼望不到顶端，如山似的堆积着各种事物、法律、偏见、人和事件，看不到周边，庞大得令人恐怖。这种巨大的金字塔不是别的东西，正是我们所说的人类文明。他在这麇集蠕动、时远时近的怪形体中，在高不可攀的高原上，时而看出一群东西，看出强烈光线照见的一个部位。这儿是拿着棍棒的苦役犯看守、手持战刀的警察，那边是戴着峨冠的大主教，在最高处则是头戴皇冠的皇帝，仿佛罩着阳光，令人目眩。在他看来，那远处的光辉，非但不能驱除他的黑夜，反而使他的黑夜更加阴惨幽暗了。这一切：法律、偏见、事件、人、事物，在他头上来来往往，遵循着上帝给人类文明指定的复杂而神秘的运动，在他头上行走践踏，残酷中显示一种无法形容的平静，漠然中显示一种无法形容的狠毒。坠入不幸深渊的灵魂、掉进无人敢窥探的地狱底层的不幸者、被法律摈弃的人，无不感到人类社会的全部重量压在他们头上。这个社会对于在它之外的人无比巨大，对于在它下面的人无比可怕。

冉阿让就是在这种境地思考，他的遐想能是什么性质呢？

如果磨盘下面的黍粒儿有思想的话，那么它所想的无疑就是冉阿让所想的。

所有这些事物，充满鬼影的现实和充满现实的鬼蜮，终于给他造成一种难以描摹的心态。他在苦役场干活儿当中，有时忽然住手，开始走神儿了。他的理智比从前更成熟也更混乱，现在起而抗争了。他觉得自己的全部遭遇是荒唐的，他觉得周围的一切是不可能的。他常常想：这是一场梦！他看着站在几步远的看守，仿佛是个鬼魂。可是，那鬼魂突然给他一棍子。

可见的自然界，对他来说几乎不存在。可以说对于冉阿让根本没有太阳，根本没有美好的夏天，根本没有明媚的天空，也根本没有4月清爽的早晨。真不知道平时，是什么光透过气孔照亮他的灵魂。

最后，就我们上面所指出的尽量总括一下，用明确的结论表述，就可以这样讲，冉阿让，法夫罗勒安分守己的树枝剪修工、土伦的凶悍的苦役犯，十九年间，由于苦役监牢的逆塑造，已经具备两种坏行为的能力：第一种坏行为是急切的，不假思索，冒冒失失，完全出于本能，是对他所受痛苦的一种报复；第二种坏行为是严肃认真的，经过反复思考，而思考时还带着这样不幸遭遇所能产生的错误念头。他的预谋连续经过三个阶段：推理，决心，执着。要有一定毅力的人，才可能走这种过程。他的动机是日常的愤慨、心灵的苦痛、遭受不公正的深切感受、反击，甚至反击善良的、无辜和公正的人，如果世上还有这几种人的话。他的所有思想的出发点和目的，就是对人类法律的仇恨。这种仇恨在发展过程中，如果没有上天制止，到了一定时机，就会变成仇恨社会，进而仇恨人类，进而仇恨天地万物，表现为一种模糊的、持续不断和凶残的欲望，要危害不管什么人，逢人便危害——正如我们所见，通行证上称冉阿让"此人非常危险"，不是没有道理的。

年复一年，这颗心灵逐渐干涸，缓慢地，却是不可避免地。心灵干涸，眼睛也干涸。直到出狱，十九年他没有流一滴眼泪。

八、波涛与亡魂

一个人掉进大海！

有什么要紧！航船不会停下。风继续刮着，这只可悲的船沿着规定的航线继续航行，驶过去了。

那人沉下去，又浮起来；他沉没不见，又浮上水面；他呼救，伸出双臂，但是人们听不见。船在大风浪里摇荡，正在全力行驶，水手和乘客们，甚至没有再看一眼落水的人。那人可怜的头，在无边无际的波涛中只是一个小点。

在茫茫的大海中，他绝望地呼救。那行驶远去的帆船，简直是游魂鬼影！他望着那只船，疯狂地望着它。它驶远了，帆影渐淡，越来越小了。刚才他还在船上，还是一名船员，他和其他人在甲板上往来忙碌，他有自己那份呼吸和阳光，他是个活生生的人。现在，究竟发生了什么事？他脚下一滑，落水了，也就完蛋了。

他陷入惊涛骇浪中。脚下踏空，只有分开流走的海水。狂风撕裂的浪涛凶险地围住他，深渊的激流挟裹他，所有浪花在他的头周围飞溅，一排恶浪唾他，模糊的大口吞下他半个身子。每次下沉，他都隐约看见黑夜笼罩的深渊。陌生的可怕植物抓住他，缠住他的双脚，要把他拉过去；他感到自身变成苦海，变成浪花飞沫，波涛将他抛来抛去。他喝着苦汁。卑鄙的海洋极力要把他淹没，浩瀚的大海在拿他的垂死取乐。全部海水似乎都怀着仇恨。

然而，他还在挣扎，奋力自卫，极力坚持，拼力游泳。他这可怜的力量很快就耗尽，他还在与无穷的力量搏斗。

船驶到哪里去了？在那边。影影绰绰，在幽暗的水天之间。

狂风阵阵，浪涛向他猛扑。他举目张望，只见乌云惨淡。他在垂死中，领略浩瀚大海的疯狂。他受这疯狂的无情折磨。他听见人所未闻的喧嚣，仿佛来自世外，不知来自什么恐怖的国度。

云中有飞鸟，同样，人类苦难之上有天使，可是对他有什么用呢？鸟只是飞舞、鸣叫并盘旋，而他却声嘶力竭。

他感到自身同时被两种无限埋葬：大海和天空。一个是墓穴，一个是殓衣。

黑夜降临，他已经游了几小时，气力已尽。那条船，那个载人的东西在远方消失了。在暮色苍茫的无底深渊里，他孤立无援，他往下沉，全身绷紧，扭动挣扎，感到身下模模糊糊有无数看不见的怪物。他呼叫。

周围没有一个人影。上帝何在？

他呼叫！有人吗？有人吗？他一直呼叫。

水上什么也没有。天上什么也没有。

他哀求大海、波涛、海藻、礁石，天聋地哑。他哀求风暴，坚定不移的风暴只服从无限。

他周围是夜色、雾气、孤寂、没有意识的暴风狂浪的喧嚣、无边无际起伏的惊涛骇浪。他身上唯有恐惧和疲惫。他身下唯有沉沦，没有支撑点。他联想到尸体在无边的幽冥里飘荡。极度的寒冷把他冻僵。他的双手拘挛，握紧，抓住的却是虚无。风、云、漩涡、气流、无用的星辰！怎么办啊！绝望的人气馁了，气馁的人只有等死，听天由命，顺其自然，他放弃了。他就这样沉沦，永生卷入阴惨惨的深渊里。

啊，人类社会恒久不变的行程！途中要丧失多少人和灵魂！法律任凭多少人跌落葬身的海洋，阴森可怖而毫无救助！噢，精神的死亡！

大海，就是无情社会的黑夜，往里抛弃刑法的判决者。大海，就是无边的苦难。

灵魂，在这深渊里漂流，可能变成一具尸体。谁能让灵魂复活呢？

九、新的伤害

到了出狱的时候，冉阿让耳边听见这样一句奇特的话："你自由啦！"那一刻不像真的，而且闻所未闻，一道强烈的光线，一道人世的真正的光线，突然射入他的心田。然而不久，这道光线就黯淡了。起初想到自由，冉阿让不禁目眩神摇，他以为要开始新生活。但是，他很快就明白，一张黄纸通行证，究竟通向什么自由。

围绕这一点，许多事有苦难言。他算过自己的积蓄，根据服苦役的时日，应当达到一百七十一法郎。不过要指出，他忘记十九年间礼拜天和节日都强迫休息，而他全算进去了，大约应该刨除二十四法郎。不管怎么说，这笔积蓄经过七折八扣，最后只剩一百零九法郎十五苏，他出狱时就领到这个数。

他根本弄不明白，认为自己受了克扣，说穿了，就是受人掠夺。

出狱的第二天，他走到格拉斯，看见一家橙花香精提炼厂门前有人正在卸货，就上前找工做。正巧要赶活儿，就雇用了他。他干起来，他身体既强壮，又聪明伶俐，干活儿又卖力，看来老板很满意。就在他干活儿的时候，一名警察经过，注意到他，要他出示证件。他只好拿出黄纸通行证。检查完之后，冉阿让又接着干活儿。先头他问过一个工友，干这种活儿一天挣多少钱，那人回答说："三十苏。"第二天早晨他还要赶路，于是当天晚上去见老板，请求付工钱。老板一句话没讲，给了他二十五苏。他要求如数付给，老板就回答说："给你这些就够意思了。"他坚持要补足。老板一瞪眼，盯着他说："小心进局子[1]。"

这次，他又感到自己受人掠夺了。

社会，政府，克扣他的积蓄，就是大笔掠夺他。现在，又轮到这家伙小笔掠夺他。

释放并不等于解放。他离开监狱，却没有摆脱罪名。

这就是他在格拉斯的遭遇。至于到了迪涅，别人如何接待他，我们已经看到了。

十、人醒来

大教堂的钟敲凌晨两点钟的时候，冉阿让醒来了。

促使他醒来的原因，是床铺太舒服了。将近二十年他没有在床上睡觉，这次虽然和衣而卧，但是感觉太新奇，反而扰乱了睡眠。

他睡了四个多小时，已经歇过乏来。他早已习惯不在睡眠上多花时间了。

---

[1]　进监狱。——原注

他睁开眼睛，在黑暗中向四周望了一阵，又合上眼睛，想重新入睡。

如果白天感触太多，思虑重重，那么可以入睡，但是醒来就再难入睡了。睡意初来容易，再来就难了。冉阿让就是这种情况。他再也睡不着了，就开始想事儿。

他正处于思想混乱的时候，头脑里思绪乱纷纷的。往事和刚刚经历的事一齐涌上心头，混杂交错，乱作一团，丧失各自的形状，又无限膨胀起来，继而又倏忽消失，仿佛沉入汹涌的浊流中。他想到许多事情，其中有一个念头挥之又来，反复出现，驱逐其他所有念头。这个念头，我们这就点明：他注意了马格洛太太摆到餐桌上的六副银餐具和大汤勺。

六副银餐具缠住他的思想。——东西就放在那儿——只有几步远。——他经过隔壁房间来这屋睡觉的时候，就瞧见老女仆将餐具放进靠床头的小壁橱里。——他特别注意看了那个壁橱。——从餐厅进来，靠右首。——餐具很粗大。——都是旧银器。再加上大汤勺，少说能卖两百法郎。——是他十九年所挣的钱的两倍。——当然官府若不掠夺，他本可以多挣一些。

他的思想起伏动荡，犹豫不决，斗争了足足一小时。三点钟敲响了。他又睁开眼睛，一屁股坐起来，伸手摸了摸他放在屋角的旅行袋，然后，他垂下双腿，两脚沾地，不知道怎么就这样坐在床上了。

他保持这种姿势，发了一阵呆。整所房子都在沉睡中，独有他醒着，坐在黑暗里，有人若是看见，肯定会毛骨悚然。忽然，他弯下腰，脱掉鞋子，轻轻放到床前的席子上，继而又恢复原来发呆的姿态，一动不动了。

在这种邪恶的思考中，我们所指出的念头，在他的脑海不停地折腾，进进出出，给他造成一种压力。继而，不知为什么，他还想起一个人，而且这个念头像梦想那样不由自主而又固执。他想到一个叫布列卫的苦役犯，是在苦役场认识的，那人穿的裤子只有一根用线绳编织的背带。那根背带上的棋盘图案，就不断地出现在冉阿让的脑海里。

他保持这种姿势，一直待下去，如果不是挂钟敲了一下——是报一刻或者半点，也许会待到天亮。一声钟响仿佛对他说：走吧！

他站起来，又迟疑了片刻，侧耳听了听，房子里一点动静也没有，于是，他小步径直走向隐约可见的窗户。夜色还不算太暗，正是望月，但风吹得大片大片乌云飞驰，时时遮掩。月亮时隐时现，因此窗外时暗时明，而屋内也有点微光，足够给屋里人照亮走动。不过，由于云影的关系，屋里的微光也断断续续，就好像凭气窗透光的地下室，因行人过往而忽明忽暗。冉阿让走到窗前，便查看窗户。窗户对着园子，没有安铁栏，只按当地习惯，用一个小插销关着。他打开窗户，但是一股冷空气突然涌进屋，他又赶紧关上。他观察园子的眼神那么专注，不像观察而像研究了。园子有一道白色围墙，墙头相当低，容易翻越。园子尽头那边，均匀排列的树冠依稀可辨，表明墙外是一条林荫路或者栽有树木的小街。

他观察一下之后，便做了一个决心已定的动作，返身回来，拿起并打开旅行袋，伸手进去摸索，掏出一样东西撂到床上，又将自己的鞋装进袋中一个隔兜里，再把整个口袋扎好，放到肩上，齐眉戴上鸭舌帽，摸到他的棍子，拿过去放到窗户一角，回到床边，毅然决然地抓起刚才撂在床上的东西。那好像是一根一端磨尖的短铁棍，就跟标枪一样。

黑暗中看不清楚，难说铁棍磨成那样是干什么用的。也许是一根撬杠吧？也许是一根冲子吧？

如果在白天，就能认出那不过是一支矿工用的烛扦。当时常派苦役犯去土伦周围的山上采石头，因此，他们有矿工的器械也是常见的。矿工烛扦是用粗铁条做的，下端呈尖锥状，可以插进岩石缝里。

他右手操起烛扦，屏住呼吸，放轻脚步，朝隔壁的房门走去，我们知道那是主教的房间。到了门口，他发现房门虚掩着。主教根本就没有插门。

十一、他干的事

冉阿让侧耳听了听，没有一点儿动静。

他推门。

他用手指尖推门，轻轻地，就像要进屋的猫那样，悄悄地又胆怯地推门。

门被推动了，没出一点儿声响，不易觉察地开大了一点缝儿。

他等了一下，接着第二次推门，这次胆子大些了。

房门无声地继续开启，现在足能容人通过了。然而，门旁有一张小桌子，和门形成碍事的角度，挡住去路。

冉阿让看出难以通过，无论如何还要把门开大些。

他打定主意，再第三次推门，比前两次更加劲儿更大了。这回，一个润油干了的门合页，在黑暗中突然发出一声嘶哑的长音。

冉阿让浑身一抖。门合页的响声传到他耳中，仿佛特别响亮，犹如最后审判的号角。

开头由于幻觉的扩大，他几乎想象这门合页活起来，突然有了巨大的生命力，像狗一样狂吠，要向大家报警，要把睡觉的人叫醒。

他住了手，浑身发抖，不知所措，踮起走路的脚跟也落了地。他听见太阳穴的脉搏怦怦作响，就像打铁的两只大锤，只觉得胸中呼出的气息像空穴的风声。愤怒的门合页这声断喝，好似地震一般，他认为不可能不震动整所房子。他推开的门发出警报，发出呼号。那老人要起来，那两个老太婆要喊叫，邻人要来救助；用不了一刻钟，就会闹得满城风雨，警察也要出动。一时间，他以为自己完蛋了。

他站在原地呆若木鸡，一动也不敢动。

几分钟过去了，房门完全敞开了。他壮着胆子朝房间里望一眼，里边什么也没有动。他侧耳细听，这所房子也没有一点儿动静。生锈的门合页的响声没有惊醒任何人。

初遇的危险过去了，但他内心仍然惊恐万状。然而，他并不退却。甚至在他以为自己完蛋了的时候，他也没有往后退。他只有一个念头：赶快了结。他朝前跨了一步，进入隔壁房间。

房间里寂静无声，只见散乱的有些模糊不清的形状。如在白天就能看出，那是放在桌上的零散纸张、展开的对开本书、摞在凳子上的书籍、搭着衣服的一把安乐椅、一张祈祷凳。而在此刻，这些东西都成为黑糊糊的角落和白蒙蒙的场所。冉阿让小心翼翼地朝前走，避免碰着家具。他听见主教在房间里端睡觉，发出均匀平静的呼吸。

他猛地站住，已经到了床前，没料到这么早就走到了。

大自然有时以其姿态和景象参与我们的行为，显示一种深沉而聪明的契合，就好像要促使我们思考似的。大约半个钟头以来，一大片乌云遮住天空。就当冉阿让站到床前的时候，乌云忽然散开，好像特意让一束目光射进长窗，忽然照亮主教那张苍白的脸。他睡得十分安稳，在床上几乎和衣而眠，因为下阿尔卑斯地区夜晚很冷。他穿着一件长袖棕褐色毛衣，头仰在枕头上，是一种完全放松休息的姿势。戴着主教指环的手垂在床外，而这只手完成多少过善事和圣事。他脸上表现隐隐显示满足、期望和至福至乐。那不仅是一种笑容，还几乎神采奕奕。那额头难以描摹，反射着肉眼看不见的灵光。正义者的灵魂在睡眠中，正瞻仰神秘的天空。

这天空的一束反光射在主教身上。

这额头同时也是通明透亮的，因为这天空也在他心中。这天空，就是他的良心。

可以这么说，月光射来，与主教内心的明光重合的时候，他的睡容就好像罩在灵光中。不过，这灵光始终非常柔和，而周围半明半暗，形成一种难以形容的氛围。这天空的月亮、这沉睡的自然、这纹丝不动的园子、这十分宁静的房舍，此时此刻，万籁俱寂，给这圣贤可敬的睡容增添一种说不出来的庄严，并以一种崇高安详的光环，罩住这头白发和闭着的眼睛，罩住这张唯有期望唯有信赖的面孔，罩住这老人的头和这孩子般的睡眠。

在这如此圣洁而不自知的人身上，可以说有一种神性。

冉阿让站在暗处，手里拿着铁烛扦，一动不动，畏惧地看着这光明的老人。他从未见过这种情景。这种信赖令他惊慌失措。道德世界没有比这更伟大的场面了。一个心神不宁、濒于作恶的人，瞻仰一个正义者的睡眠。

这种睡眠，在这种孤独中，旁边站着他这样一个人，确实有某种崇高的意味，他隐约地，但是强烈地感觉到了。

谁也说不清他内心的活动，连他自己也不清楚。要想领会，就必须想象出最狂暴的东西面对最温和的东西。即使他那张脸，也根本分辨不出是什么神色。这是一种惶恐的惊奇，他看着眼前的情景，仅此而已。但是他想什么呢？这是无从猜测的。有一点显而易见，就是他很激动，又惊慌不安。然而，他为什么这样激动呢？

他目不转睛地注视老人。他那姿态和面部表情唯一明显的流露，是一种古怪的犹豫不决，就好像徘徊在两个深渊之间，即自绝和自救。他仿佛准备好击碎这个头颅，或者亲吻这只手。

过了半晌，他缓缓地把左手举到额头，摘下帽子，又同样缓慢地放下手臂。冉阿让重又陷入冥思，他左手拿着帽子，右手拿着铁扦，粗野的头上毛发倒竖。

在这可怕目光的注视下，主教继续安然酣睡。

一缕月光依稀照见壁炉上的耶稣受难像。耶稣似乎向他们二人张开双臂，为一个赐福，为另一个赦罪。

突然，冉阿让又戴上帽子，不再看主教，顺着床快步走去，径直走到挨着床头隐约可见的壁橱。他举起铁扦，仿佛要撬锁，可是钥匙放在上面，他打开橱门看见的头一样东西，就是盛银器的篮子。他抓起篮子，大步流星穿过房间，不再小心翼翼，也不怕弄出声响了。他走过房门，又回到祈祷室，打开窗户，操起棍子，跨过窗台，将银器倒进旅行袋里，扔掉篮子，穿过园子，像只猛虎似的跳过围墙，逃之夭夭。

十二、主教工作

第二天迎着日出，卞福汝主教在园中散步。马格洛太太慌慌张张朝他跑来。

"大人，大人，"她嚷道，"您可知道盛银器的篮子在哪儿吗？"

"知道。"主教回答。

"谢天谢地！"她又说道，"我不知道哪儿去了。"

主教从花坛拾起篮子，递给马格洛太太。

"给您。"

"啊?"她说道,"里面空啦!银器呢?"

"唔!"主教又说道,"原来您是找银器呀?我也不知道哪儿去了。"

"上帝老天爷呀!银器给人偷啦!就是昨晚来的那人偷走的!"

于是,动作敏捷的老太婆风风火火,转眼工夫就跑到祈祷室,进入内室,又回到主教跟前。主教则弯下腰,惋惜篮子落到花坛时压折的一株吉永的特产辣根菜。他听见马格洛太太的惊叫声,又直起身来。

"大人,那人走啦!银器给偷走啦!"

她一边惊叫,一边查看,目光落到园子的一角,只见那里有越墙的痕迹,墙头掀掉了一块。

"瞧!他就是从那儿走的。他跳墙到船网巷!噢!真该死!他偷走了我们的银器!"

主教默然半晌,继而抬起严肃的目光,和颜悦色地对马格洛太太说:

"首先,那些银器是我们的吗?"

马格洛太太一时语塞。主教又沉默一会儿,才继续说道:"马格洛太太,我不该占用那些银器这么久。那本来就是穷人的。那个人是什么人呢?显然是个穷人了。"

"唉,耶稣啊!"马格洛太太又说道,"这不是为我,也不是为小姐。我们都无所谓。这可是为大人啊。现在,大人用什么餐具吃饭呢?"

主教惊讶地看着她:

"嗳!怎么这么说!不是有锡餐具吗?"

马格洛太太耸耸肩膀,说:

"锡餐具总有一股怪味儿。"

"那就用铁盘吧。"

马格洛太太不屑地做了个鬼脸,说:

"铁盘子有一股锈味儿。"

"那好,"主教说,"就用木制餐具吧。"

过了一会儿用早餐,还是昨晚冉阿让就座的餐桌。卞福汝主教一边用餐,一边让一言不发的妹妹和咕咕哝哝的马格洛太太注意,往牛奶杯里泡面包，根本用不着勺子，也不用叉子，连木制的也不用。

"怎么想得出来！"马格洛太太走来走去，一边自言自语，"就这么随便接待一个人，还让他睡在身旁！幸好他只偷了东西！上帝啊！一想起来就叫人心惊胆战！"

兄妹二人正要离开餐桌的时候，有人敲门。

"请进。"主教说道。

房门打开了，门口出现几个怪模怪样、气势汹汹的人。三个人揪住另一个人的衣领，那三人是警察，另一个人是冉阿让。

一个带队模样的小队长站在房门旁边，他进了屋，走过去朝主教行个军礼。

"主教大人……"他说道。

冉阿让一直垂头丧气，好像十分沮丧，一听这种称呼，立刻愕然地抬起头。

"主教大人！"他咕哝道，"这么说，他不是本堂神父？……"

"住口！"一名警察喝道，"这是主教大人。"

卞福汝主教尽管高龄，这时也尽量快步迎上去。

"哦！是您啊！"他看着冉阿让，高声说道，"很高兴看见您。怎么回事儿！烛台我也送给您了，跟其他几件都是银器，您可以卖上两百法郎。为什么您没有把烛台连同餐具一齐带走呢？"

冉阿让睁大眼睛，注视年高德劭的主教，脸上的表情用人类的任何语言都难以描述。

"主教大人，"警察小队长说道，"这人讲的是真话啦？我们遇见他，看他急匆匆的样子像个逃跑的人，就把他叫住检查一下，发现他带着这些银器……"

"于是他就对你们说，"主教笑呵呵地接口说道，"这是一个老神父送给他的，他还在那神父家住了一宿？我明白是怎么回事。你们就把他带这儿来啦？这是一场误会。"

"既然这样，我们就可以把他放啦？"小队长又说道。

"当然。"主教回答。

警察放开冉阿让，而冉阿让退了两步。

"真放我了吗?"他含混不清地问道，仿佛是在说梦话。

"对，放你了，你没听见吗?"一名警察说。

"我的朋友，"主教又说道，"这是您的烛台，您走之前拿着吧。"

他走到壁炉前，拿起两支银烛台，交给冉阿让。两位妇人看着他这么做，没讲一句话，没有动一下，也没使个眼色阻挠主教。

冉阿让四肢颤抖，他神态怔怔的，机械地接过两支烛台。

"现在，"主教说道，"您可以放心走了。对了，我的朋友，下次您再来，不必横穿园子。您随时都可以从临街的房门进出。无论白天晚上，这扇门只搭上一根活闩。"

他转身对警察说:"先生们，你们可以走了。"

几名警察便离去了。

冉阿让这时的样子，就好像要昏倒的人。

主教走到跟前，低声对他说:"不要忘记，永远也不要忘记您向我作的保证:您用这钱是为了当个诚实的人。"

冉阿让瞠目结舌，他根本不记得做过什么保证。主教讲这话时还加重了语气，又郑重地说道:

"冉阿让，我的兄弟，您不再属于恶一方，而属于善一方了。我买下了您的灵魂。我把您的灵魂从邪恶的念头和沉沦的思想中赎出来，交给上帝了。"

十三、小杰尔卫

冉阿让像逃离似的出了城。他脚步匆急，慌不择路，不管大道小径遇到便走，也没有发觉在田野里总在原地兜圈子。整个上午，他就是这样游荡，没有吃饭，也不觉得饿，乱纷纷的新感触萦绕心头。他感到无名火起，却又不知道冲谁发。难说他究竟是受了感动还是受了侮辱。不时萌生一股奇异的柔情，每次他都想压下去，拿他近二十年来的冷酷无情与之对抗。这种状态令他疲惫。他不安地看到，不公正的惩罚毁了他一生，在他内心所形成的凶险的冷静，渐渐动摇了。他不禁想到，能用什么取而代之呢？有时，他真希望事情不是这样，还不如让警察押进监狱，也免得让这事儿搅得意乱心烦。尽管已是晚秋，绿篱间还时有晚开的野花，他走过时闻到清香，便忆起童年往事。那些往事长久没有再现，现在几乎不堪回首了。

整整一天，难以表述的思绪就这样在他心头堆积起来。

太阳西沉了，照得地面上最小的石子也拖长影子。冉阿让坐到一片荆丛的后面。这是一大片红土平原，渺无人迹，只有远处的阿尔卑斯山，连远村的钟楼也不见。这儿估计离迪涅有三法里。离荆丛几步远，有一条小路横贯平野。

有人若是撞见他思索的神态，再看他那身褴褛的衣服，一定会感到格外可怕。他正思索的时候，忽然听见欢快的声音。

他扭头望去，只见从小路走来一个十岁左右的小男孩，看似萨瓦人，斜挎着一把手摇弦琴，背着套箱，裤子破洞里露出膝盖，是一个走村串户的快活的乖孩子。

那孩子唱唱跳跳，时而停下脚步，抛着几枚铜钱做"抓子儿"游戏。那几枚铜钱大约是他的全部财富，其中有一枚银币，面值四十苏。

孩子停到荆丛旁边，没有看见冉阿让。他相当灵巧，抛起几枚铜钱，总能用手背全部接住。

可是这回失了手，四十苏的钱币掉下去，朝荆丛滚去，到了冉阿让的脚边。

冉阿让一脚踩住。

可是，孩子的目光盯着钱币，看见他踩住了。

他一点也不惊讶，径直朝那人走去。

这地方寂无一人。举目四望，平原和小路上不见一个人影儿，只听见掠过高空的一群飞鸟的微弱鸣声。孩子背对着夕阳，在日光中，他的头发变成缕缕金丝，而冉阿让的野蛮面孔血红血红。

"先生，"萨瓦孩子说，带着儿童那种无知又天真的自信的口气，"我的钱呢？"

"你叫什么名字？"冉阿让问他。

"小杰尔卫，先生。"

"走开。"冉阿让说。

"先生，"孩子又说，"把钱还给我。"

冉阿让低下头，不再搭理。

孩子又说："我的钱，先生！"

冉阿让的目光仍然盯着地上。

"我的钱！"孩子嚷道，"我的白币！我的银币！"

冉阿让好像根本没听见。孩子抓住他的外衣领摇晃，同时用力要推开踩着他那宝贝的铁掌大鞋。

"我要我的钱！我的四十苏钱！"

孩子哭了。冉阿让又抬起头。他一直坐着，现在眼神有点慌乱。他有点惊奇地打量小孩子，接着伸手去抓棍子，厉声喊道："谁在这儿？"

"是我，先生。"孩子答道，"小杰尔卫！是我！是我！请把四十苏钱还给我！请您把脚挪开，先生！"

孩子恼火了，虽然人小，口气变了，几乎威胁地说：

"哼！您的脚挪开不挪开？嗳，挪开您的脚。"

"啊！又是你！"冉阿让说着，霍地站起来，但是那只脚始终踩着银币，他又补充说，"不要命啦，还不快逃！"

孩子吓坏了，看着他，接着，就开始从头到脚打哆嗦，怔住几秒钟，这才撒腿拼命逃掉，没敢回头，也没有叫一声。

不过，他跑了一段距离，喘不过气来，不得不停下。

冉阿让在胡思乱想中，听见他哭泣。

又过了一会儿，孩子不见了。

太阳也落了。

冉阿让周围渐渐昏暗。他一天没吃东西，也许他正发高烧。

他始终站在原地，自从那孩子逃掉之后，他就没有变换姿势。他的胸膛起伏，呼吸不均匀，间歇很长。他的目光投向十几米远，仿佛在专心研究掉在杂草中的一块蓝色旧瓷片的形状。突然，他打了个寒战，他刚刚感到夜晚的寒冷。

他压低鸭舌帽，遮住额头，还机械地抿了抿外套并扣上，走了一步，哈腰拾起地上的棍子。

就在这时，他瞧见四十苏的银币，有半截被他的脚踩进土里，在石子中间闪闪发亮。

他就像触了电似的，低声咕哝一句："这是什么东西？"接着倒退三步，站住，但是目光无法移开，仍然盯住他刚才脚踏的那一点，仿佛那闪光的东西，在黑暗中就是一只瞪着他的眼睛。

过了几分钟，他痉挛一般扑向银币，一把抓起它，又直起身，开始向平原四周远眺，目光投向天边的每一点。他站在那儿瑟瑟发抖，就好像一只受惊的野兽要寻找藏身之所。

他什么也没有看见。夜幕降临，大片的紫雾从暮色中升起，平原寒气袭人，一片苍茫。

他"啊！"了一声，便急忙朝那孩子消失的地方走去。走出百十来步远，他又站住，用目光搜寻，什么也没有看见。

于是，他全力呼喊："小杰尔卫！小杰尔卫！"

他住了声等待。

没人应答。

平野荒凉凄迷，四周一片空旷，只有望不穿的黑暗和叫不应的岑寂。

一阵寒风吹来，赋予周围的景物一种阴森可怕的活力。几棵矮树摇动短小枯瘦的手臂，显示一种不可思议的愤怒，就好像在威胁并追赶什么人。

他又往前走，继而跑起来，但是跑跑停停，在荒野中呼喊，声音特别凄惨又特别瘆人："小杰尔卫！小杰尔卫！"

不用说，那孩子若能听见，也一定吓得要命，不敢露面。不过，那孩子无疑走远了。

他遇见一个骑马的教士，便走上前去打听：

"神父先生，您看见有个孩子走过去了吗？"

"没看见。"教士答道。

"一个叫小杰尔卫的孩子？"

"一个人影儿我也没看见。"

他从钱袋里取出两枚五法郎的硬币，送给教士。

"本堂神父先生，这是给您的穷人的。——本堂神父先生，那孩子有十岁左右，我想是背着套箱，还有一把手摇弦琴。他朝那边去了。是萨瓦地方的人，您知道吗？"

"我根本就没看见。"

"小杰尔卫？他不是这一带村庄的人吗？您能告诉我吗？"

"照您这么说，我的朋友，那他就是个外乡的孩子。他们经过这地方，不会有人认识。"

冉阿让又猛然掏出两枚五法郎的银币，给了教士。

"给您的穷人。"他说道。

接着，他又昏头涨脑地补充说："本堂神父先生，您让人把我抓起来吧。我是个窃贼。"

教士吓得魂不附体，双腿一夹镫，催马跑掉。

冉阿让继续朝他认定的方向跑去。

他跑了好长一段路，左右张望，连声呼唤喊叫，可是再也没有碰见一个人。他在平野上，有两三回望见像是卧着或蹲着的东西，便跑过去，近前一看却是一簇荆草，或是露出地面的一块石头。最后，他来到一个三岔路口，便停下脚步。月亮升起来了。他向远处眺望，最后又喊了一次："小杰尔卫！小杰尔卫！小杰尔卫！"他的呼叫消失在迷雾中，没有唤起一点回音。他又喃喃说了一句："小杰尔卫！"但是声音微弱，有些含混不清。这是他最后的努力。他的双膝忽然一弯，就好像有一种无形的威力，用他黑良心的重负一下子将他压垮似的。他颓然倒在一块大石头上，两个拳头插进头发里，脸埋在双膝之间。他喊道：

"我是个无赖！"

这时，他的心碎了，失声痛哭。十九年来，他这是第一次流泪。

看得出来，冉阿让离开主教家的时候，也摆脱了他一贯的思想，一时还不明白内心发生了什么变化。他还故意对抗那老人的天使般的行为和温柔的话语。"您向我保证要当个诚实的人。我买下了您的灵魂。我把您的灵魂从邪恶的念头和沉沦的思想中赎出来，交给上帝了。"这话萦绕在他的脑际。他以傲气对抗这种上天的宽宥，而傲气在人身上好似恶的堡垒。他模模糊糊地感到，那个教士的宽恕是最强大的攻势、最猛烈的冲击，给他以极大的震撼。如果他顶住了这种宽恕，那么他就会顽抗到底，至死不悟了。如果他退让了，那么他就必须放弃仇恨，放弃多少年来别人的行为在他心中积满的、他也自鸣得意的那种仇恨。而这一战，非胜即败。这是一场大决战，在他的凶恶和那人的仁慈之间展开。

他头脑里充满这种种闪念，像醉汉一样往前走。他眼神怔怔，这样行走的时候，是否明确地领悟到，他在迪涅的奇遇可能给他带来的后果呢？他是否听到在人生的某些时候，警告或搅扰思想的这种神秘的嗡鸣吗？是否有个声音对着他耳朵说，他正经历命运的庄严时刻，他再也没有中间道路可走，从今以后，他不是做最高尚的人，就要成为最卑鄙的人，可以说，现在他必须升得比主教还要高，否则就会跌得比苦役犯还要低。如果他愿意向善，他就得成为天使，如果执意为恶，他就得化为魔鬼。是否有个声音对着他耳朵这样说呢？

在这里，我们还要提出在别处已经提过的问题：对这一切，他在思想里是否隐约抓住点点影子呢？诚如我们讲过的，不幸遭遇是一种教育，使人增长智慧。然而，他能否理清我们在此所指出的这一切，还是值得怀疑的。他即使想到这些，也不能洞悉，只能像雾中看花，而结果他只能陷入难以忍受的、几乎是痛苦的困惑中。刚从叫做苦役场的那种畸形而黑暗的东西里出来，主教就触痛了他的灵魂，正如眼睛刚离开黑暗会被强烈的光线刺痛一样。从此向他提供的未来生活，可能实现的完全纯洁、光辉灿烂的生活，反而使他心惊肉跳，惴惴不安。他确实再也弄不清自己到了什么地步。正如一只猫头鹰突然看见日出一样，这个苦役犯也像被美德晃花了眼睛，一时目眩神摇。

有一点可以肯定，而他却没有意识到，这就是他已不再是同一个人。他身上一切都变了，他再怎么做，也不可能消除主教对他讲过话并触动了他的事实。

就在这种思想状态中，他遇见了小杰尔卫，抢了那四十苏钱。为什么呢？肯定他自己也解释不了。难道这是他从狱中带出来的恶念的余威，仿佛最后挣扎，是冲动的余力，就像静力学所说的"致动力"的效果吗？是这种情况，也许比这种情况还要轻得多。一言以蔽之，抢钱的并不是他，并不是他这个人，而是这只兽，正是这只兽凭着习惯和本能，愚蠢地把脚踏在银币上。尽管当时他感触万端，心智还在搏斗。等心智清醒了，才看到这种兽性的行为。于是，冉阿让惶恐地退却，惊叫起来了。

他抢了那孩子的钱，干了一件他已经干不出来的事情，这种怪现象，只有处于他这种思想状态里，才有可能发生。

无论怎样，这最后一次恶劣的行为，对他却产生了决定性的效果。这次行为突然穿越心智，廓清混乱，将晦暗浊重排到一边，将光明清亮排到另一边，而且作用于他那种状态的心灵，就像催化剂作用于一种浑浊液体那样，使一种物质沉淀，使另一种物质变清了。

事情一发生，他还没有自省和思考，先像要逃命的人那样惊慌失措。他企图找到那孩子，把钱还给人家，等他明白这是徒劳而不可能时，他才停了下来，悲痛欲绝。他喊出"我是个无赖！"的时候，开始看清他的样子了。而在相当程度上，他同自身分离了，就觉得他不过是个鬼魂，面对着一个血肉之躯，正是凶相毕露的苦役犯冉阿让：手里拿着木棍，身上穿着破罩衫，身后背着装满偷来的东西的行囊，脸上一副毅然决然的阴沉相，头脑里装满了为非作歹的方案。

我们已经注意到，过分深重的苦难，在一定程度上使他产生幻觉。他眼前恰似一种幻景。他确确实实看见了这个冉阿让，面对着这副狰狞的面孔。他几乎产生疑问：此人是谁？而且他非常憎恶。

他的头脑正处于汹汹纷扰、又极度平静的时刻，幻想深不可测，吞噬了现实。他再也看不见周围的实物，却恍若看见心中的影像在体外活动了。

可以说，他同自身面面相觑。与此同时，他穿过这种幻景，望见一种神秘的幽深之处有光亮。起初他以为是火炬，再仔细观察在他心中出现的亮光，便认出那火炬具有人形，而且正是主教。

他的良心轮番打量这样立在面前的两个人：主教和冉阿让。少了前一个，是不可能消除第二个的。这种凝望往往产生特别的效果，他幻想的时间越久，在他眼里，主教的形象就越发高大，越放光彩，而冉阿让却越来越小，越来越模糊了。到了一定时候，冉阿让便成为一个影子，继而倏然消失，只剩下主教一人了。

他使这个无赖的整个灵魂充满灿烂的光辉。

冉阿让哭了很久，热泪满面，泣不成声，哭得比女人还脆弱，比孩子还惊慌。

就在他哭泣的时候，他的头脑渐渐敞亮了，这是一种异乎寻常的光，既迷人又可怕的光。他以往的生活、头一个过失、长期的赎罪，以及他的外表如何变得粗野，内心如何变得残忍，打算出狱后如何大加报复，他在主教家里干了什么事，而他最后干的一件事，如何抢了一个孩子的四十苏钱——还是在得到主教宽恕之后干的——罪行就尤为卑鄙，尤为可恶。这一切都重新浮现在脑海，显得十分清晰，而且笼罩在他从未见过的明光里。他看自己的生活，觉得十分可恶。他看自己的灵魂，觉得十分丑恶。然而，在这种生活和这颗灵魂上面，却有一片柔和的光。他仿佛借着天堂的光看到了撒旦。

他究竟哭了多久呢？哭过之后他又做了什么呢？他去了哪里？从来没有人知道。只有一个情况似乎得到证实，就在那天夜晚，格勒诺布尔的驿车大约凌晨三点到达迪涅城，在穿过主教府街时，黑暗中车夫看见有个人跪在马路上，好像对着卞福汝主教家的门在祈祷。

第三卷 1817年

一、1817年

　　1817这一年，路易十八以君王的坚定口气，不无自豪地宣称他在位二十二年了[1]。这一年，布吕吉尔·德·索苏姆先生出了名[2]。所有假发店老板都希望御鸟发髻和扑粉重新兴起，把门面刷成天蓝色，画上百合花。这是天真的时期，蓝克伯爵身穿法兰西元老院元老服，挎着红绶带，拖着大鼻子，以本堂区董事会董事的名义，每个礼拜天都坐在圣日耳曼草地教堂的公凳上，他那与众不同的侧影，具有干过惊天动地大事的威严。蓝克伯爵所干的惊天动地的大事是这样：他任波尔多市长期间，1814年3月12日那天，过早地把城池献给了昂古莱姆公爵[3]。于是，他进入元老院。1817年，四岁到六岁的男孩时兴戴仿摩洛哥皮制的大帽子，两边有帽耳，类似爱斯基摩人戴的高统皮帽。法国军队也模仿奥地利军式样，换上了白色军服。团队改称为联队，取消番号，统一用所在省份命名。拿破仑还在圣赫勒拿岛，

1　路易十八是被处死的国王路易十六的兄弟，于1814年拿破仑逊位时登上王位。他不承认法国革命和帝国时期，认为他的统治应从1795年路易十七死于狱中时算起，故曰"二十二年"。

2　布吕吉尔·德·索苏姆（1773—1823）：因翻译莎士比亚的戏剧而出名，但那是在1826年了。

3　1814年3月，反法同盟的英国军队从西班牙入侵法国，路易十八的侄儿昂古莱姆公爵随英军进入波尔多城。

由于英国人不肯向他供应蓝呢布，他就让人把他的旧服翻新。在1817年，佩勒格里尼还在唱歌，比戈蒂尼小姐还在跳舞，波蒂埃还是台柱子，奥德里还未出道[1]。萨基夫人取代里奥索[2]。法国还有普鲁士占领军。德拉洛[3]先生成了名人。正统王朝在剁了普列尼埃、加尔保诺和托勒隆的手之后，又砍了他们的头[4]，统治才算稳固了。内侍长塔列朗王爷和钦命财政大臣路易神父，像两巫师那样相视而笑。正是他们两位，于1790年7月14日在演武场举行了联盟弥撒。塔列朗以主教身份主祭，路易以副主教身份助祭。1817年，就在演武场两侧的路上，还能发现几截粗圆木，躺在雨中杂草里腐烂，当初的蓝色油漆和金鹰金蜂图案都褪了色，只剩下斑斑残迹了。那些圆柱，正是两年前五月集会场支撑皇帝检阅台用的，后来让篝火烧得遍体焦黑。那是驻扎在巨石教堂附近的奥地利军所生的篝火，有两三根已经烧成灰烬，烤暖了那些德国大兵的巨掌。五月集会有这样特点：是6月份在三月广场[5]举行的。1817这一年，有两件事尽人皆知：《伏尔泰－图盖》和宪章鼻烟壶[6]。最新轰动巴黎的消息是杜丹的罪案，他将自己兄弟的脑袋丢进花市的水池里。海军部开始调查美狄斯号战舰沉毁的事件，这个事件使寿马雷蒙羞，给杰里科添彩[7]。塞尔夫上校赴埃及，成为苏里曼－巴沙[8]。竖琴街的浴宫改成桶匠铺。在克吕尼公馆的八角楼露台上，还能见到一间小木板房，那是路易十六时期海军天文官梅西埃的天文台。杜拉斯公爵夫人在陈设天蓝

1　佩勒格里尼其时还在那不勒斯，1819年才到巴黎唱歌；比戈蒂尼小姐在巴黎歌剧院跳舞；波蒂埃是巴黎杂耍剧院的演员，后来同奥德里同台演出。

2　萨基夫人和里奥索都是走钢丝演员。

3　查理－弗朗索瓦－路易·德拉洛（1772—1842）：法国法学家，1814年发表《论法兰西君主制宪法和基本法》。

4　普列尼埃等被指控为作乱犯上，处以这种刑法。

5　即演武场，法文中的"三月"和"战神"是同一个词。

6　《伏尔泰－图盖》：即图盖上校1821年出版的伏尔泰选集。这位上校于1820年还出售刻有宪章的鼻烟壶。

7　美狄斯号于1816年7月2日沉没，船长寿马雷率先逃命；杰里科则以沉船为题进行绘画，并于1819年展出。

8　塞尔夫上校：帝国旧军官，1816年定居埃及，改信伊斯兰教，当上将军，人称苏里曼－巴沙。

缎面的X形家具的小客厅里，给三四位朋友朗诵她那还未发表的作品《乌里卡》。卢浮宫中正往下刮N字母[1]。奥斯特利茨桥逊位，改名为御化园桥。一语双关，既隐含奥斯特利茨桥，又影射植物园。路易十八又读起贺拉斯的作品，用指甲尖画出重点。他特别注意当上皇帝的英雄和做了王子的鞋匠，尤其担心两个人：拿破仑和马图兰·布鲁诺[2]。法兰西学士院有奖征文的题目是："学习的乐趣"。贝拉尔先生公认才辩无双。在他的荫庇之下，可以看见未来的代理检察长德·勃罗初露锋芒，一定会有犀利的公诉状，压倒保罗-路易·库里埃[3]。这一年，有个冒牌的夏多布里昂，名叫马尚吉，后来又有个冒牌的马尚吉，名叫阿兰库尔[4]。《克莱珥·达尔伯》和《马莱克-阿代尔》被捧为杰作，科坦夫人[5]被誉为当代首屈一指的作家。法兰西学士院听任将拿破仑·波拿巴从院士名单上抹掉。一道谕旨要人在昂古莱姆设立海军学校，因为昂古莱姆公爵是海军元帅，自不待言，内陆城市昂古莱姆就必然具备海港的一切优越条件，否则君主政体就残缺不全了。内阁会议激烈辩论的一个问题，就是应否允许弗朗克尼广告上吸引流浪儿的那种杂技图案。《阿涅丝》的作者帕埃尔先生，那位方脸上长了个肉瘤的家伙，时常去主教城街萨斯奈侯爵夫人府，指挥小型家庭音乐会。所有少女都爱唱埃德蒙·杰罗作词的《圣阿维勒的隐修士》。《黄侏儒报》变成了《镜报》。拥护皇帝的朗布兰咖啡馆对抗拥护波旁王室的瓦卢瓦咖啡馆。被卢威尔暗中盯住的贝里公爵[6]，刚刚娶了西西里岛的一位公主。斯达尔夫人[7]去世已有

---

1   N字母：拿破仑的开头字母，是他的徽志。

2   马图兰·布鲁诺是鞋匠，曾冒充路易十七，在局部地区一时得逞。

3   贝拉尔在波旁王朝复辟时期任巴黎检察长；雅克-尼古拉·德·勃罗（1790—1840）于1818年任代理检察长，1821年宣读指控保罗-路易·库里埃的公诉状。

4   夏多布里昂（1768—1848）：法国著名浪漫主义作家；马尚吉：研究法国诗歌的作者；阿兰库尔：庸俗作家。

5   科坦夫人（1770—1807）：法国作家，于1799年发表小说《克莱珥·达尔伯》。马莱克-阿代尔是《玛蒂尔德——取自十字军东征史的回忆录》中的人物。

6   路易·皮埃尔·卢威尔（1783—1820）：制马鞍工匠，1820年刺杀了路易十八的侄儿贝里公爵，被处以绞刑。

7   斯达尔夫人（1766—1817）：法国浪漫主义作家，1817年7月14日去世。

一年了。禁卫军给马尔斯小姐[1]喝了倒彩。各家大报都只有一点点大，版面虽然压缩，而自由却有巨大的驰骋空间。《宪政报》是拥护宪政的。《密涅瓦报》[2]把夏多布里昂写成夏多布里盎，有产者便借题发挥，对这位大作家好一阵嘲笑。在一些被人收买的报纸上，那些形同妓女的记者大肆辱骂1815年被清洗的人：大卫[3]没有才华了；阿尔诺[4]文思枯竭了；加尔诺[5]不再廉洁了；苏尔特[6]从来没有打过胜仗；拿破仑也确实没有天赋了。通过邮局极少能把信件寄到被放逐的人手中，警察将截留信件当作神圣的职责，这种情况尽人皆知。这也不是什么新鲜事儿了，被放逐的笛卡尔[7]就抱怨过。大卫因为收不到别人写给他的信件，在一家比利时报上发了几句牢骚，保王党报纸就认为很可笑，乘机对这名放逐者冷嘲热讽。称为"弑君者"或者"投票者"，称为"敌人"或者"盟友"，称为"拿破仑"或者"布奥拿巴"，这就会在两个人之间造成一道鸿沟。凡是有点儿头脑的人都认为，绰号为"宪章的不朽作者"的路易十八国王，将革命世纪的大门永远关闭了。在新桥的马道上，有人在准备安放亨利四世雕像的基座上刻了"再生"。皮埃先生[8]在泰蕾丝街4号，正酝酿召开秘密会议，以图巩固君主政权。右翼的首领们一到严重关头就说："应当给巴柯[9]写信。"卡努埃勒、奥马奥尼和沙普德莱诸人策划稍后名为"河滨阴谋"的计划，多少也是得到御弟[10]首肯的。"黑别针社"[11]也在紧锣密鼓地活动。德拉维德里和特罗果夫勾结起来。

1　马尔斯小姐（1779—1847）：原名安娜·布代，法国演员，以扮演罗马贵妇著称，因在"百日政变"时公开拥护拿破仑，1815年7月10日演出时被人喝倒彩。

2　《密涅瓦报》：法国波旁王朝复辟时期的刊物。

3　雅克-路易·大卫（1748—1825）：法国著名画家。

4　阿尔诺：帝国时期官方的剧作家。

5　加尔诺："百日政变"时期任内政大臣。

6　苏尔特（1769—1851）：法兰西元帅，屡建战功。

7　笛卡尔并没有被放逐，他主动到荷兰居住二十年。

8　让-皮埃尔·皮埃（1763—1864）：右翼议员，他曾纠集二百来人密谋。

9　巴柯男爵：极端派议员。

10　御弟：指路易十八的兄弟阿尔图瓦伯爵。

11　黑别针社：波拿巴派的秘密结社。

不过，控制局面的，还是具有一定自由思想的德卡兹公爵[1]。夏多布里昂住在圣多米尼克街27号，每天早晨他站在窗口，穿着长裤和拖鞋，花白头发裹着马德拉斯彩巾，眼睛盯着一面镜子，面前敞着装有全套牙科手术器械的医疗箱，他一边修着他那漂亮的牙齿，一边向他的秘书皮洛日先生口述《依照宪章的君主制》的不同诠释。权威批评捧拉封而贬塔尔马。德·菲勒茨先生用A字母签名，而霍夫曼则用Z字母。查理·诺地埃正在写《泰蕾丝·欧贝尔》。离婚法废止了。公立中学改称中学堂。中学生衣领上佩戴一枚金质百合花，他们因为罗马王拿破仑一世和玛丽－路易丝所生的儿子[2]而相互争斗。宫廷侦探向王妃殿下[3]报告说，奥尔良公爵的画像到处陈列，穿着轻骑兵将军军服，比身穿龙骑兵将军军服的贝里公爵还精神，这是极为不妥的。巴黎市政拨款为残疾军人院的圆顶重新镀金。正派人都在猜测，在这种或那种情况下，德·特兰克拉格先生[4]会如何行动；克洛塞尔·德·蒙塔尔先生在许多方面，同克洛塞尔·德·库塞格先生分道扬镳；德·萨拉贝里先生很不满意。喜剧作家皮卡尔，连喜剧作家莫里哀都未能当选的学士院院士，在奥德翁剧院公演他的剧作《两个菲力贝尔》，而剧院门楣上刚刚揭去的牌子字迹还清晰可辨：皇后剧院。对待库涅·德·蒙塔洛[5]，有人拥护有人反对。法布维埃是乱党。巴武是革命党。佩利西埃书局印行一套伏尔泰文集，书名为《法兰西学士院院士伏尔泰作品集》。这位天真的出版商说："这样能吸引买者。"舆论普遍认为，查理·卢瓦宗是本世纪的天才。已经有人嫉妒他了，这是出名的标志，有人为他写了这样一行诗：

小鹅纵飞翔，也感其有掌。[6]

1　德卡兹公爵从1815年起为警务大臣，而到1818年德索勒组阁时，他才真正控制局面。

2　拿破仑二世（1811—1832），他一出世就宣布为罗马王。

3　指阿尔图瓦伯爵夫人，贝里公爵的母亲，她在防范王室旁支奥尔良公爵。

4　德·特兰克拉格作为右翼代表，于1816年和1817年两度竞选会议议长而失败。

5　库涅·德·蒙塔洛："睡狮社"秘密集团的成员。

6　法语中卢瓦宗与小鹅同音。

红衣主教斐茨既然不肯辞职，阿马西大主教德·潘先生就只好掌管里昂教区。瑞士和法国开始争执达普山谷的归属，这是由后来晋升为将军的杜富尔上尉的一篇文章引起的。不知名的圣西门[1]正在构思美梦。科学院有一个大名鼎鼎的傅立叶[2]，却被后世忘记；不知从什么角落钻出来一个默默无闻的傅立叶[3]，却流芳百世。拜伦勋爵开始崭露头角，米勒乌瓦一首诗的注释中，用这样的话把他介绍到法国："有个叫拜伦勋爵的人……"昂热的大卫[4]正试着摆弄大理石。在沸杨丁死巷，加隆神父向一群青年教士称赞一个不知名的教士，那人名叫菲利西特·罗贝尔，即后来的拉梅内[5]。一样东西在塞纳河上冒着浓烟，嘟嘟作响，犹如泅水的狗，从杜伊利里宫窗下经过，来往于王宫桥和路易十五桥之间。那是一件没有多大用处的机器，一样玩具，是异想天开的发明者的一种梦幻，一个乌托邦：一只汽船[6]。对于那无用的东西，巴黎人都等闲视之。德·沃布朗[7]先生以政变、法令和拉帮结伙的手段，改组了法兰西学院，一手安插好几个人当院士，真是翻手为云，覆手为雨，可是到末了他自己却当不上院士。圣日耳曼区和马尔桑公馆都认为德拉沃先生虔诚，盼望他出任警察署长。杜比特林和雷加米埃[8]在医学院的阶梯教室里，就耶稣-基督的神性问题争论起来，激烈得以拳脚相威胁。居维叶[9]一只眼盯着《创世记》，另一只眼盯着大自然，极力调和化石和经文来讨好信教的反动势力，用古生物乳齿象讨好摩西。弗朗索瓦·德·讷夏

1　圣西门：空想社会主义者，在世时几乎鲜为人知。

2　傅立叶男爵（1768—1830）：于1817年选入科学院。

3　查理·傅立叶（1772—1837）：著名空想社会主义理论家，当时默默无闻。

4　皮埃尔·让·大卫（1788—1856）：法国雕塑家，生于昂热。当时他已非新手。

5　加隆神父（1760—1825）于"百日政变"期间在英国遇见拉梅内。拉梅内（1782—1854）是法国作家。

6　1816年8月20日，儒夫鲁瓦·达邦侯爵在塞纳河试验一只汽船，后因筹款失败而停止。

7　德·沃布朗伯爵（1756—1845）：任内政大臣，于1816年3月清洗了法兰西学士院。

8　雷加米埃和杜比特林属于同代的著名外科医生。雷加米埃是生机论者，而杜比特林并无理论，作者可能把他和唯物主义论者医生布鲁塞弄混了。

9　居维叶男爵（1769—1832）：法国动物学家和古生物学家。

多[1]先生是纪念帕芒蒂埃的值得称赞的耕耘者，他不遗余力要人把马铃薯改称为"帕芒蒂埃薯"，结果完全徒劳。格列高利神父，前主教，前国民公会代表，前元老院元老，在保王党辩论文章中，竟转成"无耻的格列高利"。这里用的"竟转成"，被罗叶-科拉尔先生说成是新造的词组。在耶纳桥的第三个桥洞下方，从石头的白洁程度上，能看出那块新石头，用来砌死两年前布吕歇为炸桥而凿开的洞。有个人看见阿尔图瓦伯爵走进圣母院，就高声说："见他妈的鬼！从前看见波拿巴和塔尔马挽着手臂同赴野蛮舞会，我真怀念那个时期。"于是，法庭传讯那人，说他发表煽动性言论，判处六个月监禁。一些卖国贼明目张胆地抛头露面。大战前夕投敌的人，也毫不掩饰他们所得的奖赏，恬不知耻地走在光天化日之下，炫耀他们的富贵荣华。在利尼和四臂村那里的一些逃兵，完全是一副卖国求荣的嘴脸，赤裸裸地展示对王朝的忠心，竟然忘记英国公厕内墙上所写的话："请整理好衣服再出去。"

这些杂乱无章，就是1817年还依稀残存的事情。就连那一年，如今也被人遗忘了。历史一向忽视所有这类有特色的事情。这也在所难免，历史总要被无穷无尽所侵占。然而，这些细节还是有用处的——人们总不当地把这称为小事，其实人类并无小事，正如植物没有小叶一样。世世代代的面貌，是由岁岁年年的表情组合而成的。

1817那一年，四个巴黎青年搞了一场"恶作剧"。

二、两伙四人帮

这些巴黎青年中，第一个是土鲁兹人，第二个是利摩日人，第三个是卡奥尔人，第四个是蒙托邦人。他们都是大学生，是大学生就是巴黎人。在巴黎上学，就算生在巴黎。

这几个青年都微不足道，他们这类面孔人人都见过。普通人的四个样

1　弗朗索瓦·德·讷夏多（1750—1828）：政治家、诗人、农学家，法兰西学士院院士。

板，既不善，也不恶；既不博学，也不无知；既不是天才，也不是蠢蛋；但是都青春貌美，正当所谓阳春三月的二十岁。这是随便凑起来的四个奥斯卡[1]，因为当时还不存在阿瑟[2]。歌谣唱道："阿拉伯香，为他而点燃，奥斯卡走上前，奥斯卡，我要去看他！"人们刚刚走出莪相[3]，这歌具有斯堪的纳维亚式和喀里多尼亚[4]的优美，纯粹的英格兰体后来才开始风行，而且，阿瑟类型的第一人威灵顿，也才刚刚在滑铁卢打了胜仗。

这几个奥斯卡，土鲁兹城来的叫菲利克斯·托洛米埃，卡奥尔城来的叫李斯托利埃，利摩日城来的叫法梅伊，最后这个从蒙托邦城来的叫布拉什维尔。自不待言，他们每个都有一个情人。布拉什维尔爱的人叫宠姬，因为她去过英国；李斯托利埃钟情于大丽，她起这花名误以为是战争名字呢；法梅伊视瑟芬为天仙，这名字是约瑟芬的简化；托洛米埃则有芳汀，号称金发美人，只因她那头美发赛过太阳的光辉。

宠姬、大丽、瑟芬和芳汀，是四个秀色可餐的少女，一个个香气袭人，神采飞扬，还未脱尽女工的本相，也没有彻底放下针线。尽管偷情幽会，但是脸上还残留两分劳作的庄重之色，而灵魂里还开着贞洁之花。这朵花在女人身上，并未因初次失身而立即败落。四人中年龄最轻的叫小妹，还有一个叫大姐，年龄也不过二十三岁。不必讳言，在人生的尘嚣之中，头三人阅历多些，放得开些，浪相也更加明显，而金发美人芳汀，还沉迷于初次的幻想中。

大丽、瑟芬，尤其是宠姬，都谈不上这种痴情了。她们的浪漫曲刚开始不久，就不止一次出现插曲了。情人在第一章叫阿道尔夫，到第二章变成阿尔封斯，到第三章又变成古斯塔夫。贫穷和爱俏是两个要命的参谋。一个责备，一个奉承。大凡普通人家的漂亮姑娘，耳朵两边都有这两个参谋

1　奥斯卡（1799—1859）：瑞典和挪威国王，生于巴黎。

2　阿瑟（1830—1886）：美国政治家，美国总统（1881年至1885年在位）。

3　莪相：公元3世纪爱尔兰说唱诗人。莪相歌谣对欧洲浪漫派文学影响极大。其影响的高峰到1815年才结束，故曰"走出莪相"。

4　喀里多尼亚：苏格兰的古称。

嘀嘀咕咕。这些疏于防范的心灵，也就言听计从。她们失足落井，别人下石，原因都在于此。别人总拿白璧无瑕、高不可攀的贞妇烈女作为光辉榜样，对她们求全责备。唉！如果少女峰[1]也不胜饥寒之苦呢？

宠姬去过英国，因此深得瑟芬和大丽的仰慕。她很早就有个家。父亲是个数学老教师，性情粗暴，又爱吹牛，一辈子没结婚，上了年纪还到处奔波，给人补课度日。这位教师年轻的时候，有一天看见清洁女工的裙摆挂到炉遮上，偶然一顾便动了春心，结果有了宠姬。她时而还能遇见父亲，父亲总是客客气气地同她打招呼。有一天早晨，家里来了一个怪模怪样的老太婆，进门就问她："您不认识我吧，小姐？""不认识。""我是你妈呀。"说罢，老婆子就打开食品柜，又吃又喝，接着把自己的一床铺盖搬来，就住下了。这个母亲是个虔诚的信徒，整天叨叨咕咕，从不跟宠姬说话，一连几小时也不吭一声，一日三餐，食量抵得上四个人，吃完饭就下楼到门房那里闲坐，讲女儿的坏话。

将大丽推向李斯托利埃，也许还推向别人，推向游手好闲生活的，就是她那粉红的指甲。指甲太美了，怎么忍心用来做工呢？谁若想保持贞洁，谁就不能吝惜自己的双手。至于瑟芬，她迷住法梅伊，全凭她那种娇羞作态的应声："是，先生。"

小伙子是同学，姑娘们是好友。这类爱情总是多出一份友情。

检点和达观是两回事。这里有例证，抛开他们不合规矩的苟合不谈，宠姬、瑟芬和大丽都是达观的姑娘，而芳汀则是检点的姑娘。

能说检点吗？那么托洛米埃又怎么样呢？所罗门可能这样回答：爱情是一件审慎检点的事情。我们只能说，芳汀的爱情是初恋，是唯一的爱，忠贞不二的爱。

她们四人中，唯独她只许一个人以"你"相称呼。

芳汀这个姑娘，可以说是从平民的底层成长起来的。她从深不可测的

1　少女峰：瑞士境内的阿尔卑斯山脉的一座山峰，海拔4166米。雨果把少女峰当作纯洁的象征。

社会黑暗中脱颖而出，额头却毫无表明家庭身世的特点。她生在海滨城市蒙特伊。父母是什么人呢？谁又知道呢？无论她父亲还是她母亲，谁也没有见过。她叫芳汀。为什么叫芳汀呢？别人根本不知道她还有什么旁的名字。她出世那年，正是督政府时期。她没有家，也就没有姓。当时那里没教会了，她也就没有教名。她很小的时候，赤着脚走在街上，随便一个过路人高兴这么叫她，她就有了名字。她接受这个名字，就像雨天额头接受乌云洒下来的水一样。大家叫她小芳汀。除此外，谁也不了解其他情况了。这个人就是这样来到人间的。十岁上，芳汀出城到周围的农户人家找活儿干。十五岁上，她来到巴黎"碰运气"。芳汀长得美，又尽量把贞洁保持时间长些。她是个漂亮姑娘，头发金黄，牙齿雪白，有黄金和珍珠当嫁妆，不过，她的黄金长在头上，珍珠含在口里。

她为生活而劳作，后来，她爱上一个人，还是为生活，因为心也会饥渴。

她爱上托洛米埃。

他是逢场作戏，她却一片痴情。充斥拉丁区街巷的大学生和青年女工，目睹了这场梦幻的开场。在先贤祠所在的山丘一带迷宫里，发生了多少悲欢离合的故事。芳汀长时间逃避托洛米埃，但是逃避的方式又总是为了遇见他。有一种躲避的方式，同追求何其相似。总而言之，一幕浪漫曲开场了。

布拉什维尔、李斯托利埃和法梅伊，组成以托洛米埃为首的小团体，他是最有智谋的。

托洛米埃是个老而又老的大学生。他有钱，有四千法郎的年息。在圣日内维埃芙山，有四千法郎的年息，就可以随心所欲了。托洛米埃活了三十个年头，没有很好爱惜身体。他脸上起了皱纹，牙齿也脱落了几颗，而且还秃了顶，他倒是满不在乎地说："三十秃了顶，四十双膝硬。"他的消化能力不强，有一只眼睛常流泪。然而，随着他的青春渐渐熄灭，他却点燃了寻欢作乐的蜡烛。他用插科打诨代替牙齿，用欢乐代替头发，用嘲讽代替健康，他那只泪汪汪的眼睛也总是笑眯眯的。他的身体衰微败破，但整个儿是颗花花心。他的青春未到年限就退走了，但是没有溃不成军，还保持队形，敞声大笑，在别人看来简直是一团火。他写了一出戏，被杂耍剧院拒绝了。有时他也随便诌几句诗。此外，他目无下尘，对什么都怀疑。在弱者的眼里，他真是个伟丈夫。他善嘲讽又是秃头，因而当了头领。英文Iron这个词是"铁"的意思，难道ironie（嘲讽）是从英文这个词来的吗？

有一天，托洛米埃将其他三人拉到一边，打了个手势，以权威的口气对他们说：

"芳汀、大丽、瑟芬和宠姬，要我们给她们一个惊喜，说话过去快有一年了。当时，我们郑重其事答应了她们。这事儿她们总提起来，尤其是对我讲。正像那不勒斯城老太婆冲圣让维埃叫嚷：'黄脸皮，快显灵！[1]'那样，我们的美人也不断对我说：'托洛米埃，你那让人惊喜的事儿，什么时候才能分娩出来呀？'与此同时，我们父母也来信了。真是两面夹攻。我看时候到了，咱们商量一下。"

说到此处，托洛米埃压低声音，面授机宜，讲的话一定十分有趣，只见四张口同时发出一阵狂笑，布拉什维尔还高声说："这主意太妙啦！"

他们走到一家烟雾腾腾的小咖啡馆，便蜂拥而入，他们密谈的下文就消失在那昏暗中了。

幽暗中这种密谈的结果，却是一次耀眼的郊游：安排在星期天，四名青年邀请四位姑娘。

三、四对四

如今已难想象，四十五年前大学生和青年女工郊游的情景。巴黎郊区已非当年模样，所谓市郊的生活面貌，半个世纪以来，已经完全变了。当年有布谷鸟，如今有火车；当年有游船，如今有汽艇；当年谈起圣克卢，如

1　原文为意大利文。

今就像谈起费冈[1]一样。1862年的巴黎城，是以整个法国为郊区的。

这四对情人尽情嬉戏，把当时郊外所有的游乐场所都玩儿了个遍。已经开始度暑假了，这是一个温暖晴朗的夏日。宠姬是几个姑娘中唯一会写字的人，在郊游的前一天，她以四人的名义，给托洛米埃写了这样一句话："活早出门好快清。"[2]因此，他们五点钟就起床了，乘公共马车去圣克卢，看了一回干涸的瀑布，大家嚷道："若是有水，一定非常好看！"接着到加斯丹还没有去过的黑头餐馆用午餐；再到大水池梅花形林荫道，花钱玩了一场骑木马摘环游戏；又登上狄奥仁灯塔；在塞夫尔桥，拿杏仁饼去赌转盘；经过普陀采几束野花；在纳伊买几支芦笛，每到一处都吃苹果馅饼，真是其乐无穷。

几个姑娘叽叽喳喳，不停地喧闹，好似逃出笼子的几只莺，使劲撒欢儿。她们不时同几个青年撩逗，拍拍打打。这是生命清晨的陶醉！美妙的岁月！蜻蜓的翅膀在震颤。啊！无论你是谁，你总会记得吧。你曾经穿行过荆丛，为跟在身后的可爱的人分开树枝吧？你曾经跟心上的女人笑着，一齐从雨水浇湿的坡上往下滑吧？那女子拉着你的手，高声说道："哎呀！瞧我这双新鞋！弄成什么样子啦！"

让我立刻就说破了吧，这伙快活的游人倒希望天气捣捣乱，增添点情趣，可就是没有来一场阵雨，尽管在出发的时候，宠姬拿着权威的、做母亲的腔调说过："孩子们，蜗牛在小路上爬呢。这可是下雨的兆头。"

这四位姑娘简直美极了。一位名噪一时的古典派老诗人，是个也曾拥有一位心上美人儿的骑士——德·拉布伊斯先生，这天在圣克卢的栗树林中散步，上午十点钟看见她们从那里经过，不禁赞道："只是多出一个"，心中想的是美惠三女神[3]。布拉什维尔的情人宠姬，那位二十三岁的大姐，在苍翠的粗树枝下带头跑起来，跳过水沟，拼命跨越一簇簇荆棘，以年轻

1　费冈是诺曼底地区的港口，濒临英吉利海峡。

2　宠姬识字不多，原文中将清早和快活两词用反。

3　指希腊神话中妩媚、优雅和美丽三位女神，是主神宙斯的女儿。

的农牧女神的奔放来主持这种乐趣。瑟芬和大丽在一起，正巧相得益彰，彼此增色，她们俩形影不离，照英国人的姿态相互偎倚，与其说是出自友谊，倒不如说由于她们爱俏的本能。当时，头一批《时尚手册》问世不久，女子渐尚忧郁的神态，如同后来男人效仿拜伦那样。女子的发型也开始披散开了，瑟芬和大丽梳成滚筒式发型。李斯托利埃和法梅伊正议论他们的教师，向芳汀解释戴万库尔和布隆多两位先生的差异。

布拉什维尔生在世上，仿佛就是为了在星期天替宠姬拿披肩的，将那条特尔诺厂产的只有一端镶边的披肩搭在胳臂上。

托洛米埃殿后，他非常快活，可是让人感到是他在统辖。他的快活情绪中有专制的意味。他最讲究的服装，是一条南京布裤，大象腿式裤筒，裤脚由铜丝带扎在脚下。他拿着一根价值两百法郎的粗藤手杖，而且，他一向我行我素，嘴上叼着名叫雪茄的怪物。他眼里没有神圣的东西，因此吸烟也满不在乎。

"这个托洛米埃，真是不同凡响。"别人肃然起敬地说，"穿那样的裤子！魄力多大啊！"

至于芳汀，就像快乐女神。她那两排光灿灿的牙齿，显然从上帝那里接受了一种笑的使命。她那顶白色长带的精美小草帽，戴在头上的时候少，戴在手上的时候多。她那头厚厚的金发，动不动就飘舞，披散开来，不时要拢一拢，仿佛垂柳，为了掩护逃匿的该拉忒亚[1]。她那粉红色嘴唇莺声呖呖，两边嘴角往上翘，极其性感，如同古代的埃里戈涅[2]雕像，一副挑逗的情态。但是她那满是阴影的长长睫毛，却谨慎地低垂着，好像要制止下半张脸喧闹欢笑。她的全身打扮，透出难以描摹的欢悦和光彩。她下身穿一条淡紫色巴勒吉纱裙，足套一双金褐色的小巧玲珑的厚底鞋，由彩带交叉系在两侧挑花的细纱白袜上。上身是一件薄纱短衫，是马赛的新产品，起

1　该拉忒亚：希腊神话中的海中女神，与一个年轻牧人在山洞幽会。独眼巨怪发现后，用石头将牧人砸死。她又将牧人变成河流，顺流回归大海。

2　埃里戈涅：罗马神话中酒神巴克斯的情人。

名叫"干十五"，由加纳比埃尔大街上的人讲"八月十五"的发音而来，意谓晴朗的天气、炎热和南方。另外三位姑娘，我们说过，就不这么羞怯，都干脆袒胸露肩。这种装束，在夏天又戴着缀满鲜花的帽子，就显得格外娇艳而妖媚。然而，在这种大胆的装束旁边，却有金发芳汀的"干十五"透明薄纱衫，欲隐还现，亦盖亦彰，好似一种又端庄又富于撩拨的奇装。如果出现在海绿眸子的塞特子爵夫人主持的著名情宫里，也许因其以贞洁来挑逗，而获得子爵夫人颁发的美服奖。最天真有时最高明。这种情况时有发生。

脸蛋儿光艳照人，倩影娉婷，眼珠呈深蓝色，眼皮儿如凝脂，双足娇小而翘起，手腕和脚踝都珠联璧合，肌肤白皙，隐约显现天蓝色的脉络，面颊稚嫩而鲜艳，脖颈肥硕赛似埃伊纳岛出土的朱诺[1]塑像，后颈既健壮又柔美，两肩好像由库斯图[2]塑造出来的，中间有一个迷人的浅窝，透过薄纱依稀可见。快乐的神情因幻想而凝结，既如雕塑又美妙天成。这便是芳汀：朴素的衣裙里面，可以想见是一尊雕像，而在这尊雕像里面，可以想见有一颗灵魂。

芳汀很美，但她本人却不大了解。屈指可数的沉思者，那些审美的神秘的教士，总是默默地以十全十美的标准来衡量一切事物，他们若是遇见这个小小的女工，就可能从这种透明的巴黎风采中，看出古代神像的和谐美。这位来自幽暗底层的姑娘是纯种儿的。她从两方面体现出美来，即风度和容止。风度是理想的形态，容止则是理想的动态。

我们说过，芳汀是快乐女神。芳汀也是贞洁的化身。

一个善于观察的人，如果仔细打量过她，就会明白她虽然完全陶醉在青春年华、美好季节和爱恋之中，但是周身表露出来的，却是一副含蓄庄

1　埃伊纳岛是希腊的岛屿，1811年出土大批塑像，其中有多尊朱诺塑像。朱诺是罗马神话中的天后，主神朱庇特的妻子。

2　库斯图（1658—1733）：法国著名雕塑家。

重的凛然难犯的神态。她本人也颇惊奇，正是普绪喀[1]区别于维纳斯的细微差异。芳汀白白的手指又细又长，胜似拿着金针拨弄圣火灰烬的贞女。尽管她对托洛米埃有求必应，这一点以后会看得十分清楚，但是安静下来的时候，她的面孔却完全是处女的神态。在某种时刻，她会突然换上一种庄重严肃，近乎庄严的神情，看到她脸上快乐倏然消失，没有过渡，就从喜气洋洋转入沉思冥想，世间再也没有比这更奇特，更令人心跳的变化了。这种突然转换的严肃，有时显得过分严厉，宛如女神的鄙夷的表情。她的额头、鼻子和下颏儿，构成线条的平衡，明显地不同于比例的平衡，这就是为什么她的面孔看上去很匀称。从鼻尖到上唇的间距极有特色，这道细微难辨的纹路十分迷人，是贞洁的神秘的标志。正是由于这一点，红胡子爱上了从圣像堆中发现的一幅狄安娜像。

爱情是一种过失，就算这样吧。芳汀却是浮游在过失上面的天真。

四、托洛米埃乘兴唱起西班牙歌

这一天从早到晚都布满彩霞。整个大自然仿佛在过节，在尽情欢笑。圣克卢的花坛芬芳扑鼻；从塞纳河吹来的清风拂动树叶，树枝在风中轻摇；蜜蜂正在掠夺茉莉花粉；一群流浪的蝴蝶扑向菁草、三叶草和野燕麦；在森严的法兰西国王的御花园中，还有一帮流浪汉，即一群鸟雀。

四对欢快的情侣，投入阳光、田野、鲜花和树木之中，一个个容光焕发。

她们这群天上来的仙客，又说又唱，又跑又跳，忽而追扑蝴蝶，忽而采摘田旋花，在深草中沾湿了粉红挑花袜。她们都那么鲜艳，都那么放情嬉戏，随时接受每个男人的亲吻。唯独芳汀还似乎固守抗拒，一副沉思而易受惊吓的样子，但是她已动了春心。

1　普绪喀：希腊神话中人类灵魂的化身，以少女的形象出现。她和爱神厄洛斯相爱，后来几经磨难而结为夫妻。

"你呀，"宠姬对她说，"总是这样，放不开。"

他们就是快乐。几对快乐的情侣所经之处，无不向生命和自然发出深沉的呼唤，从天地万物呼唤出爱抚和光明。从前有一位仙女，她特意为恋人创造出草地和树林。从那以后，痴情的男女就总是逃学，而且周而复始，永无绝期，只要世上还存在树林和学生。从那以后，思想家也无不看重春天。贵族和磨刀匠，王公大臣和乡下佬，朝廷命臣和市井百姓，这是按照从前的说法，大家都成为那位仙女的臣民。大家欢笑，相互追求，空气中洋溢着神灵的彩光。有了爱情，人的面貌发生了多大变化啊！公证处的小文书全成了神仙。轻声叫喊，草丛里的追逐，奔跑中拦腰抱住，这类不规范的言语就是优美的旋律。这种爱慕只用一个音节迸发出来。这些樱桃从一张嘴传到另一张嘴，这一切都熊熊燃烧，汇入上天的光辉里。美丽的姑娘都在轻柔地浪掷她们自身的东西。大家认为这永远也不会完结。哲学家、诗人、画家观察这一幕幕忘情的场面，不知道如何处理，直看得眼花缭乱。瓦托[1]嚷道：到西泰尔岛去！平民画家朗克雷[2]望着这些市民在蓝天飞舞。狄德罗把手臂伸向所有这类轻浮的爱情。于尔飞[3]则把古代的祭司拉进去。

吃过午饭，四对情侣又去当时所谓的国王方园，观赏刚从印度移植来的一株植物。那株植物的名称现在我忘了，那时期正是它把巴黎人全吸引到了圣克卢。那是一棵奇特而悦目的灌木，主干挺拔，无数枝条细如丝缕，纷披下来，没有叶子，却盛开千千百万朵小白花，好似一头插满花的长发。一群群游人不断前去观赏。

观赏完了奇树，托洛米埃嚷了一句："我请你们骑毛驴！"于是同一个赶驴的人讲好价钱，他们便从汪弗和伊西转回来。到伊西还有意外收获。当时由军需官布尔干占用的一座国有园子，门正巧大敞四开。他们从铁栅门进去，参观了在洞穴里的那个隐修士模拟像，到著名的镜厅试了神秘的

1　瓦托（1684—1721）：法国画家。

2　朗克雷（1690—1743）：法国画家。

3　于尔飞（1567—1625）：法国小说家。

小效果，那是色情的陷阱，适于一个成为百万富翁的好色之徒，或者变成普里阿普斯[1]的杜卡莱[2]。在由贝尔尼[3]神父赞美过的两棵栗树上吊了一个大秋千，他们用力荡了一阵。几个美人轮流上去，裙子飞舞，惹得大家咯咯大笑。格勒兹[4]若是看到裙子的飞纹，准能受到很大启发。土鲁兹人托洛米埃，倒有两分西班牙人的气质，因为土鲁兹和托洛萨是姊妹城，他用忧伤单调的旋律，唱起一支西班牙的老歌，也许是看着两棵树之间的秋千荡着一个美丽的姑娘而兴致大发吧：

> 我来自巴达霍斯，
> 受了爱情的召唤。
> 我整个一颗心灵
> 集中在我的双眼，
> 为什么你为什么
> 双腿要露在外面。

唯独芳汀不肯荡秋千。

"我不喜欢人这样忸怩作态。"宠姬颇为尖酸地咕哝道。

还了毛驴，又找新的乐子。他们乘船渡过塞纳河，从帕西步行，一直走到星形广场城关。我们还记得，他们五点钟就起床了。不过，没什么！"礼拜天，没有疲倦一说。"宠姬说道，"礼拜天，疲倦是不上工的。"约莫下午三点钟，这四对乐不可支的情侣，竟然爬上了游艺场滑车道。那是一个奇特的建筑，坐落在伯戎高地上，从香榭丽舍大街的树梢能望见那起伏不平的线路。

---

1 普里阿普斯：希腊罗马神话中男性生殖力和阳具之神。
2 杜卡莱：18世纪法国作家勒萨日同名喜剧中的人物，原为仆人，凭欺诈成为富翁。
3 贝尔尼（1715—1794）：诗人、外交家，历任大主教和红衣主教。他赞美过的栗树在孔蒂亲王府的园中。
4 格勒兹（1725—1805）：法国画家。

宠姬不时就嚷一句：

"让人惊喜的事儿呢？我要那件让人惊喜的事儿。"

"别急呀。"托洛米埃答道。

五、绷巴达酒馆

他们走完滑车道，便想到用晚餐。快活的"八仙"毕竟有点儿累了，就在绷巴达酒馆歇下来。这家酒馆，是著名的绷巴达饭店在香榭丽舍大街开的分店，望得见在德洛姆巷旁边的里沃利大街上总店的招牌。

一间大屋虽宽敞，但很丑陋，里端有安了床铺的壁厢（星期天酒楼客满，有这地方也只好将就了）；两扇窗户，凭窗透过榆树，望得见堤岸和河流，一束灿烂的8月阳光拂着窗口；两张桌子，一张上一束束鲜花堆积如山，还掺杂着男帽女帽；另一张围坐着四对朋友，上面放满了盘碟、酒杯和酒瓶，一片欢宴的气氛，只见啤酒罐和葡萄酒瓶相错杂，没有什么秩序，而餐桌下面就有点混乱了。

> 他们的脚在桌下紧忙，
> 你踢我我踢你闹得一片喧响。

莫里哀就这样说过。

清晨五点钟开始的郊游，到了下午四点半就是这样的情景。太阳偏西了，食欲也减退了。

香榭丽舍大街充满阳光和人群，只见明亮和灰尘，即构成荣耀的两样东西。马尔利雕刻的大理石马群，在金黄色的云雾中竖起前蹄嘶鸣。马车川流不息。一队军服华丽的近卫军，由军号开道，沿讷伊林荫路走下来。杜伊勒利宫的圆顶上飘着一面白旗，在夕阳的霞光中染上淡粉色。又恢复路易十五广场旧名的和谐广场上熙熙攘攘，尽是兴致勃勃的散步者。许多人佩戴着银质百合花，吊在波纹闪光的白缎带上。在1817年，那东西还没有完全从胸前绝迹。有几处小姑娘们跳起轮舞，赢得围观者的掌声，她们迎风唱着一支波旁王朝的颂歌。那支歌当时很流行，旨在反对"百日帝政"，其中有这样的叠句：

把父亲从根特送还给我们，[1]

送还给我们的父亲。

一群群近郊居民，都是节日的打扮，有些还模仿城里市民，也佩戴百合花。他们分散在大方场和马里尼方场上，做套环游戏，骑在木马上旋转，还有一些人在喝酒。几名印刷所学徒工戴着纸帽，听得见他们发出的笑声。一片光辉灿烂。无可否认，这个时期国泰民安，王权十分巩固。当时，警察总监昂格莱斯就专门呈给国王一份密折，报告巴黎近郊的局势，结尾这样写道："陛下，根据全面观察，丝毫也不必担心这些人。他们像猫儿一样，无忧无虑而又麻木不仁。外省的平民百姓不安分，巴黎的百姓则不然，他们全是微不足道的小民。陛下，这种人，要两个叠起来，才抵得上您的一名士兵。京城民众方面毫不足虑。显而易见，五十年来，民众的身量又缩减了，巴黎城郊的居民，比革命之前矮小了。他们丝毫也不危险。总而言之，他们都是贱民，但是很驯良。"

警察总监们不会相信，猫儿可能变成狮子。然而事实如此，这就是巴黎人民的奇迹。即便是猫儿，虽受昂格莱斯伯爵的极端鄙视，在古代共和国却极受敬重，被人看作是自由的化身。在科林斯城广场上就有一只巨型的铜猫，仿佛为了衬托庇雷港的那尊无翅的智慧女神像。复辟时期的警察实在天真，把巴黎人民看得太"好"了。他们绝非警察所认为的"驯良的贱民"。巴黎人对于法兰西人，正如雅典人对于希腊人。任何人也没有巴黎人睡得安稳；任何人也没有巴黎人那样明显地轻浮而懒惰；任何人也不像巴黎人那样健忘；然而，不要相信这一切，巴黎人尽可表现出十足的无

1　指流亡在比利时根特城的路易十八。

精打采，但是一旦前头有荣耀的事情，巴黎人就无所不为。如果给一支长矛，巴黎人就会有8月10日[1]的举动。如果给一支枪，巴黎人就会打一个奥斯特利茨那样的胜仗。巴黎人是拿破仑的支柱，是丹东的后盾。祖国有危难吗？他们就应征入伍。要争取自由吗？他们就拆路石堆起街垒。当心啊！他们的怒发谱写过史诗，他们的外套赛似古希腊人的短披风。当心啊！他们会把随便一条格列内塔街变成卡夫丁峡谷[2]。时机一到，这郊区人就会长高，这矮个儿就会站起来，就会以可怕的方式观看，他们的气息就会变成风暴，从这可怜孱弱的胸膛里，就会呼出强风，吹动阿尔卑斯山脉的皱褶。革命掌握了军队，也多亏巴黎郊区人才能征服欧洲。他们唱歌，那就是他们的快乐。要让他们的歌符合他们的性格，那您就看吧！如果唱来唱去只有《卡马尼奥拉》[3]一首歌，他们就只能推翻路易十六。如果让他们唱起《马赛曲》，他们就会拯救世界。

我们在昂格莱斯奏折的边上写了这段注释之后，再回到我们的四对情人身上。我们说过，晚饭快吃完了。

六、相爱篇

餐桌上的交谈和情话，都同样难以捉摸。情话是云霞，餐桌上的交谈是烟雾。

法梅伊和大丽哼唱着歌儿，托洛米埃喝着酒，瑟芬笑着，芳汀微笑着。李斯托利埃试着在吹圣克卢买的木管号。宠姬则温情脉脉地望着布拉什维尔，说道：

"布拉什维尔，我真爱你。"

这话引起布拉什维尔的一个问题：

1　1792年8月10日，巴黎人攻入王宫，逮捕国王。

2　公元前321年，萨姆尼特人在卡夫丁峡谷击败罗马军队，迫使他们通过侮辱性的轭形门。1839年，巴贝斯和布朗基在格列内塔街举行起义。

3　《卡马尼奥拉》：法国大革命时代歌曲，讽刺路易十六和王后。

"宠姬，假如我不爱你了，你可怎么办呢？"

"问我吗？"宠姬提高嗓门儿，"哼！不要讲这种话，连这种玩笑也不要开！假如你不爱我了，我就揪住你不放，抓破你的脸，撕烂你的皮，我往你身上泼水，让你坐班房！"

布拉什维尔自鸣得意，淫荡地微微一笑，就像虚荣心得到极大满足的人那样。宠姬又说道：

"对，我要喊警察！哼！什么事儿我干不出来！坏种！"

布拉什维尔心醉神迷，身子往椅背上一仰，得意地合上双眼。

大丽还在不住嘴地吃，她在喧闹中小声对宠姬说：

"看来，对你的布拉什维尔，你可是一片痴情啊！"

"我嘛，我讨厌他，"宠姬又抓起叉子，用同样语调答道，"他是个吝啬鬼。我倒喜欢住在我对面的那个小伙子。那个青年，人很好，你认识他吗？看样子他像个演员。我喜欢演员。他一回到家，他母亲就说：'噢！上帝呀！我又不得安静了。他又要大喊大叫了。喂，我的朋友，你要把我的脑袋吵炸开吗？'是的，他一回到家，回到那耗子窝的阁楼上，回到黑洞里，能爬多高就爬多高，一到家又是唱，又是朗诵，我怎么知道他搞什么名堂？反正楼下都听得见！他在一个公证人那里写状子，每天能挣上二十苏了。他父亲原来是高台阶圣雅克教堂唱诗班的。嘿！他人非常好。他爱我爱得发狂，有一天看见我和面烙薄饼，就对我说：'小姐呀，您的手套裹上面做出来，我也会吃下去的。'只有艺术家才会这样说话。他人非常好，那小伙子要把我弄得神魂颠倒了。没关系，我还照样对布拉什维尔说'我爱你'。我多会说谎！嗯？我多会说谎！"

宠姬顿了顿，接着说道：

"大丽，你瞧见了吧，我很伤心。整个夏天总下雨，风也叫我恼火，风也消不了我的火气。布拉什维尔太小气了，到市场连豌豆都有点舍不得买，真不知道吃什么。正如英国人讲的，我患了忧郁症。黄油贵极啦！再说，你瞧呀，真让人看不下去，咱们吃饭的地方还有一张床铺，没法儿活，叫我倒胃口。"

七、托洛米埃的高见

这工夫，有几个人唱歌，其他人七嘴八舌地说话，所有的人搅在一起，就是一片喧闹了。托洛米埃开口制止，高声说道：

"我们绝不要信口开河，也不要说得太快。我们要想出语惊人，就得思考。总是这样胡言乱语，头脑就会空虚，再蠢不过了。流淌的啤酒拢不起泡沫。先生们，不要操之过急。我们宴饮，就应当拿出宴饮的派头，让我们聚精会神地吃喝，细嚼慢咽。不要狼吞虎咽。看看春天吧，它若是来得太急，就会完蛋，也就是说会冻僵。热情过分能毁掉桃树和杏树。热情过分会扼杀盛宴的雅兴和快乐。先生们，不要狂热！格里莫·德·拉雷尼埃[1]同意塔列朗的见解。"

这圈人里响起一阵低沉的抗议声。

"托洛米埃，让我们安静点吧。"布拉什维尔说道。

"打倒暴君！"法梅伊说道。

"绷巴达、绷邦斯和邦博斯！[2]"李斯托利埃嚷道。

"礼拜天还存在呢。"法梅伊又说道。

"我们非常有节制。"李斯托利埃补充说。

"托洛米埃，"布拉什维尔说道，"瞧瞧我的平静态度。"

"你是名副其实的侯爵嘛。"托洛米埃答道。

这种并不高明的文字游戏所产生的效果，就好比往水塘里扔了一块石头。平静山侯爵[3]是保王党人，当时名气很大。所有青蛙都不叫了。

"朋友们，"托洛米埃高声说道，那声调就像重新掌握局面的一个人，"大家都安静下来。这个从天而降的文字游戏，听了不必大惊小怪。从天而降的东西，不见得都能让人兴高采烈，让人钦佩。文字游戏是飞翔的精神

---

1   格里莫·德·拉雷尼埃：法国烹饪名家。

2   绷巴达是酒馆的名字，绷邦斯是盛宴的意思，邦博斯是欢宴的意思。

3   文字游戏，在法文中，"我的平静"与"平静山"同音。

厕的屎。插科打诨的话，说不准落在何处。而精神厕出一句蠢话之后，又直上云天了。岩石上落了一摊灰白色的污物，这并不妨碍大兀鹰飞翔。我毫无亵渎文字游戏的意思！我是按其价值给予赞许，仅此而已。在人类中间，也许扩及人类之外，无论多么庄重，多么崇高，多么可爱的，全都拿文字做过游戏。耶稣拿圣彼得玩过文字游戏。摩西拿以撒，埃斯库罗斯拿波吕涅刻斯[1]，克娄巴特拉拿奥克塔夫[2]，都玩过文字游戏。要注意，克娄巴特拉的那句玩笑，是在亚克兴战役之前讲的，没有那句玩笑话，谁也不会记得托里尼城。这个希腊名称意思是汤勺。这个情况交代过之后，再回头来谈我的告诫。弟兄们，我再讲一遍，不要狂热，不要呼噪，不要过分，即使讲讽刺话、俏皮话，讲笑话，即使玩文字游戏，听我说，我有安菲阿拉俄斯[3]的谨慎和恺撒的秃顶。即使猜字谜，也要有个限度。'任何事物都有分寸'[4]，即使是饮食，也要有节制。女士们，你们爱吃苹果酱馅饼，但是也不能吃起来没完。即使吃馅饼，也要有点儿理性，讲究点儿艺术。暴饮暴食会惩罚暴饮暴食的人。嘴要惩罚肚子。消化不良，是仁慈的上帝派来教训胃的。请记住这一点：我们每一种激情，即使是爱情，各自都有胃口，不能撑得过饱。在任何事物上，都必须及时写上'终止'这个词，必须自行约束，到了紧急时刻，要给自己的胃口插上门闩，将自己的妄念囚禁起来，要画地为牢。聪明人，就是能在适当时候主动罢手。请你们多少相信我一点儿。我毕竟学了点儿法律，有我的考试成绩为证。我知道动机问题和悬而未决的问题之间的差异，因为我用拉丁文写过一篇论文，论述穆纳修斯·德门斯任凶杀案初审法官时期，在罗马所使用的酷刑。看来我要成为博士了，但是不见得我必定会变蠢了。我劝告你们要节欲。我讲的是好话，

1　古希腊悲剧作家埃斯库罗斯（约公元前525—公元前456）的剧作《七将攻忒拜》中的人物，波吕涅刻斯意味"极好争吵的人"。

2　克娄巴特拉（公元前69—公元前30）：埃及女王，先后得到恺撒和安东尼的爱。奥克塔夫是恺撒用过的名字，公元前30年，他率罗马舰队，在亚克兴角打败安东尼。

3　安菲阿拉俄斯：古希腊传说中阿耳戈斯城的先知，他预言攻打忒拜必遭失败。战事果如他的预言。

4　引自贺拉斯（公元前65—公元前8）的《讽刺诗集》。

千真万确，就像我叫菲利克斯·托洛米埃一样。真正快乐的人，乃是时候一到就能毅然引退的人，如同苏拉或者奥利金[1]。"

宠姬聚精会神听他讲。

"菲利克斯！"她说道，"多美的词！我喜欢这个名字。这是拉丁文，是'兴盛'的意思。"

托洛米埃接着说道：

"市民们，绅士们，骑士们，朋友们！你们想摒弃床笫之欢，面对爱情而毫不冲动吗？再容易不过了。这就是药方：多喝柠檬水，高强度锻炼，重体力劳动，采取疲劳战术，拖重东西，不睡觉，熬夜，多喝含硝的饮料和睡莲汤，尝一尝罂粟膏和牝荆膏，同时还严格节食，饿肚子，再洗冷水浴，用草绳扎腰，绑上铅块，用醋酸铅擦身子，用醋汤热敷。"

"我宁愿要一个女人。"李斯托利埃说道。

"女人！"托洛米埃又说，"你们可得当心。谁信了女人那颗水性杨花的心，谁就要倒霉！女人有心计，薄情寡义。她们憎恨蛇，是出于同行的嫉妒。蛇，是在对面开的铺子。"

"托洛米埃，"布拉什维尔嚷道，"你喝醉啦！"

"可不是！"托洛米埃答道。

"那就乐一乐吧。"布拉什维尔又说。

"好哇。"托洛米埃答道。

他斟满酒杯，站起来：

"光荣属于美酒！'现在，巴克科斯，我要歌唱你！[2]'巴克科斯是酒神。
· · · · · · · · · ·
对不起，各位小姐，我讲的是西班牙语。要证据吗？西袅拉（女士们），就是：什么样的民族，就有什么样的酒桶。卡斯蒂利亚的拉罗伯盛十六公升，阿利坎特的康塔罗盛十二公升，加那利群岛的阿尔木德能盛二十五公

1　苏拉（公元前138—公元前78）：罗马将军、政治家。他当上执政官，在权力达到极盛时，突然宣布引退。奥利金（约185—252或254）：神学家，《圣经》注释者，希腊教会神父，据传他自阉了。

2　原文为拉丁文，引自古罗马诗人维吉尔（公元前70—公元前19）的《农事诗》。

升，巴利阿里群岛的库亚丹能盛二十六公升，沙皇彼得的普特能盛三十公升[1]。这个沙皇大帝万岁！更大的普特万岁！各位女士，作为朋友奉劝一句。你们若是高兴，就骗骗周围的人。爱情的特点，就是骗来骗去。情爱无须像英国的女仆那样，总是傻乎乎匍匐在一个地点，膝盖磨出老茧。甜美的情爱，决不能这样安排。情爱要朝三暮四，要欢欣愉快！有人说过：出错是人之常情。我要说：出错是爱之常情。各位女士，我痴情地爱你们每一位。啊，瑟芬，啊，约瑟芬，五官欠端正，但是很可爱，如果嘴眼不是有点歪，那就更迷人了。看您的模样儿，这张脸就好像让人无意中坐了一屁股。至于宠姬，啊，林中的仙女和缪斯！有一天，布拉什维尔在盖兰－布瓦索街过水沟，看见一个美丽的姑娘，拉得紧紧的白袜显露出双腿的线条。一见就喜欢，布拉什维尔爱上了。他爱上的那个姑娘正是宠姬。宠姬哟，你有爱奥尼亚型的嘴唇。从前希腊有个画家，名叫厄弗尼翁[2]，得个绰号叫嘴唇画家。唯独那个希腊人才配画你的嘴。听我说！在你之前，没有一个人配得上这个名称。你跟维纳斯一样，是为得到苹果而生的，或者跟夏娃一样，是为吃苹果而生的。美是从你身上开始存在的。我刚提到夏娃，那是你造出来的。你应当获得'发明美女'证书。宠姬哟，我不以'您'相称呼，因为我从诗歌转入散文。刚才你提到我的名字，这着实令我感动。然而，我们无论谁，都不要相信名字，很可能名不副实。我叫菲利克斯，但是并不幸福。文字是骗人的。不要盲目接受词语向我们标出的含义。写信到利埃日城[3]去买软木塞，写信到波城[4]去买皮手套，那就大错特错了。大丽小姐，我若是您，就起名叫玫瑰。花儿要有香味，女子要有智慧。至于芳汀，我没有什么可说的。她好沉思，好幻想，好思考，非常敏感。她是个幽灵，具有仙女的形体、信女的贞洁。她误入风尘，却躲藏在幻想中，她又唱

---

1 卡斯蒂利亚、阿利坎特、加那利群岛、巴利阿里群岛，都是西班牙的地区名。拉罗伯等都是西班牙、葡萄牙曾用或沿用的容器名称。

2 名字有误，应是公元前6世纪陶瓷画家厄弗罗尼奥斯。

3 利埃日是比利时的城市，意为"软木"。

4 波城是法国西南部城市，与"皮"同音。

歌，又祈祷，她望着蓝天，却不大清楚望见了什么，也不大清楚自己在做什么。她眼望天空，在花园里游荡，而园中并没有那么多花鸟。芳汀啊，要明白这一点：我，托洛米埃，我也是一种幻象。唉，虚无缥缈之乡的金发姑娘，我的话她甚至都没听见！此外，她整个人儿都体现着鲜艳、美妙、青春、清晨的明媚。芳汀哟，您是个配叫菊花或明珠的姑娘，您是光艳照人、无与伦比的女子。各位女士，我有第二个忠告：千万不要嫁人。结婚犹如嫁接，好坏难说，要逃避这种危险。嗳！算啦，我在这儿胡说些什么呀？简直不知所云。在嫁人方面，姑娘们是不可救药的。我们这些明白人，就是磨破嘴皮，也阻挡不了做背心做鞋的姑娘梦想，梦想嫁个满身珠光宝气的丈夫。算啦，就由她去吧。不过，几位美人儿，请记住这一点：你们糖吃得太多了。女人哟，你们只有一个过错，就是喜欢嚼糖。啮齿类女性哟，你们洁白美丽的细牙特别喜欢糖。然而，听清楚了：糖也是一种盐，凡是盐就吸收水分。在各种盐中，糖吸收水分的能力最强。它通过血管，将血液中的水分吸出来。这样，血液就要凝结，进而凝固。这样就会引发肺结核，就会导致死亡。这就是为什么，糖尿病往往同肺痨并发。因此，你们想长寿，就不要总嚼糖！现在，我转向男人。先生们，你们要猎艳，要彼此抢夺心爱的女人，不要有丝毫顾忌。猎艳并相互交换。情场上没有朋友。哪里有漂亮女人，哪里就有公开敌对。没有范围，殊死搏斗！一位漂亮女人，就是一场战争的导火线。一位漂亮女人，就是一起现行罪案。历史上所有的入侵，无不是由裙子引起的。女人是男人的权利。罗慕路斯[1]掠夺过萨宾女人，威廉[2]掠夺过撒克逊妇女，恺撒掠夺过罗马妇女。男人如果没有女人的爱，就会像一只老鹰，盘旋在别人情妇的头上。至于我，我要向所有无家无业的人，发出波拿巴告意大利军队书：'士卒们，你们什么都缺少，而敌军什么都有。'"

托洛米埃的话中断了。

---

1   罗慕路斯：传说是罗马城的创建者（公元前753）。

2   威廉（1028—1087）：诺曼底公爵（1035—1087），英国国王（1066—1087年在位）。

"喘口气儿吧，托洛米埃。"布拉什维尔来了一句。

接着，由李斯托利埃和法梅伊附和，布拉什维尔唱起一支咏叹调。这种歌在车间里可以随口填词，音韵仿佛很丰富，而其实毫无韵味，同时也空洞无物，如同风声和树枝摇动，是从烟斗冒出来的烟中产生的，并随着烟雾飘飞消散。下面一节歌词就是合唱组对托洛米埃演说辞的答复：

> 几个蠢如火鸡的教士
>
> 交给联络员一些银两，
>
> 好让我的克莱蒙霹雳
>
> 圣约翰节时当上教皇；
>
> 然而克莱蒙不是教士
>
> 所以连教皇也未当上；
>
> 于是联络员暴跳如雷
>
> 又把那银两如数带回。

这种歌还不足以平息托洛米埃机变的口才，他一口干掉杯中酒，重又斟满，接着又讲起来：

"打倒智慧！把我讲的话全忘掉吧。既不要规矩，也不要谨慎，不要做规矩谨慎的人。我要为欢快干一杯。我们要欢快！让我们的法律课补充放荡和酒肉的内容。消化不良，也容易消化[1]。让查士丁尼[2]当雄的，让盛宴当雌的！快乐抵达深渊！万物啊，生活吧！世界是一颗巨大的钻石！我真快活。鸟儿叫人惊讶。到处都是欢宴！夜莺是不收费的埃勒维乌[3]。夏天，我向你致敬。卢森堡公园啊，夫人街和天文台路的农事诗啊！沉思默想的年轻步兵啊！所有这些可爱的保姆，一面照看孩子，一面以孕育孩子为乐！

1　"容易消化"和《学说汇纂》两词拼写相同。

2　查士丁尼（482—565）：拜占庭皇帝，著有《查士丁尼法典》《学说汇纂》等。

3　埃勒维乌（1769—1842）：法国歌喜剧著名演员。

如果没有奥德翁剧院的柱廊，也许我会喜欢美洲的大草原！我的灵魂飞入原始森林和大草原。一切都是美的。苍蝇在日光中嗡嗡飞舞。太阳一个喷嚏打出了蜂鸟。跟我拥抱亲吻吧，芳汀！"

他抓错了人，亲了宠姬。

八、一匹马死了

"爱东餐馆要比这绷巴达酒馆好。"瑟芬嚷道。

"我喜欢绷巴达胜过爱东，"布拉什维尔明确表示，"这里更气派些，更有亚洲的情调。瞧楼下餐厅，墙上镶了大镜子。"

"我还是喜欢餐盘里的东西。"宠姬说道。

布拉什维尔坚持说：

"瞧这里的餐刀。绷巴达酒馆餐刀柄是银的，爱东那里的餐刀是骨头的。银子当然比骨头贵重喽。"

"这话对，银下巴的人就不对了。"托洛米埃指出。

此刻，他望着从绷巴达窗口看得见的残疾军人院圆顶。

大家沉默了片刻。

"托洛米埃，"法梅伊嚷道，"刚才，李斯托利埃和我有一场争论。"

"争论好哇，"托洛米埃答道，"争吵就更好了。"

"我们争论哲学问题。"

"唔。"

"你喜欢笛卡尔还是斯宾诺莎？"

"我喜欢戴索吉埃[1]。"托洛米埃答道。

他宣布了这个判决，又举杯喝酒，接着说道：

"我还同意活在世上。大地并没有全完蛋，总还可以胡说八道。我要感谢神灵。大家说谎，可是大家可以欢笑。人一面肯定，一面又怀疑。三段

1　马克-安托万·戴索吉埃（1772—1827）：法国民谣歌手。

论常出现意外的情况。这很有趣。这世上还有人懂得快活地打开并关上悖论玩偶盒。各位女士，你们平静喝着的是马代尔葡萄酒，告诉你们，这是由海拔三百一十七图瓦兹[1]的库拉尔·达弗列拉产的葡萄酿制的！而绷巴达先生，出色的餐馆老板，供应海拔三百一十七图瓦兹的产品，只要四法郎五十生丁！"

法梅伊重又打断他的话：

"托洛米埃，你的见解就是法律。你最喜爱的作家是哪一位？"

"贝尔……"

"贝尔甘[2]？"

"不对。贝尔舒[3]。"

托洛米埃继续说道：

"光荣属于绷巴达！他若是能给我弄来一名埃及舞女，就可以和穆莫菲斯·戴勒芳达相媲美。他若是能给我弄来一名希腊名妓，就可以和蒂杰利翁·德·谢罗内相媲美！因为，女士们啊，希腊和埃及，也曾有过绷巴达这种人物。这一点，阿普累[4]告诉我们了。在造物主的创造中，再也拿不出什么新东西啦！所罗门就说：'阳光下没有任何新东西。'维吉尔也说：'爱情对所有人都是一样的。'如今，医科女生和医科男生一同登上圣克卢的帆船，正像从前阿斯帕茜和佩里克利斯[5]一同登上去萨莫斯岛的战舰。最后一句话，各位女士，你们知道阿斯帕茜是什么人吗？尽管她生活在女人还没有灵魂的时代，她却是一颗灵魂，是一颗发紫的粉红色灵魂，比火焰更明亮，比朝霞更清新。阿斯帕茜是个兼有女人两个极端的人儿：她是神仙、妓女，是苏格拉底加上曼侬·莱斯戈[6]。阿斯帕茜是应普罗米修斯的需要而

1　图瓦兹：法国旧长度单位，一图瓦兹合1.949米。

2　贝尔甘（1747—1791）：法国作家。

3　贝尔舒：十九世纪法国著名食谱的作者。

4　阿普累（125—约180）：拉丁文作家，他的作品《金驴》中有古代美食学的资料。

5　佩里克利斯（公元前495—公元前425）：雅典著名政治家。阿斯帕茜是他的伴侣，以美貌和智慧著称。

6　法国作家普莱沃神父（1697—1763）的作品《曼侬·莱斯戈》中的主人公。

创造出来的婊子。"

托洛米埃高谈阔论，如果此刻不是有一匹马倒在堤岸上，他的话是很难打住的。那辆大车和这位演说家都戛然而止。那是博斯地区产的牝马，又老又瘦，只配送给屠夫了。那头牲口拉着沉重的车子，到绷巴达酒馆门口累得精疲力竭，再也不肯往前走了。这场面吸引了不少人看热闹。车夫非常恼火，一边咒骂，一边扬起鞭子，刚扯着嗓子骂了一声："贱骨头！"同时鞭子刚狠狠抽下去，那老马就倒下，再也起不来了。围观的行人一阵喧哗，托洛米埃的愉快听众就都纷纷转过头去。托洛米埃便趁机朗诵一节忧伤的诗，来结束他的演说：

> 它来到世上同所有车辆
> 命运全都一样，
> 是劣马经历如所有劣马
> 贱骨头挨声骂！

"这马真可怜！"芳汀叹道。

大丽却叫起来：

"瞧瞧芳汀，还要可怜起马来！还能找到像这样难看的牲口吗？"

这时，宠姬又起胳臂，头往后一仰，凝视托洛米埃，说道："算啦！那件意外的事儿呢？"

"对呀，时候已到。"托洛米埃答道，"先生们，要让这些女士大吃一惊的时刻已经敲响了。各位女士，请稍候片刻。"

"先得亲一下。"布拉什维尔说道。

"亲一下脑门儿。"托洛米埃补充一句。

于是，他们都一本正经地亲了各自情人的额头，接着，四个男人将一根指头放在嘴边，鱼贯走出去了。

宠姬鼓掌送行。

"已经有点意思了。"她说道。

"不要走得太久。"芳汀轻声说道,"我们等着你们呢。"

九、一场欢乐的欢乐结局

几位姑娘单独留下来,每两个人俯在一个窗口闲聊,伸出头去,同另一个窗口的人说话。

她们瞧见那几个青年挽着手臂走出绌巴达酒馆。几个青年还回过头来,笑着向她们挥手,随即消失在每个星期天都充满香榭丽舍的尘嚣中了。

"不要走得太久!"芳汀嚷道。

"他们要给我们带回来什么东西呢?"瑟芬说道。

"肯定是好看的东西。"大丽也说道。

"要我说,"宠姬接口说道,"我倒希望是黄金做的。"

她们透过大树的枝杈,望见河边的热闹景象,觉得很有趣,注意力很快就被吸引过去了。这正是邮车和驿车启程的时刻,当时驶往南部和西部的客货车,几乎全要经过香榭丽舍。大部分车辆沿着河滨路,从帕西关厢出城。每隔一会儿,就有一辆漆成黄色和黑色的大车经过,马匹嘶鸣,车上满载着大小包裹、篮子和箱子,堆得奇形怪状,车窗露出一个个脑袋,车轮碾着路面,将每块路石都变成打火石,像铁匠炉一样火花四溅,烟尘滚滚,在人群中横冲直撞,飞驰而去。这种喧嚣令姑娘们开心,宠姬感叹道:

"发出这么大声响!就好像一堆堆铁链抛到空中。"

有一次,一辆马车停了一会儿,然后又疾驰而去,但是由于茂密的榆树枝叶遮着,她们看不大清楚。芳汀觉得很奇怪。

"真怪啦!"她说道,"我还以为驿车中途从来不停呢。"

宠姬耸了耸肩膀。

"这个芳汀,真叫人吃惊。我出于好奇观察她。她见到最普通的事情都大惊小怪。假设一种情况:我是旅客,关照驿车车夫说,我先走一步,您经过河滨的时候,就把我捎上。驿车过来了,看见我就停下,让我上去。这种事儿天天都有。你不了解生活呀,亲爱的。"

几个人就这样消磨了一段时间。宠姬仿佛猛醒过来，突然说道：

"咦！要让我们惊喜的事儿呢？"

"对了，真的，让人眼巴巴盼望的惊喜的事儿呢？"

"他们去的时间可够久的！"芳汀说道。

芳汀刚叹了一口气，伺候晚餐的那个伙计走进来，他手里拿着什么东西，好像是封信。

"这是什么？"宠姬问道。

伙计回答：

"是那几位先生留给你们几位女士的字条。"

"为什么没有立刻送来？"

"因为几位先生吩咐过，"伙计又说道，"要过一个钟头，才能交给你们几位女士。"

宠姬一把将字条从伙计手中夺过去。果然是一封信。

"咦！"她说道，没有地址，但是上面有这样一行字：

　　　　这就是出人意料的事。

她急忙拆开信，打开念着（她识字）：

　　　　啊，我们的情人！

　　　要知道，我们在家有双亲。双亲，你们不大了解是什么。在天真和公正的民法中，双亲叫做父亲和母亲。然而，那些父母双亲总是哀叹，那些老人总召唤我们，那些老头儿和老太婆管我们叫浪子，盼望我们回去，要为我们杀猪宰牛。我们是讲道德的人，就要服从他们。在你们看这封信的工夫，五匹烈马就送我们去见爸爸妈妈了。正如博须埃讲的，我们滚蛋了。我们动身，我们动身走了。我们在拉菲特驿车的怀抱，插上卡雅尔驿车的翅膀逃走了。驶往土鲁兹的驿车，把我们从深渊中拉出来，而深渊，正是你们呀，我们美丽的姑娘！我们以每小时三法里的速度，飞快回到社会中，回到职责和秩序中去。根据祖国的需要，我们跟别人一样，必须去当省督、家长、乡吏和政府顾问。尊重我们吧，我们这是做出了牺牲。快快为我们痛哭一场，快快找人代替我们吧。如果这封信撕碎你们的心，那么就以牙还牙，将这封信撕碎。永别了。

在将近两年期间，我们让你们得到了幸福。千万不要怨恨我们。

布拉什维尔

法梅伊

李斯托利埃

菲利克斯·托洛米埃

（签字）

附言：餐费已付。

四位姑娘面面相觑。

宠姬首先打破沉默，高声说道：

"好啊，这个玩笑开得还真够意思。"

"非常有趣。"瑟芬说道。

"这主意，肯定是布拉什维尔想出来的。"宠姬又说道，"这倒让我爱上他了。人一走，爱不够。人总是这样。"

"不对，"大丽说道，"是托洛米埃的主意。一眼就能看出来。"

"如果是这样，"宠姬接口说道，"布拉什维尔该死，托洛米埃万岁！"

"托洛米埃万岁！"大丽和瑟芬嚷道。

接着，她们敞声大笑。

芳汀也随着其他人大笑。

一小时之后，芳汀回到自己的房间，却又失声痛哭。前面说过，这是她的初恋，她委身给托洛米埃，把他看成丈夫了。而且，可怜的姑娘已经有了一个孩子。

第四卷 寄放，有时便是断送

一、一个母亲遇见另一个母亲

本世纪头二十五年间，在巴黎附近叫蒙菲郿的地方，有一家类似大众饭馆的客栈，如今已不复存在了。这家客栈是德纳第夫妇开的，位于面包师巷。店门楣墙上横钉着一块木板，上面画的图案像一个人背着一个人，背上那人佩戴着有几颗大银星的金黄色将军大肩章。画面上有些红点，表示血迹，其余部分则是硝烟，大概表明那是战场。木板下端有一行字："滑铁卢中士客栈"。

客栈门前停一辆敞篷车或者运货大车，原是极平常的事。然而，1818年春季的一天傍晚，停在滑铁卢中士客栈门前堵塞街巷的那辆车，准确点儿说是那辆车的残骸，肯定能吸引经过那里的画家的注意。

只有前半截车身，那是林区用来运厚木板和圆木的载重大车。有两个巨大的车轮，托着连接一根笨重辕木的一根粗铁轴。车轮、轮辋、轮毂、车轴和辕木，都由辙道给涂上一层难看的屎黄色泥浆，如同教堂里喜欢刷的那种灰浆。泥浆裹住了车身的木料，铁锈裹住了车身的铁料。车轴横吊着粗铁链，适于锁苦役犯歌利亚[1]，令人联想到的不是它所拦捆运送的木材，而是可能套着拉车的乳齿象和猛犸。铁链的样子，就像从苦役犯监狱，而且

1　歌利亚：《圣经》中菲利士勇士，身材高大，所向无敌，后被大卫王所杀。

是从囚禁独眼巨人和超人的监狱中弄来的，又像从什么妖怪身上解下来的。荷马可能用它锁过波吕斐摩斯[1]，莎士比亚可能用它锁过卡利班[2]。

一辆载重大车的前半截为什么停在街上呢？首先是为了堵塞街道，其次是让它彻底锈掉。在旧社会秩序中，就有许许多多这类机构，也是公然堵在路上，并没有别的存在理由。

吊在车轴上那条铁链的中段，离地面很近。在这黄昏时分，有两个小女孩儿并排坐在铁链的弯兜里，如同坐在秋千架上。大的约两岁半，小的约一岁半，大的搂着小的，两个亲亲热热。她们由一条手帕巧妙地系住，摔不下来。有位母亲最初看到这条可怕的铁链，就说道："嘿！这正好做我孩子的玩意儿。"

两个女孩儿放射光彩，打扮得很可爱，但也过分得有点儿可笑，显然得到精心照料，在废铁中像两朵玫瑰。她们的眼睛神气十足，鲜嫩的脸蛋儿笑开了花。一个女孩儿头发是栗色的，另一个是棕褐色的，她们天真的脸上呈现又惊又喜的表情。附近有一丛野花飘散着香气，行人还以为香味是从她们身上发出来的。一岁半的那个露着可爱的小肚皮，显示着孩童那种毫无顾忌的纯真。两颗娇小玲珑的头沉溺在幸福中，沐浴在阳光里，而在头顶和周围是那庞然大物，锈得发黑颇为骇人的半截车身，满是交错的狰狞的曲线和棱角，但在此刻，巨大车身的线条似乎变得柔和，好像是圆拱石洞口了。母亲蹲在几步远的客栈门口，那女人的面目并不和善，不过在此刻，她用长绳拉着摇摆两个孩子，眼睛紧紧盯住，唯恐孩子有个闪失，完全是一副母性所特有的野兽加天使的神情，倒显得令人感动了。那难看的铁环每摆动一下，就发出刺耳的声响，如同气恼的叫声。而两个小女孩儿却乐不可支，夕阳也照过来助兴。一条绑缚巨魔的锁链，变成了小天使的秋千，世间没有比这种莫测的变化更有趣的事儿了。

母亲一面摇动着两个小女孩儿，一面用假嗓哼唱一首流行的抒情

1　希腊神话中的独眼巨神。
2　莎士比亚剧作《暴风雨》中的妖怪。

歌曲：

> 必须如此，一名武士……

她只顾唱歌和注视两个女儿，也就听不到也看不见街上所发生的情况。

就在她开始唱歌的工夫，有人走到近前，她猛然听见有人在她耳边说："太太，您这两个孩子真漂亮。"

> ……对美丽温柔的伊默琴说。

那母亲又唱了一句表示回答，这才转过头来。

一位妇人站在她前面几步远的地方，怀里也抱着一个孩子。

此外，她还挎一个相当大的旅行袋，装满衣物，显得很沉。

她那孩子就是降世的小仙女，有两三岁，衣着打扮可以同另外两个孩子相媲美。小女孩儿戴一顶镶瓦朗西纳花边儿的细布帽，穿一件饰飘带的花衣，裙摆撩起来，露出白胖胖结实的大腿根。她的身体很健康，脸蛋儿红扑扑的，好像苹果，好看极了，叫人见了恨不得咬上一口。她的眼睛一定非常大，睫毛十分秀美，此外再也说不出什么。

她睡得极为香甜，只有这种年龄的孩子，才有这样绝对安稳的睡眠。母亲的手臂是柔情构成的，孩子在里面可以酣然大睡。

至于母亲，那样子既穷苦又忧伤。她是工人模样的打扮，又有重做农妇的迹象。她还年轻。长得美吗？也许吧，但是这身打扮显不出美来。一绺金发散落下来，表明她有一头浓发，可惜让扎在下颏的一条丑陋的头巾紧紧包住了。人有美丽的牙齿，笑一笑就能露出来，而她却毫无笑意。看她那双眼睛，不久前似乎还哭过。她的脸色苍白，样子十分疲惫，有几分病容。她瞧着睡在怀抱里的女儿，那神态也是亲自哺乳的母亲所特有的。一条伤兵用来擤鼻涕的那种蓝粗布大毛巾，对角折起来，围在她腰上，看来很蠢笨。她的双手发黑，布满斑点，食指皮变硬，尽是针痕。肩上披一条棕褐色粗羊毛斗篷，穿一条粗布衣裙，足上蹬一双粗大鞋子。她就是芳汀。

她是芳汀，很难认出来了。然而，仔细端详一下，她始终那么美。右脸上有一道忧伤的横纹，仿佛是嘲笑的苗头。至于她的装束，从前那身仿佛由快乐、轻狂和音乐织成的、缀满响铃和散发丁香味儿的锦带罗纱衣裙，就像阳光下看似钻石的美丽耀眼的霜花，早已融化消失。霜花化了，就露出黝黑的树枝。

那次"恶作剧"之后，十个月过去了。

这十个月期间，发生了什么情况呢？可想而知。

遭到遗弃之后，便是困苦。芳汀当即见不到宠姬、瑟芬和大丽了。这种关系，男子方面挣断了，女子方面也就解体了。半个月之后，如果有人说她们是朋友，她们会感到十分诧异，再也没有理由做朋友了。只剩下芳汀孤零零一个人。孩子的父亲走了，唉！这种关系一断绝，就不可挽回了。她孑然一身，只是少了劳动的习惯，多了享乐的爱好。她同托洛米埃发生关系之后，受其影响，渐渐轻视她学得的小手艺，忽视了自己的生活出路。出路全堵塞，就走投无路了。芳汀识不了几个字，又不会写字，她小时候只学会签名。于是，她请摆字摊儿的先生代写一封书信，寄给托洛米埃，随后又寄第二封、第三封。托洛米埃一封信也没有回复。有一天，芳汀听见一些饶舌的女人看着她的女儿说："谁认这种孩子呢？看到这种孩子，只能耸耸肩膀！"于是芳汀就想到托洛米埃要对她孩子耸肩膀，不认这无辜的小生灵。对于这个男人，她心灰意冷了。然而怎么办呢？她不知该投奔谁了。她是犯了一个错误，但在本质上，我们还记得，她是贞洁贤淑的。她隐约感到，自己很快就要受穷，就要坠入悲惨的境地。要拿出勇气来，勇气是有的，她自然就绷足了劲儿。她灵机一动，想回家乡海滨城市蒙特伊去。回到家乡碰见个熟人，也许会雇她干活儿。这主意不错，不过，必须隐瞒自己的错误。这样，她又隐约看到，自己很可能面临比第一次更为痛苦的离别。她感到一阵揪心，但还是毅然做出决定。后面我们会看到，芳汀在生活中，表现出多么非凡的勇气。

她已经毅然决然卸去了装饰，又穿上粗布衣裙，而她所有丝绸、服饰、缎带和花边儿，全用到女儿身上了。她所有东西都变卖了，共得两百法郎，再还些零星债务，大约只剩下一百八十法郎。在二十二岁的妙龄，于春天的一个晴朗的早晨，她背着孩子离开巴黎。谁若是看见这母女俩经过，准会觉得可怜。这女人在世间只有这个孩子，而这孩子在世间也只有这女人。芳汀哺乳过女儿，胸脯耗损，现在有点咳嗽。

以后，我们没有机会谈到菲利克斯·托洛米埃先生了。这里只交代一句，二十年后，在路易·菲利浦国王当政时期，他在外省当上大法官，有钱有势，既是个明智的选民，又是个很严厉的审判官，而且，始终不忘寻欢作乐。

芳汀赶路，有时要歇歇脚，搭乘当时所谓的郊区小马车，每里花三四法郎，这样，中午时分就到达蒙菲郿，走进面包师巷。

她从德纳第客栈门前经过，看见两个小女孩儿在怪形秋千上玩得那么开心，一时看呆了，不觉在这欢乐的景象面前站住。

世上确实存在有魅力的东西。在这位母亲看来，两个小女孩儿就是一例。

她心情激动地望着两个小女孩儿。有天使降临，就宣告了天堂。在这家客栈的上方，她似乎看见"主在此"的神秘昭示。两个小女孩儿的幸福是一目了然的！她注视她们，啧啧称赞，触景生情，心里十分激动。就在那位母亲唱歌换气的工夫，她禁不住赞了一句，即我们在前面看到的那句话：

"太太，您这两个孩子真漂亮。"

再凶猛的禽兽，看见有人抚摸它们的崽子，也会变得温顺起来。那母亲抬起头，道了谢，请过路的女子坐到门旁的条凳上，而她仍蹲在门口。两个女人攀谈起来。

"我叫德纳第太太，"两个女孩儿的母亲说道，"这客栈是我们开的。"

随后，她又低声哼唱那支抒情歌曲：

必须如此，我是骑士，

就得动身到巴勒斯坦去。

这位德纳第太太有一头棕发，身体肥胖，是个性情暴躁的女人，毫无风韵，属于女大兵的类型。不过，说来也怪，她看了几部香艳小说，就有一种沉思的情态，女不女，男不男，一副忸怩作态的样子。页面破损的旧小说，对小客栈老板娘的想象力，往往会产生这种影响。她还年轻，刚刚三十岁。当时，这个女人若不是蹲着，而是直立起来，她那赛似集市流浪艺人铁塔一般的个头儿，也许会立刻吓退这个赶路的女人，打消人家的信任感，而我们要叙述的故事也就化为乌有了。一个人坐着而不是站立，有时会决定一些人的命运。

过路的女人讲了自己的身世，不过稍微改变一点儿事实：

她是个工人，丈夫死了，而巴黎又找不到活儿干，她只好到外地谋生，要回家乡。当天早晨她离开巴黎，带着孩子走累了，路上遇见去蒙勃勒的大车，便搭乘到那里。接着，她又从蒙勃勒走到蒙菲郿，小家伙能走几步路，到底太小，走不多远就得让人抱着，小宝宝在怀里睡着了。

她说到这里，就亲吻一下女儿，将女儿弄醒了。孩子睁开眼睛，蓝色的大眼睛同母亲的一样，她望着，望什么呢？什么都望，什么也不望，那副认真的，有时还很严肃的孩子神态，是他们通明透亮的天真面对我们道德的昏暮所显示的一种神秘。仿佛他们感到自己是天使，而且知道我们是凡人。继而，孩子笑起来，挣脱母亲的怀抱，滑到地上，拉也拉不住，表现出一个小生命要奔跑的那种约束不住的劲头儿。她猛然瞧见秋千上的两个孩子，立刻站住，伸出舌头，显得十分羡慕。

德纳第妈妈将两个女儿解开，扶下秋千，说道：

"你们三个一块儿玩儿吧。"

这种年龄的孩子，到一起就熟，一分钟之后，德纳第家的两个女孩儿就和新来的孩子玩起来，一同在地上挖洞，其乐无穷。

新来的孩子非常快活，母亲的善良就刻在孩子的快乐中。她捡了一个小木片儿当铲子，用劲掘了一个能容一只苍蝇的小坑，掘墓工人所干的事，出自孩子的手，就变为嬉笑了。

两个女人继续聊天。

"您这小家伙叫什么？"

"珂赛特。"

珂赛特，应当叫欧福拉吉。小姑娘本来叫欧福拉吉。但是，做母亲的把欧福拉吉改成珂赛特。平民阶层的母亲就是这样，出于温柔可爱的本能，把约斯发改成佩比塔，把弗朗索瓦丝改成西莱特。这种字词派生法，不但打乱了整个词源学，而且令词源学家惊诧不已。我们认识一位老祖母，她竟能把特奥道尔改成格侬。

"她几岁啦？"

"快三岁了。"

"同我的大女儿一样。"

这工夫，三个小姑娘聚在一堆，显得极度不安又乐不可支。出了一件大事：一条大蚯蚓从地里钻出来，她们见了又害怕，又看得出神。

三个容光焕发的额头相互挨着，就好像三个头罩在一个光环里。

"孩子就这样，"德纳第妈妈高声说道，"一见面就熟啦！真让人以为是三姐妹！"

这句话大概就是另一位母亲所期待的火花吧。她一把抓住德纳第家的手，定睛看着她，说道：

"您肯照管我的孩子吗？"

德纳第家的不禁吃了一惊，那种表情既非同意也未拒绝。

珂赛特的母亲接着又说道：

"您明白，我不能带着孩子回家乡。带孩子没法儿干活儿，也找不到工作。那地方的人特别古怪可笑。是仁慈的上帝让我从您的客栈门前经过。我一看见您的女儿这么漂亮、这么洁净，又这么高兴，就动心了，心里说道：这才是个好母亲。不错，她们真像三姐妹。再说，不用多久，我还要回来的。您肯照管我的孩子吗？"

"我得想想。"德纳第家的说道。

"每月我可以付六法郎。"

说到这里，一个男人的声音在店里嚷道：

"少于七法郎不行。还要先交六个月的钱。"

"六七四十二。"德纳第家的说道。

"我照付就是。"那位母亲答道。

"另外，还要付十五法郎，作为初来的花费。"那男人的声音又补充道。

"总共五十七法郎。"德纳第太太说道。她在计算中间，还随意哼唱：

　　必须如此，一名武士说。

"我照付就是。"那位母亲答道，"我有八十法郎。剩下的够我回家乡了。当然要走着回去。到了那儿，我能挣钱，等攒了一点儿，就回来接我的心肝儿。"

男人的声音又说：

"小丫头有衣服包吧?"

"他是我丈夫。"德纳第家的说道。

"可怜的宝贝儿，她当然有一包衣服了。我看出来他是您丈夫。这还是一大包衣服！衣服多得叫人难以相信，全是成打成打的，有些跟贵妇人绸缎衣裙一样。全在这旅行袋里。"

"您得全交出来。"那男人的声音又说道。

"这还用说，我全交出来！"那母亲回答，"我让自己的女儿打赤膊，那不是笑话吗！"

这时，男主人才露面。

"好吧。"他说道。

买卖成交了。那母亲在客栈过夜，付了钱，留下女儿，取出孩子衣物，重又扎上轻了许多的旅行袋，第二天早晨就走了，一心打算很快回来。人们总是从容地安排启程，殊不知往往是生离死别。

德纳第的一个邻妇在路上遇见那位母亲，回来就说道：

"刚才在街上我见到一个女人，她哭得好伤心啊。"

等珂赛特的母亲一走，那男的就对老婆说：

"这回，我就可以付明天到期的期票了。要一百一十法郎，本来还差五十法郎。你知道吗？到时候法院执达吏会拿着拒付证书来找我。你靠两个孩子做诱饵，巧妙地安放了一个捕鼠器。"

"我也没有想到。"那婆娘说道。

二、两副贼面孔的素描

逮住的老鼠非常瘦小，不过，即使瘦小的老鼠，猫儿逮住也高兴。

德纳第夫妇究竟是什么东西？

现在就不一言道破，以后再详细描绘。

这类人所属的阶级是混杂而成的，有发了迹的粗俗人，也有落魄的聪明人，介于所谓的中产阶级和下层阶级之间，既有下层阶级的某些缺点，又有中产阶级的绝大部分恶习，却不像工人那样见义勇为，也不像资产阶级那样安分守己。

这类小人，一旦受邪念的煽动，很容易变得穷凶极恶。这个女人具有悍妇的本质，这个男人是个无赖的材料，两个人都可能最大限度地作恶。世间就有一种人像虾子一样，不停地退向黑暗，他们不思前进，只是回头看生活，阅历只用来增加他们的扭曲形态，而且越变越坏，心肠越来越污黑丑恶。这一对男女就是这种人。

尤其德纳第，善于相面的人见了会十分反感。有些人，你只要看上一眼，当即就会产生戒惧之心，就会觉出他们在两个极端都隐晦幽暗。他们在人前气势汹汹，在人后却惶惶不安。他们身上全都是不可告人的秘密。你无从知道他们干过什么，也无从知道他们要干什么。然而，他们眼神中闪避的阴影，却能够揭露他们。只要听他们讲一句话，只要看他们动一下，你就能隐约看出他们过去的隐私和将来的密谋。

照德纳第自己说的，他从前当过兵，是中士，可能参加了1815年的那次战役，似乎表现得还相当勇敢。看到后面我们会明白他究竟如何。他那店铺的招牌，就是他在战场上一次表现的写照。那是他自己画的，要知道他什么都会做点儿，但又做得不好。

那个时期，古典主义旧小说出了《克莱莉》之后，就只有《洛道伊斯卡》[1]了。开始还算高尚，往后就越来越庸俗，从斯居德黎小姐[2]降至巴特勒米·哈陀夫人[3]，从拉法耶特夫人[4]降至布尔农－马拉姆夫人。这类小说点燃了巴黎女门房的欲火，甚至殃及郊区。德纳第太太恰好有足够的智力看这类小说，从中汲取营养，从中浸润自己那点儿脑子。因而，她很年轻的时候，甚至年龄大了一点儿，在丈夫身边总拿出一副若有所思的情态。她丈夫是个城府颇深的无赖、粗通文墨的流氓，既粗鄙又精明，在言情方面爱看比戈－勒布朗的作品，拿他自己的口头禅来说，专门注意"有关性的描述的所有章节"，但他又是守规矩的地地道道的粗鲁汉。妻子要比他小十二岁到十五岁。后来，她那垂柳式浪漫发型渐渐花白了，佳丽变成悍妇，德纳第太太肥胖起来，就成为一个领略过愚蠢小说风情的不折不扣的母老虎。可见，读蠢书必受坏影响。还影响到给孩子起名字上，大女儿叫做爱波妮，而可怜的小女儿差点儿叫菊娜儿，幸而受杜克雷－杜米尼勒一部小说莫名其妙的吸引，干脆叫做阿兹玛。

此外，还顺便交代一句，我们谈到的乱给孩子起名的那个奇怪的时代，也并不是什么都浅薄可笑。除了刚指出的追求浪漫的因素，还有社会风气的影响。如今，牧牛童叫阿瑟、阿弗雷德，或者叫阿尔封斯的人不少见。而子爵，如果还有子爵的话，叫托马斯、彼得或者雅克。平民起"高雅"的名字，而贵族起村野的名字，这种移位不过是平等思潮的一种反响。新风不可抗拒，无孔不入，起名字仅是一例，其他方面无不如此。这种不协

---

1   《洛道伊斯卡》：1791年演出的歌剧的名字。
2   玛德琳·斯居德黎（1607—1701）：法国著名女才子，出版不少小说，《科莱莉》即是其中一种。
3   巴特勒米·哈陀夫人（1763—1821）：法国作家，出版许多历史题材小说。
4   拉法耶特夫人（1625—1697）：法国作家，出版许多历史题材小说。

调的表面现象，却掩盖着一件伟大而深刻的事情：法兰西革命。

三、云雀

一味恶狠并不能发财致富。这家客栈生意很清淡。

幸亏那个过路的女人拿出五十七法郎，德纳第才如期付款，免遭法院的追究。可是下月，他还是缺一笔钱。他的女人便带着珂赛特的衣物去巴黎，到虔诚山当铺当了六十法郎。这笔钱用完之后，德纳第夫妇就把小姑娘看成是好心收养的孩子，并以收养者的态度对待她，而且习以为常了。小女孩的衣物典当了，就给她穿德纳第家孩子的旧衣裙，也就是破烂的衣裙。还让她吃残羹剩饭，比狗食好点儿，比猫食差些。而且，猫狗往往与她共餐，珂赛特跟猫狗用同样的木盆，一起在餐桌底下吃饭。

珂赛特的母亲在海滨城市蒙特伊落脚了，那情况以后会谈到。她常写信，准确地说，她每月都让人代写书信，打听女儿的消息。德纳第夫妇回信总是千篇一律：珂赛特十分安好。

六个月过去了，到了第七个月，珂赛特的母亲寄了七法郎，以后每月都按时寄钱。一年还未到头，德纳第就说："她给了我们好大面子啊！她这七法郎能顶什么用呢？"于是，他写信去要求增加到十二法郎。他们在信中一再强调孩子很快乐，"一切均好"，孩子的母亲也就相信了，只好迁就，照寄十二法郎。

有些人生性不可能喜欢一面而不憎恨另一面。德纳第婆娘宠爱自己的两个女儿，势必厌恶那个外来的孩子。母亲居然有这样丑恶的一面，想想真叫人寒心。珂赛特在她家所占据的位置再小，她也觉得是剥夺她家人的，甚至认为那女孩儿抢了她女儿呼吸的空气。这个女人跟她许多同类型的女人一样，每天要有两种等量的发泄：爱抚和打骂。如果没有珂赛特，那么，她的女儿再怎么受溺爱，也肯定要全部接受她的两种发泄。可是，外来的孩子却帮了大忙，代她们挨打，而她们就只接受爱抚了。珂赛特只要动一下，蛮横凶狠的惩罚就会像冰雹一般打在头上。一个柔弱的孩子，不断受惩罚，挨训斥，受虐待并挨打，却看到身边两个像她一样的小女孩儿生活在朝霞里，简直无法理解这人世，也无法理解上帝。

德纳第婆娘对珂赛特凶狠，爱波妮和阿兹玛也跟着凶狠。这种年龄的孩子，不过是母亲的复制品，仅仅尺码小些罢了。

一年过去了，接着又一年。

村里人都说：

"德纳第那家人真好。他们并不富裕，却抚养一个丢给他们的穷孩子！"

村里人以为珂赛特被母亲忘记了。

这期间，德纳第不知通过什么秘密途径打听到，那孩子可能是私生的，母亲不便承认，他就要求每月付十五法郎，说"那丫头"长大了，是个"吃货"，威胁要把她打发走。"她可别把我惹火啦！"德纳第嚷道，"我不管她搞什么鬼名堂，闯去把孩子往她怀里一丢。不给我加钱不行。"那孩子的母亲就照寄十五法郎。

一年又一年，孩子长大了，苦难也随之增长。

只要珂赛特还太小，她就是另外两个孩子的出气筒。稍微长大一点儿，也就是说连五岁还不到，她又成为这家的仆人。

五岁，有人会说不大可能。然而，唉，确有其事。社会的痛苦开始不限年龄了。最近我们不是看到一个叫杜莫拉尔的案件吗？那是一个孤儿，后来当了强盗，据官方文件说，他从五岁起，就孤零零一人活在世上，"干活糊口，经常偷窃"。

他们让珂赛特干杂务，打扫房间，打扫院子和街道，洗餐具，甚至搬运重东西。况且，她母亲一直住在蒙特伊，寄钱不像从前那么准时了，甚至有几个月没寄钱来，德纳第夫妇就认为更有理由这样对待珂赛特了。

过了这三年，那位母亲若是回到蒙菲郿看一看，肯定认不出她的孩子了。珂赛特刚到这家的时候，又美丽又红润，现在又枯瘦又苍白。她那样子难以形容，总像是一副局促不安的神情。"鬼头鬼脑！"德纳第夫妇如是说。

不公正的待遇使她性格暴躁，困苦的生活也使她变丑了。只剩下那对美丽的眼睛，显得那么大，似乎有无限的愁苦，看着令人难受。

可怜的孩子还不到六岁，冬天衣不蔽体，天不亮就抱着一个大扫把扫街，冻得小手通红，浑身发抖，大眼睛里闪着泪花，这情景见了确实令人心碎。

当地人叫她云雀。小姑娘比鸟儿本来也大不了多少，总是战战兢兢，神色惶恐，在全家乃至全村，每天早晨总是头一个醒来，天不亮就在街上或田里，而村里喜欢比喻的人就给她起了这个名字。

不过，这只可怜的云雀从来不唱歌。

第五卷　下坡路

一、黑玻璃制造业一大进步

据蒙菲郿村的人说，那位母亲已经抛弃了她的孩子。然而，她究竟怎么样啦？她在哪里，又在干什么呢？

她把小珂赛特交给德纳第夫妇之后，又继续赶路，到达海滨蒙特伊城。大家记得，那是在1818年。

芳汀离开家乡已有十年。蒙特伊城已经改变了面貌。这期间，芳汀一步步走下坡路，渐渐陷入穷困的境地，而她的家乡却繁荣起来。

大约两年来，这座城市工业有了一项成就，这在小地方就是重大事件。

这件事关系重大，我们认为有必要详细叙述，几乎可以说应当着重介绍一下。

记不清从什么时代起，蒙特伊有了一种特殊的工业，就是仿造英国的墨玉和德国的黑玻璃。这项工业发展始终非常缓慢，因为原材料昂贵，从而影响工人的收入。芳汀回到蒙特伊城的时候，"黑玻璃饰品"制造业正进行一项空前的改革。1815年底，一个陌生男子来到这里落脚，在生产中提出用漆胶代替树脂，尤其在制作手镯方面，提出用接头靠拢的活扣环代替焊死的方法。这一小小的改动却是一场大变革。

这一极小的改动，的确大幅度降低了原材料的成本。这样，首先可以提高工资，给地方带来实惠；其次可以改进制作工艺，有利于消费者；最后可以降低售价，而利润又增加两倍，厂主也有利可图。

因此，一个主意产生三种效果。

不到三年工夫，这种方法的发明人就发财了，这是好事儿，也使他周围的人全富裕起来了，这就是大好事了。他不是本省人。他的籍贯无从知晓；他前一段经历也不甚了了。

据说，他初到本城时，所带的钱很少，顶多有几百法郎。

他就是用这微薄的资本来实施那种巧妙的主意，再加上管理有方，考虑周全，终于赚了大钱，也给当地带来收益。

他初到海宾蒙特伊城，衣着、举止和谈吐，还是个地地道道的工人。

情况似乎是这样：12月份一天傍晚时分，他背着行囊，手里拿着荆棍，悄悄地走进海滨蒙特伊这座小城，碰巧市政厅失火，火势很猛。这个人不顾生命危险，跳进火中救出两个儿童，正巧又是警察队长的孩子，因此也就没有检查他的通行证。从那时起，大家知道他名叫马德兰老爹。

二、马德兰

这个人五十岁上下，他心事重重，但对人十分和善。城里人能讲的只有这一点。

幸亏这项工业经他出色的改造，发展迅速，海滨蒙特伊城才成为重要的贸易中心。西班牙是重要的墨玉消费国，每年都来大量订货。在这项生意上，海滨蒙特伊几乎能跟伦敦和柏林竞争。马德兰老爹获利极高，第二年就建了一个大厂，有男女两个车间。衣食无着的人都可以去报名，准有活儿干，有面包吃。马德兰老爹要求男人要善良，女人要正经，无论男女都要诚实。他把男工女工分在两个车间，就是要让少女和少妇能够安分。这一点他掌握得很死。可以说，唯独这一点他毫不宽容。他这种严格规定还基于一种特殊的考虑：蒙特伊城有驻军，女人堕落的机会多得很。再说，他来到这里是件好事儿，他留在这里更是一种天佑。他来之前，这地方一片死气沉沉，现在这里人人都安居乐业。好比强劲的血液循环，不但温暖全身，而且渗透肌体的各个部分。失业和穷困的现象不见了。无论多么不起眼的衣袋，也无不有一点儿钱。无论多么穷苦的人家，也无不有一点儿欢乐。

马德兰老爹雇用所有的人，他只要求一点：做诚实的男人！做诚实的姑娘！

马德兰老爹是这种经济活动的动力和中枢，前面说过，他发了财，然而颇为奇怪的是，作为一个普通的商人，他主要关注的似乎根本不是钱财。他好像多是考虑别人，很少想到自己。到1820年，他以个人名头，在拉斐特银行存了六十三万法郎。不过，他在为自己存下这六十三万法郎之前，已为这座城市和穷人用去了一百多万法郎。

看到医院设备不足，他就给添了十个床位。海滨蒙特伊分上下两城，他居住的下城只有一所学校，校舍也是破烂不堪的危房。于是，他又另建了两所：一所男子学校，一所女子学校。他出钱给两名教员发津贴，数目是他们原来微薄薪金的两倍。有一天，他对一个感到奇怪的人说："政府公务员首要的两种，就是乳母和小学教师。"他还出钱建了一个托儿所，当时这在法国还是新鲜事儿，另外还为老弱残废工人创办了救济基金。以他的工厂为中心，很快形成一个新的居民区，穷苦人家都纷纷搬来。他在这新区开设一个免费药房。

当初看到他创办工厂，好心肠的人就说：这家伙想发财。可是，看到他发财之前先让这个地区富起来，那些好心肠的人又说：他是个野心家。这种说法很有可能，因为这人信教，甚至在一定程度上还参加宗教活动，这在当时是备受赞扬的行为。每逢礼拜天，他都按时去做小弥撒。当地那位议员到处嗅是否有人与他竞争，不久就担心起马德兰的信仰来。那议员在帝国时期当过立法院成员，他的宗教思想，和奥特朗特公爵，一位以富歇的名字著称的奥拉托利会神父相同。他也是那神父的弟子和朋友。关起门来，他时有微词讥笑上帝。然而，他看到富有的厂主马德兰去做七点钟的小弥撒，就认为那可能是争当议员的候选人，决心要超过对方，于是找一个耶稣会教士当他的忏悔师，还去做大弥撒和晚祷。野心在那时候，说穿了，就是以钟楼为目标的越野赛跑。穷人倒能得益，把这种野心的角逐视为仁慈的上帝，因为，可敬的议员也为医院设了两个床位，这样就增设了十二个床位了。

然而到了1819年，有一天早晨，城里忽然传说马德兰老爹由省督举荐，考虑到他对地方的贡献，不久要被国王任命为海滨蒙特伊的市长。那些断言这个外来者是个"野心家"的人，听到这个消息正中下怀，立刻抓住机会，激愤地叫嚷："怎么样，让我们说中了吧？"这事儿在海滨蒙特伊闹得满城风雨，而传闻也是有根据的。几天过后，委任令果然在《公报》上刊登出来了。不料第二天，马德兰老爹却辞谢不受。

就在1819这一年，用马德兰发明的新方法制造的产品，在工业展览会上展出了。国王根据评委会的报告，将荣誉团勋章授予这位发明人。小城里又议论开了。哦！原来他是想要勋章！不料，马德兰老爹连勋章也拒不接受。

毫无疑问，这个人是个谜。那些好心肠的人只好用这话搪塞：不管怎么说，他是个冒险家。

人所共见，他给这地方带来很多好处，给穷人带来一切。这个人太有用了，到头来大家都不能不尊敬他。这个人也太和善了，到头来大家都不能不喜爱他。尤其他那些工人，对他更是敬佩得五体投地。然而，他接受这种敬佩时，却是一副忧郁而严肃的神情。一旦确认他是富翁，"上流社会人士"见面就同他打招呼了，在城里大家称他马德兰先生。可是，他那些工人和一般儿童仍旧叫他马德兰老爹，这是最能令他解颐的事儿。他的地位越来越高，请柬也就像雪片儿一样飞来。"上流社会"需要他。海滨蒙特伊那些装腔作势的小客厅，当初对这名工匠自然闭门不纳，如今面对这位百万富翁却敞门欢迎了。他们一再殷勤邀请，而他都一一谢绝。

即便如此，还是堵不住那些好心肠的人的嘴。"他是个愚昧无知、没受过什么教育的人。不知道他是从哪儿来的。到交际场上，他会不知所措。他识不识字还很难说呢。"

那些人啊，看到他赚钱，就说他是个商人；看到他往外撒钱，就说他是个野心家；看到他谢绝荣誉，就说他是个冒险家；看到他谢绝社交活动，又说他是个野蛮人。

到了1820年，是他来到海滨蒙特伊的第五个年头，由于他对当地的贡献太突出了，大家的愿望完全一致，国王再次任命他为市长。他又辞谢。但是这回，省督坚持成命，当地所有名流都来恳请，老百姓也聚集在街头请愿，敦请的场面十分热烈，最终他不得不接受了。有人注意到，促使他下此决定的，似乎主要是一个平民老太婆的话。那老妪站在家门口，几乎气冲冲地对他喊道："一个好市长，是有用的。要干好事怎么能往后退呢？"

这是他升迁的第三阶段。马德兰老爹成为马德兰先生，马德兰先生又成为市长先生。

三、在拉斐特银行的存款

身为市长，他仍然那么朴实，一如初到的那天。他头发花白，眼神严肃，面孔还像工人那样呈褐色，若有所思的神态像个哲学家。他常戴一顶宽檐帽，穿一件粗呢长礼服，一直扣到领口。他履行市长的职责，下班之后便独来独往。他不大同人说话，总躲避寒暄虚礼，遇见人就侧身略一施礼就匆忙避开。他微笑是要避免交谈，他给钱是要避免微笑。妇女都说他："多么善良的一只熊！"他的兴趣就是到田野里散步。

他总是独自用餐，眼前摊开一本书，边吃边看。他有一个做工精美的小书橱。他喜欢书，书籍是冷淡却又可靠的朋友。随着财富增加，空闲时间也多了，他似乎用来学习，提高智慧。别人注意到，他来到海滨蒙特伊之后，谈吐一年比一年更谦和，更文雅，更平易了。

他到田野散步时爱带一支枪，但是极少使用，偶尔开一枪，也是弹无虚发，令人惊叹。他从不杀死无害的野兽，也从不射一只小鸟。

虽然他不年轻了，但是据说他力大无比，必要时往往能助人一臂之力，例如拉起一匹马，推动一只陷入泥坑的车轮，捉住两只角制服惊跑的公牛。他出门时，衣兜里总是装满了钱币，回来时就全空了。他从一个村庄走过，穿着破衣烂衫的一群孩子都兴高采烈，从后边追上来，像一群小飞虫似的围住他。

别人从中看出，他从前干过农活，因而有各种各样有效的窍门教给农民。他告诉他们，用普通盐水喷洒粮仓并冲洗地板缝，就能消灭麦衣蛾；要驱逐谷象虫，就在墙壁屋顶，在间壁墙和房子各处挂上开花的奥维奥草。他有不少"秘诀"，根除野鸠豆草、麦仙翁、野豌豆、山涧草、狐尾草等侵害小麦的各种寄生杂草。兔子窝里只要放一只北非种儿的猪，老鼠闻到猪臭味就不敢伤害兔子了。

有一天，他看见当地人正忙着拔除荨麻。他站住瞧着一大堆连根拔出而枯萎的荨麻，说道："这下死了。若是懂得利用，这可是好东西。荨麻幼嫩的时候，叶子是很好吃的蔬菜。老荨麻有纤维，跟亚麻和苎麻一样。荨麻布能比得上亚麻布。荨麻剁一剁可以喂鸡鸭，搅碎了可以喂牛羊。荨麻籽掺在饲料里，能让牲口的皮毛光亮。荨麻根汁用盐调和，便成为一种非常好看的黄色颜料。此外，这也是极好的草料，每年能收割两茬。可是，荨麻生长需要什么呢？只要一点点土地，不用管理，也不用种植。只是它的籽边熟边落，不容易收获罢了。稍微花点力气，荨麻就成为有用的东西。根本不管，它就变成有害的东西，于是就被铲除。多少人类似荨麻！"他沉吟一下，又补充说："朋友们，记住这一点：世上既没有莠草，也没有坏人。只有糟糕的庄稼人。"

孩子们喜爱他，还因为他手很巧，能用麦秸和椰子壳做出各种好看的小玩意儿。

他一看见教堂的门挂了黑纱，就走进去吊唁，如同别人前来祝贺洗礼。他为人特别慈善，非常关心别人丧偶和不幸，加入丧礼的行列，陪同吊唁的朋友、服丧的家庭，以及围着灵柩叹息的神父。他仿佛乐于用憧憬彼界的诔歌表达自己的思想。他仰视天空，聆听在死亡的幽冥深渊边上的悲歌，心中向往着那无极世界的各种神秘。

他暗暗地做了大量的善举，如同有人偷偷干坏事一样。夜晚，他溜进民宅，偷偷摸摸爬上楼梯。一个穷鬼回到他在顶楼的破屋，发现他不在时房门打开了，有时甚至是撬开的，他就连声嚷道："有坏蛋来过啦！"不料，他进门看见的头一样东西，就是丢在家具上的一枚金币。来过的"坏蛋"，正是马德里老爹。

他善待人又神情忧郁。老百姓都说："这个人富有，态度却不傲慢。这个人幸福，神情却不快活。"

也有人认为他是个神秘人物，断言从来没人进入他的房间。那是一间名副其实的隐修士密室，里面摆着几个带翅膀的沙时计，还装饰着交叉放的死人股骨和骷髅头。这话在海滨蒙特伊流传很广，结果有一天，几个好事的年轻漂亮女子闯到他那里，向他提出请求："市长先生，带我们瞧瞧您的卧室吧，据说是个石洞。"他微微一笑，立刻领她们进入"石洞"。她们见了大失所望。房间里不过摆了几件桃花心木家具，同所有这类家具一样相当难看，墙上糊了廉价的壁纸。没有收藏什么值得她们一看的东西，只有壁炉上的两支旧烛台好像是银的，"因为上面打了验印"。这就是小地方人充满智慧的见识。

尽管如此，别人还照样说没人进入那间屋，那是隐修的石窟、梦游之地，那是个洞穴，是座坟墓。

有人还窃窃私议他有"巨款"，存在拉斐特银行可以随时提取，甚至还补充说，没准儿哪天上午，马德兰先生跑到拉斐特银行，签一张收据，只用十分钟，就能提走他的两三百万法郎。而其实，那"两三百万"要大大缩减，我们说过，只有六十三万法郎。

四、马德兰先生服丧

1821年初，报纸刊登了一则讣告：迪涅主教米里哀先生，"别号卞福汝主教大人"入圣了，享年八十二岁。

我们在此补充报纸略去的一点：迪涅主教几年前就双目失明。有他胞妹守在身边，双目失明也乐得其所。

顺便讲一句，双目失明并有人爱，在这绝无圆满之事的人世间，的确算得上人生幸福的一种最奇妙的形式。自己身边总守着一个女人、一个姑娘、一个姊妹、一个可爱的人儿。她守在身边只因你需要她，而她也不能离开你，知道自己需要的人也离不开自己，能以她前来陪伴的频繁次数不断地衡量她的感情，并能对自己说："她把全部时间都用在我身上，足见我拥有她整个一颗心。"看不见面孔，却能洞悉思想。在整个世界都遁隐中，确认一个人的忠诚，捕捉一件衣裙像鸟儿鼓翅一般的声，听见她走来走去，出出进进，说话唱歌，想到自己是这些脚步、这些话和这支歌的中心。时时刻刻表现自己的吸引力，感到自己越残废反而越强大。在黑暗中，而且正由于这种黑暗，自己成为这个天使围着运行的星球，世上很少有幸福能比得上这种幸福。人生至福，就是确信有人爱你，有人为你的现状而爱你，说得更准确些，有人不问你如何就爱你。这种信念，这个盲人就有。身陷苦境，有人服侍，就是有人爱抚。他还缺少什么呢？什么也不缺了。拥有爱，就根本不算失明。而且是何等的爱啊！完全是由美德构成的爱。在确信无疑的地方，也就根本不存在失明了。灵魂摸索着寻找灵魂，而且找到了；找见并得到确证的这颗灵魂，还是一位妇人。一只手扶着你，那是她的手；嘴唇拂着你的额头，那是她的嘴唇；你听见紧挨着身边的呼吸，那就是她。得到她的一切，从她的崇拜、直到她的同情，而且从不离开。得到这种温柔纤弱力量的救助，依靠这根不折不弯的芦苇，双手能够触摸到天主，并且搂在怀里，身边有能摸得到的上帝，多么叫人欣喜啊！这颗心，这朵默默的仙花，神秘莫测地开放了。哪怕用全部光明来换取，你也不会舍弃这花影。天使灵魂就在身边，总守在身边，走开一下也要回来，像梦一般消失，又像实物一样重现。你感到一股温暖靠近，那就是她来了。周围洋溢着恬静、愉悦和陶醉，自身就是这黑夜中的光辉。还有千百种无微不至的关怀。细微琐事，在这空虚中却无比重大。女声的难以描摹的音调，能催你安睡，又能为你取代消失的宇宙。你受到的是灵魂的爱抚。什么也看不见，但是却感受到宠爱。这是黑暗中的天堂。

　　卞福汝主教就是从这个天堂渡到另一个天堂的。

　　海滨蒙特伊地方报纸转载了他去世的讣告。第二天，马德兰先生就全身换上黑服，帽子上也缠了黑纱。

城里人见了他的服装，便纷纷议论。这似乎多少显出一点马德兰先生的来历。有人从而断言，他跟那位德高望重的主教有亲缘关系。沙龙里的人说："他为迪涅主教服丧。"这样一来，马德兰先生就大大提高了身份，当即赢得海滨蒙特伊上流社会的几分敬重。鉴于马德兰先生可能是主教的亲戚，这地方微型圣日耳曼区想取消对他的歧视。马德兰先生也发现自己升格了，能得到老妇人的更大尊敬、年轻女子的更多微笑。一天晚上，这个小小的上流社会的一位夫人，自以为年序最长，资格最老，有权垂问，便贸然问他：

"市长先生一定是已故迪涅主教的表亲啦？"

"不是，夫人。"马德兰先生回答。

"那您怎么为他服丧呢？"老妇人又问道。

"因为我年轻的时候，在他家里当过仆人。"他又答道。

大家还注意到一个情况：给人通烟囱游串四乡的萨瓦少年只要经过本城，市长先生就要派人叫来，问清姓名，给些钱打发走。这消息一传十，十传百，许多萨瓦少年都要经过这地方。

五、天边隐约的闪电

各种各样的敌意，随着时间都逐渐化解了。马德兰先生首先碰到的是险恶用心和造谣中伤：这也是一种规律，凡是在向上升的人都有这种遭遇；接着只碰到缺德恶意；再过后就只有调侃戏弄；然后这一切统统烟消云散，化为完全的、一致而由衷的尊敬了。而且有一阵子，即1821年前后，海滨蒙特伊人叫"市长先生"，跟迪涅人1815年称"主教大人"几乎是同样声调。方圆十法里的人，都来向马德兰先生求教。他排解纠纷，劝阻打官司，说服敌对双方和解。人人都把他视为拥有正当权力的仲裁。他的灵魂仿佛装了一部自然法典。崇敬似乎也有感染性，在六七年中，逐渐蔓延而遍及整个地区了。

全城和全地区，只有一个人绝对不受这种感染，不管马德兰老爹如何行善，他总是拒不就范，仿佛有一种不可腐蚀又不可动摇的本能，时刻令他警醒，令他惕厉不安。的确，有些人身上就好像存在真正的兽性本能，同任何本能一样既纯洁又正直。这种本能会产生恶感和好感，而且不可避免地区分一种本性和另一种本性。这种本能既不犹豫又不慌乱，既不缄默又不反悔，处于幽暗却能明察，既准确又果断，以抵制智慧的各种劝告和理解的各种化解。无论命运如何安排，这种本能总是悄悄地警告，警告狗一样的人有猫一样的人出现，警告狐狸一样的人有狮子一样的人出现。

马德兰先生走在街上，神态平静而亲热，被众人感恩的话所包围，时常遇见一个高个子的人。那人穿一身铁灰色礼服，拿一根粗手杖，头戴一顶垂边帽，同马德兰先生交叉而过，又猛地转过身，目送他直到望不见为止。那人又叉着双臂站在那里，缓缓地摇着头，上下嘴唇噘到鼻子下，那副怪相分明是说："这个人究竟是干什么的呢……我一定在什么地方见过……不管怎样，我是不会让他骗过去的。"

他神态严肃，带几分威严，属于哪怕匆匆一见也令人不安的那种人物。

他叫沙威，是警察局的。

他在海滨蒙特伊任探长，履行困难而有用的职责。沙威没有见到马德兰起步的阶段。他多亏夏布叶先生的推荐才得到这个职位。夏布叶先生是当时巴黎警察署长、后来升任内阁大臣的昂格莱斯伯爵的秘书。沙威到海滨蒙特伊上任时，这位大厂主已经发迹了，马德兰老爹已经变成马德兰先生。

有些警官相貌就特殊，由卑鄙和威严两种神态构成。沙威有这种相貌，却没有卑鄙的神态。

我们深信，假若灵魂能用肉眼看得见，我们就能清晰地看到这样的怪事：每个人都对应一种动物。我们还不难认识这种连思想家也不甚明了的真理：从牡蛎到鹰隼，从猪到老虎，一切禽兽之性，在人身上无不具备。每种动物对应一个人，有时甚至好几种动物同时对应一个人。

禽兽不过是我们的美德和邪恶的形象化，在我们眼前游荡，犹如我们灵魂的显形。上帝让我们看见禽兽，就是要启发我们思考。不过，既然禽兽只是虚影，从严格意义上讲，上帝造出禽兽就是不可教育的，何必教育禽兽呢？反之，灵魂既是实存，既有特定的目的，上帝就赋予智慧，也就是说赋予可教育性。有良好的社会教育，任何类型的灵魂都能发挥蕴涵的作用。

当然，这是仅就狭义的表象尘世而言的，并不判断非人的生灵前世后世的深奥问题。有形的我决不允许思想家否认无形的我。这一点保留了，我们再继续往下谈。

现在，假如大家都像我们这样，暂时承认每人身上都有一种兽性，我们就容易说明治安警官沙威的情况。

阿斯图里亚斯那地方的农民都确信，在一窝狼崽子里，必有一只属狗性，要被母狼咬死，否则它长大会吃掉其它小狼。

这条狼生的狗崽子，加上一副人的面孔，就是沙威了。

沙威生在监狱，母亲是用纸牌算命的人，父亲是个苦役犯。他长大之后，就想到自己处于社会之外，无望回到社会中了。他注意到社会注定要把两类人排斥在外：攻击社会的人和保卫社会的人。他只能在这两类人之间做出选择，同时却觉得，自己身上有一种说不出来的刻板、规矩而廉正的特质，而对于他出身的游民阶层，却怀着一种难以言传的仇恨。于是，他当了警察。

他干得出色，四十岁上升为探长。

他年轻时，在南方的监狱里任过职。

往下深谈之前，我们先来弄清刚才加给沙威"人面"的说法。

沙威的人面上长着一个塌鼻子，鼻孔很深，鼻孔边往外延伸两大片络腮胡子，初看像两片森林和两个石窟，让人感到不自在。沙威难得一笑，但是笑起来样子狰狞可怕。两片薄嘴唇张开，不但露出牙齿，还露出牙床，鼻子四周像猛兽的嘴那样，也会起扁圆野性的皱纹。沙威表情严肃时是猎犬，笑起来时是只猛虎。此外，他的腭骨宽阔，头盖骨扁平，头发遮住前额，垂至眉睫，双眼之间常皱起一个疙瘩，犹如一颗怒星，目光阴沉，嘴唇闭得紧紧的，令人生畏，总而言之，是一副恶面凶相。

这个人由两种情感构成：尊敬官府，仇视反叛。这两种情感本来很朴实，也相当好，然而他做得过分，就几乎变坏了。在他眼中，偷盗、杀人害命等，所有犯罪都是反叛的形式。凡是在官府任职的人，上自内阁大臣，下至乡村巡警，他都盲目地深深地信赖。而曾一度犯过法的人，他一概予以鄙视、憎恨和厌恶。他事事走极端，不承认例外。一方面他说："官吏不可能失误，司法官永远不会出错。"另一方面他又说："这些罪犯不可救药，绝干不出什么好事来。"他完全同意思想极端的人的见解，要赋予人类法律一种什么权力，能指定，也可以说能确认该下地狱的人，而且，他们将一个斯提克斯[1]安放在社会底层。沙威清心寡欲，认真严厉，有一副若有所思的忧伤神态，像狂热信徒那样又恭顺又倨傲。他的目光就是一根钢钻，闪着寒光，透人心脾。他一生只包含在两个词中：警戒和监视。他将笔直的线引入极为曲折的人世间。他清醒地认识自己的作用，虔诚地热爱自己的职务，当暗探就像别人当神父一样。谁落到他手里谁倒霉！他父亲越狱，他也照样给抓回来。他母亲违反放逐法令，他也照样告发。他干得出来，还会因大义灭亲而自鸣得意。不过，他一生也十分清苦，孤单一人，无私无欲，从来没有消遣娱乐过。他体现了铁面无私的职责，体现了像斯巴达人理解斯巴达那样所理解的警察，体现了毫不留情的监视、一丝不苟的诚实，他是个大理石般的密探，布鲁图斯[2]转世的维道克[3]。

沙威全身无处不表明，他是躲在暗处窥探的人。以约瑟夫·德·梅斯特为代表的神秘学派，一定会说沙威是一种象征。要知道，当时那个学派用高深的天体演化论点缀所谓的极端报纸。别人看不见他遮在帽子下面的额头，看不见他埋在眉毛下面的眼睛，看不见缩入领巾里面的下巴，也看不见他插进长礼服里面的手杖。然而时机一到，他那瘦削的扁额头、阴森森

1　斯提克斯：希腊神话中的冥河女神。

2　布鲁图斯（公元前85—公元前42）：罗马政治家，密谋刺杀了恺撒。

3　维道克：当时的著名警探，曾因行骗入狱，后来当上警察队长。

的目光、咄咄逼人的下巴、粗大的双手和巨型的手杖，就像伏兵一样，都突然从这暗处冲出来。

他厌恶书籍，但是偶然得闲也翻一翻，因而他不完全是个文盲，从他说话爱咬文嚼字上就能看出这一点。

前面说过，他没有一点儿恶习。他对自己满意的时候，就闻一闻鼻烟。这是他还通点儿人性的地方。

因此不难理解，司法部统计年表上标明的"无业游民"，无不惧怕沙威。他们一听到沙威的名字，就望风而逃；他们一看见沙威的面孔，就吓掉了魂儿。

这个可怕的人就是这副形象。

沙威好似始终盯着马德兰先生的一只眼睛。一只充满怀疑和猜测的眼睛。后来，马德兰先生也发觉了，但是他毫不在意，甚至没有问一问沙威，既不接近也不躲避他，承受这种令人发窘而几乎无法忍受的目光，又显得并没有注意。他对待沙威，像对所有人那样又自然又和善。

从沙威流露出来的口风里，可以猜出他带着他那种人所特有的好奇心，半由于本能半出于自愿，暗中调查过马德兰老爹从前在别处可能留下的痕迹。他似乎查出了底细，有时还用隐晦的话，说是某人去某个地方，了解某个消失的家庭的某些情况。有一回，他还自言自语地说："我相信抓住他啦！"继而，一连想了三天，没讲一句话，仿佛他以为掌握的线索中断了。

此外，在此有必要纠正一些词语可能表现出的绝对意义。一个人是不可能真正做到万无一失的，而本能的特点，恰恰容易受干扰、容易迷失方向并误入歧途。否则的话，本能就高于智慧，禽兽就比人聪明了。

显而易见，沙威看到马德兰先生衣着那么自然，神态那么安详，不免有些困惑不解。

然而有一天，他那怪异的行为，似乎震动了马德兰先生。当时的情况是这样的。

六、割风老爹

一天早晨，马德兰先生经过海滨蒙特伊城一条未铺石的小街，听见吵闹声，望见远处有一堆人。他赶过去，只见马倒车翻，一个叫割风老爹的老头儿压在车底下了。

割风这个人，当时是少数几个还同马德兰先生作对的一个冤家。他是农民出身，粗通文墨，当过乡间小吏，在马德兰初到这地方的时候，他的生意正在走下坡路。割风眼睁睁看着这个普通工人富起来，而自己这个老板却濒临破产了。因此，他嫉妒得要命，一有机会，就竭力损害马德兰。后来他破产了，又上了年纪，只剩下一辆马车和一匹马，没有家室也没有儿女，为了生计只好赶大车。

那匹马两条后腿骨折了，爬不起来。而老头儿正卡在两个轮子中间，他一跤跌倒在车下，不巧让整个一辆车压住胸膛。割风老爹喘不上气，连声惨叫。有人试着要把他拉出来，但是徒劳。用力不得当，救助不得法，车子一倾斜，就可能结果他的性命。只能从下面把车顶起来，否则救不了他。沙威在出车祸时，也突然赶来，他叫人去找一个千斤顶。

马德兰先生来到。围观的人都恭敬地让开一条路。

"救命啊！"割风老头儿呼叫，"哪个孩子心好，救救老头儿？"

马德兰先生转身，问围观的人："有千斤顶吗?"

"有人去拿啦。"一个农民答道。

"要多长时间才能拿来?"

"去最近的地方，到弗拉绍那里，那儿有个铁匠。不管怎样，也得足足等上一刻钟。"

"一刻钟！"马德兰高声说。

头一天下过雨，地湿透了，车子不断往下沉，越来越压迫老车夫的胸膛。显而易见，过不了五分钟，他的肋骨就会给压断。

"等一刻钟可不行。"马德兰对瞪眼看着的农民说。

"就得等着。"

"那就来不及啦！你们没有瞧见车子往下陷吗？"

"当然看见啦！"

"大家听着，"马德兰又说道，"车下面有空地儿，能容一个人爬进去，用背把车顶起来。只用半分钟，就能把这个可怜的人救出来。这里哪个有劲儿又有胆量？能得到五个金路易！"

人堆里谁也没有动弹。

"十个金路易。"马德兰又说。

在场的人纷纷垂下目光。其中一个咕哝道：

"那得大力士来才行。再说，弄不好自己也给压死！"

"来吧！"马德兰又说道，"二十金路易！"

还是没人应声。

"不是大家不肯帮忙。"一个声音说。

马德兰转身一看，原来是沙威，他刚到时没有看见。

沙威接着说道："只是没有那么大力气。用背把大车拱起来，要力大无比的人才做得到。"

说罢，他凝视马德兰先生，又一字字加重语气说道："马德兰先生，我只认识一个人，能按照您的要求做。"

马德兰不禁一抖。

沙威眼睛始终盯着马德兰，又若不经意地加了一句：

"他从前是苦役犯。"

"唔！"马德兰应了一声。

"在土伦的苦役犯监狱里。"

马德兰的脸色唰地白了。

这工夫，大车还慢慢地往下陷。割风老爹倒着气号叫："我要憋死啦！肋骨要压断啦！千斤顶！找点儿什么东西来！噢！"

马德兰扫视一周：

"没人肯赚这二十金路易，救这个可怜的老人吗？"

在场的没人动弹。

沙威又说道：

"我只认识一个人能代替千斤顶，就是那个苦役犯。"

"噢！我就要被压死啦！"老人叫喊。

马德兰抬起头，又遇见沙威死盯住他的那对鹰眼，瞧仁立不动的农民，他苦笑了一下，然后他一言未发，双膝跪下，未待围观的人惊叫，就钻进车下。

这一刻等待惊心动魄，大家都敛声屏息。

只见马德兰几乎趴在这骇人的重载下面，收拢双肘和双膝，两次往上用力都徒然。有人冲他喊："马德兰老爹！快从下面出来吧！"割风老头儿也对他说："马德兰先生！出去吧！喏，命里该着我死啦！丢下我吧！您别跟着压死在下面！"马德兰不应声。

围观的人都屏住呼吸。车轮还继续往下陷，马德兰再想从车下爬出来已经不可能了。

突然，大家看见那庞然大物摇动了，货车慢慢升起来，车轮也从辙沟里出来半截了，只听一个窒息的声音喊道："快，快！帮把手！"那正是马德兰，他使出了最后一点儿力气。

大家一拥而上。一个人奋不顾身，激发所有人的力量和勇气。大车被众多的手臂抬起来。割风老头儿得救了。

马德兰也站起来，他大汗淋漓，却脸色铁青，衣服撕破了，沾满了泥水。众人都流下眼泪。老人吻着他的双膝，称呼他是仁慈的上帝。然而，他脸上的表情难以描摹，是一种透出快慰的极痛深悲。他的目光平静，注视着一直死盯着他的沙威。

七、割风在巴黎当园丁

割风从车上摔下去膝骨脱臼了。马德兰老爹叫人把他送进医疗室。那医疗室是为本厂工人设置的，就在工厂大楼里，由两名修女照看。次日早晨，割风老头儿发现床头柜上有一张一千法郎的支票，附了马德兰老爹亲笔写的一句话："我买下您的车和马。"其实，车已经散了架，马也死了。割风医好了伤，膝盖却僵直了。马德兰先生通过两位修女和本堂神父的介绍，将老头儿安置到巴黎圣安托万区女修道院当园丁。

不久，马德兰先生被任命为市长，披挂上掌管全城大权的绶带。沙威第一次看见他披挂绶带，不禁胆战心惊，如同狗隔着主人的衣服嗅出狼的气息。从那以后，他尽量躲避，如因公务万不得已去见市长，就恭恭敬敬地讲话。

马德兰老爹给海滨蒙特伊创造了繁荣，除了我们指出的明显的事实，还有一种看不见的，但是同样重要的征象。这一点绝对错不了。就业困难，生意凋敝，而民不聊生的时候纳税人就因拮据而拖欠税款，过期不交，政府催缴税款要耗费巨大的开支。反之，如果就业充分，地方富裕，百姓安居乐业，税款就容易收上来，政府也节省费用。可以说，收税费用大小，是民众贫富的准确无误的气温表。七年当中，海滨蒙特伊地区的收税费用缩减了四分之三，当时的财政大臣德·维莱勒先生，就经常表彰这个地区。

芳汀回乡时，地方就是这种情景。没人记得她了，幸好马德兰先生工厂的大门好似友人的面孔，她去报名做工，被收录到妇女车间。芳汀完全外行，干活不可能熟练，一天干下来工钱有限，但也过得去，总算衣食有着落，问题解决了。

八、维克图尼安太太为道德花了三十五法郎

芳汀看到自己能谋生了，一时很高兴。正正经经地自食其力，这是上天多大的恩惠啊！她真的恢复了劳动的乐趣。她买了一面镜子，欣赏自己的青春，欣赏美丽的头发和美丽的牙齿，从而忘却许多事，只想珂赛特和可能的未来，还真感到几分幸福。她租了一间小屋，又以将来的工资为担保，赊账买了些家具。这是她浮浪习惯的残余。

她不能讲自己结了婚，就绝口不提自己的小女儿，这一点在前面已经透露过了。

我们也已看到，起初阶段，她总能按时向德纳第家付款。她只会签名，就不得不让摆摊儿的先生代写书信。

她时常寄信，就引起注意。妇女车间里，有人开始悄悄议论，说芳汀"常写信""行为有点怪"。

窥视别人的行为，最起劲儿的莫过于同事情毫无关系的人。"为什么那位先生总到黄昏时分才来？""为什么每逢星期四，他总是不把钥匙挂在钉子上呢？为什么他总走小街巷呢？""为什么那位太太总在到家之前下公共马车呢？她的信笺匣里满是信笺，为什么还派人去买一本呢？"诸如此类，不一而足。有些人与这些事儿毫不相干，却总想了解谜底，不惜花费做十件善事也用不了的金钱、时间和精力，而且不取报酬，只图一时开心，完全是为了好奇而好奇。他们可以从早到晚，一连几天跟踪这个男人或那个女人，在街头巷尾，在林荫路两侧住宅的门洞里，冒雨在寒冷的夜里监视几个钟头，贿赂办事的人，灌醉车夫和仆役，买通女仆，争取看门人。为了什么呢？毫无目的。只是一味渴望窥探、了解并洞悉别人的隐私。只是一味想卖弄。一旦隐私暴露出来，秘密公之于众，谜团完全揭开，接踵而来就是灾祸、决斗，弄得两败俱伤，家破人亡。而发现那一切的人却拍手称快，其实他们这么干并不图利，纯粹出于本能。这情况多么可悲。

有些人很坏，仅仅坏在要说三道四。他们的谈话，在沙龙里谈心，在门厅里闲聊，就像壁炉一样，很快烧掉木柴。他们需要大量燃料，而燃料就是周围的人。

因此，有人注意观察芳汀。

除此之外，也有不少女人嫉妒她那金黄色的头发、雪白的牙齿。

有人发现，她同大家一起在车间的时候，时常转过身去擦一擦眼泪。那正是她想念孩子了，也许还想念她爱过的那个男人。

割断宿怨旧恨，的确是个痛苦的过程。

有人观察到，每月她至少写两封信，总是同一个地址，而且亲自贴邮票寄走。有人终于搞到了地址："蒙菲郿客栈主德纳第先生收"。

代写书信的老先生，是个肚子里不灌满红酒，就不会把秘密倒出来的老东西，把他请到酒馆里一灌，他就全说出来了。总之，他们了解到芳汀有一个孩子。"大概是个丫头。"有一个好事的老婆子，还真往蒙菲郿走了一趟，跟德纳第夫妇谈了话，回来就说："我花了三十五法郎买了个明白。我见到那孩子啦！"

干这件事的老婆子是个母夜叉，叫做维克图尼安太太，自诩为所有人节操的守护和卫士。维克图尼安太太有五十六岁，丑陋的面孔变本加厉，又罩上老朽的面孔，说话声音颤颤巍巍，思想乖戾。这老婆子还有过青春，真是咄咄怪事。她年轻时正赶上1793年，便嫁给一个从隐修院逃出来的修士。那是圣贝尔纳教派修士，戴上红帽子，摇身一变而成雅各宾党人，治得她服服帖帖。她守寡之后，一方面思念亡人，另一方面变得冷酷无情、尖酸刻薄、脾气暴躁，几乎变成狠毒的人。可见，她是一棵被修士服拂过的荨麻。波旁王朝复辟之后，她成为虔婆，而且特别热诚，神父也就宽恕了她同修士的那段姻缘。她有一小笔财产，大肆宣扬捐赠给了一个宗教团体，因而她在阿拉斯的主教区相当受人尊敬。就是这个维克图尼安太太往蒙菲郿跑了一趟，回来说："我见到那孩子了。"

发生这些事情，也就过去了一段时间。芳汀到工厂干活儿有一年多了，一天早晨，车间女管理员按市长先生的吩咐，交给她五十法郎，说她不算工厂的人了，而且市长先生要求她离开本地。

恰巧在这个月，德纳第夫妇要价从六法郎涨到十二法郎之后，又要求付十五法郎。

芳汀惊呆了。她不能离开这地方，还欠房租和买家具的钱，五十法郎不够清债的。她结结巴巴哀求了几句。那管理员却叫她立刻从车间出去。芳汀毕竟只是个极普通的工人。她非常痛苦，更受不了这种侮辱，便离开车间，回到自己的住处。她的过失，现在已经尽人皆知啦！

她觉得没有勇气再说什么了。有人劝她去见见市长，她不敢前往。市长先生给她五十法郎是因为心地善良，赶她离开是因为办事公正。这样一项决定她只好屈服。

九、维克图尼安太太得逞了

那位修士的孀妇，还真有点儿用处。

不过，马德兰先生根本不知道这件事。人生就是充满了这类阴差阳错的事件。马德兰先生已养成习惯，几乎从来不进入妇女车间。他把车间委托给本堂神父介绍来的一个老姑娘，完全信赖那个管理员。那个老姑娘也确实可敬，做事果断，公正廉洁，有一副慈悲心怀。不过，她的慈悲仅限于施舍，并没有达到理解并宽恕别人的境界。马德兰先生把一切事务都交给她。世上最善良的人，也往往不得不委派别人行使权力。那个管理员既能全权处理事务，又确信自己做得对，她调查了这个案子，做出判决，定了芳汀的罪，并立即执行。

至于那五十法郎，是她从女工救济款中拨出来的。马德兰先生将那笔款交给她支配，无须报账。

芳汀在当地挨门挨户自荐当用人，但是没人雇用。她又不能离开这座城市。卖给她家具（什么家具啊）的那个旧货商对她说："您若是走了，我就叫人把您当贼抓起来。"讨房租的房东对她说："您又年轻又漂亮，能有办法付钱的。"芳汀把五十法郎分给房东和旧货商，又把四分之三的家具退还了，只留下必不可少的。从此她没有工作，又无依无靠，家徒四壁，仅有一张床铺，还欠着约一百法郎的债务。

她开始为卫戍部队士兵做粗布衬衫，每天可以赚十二苏。女儿要用去十苏。正是这时候，她不能按时寄钱给德纳第夫妇了。

在这期间，平时芳汀晚上回家，一个为她点亮蜡烛的老太婆，教给她过苦日子的艺术。在贫苦生活的后面，还是一无所有的生活。那就像两间屋子：第一间昏暗，第二间则漆黑一片。

芳汀学会了如何在严冬不生火，如何像一只每两天才吃一苏钱粟子的小鸟，如何把裙子改做被子，再把被子改成裙子，如何借对面窗户的亮光吃饭而省蜡烛。一些弱者老境一贫如洗，又安分守己，善于用一苏钱办多少事，我们不可能全部了解。久而久之，这便成为一种才能。芳汀就掌握了这种高妙的才能，也就恢复了一点儿勇气。

这个时期，她常对一个邻妇说："哼，怕什么！我心想：每天只睡五个钟头，其余时间全用来做衣服，我总可以挣口面包吃，凑合活着。再说了，人伤心的时候，饭量也减少。喏！受苦，担心，一方面有点儿面包，另一方面有些忧愁，加起来就能填饱我的肚子了。"

在这种苦境中，有小女儿在身边，自然是莫大的幸福。她真想把女儿接来。可是接来干什么？跟她一起受苦吗？再说，她还欠德纳第家的钱！如何还清呢？还有旅费！怎么付呢？

教她所谓安贫法的那个老太婆，是一位圣女，名叫玛格丽特。她虔诚信奉，一心向善，贫穷而乐施，不仅帮穷人，甚至帮富人，虽不会写字，只能签个"玛格丽特"，但信仰上帝也是学问。

世间有许多这种德行的人，有朝一日他们会到天上。这种生活拥有未来。

开始一个阶段，芳汀深感羞愧，不敢出门。

她走在街上，也能猜出身后准有人回过头来用手指她。大家都瞧她，却没人同她打招呼。行人那种冷酷的轻蔑态度，如寒风刺入她的骨肉和灵魂。

一个不幸的女人在小城市里，就像赤身裸体暴露在众人的嘲笑和好奇的目光之下。在巴黎，至少谁也不认识，这种素昧平生也是一件遮体的衣裳。唉！她多么希望去巴黎啊！然而不可能。

如同过惯了清贫生活一样，她也必须习惯别人的蔑视。两三个月之后，她就克服了耻辱心，若无其事地出门上街了。

"这对我无所谓。"她说道。

她在街上往来，头高高仰起，脸上带着一丝苦笑，感到自己成为不知羞耻的人了。

维克图尼安太太有时看见她从窗下经过，注意到"这个坏女人"遭难了，不禁自鸣得意，心想多亏了她，那女人才"回到原来的地位上"。恶人自有邪恶的快乐。

芳汀干活过度劳累，干咳越来越厉害了。有几回，她对邻居玛格丽特说："摸摸我的手，有多烫啊！"

然而，每天早晨，她用半截旧梳子，梳理她那滑溜如丝的厚厚的美发，还产生一阵爱美的快感。

十、得逞的后果

芳汀是在冬末时节被辞退的，夏季过去，冬季又来了。白天短，出的活儿也少了。冬天，没有温暖，没有阳光，也没有中午，早晨连着晚上，终日昏黑，烟雾弥漫，窗外灰蒙蒙的看不清楚。天空成了一个气窗。整个白昼成了地窖。太阳是一副穷人的模样。多么恶劣的季节！冬季将天上的水和人心化为石头。债主向她逼债。

芳汀挣得太少，入不敷出，债越背越重。德纳第夫妇未能按时足数收到钱，就总写信来。信中内容令她伤心，信中的要求会让她破产。有一天，他们写信来，说她的小珂赛特在冷天一件衣裳也没有，孩子需要一条羊毛裙，母亲至少得寄十法郎才能买一条。芳汀收到信，拿在手中揉搓了一整天。到了晚上，她走进街角的一个理发馆，取下梳子，一头令人赞叹的金发一直垂到腰上。

"这头发真美！"理发匠高声赞道。

"您肯出多少钱？"芳汀问。

"十法郎？"

"剪吧。"

德纳第收到裙子，立刻火冒三丈。他们要的是钱，于是把裙子给爱波妮穿了。可怜的云雀继续冻得发抖。

芳汀心想："我的孩子不再冷了。我给她穿上我的头发了。"她自己则戴上小圆帽，盖住光头，这样看上去还是很美。

芳汀心中越来越黯淡了，她看到自己不能再梳头发，就开始怨恨周围的一切。在很长一段时间，她跟所有的人一样敬重马德兰老爹。然而，她心里一个劲儿地重复，是他把她赶走的，是他造成她的不幸，重复到后来也恨起他了，还尤其恨他。她在工人聚在工厂门口的时刻经过那里，故意又笑又唱。

一个年老的女工有一次瞧见她又唱又笑的样子，就说道："这姑娘将来一定会很惨的。"

她找了一个汉子，是随便碰到的一个人，她并不爱，只想胡来，发泄心中的愤懑。那是个穷鬼，靠拉点儿曲子乞讨，好吃懒做，还动手打她，然后离开了。相遇又分手，无不是厌恶的情绪引起的。

她只爱自己的孩子。

她越往下滑，周围的一切就越黑暗，那温柔的小天使在她心底就越有光彩。她常说："等我发了财，我的珂赛特就会到我身边。"说着又大笑起来。她始终咳嗽，后背还出虚汗。

有一天，她收到德纳第夫妇一封信，信中这样写道：

"珂赛特病了，患了一种地方病，叫粟粒热。必须吃贵药，这下子把我们家给毁了，我们付不起药费。一周之内您不寄来四十法郎，小姑娘就死定了。"

看完信，芳汀哈哈大笑，对邻居老太婆说：

"哈！他们心肠真好！四十法郎！只要这么点儿！就是两个金路易！我到哪儿去拿呢？这些乡巴佬，都没长脑子！"

然而，她走到楼梯，还凑近天窗又看一遍。

接着，她冲下楼梯，跑出去，边跑边跳，还笑个不停。

有个人碰见她，问道："您有什么事儿这么高兴？"

她答道："两个乡巴佬刚给我写来一封信，说了天大的蠢话。他们向我要四十法郎！乡巴佬，算了吧！"

她经过广场时，看见许多人围着一辆造型很怪的马车。一个穿红衣服的男子站在车顶上，正在摇唇鼓舌。那是个走江湖的牙医，正兜售整套假牙、牙膏、牙粉和药酒。

芳汀挤进人群，边听边跟大家一起大笑。那拔牙的郎中胡吹胡侃，既讲下层人熟悉的江湖话，又讲体面人能懂的俗语，他看见这个咧嘴大笑的漂亮姑娘，就突然高声说："站在那边笑的姑娘，您的牙齿真漂亮。您若是肯卖您那两个门牌，每个我出一个金路易。"

"我的门牌，是指什么呀？"芳汀问道。

"门牌嘛，"牙科医生回答，"就是上排前头的两颗门牙。"

"真残忍！"芳汀高声说。

"两枚拿破仑金币啊！"在场的一个没牙的老太婆咕哝道，"这个女人真有福气！"

芳汀逃开，捂住耳朵不听，可是，那人沙哑的声音却冲她喊："想想吧，美人！两枚拿破仑金币，能办不少事儿。您若是同意，今晚儿就到'银甲板'客栈，在那儿能找见我。"

芳汀回到住所，还火冒三丈，也把事情讲给好心肠的邻居玛格丽特听：

"这种事儿您能理解吗？那个人不是无耻透顶吗？怎么能让那种人到处乱窜呢？把我前面的两颗牙拔掉！那我不难看死了吗？头发还能长出来，可是牙齿拔掉不是完啦！哼！那人真是魔鬼！我宁愿头冲下从六层楼上跳下去！他对我说，今晚儿他住在银甲板客栈。"

"他出多少钱？"玛格丽特问道。

"两枚拿破仑金币。"

"这就是四十法郎。"

"是啊，"芳汀说，"合四十法郎。"

她愣了一会儿，就开始做活儿。过了一刻钟，她撂下活计，又跑到楼梯上去看德纳第夫妇的那封信。

她回到屋里，又向在她身边做活儿的玛格丽特说：

"粟粒热是怎么回事儿？您知道吗？"

"知道，是一种病。"那老姑娘回答。

"那种病要吃很多药吗？"

"嗯！要吃猛药。"

"那种病是怎么得的？"

"不知怎么就得上了。"

"孩子也得那种病吗？"

"孩子最容易得。"

"会死吗？"

"很容易死。"玛格丽特答道。

芳汀走出屋，再次到楼梯上看信。

到了晚上，她下了楼，只见她朝客栈集中的巴黎街走去。

次日清晨，天没亮玛格丽特就来了。平时她俩总在一起做活儿，只点一支蜡烛就够了。老太婆这次走到芳汀的房间，看见她坐在床上，脸色惨白，浑身冻僵了。她没有睡觉，布帽落在双膝上。蜡烛点了个通宵，差不多烧完了。

玛格丽特走到门口，就被这异常混乱的景象惊呆了，高声说道："天主啊！蜡烛全烧完啦！出什么事儿啦！"

然后，她打量芳汀，而芳汀也把没了头发的脑袋转过来。

一夜工夫，芳汀老了十岁。

"耶稣啊！"玛格丽特问道，"您怎么啦，芳汀？"

"我没什么，"芳汀回答，"倒是我的孩子有救了。那种病真可怕，不治就没命了。现在我放心了。"

她说着，就指给老姑娘看在桌子上闪闪发亮的两枚金币。

"啊，耶稣上帝呀！"玛格丽特叹道，"这不是发财啦！这些金币您是从哪儿弄来的？"

"反正我弄到手了。"芳汀答道。

她边说边微笑。烛光照亮她的脸。这是流血的微笑，淡红的涎水弄脏嘴角，口中有个黑洞。

两颗门牙拔掉了。

四十法郎她寄往蒙菲郿。

那不过是德纳第夫妇骗钱的一个计谋，其实珂赛特并没有害病。

芳汀把镜子从窗户扔出去了。她早已从三楼的单间搬上只有木门闩的阁楼。这类阁楼屋顶和地板构成斜角，稍一走动就碰脑袋。穷苦人要逐渐弯腰，才能走到屋子的尽头，如同走到命运的尽头。床铺没了，只留下她叫做被子的一大块破布、一张铺在地下的睡垫以及一把座垫露麦秸的破椅子。一盆枯萎的小玫瑰，遗忘在角落里。另一角落有一个奶油盆，现在用来盛水，冬天结了冰，一圈圈高低不等的冰碴儿长时间标示水面的高低。她早已丢掉廉耻，现在又丢掉修饰。这是最后的标志。戴着脏帽子就出门。不知是没时间，还是满不在乎，衣裙破了她不再缝补了。袜跟磨破，就往鞋里褪一截，这从袜子的几条竖纹上就能看出来。她那件胸衣又旧又破，用零碎布头补了又补，稍一动弹就会撕开。债主们总跟她吵闹，不让她消停片刻。她在街上常碰见他们，在楼梯上也常碰见他们。她往往整夜啜泣，整夜冥思苦想。她的眼睛非常明亮，左肋靠上一点儿疼痛不止，咳嗽也很厉害。她恨透了马德兰老爹，但是不发怨言。她做衣裳每天干十七个钟头，但是一个监狱包工用女囚犯干活压低了工钱，自由女工每天就只能挣九苏了。一天干十七个钟头，只挣九苏！逼债的人越发冷酷无情。那个旧货商几乎把她的全部家具搬走了，见面还不断对她说："你什么时候付我钱，臭娘们儿。"仁慈的上帝啊，别人还要把她逼到什么份儿上？她感到自己被人追捕，产生了困兽的心理。就在这种时候，德纳第又写信来，说他仁至义尽，等待一百法郎欠款，必须马上付清，否则就把小珂赛特赶出门，不管她病刚好，在大冷天里往哪儿走，冻死饿死随她便。"一百法郎！"芳汀心想，"可是，到哪儿去找工作，一天能挣五法郎呢？"

"豁出去啦！全卖了吧！"她说道。

这个苦命人做了公娼。

十一、基督解救我们

芳汀的身世表明什么呢？表明社会收买了一个女奴。

向谁买的？向贫困买的。

向饥饿、寒冷、孤独、遗弃、贫苦买的。痛苦的交易，一颗灵魂换一块面包。贫困卖出，社会买进。

耶稣－基督的神圣法规统治我们的文明，但是并没有渗透到我们的文明里。大家说奴隶制度从欧洲文明中消失了。这种说法不对。奴隶制始终存在、但只是压在妇女头上了，称为卖娼。

这种制度压迫妇女，也就是压迫优雅、纤弱、美貌和母性。对男人来说，这也绝非微不足道的耻辱。

惨剧发展到这一地步，芳汀已不复存在，根本不是从前那个人了。她变成污泥的同时，也化为石头了。触摸她的人感到寒气逼人。她经过一下，以身相事，却不问你是什么人。她完全是一尊受屈辱而又冷峻的肖像。生活和社会秩序已经给她下了最后的判语。该发生的事情都发生了。她什么都感受了，什么都忍受了，什么都经受了，什么苦都吃过了，什么都失去了，什么都哭过了。她逆来顺受，而这种逆来顺受类似无动于衷，正如死亡类似睡眠。她再也不躲避什么了，再也不怕什么了。满天大雨都浇在头上，全部海洋都倾泻在身上，又有什么关系！她是一块浸泡水的海绵。

至少她是这么想的，不过，想象自己穷尽了命运，接触到了什么东西的底端，那就大错特错了。

唉！这种种命运，乱纷纷受到驱使，究竟是怎么回事儿呢？要走向何处呢？为什么会这样呢？

了解这些情况的，就是洞悉全部黑暗者。

他是独一无二的。他叫上帝。

十二、巴马塔林先生的无聊

但凡小城市，尤其海滨蒙特伊，总有一帮青年，他们在外省蚕食一千五百法郎年金，如同其他青年在巴黎每年吞掉二十万法郎一样。他们是那个中性大族类的成员，是去了势的、寄生的、一无所长的人。他们有一点田产，有一点愚蠢，又有一点小聪明，在沙龙里显得土里土气，在茶楼酒肆又以绅士自居。他们嘴边常挂的话是：我的牧场，我的树林，我的庄户。

他们在剧院里给女演员喝倒彩，以便表明他们有欣赏眼光。他们向卫戍部队军官寻衅吵架，以便表明他们也是军人。他们打猎，抽烟，打哈欠，酗酒，嗅鼻烟，打台球，看旅客下驿车，泡咖啡馆，到乡村饭馆吃饭，养一条狗好在桌下啃骨头，有个情妇好往桌上端菜，而且一毛不拔，过分追求时髦的装束，喜欢幸灾乐祸，蔑视妇女，旧皮鞋不穿破了不扔掉，通过巴黎模仿伦敦的时尚，又通过木松桥模仿巴黎的时尚，终生不工作，冥顽到老，毫无用处，但也无碍大局。

菲利克斯·托洛米埃先生若是待在外省，从未见识过巴黎，就会是这样一个人。

他们再富有一些，别人就会说：这些公子哥儿；他们再穷一点儿，别人就会说：这些二流子。他们无非是游手好闲的人。在这些游手好闲的人当中，有讨人嫌者，有了无生趣者，有胡思乱想者，还有一些怪里怪气的人。

那个时期，所谓公子哥儿的打扮，就是大高领、一条大领带、一只链子带饰物的怀表、三件颜色不同的套背心，蓝色和红色的穿在里面；外面穿一件橄榄色的短燕尾服，燕尾服上两排紧紧相连的银纽扣，一直排列到肩头；下身穿一条浅橄榄色裤子，两侧裤线缀饰有数量不等的条带，但总是奇数，从一条到十一条，从不超过十一的限度。除此之外，还要穿一双后跟钉了铁掌的短筒皮靴，戴一顶高筒窄檐帽，头发要蓬松下来，要拿一根粗手杖，谈话中常用杂耍演员波蒂埃式的文字游戏。最突出的，还是鞋跟儿上的马刺，嘴唇上的髭须。那个时期，髭须代表有产阶级，马刺代表有闲阶层。

外省的公子哥儿的马刺更长些，髭须也更粗犷些。

那个时期，正值南美洲一些共和国展开反对西班牙国王的斗争，玻利瓦尔同莫里洛较量。保王党人戴窄檐帽，叫做莫里洛帽。自由党人戴大檐帽，称作玻利瓦尔帽。

上面叙述的事情发生之后八个月或十个月，约莫1823年1月的上旬。雪后的一天晚上，一个那种公子哥儿，一个那种无所事事的人，一个戴着莫里洛帽，因而"思想正统的人"，身上暖暖地穿着一件冷天用来补充时装的大衣，他正在调戏一个女人。那女人穿着舞裙，上身开领很低，头上插着花，在坐满军官的咖啡馆玻璃窗前走来走去。那公子哥儿吸着烟，不用说那很时髦。

那女人每次从他面前经过，他就喷她一口烟，同时甩一句自以为诙谐有趣的风凉话，诸如："你可真丑啊！""你还不快躲起来！""你没牙啦！"如此等等，不一而足。那个先生叫巴马塔林。那个愁眉苦脸、打扮得妖里妖气的女人，在雪地上走来走去，并不搭理他，连瞧都不瞧一眼，照样默默地徜徉。她的脚步均匀而沉郁，每隔五分钟就受一次嘲弄，如同受罚的士兵按时来受鞭笞一样。那个闲得无聊的人见他的嘲笑没什么效果，不免恼火，就趁她转过身去的工夫，憋住笑，蹑手蹑脚地跟上去，弯腰从地上抓起一把雪，猛地从她赤裸的肩膀中间塞进后背里。那妓女吼叫一声，转过身来，像豹子似的一蹿，扑到那男人身上，用指甲抓破他的脸，同时臭骂他。骂的话十分下流，不堪入耳，从她口里倾泻出来。嗓音因酒精中毒而嘶哑，而口里又缺两颗门牙，的确非常丑恶。她便是芳汀。

那些军官听见打斗的喧闹声，都蜂拥着从咖啡馆里出来，行人也聚拢来。他们围了一大圈儿，又笑又叫，还为之鼓掌。而圈里那两个人扭作一团，很难分清是男女相斗。那男人只有招架之功，帽子掉在地上。那女的拳打脚踢，帽子也丢了，只见她龇牙露齿，又没有头发，脸色气得发青，扯着嗓子喊叫，真是可怕极了。

突然，一条大汉从人群里冲进去，一把揪住那女人沾满泥水的缎衫，对她说了一声："跟我走！"

那女人抬头一看，她那咆哮声戛然止息，眼睛也没神了，脸色由铁青转为死灰，而且吓得魂不附体。她认出是沙威。

那个公子哥儿趁机溜掉了。

十三、警察局处理问题

沙威分开围观的人，拖着那个不幸的女人，大步走向广场另一边的警察局。那女人机械地迈动脚步，任他给拉走。他们二人谁也没有讲一句话。一大群观众欢喜若狂，闹哄哄地跟在后面。极端不幸的事件，却是大讲猥亵话的机会。

警察局办公室是楼下一间大厅，生有炉火，临街安了铁条的玻璃门口有警卫站岗。沙威带芳汀来到，推门进去，随手把门关上。那些好奇的人大失所望，但仍旧簇拥在门口，踮起脚伸长脖子张望，想透过发污的门玻璃看个究竟。好奇就是贪吃，观看就是吞食。

芳汀一进来，便走到角落里，颓然缩成一团，一动不动，一声不吭，如同一条害怕的狗。

一名士官拿来一支点燃的蜡烛，放到办公桌上。沙威坐下，从衣袋里掏出一张公文纸，开始写起来。

这类女人由法律完全交给警察处置了。警察可以为所欲为，任意惩罚她们，剥夺她们所谓的职业和自由这两样可悲的东西。沙威神态冷漠，严肃的面孔毫不动容。然而，他在殚精竭虑，此刻他要自由地运用生杀予夺的可怕权力，态度十分认真而缜密，但感到警察的板凳就是公堂。他审判。他审判，并且判罪。他围绕着自己所办的大事，尽量调动起他的神思。他越审查这个妓女的所为，就越感到气愤。他刚才目睹的情景，显然是犯罪。刚才在大街上，他看到一个有产者选民所代表的社会，受到一个最下贱的人的侮辱和攻击。一名娼妓居然冒犯一位资产者。他，沙威，目睹这件事。他一声不响，只管笔录。

他写完了签上名，将纸折起来，交给值勤的士官，对他说道："带三个人，将这个婊子押进牢里。"他转身又对芳汀说："你要关上六个月。"

那不幸的女人浑身战栗，号叫起来：

"六个月！六个月关在牢里！六个月，每天只能挣七苏！我的珂赛特可怎么办啊！我的女儿！我的女儿！我还欠德纳第家一百多法郎，探长先生，这情况您知道吗？"

她合拢双手，跪在所有男人的泥靴踏湿了的石板上，用双膝大步往前爬行。

"沙威先生，"她说道，"求您开开恩吧。我敢保证我没有过错。您若是看到开头的情况，就会明白啦！我向仁慈的上帝发誓，我没有过错。那位有钱的先生我不认识，是他往我后背塞雪团。我们那样老老实实地走路，没有招惹任何人，难道谁就有权往我们后背塞雪团吗？突然搞了我这么一下。您瞧见了，本来我就有点病！再说，他挖苦我已经有一阵工夫了。'你真丑！你没有牙！'我完全明白我没有门牙了。可是，我什么也没干呀！我心里说：这位先生在寻开心。我在他面前规规矩矩，没有跟他说话。正是在这种时候，他把雪团塞进我后背。沙威先生，善良的探长先生！难道这里没有人当场看见，能对您说这是千真万确的吗？也许我不该发火。您也知道，人碰到事情，开头总是控制不住自己，发起火来。何况，趁人不注意的时候，把那么凉的东西塞进后背！我不该把那位先生的帽子弄得不成样子。他为什么走了呢？我可以请求他原谅。噢！天主啊，我不在乎，可以请求他原谅。今天就饶了我这一回吧，沙威先生。喏，您不了解这种情况，坐牢每天只能挣七苏，这不能怪政府。但是请您想一想吧，我必须付一百法郎，否则，人家就把我孩子打发回来。上帝啊，我不能让孩子跟我在一起。我干的事太可耻啦！我的珂赛特呀，我的慈悲圣母的小天使，可怜的小宝宝，她怎么办呢？告诉您说吧，德纳第那人，是开客店的，是乡下人，不讲什么道理，他们只要钱。不要把我投入监狱！请想一想，一个小女孩儿，让人丢在大路上，又是天寒地冻，到处流浪，善良的沙威先生，这种情况怎不让人可怜！她人大一点儿，还可以自己养活自己，可是，以那小小年龄根本不可能。其实，我并不是坏女人。我落到这一步，并不是因为好吃懒做。我喝酒不假，那是穷困潦倒的缘故。我不喜欢酒，但是酒能醉人。从前我比较快活的时候，别人只要看看我的衣柜就会明白，我不是那种淫荡的妖艳女人。那时候我有衣裙，有很多衣裙。沙威先生，可怜可怜我吧！"

她身子弯成两折，不住地抽动，泪水模糊了眼睛，胸口裸露，双手绞来绞去，就这样哭诉，结结巴巴，低声下气，还不断地干咳，就像要咽气一样。极痛深悲是一道神威之光，能改变悲惨之人的形象。在这一时刻，芳汀重又变美了。她时而住声，深情地吻这名警探的下摆。她能打动一颗花岗岩的心，然而一颗木头的心是不会软的。

"好啦!"沙威说道，"我听你陈述了。全讲完了吧? 现在走吧! 你得关上六个月。永恒的天父亲自来这儿，也无能为力了。"

"永恒的天父也无能为力了，"她听见这句庄严的话，就明白判决宣布了，于是瘫在地上，有气无力地说，"饶了我吧!"

沙威转过身去。

几名警察扭住芳汀的胳膊。

几分钟之前进来一个人，谁也没有注意。他关上门，靠在上面，听见了芳汀苦苦的哀告。

警察上前扭住这个不肯起来的不幸女人，这时，他跨了一步，从暗地走出来，说了一声:

"请等一下!"

沙威抬头一看，认出是马德兰先生，他脱下帽子，不自然而又有点恼怒地向他敬礼:

"对不起，市长先生……"

这一声"市长先生"，在芳汀身上产生奇异的效果。她就像从地下钻出的僵尸，忽地站起来，两臂推开警察，未待他们阻拦，就径直走向马德兰先生，眼睛直愣愣地瞪着他，喊道:

"哼! 市长先生，原来就是你呀!"

接着，她放声大笑，朝他脸唾了一口。

马德兰先生揩了揩脸，又说道:

"沙威探长，把这女人放了。"

这时候，沙威感到自己要发疯了。此刻，他接连感受到有生以来最强烈的，几乎同时混杂而来的震撼。目击一个公娼唾一位市长的脸，这件事简直荒谬到了极点，无论怎样大胆设想，哪怕想象会发生这种事，他也认为是一种亵渎。另外，他在思想深处却隐约而丑恶地拉近这两者，拉近这个女人的状况和这位市长可能的身份，于是他在这种大不韪的冒犯中，恐惧地看出一点极为简单的什么情由。等到这位市长，这位行政官平静地擦脸，并且说"把这女人放了"，沙威见了不禁愕然，仿佛一时目眩，不能思考也说不出话来。这种惊愕超出了他可能承受的限度。他呆若木鸡。

这句话给芳汀的震动也同样怪异。她抬起赤裸的胳臂，抓住炉门的扳手，好像站立不稳似的。同时，她四面张望，又仿佛自言自语，低声说道：

"放啦！放我走！我不去坐六个月牢啦！这话是谁讲的？谁也不可能这么说。我听错了。这个魔鬼市长不可能讲这话。是您吧，善良的沙威先生，是您说的放了我吧？唔！瞧着吧！我对您说了，您就放我走。这个魔鬼市长，这老浑蛋市长，他是整个事情的祸根。您想想看，沙威先生，是他把我从工厂里赶出来！就因为他听信了工厂里那些臭女人胡说八道。一个可怜的女人，老老实实地干活，却被开除啦！这不是非常残忍吗？这样，我挣的钱就不够用了，厄运也就来了。首先，警察局这些先生应当改善一点，就是禁止监狱那些包工来坑害穷人。喏，这事儿我一说您就明白。您做衣服每天挣十二苏，可是一下子减到九苏，就没法儿活了。这样，要活下去什么都得干。我呢，我还有个孩子珂赛特，被逼无奈，我才成为坏女人。现在您明白了，我的不幸，完全是这个浑蛋市长造成的。还有这次，我在军官咖啡馆门前，用脚踏坏了那位市民先生的帽子。可是他，也用雪把我的衣裙给毁了。我们这种人，只有一件绸子衣裙，晚上穿出来。您明白，我从来没有故意损害过人，真的，沙威先生，我看见到处都有比我坏得多的女人，而生活快活得多。沙威先生啊，把我放出去，这话是您说的吧？您去打听打听，去问问我的房东，现在我按期付房租了，别人会告诉您我是个老实人。啊！上帝，请您原谅，我没注意碰了炉门扳手，弄得冒出烟来了。"

马德兰先生聚精会神听她讲，边听边搜自己的西服背心，从口袋里掏出一个钱包，打开一看是空的，又放回兜时，他对芳汀说道：

"您刚才说欠人家多少钱？"

芳汀眼里只有沙威，这时转身对着他：

"我跟你有什么话可说！"

接着，她对警察说：

"诸位，说说看，我怎么啐他的脸，你们都看见了吧？哼！市长老魔头，你来这里是要吓唬我，可是我不怕你。我害怕沙威先生。我害怕我这善良的沙威先生！"

她这样说着，又转向探长：

"喏，您明白，探长先生，这情况讲了，就应当公正些。我知道您是公正的，探长先生。老实说，事情非常简单，一个男人寻开心，往一个女人后背里塞点儿雪，好逗那些军官发笑。人嘛，总得寻点儿乐子，我们这些女人，本来就是给人取乐的，有什么奇怪！接着，您来了，您不得不维持秩序，带走有过错的女人，可是您心肠好，经过考虑，您就说放了我，是为了孩子，因为我坐六个月的牢，就没法儿抚养孩子。只不过，贱女人，不许再闹事啦！哦！沙威先生，我决不再闹事啦。现在，随便怎么戏弄我，我都会一动不动。只是今天，您明白，弄得我太难受，我叫喊起来，根本没料到那位先生往我衣裳里塞雪。而且，我跟您说过，我身体不太好，总咳嗽，胃里好像有什么东西滚烫滚烫的。大夫吩咐过：好好保养。来，您摸摸，把手给我。不要怕，就在这儿。"

她不哭了，声音悦耳动听，她把沙威粗大的手按在她那白嫩的胸口上，笑嘻嘻地看着他。

突然，她急忙整理弄乱了的衣衫，往膝下拉拉裙子，拉平她刚才匍匐时弄出的皱褶，然后朝门口走去，友好地冲警察点点头，轻声说道：

"孩子们，探长先生说放了我，我走了。"

她伸手拉门闩，再走一步就到街上了。

沙威一直伫立不动，目光垂视地面，仿佛一尊雕像放在这个场合，极不适当，等待搬到别处去。

拉门闩的声响把他惊醒，他抬起头，神态极其威严。职权越低，这种神态越凶，表现在猛兽面上是凶猛，表现在小人脸上是凶残。

"警士！"他喊道，"您没看见那坏女人要走吗！谁跟您说放她走的？"

"我。"马德兰说道。

芳汀听见沙威的声音，浑身不禁颤抖，放下门闩，就像被捉住的小偷丢下偷窃的物品。听见马德兰的声音，她又转过身来，从这时候起，她不吭一声，甚至不敢出大气儿，目光来回转移，从马德兰到沙威，又从沙威到马德兰，随着哪位说话而定。

显而易见，沙威到了常言说的"怒不可遏"的程度，才敢在市长要求释放芳汀之后，还颐指气使地申斥警士。居然到了无视市长在场的程度吗？难道他最终确认一位"行政官"不可能发出这种命令，市长先生肯定无意中说走嘴了吗？抑或这两个小时，他目睹了骇人听闻的事情，心想必须采取决断，要小人物充当大人物，警探扮演行政官，警察变成法官吗？而且在这种紧急关头，秩序、法律、道德、政府、整个社会，要在他沙威身上体现出来吗？

不管怎么说，马德兰先生讲的"我"字一出口，沙威探长便转向市长，只见他脸色苍白，表情冷峻，嘴唇发青，目光凶顽，浑身不易觉察地微微颤抖，而且见所未见的是，他说话眼睛垂视，但是口气坚决：

"市长先生，这样处理不行。"

"什么？"马德兰先生问道。

"这个疯女人侮辱了一位绅士。"

"沙威探长，"马德兰先生声调委婉平和，又说道，"听我说。您是个正直的人，不难向您解释。事实是这样，您带走这个女人的时候，我刚巧经过广场，围观的人还没有全散，经过调查，我全了解了，是怪那位绅士，好警察应当逮捕他。"

沙威又说道："这个贱货又侮辱了市长先生。"

"这是我的事儿。"马德兰先生答道，"对我的侮辱也许属于我。我愿意怎么处理都行。"

"我请市长先生原谅。对市长的侮辱不属于市长，而属于法律。"

"沙威探长，"马德兰先生反驳，"首要的司法，是良心。我听了这个女人的陈述，我明白我所做的事。"

"可是我，市长先生，我不明白我看到的事。"

"那么，您只管服从就是了。"

"我服从自己的职责。我的职责就是要把这个女人关押六个月。"

马德兰先生和颜悦色地回答："听清楚一点，她一天也不能关押。"

沙威听了这句坚决的话，还敢注视市长并申辩，但是声调始终恭恭敬敬：

"我抵制市长先生，感到十分遗憾，这是我平生第一次。不过，请市长先生允许我指出，我这是在职权范围之内行事。既然市长先生要这样，我就再来谈谈那位绅士的事实。当时我在场。是这个婊子扑到巴马塔林先生的身上。那位先生是选民，在公园旁边拥有漂亮的公馆，是一座石砌带阳台的四层楼房。在这世界上，有些东西毕竟不能无视。不管怎么说，市长先生，这件事发生在街上，关系到我，是警察的职责，因此，我要收押芳汀这个女人。"

这时，马德兰先生叉起胳臂，拿出全城还没人听到的严厉声调说道：

"您讲的这种犯罪行为由市政警察处理。根据刑事诉讼法第九、第十一、第十五和第六十六条，我是审判官，我命令释放这个女人。"

沙威还要最后争一下：

"可是，市长先生……"

"我提醒您注意1799年12月13日颁布的法律，关于擅自拘捕问题的第八十一条。"

"市长先生，请允许……"

"不要讲了。"

"然而……"

"出去！"马德兰先生说道。

沙威像个俄国士兵，站立着迎面挺胸接受这一打击。他向市长先生一躬到地，便往外走。

芳汀闪开门口，惊愕地看着他从面前走过。

这工夫，她也受到震撼，感到难以名状的惶恐。她看见在某种程度上，自己成为两种相反力量的争夺对象。两个人在她眼前搏斗，他们掌握着她的自由、生命、灵魂和她的孩子。一个人要把她拖向黑暗，一个人要把她拉向光明。这场搏斗通过她恐怖的视觉扩大了，这二人好似两个巨人，一个讲话的口气像是她的恶魔，另一个讲话的口气就像她的守护天使。天使战胜了恶魔。然而，一个情况令她从头到脚战栗。这个天使，这个救星，恰恰是她深恶痛绝的人，恰恰是这位市长——她长期认作造成她全部苦难的罪魁祸首，恰恰是这个马德兰！就在她无耻地辱骂了他之后，他却救了她！难道她弄错了吗？难道她应该改变整个灵魂吗？……她弄不清楚，只是浑身颤抖。她越听越不知所措，越看越心惊胆战。马德兰先生每讲一句话，芳汀都感到仇恨的可怕黑影在她身上融化并消散，同时内心不知萌生什么感觉，既温暖又不可言喻，似欣喜，似信心，又似爱。

等沙威一出去，马德兰先生就转向她，声音缓慢地，就像不易动感情的男人忍住眼泪那样吃力地说：

"我听到了您的叙述。您讲的情况我一无所知。我相信这是真的，我也觉出这是真的。我甚至不知道您离开了工厂。当初为什么您不找我呢？这样吧。我替您还债，再派人把您的孩子接来，或者您自己去找她。今后，您要在这里，到巴黎或别的地方，由您自己决定。您和孩子的生活费用由我负担。您要是愿意，就不必干活了，需要多少钱我都给您。您重获幸福生活，也就重做正派人了。甚而，请听清楚，如果您的话句句属实，当然我并不怀疑这一点，那么现在我就明确告诉您，在上帝面前，您始终是个圣洁的女人。噢！可怜的女人！"

可怜的芳汀再也忍不住了。接回珂赛特！脱离这种可耻下贱的生活！同珂赛特一起过上自由的、富裕的、快活而又体面的日子！在悲惨的绝境，眼前忽然展现所有这些天堂般的现实美景！她仿佛痴呆了，看着对她讲话的这个男人，只能"噢！噢！噢！"发出三两声抽泣。她双膝弯下来，跪到马德兰先生的面前，未待他制止，就拉起他的手，嘴唇贴在上面。

她随即昏了过去。

第六卷　沙　威

一、开始休息

　　马德兰先生让人把芳汀抬到他工厂的诊所，交给嬷嬷护理。她发了高烧，在病床上昏迷中高声说胡话，闹了大半夜才睡着。

　　次日近午时分，芳汀醒来，听见旁边有人呼吸的声息，便拉开床帷，看见马德兰先生站在那里，注视她头上的什么东西，那祈祷的眼神满含怜悯和不安。她顺着那视线看去，明白他在注视钉在墙上的一尊耶稣受难像。

　　在芳汀的心目中，马德兰先生的形象从此完全变了，觉得他罩在光环里。他正在潜心祈祷。芳汀观望许久，没敢惊动他，后来，她才怯生生地问道：

　　"您在这儿做什么呢？"

　　马德兰先生站在那儿有一个小时了，等待芳汀醒来。他拉起芳汀的手，号了号脉，反问道："您觉得怎么样？"

　　"挺好，我睡了一觉。"芳汀说道，"我想是好了些。不会有什么事儿的。"

　　这回，马德兰先生才回答他先头的问题，仿佛现在才听到似的：

　　"刚才我在祈祷上天那位殉难者。"

　　他在心中还补充一句："也为人间的殉难者。"

　　马德兰先生调查了一个通宵和一个上午，现在全知道了，了解到芳汀身世的所有揪心的细节。他接着说道：

"您吃了很多苦啊，可怜的母亲。噢！您不要抱怨，现在您有资格当上帝的选民了。人就是通过这种方式变成天使的。这绝非人的过错，他们知道舍此别无选择。要知道，您脱离的那个地狱，就是天堂的雏形。必须从那里起步。"

他深深叹了一口气。然而，芳汀微张缺了两颗牙的嘴，却粲然而笑。

当天晚上，沙威写了一封信。次日早晨，他亲自送到海滨蒙特伊邮局。信寄往巴黎，收信人是这样写的："警察总督先生的秘书夏布叶先生亲启。"由于警察局里发生的事传出来了，邮局的女局长和另外几个人看到了要寄的信，从地址上认出沙威的笔迹，都以为他寄的是辞职信。

马德兰先生赶紧给德纳第夫妇写信。芳汀欠他们一百二十法郎，马德兰先生寄去三百法郎，告诉他们扣除欠款，余下的做旅费，立刻把孩子送到海滨蒙特伊城，因为母亲害了病，想看孩子。

德纳第喜出望外，他对老婆说："见鬼啦！这孩子不能放手。真的，这只小云雀要变成奶牛了。我猜出来了，可能是哪个冤大头看上她妈了。"

他寄回了五百零几法郎的账单。账单做得很精细，附上无可挑剔的两张收据，总共三百多法郎。一张是大夫开的；一张是药剂师开的，是他们给孩子治疗和开药的费用，但害了两场大病的是爱波妮和阿兹玛。前边交代过，珂赛特没有生病。这不过是一个冒名顶替的小伎俩。德纳第在账单下端写道："已收到分期付的三百法郎。"

马德兰先生立刻又寄去三百法郎，并附言："赶紧把珂赛特送来。"

"老天爷！"德纳第说，"这孩子不能放走。"

这期间，芳汀的病情毫无起色。她一直住在诊所。

起初，嬷嬷以厌恶的心情接收并看护"这个妓女"。凡是见过兰斯城大教堂浮雕的人，都会记得规矩的处女看着轻佻女人时撇嘴的表情。贞女对荡妇的这种鄙夷自古已然，这是女性尊严的一种最深远的本能。嬷嬷所感到的鄙夷，又因宗教信仰而变本加厉。然而时过不久，芳汀就消除了她们的敌意。她使用各种各样谦卑温和的话语，又有一副慈母心肠，足能打动别人。有一天，嬷嬷听见她在高烧中说胡话："我曾是个罪孽的女人，不过，等到孩子回到我身边，这就表明上帝宽恕了我。我陷入罪恶的时候，就不愿意让珂赛特在我身边，我受不了她那又惊奇又伤心的眼神。可是，我为了她才作恶的，是这一点促使上帝宽恕我。等珂赛特来到这里，我就会感到仁慈上帝的祝福。我要端详孩子，看见这天真的孩子我会好受的。她什么也不知道。嬷嬷，要知道，她是个天使。在她这年龄，翅膀还没有掉呢。"

马德兰先生每天来探望两次，每次她都问：

"很快我就能见到我的珂赛特了吧？"

他就答道：

"也许明天早晨就能见到。她随时都可能到达，我正等着她呢。"

于是，母亲那苍白的脸开朗了。

"啊！"她说道，"我该多么快活呀！"

刚才讲过，她的病没有好。非但没有起色，病情似乎一周比一周严重了。那一团雪贴肉塞到两块肩胛骨之间，突然一冰，便破坏了她发汗的机能，结果多年潜伏在肌体中的病症，就猛然爆发出来了。当时，在研究和治疗肺病方面，大家开始采纳拉埃内克[1]的杰出论断。大夫对芳汀的肺病听诊之后，摇了摇头。

马德兰先生问大夫：

"怎么样？"

"不是有个孩子她想看看吗？"大夫反问道。

"对。"

"那好，赶紧把孩子接来吧。"

马德兰先生不禁一抖。

芳汀问他：

"大夫说什么？"

马德兰先生强颜笑了笑：

1　拉埃内克（1781—1826）：法国医生，发明肺病听诊法。

"他说快点儿把您孩子接来，这样您就好得快了。"

"唔！"芳汀又说，"他说得对！怪了，德纳第他们留住我的珂赛特干什么！哦！她会来的。我总算看到幸福近在眼前了。"

然而，德纳第不肯"放那孩子"，还找出各种各样拙劣的借口，说什么珂赛特有点儿不舒服，冬天不宜出远门，说什么当地还有几小笔亟待付清的债务，他要收敛发票，等等。

"我派个人去接珂赛特，"马德兰老爹说，"实在不行，我亲自去一趟。"

他照芳汀的口述写了信，并让她签了名。信中这样写道：

德纳第先生：

请将珂赛特交给持信人。

各笔小债务，去的人会为您全部付清。

此致

敬礼

芳汀

就在这种时候，出了一个严重的意外事件。构成人生的神秘的厚块儿，我们极力想凿透也是枉然，命运的黑脉总是在那其中反复再现。

二、"冉"如何变成"尚"

一天早晨，马德兰先生在办公室里，正忙着提前处理市政府的几件紧急公务，以便一旦需要就能随时去蒙菲郿。这时来人通报，探长沙威求见。马德兰先生听到这个名字，不免产生反感。在警察局发生争执之后，沙威越发躲避他，马德兰先生就再也没有见过沙威。

"请他进来。"他说道。

马德兰先生靠近壁炉坐着，手中握着笔，眼睛注视一卷材料，那是交通警察呈送的几起违章的笔录。他一边翻阅一边批示，根本不理睬沙威。

他禁不住想到可怜的芳汀，因此对待沙威不妨冷淡些。

沙威恭恭敬敬地向背对他的市长先生鞠了一躬。市长先生没有看他，还继续批阅材料。

沙威在办公室里走了两三步，又停下来，但是没有打破沉默。

假如一个相面先生熟悉沙威的本性，长期研究过这个为文明效力的野蛮人，这个由罗马人、斯巴达人、修士和小军官合成的怪物，这个不会弄虚作假的密探，这个纯而又纯的警探，假如这个相面先生了解他对马德兰先生心怀的宿怨，了解他在芳汀的事儿上同市长的冲突，那么此刻他再观察沙威，就必然产生疑问："发生了什么事情？"谁认识这个正直、爽朗、坦诚、廉洁、严峻而又凶残的人，就会看出沙威内心显然经历了一场激烈的斗争。沙威的内心活动，无一不表露在脸上。他跟狂暴的人一样，很容易突然来个一百八十度的大转弯。他脸上的神情，比以往任何时候都更奇特，更出人意料。他走进来，便对马德兰先生鞠了一躬，目光里毫无怨恨、恼怒和戒惧。他在离市长座位几步远的地方站住，现在笔直地立在那里，近乎立正的姿势，一副粗野的样子，既天真又冷淡，显然是个从来没有和气过的人，始终耐心地等待，一声不吭，一动不动，手里拿着帽子，目光低垂。那表情介乎士兵见了长官和罪犯见了法官之间，显出由衷的恭顺和平静的屈从，既坦然又严肃，等待市长先生回过身来。别人所能推想的情绪和故态，在他身上消失殆尽，他那张花岗岩一般的面孔毫无表情，只是黯然神伤，他那人从上到下都体现出驯顺和坚定，是一种说不出来的勇于受罚的神态。

市长先生终于放下笔，半转过身来：

"说吧！什么事？有什么话要说，沙威？"

沙威半晌没吭声，就好像要集中心思，接着提高声音，忧郁而庄严地，仍不失朴直地说道：

"是这样，市长先生，有一个犯罪的行为。"

"什么行业？"

"一名下级警察，对一位行政长官极为严重地失礼。我来向您报告，因为这是我的职责。"

"那警官是谁?"马德兰先生问道。

"是我。"沙威回答。

"您?"

"我。"

"要控告警官的那位长官,又是谁呢?"

"是您,市长先生。"

马德兰先生从扶手椅上站起来。沙威神态严肃,眼睛始终低垂,继续说道:

"市长先生,我来请求您建议上级免我的职。"

马德兰先生不胜惊讶,开口刚要说话,沙威却抢着说:

"也许您要说,我本可以辞职,可是这样还不够。辞职是体面的行为。我有了过失,就应当受惩罚。应当把我免职。"

他停了一下,又补充说道:

"市长先生,那天,您对我严厉有失公正,今天您严厉处理我是公正的。"

"哦!为什么?"马德兰先生提高声音说,"乱七八糟说的什么呀?这是什么意思?您对我有什么犯罪行为?您干了什么?有什么对不起我的地方?您来自责,要求替换……"

"免职。"沙威说。

"就算免职吧。这很好,可是我不明白。"

"您这就会明白,市长先生。"

沙威深深地叹了口气,始终冷静而忧伤,又说道:"市长先生,六个星期以前,为了那个女人发生争执之后,我非常恼火,就告发了您。"

"告发!"

"向巴黎警察总署告发您。"

马德兰先生不见得比沙威爱笑,这回也不免笑起来。

"告发我以市长身份干涉警务吗?"

"告发您从前是苦役犯。"

市长的脸唰地白了。

沙威没有抬眼睛，继续说道：

"当初我是那样想的。我早就有想法了。相貌一样，您派人去法夫罗勒打听过情况，在割风老头儿发生车祸那次，您显示了那么大力气，您的枪法又那么准，还有，您走路时腿脚有点拖，我知道还有什么！犯傻呀！总而言之，我把您当成一个叫冉阿让的人了。"

"叫什么？……您说的是什么名字？"

"冉阿让。那是个苦役犯，二十年前，我在土伦当副典狱长时见过。那个冉阿让出了狱，好像在一位主教家中偷了东西，后来又在大道上，手持凶器，抢过一个通烟囱的孩子的钱。八年来，他躲藏起来，不知道在什么地方，还在通缉他。当时，我就想象……总之，我干了这件事！一气之下做出决定，我向警察总署告发了您。"

马德兰先生又拿起材料，他以十分坦然的声调问道：

"那么，是怎么答复您的呢？"

"说我胡闹。"

"是吗？"

"是啊，说得对。"

"您承认这一点很好啊！"

"只得承认，因为真的冉阿让抓到了。"

马德兰先生拿的材料从手中脱落，他抬起头来，定睛看着沙威，以难以捉摸的声调"啊！"了一声。

沙威则往下说：

"事情是这样，市长先生。据说在本地，靠近埃利高钟楼那边，有一个叫尚马秋的老家伙，是个穷鬼，没有人注意。那种人，不知道他们靠什么活着。最近，就在今年秋天，尚马秋被逮住了，因为偷了人家造酒的苹果，作案是在……不管在哪了，反正是盗窃行为。他翻墙进去，折断了树枝。尚马秋被抓住了，他手里还拿着苹果树枝。那家伙给关起来。事情到这一步，还仅仅是个普通刑事案件。也是老天有眼，那里的牢房不成样子，初审法官先生认为阿拉斯有省级监狱，将尚马秋押送阿拉斯为宜。阿拉斯这座监狱里，有个从前的苦役犯，名叫勃列维，他为什么被捕我不知道，但是他表现好，就当上了那间狱室的看守。市长先生，尚马秋刚到那里，勃列维就叫起来：'怪事！这人我认识，他是干枺[1]。唉，老兄，瞧着我！您是冉阿让！''冉阿让！谁是冉阿让？'那个尚马秋还假装奇怪。'别装了。'勃列维说，'你是冉阿让！你在土伦苦役犯监狱里关过。那是二十年前的事了，我们在一起待过。'那个尚马秋否认。当然啦！您该明白。于是深入调查，这件怪事给我一追到底，结果查出，大约三十年前，那个尚马秋在好几个地方，尤其在法夫罗勒当过树枝修剪工。从那以后，线索断了。过了很久，他又在奥弗涅，接着又在巴黎露面。他在巴黎当造车工匠，身边还有个洗衣女，不过这一点还没有得到证实。最后，就是到了这个地方。在他犯有加重情节的盗窃罪入狱之前，冉阿让是干什么的呢？是树枝修剪工。在什么地方？在法夫罗勒。还有别的事实。这个阿让的名字沿用他的洗礼名'让'，而他母亲姓马秋，这样，他出狱后，就随母亲的姓，以便隐姓埋名，因此叫让马秋，这不是极其自然的事吗？他到了奥弗涅，那地方人发音不同，把'让'说成'尚'，大家叫他尚马秋。这家伙也就顺其自然，变成尚马秋了。您听明白了，是吧？有人到法夫罗勒调查过，冉阿让的家已经搬走了，不知道搬到什么地方。您很清楚，那种阶层，一家人死绝是常有的事儿。寻找过却什么也没有发现。那类人如果不是烂泥，就化作尘埃了。再说，由于事过三十年，法夫罗勒那里认识冉阿让的人都不在了。于是又去土伦调查。除了勃列维，只有两名苦役犯见过冉阿让，一个叫克什帕伊，一个叫舍尼帝，是两个判了无期徒刑的囚犯。两犯提监押到这里，同改名换姓的尚马秋对证。他们都毫不犹豫，同勃列维一样，认定那人是冉阿让。同样年龄，五十六岁，同样个头儿，同样神态，总之是同一个人，就是他了。也正是在那种时候，我往巴黎警察总署发函告发您。那边回信说我昏头了，冉

1　干枺指从前的苦役犯。——原注

阿让已经收押在阿拉斯。您想象得出，这情况多么令我诧异，我还以为在这里抓住了冉阿让本人呢！我写信给那位初审法官，他让我去，并把那个尚马秋带到我面前……"

"怎么样呢？"马德兰先生打断他的话。

沙威脸上还是那副廉正而忧伤的表情，答道：

"市长先生，事实就是事实。我很遗憾，那个人就是冉阿让。我也认出他了。"

马德兰先生声音压得很低，又问道：

"您有把握吗？"

沙威笑起来，那是深信不疑时所发出的惨笑。

"哈！有把握！"

他沉吟了一下，下意识地从桌上一只木钵里，捏出些吸墨用的木屑，继而补充说道：

"就是现在我见了真的冉阿让，还是不明白我怎么想到别处去了。我请求您原谅，市长先生。"

面前这个人，六周之前曾当着许多警察的面侮辱过他，冲他喊："出去！"这个傲慢的沙威，却能讲出这样由衷哀求的话，他不知道此刻他充分体现出了朴直和崇高。马德兰先生没有回答他的请示，而是突如其来地问道：

"那人怎么说？"

"哦，当然！市长先生，这案件可不妙。若真是冉阿让，就是有累犯罪。逾墙盗窃，折断树枝，偷走几个苹果，如果是小孩儿干的，就是淘气行为；如果是成年人干的，就是过失；如果是一个苦役犯干的，就是犯罪。逾墙和盗窃，这就构成犯罪，不再由警察局处理，而由刑事法庭审判了，也不再是拘留几天，而要判终身苦役了。而且，还有通烟囱的孩子那件事，希望到时他也能出庭作证。好家伙！真够受的，对不对？如果不是冉阿让，换个别人，就受不了。然而，冉阿让是个阴险的家伙。从这一点我也看出是他。换个别人，就会感到事情严重了，沉不住气闹起来，大喊大叫，就像炉火上的开水壶，说他绝不是再阿让，等等。然而他呢，却是一副莫名其妙的样子，他说：我是尚马秋，我不是从那里出来的！他摆出惊奇的样子，装糊涂，这一招更高。嘿！那家伙真狡猾。可是没关系，证据摆在那儿。有四个人认出来，那老浑蛋肯定会判刑。要将他押上阿拉斯的刑事法庭。我要上庭作证，已经指定了。"

马德兰先生已经重新伏案工作，平静地翻材料，时而念念，时而写写，像个大忙人。他扭头对沙威说：

"好了，沙威。这些详细情况我不大感兴趣。我们这是浪费时间，还有紧急公务要处理呢。沙威，您立刻去圣索夫街口，到卖草的布索比老大娘家里，告诉她来控告那个车夫皮埃尔·舍内龙。那人太粗鲁，赶车险些压死他们母子。他应当受罚。然后，您再去橡皮泥表街，到夏塞莱先生家。他抱怨邻家的檐槽中的雨水灌到他家，冲坏他房子的地基。接下去，您再到吉布街多里斯寡妇、伽罗布朗街的勒内勒保塞夫人家，查一下有人向我投诉的违法行为，做好笔录。哦，一下子让您办这么多事。您不是要外出吗？您不是对我说过，八九天之后，您要为那个案子去阿拉斯吗？"

"还要早走，市长先生。"

"哪天呢？"

"我好像对市长先生说过，明天就开庭审理，今天夜晚，我就得搭乘驿车前往。"

马德兰先生动了一下，但不易觉察。

"那案子要审理多长时间？"

"顶多一天工夫。最迟明天夜晚就宣判。肯定要判决，但是我不会等到最后，一作完证就立刻赶回来。"

"很好。"马德兰先生说道。

他摆了摆手，让沙威退下。沙威却不走。

"对不起，市长先生。"他说道。

"还有什么事儿？"马德兰先生问道。

"市长先生，还有一件事需要我提醒您。"

"哪件事儿？"

"就是应当免我的职。"

马德兰先生站起。

"沙威，您是个正派人，令我敬佩。您夸大了自己的过错。况且，您那次冒犯的不是我。沙威，您应该晋升，而不应该降级。我看您还是保留原职。"

沙威注视着马德兰先生，他那天真的眸子深处的意识，看似不够清晰，但是既耿直又纯洁，他以平静的声音说道：

"市长先生，我不能同意您这样处理。"

"我再向您说一遍，"马德兰先生反驳道，"这是我的事。"

然而，沙威只注意自己的想法，他继续说道：

"至于说夸大，我一点也没有夸大。我是这样理解的。我毫无理由地怀疑您。这一点还没什么。干我们这行的有权怀疑，尽管怀疑上级是越权行为。但您是可敬的人，是市长，行政长官，我却毫无证据，只因一时气愤，企图报复，就告发您是苦役犯！这就严重了。非常严重。我不过是政权的一个警务人员，竟然在您身上冒犯了政权。我的哪个下属若是这样做，我就会宣布他不称职，将他辞退。"

"讲完了吗？"

"喏，市长先生，还有一句话。我一生都很严格，那是对别人，也是正确的。我做得对。现在，我对自己若是不严格，那么从前我做对的事就全不对了。难道我对待自己，就应当比对待别人宽容一些吗？不应当。怎么！我只会惩罚别人，而不惩罚自己吗？那我就成了无耻之徒！那些人说：'沙威这个坏蛋！'就说对啦！市长先生，我不希望您以仁慈心肠对待我。您对别人仁慈的时候，就让我不痛快。我不要这样仁慈地对待我。仁慈就是纵容妓女冒犯绅士，纵容警察冒犯市长，纵容下级冒犯上级，这就是我所说的好心办坏事。推行这种仁慈，社会就要涣散。上帝啊！做好心人还不容易，办事公道才难呢。哼！假如您真是我怀疑的那个人，我对您绝不会仁慈！您会领教的！市长先生，我对待自己，应该像对待任何人那样。我弹

201

压那些坏蛋的时候，严惩那些不法之徒的时候，就一再告诫自己：'你呀，如果出差错，你一旦让我抓住把柄，就有你舒服的！'——我出了差错，抓住了自己的把柄，活该！好吧，辞退，免职，开除！这样很好。我有胳膊有腿，可以种田，干什么还不一样。市长先生，做个榜样，对公务部门有好处。我仅仅要求撤了沙威探长的职务。"

他讲这番话的声调既谦卑又自负，既沉痛又自信，给这个诚实的怪人增添了一种说不出来的奇特的伟大气概。

"以后再说吧。"马德兰先生说道。

说着，他朝沙威伸出手。

沙威退避，还以粗野的口气说："对不起，市长先生，这可使不得。一位市长不能把手伸给一个密探。"

他又咕哝着补充一句：

"密探，对，我滥用了警权，就蜕变成密探了。"

接着，他深施一礼，便朝门口走去。

走到门口，他又转过身来，眼睛始终低垂，说道：

"市长先生，我继续执行公务，直到来人替换我。"

沙威走了。马德兰先生出了一回神，倾听那稳健的脚步踏着长廊的石板地渐渐走远。

第七卷　尚马秋案件

一、辛朴利思嬷嬷

下面叙述的事件，在海滨蒙特伊并未全部曝光，但是透露出来的一点情况，就在这城中留下极深的印象，若不详细记述，就会给本书造成重大遗漏。

读者看到这些详细情况，有两三处会觉得不大真实，为了尊重事实，我们都照录下来。

那天，马德兰先生接见了沙威之后，下午还照常去探视芳汀。

他走进芳汀的病房之前，让人叫辛朴利思嬷嬷过来一下。照看医务所的两位嬷嬷，佩尔陪递和辛朴利思，同慈善机构的所有嬷嬷一样，都是遣使会的修女。

佩尔陪递嬷嬷原是极普通的村姑，形貌粗俗，皈依上帝如同找份活儿干。她当修女，就像别人当厨娘一样。这种类型的人并不少见。各个修会都乐于接收这种粗笨的乡村土货，而且不费吹灰之力，就使之成为嘉布遣会或圣于絮尔会的修士。这类粗人出家，正好用来干粗活。一个牧童摇身一变而成为加尔默罗会修士，过渡毫无障碍。不用花多大气力，就能从这一个变成那一个。乡村和寺院都同样愚昧，这就是现成的共同基础，因此乡民和寺僧都半斤八两。罩衫裁肥一点儿，就是修士袍了。佩尔陪递嬷嬷是个健壮的修女，来自蓬图瓦兹附近的马里纳村，一口乡土音，说话很单调，好嘟囔，往往看病人是真信教还是假伪善，来决定往汤药里放糖的分量，对患者态度粗暴，跟要死的人赌气，几乎是把上帝摔到临终的人脸上，气冲冲地做临终祷告。她又鲁莽又诚实，那张脸总是红红的。

辛朴利思嬷嬷的脸却像白蜡一样白净。她在佩尔陪递身边，就像细白蜡烛挨着大红蜡烛。万桑·德·保罗妙笔生花，十分放肆又十分拘束，活灵活现地刻画出慈善事业的嬷嬷形象："病院就是她们的修道院，租的一间房子就是静修室，本教区的教堂就是她们的圣殿，街道或医院的厅室就是修院的回廊，驯顺就是修院的围墙，敬畏上帝就是铁栅栏，谦卑就是面纱。"辛朴利思嬷嬷就是这种理想的活生生形象。谁也说不准她的年纪。她从未有过青春，似乎永远也不会老。这个人——我们不敢说是个女人——这个人沉静、严肃、冷淡，但又是个好伴侣，从未说过诳话。她柔和到极点，未免显得脆弱，但是比花岗岩还要坚硬。她用曼妙纯净的纤指接触患者。她的话语在一定程度上包含缄默，只讲必要的话，而那声调足能建起一个忏悔座，也足能迷住一座沙龙。这种纤弱的资质同身上的粗呢衣裙相得益彰，有了这种粗糙的接触，就能时时想起上天和上帝。要强调指出一个细节：从不说谎，无论为了任何利益，甚至也不会随意讲一句违背事实、违背神圣事实的话。这就是辛朴利思嬷嬷的特性，是她品德的特质。正因为这种不可动摇的诚信，她在教会中相当有名气。西伽尔神父在给聋哑人马西厄的信中，就提到辛朴利思嬷嬷。我们再怎么坦率、诚实而纯洁，而在这种坦诚之心上，无不有无害的小小谎言的裂纹。而她则丝毫没有。小小的谎言，无关紧要的谎言，总还是有的吧？说谎，就是绝对的恶。说一点儿谎，是不可能的。说一句谎就等于全部说谎；说谎，这是魔鬼的本来面目；撒旦有两个名字，既叫撒旦又叫撒谎。辛朴利思嬷嬷就是这样想的。她怎样想就怎样做。因此，她的肌肤有我们所说的白色，那晶莹的白光甚至笼罩着她的嘴唇和眼睛。她的微笑是白的，目光是白的。在那颗良心的玻璃上，没有一粒灰尘，没有一丝蜘蛛网。她皈依圣万桑·德·保罗时，特意选择了辛朴利思这名字。众所周知，西西里的辛朴利思是位圣女，生于锡拉古斯，她若是谎称生于塞格斯特，就能保住一条命，却宁肯让人拔掉双乳，也不愿说谎。这位主保圣女正合乎她的灵魂。

辛朴利思嬷嬷出家之前有两个缺点，后来逐渐克服了。从前她爱吃甜食，喜欢多收到信件。她只看一本书，是大字体的拉丁文祈祷经。她不懂拉丁文，但是能看懂这本书。

这位虔诚的修女在芳汀身上，也许感到了潜在的美德，因而喜爱上她了，尽心尽力，几乎一心看护她了。

马德兰先生一到，就把辛朴利思嬷嬷拉到一旁，嘱托她好好照看芳汀；后来她才想起，马德兰先生这次说话的声调很奇特。

他离开嬷嬷，走到芳汀的身边。

芳汀天天等待马德兰先生来探视，如同等待一束温暖快乐的阳光。她常对两位嬷嬷说："市长先生在跟前的时候，我才有精神。"

这天，她正发高烧。她一瞧见马德兰先生，就问他：

"珂赛特呢？"

他含笑答道：

"快来了。"

马德兰先生对待芳汀还跟平时一样，不过这次待了一小时，而不是半小时，使芳汀大大高兴了一番。他对所有人千嘱咐万叮咛，不要让病人缺着什么。大家注意到有一阵子，他的脸色变得十分阴沉，但是后来听说大夫曾对着他耳朵讲了一句："她大大衰弱了！"他那种神色也就不言自明了。

探视之后，他回到市政厅。办公室的伙计瞧见他在自己办公室里，仔细查看挂在墙上的法国公路图，还瞧见他用铅笔往一张纸上写了几个数字。

二、斯科弗莱尔师傅的洞察力

马德兰先生从市政厅出来，又去城另一头一个佛兰德人的家中。那人叫斯科弗拉爱，变为法文就是斯科弗莱尔，他出租马匹，"马车也随意租用"。

要去斯科弗莱尔家，最近的路是走一条僻静的街道，本堂神父和马德兰先生都住在那条街上。据说，本堂神父高尚可敬，善于为人排忧解难。马德兰先生快要走到那位神父的住宅时，街上只有一个行人。那行人看到这样的情景：市长先生已经走过了神父的住宅，忽然停下脚步，站了一会儿，又原路返回，一直走到神父的门前。那是独扇小门，吊了个铁门锤，他急忙抓起门锤，但是又停下不动，仿佛在考虑，过了几秒钟，他没有重重地敲门，而是轻轻地放下门锤，又继续赶路，脚步比原来匆急得多。

马德兰先生到了斯科弗莱尔师傅家，看见他正在修补鞍具。

"斯科弗莱尔师傅，"他问道，"您有一匹好马吗？"

"市长先生，"佛兰德人答道，"我的全是好马。您说的好马是指什么呢？"

"就是指一天能跑二十法里的马。"

"见鬼！"佛兰德人说，"二十法里！"

"对。"

"拉着轻便马车吗？"

"对。"

"跑到了休息多长时间？"

"必要的话，第二天还要赶路。"

"原路返回？"

"对。"

"见鬼！见鬼！是二十法里吗？"

马德兰先生从兜里掏出写了数字的那张纸，递给佛兰德人看，只见上面写着5，6，8.5。

"您瞧，"他说道，"总共19.5，也就等于二十法里了。"

"市长先生，"佛兰德人又说，"这事儿我包了。就用我那匹小白马。您肯定看见过它拉车。那是下布洛内的小种牲口，性情火暴。起初想把它训练成坐骑。唉！它狂奔乱跳，谁骑上都给摔到地下。大家以为它难以驯服，不知如何使用。于是，我买下来，套上车子。先生，这才是它愿意干的活儿呢，简直像姑娘一样温顺，跑起来如同一阵风。嘿！真的，不应当骑在它背上，它不愿意当坐骑。各有各的志向嘛。拉车，可以；骑人，不成。应当相信它心里是这样说的。"

"它可以跑这段路程?"

"您那二十法里，一路小跑，用不了八个钟头就到了。不过有几个条件。"

"说吧。"

"第一，跑一半路程，您让它歇一个钟头，喂点儿草料；喂草料时要有人看着，以防客栈伙计偷它的燕麦。我在客栈里注意过，燕麦饲料，往往马吃一少半，多半让马厩伙计私吞了。"

"会有人照看。"

"第二……马车是给市长先生乘坐的吗?"

"对。"

"市长先生会驾车吗?"

"会。"

"那好，市长先生要一个人走，也不要带行李，以免车子太重，累着马。"

"可以。"

"不过，市长先生，您不带着人，就得亲自费神监视燕麦了。"

"说到做到。"

"第三，每天收费三十法郎，歇息的日子也照算。少一个铜子也不行，牲口的饲料由市长先生负担。"

马德兰先生从钱袋里掏出三枚金币放到桌子上。

"先付两天的。"

"第四，路程这么远，带篷马车太沉，马吃不消，市长先生必须接受我那辆两轮马车。"

"我接受。"

"那辆轻便是轻便，可是敞篷啊……"

"我不在乎。"

"市长先生想过吗，现在是冬天……"

马德兰先生没有应声，佛兰德人又说：

"想过天气很冷吗？"

马德兰先生仍然沉默不语。斯科弗莱尔师傅接着说：

"想过可能下雨吗？"

马德兰先生抬起头说道：

"这辆轻便马车套好马，明天凌晨四点半，准时在我门口等候。"

"一言为定，市长先生。"斯科弗莱尔答道，他用大拇指的指甲抠去木桌上一个污痕，拿出佛兰德人掩饰精明的那种若不经意的神气，又说道，"对了，现在我才想到！市长先生还没有告诉我去什么地方。市长先生要去哪儿呢？"

一开始交谈，他就没想别的事儿，却不知道为什么没敢提出这个问题。

"您那匹马前腿有劲儿吗？"马德兰先生问道。

"有劲儿，市长先生。下坡路您稍微勒住一点儿。从这儿到您去的地方，有许多下坡路吗？"

"不要忘记，明天凌晨四点半，准时在我门口等候。"马德兰先生说罢便走了。

佛兰德人，正如过了一会儿他自己说的，"傻愣"在那儿了。

市长先生走了有两三分钟，房门重又打开，进来的还是市长先生。

他始终是那副心事重重而又无动于衷的样子。

"斯科弗莱尔先生，"他说道，"您要租给我的那匹马和那辆车，连车带马，估计值多少钱？"

"马带车子，市长先生？"佛兰德人说着哈哈大笑。

"是啊，多少钱？"

"市长先生是想买下我的车和马吗？"

"不是，要防万一出事，我想把担保金交给您。等我回来，您再如数还给我。车和马您估价多少？"

"五百法郎，市长先生。"

"给您。"

马德兰先生把钞票放在桌子上，这回出去就再不回来了。

斯科弗莱尔后悔死了，真应该说一千法郎。其实，车和马加在一起，只值一百银币。

佛兰德人叫来老婆，向她叙述了这件事。市长先生要去什么鬼地方呢？夫妇二人合计起来。"他要去巴黎。"妻子说道。"我不信。"丈夫却说。马德兰先生把写了几个数字的那张纸遗忘在壁炉上。佛兰德人拿起纸来琢磨："5，6，8.5，估计标明是驿站之间的里程。"他回身对老婆说："我明白了。""怎么样？""从这儿到埃斯丹有五法里，从埃斯丹到圣波尔有六法里，从圣波尔到阿拉斯则是八法里半。他是去阿拉斯。"

这工夫，马德兰先生回到家里。

他从斯科弗莱尔师傅家返回，走了最远的路线，就好像本堂神父住宅的门对他是一种诱惑，要避开似的。他上楼到自己的卧室，关上房门，这是完全正常的，他喜欢早睡觉。马德兰先生唯一的女仆就是工厂的看门人，她看到八点半他就熄了蜡烛，就把这情况告诉刚回来的出纳员，还说了一句：

"市长先生病了吗？我觉得他的样子不正常。"

出纳员的卧室恰巧在马德兰房间的下面。他对女门房的话毫不在意，上床就睡着了。睡到半夜猛然惊醒，在睡梦中听见头上有响动。他侧耳倾听，原来是来回踱步的声音，好像楼上的房间里有人在走动。再仔细一听，就辨认出是马德兰先生的脚步，他不禁觉得奇怪。平常在起床之前，马德兰先生的卧室一点儿动静也没有。过了一会儿，他又听见类似开橱门又关上的声响。接着，有人搬动一件家具，寂静了一会儿，重又响起脚步声。出纳员忽地坐起来，他完全醒了，睁眼四处瞧瞧，透过玻璃窗，看见对面墙上映出一扇亮灯窗户的红光。从光照的方向来看，只能是从马德兰先生卧室的窗户射出来的。墙上的反光不断颤动，仿佛是火光而不像灯光。没有窗格的影子，表明窗子完全敞着。天气这么冷，却打开窗户，实在令人吃惊。出纳员又睡着了。一两个钟头之后，他又醒来，头上始终有来回走动的、同样缓慢而均匀的脚步声。

墙上也始终有反光，不过黯淡平稳了，好像是一盏灯或一支蜡烛映射的。窗户还始终敞着。

要知道马德兰先生卧室里发生的事情，且看下回分解。

三、脑海中的风暴

自不待言，读者想必猜出，马德兰先生不是别人，正是冉阿让。

我们已经探视过那颗良心的深处，此刻又可以探视一番了。我们不能不又激动又惶恐，因为观望到的情景，比任何事情都更触目惊心。在精神的眼睛看来，人心比任何地方都更炫目，也更黑暗。精神的眼睛所注视的任何东西，也没有人心这样可怕，这样复杂，这样神秘，这样无边无际。有一种比海洋更宏大的景象，那就是天空。还有一种比天空更宏大的景象，那就是人的内心世界。

以人心为题作诗，哪怕只描述一个人，哪怕只描述一个最微贱的人，那也会将所有史诗汇入一部更高的终极史诗。人心是妄念、贪婪和图谋的混杂，是梦想的熔炉，是可耻意念的渊薮，也是诡诈的魔窟、欲望的战场。在某种时刻，透过一个思索的人苍白的脸，观察后面，观察内心，观察隐晦。外表沉默的下面，却有荷马史诗中的那种巨人的搏斗，有弥尔顿诗中的那种神龙蛇怪的混杂、成群成群的鬼魂，有但丁诗中的那种螺旋形的幻视。每人负载的这种无限，虽然幽深莫测，但总是用来衡量自己头脑的意愿和生活的行为，而且总是大失所望。

有一天，但丁碰见一道阴森可怕的门，不免犹豫不决。现在，我们也面对一道门，站在门口犹豫。还是让我们进去吧。

小杰尔卫事件之后冉阿让的情况，读者已经了解，稍需补充一点就够了。我们看到，从那时起，冉阿让变了一个人。那位主教期望他做什么样的人，他完全照办了。这不仅仅是改变，而是脱胎换骨。

他做到销声匿迹了，卖掉主教的银器，只保存两支烛台做留念，从一座城市溜到另一座城市，穿越法国，来到海滨蒙特伊，发明了前面讲过的新方法，完成了前面叙述的事业，自己也成功地变成了不可捉摸又难以接近的人。他在海滨蒙特伊定居，欣慰的是既追悔前半生，又用后半生来弥补缺憾，生活安定，有了保障和希望，心中只有两个念头：隐姓埋名而修成圣徒，逃避世人而皈依上帝。

在他的头脑里，这两个念头紧密相连，已经形成一种意愿了。两个念头都同样强烈，同样具有吸引力，控制他的一举一动。平时，两者并行不悖，指导他的行为，把他拉向隐居的生活，让他成为平易和善的人，两者都提醒他做同样事情。然而，也有发生冲突的时候。大家还记得，一旦出现这种情况，海滨蒙特伊所有人都称之为"马德兰先生"的这个人，就毫不犹豫取舍，肯为后者牺牲前者，能舍身求义。因此，他尽管有所顾忌，尽管小心谨慎，还是保存了主教的烛台，为主教服丧，把过路的所有通烟囱的少年叫来询问，打听在法夫罗勒的家庭情况，而且不理会沙威含沙射影的威胁话，救了割风老头的命。我们已经注意到，他似乎效法所有圣贤忠义之士，认为他首要的天职不是为自身。

不过，应当指出，类似的情况还从来没有发生过。我们叙述这个不幸者所经受的痛苦，但是支配他的两种念头，还从来没有展开如此严重的斗争。沙威走进他的办公室，刚说几句话，他内心就隐隐约约明白了。他深深埋藏的名字，又如此离奇地听人提起，他当即大为骇然，仿佛为自己命运的奇异恶兆所震慑。他在惊愕中不禁悸动，这预示着巨大的打击。他俯下身子，宛如暴风雨逼近的一棵橡树，又如快要冲锋的一名士兵。他感到乌云压顶，就要雷电交加。他听沙威讲的时候，头一个念头就是立刻走，跑去自首，将那个尚马秋救出牢房，自己入狱受罚。这样想就跟剜肉一般钻心疼痛。继而，这种念头过去，他心中暗道："再瞧瞧吧！再瞧瞧吧！"他压下慷慨之心的最初冲动，在英勇行为面前退却了。

这个人听了主教的圣言之后，多年来痛改前非，以苦修苦行来赎罪，有了极好的开端，即使面临凶险的境况，也能脸不变色心不跳，仍以同样的步伐，继续走向天国所在的深渊，这当然是一种壮举。不过，壮举是壮举，却没有这么做。我们必须弄清这颗心灵里发生的事情，但也只能如实讲述。最初占上风的，是保存自身的本能。他急忙收拢心思，抑制冲动，正视沙威这个巨大威胁，在恐惧中毅然推迟任何决定，集中考虑该怎么办，重又镇定下来，就像一名武士重又拾起盾牌。

事后，一整天他都处于这种状态：内心思潮翻腾，外表沉静安详。他仅仅采取了所谓"保全的措施"。头脑里还是一片冲突和混乱，乱作一团，看不清任何念头的形态，连自己都说不清自己是怎么了，只知道刚刚受了一次重重的打击。他还照常到芳汀的病榻旁边，并出于善良的本能，延长了探视的时间，心想应当这样做，应当把她托付给嬷嬷，以备万一他外出。他隐约感到也许要去一趟阿拉斯，虽然还没有决定，但是心想他既然丝毫没有受到怀疑，倒不妨亲自去看看那件案子审判的情况，于是订了斯科弗莱尔的马车，以备不时之需。

晚餐他的胃口不错。

回到卧室，他开始静心思考。

细想自己的处境，觉得闻所未闻，离奇到了极点，以致在胡思乱想当中，不知受到什么莫名其妙的不安情绪的推动，他突然从椅子上跳起来，跑去插上房门，怕有什么东西闯进来，森严壁垒，以防万一。

过了一会儿，他吹灭了蜡烛。有烛光他觉得不自在。

好像有人能看见他。

有人，谁呢？

唉！他要关在门外的人已经进来了，他不想让看见的人却看着他。此人就是他的良心。

不过，起初他还抱有幻想，以为独自一人，待在房间里安全了。插上了门闩，谁也闯不进来。吹灭了蜡烛，谁也看不见他了。于是，他掌握了自己，双肘支在桌子上，用手托着头，在黑暗中开始思考。

"我这是到了哪一步啦？""我不是在做梦吧？""别人对我说了什么

呢?""我真的见了沙威,他真的对我那样说的吗?""那个尚马秋究竟是什么人呢?""他长得像我了?""怎么可能呢?""昨天我还那么平静,万万没有想到会出事!""昨天这个时候,我做什么来着?""这件事有什么名堂呢?""最后如何收场呢?""怎么办啊?"

他就这样陷入困惑中,头脑中什么也保存不住,种种念头像波涛一样流走,他双手抱住额头想拦住思绪。

他的意志和理智也给搅乱了,想理出个头绪,找出个解决办法,结果一无所获,唯有惶恐不安。

他脑袋滚烫,于是走过去打开窗户,天上不见一点星光,他又返身坐到桌子旁。

头一个小时就这样过去了。

这工夫,一些模糊的思路,在他头脑中渐渐成形,渐渐确定,全局虽然还看不清楚,一些局部情况却像实物一样清晰了。

他开始认清,这种局面再怎么特殊,再怎么危急,他也完全掌握主动。

这只能使他更加惊慌失措。

时至今日,他的所作所为,无非是掘了一个洞,埋藏他的姓名,与他确定的苦修的宗教目的并不相干。在他独处自省的时刻,辗转难眠的夜晚,他始终最担心的情况,就是忽然听人提起这个名字,心想那便是他一切的终结。这个名字重新出现之日,就是他的新生活在他周围毁灭之时,谁晓得呢?也许是他的新灵魂在他内心毁灭之时。只要一想有可能出现这种情况,他就不寒而栗。在这种时刻,如果有人对他说,时候一到,这个名字就会在他耳边震响,冉阿让这个丑恶的名字,就会突然从黑夜里跳出来,矗立在他面前,而强烈的光就会在他头上闪耀,驱散包围着他的神秘。不过那人同时又说,这个名字不会威胁他,这道光只能制造更加浓厚的幽暗,这道光撕开的纱幕还会增加神秘,这场地震会加固他的建筑,而且他若是愿意,这次非常变故的后果,只能使他的一生更加清楚又更难识透。这位和善可敬的绅士马德兰先生,在同冉阿让的幽灵对质之后,就会更加体面,更加安宁,更受尊敬了……如果有人对他这样讲,他肯定摇头,认为这全是无稽之谈。然而，这一切恰恰发生了，这一堆不可能的事情已成事实，上帝允许这些荒唐事变成真事！

他继续胡思乱想，但是思路越来越明朗，自己的处境也看得越来越清楚了。

他仿佛莫名其妙睡了一觉，忽然醒来，发现在深夜里，站在下滑的深渊边上，浑身瑟瑟发抖，已经退不回去了。在昏暗中，他看见一个陌生人，一个素不相识的人，而命运把那人当作他，并要推下深渊。是他还是那人，必须坠落下去一个，深渊才能重新弥合。

他只好听其自然。

事情完全清楚了，他默认这一点：他在苦役场监狱的位置还空着，一直等着他，躲也没用。他抢了小杰尔卫的钱，就要逮捕归案，那空位置既等待又吸引他，直到他进去为止。这是命里注定、不可避免的事情。继而他又想到：在这种时候，他有了个替身，看来一个叫尚马秋的家伙交上这种厄运，而从今以后，他就附在尚马秋的身上去坐牢，冒马德兰先生之名来处世，再也无须担心了。只要他不阻止别人，这块罪恶之石就像墓石一样，一旦压到尚马秋的头上，就永远再也掀不起来了。

这种念头十分强烈，又十分奇异，以致他心中忽然萌发一阵难以描摹的冲动。这种良心上的悸动，人一生只能经历两三次：心中由讽刺、喜悦和失落所构成的暧昧情绪，全部搅动起来，可以称为内心的一阵狂笑。

他又突然点亮蜡烛。

"这是怎么啦！"他自言自语，"我究竟怕什么呢？我又何必这样想呢？我现在得救了。一切都结束了。原先只有一扇虚掩的门，我的过去还能通过门缝，猛地闯进我的生活。现在，这扇门堵死了，永远堵死了！沙威那个可怕的东西，那条凶恶的猎犬，多年来一直搅得我坐卧不安，他仿佛识破了我，天啊！真的识破了我，到处跟踪我，时刻窥伺我，现在他失去线索，跑到别的地方，完全走上歧途啦！他抓到了他的冉阿让，从此心满意足了，可以让我安生啦！说不准他还要离开这座城市呢！何况，发生这种事情，我根本没有插手！没有起任何作用！然而，这是怎么说呢！这其中有什么不妙的情况呢？老实说，此刻有人若是瞧见我，还以为我碰到什么倒霉事呢！说到底，真有什么人遭殃的话，也绝怪不到我的头上。这完全是上天安排的。看来这是天意！难道我有权打乱上天的安排吗？现在我还企求什么呢？我管那个闲事干什么？这与我无关。怎么搞的！我高兴不起来！我还需要什么呢？多少年来我追求的目的，我一夜夜的梦想，我祈祷上苍的心愿，就是安定，现在我得到啦！这是上帝的意愿。我丝毫也没有违背上帝的意志。上帝为什么要这样呢？为了让我继续我开始的事业，让我行善，有朝一日成为一个鼓舞人心的伟大榜样，也为了表明我苦修赎罪，弃恶从善，毕竟能得到一点儿幸福！我实在不明白，那会儿怕什么，不敢走进那位厚道的本堂神父的家中，像面对忏悔师那样，原原本本地告诉他，向他求教，显然他也会对我这样讲。就这样定了，听其自然！听凭仁慈上帝的安排！"

他在心灵深处这样自言自语，可以说同时也俯视他本人的深渊。他从椅子上站起来，开始在屋里踱步。"好啦，"他说道，"不想这事儿了。就这么决定啦！"然而，他丝毫也不觉得快活。

恰恰相反。

阻止不了思想回到一个念头，如同海水回到岸边。对水手来说，这叫做潮流。对罪人来说，这叫悔恨。人的灵魂经上帝掀动，好似汹涌澎湃的海洋。

无可奈何，过了一会儿，他接着又进行这种可悲的对话，自己讲给自己听，讲他不想说的事，听他不愿听的话，屈从于一种神秘的力量。这种力量对他说：想吧！正如两千年前对另一个判刑的人说：走吧！

话题先不要扯得太远，为了讲得明明白白，就要强加一种必不可少的观察。

人自言自语，确有其事。凡是有思维的人无不有这种体验。甚至可以说，言语只有在人的内心里，从思想到意识，再从意识回到思想，才具有无与伦比的神秘性。本章时常使用的"他说""他喊道"这些字眼，也只能从这种意义上来理解。人在心中自言自语，在心中高喊，却不打破表面的沉默。心中一阵喧闹，除了嘴以外，全身都在讲话。灵魂的实存，并不因其无形无体而减其真实性。

就这样，他心中问自己到了什么地步。他问自己"这样决定"怎么样。他向自己承认，他在头脑里所做的安排非常残忍。"听其自然，听凭仁慈上帝的安排"，这简直可怕极了。任由命运和人的这种谬误进行下去，不加以阻拦，保持沉默，总之什么也不做，就是做了一切！这是极端无耻而虚伪的！这是犯罪，既卑劣又阴险，既无耻又丑恶！

这个不幸的人，八年来第一次尝到坏思想和坏行为的苦味。

他厌恶地吐了出来。

他继续扪心自问，严厉责问自己，所谓"我的目的达到啦"究竟是什么意思？他向自己表明一生确有目的。然而目的是什么呢？隐姓埋名吗？蒙骗警察局吗？他所做的一切，难道为了这样一点儿区区小事吗？难道另外没有一个远大的、真正的目的吗？拯救灵魂，而不是拯救躯体。恢复诚实和善良，做一个有天良的人！难道这不是他终生最主要的、唯一的追求吗？难道这不是主教对他最主要的、唯一的嘱咐吗？关上门，隔断自己的过去？然而，老天爷！门关若未关，他干一件卑劣的事，就重又打开这扇门！他就重做盗贼，而且是最丑恶的盗贼！窃取另一个人的生存、生活和安宁，窃取另一个人在阳光下的位置！他变成了凶手！他杀害，在精神上杀害一个可怜的人，置那人于死地，而且是活受罪的死亡，是人称苦役场的暴尸的死亡！反之，去自首，去救那个蒙了不白之冤的人，尽自己的天职，恢复真名实姓，重做苦役犯冉阿让，那才真正实现复活，永远关闭他抽身的地狱之门！看似重堕地狱，实则脱离地狱！应当这样做！他不这样做，就等于什么也没有做！他就虚度一生，白白苦行赎罪了，他就只能说：活着干什么？他感到主教就在眼前，感到主教正因为故去而更加清晰地显现，感到主教在盯着看他。从今往后，他会觉得德高望重的马德兰先生非常可憎、苦役犯冉阿让反倒纯洁而令人敬佩了。他感到，世人只看见他的面具，而主教却看见他的面孔；世人只看见他的生活，而主教却看见他的良心。因此，必须去阿拉斯，解救假冉阿让，告发真冉阿让。唉！这可是一种最大的牺牲、最惨痛的胜利，也是要跨越的最后一步，但是必须如此。痛苦的命运！只有回到世人眼中的屈辱地位，他才能进入上天眼中的圣洁境界！

"好吧，"他说，"就这么办！要尽天职！搭救那个人！"

他高声讲出这样的话，却浑然不觉高声说话了。

他抓起书，查看一下，便放整齐了。他将拮据的小商人向他借债的一沓票据，全扔进炉火里烧掉。接着，他又写了一封信，封上之后，当时房间里若是有人，就会看见他在信封上这样写：

　　　巴黎阿图瓦街，银行行长拉斐特先生收。

他从写字台的格子里取出一个皮夹，里面装有几张钞票和同年参加选举的身份证。

他一面极为深沉地思索，一面干这些杂事，有人若是当场看见，绝猜不出他内心想些什么。只能看出有时他嘴唇翕动，有时他抬起头，凝视墙上某一点，就好像那恰恰是他要弄清或询问的东西。

给拉斐特先生的信写完了，他就连同皮夹放进衣兜里，重又开始踱步。

他遐想的思路毫未改变。他仍然清晰地看见他的职责："去吧！报出你的姓名！自首吧！"这是用发光的字写出来的，在他眼前闪闪发亮，并随着他的视线而转移。

同样，他也看见他的生活一直遵循的双重规则：隐姓埋名，为灵魂赎罪。这两个念头仿佛化为有形之体，显现在他面前，而且泾渭分明。他看出两者的差异，看出一个念头必然向善，另一个念头可能作恶；一个利人，另一个为私；一个说"别人"，而另一个则说"我自己"；一个来自光明，另一个来自黑暗。

两者相互争斗，他也看见两者在搏斗。随着他的思索，两个念头也在他精神的眼前扩大，现在已经长成了巨大的身躯。他仿佛看见在他的内心，在我们前面所说的这个无边无际的天地里，在幽暗和微光之间，一位女神和一个女魔正在酣战。

他内心充满恐惧，但是他感到善念能够得胜。

他感到他良心和命运的又一个决定时刻临近了。主教标志他新生的第一阶段，尚马秋则标志第二阶段。巨大的恐慌过后，又面临巨大的考验。

刚才平静了一会儿，这工夫又渐渐冲动起来。头脑里思绪万千，但是他的决心却越来越坚定。

有一阵，他对自己说，也许他处理这事儿太性急了，而其实，那个尚马秋算不了什么，那家伙毕竟偷了东西。

他又这样回答自己：那人就算真的偷了几个苹果，也就坐一个月的牢，离苦役场还差得远呢。况且，他偷了没有，谁知道呢？有证据吗？冉阿让这个名字压到他头上，似乎就无须证据了。检察官通常不都是这么做的吗？大家知道他是苦役犯，就认为他是窃贼。

过了一会儿，他又这样想：他一旦自首，别人考虑到他的英勇行为，他七年来的诚实生活，以及他为当地所做的事情，也许会赦免他。

不过，这种假设很快就打消，他苦笑一下想道，他抢了小杰尔卫四十苏，这就构成累犯罪。这案子肯定会发，而法律有明文规定，他会判处终身苦役。

他丢开一切幻想，渐渐脱离尘世，要从别处寻求安慰和力量。他对自己说必须尽天职，尽了天职，未必就比逃避天职更痛苦。如果他"听其自然"，留在海滨蒙特伊，那么，他所赢得的德望和美名、钦佩和敬重、他的善举和仁爱之心、他的财富、他的人望、他的品德，都要被一桩罪行所玷污。这些圣洁的事物同这件丑事纠缠在一起，该是什么味道！反之，他若是在苦役场，在绞刑架下，戴着刑枷，戴着绿色刑徒帽，在不间断的苦役中，在无情的屈辱中，完成自我牺牲，那么，他就会为自己增添一个圣洁的思想！

最后，他对自己说，这是必由之路，命运注定，他不能做主改变上天的安排，无论怎样要做出选择：或者外君子而内小人，或者外污秽而内圣洁。

万千愁绪，翻腾不已，但是他的勇气并没有减退，唯有头脑疲惫了，便不由自主地想别的事，开始想一些不相干的事情。

太阳穴的脉搏剧烈跳动，他还不停地走来走去。午夜钟声先后在教堂和市政厅敲响了。两口钟，他各数了十二下，并比较声音。这时他联想起几天前，他在废铜烂铁商店看见一口古钟出售，钟上铸有这样的名字：罗曼城的安东尼·阿尔班。

他身上发冷，就生起一点儿火，并没有想到关窗子。

这工夫，他重又陷入怔忡状态，竟想不起午夜钟声之前考虑什么事，费了好大劲儿才想起来。

"哦，对啦！"他自言自语，"我决定自首。"

继而，他忽然想起芳汀。

"噢！"他叹道，"还有那个可怜的女人！"

想到这里，又爆发一场新的危机。

芳汀突然出现在他的冥想中，宛如意外射进来一束光线。他立刻觉得周围全变了，不禁喊道：

"哎呀，糟糕！直到现在，我还只考虑自己，只为自己着想！想自己最好隐瞒还是自首，最好隐藏自身还是拯救灵魂，最好做一个受人尊敬而可鄙的官吏，还是当一个受人景仰而下贱的苦役犯，想的是我，总想我自己，只想我自己！可是，上帝啊，这完全是自私自利！这是自私自利的不同表现形式，但总归是自私自利！我若是稍微替别人想一想呢？圣德的首要一点就是替别人着想。喏，斟酌斟酌吧。把我排除，把我抹掉，把我置于脑后，那么又会如何呢？——假如我自首呢？他们就逮捕我，释放那个尚马秋，重新把我押往苦役场，这很好。然后怎么样呢？这里会出什么事呢？噢！这里，这里是一个地区，有一座城市，有工厂，有工业，有工人，有男人，有女人，有老爷爷，有小孩子，有穷人！我创造了这一切，养活了这一切。哪里有冒烟的烟囱，就是我往火里加的柴，往锅里放的肉。我带来富裕、流通和信贷。在我之前，什么也没有，是在我的推动下，整个地方才复苏，有了生机，才活跃、繁荣、富足起来。失去我，便失去灵魂。我一撤掉，就全死了。——还有那个女人，受了多少苦难，在沉沦中表现出多高的品德。她的整个不幸是我无意中造成的！还有那个孩子，我本来想去接来，让她们母女团聚！我害那女人受苦，难道不应该补偿一点儿吗？如果我一走，情况会怎么样呢？那母亲要死掉，孩子要流离失所。如果我自首，就会产生这种后果。——如果我不自首呢？想想看，如果我不自首呢？"

他向自己提出这个问题，就停了一下，一时仿佛犹豫并为之战栗，不过时间很短，他又平静地回答自己：

"那么，那个人就要去苦役场，这倒是真的，管他呢！反正他偷了东西！我对自己说他不是贼也没用，他偷了东西！我呢，我还留在这里，继续我的事业。再过十年，我就能赚一千万，把钱撒给这地方，自己分文不留，我留钱财干什么呢？我赚钱不是为自己！大家都越来越富裕，工业兴起并发展，加工厂和大工厂越建越多，家家户户，千百个家庭都会幸福！这地方人丁兴旺。只有几户农家的地方会出现村庄。没有人烟的地方也会有人落户开荒种田。穷困消失了，同时，放荡、卖淫、盗窃、杀人，各种邪恶，各种犯罪，也都随之绝迹！而那位可怜的母亲也能够抚养她的孩子！这个地方，人人都富有，都过上体面的生活！想想这些，刚才我疯啦，昏了头，说什么要去自首？真应该当心，绝不能操之过急。怎么！就因为我要做个伟大而慷慨的人——说穿了，这是欺世盗名的把戏——就因为我只考虑自己，只考虑我个人，怎么！为了救一个人免遭惩罚，谁知道他是什么人，也许有点夸大他的冤情，其实他就是个贼，显然是个坏蛋，为了救这样一个人，整个地方就要遭殃！一个可怜的女人就要死在医院里！一个可怜的小姑娘就要死在路上，就跟狗一样！哼！真是惨无人道！母亲就连再看孩子一眼都不可能！孩子就连认认母亲都不可能啦！而这一切，仅仅是为了救一个偷苹果的老无赖，他没有这个案子，也会因为别的事押往苦役场！堂而皇之的顾虑，为了救一个罪犯，竟要牺牲无辜的人，为了救一个没有几年活头，坐牢不见得比住在破屋里更苦的老乞丐，竟要牺牲这地方全体民众，牺牲那母亲、妻子和孩子！还有那可怜的小珂赛特，她在这世上只有我了，此刻，她在德纳第家的破仓房里，一定冻得皮肤发青啦！那家人也不是好东西！对所有这些可怜的人，我就不尽职责啦！我只顾去自首！去干那种糊涂透顶的蠢事！干脆做最坏的打算。假如我在这件事上干错了，有朝一日受良心的谴责，那么为了别人的利益，接受只牵涉我本人的这种谴责，接受只让我的灵魂堕落的这个坏行为，那才是真正献身，那才是真正美德。"

他站起身，又开始踱步。这回他感到颇为满意了。

只有在黑暗的地下才能发现钻石，也只有在深沉的思想里才能发现真理。他在最黑暗的地方摸索了许久，终于得到一粒钻石、一个真理，他握在手中看着，只觉得眼花缭乱。

"对，"他想道，"正是如此。这回才正确，我有了办法。最后总得坚持点儿什么东西。我已经决定了。由它去吧！再也不能犹豫了，再也不能退缩了。这符合所有人的利益，只对我不利。我是马德兰，今后仍然是马德兰，谁成了冉阿让谁就倒霉！那不再是我了。我不认识那个人，也弄不清怎么回事儿了。此刻如果谁成了冉阿让，那他自己想法子去吧，不关我的事，那个厄运的名字在黑夜里飘荡，如果停下来，落到谁的头上，那就算他倒霉！"

他对着壁炉上的一面小镜子照了照，说道：

"咦！拿定了主意，心就放宽啦！现在我完全变了一个人。"

他又走了几步，接着戛然站住。

"好啦！"他说道，"既然拿定主意，不管有什么后果也不能犹豫了。还有些线连着我和冉阿让，应当统统割断。在这里，就在这间屋里，还有一些物品能暴露我，有一些不会说话的物品可能作证，干脆，统统毁掉。"

他摸摸口袋，掏出钱包并打开，拿出一把小钥匙。

在壁纸花纹颜色最深的部位，有一个几乎看不见的锁孔。他把钥匙插进锁孔，打开一个暗橱。暗橱正好安装在墙角和壁炉台之间，里面藏了几件破衣烂衫，有一件蓝粗布罩衫、一条旧裤、一只旧布袋，还有一根两端铁头的荆棍。1815年10月间，冉阿让通过迪涅城时，那些看见他的人，不难认出这套褴褛装束的每件衣物。

他保存这些衣物，就像保存两支银烛台一样，为了永远记住他的起点。

不过，从苦役监狱里带出的东西藏起来，而从主教家拿走的两支烛台却展示给人看。

他朝房门瞥了一眼，仿佛害怕插上的门还会自动打开似的。继而，他一把抱起所有东西，动作又急促又突然，这些破衣烂衫、木棍和布袋，他冒着危险，珍视地收藏了多少年，现在连看都不看一眼，全部丢进炉火中了。

他又关上暗橱，里面空了，此后没用了，却要加倍小心，他推过去一件大家具，遮住了暗橱门。

几秒钟之后，一片颤动的红光照亮房间和对面的墙壁。全烧了。荆棍烧得噼啪作响，火星射到屋子中央。

那个行囊和里面装的破衣烂衫化为灰烬，却现出一个亮晶晶的东西。毫无疑问，那正是从通烟囱的少年那里抢来的面值四十苏的银币。

他并不观看焚烧，只管以同样步伐走来走去。

他的目光忽然落到炉台上的两支反射亮光的银烛台。

"对啦！"他想到，"冉阿让的所作所为，全在那里面。那东西也应当烧毁。"

他拿起两支烛台。

炉火还很旺，烛台一扔进去，很快就能烧变形，化为难辨何物的条块。

他俯下身，烤了一回火，身子着实感到舒服。"好暖和呀！"他说道。

他用一支烛台拨火。

再过一分钟，两支烛台就要焚化了。

这时，他仿佛听见心里一个声音喊叫："冉阿让！冉阿让！"

他毛发倒竖，就像听见可怖的声音。

"对，就这样，干到底！"那声音说道，"把你做的事干完了！焚毁这两支烛台！销毁这种纪念物！忘掉主教！忘掉一切！毁掉那个尚马秋！干吧，很好啊。为你自己喝彩吧！就这样定了，打定主意，定死了。至于那个人，那个老头儿，还不知道别人打他什么主意。也许他毫无过错，并没有罪，整个祸端就是你的名字，你的名字作为罪名压在他头上，他要被人当作你抓起来，判罪，在卑辱和凄惨中结束余生！这很好。你呢，还当你的正人君子，还当你的市长先生，继续受人尊敬，有口皆碑，繁荣你的城市，救济穷人，抚养孤儿，过你快活的、清白而受人称赞的日子。而与此同时，你在这里沐浴在欢乐的光明之中的时候，却有个人穿上你的红色囚衣，顶替你的名字忍受耻辱，拖着你的锁链服苦役！是啊！这样安排很妙！哼！你这个无赖！"

他的额头淌下汗来，眼睛直瞪瞪地盯着烛台，这工夫，他内心的声音还未讲完，继续说道：

"冉阿让！你周围会有许多人，一片喧闹，高声说话，为你祝福，但是，有一个声音谁也听不见，将在黑暗中诅咒你。好吧！你听着，无耻的东西！所有祝福还未到天上，就会跌落下来，只有诅咒的声音才能直达上帝！"

这个声音发自他内心最幽暗之处，起初十分微弱，逐渐升高，现在变得非常响亮，他听着就在耳边，就好像从他体内出来，到他体外讲话了。最后几句话，他听得十分真切，不禁毛骨悚然，四面张望一下房间。

"这儿有人吗？"他神态失常，高声问道。

接着，他傻笑一下，又说道："我真糊涂！这里不可能有人。"

这里确实有个人，不过，这个人，用肉眼是看不见的。

他将烛台放到壁炉上。

于是，他又走起来，单调而沉郁的脚步，把睡在他下面房间的那个人从梦中惊醒。

他这样踱步，心情既轻松些，又更烦躁了。人在束手无策的时候，往往要走动走动，以便向可能碰到的东西讨主意。走了一会儿，他又弄不清自己到什么地步了。

面对他先后采取的两种决定，现在他同样恐怖地后退了。两种念头左右他，他觉得都同样糟糕。——真是造化弄人！偏偏碰到被人当作他的那个尚马秋！上天使用的办法，初看似乎旨在巩固他的地位，实则恰恰把他推上绝路！

有一阵，他瞻望未来。自首，上帝啊！自投罗网！想到一切要离开的东西，一切要恢复的旧状，他忧心惨切。必须告别如此美好、纯洁而灿烂的生活，告别大众的这种尊敬，告别声誉和自由！再也不能去田野散步，再也听不到5月时节的鸟鸣，再也不能向小孩子施舍钱币啦！再也感受不到注视他的感激而爱戴的温和目光！他要离开他所建造的这座房子、这个房间，这个小小的房间！此刻，他看什么都悦目可爱。他再也不能看这些书，再也不能伏在这张小小的白木桌上写字啦！他唯一的女仆，那个看门的老妪，再也不会每天早晨上楼给他送咖啡了。老天啊！代替这一切的是苦役，是刑枷，是红色囚衣，是脚镣，是疲劳，是黑牢，是行军床，是众所周知的那些残暴！到了他这种年纪，又有了他这样身份！他若是还年轻也好办啊！而现在年老了，却让随便什么人不客气地称呼"你"，让狱卒搜身，挨小狱吏的棍子！赤脚穿着铁鞋，每天早晚都伸腿给人检验脚镣的环扣！还要忍受外国人的好奇心。有人会向他们介绍说："这一位，就是大名鼎鼎的冉阿让，当过海滨蒙特伊的市长！"到了晚上，满身臭汗，疲惫不堪，绿色囚帽扣到眼睛上，两人一排从警士的鞭子下通过，由软梯爬到水上的牢房！噢！多悲惨啊！难道命运也能像聪明人那样阴险，也能像人心那样残暴吗？

他无论怎样做，总逃不脱他遐想深处的这种揪心的两难：留在天堂变成魔鬼！或者回到地狱变成天使！

老天爷！怎么办，怎么办啊？

他费了多大劲，才从烦恼中解脱出来，现在烦恼重新在他内心肆虐。心潮重新翻腾，思绪处于说不出来的状态，又迷乱又不由自主，就像人在绝望时那样。罗曼城这个名称反复出现在脑海里，并伴随他从前听过的一首歌的两句歌词。他想所谓罗曼城是巴黎附近的一片小树林，每逢4月，青年恋人纷纷去那里采丁香花。

他的外形也像内心一样，摇摇晃晃，踱步的样子，如同大人让单独走路的幼儿。

有时，他强打精神同疲倦搏斗。应当自首呢，还是应当缄口不言？这个问题，可以说他绞尽了脑汁，现在又最后一次明确提出来。结果，他还是什么也看不清楚。他胡思乱想所萌生的各种推理，模模糊糊，又摇曳不定，并且接连化作云烟。他只不过感到无论做出什么决定，他身上的一部分都必然死掉，不可能幸免，感到他向左还是向右，总要走进坟墓，并感到自己苟延残喘，不是他的幸福就是他的德行即将死去。

唉！他又陷入彷徨不决之中，从开头到现在毫无进展。

这颗不幸的灵魂，就这样在惶恐中苦苦挣扎。距这个不幸的人一千八百年前，那个把人类全部圣洁和全部苦难集于一身的神秘者，在太空疾风中抖瑟的橄榄树下，也久久推开那只可怕的杯子，觉得那杯底布满星辰，而杯沿则流溢着阴影和黑暗。

四、睡眠中的痛苦状

凌晨三点的钟声敲响了，他这样走了五个小时，几乎没有止步，终于倒在椅子上。

他在椅子上睡着了，做了一个梦。

这场梦同大多数梦一样，只有莫名的凄惶符合实际的情景，但是也给他留下深刻印象。这场噩梦给他以极大的震动，后来他记述下来。这张纸就是他留下来的手迹，我们认为有必要原原本本地复录于此。

不管这场梦如何，如果省略过去，那么，这一夜的情景就不完整了。这是害病的一颗灵魂迷惘的经历。

梦境如下。在我们找到的信封上，写了这样一行字："那天夜晚我做的梦。"

> 我在旷野里。一大片凄凉的旷野，寸草不生。说不清是白天还是夜晚。
>
> 我和哥哥一道散步，那是我童年时的哥哥，应当说我从不想念，几乎忘记了。
>
> 我们边走边聊，遇见一些行人。我们提起从前的一个邻妇，她搬到我们那条街上之后，总是敞着窗户干活。我们聊着聊着，却因为那

扇敞开的窗户觉得冷了。

旷野上也没有树。

我们看见一个人从我们面前经过。那人一丝不挂，浑身青灰色，骑一匹土灰色的马。那人没有头发，看得见脑壳和脑壳上的血管。他拿的那根棍子，像葡萄藤那样柔软，又像铁那样沉重。骑马的人过去，一句话也没有同我们说。

我哥哥对我说："咱们走那条洼路吧。"

那条洼路上，看不到一簇荆棘，也看不到一点青苔。一片土灰色，连天空也一样。走了几步之后，我说话却无人应声，这才发现我哥哥不在身边了。

我望见一个村庄，走了进去，心想这大概就是罗曼城。（为什么是罗曼城呢？）[1]

我走进的第一条街阒无一人，又拐进第二条街，只见有个人在拐角靠墙站着。我问那人："这是什么地方？我到什么地方啦？"那人不搭理。我看见一扇房门敞着，便走进去。

头一间屋空荡无人，我又走进第二间屋，只见有个人在门后靠墙站着。我问那人："这是谁的房子，我到什么地方啦？"那人不搭理。房子有座小园子。

我走出房屋，进入园子，园内荒凉。我发现第一棵树后站着一个人。我问那人："这是什么园子？我到什么地方啦？"那人不搭理。

我在村子里游荡，发觉这是一座城市。大街小巷都空荡荡的。每扇门都敞开。街上没有一个行人，房间里没有一个人走动，园子里也没有一个人散步。不过，每个墙角，每扇门后，每棵树后，都站着一个缄默的人。但每次只能见到一个。那些人望着我走过。

我出了城，走在田野上。

我走了一会儿，回头望望，看见一大群人跟在后面。我认出那全

––––––––––––––––––

1　括号里这句话是冉阿让加的。——雨果原注

是我在城里见过的人，他们长得奇形怪状。他们似乎并不匆忙，但是走得比我快，而且没有一点儿声响。转眼工夫，那群人就追上来，将我围住。他们的面孔都是土灰色。

我进城时最先看见并问话的那个人，这时却问我："您去什么地方？难道您不知道您早就死了吗？"

我张口正要回答，忽又发现周围一个人也没有了。

他醒来，浑身都冻僵了。晨风很冷，吹得敞着的窗板来回摆动。炉火熄了，蜡烛也快燃完。外面仍然夜色弥漫。

他起身走到窗前。天上始终没有星光。

从窗口能望见院子和街道。地面上忽然发出清脆而坚硬的声响，他便朝下望去。只见下面有两颗红星，奇怪的是，那星光在黑暗中忽而伸延，忽而缩短。

他还睡眼惺忪，有五分神智流连在迷离的梦境，心中暗道："咦！星星不在天上，现在到地上了。"

这工夫，他的睡意渐消，又听见类似头一次的声响，就完全醒来了。他仔细一瞧，才辨认出那两颗星原来是一辆车上的吊灯。借着灯光，他能看出那辆车的形状。那是一辆两轮轻便车，套了一匹小白马。起初他听到的是铺石路面上的马蹄声。

"这辆马车是怎么回事儿？"他心中诧异，"一大早是谁来了呢？"

这时，有人轻轻敲了一下他的房门。

他从头到脚打了个寒战，厉声喊道："谁呀？"

有人回答：

"是我，市长先生。"

他听出是他门房老妇人的声音。

"什么事儿啊？"他又问道。

"市长先生，刚才打五点钟了。"

"告诉我这个干什么？"

"市长先生，马车来了。"

"什么马车？"

"轻便马车。"

"什么轻便马车？"

"市长先生不是订了一辆轻便马车吗？"

"没有。"他答道。

"车夫说他来找市长先生。"

"哪个车夫？"

"斯科弗莱尔先生的车夫。"

"斯科弗莱尔先生？"

他听到这个名字，惊抖一下，就好像一道闪电从他面前掠过。

"哦！对！"他又说，"斯科弗莱尔先生。"

此刻，那老妇人若是看到他，一定会吓坏的。

好一会儿他没有吭声，呆呆地望着烛火，将烛心周围的滚烫的蜡油抓起来，用手指搓着。老妇人等了一阵，才贸然提高嗓门儿："市长先生，我怎么答复呢？"

"就说好吧，我这就下去。"

五、棍子别住车轮

当时，从阿拉斯到海滨蒙特伊的邮路，还使用帝国时期的小邮车。那种双轮马车，车厢里镶着浅黄褐色皮革，悬在保险车弓之间，只有两个座位，一个是邮差专座，另一个给旅客乘坐。车轮两侧装有长毂，犹如武器，能让别的车辆保持距离，如今在德国的道路上还能见到。邮件箱极大，呈长方形，安在车尾，同车身连成一体。邮件箱漆成黑色，车子漆成黄色。

那种马车，佝偻畸形之状难以描摹，如今没有类似的了。那种车子驶过或在天边的路上爬行，远远望去，就像那种细腰拖着大身子的昆虫——我想是叫白蚁吧——不过，行驶的速度很快。等巴黎的邮车到达之后，每天半夜一点就有一辆邮车从阿拉斯出发，将近清晨五点钟就驶到海滨蒙特伊了。

那天夜晚，阿拉斯的邮车从埃斯丹方向进城，在海滨蒙特伊一条街的拐角，挂到对面驶来的一辆套白马的双轮车。那马车的轮子被重重撞了一下，车上只坐着一个裹着斗篷的人，他根本不听邮差喊叫他停车，仍然快速驶去。

"这个人，跟鬼一样急着赶路！"邮差说道。

这样急着赶路的人，正是我们刚才目睹在思虑中苦苦挣扎、确实值得同情的那个人。

他去什么地方？恐怕连他自己也说不清。为什么如此匆忙？他也不知道。他任由马车朝前行驶。驶往哪里？当然是阿拉斯。不过，也许他还会去别的地方。他时而感到这一点，便不寒而栗。

他冲入夜色，仿佛坠入深渊。有什么推着他，有什么东西拉着他。他心中是怎么想的，谁也说不出来，但是将来大家都会理解。走进这种陌生的幽窟中，谁在一生中至少没有那么一次呢？

何况，他根本没有打定任何主意，没有做出任何决定，没有确定任何事，也没有任何行动。他内心的任何活动都不是最终的。他折腾了一番，又完全回到最初的状态。

为什么去阿拉斯呢？

他心里一再重复向斯科弗莱尔订车时所想的：不管结果如何，去亲眼看看，亲自判断一下事情，绝没有什么坏处；——即使为谨慎起见，也应当去了解情况；——不经过观察探询，就谈不上任何决定；——事情隔得太远，芝麻也会想成西瓜。归根结底，一旦瞧见那个尚马秋，看那无赖相，也许他就能心安理得、让那家伙替他去服苦役吧；——诚然，沙威要在那里，还有勃列维、舍尼帝、克什帕伊，那些认识他的老苦役犯，然而现在，他们肯定认不出他了。嗳！真想得出来——沙威还完全蒙在鼓里；——所有猜疑和推想，全集中在那个尚马秋身上，而且猜疑和推想比什么都顽固；——因此，去一趟没有一点危险。

当然，那一刻很难熬，但是他会安然无恙的。——归根结底，不管命运多么凶险，他还是要掌握在自己手中，由自己做主。他紧紧抓住这个念头不放。

其实，说穿了，他根本就不愿意去阿拉斯。

然而，他去了。

他一面想一面挥鞭催马。那马步伐稳健，一路小跑，每小时能行两里半。

马车往前行驶，他却感到自身有什么东西向后退去。

破晓的时候，已经驶到旷野，海滨蒙特伊城被远远抛在身后。他望望发白的天边，然而，冬季清晨萧瑟的景物从眼前掠过，他却看不见。清晨和傍晚一样，也有自己的幽灵。树木和丘冈的这些黑影，虽然他看不见，但似乎有穿透肌肤的作用，在不知不觉中给他极度紧张的心灵增添一种莫名的黯淡和凄惨。

每经过坐落在路旁的孤零零房舍，他心里总念叨一句："那里边肯定有人还在睡觉。"

马蹄声、辔头的铃声和车轮声，一路汇成柔和单调的声响，快活的人听来非常悦耳，伤心的人听来却倍觉凄凉。

行驶到埃斯丹天已大亮，他在一家客栈门前停车，让马喘口气，并喂些燕麦饲料。

那马正如斯科弗莱尔说的，是布洛内种的小型马，头大腹大，脖颈短，但是前胸开阔，后臀宽大，腿又干又细，蹄子坚实有力。这种马其貌不扬，但体魄强健。这匹马确实很出色，两小时跑了五法里，臀部没有冒一星汗珠。

他没有下车。马房伙计送来饲料，忽然蹲下去检查左车轮。

"您就这样，还要走很远路吗？"那人问道。

他几乎没有脱离梦幻，答道：

"怎么的？"

"您是从远处来的吗？"伙计又问道。

"离这儿五法里。"

"啊！"

"您惊讶什么？"

那伙计又弯下腰，眼睛盯着车轮，半晌没说话，然后站起来，说道：

"这不，这个轮子走了五法里，倒是有可能，但是现在，连四分之一法里都肯定走不了。"

他从车子上跳下来。

"您说什么，朋友？"

"我说您走了五法里，没有连人带马翻到路边的沟里，真是个奇迹。您瞧瞧吧。"

果然，这个车轮严重损坏。两根轮辐被那辆邮车撞断，轮毂也撞破一块，螺母已经把握不住了。

"朋友，"他对马房伙计说，"这儿有车匠吗？"

"当然有，先生。"

"请帮个忙，去叫他来一趟。"

"他就住在那儿，只有两步路。喂，布伽雅尔师傅！"

车匠布伽雅尔师傅正站在家门口。他过来检查轮子，就像检查小腿骨折的外科医生那样做了个鬼脸儿。

"您能马上修这个车轮吗？"

"行，先生。"

"我什么时候可以走？"

"明天。"

"明天？"

"这活儿得足足干一天。先生很急吗？"

"非常急。顶多等一个钟头，我就得重新上路。"

"不可能，先生。"

"要多少钱我都照付。"

"……"

"那好！两个钟头。"

"今天不可能。要新做两根轮辐和一个轮毂。明天之前，先生是走不成了。"

"我的事情等不到明天。这样吧，车轮不修了，另换一只好吗？"

"怎么换？"

"您不是车匠吗？"

"当然，先生。"

"难道您没有轮子卖给我一个吗？我就能立刻上路了。"

"一个备用的车轮？"

"对呀。"

"我没有现成的一个轮子配您的车。轮子总是成对的。两个轮子不是随便就能安在一起的。"

"既然这样，那就卖给我一对吧。"

"先生，轮子也不是同任何车轴都能合的。"

"不妨试试。"

"试也白试，先生。我只卖大板车的轮子。我们这儿是小地方。"

"您有旅行车租给我吗？"

车匠师傅一眼就看出这是一辆出租马车，他耸耸肩，说道：

"您租来的车，经管得真好啊！我有车也不会租给您。"

"那就卖给我好吗？"

"我没有。"

"什么！连一辆简陋的车也没有。您看得出来，我是不挑剔的。"

"我们是个小地方。不过，那边车棚里，"车匠又说道，"倒是有一辆敞篷四轮旧马车，是城里一位财主托我保管的，每月36日[1]才用一次。那辆车倒可以租给您，这对我又有什么关系呢？但是，经过时不要让那位财主看见。还有，那是四轮车，要套两匹马。"

1　36日：俗语，意思相当于汉语的"猴年马月"。

"我用驿站的马。"

"先生去哪儿?"

"阿拉斯。"

"今天就要赶到吗?"

"是啊。"

"用驿站的马?"

"有何不可。"

"先生夜里走,清晨四点钟到,行不行呢?"

"当然不行。"

"不过,要知道,有个情况要讲,用驿站的马……先生有通行证吗?"

"有。"

"哦,用驿站的马,先生,明天之前也赶不到阿拉斯。我们是在一条支线上,驿站的条件不好,马都赶到田里干活儿。冬耕开始了,要用壮马,到处找,到驿站也到别的地方租马。先生到每个换马站,至少要等上三四个钟头。而且有不少上坡路,车子也走不快。"

"算了,我干脆骑马去。卸了套。这地方总能卖给我一副鞍具吧?"

"当然。可是,这匹马肯受鞍具吗?"

"真的,您提醒了我。这马不受鞍具。"

"那就……"

"在这村子里,总可以租到一匹马吧?"

"要一气儿跑到阿拉斯的一匹马?"

"对。"

"您要的马,我们这地方没有。首先,您得买下来,因为,我们不认识您。但是,您租不行,买也不行,花五百法郎不行,花一千法郎也不行,您根本就找不到!"

"那怎么办?"

"老实人说老实话,最好的办法,车轮我来修,明天您再走。"

"明天就太晚啦!"

"天哪！"

"没有去阿拉斯的邮车吗？什么时候经过这里？"

"今天夜里。两边的邮车对开，都在半夜赶路。"

"怎么！修理一个轮子，您要花一天工夫？"

"一天，还要整整一天！"

"用两名工人呢？"

"用十名也不成！"

"两根辐条若是用绳子扎起来呢？"

"辐条扎起来还成；轮毂就没法扎了。再说，轮辋的状况也不妙。"

"城里有租车行吗？"

"没有。"

"还有别的车匠吗？"

马房伙计和车匠师傅都摇了摇头，异口同声地回答："没有。"

他感到喜出望外。

显然，这是上天的安排。损坏车轮，中途停车，这是天意。这种昭示，起初他还不明白，千方百计地想继续赶路，尽心尽力，一丝不苟地试了各种办法。不管季节寒冷，旅途劳顿，还是费用，他绝没有退缩，没有一点可以谴责自己的地方。如果说不能再往前赶路了，就不是他的事了，也怪不到他的头上了。这不再是他良心的问题，而是天意的问题了。

他松了一口气。自从沙威来访，他这是第一次能畅快地深深地呼吸了。他觉得二十个小时以来，握住他的心的那只铁手，终于松开了。

他感到现在，上帝保护他了，并表明了旨意。

他心中暗道，他尽了力，现在只能老老实实地原路返回去。

他同车匠的这场谈话，如果是在旅店的一间客房里进行，没人在场，也没人听到，那么，事情可能就到此为止，我们也就无从叙述下面要读到的任何事件了。然而，他们是在街上交谈的。街上谈话总不免引来人围观，有些人就想看热闹。就在他问车匠的工夫，来往行人有些停下脚步围上来。其中有个少年听了几分钟，就离开人群跑了，谁也没有注意。

我们这位行客在心里合计之后，决定原路返回。正在这时候，那少年回来了，还带来一个老太婆。

"先生，"老太婆说，"我孩子跟我说，您想租一辆马车?"

这样一句简单的话，出自由孩子领来的一位老妇人之口，立刻令他汗流浃背。他仿佛看见那只放开的手又在他背影里出现，随时准备再抓住他。

他答道：

"不错，大妈，我要租一辆车。"

他又连忙补充一句：

"不过，这地方租不到。"

"租得到。"老太婆说。

"哪儿有啊?"车匠接口问道。

"我家有。"老太婆答道。

他浑身一抖，追命的手又抓住他了。

老太婆家的棚子里，果然有一辆柳条车。到手的买卖要溜掉，车匠和客栈伙计老大不高兴，便从中搅和：

"这辆破车，太吓人了"——"这是直接安在轴上的"——"里边的坐凳还是用皮带吊着"——"里面漏进雨水"——"轮子受了潮，生锈腐蚀了"——"这车能走多远? 比那辆马车强不到哪儿去"——"地地道道的破烂货!"——"这位先生驾这玩意儿，可就麻烦了。"如此等等，不一而足。

这些话全对。然而，这破车，这破烂货，这玩意儿，不管成什么样子，毕竟还能凭着两个轮子滚动，还能滚到阿拉斯。

他付了人家要的租金，把轻便马车留给车匠修理，等回来再取，让人套上小白马，上了小车，重又上路，继续他从凌晨开始的行程。

等小车一摇晃启动，他内心便承认，刚才想到根本去不了那地方，他感到几分欣慰。他带着几分气愤来审查，觉得这种欣慰是荒唐的。返回去为什么欣慰呢? 归根结底，他这趟旅行是自由的，没人强迫。自不待言，什么事都是在他情愿之下发生的。

他要驶出埃斯丹的时候，忽听有人喊他："停下! 停下!"他猛然勒马停车，这种动作，还表露类似希望的一种躁急和惊悸的情绪。

原来是那老太婆的孩子。

"先生，"他说道，"是我给您弄到这辆车的。"

"怎么的！"

"您没有给我点什么。"

他平时谁都施舍，出手极容易，这回却觉得这种要求太过分，甚而讨厌了。

"哦，是你吗，小怪物？"他说道，"你什么也得不到！"

他挥鞭策马，飞驰而去。

在埃斯丹耽搁许久，他想把时间抢回来。小马倒很得力，拉车顶两匹马。但是正赶上二月天，下过雨，路很难走。而且，驾驶的已不是那辆轻便马车了。这辆车又笨又重，还有不少上坡。

从埃斯丹到圣波尔，走了将近四小时。四小时走了五法里。

驶进圣波尔，碰到头一家客栈便卸了套，让人把马牵到马棚里。他答应过斯科弗莱尔，也就守在马槽旁边，看着马吃料。他站在那里，想些模糊的伤心事。

客栈老板娘走进马棚。

"先生不想用餐吗？"

"哦，对了，"他答道，"现在我还真有胃口了。"

那女子肌肤鲜艳，满面春风，带他走进一间矮厅。厅里摆了几张餐桌，桌上铺了漆布。

"请快点儿，"他又说道，"我还要急着赶路。"

一名佛兰德胖女仆连忙摆上餐具，他颇为惬意地瞧着那姑娘。

"我不舒服，原来这么回事儿，"他心想，"我还没有吃早饭呢。"

食物端上来了。他立刻抓起面包，咬了一口，然后又缓缓地撂在桌上，再也不动了。

另一张桌上有个车夫在用餐，他就对那人说：

"他们这儿的面包为什么这样苦呢？"

那车夫是德国人，没有听懂。

他回到马棚，守在马旁边。

一小时过后，他离开圣波尔，向丹克驶去，从丹克到阿拉斯就只有五法里了。

他一路上干什么呢？想什么呢？还像清晨那样，看着树木、茅屋顶、翻耕的田地从两边退去，而每拐一个弯，景物就化为乌有了。这样观景，有时也足以引人驰心旁骛，几乎不想什么了。人生第一次，也是最后一次观看万物，还有什么比这感触至深、黯然销魂的呢！旅行，就是旋即生，旋即死。在他思想最朦胧的区域，也许他拿变幻不定的景物来比拟人生。人生万事万物，持续不断地从我们眼前消逝。晦暗和光亮相交替，忽而金光灿烂，忽而又天瞑地晦。人们观看，行色匆匆，伸手想抓住擦肩而过的东西。每个事件都是一处弯道。转瞬之间，人已衰老，蓦然感到周围一片黑暗，只辨出一扇幽暗的门；旅途上拉着你的那匹暗灰色生命之马，戛然停下，只见一个陌生的朦胧身影，在黑暗中给马卸套。

黄昏时分，放学的孩子看见这个行客驶入丹克。要知道，一年的这个季节，白昼还很短。他在丹克没有停留，车子正要驶出去，一名铺路石的工人抬起头，说了一句：

"这匹马可累得够呛。"

的确，可怜的牲口只能慢走了。

"您去阿拉斯吗？"那修路工又问道。

"对。"

"您照这样走法儿，早到不了。"

他勒住马，问那工人：

"这儿离阿拉斯还有多远？"

"差不多足足有七法里。"

"怎么会呢？驿站手册标明只有五法里多一点儿。"

"嗳！"那工人又说，"您还不知道前边在修路吧？从这儿走出去一刻钟，您就会发现路截断了，没法儿往前走了。"

"真的呀!"

"您要拐进左边去伽朗西的路,过了河,到康伯兰再往右首拐,那条路从圣埃卢瓦山直达阿拉斯。"

"天要黑了,我会迷路的。"

"您不是本地人吧?"

"不是。"

"不是本地人,一路又净是岔道……这样吧,先生,"修路工又说道,"您想听听我的主意吗?您这匹马累了,还是回丹克。有一家很好的客栈,到那里住一夜,明天再去阿拉斯。"

"今晚我必须赶到。"

"这就是另码事儿了。不过,您还得去那家客栈,加套一匹马。马房伙计还可以带路抄近道。"

他接受了修路工的建议,又退回去,半小时之后,他又经过那里,但是这回添了一匹好马,拉着车飞驰了。马房的一名伙计充当车夫,坐在车辕上。

然而,他觉得时间耽误过去。

天已经完全黑了。

他们拐上抄近的路。路糟糕极了,车子从一条辙沟掉进另一条辙沟。他对车夫说:

"还赶原先那么快,赏钱加倍。"

在一次颠簸中,车前横木折断。

"先生,"车夫说道,"横木断了,没法儿套我这匹马了。夜间这条路太难走了。您若是肯回丹克过夜,明天一早就能到阿拉斯。"

他回答:"你有绳子和刀吗?"

"有哇,先生。"

他砍了一段树枝,权当横木。

为此又耽误二十分钟,不过,马车又奔驰起来。

平野一片昏黑。夜雾低垂,断断续续的,匍匐在丘冈上,像炊烟似的浮起。云隙间还有淡白的光亮。强劲的海风吹来，扫荡天边各个角落，发出的响动就像搬动家具的声音。一切隐约可见的景物，都摆出骇人的姿势。在浩荡的夜风中，多少造物在瑟瑟发抖。

寒风刺骨。从昨夜起他就没有吃东西。他隐约想起在迪涅城外旷野夜行的情景，那已是八年前的事了，想来恍若昨日。

他听见远处的钟声，便问那伙计："几点啦？"

"七点，先生。八点钟就能到阿拉斯了，只剩下三法里了。"

直到这时，他才第一次考虑这种情况，心中暗暗奇怪早为什么没有想到。他这样千辛万苦，也许徒劳，他连开庭审案的时间都不知道，起码这事儿应当问清楚。就这样糊里糊涂往前走，不知有用没用，也实在太荒谬了。继而，他又在心里计算一下：法庭往往在早晨九点钟开始审案；审理这件案子无须多少时间；偷苹果的事儿，很快就能结案；剩下的问题，只有证明他的真实身份了；四五个人作证，律师也就没有什么好说的了；等他到场，恐怕完全结案了！

车夫快马加鞭。他们过了河，将圣埃卢瓦山抛在后面。

夜色越来越深沉了。

六、辛朴利思嬷嬷受考验

然而，就在这时候，芳汀却满心欢喜。

她折腾了一夜，咳嗽得厉害，发高烧，接连做梦。早晨，大夫来诊视，她还在说胡话。大夫神色有些惊慌，吩咐人等马德兰先生一回来就通知他。

整个上午，芳汀一直精神委顿，不爱说话。用手把被单掐成褶儿，嘴里咕哝着数字，仿佛在估计里程。深陷的眼睛直勾勾的，几乎黯淡无光，有时闪亮一下，犹如灿烂的星光。仿佛临近某种凄惨的时刻，上天之光就要充满大地之光所离弃的人的身心。

每次辛朴利思嬷嬷问她感觉如何，她总是照例回答："很好，我想见马德兰先生。"

几个月前，芳汀丧失最后的廉耻心，丧失最后的羞耻和最后的欢乐，那时，她还算自身的影子。可是现在，她成了自身的幽灵。生理疾病补充了精神病疾的效力。这个二十五岁的女子，额头已生满皱纹，面颊松弛，鼻孔挛缩，牙齿松动，面容呈铅灰色，颈骨嶙峋，锁骨突兀，四肢赢弱，肌肤呈土灰色，新长出来的金发也杂有花白发丝了。唉！病痛一下催人老啊！

中午，大夫又来了，他开了药方，询问市长先生是否来过医务室，接着连连摇头。

平时，马德兰先生总是三点钟来探视。由于守时也是一种仁慈，他总准时来到。

将近两点半，芳汀就急不可待了。在二十分钟之内，她问那位修女有十几次："嬷嬷，几点钟啦？"

三点的钟声敲响了。敲到第三下时，平时在床上翻身都困难的芳汀，却忽地坐起来，两只枯瘦蜡黄的手紧紧抱在一起。修女听见从她胸中发出一声长叹，就好像要掀起一种重负。接着，芳汀转过头，眼睛盯住房门。

没人进来，房门根本没有打开。

她眼睛盯着门，就这样呆了一刻钟，一动不动，就好像屏住了呼吸。嬷嬷不敢同她讲话。教堂钟声报了三点一刻。芳汀一仰身，重又倒在枕头上。

她一声不吭，又开始折被单。

半小时过去，随后一小时也过去了，谁也没来。每次敲钟，芳汀都坐起来，望望门口，继而又倒下。

她的心事明摆着，不过，她不提任何人的名字，既不怨天也不尤人，只是咳得很惨，就好像鬼魂附体了，脸色灰白，嘴唇发青，有时还微笑一下。

五点的钟声敲响了。嬷嬷听见她慢声细语说道："既然明天我要走了，今天他不该不来呀！"

马德兰先生迟迟不来，辛朴利思嬷嬷也深感诧异。

这时，芳汀望着床帏的天盖，那神态就像要回想什么事情。忽然她唱起歌来，声音微弱如气息。修女在一旁聆听。下面就是芳汀唱的歌：

我们要买些东西很好看，
在城外郊区散步又游玩。
蓝菊朵朵蓝，玫瑰朵朵红，
蓝菊朵朵蓝，我爱小心肝。

圣母玛利亚身穿绣花袍，
昨天她来到我的火炉旁，
对我说：那天你向我乞讨，
面纱里是你要的小儿郎。
赶紧跑进城，去买面纱巾，
再买针和线，还要买顶针。

我们要买些东西很好看，
在城外郊区散步又游玩。

仁慈的圣母，我在火炉旁，
安了装饰彩带的小摇篮。
我更爱你给我的小儿郎，
上帝拿最美的星也不换。
"夫人，用这块细布做什么？"
"给我新生的宝宝做衣衫。"

蓝菊朵朵蓝，玫瑰朵朵红，
蓝菊朵朵蓝，我爱小心肝。

"洗洗这布。""哪里洗？""到河边。"
"用布做漂亮裙子和衣裳，
我要绣花把衣裙全绣满，

这布千万别弄破别弄脏。"

"夫人，孩子没有了怎么办？"

"那就给我做一条裹尸单。"

我们要买些东西很好看，
在城外郊区散步又游玩。
蓝菊朵朵蓝，玫瑰朵朵红，
蓝菊朵朵蓝，我爱小心肝。

这是一首古老的摇篮曲，从前她唱着哄小珂赛特睡觉，可是离开孩子之后，就再也没有想过。如此柔和的曲调，她却以幽怨之声唱出来，真能催人泪下，连修女也不例外。这位嬷嬷见惯了肃穆的东西，也感到要流泪了。

钟敲了六点。芳汀仿佛没有听见，她似乎不再留意周围的事物了。

辛朴利思嬷嬷派一名侍女去工厂，问女门房：市长先生是否回来了，是否很快能来医务室一趟。几分钟之后，侍女回来了。

芳汀始终一动不动，仿佛在注意自己的心事。

侍女低声对辛朴利思讲，市长先生不到早晨六点钟就出门了，不顾这样的冷天，也没有车夫，独自一人赶着一辆白马拉的双轮车，不知朝哪个方向去了。有人说看见马车拐上去阿拉斯的大道，另一些人则说在去巴黎的路上肯定碰见过他。他走的时候像平常一样，非常和蔼，只对女门房说晚上不要等他了。

两个女人背对着芳汀的病床，嬷嬷问话，侍女回答，正这样悄悄说话。芳汀却爬起来，跪到床上，双手紧握，撑在长枕上，头探在帐子缝里倾听。她像死人一般枯瘦得吓人，动作却像健康人一样灵活，显出肌体某种病症所引起的焦灼不安。她突然喊道：

"你们在那儿谈马德兰先生呢！说话为什么这样小声？他做什么呢？为什么不来？"

她的声音突如其来，十分粗暴，两个女人以为听到男人叫喊，都惊慌地回过身来。

"回答呀！"芳汀喊道。

侍女结结巴巴地说：

"门房对我说，今天他回不来了。"

"我的孩子，"嬷嬷说，"安静点儿，还是躺下吧。"

芳汀没有改变姿势，她又提高声音，用一种又急切又凄惨的语调说：

"他回不来啦？为什么回不来？你们知道原因，刚才你们俩还小声交谈。我要知道。"

侍女急忙对着修女耳语："就说他在市政厅开会，走不开。"

辛朴利思嬷嬷的脸微微一红。侍女这是叫她说谎。但是从另一方面考虑，讲了实话，就会给病人一个严重打击，而芳汀病情严重，是经受不住的。脸红持续的时间很短。嬷嬷抬起平静而忧伤的目光，看看芳汀说："市长先生走了。"

芳汀又挺起身，坐到自己的脚跟上，两眼炯炯发光，痛苦的面容上绽开从来未有的喜悦。

"走啦！"她高声说，"他是去接珂赛特啦！"

接着，她双手举向天空，那张脸的表情难以描绘。她嘴唇翕动，在低声祈祷。

她祈祷完了，又说道：

"嬷嬷，我很愿意重新躺下，要我怎样我就怎样。刚才我太凶了，那样喊叫，请您原谅。那样喊叫非常不好，我完全明白。喏，我的善良的嬷嬷，看到了吧，我非常高兴。仁慈的上帝确实仁慈，马德兰先生也是仁慈的，想一想吧，他去蒙菲郿，是去接我的小珂赛特了。"

她重又躺下，帮着修女摆好枕头，吻了吻辛朴利思嬷嬷给她挂在脖子上的小银十字架。

芳汀汗湿的双手抓住嬷嬷的手。嬷嬷感到这种汗湿，心中很难过。

"今天早晨，他动身去巴黎了。其实，也用不着经过巴黎。蒙菲郿，就在来的路上偏左一点儿。昨天我跟他提起珂赛特，您还记得他是怎么说的吧？他说：快了，快了。他是想给我一个惊喜。您知道吧？他让我签了一封信，好去德纳第家把孩子接回来。他们没有什么可说的，不是吗？他们得交出珂赛特。他们的账全清了。清了账还扣留孩子，政府是不允许的。嬷嬷，不要打手势表示我不该说话。我高兴极了，感觉也非常好，一点儿也不疼了。我又能见到珂赛特了，我甚至觉得饿极了。快有五年没见面了。您想象不出来，孩子是多么叫人牵肠挂肚！而且，您会看到，她可爱极啦！您哪儿知道，她那粉红的小手指特别好看。一岁时，她那小手很可笑。就是这样……现在，她该长大了。有七岁了。长成大小姐了。我叫她珂赛特，其实她的名字叫欧福拉吉。对了，今天早晨，我望着壁炉上的灰尘，就忽然产生一个念头：很快就能见到珂赛特了。上帝啊！真不该一连几年不见孩子！是应当好好想一想，人不是永远不死的！唔！市长先生走真好！天儿很冷了，对不对？他至少披上斗篷了吧？明天他就能回到这儿，对吧？明天就是大喜日子。嬷嬷，明天早晨提醒我，好戴上我这花边小帽子。蒙菲郿，那是个好地方。当年，我是步行走过那条大道。对我来说路很远。不过，驿车跑得飞快！明天，他就会把珂赛特带到这儿。这儿离蒙菲郿有多远？"

嬷嬷对距离毫无概念，答道：

"哦！我认为他明天就能回到这儿。"

"明天！明天！"芳汀说，"明天我能看见珂赛特啦！您瞧见了，仁慈上帝的仁慈嬷嬷，我没有病。我乐疯了。别人若是愿意，我还可以跳舞呢！"

谁在一刻钟之前见过她，一定会莫名其妙。现在她脸色红润，说话的声音又自然，又有生气，整个人儿都化成微笑。她自言自语，有时就笑起来。母亲的快乐，就跟孩子的快乐差不多。

"好了。"修女又说，"现在您这么快乐，就该听我的话，别再讲了。"

芳汀把头放到枕头上，轻声说："对，躺下睡吧，要听话，既然孩子就要回到你身边了。辛朴利思嬷嬷说得对。这里的人说得都对。"

于是，她不动了，连头也不转动，只是睁大了双眼，四处张望，一副快活的样子，但不再说话了。

嬷嬷放下床帷，希望她睡一会儿。

七八点钟之间，大夫来了。病房静悄悄的，他以为芳汀睡着了，就蹑手蹑脚地走进来，踮着脚尖凑到床边，微微掀开床帷，借着微弱的灯光，他看见芳汀那双平静的大眼睛正注视他。

她对大夫说："先生，你们让她睡我旁边的小床上，对吧？"

大夫以为她在说胡话。她又说："您自己瞧瞧，这儿空地儿正好放下。"

大夫把辛朴利思嬷嬷拉到一边，嬷嬷便把事情向他解释了。马德兰先生外出一两天，病人以为市长先生去了蒙菲郿，我们没有把事情说破，况且她有可能猜对了。大夫也深以为然。

大夫走到床边，芳汀又说道：

"喏，要知道，早晨，等她醒来，我就会向这可怜的小猫问好。夜晚，我不睡，可以听她睡觉的声音。她那极为柔和的呼吸，让我听着会有多舒服。"

"请您把手伸给我。"大夫说。

她伸出胳臂，笑着高声说：

"哦！对了！真的，您还不知道！其实，我的病治好了。珂赛特明天到。"

大夫十分惊讶。病情的确见好，胸闷减轻了，脉搏也变强了。一种突如其来的生机，使这个垂危的可怜人又有了活力。

"大夫先生，"她又说，"市长先生去接小宝宝了。这位嬷嬷告诉您了吧？"

大夫嘱咐要安静，避免任何刺激。他还开了药方：服金鸡纳树皮纯汁，夜里如果体温再升高，就服镇静剂。临走时，他对嬷嬷说："见好。托天之福，明天市长先生若是真的带孩子回来，谁知道呢？有些病特别出人意料，我们见过病例：大喜的事儿会突然扼制疾病。我很清楚，她是肌体上患病，而且病情极重，但是这方面就是神秘莫测！也许我们能救活她。"

七、到达即备回程的行客

我们撂在半路未叙的那辆马车，将近晚上八点钟，驶进阿拉斯驿站客栈的大门。我们一直注目的那个人下了车，漫不经心地回答客栈伙计的殷勤问候，打发走那匹后添的马，亲自将小白马牵到马棚。然后，他推开楼下弹子房的门，走进去坐下，双肘支在桌子上。他本想用六小时走完这段路程，结果竟用了十四小时。他扪心自问并无过错，然而，毕竟他也没有因此而恼火。

老板娘进来。

"先生过夜吗？先生用晚餐吗？"

他摇摇头。

"马房的伙计说，先生的马非常疲劳！"

这时他才打破缄默。

"那匹马明天早晨走不行吗？"

"嗳，先生！它起码得歇两天。"

他又问道：

"这里不是邮政局吗？"

"是这里，先生。"

老板娘带他到邮局。他掏出身份证，询问当天夜晚能否乘邮车回海滨蒙特伊。邮差身旁的座位恰好空着，他便付钱订了下来。

"先生，"邮局职员说，"不要误了，半夜一点钟准时从这里出发。"

事情安排好之后，他出了客栈，到街上走走。

他不熟悉阿拉斯城，街道又昏暗，只好信步走去。而且，他似乎打定主意不向行人问路，过了小克兰松河，闯入纵横交错的窄巷中，如同陷入迷宫一样迷失方向。恰巧一位绅士提着灯笼走过来。他颇犯踌躇，终于决定上前打听，但首先还是前顾后盼，就好像怕人听见他要问什么事儿似的。

"先生，"他说道，"请问，去法院怎么走？"

"您不是本城人吧，先生？"那位年长的绅士答道，"那就随我走吧。我正巧往法院那边去，也就是说往省政厅那边去。要知道，现在法院正在修缮，暂时改在省政厅审案。"

"刑事案件也在那边审理吗？"他又问道。

"当然了，先生。要知道，如今的省政厅，革命前原是主教府。1782年，德·孔吉埃先生任主教，他在那里建造一个大厅。就是在那个大厅里审案。"

绅士边走边对他说：

"先生若是想看审理案子，时间恐怕晚了点儿。平时，六点钟就休庭了。"

说着话，他们走到大广场，绅士指给他看一座黑黝黝的大楼，只见正面有四扇长窗还透出灯光。

"真的，先生，您有运气，正好赶上。您瞧见那四扇窗户了吗？那就是刑事法庭。里边有灯光，看来案子还没有审完，一定是拖延时间，晚上继续开庭。您对那案子感兴趣吗？那是一桩刑事案件吗？您要出庭作证吗？"

他答道：

"我来这儿不是为了什么案子，只想跟一名律师谈谈。"

"这就不同了。"绅士说，"喏，先生，那就是正门。站岗的在哪儿呢？您登上大楼梯就是了。"

他按照那位绅士的指点，几分钟之后就来到大厅，只见里面有许多人，还聚了几堆，并夹杂着穿长袍的律师，都在小声交谈。

穿黑袍的人，三五成群地聚在法庭门口，这样窃窃私语，见了总让人心惊胆战。这种人说的话，极少含有善意和恻隐之心，多半是事先做出的判决。这一堆堆的人，在从旁经过并遐想的人看来，就好像幽暗的蜂窝，而嗡嗡喧扰的各种精灵，在里面共同营造各式各样险恶的建筑物。

这个宽阔的大厅只点着一盏灯，从前是主教府的前厅，现在充当法院的休息厅。一道两扇的门关着，隔开设为刑事法庭的大厅。

休息厅十分昏暗，他无须担心，碰到一位律师便问道：

"先生，案子审到什么程度了？"

"审完了。"那律师答道。

"审完啦!"

他重复这句话时声调异常,以致那律师转过身来,问道:

"对不起,先生,您也许是被告的亲戚吧?"

"不是。这里我谁也不认识。判刑了吗?"

"当然。不可能不判刑。"

"判了苦役?……"

"终身苦役。"

他又问道,但声音微弱得几乎听不见:

"验明正身了吗?"

"什么正身?"律师答道,"无须验明正身。案子很简单。那女人害死了自己的孩子。杀害婴儿罪得到证实,陪审团排除了蓄意犯罪,于是判了她无期徒刑。"

"那么是个女人啦?"他问道。

"当然啦。是李墨杉家的姑娘。您跟我谈的是哪件案子?"

"随便问问。案子既然审完了,大厅里怎么还亮着灯?"

"那是另一件案子,开庭审理快有两个小时了。"

"另一件什么案子?"

"哦!这件案子也一目了然。被告是个无赖,是个累犯,是个苦役犯,又作案偷窃了。名字我记不大清了。看那长相,就像个盗匪。单看那副长相,我就要把他送进苦役场。"

"先生,"他又问道,"怎么能进入审判大厅呢?"

"我想实在进不去了,里边人太多。不过,现在休庭,有人走了,等再开庭的时候,您不妨试试。"

"从哪儿进去?"

"走这扇大门。"

律师离开了。他站在原地,一时千头万绪,几乎一齐涌上心头。这个不相干的人所说的话,像一根根冰针,像一条条火舌,轮番钻透了他的心。

他见案子根本没有审理完，便松了一口气，但他也说不清自己的感受，是满意还是痛苦。

他凑近几堆人，听他们说些什么。这一轮要审理的案件特别多，庭长指示这一天安排两件简短的案子。先审理杀害婴儿案，现在正审这个苦役犯，这个累犯、"回头马"。这个人偷了苹果，不过似乎没有足够的证据，但证实了他从前在土伦苦役场服过刑。这样，他的案情就严重了。对他的审问和证人作证倒是结束了，但是律师还要辩护，检察官还要提起公诉，恐怕午夜之前完不了。看来这人要判刑。检察官很出色，他控告的人无一"幸免"，他还颇具才情，有时写写诗。

一名执达吏守在进入法庭的门旁。他问执达吏：

"先生，快开门了吧？"

"门不会打开了。"执达吏说道。

"什么？重新开庭，门也不开吗？现在不是休庭吗？"

"刚刚重新开庭，"执达吏答道，"但是门不会再开了。"

"为什么？"

"因为大厅里坐满了。"

"什么？一个座位也没有啦？"

"一个座位也没有了。门关上了，谁也不让进去了。"

执达吏沉吟一下，又补充说："庭长身后倒有两三个座位，但他只允许官员坐。"

执达吏说罢，就转过身去。

他低着头往外走，穿过前厅，缓步走下楼梯，仿佛每下一级都迟疑似的。他很可能在内心里合计吧。从昨天起在他内心展开的激烈斗争并未结束，他无时不经历曲折。他走到楼梯转角便停下，背靠栏杆又着双臂站着。忽然，他解开礼服，掏出皮夹，抽出一支铅笔，撕下一张纸，借着反射的光亮匆匆写下这样一行字："海滨蒙特伊市长马德兰先生"。然后，他又大步登上楼梯，分开人群，径直朝执达吏走去，把纸条交给他，以不容置疑的口气说："这条子送给庭长先生。"

执达吏接过纸条，看了一眼，就照办了。

八、优待入座

海滨蒙特伊市长声望如此卓著，连他本人都没有料到。七年来，他的盛名传遍了下布洛内整个地区，后来又越过这小小地区的界线，传至相邻的两三个省。他创建墨玉制造工业，为繁荣首府做出了重大贡献。除此而外，海滨蒙特伊地区一百八十一乡，无不得到他的恩惠。而且在必要时，他还资助其他城市发展工业。例如，他通过信贷和基金的方式，及时支持了布洛涅的罗纱丁、弗雷旺的机械纺麻纱厂，以及康什河畔布贝的水力织布厂。无论什么地方，一提到马德兰先生这个名字，大家都肃然起敬。阿拉斯和杜埃两城，都羡慕幸运小城海滨蒙特伊有这样的市长。

阿拉斯刑事法庭的这位审判庭长，是杜埃的御前咨议，他同所有人一样，也知道深深受到普遍崇敬的这个名字。执达吏轻轻打开会议厅通往法庭的门，走到庭长的扶手椅后面，躬身呈上我们刚才看到了写了那行字的纸条，他还补充一句："这位先生希望旁听。"庭长一见立刻肃然动容，急忙抓起笔，在纸条下端写了几个字，又交给执达吏，对他说道："请他进来。"

我们叙述他身世的这个不幸的人，直到执达吏回来，还站在原地，保持原来的姿势。他在胡思乱想中听见一个人对他说："先生肯赏光随我走吗？"同一个执达吏，刚才转过身去不理睬他，现在却向他一躬到地了，同时把纸条递给他。当时正巧离灯不远，他打开纸条读道：

"刑事庭长谨向马德兰先生致敬。"

他双手握着纸条，就仿佛这些字给他留下一种奇特的苦味。

几分钟之后，他独自立在一间会议室里，只见四周镶着护壁板，气象森严，一张绿台布的桌子上点着两支蜡烛。他耳边还回响着执达吏刚才走时说的话："先生，您来到会议室，只需扭动门上这个铜把手，您就会进入法庭，到了庭长先生的扶手椅后面。"这些话，同他刚才走过的狭窄走廊和黑暗楼梯的模糊记忆，在他的头脑里搅在一起了。

执达吏留下他一个人。最后时刻到了。他试图收拢心思，但是徒劳。思想的一条条线索，就在人最需要将其系在生活惨痛的现实上时，却偏偏在头脑里全部中断。他恰恰来到法官辩论并判罪的地方。他平静而又痴呆呆观看这个宁静而可怕的厅室。多少生命在此断送，等一会儿，他的名字要在这里回响，而此刻，他的命运正通过这里。他瞧瞧四壁，又瞧瞧自己，心中暗暗称奇，竟然是这间大厅室，竟然是他自己。

他超过二十四小时没吃东西了，乘车颠簸更疲惫不堪，然而他并不觉得，他似乎对什么都没有感觉了。

他走近墙上挂的一个黑镜框，只见玻璃里面压着一封旧信，是巴黎市长兼部长若望·尼古拉·巴什的亲笔，日期为2年[1]6月9日，一定是写错了，信中向这一镇通告了在家被捕的大臣和议员名单。此刻谁若是能看见并观察他，准会以为他对这封信很感兴趣，因为他眼睛盯在上面，一连念了两三遍。但他并未留意，没有觉得是在念信，心中只想着芳汀和珂赛特。

他一边遐想，一边转过身子，目光碰到通往法庭的这扇门的铜把手。他几乎忘记了这扇门，平静的目光落到门上，注视铜把手，接着变得愕然而凝注，渐渐恐慌起来。豆大的汗珠从发间冒出来，流到鬓角。

有一阵，他打个手势，这动作难以形容，有几分专横和抗争，但分明在表示："见鬼！还有谁逼我不成？"他猛地转过身，看见前面就是他刚才进来的那扇门，随即走过去，打开门跨出去了。他离开那间屋，到了外面，来到走廊。这是一条狭窄的长廊，中间有高低不等的台阶，有些小窗口；还拐来拐去，稀疏地安了几盏照明灯，类似病房里的守夜小油灯。这是他进来时经过的走廊。他长出一口气，侧耳细听，背后毫无动静，前面也毫无动静；他开始逃跑，就好像有人追赶似的。

他在长廊里跑了好几个拐弯，又听听周围，还是同样寂静，同样昏暗。他气喘吁吁，脚步踉踉跄跄，只好扶住墙。石墙冰凉，他额头上的汗也冰凉，他打了个寒战，又直起身子。

1　法国革命时期日历，共和二年即1794年。

他就这样独自站在黑暗中，浑身发抖，是因为冷，也许还有别的缘故。他又冥思苦索。

但冥思苦索了一整夜，冥思苦索了一整天，只能听见他内心里一个声音：唉！

一刻钟就这样过去了。最后，他低下头，惶恐不安地叹息一声，双臂垂下，又往回走了。他脚步迟缓，仿佛精疲力竭，就好像他在潜逃中被人追上，又被拖回去。

他又回到会议室，看到的第一件东西便是门把手。这个门把手是铜的，又圆又光滑，在他看来，像一颗可怕的星一样闪闪发亮。他望着门把手，好似羔羊望着老虎的眼睛。

他的目光难以移开。

他不时挪一步，凑近这扇门。

他若是倾听，就会听见隔壁大厅有声音，好似低声耳语的嗡嗡声。不过他没有听，也就听不见。

突然，他到了门口，连他自己也不清楚是如何走近的。他神经质地抓住门把手，将门打开。

他进入审判庭。

九、罪证拼凑所

他向前跨一步，下意识地反手带上门，站住观察眼前的场面。

这是一个相当宽敞的圆厅，灯光昏暗，时而满堂喧哗，时而鸦雀无声；审理一桩刑事罪案的整套机器，正以庸俗而阴森的郑重姿态，在人群中间运转。

在他置身的大厅这一端，一些身穿旧袍的陪审官，心不在焉，正啃着手指甲或者合上眼皮。另一端则是衣衫褴褛的听众、姿势各异的律师、相貌老实而凶狠的士兵。再看厅壁的护板脏兮兮的，天棚也脏兮兮的；桌子上铺的绿色哔叽台布已经发黄了；几扇门被手摸得污暗；壁板的钉子上，挂着几盏小咖啡馆常用的油罐灯，光冒烟而不亮；桌上还有几支燃着蜡烛的铜烛台。总之，厅里又昏暗，又丑陋，又凄惨，然而整个场面却具有威严的气象，只因在其中感到称为法律的人的威力，以及称为正义的神的威力。

大厅里的人谁也没有注意他，目光全射向唯一的点上，那就是在庭长左首，沿墙靠一扇小门的一张白木条凳，由几支蜡烛照亮，上面坐着一个人，左右各有一名法警。

凳上坐的就是那人了。

他没有寻找，却见到了。他的视线自然而然移过去，好像事先就知道那人在哪儿。

他仿佛看到自己，不过见老了，但不是说相貌酷似，而是说神态外表一模一样。头发乱蓬蓬地竖起，一对眸子粗野而惶惑，身穿外套，正像他进迪涅城那天的模样，怨恨冲天，而十九年间在牢狱石地上收集的泄愤的恶念，全部珍藏在心里。

他打了个寒战，心中暗道：

"天主啊！难道我要恢复老样子吗？"

那人看上去少说六十岁，有一种说不出的粗鲁、愚钝和惶遽的神色。

大家听到门的响声，便给他闪开位置。庭长回头望去，明白进来的人物就是海滨蒙特伊市长，便向他点头致意。检察官因公务几次到过海滨蒙特伊城，早已认识马德兰先生，现在见他到来，也同样向他致敬。而他却没大留意，只是呆望着，眼前呈现一种幻觉。

这些审判官、书记、法警，这群幸灾乐祸来看热闹的人，这场面，他见过一次，二十七年前见过。这些害人精，如今又看到了，就在眼前，在眼前晃动。他们确实存在，不再是他回忆出来的景象，也不是他脑海中的幻影，而是真正的法警、真正的审判官、真正的听众，都是有血有肉的人。大势已去，他从前经历的骇人听闻的场面，现在又在他周围出现，活生生的，因其现实存在而尤为可怖。

这一切在他眼前张牙舞爪。

他吓得魂不附体，闭上眼睛，在心灵深处叫喊：

"决不!"

他的另一个自我就在那里，这真是命运的一场恶作剧，他的思想一片混乱，几乎要发疯了！受审的那个人，大家都叫他冉阿让。

全部齐备。同样的排场，夜晚的同一时间，审判官、法警和听众，也几乎是同样的面孔。只不过，庭长脑袋上方有个耶稣受难像，这是他受审那年代的法庭所没有的东西。审判他的时候，上帝缺席了。

他见背后有一张椅子，便颓然坐下，唯恐别人看见。他坐下之后，脸正好躲在审判官公案的一堆案卷后面，全厅的人都看不见他了。现在，他可以躲在暗处看别人了。他逐渐镇定下来，也完全恢复了现实感，达到心情平静而能够倾听的程度。

巴马塔林先生是陪审团成员。

他用目光寻找沙威，但是没有看见。证人席被书记员的桌子遮住了。而且，前面也说过，厅里的灯光很暗。

他进门的时候，被告的律师刚宣读完辩词。大家的注意力达到顶点，案子已经审了三个小时。在这三小时里，大家注视一个人，一个陌生人，一个极其愚蠢，或极其狡猾的无赖，看着他被似是而非的可怕罪状渐渐压弯。我们已经知道，这人是个流浪汉，他拿着一根有熟苹果的树枝，在田野里被人发现，那是从附近皮红园中的苹果树上折下的。这人究竟是干什么的？已经调查过，刚才又听了几个人的证词，众口一词，通过辩论也更加清楚了。起诉状指出："我们抓住的这个人，不仅仅是偷果实的贼，偷农作物的贼，而且还是个匪徒，是一个潜逃的累犯，一个从前的苦役犯，是危险的暴徒，一个缉拿已久名叫冉阿让的坏蛋。八年前，他从土伦苦役场监狱放出来，在大路上又手持凶器，抢劫了一个叫小杰尔卫的通烟囱的孩子，触犯刑律第三百八十三条，一俟证实该犯身份，则另外追究抢劫罪。最近，他又犯了偷窃罪。这是罪上加罪。先判处他的新案，再算他的老账。"被告面对这种指控，面对证人异口同声的肯定，主要显得莫名其妙。他又摇头又摆手，一味否认，再不就两眼望着天棚。他说话吞吞吐吐，回答问话也迟迟疑疑，不过他整个人儿，从头到脚都在否认。他像个傻瓜一样，面对在他周围列成阵势的所有这些聪明人，又像个外来人，陷入这圈人的围攻。然而，这确系他的最可怕的未来，指控越来越真实起来，这种充满诬陷的判词步步向他进逼。大家见此情景，比他本人还要不安。一旦证实他确实是冉阿让，接着就判他对小杰尔卫的抢劫罪，那就不只是终身苦役，还有可能处死。他究竟是什么人？他这样冥顽不化究竟是怎么回事？是愚蠢还是狡猾呢？他完全明白，还是根本不懂呢？对这些问题，众说不一，陪审团似乎也有分歧。这件案子既骇人听闻，又令人称奇。案情不但模糊不清，而且幽渺难测。

律师辩护得相当出色，他使用的外省语言，早已形成讼师的雄辩，从前不但巴黎的律师，而且罗莫朗丹或蒙布里宗的律师无不采用，如今已成为古典，除了在法庭上就不大讲了，因其音调洪亮、语势庄严，适于讼师如簧的巧舌。讲这种语言，夫妻称为"配偶"，巴黎称为"文明和艺术中心"，国王称为"君主"，主教大人称为"高级神职人员"，检察官称为"复仇的才辩无双的代言人"，律师的辩护词称为"刚刚聆听的高论"，路易十四世纪称为"大世纪"，剧院称为"墨尔波墨涅[1]圣殿"，当政的王族称为"列王的高贵血统"，音乐会称为"音乐大典"，一省的统领将军称为"威名远震的武士某某"，神学院的学生称为"幼嫩的长礼服"，推给报纸的谬误称为"在刊物栏中散布毒素的欺诈行为"，等等。律师首先解释偷苹果事件——说得文雅些是棘手问题。不过，贝尼涅·博须埃[2]本人在悼词中，还不得不提到一只母鸡，发表一通宏论，并能自圆其说。律师断言，偷苹果的行为，并没有被证明是事实。他以辩护人的身份，坚持称他的委托人为尚马秋，并说谁也没有看见尚马秋逾墙或折断果枝。他拿着这根树枝（这位律师更愿意称作"枝丫"），让人抓住了；其实他是看见丢在地上，才拾起来的。反证又在哪里呢……显然有个贼，他爬过墙，偷折了这根果枝，后来慌神儿就丢弃在地上。然而，何以证明那贼就是尚马秋呢？只有一点凭证，就是

---

1 墨尔波墨涅：希腊神话中的缪斯之一，主管悲剧。

2 贝尼涅·博须埃（1627—1704）：法国大主教，他在安娜·德·贡查格的悼词中称"一只变为母亲的母鸡"。典出自《马太福音》，耶稣以母亲用翼护雏鸟自喻，要集拢耶路撒冷的民众。

他当过苦役犯。律师也不否认这种身份不幸得以证实，被告在法夫罗勒住过，当过树枝修剪工，"尚马秋"这个名字也可能从"让马秋"转化而来，这一切都是事实。而且，四名证人都毫不迟疑，一眼就认出尚马秋是苦役犯冉阿让。对于这些指控，对于这些证词，律师只能拿他的委托人的否认、当事人的否认来反驳；就算他是苦役犯冉阿让，这就能证明他是偷苹果的贼吗？充其量这也是一种推测，毫无证据。不错，被告确实采用了"一种拙劣的辩护方式"，而他的辩护人"本着诚意"，也应当承认这一点。被告执意否认一切，否认偷窃和他的苦役犯身份。他若是承认第二点，肯定要好多了，很可能赢得各位陪审官的宽宥。律师也曾劝他这样做，但是被告执意不肯，显然以为什么也不承认就能保全自己。这是错误的。然而，从中不应当看出他的智力有缺陷？这人显然有点痴呆。在监狱中长期受罪，出狱后又长期受穷，他已经变得迟钝了，如此等等，不一而足。被告申辩得很糟，难道这就成其为理由判他罪吗？至于小杰尔卫事件，律师无须争论，这与本案毫无关系。最后，律师恳请陪审团和法庭，如果他们认为被告显然就是冉阿让，那也按擅离监视地点论处，不要按苦役犯累犯罪严惩。

检察官反驳律师，他像所有检察官通常表现的那样，言辞激烈，妙语连珠。

他祝贺辩方律师的"忠诚"，并巧妙地利用这种忠诚。他从律师让步的几个方面直取被告。律师似乎同意被告就是冉阿让。他记下了这一点。那么，此人确是冉阿让了。这一点在控词中已经确认，就毋庸置疑了。检察官再从这一点出发，以指桑骂槐的巧妙手法，追溯罪恶的根源和起因，抨击浪漫派的不道德，把尚马秋，更确切地说，把冉阿让的犯罪行为，归咎于这种邪恶文学的影响，说得煞有介事。须知当时浪漫派刚刚兴起，就被《金焰》和《天天报》两家报纸的评论家斥为"撒旦派"。他谈得淋漓尽致，这才转到冉阿让本人身上。冉阿让是个什么东西呢？于是又描绘一番，说冉阿让是个狗彘不食的怪物，等等。这种描绘的范例取自德拉门[1]的语录，虽然对

1　德拉门（公元前450—公元前404）：古希腊雅典政治家。

悲剧创作毫无补益，但是天天向法庭大量提供舌战的炮弹。听众和陪审团都为之"战栗"。检察官描述完了，又巧鼓舌簧，以期博得次日《省府公报》的高度赞扬："就是这样一个人……流浪汉、乞丐，贫无立锥之地……一贯为非作歹，罚做苦役也不知悔改，抢劫小杰尔卫的罪行就是明证……就是这样一个人，公然行窃，在大道上被人当场抓获，只离他偷逾的围墙几步远，手中还拿着偷窃之物，人赃俱在，还矢口否认。行窃、爬墙，全部抵赖，连自己的名字都抵赖，甚至连身份都抵赖！且不说有那么多证据，就是四名证人，沙威，正直的警探沙威，以及三个犯了罪的伙计，苦役犯勃列维、舍尼帝和克什帕伊，全都认出他来。众口一词，铁证如山，他怎么能抵赖得了呢？他还矢口否认。多么冥顽不化！诸位陪审员先生，请你们主持正义……"检察官演讲的过程中，被告张开大嘴听着，惊奇的神态中掺杂着几分赞赏。显然他十分惊诧，一个人竟然如此能言善辩。就在指控最有力的时候，检察官口若悬河，无法遏制，刻薄的话如急风暴雨，将被告团团围住。可是被告却不时摇摇头，缓缓地从右到左，再从左到右，而且从一开始辩论，他就只以这种默然的忧伤动作来抗议。离他最近的听众，有两三回听见他咕哝："没有问问巴卢先生，就只能这样胡说八道！"检察官提请陪审团注意，这种装疯卖傻的态度，显然是处心积虑的，非但不能表明他愚蠢，反而表明他机灵、狡猾、惯于欺骗法庭，并将这人的"劣根性"暴露无遗。最后，他保留在小杰尔卫案件上的指控，并要求严厉惩处。

大家还记得，这就意味暂时判处终身苦役。

被告律师站起来，首先祝贺"检察官先生"的"高论"，接着又极力反驳，但已绵软无力，显然他立足不稳了。

十、否认的方式

到了该结束辩论的时刻。庭长让被告起立，向他提出例常的问题："您为自己辩护还有话要补充吗？"

这个人站起来，双手揉搓着破烂不堪的帽子，仿佛没有听见。

庭长重复问一遍。

这人总算听见了，似乎听懂了，如梦初醒一般动了动，抬眼环视周围，瞥见听众、法警、他的律师、陪审团、司法官员，把他那巨大的拳头往坐凳前的木栏杆上一撂，又环视一遍，目光突然盯住检察官，开口讲话了，就好像决堤一样。那些话毫不连贯，猛烈躁急，杂乱无章又相互撞击，拥挤着要同时从嘴里冲出来。他说：

"我有话要说。从前在巴黎我当过大车匠，就是给巴卢先生干活儿。这行当很苦。当车匠，成年累月要在外面干活儿，在院子里，在像样的东家那里还算有个棚子，但是从来没有在安了门窗的车间里干过活儿，因为这活儿占地方，明白吧？冬天冷极了，就拍打自己的胳膊取暖。可是东家不愿意，说这样耽误工夫。铺石地上冻了冰，用手摆弄铁器，真够人受的。一个人很快就给折腾完了。干这行当，年龄不大人就老了。到四十岁，就算活到头了。我呢，有五十三岁了，受了不少罪。还有，那些工匠，都特别尖酸刻薄！年龄稍微大一点儿，就叫人家老傻瓜、老畜生！工钱也减了，每天我只能挣三十苏了，东家拿我年龄当借口，尽量少给我钱。此外，我还有个女儿，在河边给人洗衣裳，也能挣点儿钱。我们父女二人，日子还过得去。她也够受罪的。半截身子整天泡在洗衣桶里，不管下雨、下雪，也不管割脸的寒风，上冻也一样，还得洗，有些人没有多少衣裳，等着换洗，你不洗，活儿就丢了。洗衣板也全是缝儿，到处往下漏水，弄你一身，裙子和衬裙全湿了，还往里边浸。她也在红娃娃洗衣场干过，那里使用自来水，不用站在洗衣桶里，对着水龙头洗就行了，在身后的水池里漂净。那是在房子里干活，身上就不那么冷了。不过，那里面水蒸气太厉害了，能熏坏你眼睛。她晚上七点钟回来，赶紧上床睡觉，实在太累了。她丈夫常打她。她已经死了。我们没有过上快活的日子。她是个本分的姑娘，不去跳舞，总是安静地待着。记得有一次狂欢节，晚上八点钟她就睡觉了。就这样。我讲的句句都是老实话。打听一下就知道了。唔，是啊，打听打听！我真笨！巴黎，那是个无底洞。谁认识尚马秋老头儿呢？可是，我把巴卢先生告诉你们了。去巴卢先生家里瞧瞧。说完这些，

258

我不知道还要我干什么。"

这人住了口,但仍旧站着。他讲这些事,声音又高又急,恶狠狠的,天真的口气带几分火气和粗野。中间他停下一次,跟听众席上一个人打招呼。他说明的情况,好像随意抛出来的,如同打出的一声声嗝逆,还伴随樵夫劈柴那样的动作。他讲完了,听众哄堂大笑。他注视大家,看见大家笑了,不禁莫名其妙,自己也跟着笑起来。

这情景实在凄惨。

庭长态度和蔼,又注意听人讲话,现在他高声发言。

他提请"各位陪审员先生"注意,"巴卢先生,被告声称从前雇他干活的那个车匠,在法庭上援引无效。那人破产了,现在下落不明"。接着,他转向被告,要他注意下面说的话,并且补充说:"您现在这种处境,必须认真考虑。推定您有重大嫌疑,可能会带来严重后果。被告,为了您自身的利益,我最后一次督促您,要明确解释这两件事实:第一,您有没有越过皮红园的围墙,有没有折断树枝并偷窃苹果,也就是说,有没有犯越墙盗窃罪呢?第二,您是不是那个释放的苦役犯冉阿让?"

被告摆出一副应付裕如的样子,摇了摇头,就好像他完全明白,要怎么回答也胸有成竹似的。他张开口,转向庭长,说道:

"首先……"

他随即看了看帽子,又望了望天棚,戛然住口了。

"被告,"检察官声色俱厉地说,"您要注意。您总是答非所问。您这样语无伦次,就等于不打自招。您明明不叫尚马秋,而是苦役犯冉阿让,隐姓埋名,先用母姓改为让马秋,去了奥弗涅,又改为尚马秋。其实您生在法夫罗勒,在那里当树枝剪修工。您明明跳墙进入皮红园,偷了熟苹果。陪审员先生们会做出判断的。"

被告本已坐下,等检察官讲完,他忽地站起来,高喊道:

"您这人,太坏啦!这就是我刚才要说的意思,当时没有想到合适的词儿。我什么也没有偷。我不是天天能吃上饭的人。那天我从埃利来,经过一个地方,刚下过大雨,田地一片黄泥浆,沼泽都漫出水来,路边的沙子里只钻出小草茎。我看见地上有一根树枝，上边有苹果，就拾起来，没承想惹起这么大麻烦。我已经坐过三个月的牢，现在又让人押来押去。除了这些，我没法儿说什么。别人指控我，对我说：'回答吧！'这位警察挺和气，小声对我说：'回答吧。'我不知道怎么解释好。我是个穷人，没有念过书。你们瞪着眼睛看不见，真不应该。我没有偷，东西本来在地上，是我拾起来的。你们说什么冉阿让、让马秋！那些人我不认识，他们都是乡下人。我是在济贫院大街给巴卢先生干活。我叫尚马秋。说得出我生在什么地方，就算你们有本事，连我自己都不知道。不是人人来到世上就有房子住。有房子住就太舒服了。我想我父亲和母亲是四处流浪的人。再说，我也不知道。我小时候，别人叫我小家伙，现在，别人叫我老家伙。这些就是我洗礼的名字。随便你们叫哪个。我到过奥弗涅，我到过法夫罗勒，见鬼！那又怎么样？难道没有在苦役场关押过，就不能去过奥弗涅，就不能去过法夫罗勒吗？告诉你们，我没有偷东西，我是尚马秋老头儿。我在巴卢先生那里干过活儿，就住在他家里。你们这样胡说八道，真让我烦透啦！你们这帮人，干吗缠住我不放呢？"

检察官仍站在那里，他向庭长说：

"庭长先生，被告语无伦次，但十分狡猾，无非要装疯卖傻，极力抵赖，可是我们有言在先，他绝不会得逞。我们面对这种狡赖，只能请庭长先生和法庭再次传讯囚犯勃列维、克什帕伊和舍尼帝，以及探长沙威，最后一次让他们证明，被告就是苦役犯冉阿让。"

"我请检察官注意。"庭长说，"探长沙威因有公务，作证之后便离开法庭，甚至离开本城，到邻县去了。我们征得检察官先生和辩方律师的同意，准许他离去。"

"不错，庭长先生。"检察官又说道，"沙威先生既然离去，我认为有必要请各位陪审员先生回想一下，刚才他在这里所说的话。沙威是个受人尊敬的人，他在完成下层但又重要的职守方面，表现出色，一向正直廉洁，不徇私情。他是这样作证的：'我甚至不用精神上的推定和物质上的证据，就能戳破被告的否认。我完全认得他。这个人不叫尚马秋，而叫冉阿让，从前是个非常凶狠、非常可怕的苦役犯。万分遗憾，服刑期满不得不释放他。他因重大盗窃罪而判了十九年苦役。他企图越狱达五六次之多。除了小杰尔卫和皮红园两桩窃案之外，我还怀疑他在已故迪涅主教大人家中行窃。我在土伦苦役场监狱当副典狱长时期，经常见到他。再重复一遍，我完全认得他。'"

这种十分精确的证词，似乎引起听众和陪审团强烈的反应。最后，检察官坚持说，虽然沙威缺席，还是要再次传讯另外三名证人，郑重听取勃列维、舍尼帝和克什帕伊作证。

庭长将一张传票交给执达吏。不大工夫，证人室的门就开了，执达吏由一名法警保护，将囚犯勃列维带进来。听众都非常紧张，所有胸膛都一齐跳动，仿佛只有一颗心灵。

老苦役犯勃列维身穿黑灰两色囚衣，有六十来岁，一副企业家的长相，却又一副无赖的神态。有时这两者并行不悖。他总干坏事，结果锒铛入狱，在狱当上了类似看守的东西。监狱头头对他这样评价：他总想效犬马之劳。狱中忏悔师也证明他有良好的宗教习惯。不要忘记事情发生在复辟时期。

"勃列维，"庭长说，"您受过一种终身耻辱的刑罚，不能宣誓……"

勃列维垂下目光。

"然而，"庭长又说道，"一个人受法律的贬黜，只要上帝怜悯并恩准，还会有荣誉和公道的意识。在这种决定性的时刻，我就是要唤起他这种意识。如果这种意识在您身上还存在，我希望如此，那么回答我之前，要仔细考虑，要想到您一句话，一方面可以断送这个人，另一方面可以让法庭了解真相。这是庄严的时刻，您若是认为自己先前证词不对，改口还来得及。被告，起立。勃列维，仔细瞧瞧被告，好好回忆一下，再凭着良心告诉我们，您是否坚持认为，这个人就是您从前的狱友冉阿让。"

勃列维打量一下被告，转身对法庭说：

"不错，庭长先生，是我头一个认出他来，现在我也不改口。这人就是冉阿让。1796年入土伦监狱，1815年出狱。我出狱要晚一年。现在，他样子有点痴呆，大概是老年痴呆症，在狱中他可阴阳怪气了。没错，我认得他。"

"您去坐下吧。"庭长说，"被告，站着别动。"

舍尼帝又押上来，他身穿红囚衣，头戴绿帽子，一望便知是终身苦役犯。他在土伦苦役场监狱服刑，是为这件案子提出来的。他有五十岁左右，个头儿矮小，满脸皱纹，皮肤蜡黄，一副厚颜无耻的样子，性情急躁，好冲动，四肢和全身都显示一种病态的羸弱，而眼神却蕴含无穷的力量。狱友遂给他一个绰号，叫做"否上帝"。

庭长大致向他重复了对勃列维说过的话，提醒他因丧失名誉而无权宣誓。舍尼帝听到这儿便抬起头，面对面注视听众。庭长让他收拢心思，又像刚才问勃列维那样，问他是否坚持说认得被告。

舍尼帝放声大笑：

"见鬼！我是否认得他！我们有五年锁在同一条铁链上。怎么，老兄，你在赌气哪？"

"去坐下吧。"庭长说道。

执达吏又带上来克什帕伊。他也判了终身徒刑，跟舍尼帝一样从狱中提出来，身穿红色囚衣。他原是卢尔德地区的农民，是比利牛斯山区五分像熊的人。从前，他在山里放牧，又从牧人沦为强盗。比起被告来，克什帕伊同样粗野，而且显得更加愚痴。这类不幸的人，始由自然造成野兽，终由社会打成苦役犯。

庭长说了几句深沉而感人的话想打动他，又像问另外两名证人那样，他是否毫不犹豫也毫不含混地坚持说，他认得眼前这个人。

"他是冉阿让。"克什帕伊说，"他特别有劲，我们都管他叫千斤顶。"

这三个人的指证显然是老实诚恳的，在听众中间引起对被告不利的议论，而每多一个证词，这种议论声就越高，持续的时间也越长。被告听了他们作证，总是满脸惊讶，据起诉书称，这是他主要的自卫办法。听一个证人讲完时，看守他的法警就听见他咕哝一句："嘿！一个亮相啦！"听了第二个证人，他几乎带着满意的神情，稍微提高点嗓门又说道："好哇！"

听完第三个证人，他就嚷了一声："精彩！"

庭长问他：

"被告，您听见了，还有什么话要讲吗？"

他回答：

"我要说：精彩！"

听众哄起来，几乎波及陪审团。显而易见，这人完蛋了。

"执达吏，"庭长说，"让大家肃静。我要宣布辩论结束。"

这时，庭长那边有人活动，只听一个声音喊道：

"勃列维、舍尼帝、克什帕伊！你们看这边。"

这声音十分凄厉骇人，全场人听了无不毛发倒竖，目光一齐投向那一边。坐在庭长身边贵宾席上的一个人刚站起来，他推开审判席和法庭之间的栅栏门，走到大厅中央站定。庭长、检察官、巴马塔林先生，以及不少人都认出他来，异口同声地喊道：

"马德兰先生！"

十一、尚马秋越发惊奇

正是他。书记员的灯光正好照见他的脸。他的帽子拿在手中，衣着很整齐，礼服也扣得紧紧的。他脸色十分苍白，浑身微微发抖。刚到阿拉斯时，他的头发还是花白的，现在全白了。到这儿一个小时的工夫，头发就全然变白了。

大家都抬起头。引起的轰动是难以描绘的，旁听者一时全愣住了。那声音十分凄惨，而站在那儿的人却十分平静。起初大家都莫名其妙，心中纳罕是谁喊了那一嗓子，难以相信那可怕的叫喊，会是这个神态自若的人发出来的。

这种惊疑仅仅持续了几秒钟，未待庭长和检察官开口讲句话，未待法警和执达吏动一下，此刻还被大家称为马德兰先生的这个人，已经走向证人克什帕伊、勃列维和舍尼帝。

"你们认不出我来了吗?"他问道。

他们三人目瞪口呆,只是摇摇头,表示根本不认识他。克什帕伊胆怯地打了个军礼。马德兰先生转向陪审团和法庭,声音和婉地说道:

"各位陪审员先生,让人把被告放了吧。庭长先生,让人逮捕我吧。你们追捕的人不是他,而是我。我叫冉阿让。"

人人都敛声屏息。一阵惊愕之后,又是一阵死一般的沉默,感到大厅里弥漫着宗教的敬畏气氛。当某种崇高之举要实现的时候,众人就会被这种敬畏气氛所震慑。

这时,庭长脸上现出又同情又感伤的表情,他同检察官迅速交换了一下眼色,又同陪审员低语几句,这才以大家都明了的声调问听众:

"这里有医生吗?"

检察官也发言了:

"陪审员先生们,这个事件实在离奇,实在意外,打扰了审判,使我们,也同样使你们产生了无须言明的感觉。诸位都认识海滨蒙特伊市市长,尊敬的马德兰先生,至少也知道他的大名。听众之间如果有医生,我们也同庭长先生一起恳请他出来,照顾一下马德兰先生,并护送他回去。"

马德兰先生决不让检察官讲完,他口气十分温和,但又断然地抢过话头。下面就是他讲的一番话,这是一位旁听者在退堂后,立刻原原本本记录下来的。将近四十年前听到的人,如今还感到这些话在耳边回响。

"我感谢您,检察官先生,不过,我没有疯癫。您这就会明白。您险些铸成大错,快释放这个人吧,我要尽一项义务,我才是这个不幸的罪犯。这里唯独我看得清楚,我来告诉你们真相。此刻我的所作所为,在天上的上帝在注视着,这也就足够了。既然我来了,您就可以逮捕我。然而,我曾经尽力向善,更名改姓,隐藏身份,发了财,又当上市长,就是要回到善良人的行列里。看来是行不通了。总之,许多事情我还不能讲,不能向你们叙述我的一生,有朝一日大家会知道的。我偷了主教大人的东西,这是真的。我抢了小杰尔卫的钱,这也是真的。别人告诉你们,冉阿让是个穷凶极恶的人,说得有道理。这也许不是他一个人的过错。各位审判官先生，请听我说，像我这样一个堕落的人，不应当指责上天，也不应当告诫社会。不过，要知道，我极力摆脱的那种侮辱，实在是害人的东西。苦役场制造苦役犯。你们若是愿意，请想一想这个问题。入狱之前，我是一个可怜的乡下人，智力很低，像个傻瓜。牢狱改造了我。原先愚蠢，后来变得凶恶了。原先是块劈柴，后来变成了焦木。严厉惩罚毁了我，后来宽厚和仁慈又救了我。哦，对不起，你们还听不懂我说的这些话。你们在我家壁炉的灰烬里，能找到七年前我抢小杰尔卫的那枚四十苏银币。我不用再说什么了。抓起我来吧。上帝啊！检察官先生还摇头，您说：'马德兰先生疯了。'您不相信我。这实在叫人难过。至少，千万不要判处这个人！怎么！这些人都认不出我啦。我真希望沙威在场，他一定能认出我来。"

讲这番话的声调所包含宽厚的忧伤、凄怆的意味，是绝难描绘出来的。

他转向三名苦役犯：

"喂，我可还能认出你们！勃列维，您还记得吧？……"

他住了口，犹豫一下，又说道：

"你在狱中用的织成花格的背带，你还记得吧？"

勃列维惊抖了一下，神色惶惑地从头到脚打量他。他继续说道：

"舍尼帝，你的绰号叫'否上帝'。你整个右肩是很深的烧伤疤，因为你想去掉'TFP'三个字母的烙印，有一天就把肩膀伸进一盆炭火里，然而字母还是看得见。你回答，对不对？"

"对。"舍尼帝答道。

他又对克什帕伊说：

"克什帕伊，你左臂肘弯旁边，用烧粉文了蓝色字母，是皇帝在戛纳登陆的日子，即1815年3月1日。你把衣袖撸起来。"

克什帕伊将袖子撸起来。他周围所有的目光都投向他赤裸的手臂。一名法警拿来一盏灯：胳臂上果然有这个日期。

这个不幸的人转向听众和法官，脸上那副笑容，当年目睹的人至今想起来还难受。那是胜利的微笑，也是绝望的微笑。

"现在你们明白了，我就是冉阿让。"他说道。

在这法庭上，再也没有审判官，没有控告方，没有法警了，只有凝视的眼睛和感动的心。谁也不记得自己要扮演的角色。检察官忘记他在那里是为了起诉，庭长忘记他在那里是为了主持审判，被告律师忘记他在那里是为了辩护。令人惊讶的是，谁也没有提出问题，谁也没有行使职权干预。这种景象最奇妙之处，就在于抓住了每一颗心灵，并把所有见证人变为观赏者。也许谁也不明白自己的感受。毫无疑问，谁也没有考虑自己看见的是灿烂的光辉在照耀，不过，所有人内心都感到通明透亮。

显然，大家眼前看到的是冉阿让。这就光芒四射。这个人一出现，就足以照亮刚才还十分模糊的案子。此后无须任何解释，这群人仿佛受到启示而豁然开朗，一眼就看清这件事既简单又壮美，是一个人舍身阻止另一个人当他的替罪羊。原先的种种小动作、种种迟疑、种种可能的小小抵制，都在这光明磊落的壮举中化解了。

这种印象虽然转瞬即逝，但当时是无法抵抗的。

"我不愿意再打扰法庭了。"冉阿让又说道，"既然不逮捕我，那我就走了，还要去办好几件事。检察官先生知道我是谁，也知道我要去什么地方，他随时都可以派人逮捕我归案。"

他朝门口走去，谁也没有吭一声，谁也没有伸手阻拦，大家都让开一条路。当时，他似乎具有某种神威，逼使众人在一个人面前退避，纷纷闪到两侧。他缓步穿过人群。后来始终没有弄清到底是谁打开的门，但有一点是肯定的，他走到门口时，门已经打开了。他走到门口，又转身说道：

"检察官先生，我听候您的处理。"

然后，他又对听众说：

"你们所有的人，你们在场的每个人，都觉得我值得怜悯，对不对？上帝啊！我一想到自己差点儿干出来的事，就认为自己值得羡慕。不过，我更希望没有发生这一切。"

他走了出去，又有人把门关上了，如同刚才有人打开一样。要知道，有壮举的人，确信在民众里总能找到肯为他效力的人。

    过了不到一小时，陪审团就决定撤销对尚马秋的全部指控，并立即释放。尚马秋走了，他心中不胜惊诧，认为所有的人都疯了，一点也不理解目睹的场面。

第八卷 祸 及

一、马德兰先生在什么镜中照发

天刚刚破晓。芳汀发高烧，彻夜未眠，但是这一夜却充满幸福的幻影，直到次日凌晨，她才睡着。一直守护她的辛朴利思嬷嬷趁她打盹儿的工夫，去药房准备一剂金鸡纳汤药。天色微明，看什么东西都灰蒙蒙的，可敬的嬷嬷俯着身，仔细辨认药水和药瓶，在药房里耽误了一会儿。她倒好药，急忙回身，轻轻叫了一声。马德兰先生出现在面前，他是悄悄进来的。

"是您啊，市长先生！"她高声说。

他压低嗓音问道：

"那可怜的女人怎么样啦？"

"现在还好。不过，有一阵真叫人担心！"

嬷嬷向他讲述了昨天的情况。芳汀病情加重，只因以为市长先生去蒙菲郿接她孩子，她现在才好些。嬷嬷不敢问市长先生，但是看他那神色，便明白不是从那里归来。

"这样很好。"他说道，"您做得对，不能向她说破。"

"是啊。"嬷嬷又说，"可是现在呢，市长先生，让她看见您没有把她孩子带来，我们怎么对她说呢？"

他沉吟了一下，又说道：

"让上帝启发我们吧。"

"总不能对她说谎啊。"嬷嬷低声说道。

屋里已经大亮了，阳光直射到马德兰先生的脸上。正巧这时，嬷嬷抬起头来，惊叹道：

"上帝啊！先生，出什么事儿啦？您的头发全白啦！"

"白啦！"他重复道。

辛朴利思嬷嬷根本没有镜子，她搜索药箱，取出一面小镜子，那是医务室大夫用来检验患者是否咽气了。马德兰先生接过镜子，照了照头发，说了一声："怪啦！"

他说这话时若不经意，仿佛在想别的事情。

嬷嬷心凉了半截，觉得这一系列表现有一种说不出来的陌生感。

他问道：

"我能看看她吗？"

"市长先生不是要把孩子给她接回来吗？"嬷嬷说道，她几乎不敢问这件事。

"当然要接了，不过，那至少要两三天的工夫。"

"在那之前，她若是没见到市长先生，就不知道市长先生回来了。"嬷嬷怯声怯气地又说道，"这样就容易让她耐心等待，等孩子一到，她自然会以为是同市长先生一同回来的。我们可不能说谎啊。"

马德兰先生沉吟片刻，仿佛在考虑，然后，他平静而严肃地说道："不行，我的嬷嬷，我应当看看她。我的时间也许很紧。"

"也许"这个字眼，给市长先生的话增添一种隐晦而奇特的意味，但是，这位修女好像没有注意，她垂下目光，压低声音，恭恭敬敬地回答："既然这样，她在休息，市长先生可以进去。"

他见一扇门关不严，便提醒说响动会惊醒病人，然后才进入芳汀的房间，走到床前，掀起床帷。她正睡着，从胸膛传出的呼唤声惨不忍闻，也是母亲守护患了不治之症的孩子睡觉时，发出的让人听着心痛欲碎的声音。然而，这种困难的呼吸，并没有怎么打扰她脸上一种安详的神态。这种安详神态难以描摹，改变了她的睡容。惨白的脸色变得洁白，两颊也略显绯红。金黄色长睫毛，是她少女和青春留下的唯一美色，现在虽然低垂而闭合，却不断地颤动。她全身也在颤抖，好像有什么翅膀要展飞，携她而去，不过，只是让人感到颤动，眼睛并看不出来。见她这般模样，绝难相信那是个生命垂危的病人。她不像要死去，倒像要展翅飞走。

有人伸手折花时，花枝就会战栗，仿佛半迎半避。同样，死亡的神秘手指要摄走灵魂时，人的躯体也会战栗。

马德兰先生在床前站了一会儿，瞧瞧病人，又望望那耶稣受难像，正如两个月前，他初次来到病房探视的情景。他们二人，一个睡着，一个祈祷，各自还是原来的姿势，然而时过两月，她的头发由白变灰，他却白发苍苍了。

嬷嬷没有跟进屋。他站在床前，一根手指放在嘴唇上，仿佛要让屋里什么人不要出声似的。

她睁开眼睛，看见他，微微一笑，平静地问道：

"珂赛特呢？"

二、芳汀幸福了

她既没有表示惊奇，也没有表示快乐，她本身已经化为快乐了。"珂赛特呢？"这句简单的问话，基于深深的信赖，讲得十分肯定，毫无疑虑，倒让马德兰先生无言以对。她接着说道：

"我知道您在这儿。我在睡觉，但是看见您了，早就看见您了。一整夜我的眼睛都在注视您。您罩在光环中，周围全是神仙。"

马德兰先生举目望耶稣受难像。

"可是，"芳汀又说道，"告诉我，珂赛特在哪儿呢？为什么不把她放在我床上，好等我醒来呢？"

马德兰先生机械地回答了一句什么话，但是事后怎么也回忆不起来了。

幸而医生闻讯赶来救驾。

"我的孩子,"医生说,"要安静下来。您的孩子就在那儿呢。"

芳汀的双眼顿时亮起来,那张脸也豁然开朗。她双手合十,那神态具有祈祷所能包含的最强烈而又最温柔的情感。

"噢!"她高声说,"快给我抱来呀!"

做母亲的感人的幻想!在她的心目中,珂赛特始终是个小孩子,可以抱来。

"还不行,"医生又说道,"现在还不行。您的高烧还没有完全退,一看见您孩子就会激动,对病情不利。先得把病治好!"

她急切地打断医生的话:

"我的病已经治好啦!跟您说我已经好啦!这个大夫,怎么跟驴一样固执!哼!我呀,要看我的孩子!"

"瞧您,又激动起来了,"医生说道,"只要您还这样,我就不能让您见孩子。光见她还不够,必须好好为她活着。等您通情达理了,我就亲自把孩子给您领来。"

可怜的母亲耷拉下脑袋。

"大夫先生,我请您原谅,我真的请您务必原谅。从前,我讲话也不是像刚才这样。我的遭遇太惨了,有时就信口胡说了。我明白,您怕我冲动,您让我等多久都行,不过我向您保证,见见我女儿,对我不会有什么坏处。我见到她了,从昨天晚上起,我的眼睛就没有离开她。您知道吗?现在要是把她带来,我准能跟她和声细语地说话。事情就是这样。人家特意去蒙菲郿把孩子接回来,我想见见不是很自然的事儿吗?我不会发火,我完全明白我就要幸福了。整个这一夜,我净看见洁白的东西、向我微笑的人。大夫先生什么时候愿意,就把我的珂赛特给我带来。我不发烧了,病治好了。我真的觉得一点儿也不难受了。不过,我还得装作有病的样子,躺着不动,好讨这儿的女士喜欢。别人看见我非常安静了,就会说:应当把孩子给她了。"

马德兰先生坐在床边的一张椅子上。芳汀转向他,显然在极力显得平静和"听话"的样子，如同她在类似稚气的病态中所讲的，好让别人看见她完全平静了，就不再作难，把珂赛特给她领来。然而，她再怎么控制，也忍不住问这问那，要马德兰先生回答。

"您一路很顺利吧，市长先生？哦！您心肠太好了，去为我接她！先给我说说她怎么样了。这一路她受得了吧？唉！她一定认不出我了！可怜的心肝儿，这么多年，她把我忘啦！小孩子不记事儿，就跟小鸟一样，今天看见一样东西，明天又看见另一样东西，结果什么也不想了。至少，她的衣衫还白净吧？德纳第那人还能给她穿干净衣衫吧。她吃的怎么样呢？噢！您哪里知道！我在受难的那段时间，想到这些问题，心里是多么痛苦啊！现在全过去了。我高兴了。啊！我真希望见到她！市长先生，您觉得她长得好看吗？我女儿模样儿很俊，不是吗？你们乘坐那种驿车，一定很冷！不能领她来吗，哪怕待一会儿呢？来见一面，可以马上领走。您说吧！这事由您做主，您若是愿意就行！"

马德兰先生握住她的手，说道：

"珂赛特长得很美，也很健康。很快您就能见到她，不过，您还是安静下来吧。您的话太多了，胳臂也露在外面，这会引起咳嗽。"

芳汀咳得厉害，说话断断续续。

她并不抱怨，本来是要让人相信她，担心说得过多反而坏事，于是就讲些不相干的话。

"蒙菲郿那地方，还挺好看的，对吧？夏天，有人到那儿去游玩儿。德纳第他们生意不错吧？他们那儿过往行人不多。那家客栈，就跟车马店差不多。"

马德兰先生一直拉着她的手，惴惴不安地注视着她。他来探视，显然是要告诉她一些情况，现在思想却犹豫了。医生诊视完已经离去了，只有辛朴利思嬷嬷留在他们身边。

就在这静默中，芳汀忽然喊道；

"我听见她啦！上帝呀！我听见她啦！"

她伸出手臂，让旁边的人安静，她则屏住呼吸，兴冲冲地倾听。

有个孩子在院子玩耍，可能是门房或哪个女工的孩子。这正是常常发生的天缘巧合，冥冥中的一种神秘的安排。那孩子是个小姑娘，她为了取暖，在院子里跑来跑去，同时大声笑，高声唱歌。唉！什么事情没有儿童的嬉戏掺和进来呢！芳汀听见的，正是那个小姑娘的歌声。

"哦！"她又说道，"是我的珂赛特！我听出她的声音啦！"

那孩子来得突然，走得也意外，她的声音渐渐消失。芳汀又听了一会儿，继而，她的脸色阴沉下来，马德兰先生听见她咕哝道：

"这个大夫心真狠，不让我看看女儿！看他那人长相就不善！"

不过，她又恢复了思想深处的欢乐情绪，脑袋枕在枕头上，继续自言自语："我们会多么幸福啊！首先，我们要有个小花园！马德兰先生答应过。我女儿就在花园里玩耍。现在，她应当认识字母了，我教她拼写。她在草地上追逐蝴蝶，我在一旁看她玩儿。以后，她要去教堂第一次领圣体。哦，真的！她什么时候初领圣体呢？"

她开始数手指头：

"……一，二，三，四……她七岁了。再过五年，她要有一条白色头纱，穿上挑花袜子，像个大姑娘了。噢！我的好心的嬷嬷，您不知道我有多傻，现在就想到我女儿初领圣体啦！"

她笑起来。

马德兰先生已经放下芳汀的手。他眼睛看着她，听这些话就好像倾听刮起的风声，精神沉入无底的思索中。戛然，芳汀停止说话，这使他下意识地抬起头。芳汀大惊失色。

她不说话了，也不再喘气了，用臂肘半支起身子，瘦削的肩膀从睡衣里露出来，刚才还喜悦的面孔忽然变得惨白，眼睛惊恐地张大，望着前方，仿佛盯着屋子另一端什么可怕的东西。

"上帝啊！"马德兰先生高声说，"您怎么啦，芳汀？"

她不回答，目不转睛地盯着她似乎看见的东西；她用手碰了碰他的胳臂，另一只手示意他朝后看。

他转身望去，看见沙威。

三、沙威得意

事情的经过是这样。

马德兰先生从阿拉斯的重罪法庭出来，已经是午夜十二点半了。我们记得，他订了邮车的座位。他回到旅馆，正好赶上邮车，将近清晨六点钟便回到海滨蒙特伊，第一件事就是把他给拉斐特先生的信投到邮局，然后到医务室来看芳汀。

他刚离开法庭，检察官就从最初的惊愕中醒来，发言惋惜可敬的海滨蒙特伊市长的荒唐行为，声称这件意外的怪事日后会弄清楚，而他丝毫不改变指控，坚信尚马秋就是真正的冉阿让，要求先判他的罪。检察官坚持起诉，显然违背听众、审判官和陪审团所有人的感情。被告律师没费什么劲儿就驳斥了这种论调，指出由于马德兰先生，即真正的冉阿让披露了真相，案情就彻底改变了，在陪审团面前的这个人根本无罪。律师还就审判程序的谬误发表一通感慨，可惜不是什么新鲜东西……庭长在总结中同意律师的见解，陪审团只用几分钟，就决定对尚马秋避免起诉。

然而，检察官需要一个冉阿让，抓不住尚马秋，那就抓住马德兰。

释放了尚马秋，检察官立即和庭长密谈，商议了"逮捕海滨蒙特伊的市长先生的本人的必要性"。这句话有许多"的"字，完全出自检察官的手笔，写在他呈给检察长的报告的底稿上。庭长一阵激动之后，也没有提出什么异议。司法必须运行。再者，说到底，庭长虽然是相当聪明的好人，但同时也是坚定的、而且相当激进的保王党人。海滨蒙特伊市长提到戛纳登陆的事件时，使用"皇帝"的字眼，没有说"布奥拿巴"，他听了觉得很刺耳。

就这样，签发了逮捕令。检察官派了专骑，星夜兼程送往海滨蒙特伊，责成沙威探长执行。

大家知道，沙威作证之后，立刻赶回海滨蒙特伊。

沙威刚起床，专差就把逮捕令和传票交给他了。

那专差也是个干练的警吏，几句话就向沙威交代清楚阿拉斯所发生的情况。由检察官签发的逮捕令这样写道：沙威探长，速将海滨蒙特伊市长马德兰先生逮捕归案，在今日的法庭上，已经确认他就是刑满释放的苦役犯冉阿让。

一个不认识沙威的人，如果看见他走进医务室的门厅，绝猜不出发生了什么事情，会觉得他的神态再正常不过了。他的神态冷漠、平静而严肃，花白头发光溜溜地贴在两鬓，上楼梯的步伐也跟平时一样从容不迫。一个深知沙威的人，如果仔细观察他，就会不寒而栗。他皮领的带扣没有搭在颈后，而是搭在左耳上面，这表明他异常激动。

沙威是个完人，无论职务还是衣着，不留一点皱褶。他对凶手有条不紊，对衣服的纽扣也一丝不苟。

这次，他竟然把衣领的带扣搭歪，那种激动程度，一定像人们所说的内心的地震。

他从附近派出所要了一名下士和四名士兵，布置在院子里，让门房指明芳汀的病房，便只身前来了。那看门的女人毫不怀疑，早已习惯武装人员求见市长先生的情况。

沙威走到芳汀的病房，扭动门把手，用护士或密探那样轻轻的动作，推开房门，走了进来。

确切地说，他并没有进屋，而是站在半开的门口，没有摘下帽子，左手插在一直扣到脖领的礼服里，粗手杖则隐在身后，肘弯处只露出铅头手柄。

他在门口立了约有一分钟，没人发觉。忽然，芳汀抬起眼睛，瞧见他，并让马德兰先生转过身去。

马德兰的目光和沙威的目光相遇的时候，沙威一动不动，并不走上前去，但是他立刻变得十分凶狠可怕了。人的任何情感，都不如得意之色那样显得可怕。

魔鬼重又捉到它要投入地狱的人，正是那副面孔。

他确信终于能捉住冉阿让，内心的感觉就完全流露在脸上了。沉底的东西一搅动，又浮上水面。有一阵他失掉线索，又有几分钟错认了尚马秋，不禁感到耻辱，然而他当初就识破冉阿让，并且长时间保持准确的直觉，想想又十分得意。这样，耻辱的感觉也就消失了。沙威的欣喜，展现在他那不可一世的姿态中。他那狭窄的额头，因焕发了胜利而变为畸形。一副沾沾自喜的面孔，狰狞丑恶到了无以复加的程度。

此刻，沙威简直飘飘欲仙。他虽然没有明确意识到，但直觉中模模糊糊地感到他的职务不可或缺。他，沙威，恰恰体现了法律、光明和真理，替天行道，铲除罪恶。他身后和周围，无边无际，那是政权、理性、既决的案件、合法意识、舆论、满天星斗。他维护这种秩序，让法律发出雷霆，为社会伸张正义，为专制效力。他挺立在光环中。他稳操胜券，还有余勇可贾，雄赳赳、气昂昂地屹立在那里，向整个天宇展示一个恶魔的超人的兽性。在他行动的可怕阴影中，社会利剑的寒光在他紧握的拳头上隐约可见。他又兴奋又气愤，要踏平犯罪、丑行、叛逆、堕落、地狱，他光芒四射，除恶务尽，而脸上却挂着笑容。毋庸置疑，这个执法大天神的身上具有伟大的气概。

沙威凶猛，但决不卑鄙。

正直、坦率、诚实、自信、忠于职守，这些品质一旦误入歧途，就会变得丑恶，但即使丑恶，也不失其伟大。这些品质的庄严性是人类良知所特有的，因而能在丑恶中延续。这是有瑕疵的美德，错了。一个狂热分子在肆虐中所表现的诚实而无情的快乐，含有难以名状的令人敬畏的惨光。沙威在欣喜若狂的时候，也还像得志的小人那样令人可怜。他那张面孔显露善中的万恶，比什么都更可怕，更令人痛心。

四、重新行使权力

芳汀由市长先生从沙威手中救出之后，再也没见到沙威。她在病中，头脑还不明白什么，不过，她并不怀疑，沙威是来抓她的。她看到那副凶相，就吓得魂不附体，觉得自己要断气了，用双手捂住脸，惶恐地喊叫：

"马德兰先生，救救我！"

冉阿让——此后我们不再用别的名字称呼他——站起来，他用极温柔极平静的声调说：

"放心吧，他不是冲您来的。"

接着，他又对沙威说：

"我知道您的来意。"

沙威回答：

"喂，快走！"

沙威讲这句话时声音都变了，有一种说不出来的野蛮和疯狂的意味。他不是讲："喂，快走！"而是讲："喂寇！"任何文字都难以表示这种声调；这已不是人的语言，而是野兽的吼叫了。

他并不照例行事，并不说明情况，也不出示传票。在他的心目中，冉阿让是一个捉不住的神秘对手，是他搂住五年而未能摔倒的阴险的角斗士。这次逮捕不是开始，而是结束角斗。因此，他仅仅说了一句："喂，快走！"

他这么说，却没有向前跨一步，只是向冉阿让抛去铁钩似的目光。他就是用这种目光硬把穷苦的人勾过去。

两个月前，芳汀也就是感到这种目光刺入骨髓。

芳汀听见沙威的吼叫，又睁开眼睛。但是市长先生就在跟前，她怕什么呢？

沙威走到屋子中间，嚷道：

"嘿！你走不走？"

不幸的女人看看周围：屋里只有修女和市长先生。对谁这样轻蔑地称呼"你"呢？只可能对她。她不寒而栗。

这时，她看见一件怪事，闻所未闻，就是在发高烧做噩梦中，也没有见过。

她看见警探揪住市长先生的衣领，看见市长先生低下头。她觉得世界要消逝了。

的确，沙威揪住冉阿让的衣领。

"市长先生！"芳汀喊道。

沙威哈哈大笑，在狞笑中露出所有牙齿。

"这里没有市长先生啦！"

冉阿让并不想挣脱揪住他礼服衣领的手。他说道：

"沙威……"

沙威接口说道："叫我探长先生。"

"先生，"冉阿让又说道，"我想单独跟您说句话。"

"大声说！你得大声说！"沙威答道，"跟我讲话要大声！"

冉阿让压低嗓门继续说道："我对您有个请求……"

"我跟你说了，要大声讲话。"

"可是，这事只能说给您一个人听……"

"这又怎么样？我不听！"

冉阿让转向他，声音很低又很快地对他说：

"请您容我三天时间！用三天去接这个可怜女人的孩子。费用由我来付。您若是愿意，可以陪我去。"

"开什么玩笑！"沙威喊道，"来这套！我没想到你这么蠢！要我容你三天好溜走！你说是去接这个婊子的孩子！哈！哈！好啊！好极啦！"

芳汀浑身一抖。

"我的孩子！"她高声说，"去接我的孩子！原来她不在这里！嬷嬷，回答我，珂赛特在哪儿？我要我的孩子！马德兰先生！市长先生！"

沙威跺跺脚。

"现在，又掺和进来一个！还不闭嘴，骚货！这个脏地方，苦役犯当行政长官，妓女像伯爵夫人一样让人侍候！真邪门儿！这一切都要改变，到时候啦！"

他又揪住冉阿让的领带、衬衫和衣领，眼睛盯着芳汀，又说道：

"告诉你，这儿根本没有马德兰先生，也根本没有市长先生，只有一个贼，一个强盗，一个叫冉阿让的苦役犯！我抓住的就是他！就是这码事！"

芳汀激灵一下起来，僵直的手臂支撑住身子，她瞧瞧冉阿让，瞧瞧沙威，又瞧瞧修女，张嘴好像要说话，可是嗓子眼里只发出一声咕噜，她的牙齿打战，惶恐地伸出双臂，痉挛地张开手指，就像溺水的人那样向周围乱抓，继而，她颓然倒在枕头上。她的脑袋撞在床头，弹回到胸前，嘴张着，眼睛也睁着，但是黯淡无光了。

她死了。

冉阿让把手放在沙威揪他的那只手上，如同掰孩子的手一样将它掰开，然后对沙威说：

"您害死了这个女人。"

"还有完没完！"沙威气冲冲地嚷道，"我来这里不是听人说教的。废话少说。军警就在下面。马上走，要不然，就给你上手指铐啦！"

屋子一角有一张破铁床，是给守夜的嬷嬷歇息用的。冉阿让走过去，一眨眼就把已经破损的床头抓下来。有他这样的膂力，这是轻而易举的事，他操起粗铁条，凝视沙威。沙威退向房门。

冉阿让手持铁条，缓步朝芳汀的床铺走去，到了床前，又转过身去，以别人几乎听不见的声音对沙威说："奉劝您这会儿不要打扰我。"

有一点是确切的，就是沙威发抖了。

他想去叫军警，但又怕冉阿让乘机跑掉，只好守着，手握住手杖的尖端，背靠着门框，目不转睛地注视着冉阿让。

冉阿让臂肘倚在床头的圆球上，手托着额头，开始凝望躺着不动的芳汀。他这样静默地待着，心中想的显然不是这世间的事了。他的脸色和神态，只表现一种难以名状的痛惜。他这样冥想一会儿之后，又俯过身去，低声对芳汀说话。

他对她说什么呢？这个被社会排斥的男人，对这个已死的女人能说什么呢？讲的究竟是些什么话呢？尘世上任何人也没有听见。这个死去的女人听见了吗？有些动人的幻想，也许是最高的现实。有一点是毫无疑问的，当时的唯一见证人辛朴利思嬷嬷，常常讲起在冉阿让对着芳汀的耳朵说话的时候，她清楚地看到在那灰白的嘴唇上，在那对坟墓充满惊奇之色的茫然的眸子里，浮现出一丝难以描摹的微笑。

冉阿让像母亲对孩子那样，双手捧起芳汀的头，端正地放在枕头上，把她睡衣的带子系好，再把她的头发塞进睡帽里。然后，他闭上眼睛。

一时间，芳汀的脸庞仿佛出奇的明亮。

死亡，就是跨进大光明的境界。

芳汀的手耷拉到床外。冉阿让跪到这只手前，轻轻把它拉起来，吻了一下。

然后，他站起来，转身对沙威说："现在，我跟您走。"

五、合适的坟墓

沙威将冉阿让送进市监狱。

马德兰先生被捕的消息，在海滨蒙特伊引起轰动，准确地说，引起异常的震动。我们十分遗憾，不能掩饰这样一个事实，只因"他当过苦役犯"这一句话，几乎所有的人就把他抛弃了。他做过的好事，不到两小时就会被人遗忘，而他不过是一个"苦役犯"了。应当指出，当时大家还不知道阿拉斯事件的详情。这一整天，全城各处都能听到这样的议论：

"您还不知道？原来他是个刑满释放的苦役犯！"——"谁呀？""——"市长呗。"——"啊！马德兰先生！"——"对呀！"——"真的吗？"——"他不叫马德兰，真名很难听，叫什么贝让，保让，布让。"——"哦，上帝啊！"——"他被抓起来了。"——"抓起来啦！"——"关押在市监狱里，等着押走。"——"等着押走！要把他押走！押到哪儿去呀？"——"要送上重罪法庭，审判他从前所犯的抢劫罪。"——"这就对啦！我就觉得不对头。这个人心太善，太完美，太虔诚了。他谢绝授予的勋章，遇见那些流浪儿就给钱。我一直想，那背后肯定有什么见不得人的事。"

沙龙里，这种议论尤为丰富多彩。

一位订阅《白旗报》的老夫人，提出这样一种几乎深不可测的见解：

"我看不足为惜。这倒是给布奥拿巴的党徒一个教训！"

一度称为马德兰先生的幽灵，就这样在海滨蒙特伊城消逝了。全城只有三四个人还怀念他。服侍过他的那个守门的老太婆就是其中一个。

当天傍晚，可敬的老太婆还坐在门房里，满心愁苦，无限凄惶。工厂停了一整天，大门紧闭，街上行人寥寥。楼里只有两名修女，佩尔陪递和辛朴利思嬷嬷，为芳汀守灵。

快到平日马德兰先生回来的时刻，忠实的门房机械地站起来，从抽屉里取出马德兰先生房间的钥匙，挂在他习惯自取的钉子上，又拿起他每晚上楼回房用来照亮的烛台，放在身边，就好像她还在等候他。然后，她重新坐到椅子上，又陷入沉思。可怜的老太婆下意识地做这些事。

过了两个钟头，她才如梦初醒，高声说道：

"咦！仁慈的上帝耶稣！我还把钥匙挂在钉子上！"

恰好这时，门房的玻璃窗开了，一只手伸进来，摘下钥匙，拿起烛台，凑到一支燃着的蜡烛点着。

门房老太婆抬头一看，不禁目瞪口呆，差点儿叫出声来。

她熟悉这只手，这条胳臂，这礼服的袖子。

正是马德兰先生。

过了几秒钟，她才说出话来，"吓呆了"，正如后来她讲述这件意外事时常说的。

"上帝呀，市长先生，"她终于高声说，"我还以为您……"

她戛然住口，这后半句话会抵消开头的敬意。在她心目中，冉阿让始终是市长先生。

他替她把话说完。

"……进监牢了。"他说道，"我是进去了。不过，我折断窗口的铁条，从房顶跳下来，又回到这里。我要上楼回房间，您去替我叫一下辛朴利思嬷嬷。她一定守在那位可怜女人的旁边。"

老太婆遵命，急忙去了。

他一句也没有嘱咐，确信她保护他会比他保护自己还要可靠。

一直没有搞清，他没叫人开大门，是怎么进入院子里的。确实，他有一把小角门的钥匙，始终带在身上。不过，狱警一定搜过他的身，把钥匙搜走了。这一点没有澄清。

他登上通他房间的楼梯，到了楼上，就把烛台放在楼梯的最上一级，轻轻地打开门，摸黑走去关上窗户和窗板，再返身拿起烛台，回到房间。

这样小心是必要的。不要忘记，从街上能望见他的窗户。

他扫视一下周围，瞧瞧桌子、椅子，以及三天没有动过的床铺。前天夜晚的慌乱没有留下丝毫痕迹。看门老太婆"整理过房间了"。不过，她也从灰烬里拾起他那根棍子的两个铁头，以及烧黑了的那枚四十苏银币，擦干净了放在桌子上。

他拿过一张纸，在上面写道："这是我在法庭上提到的那根棍子的两个铁头、从小杰尔卫那抢来的四十苏银币。"他又把银币和两个铁头放在纸上，好让进屋的人一眼就能看见。他从衣柜里取出一件旧衬衫，撕下几条，用来包那两支银烛台。他既不慌忙，也不急躁，一面包主教的两支烛台，一面吃黑面包。大概是狱中的面包，他越狱时带出来的。

事后，法庭来检查，在地板上发现面包屑，证明他吃的确实是监狱的面包。

有人轻轻敲了两下房门。

"请进。"他说道。

进来的是辛朴利思嬷嬷。

她脸色苍白，眼睛发红，手中拿的蜡烛直摇晃。命运的剧变有这样一种特点，无论我们怎么完善或者怎么冷静，这种剧变也会从我们五脏六腑里掏出人性，并迫使其重现在外面。这位修女经过一天的激动，又恢复女性。她痛哭过，进屋时还在发抖。

冉阿让刚在一张纸上写了几行字，将这张纸递给修女，同时说道：

"嬷嬷，请将这个交给本堂神父。"

这张纸没有折起来，修女望了一眼。

"您可以看看。"他说道。

修女念道："我请本堂神父先生料理我留在这里的一切。请他用我

282

留下的钱支付我的诉讼费和今天去世的这个女人的丧葬费。余款捐赠给穷人。"

嬷嬷想说什么，但是结结巴巴，语不成句，最后才勉强说道：

"市长先生不想最后再看一眼那可怜的女人吗？"

"不看了，"他答道，"有人在追捕，如果在她的房间抓住我，就会搅扰她的安宁。"

他的话音未落，楼梯就响成一片，那是上楼的嘈杂的脚步声，以及看门老太婆极力尖叫的声音：

"我的好先生，我以仁慈的上帝向您发誓，今儿整个白天，整个晚上，没有一个人进来，我也没有离开过这个门！"

一个男人回答：

"可是，那屋里有灯光。"

他们听出是沙威的声音。

这个房间的门一开，便遮住左边的墙角。冉阿让吹灭蜡烛，立刻躲到那个墙角里。

辛朴利思嬷嬷跪到桌子旁边。

房门打开了。

沙威走进来。

楼道里传来好几个人的私议声和门房的争辩声。

修女眼睛不抬，继续祈祷。

放在壁炉台上的蜡烛火焰微弱。

沙威看见嬷嬷，愕然止步。

不要忘记，沙威的本性、他的气质、他呼吸的中心，就是对一切权威的崇敬。他完全是死板的，不允许任何质疑，也不允许打丝毫的折扣。在他看来，教会的权威当然高于一切。他是信徒，在这点上就像在其他方面一样，他既浅薄又规矩。在他眼中，神父是不会出错的神灵，修女是不会作孽的人。他们都是超尘拔俗的灵魂，只有一扇门与尘世相通，而且也只为真话放行。

他一见嬷嬷，头一个反应就是要退出去。

然而，另一种职责拉住他，猛力朝相反的方向推他。他的第二个反应就是留下来，至少冒昧地问一句。

这位辛朴利思嬷嬷一生没有说过谎。沙威了解这一点，因此特别尊敬他。

"嬷嬷，"他问道，"这屋里只有您一个人吗？"

一时间，可怜的女门房吓得魂不附体。

嬷嬷抬起眼睛，回答说："是的。"

"既然这样，"沙威又说道，"请原谅我再多问一句，这是我的职责，今天晚上，您没有看见一个人，一个男人吗？他越狱了，我们正在追捕——他叫冉阿让，您没有看见他吗？"

嬷嬷回答："没有。"

她说了谎。接连两次，毫不迟疑，两句谎话脱口而出，就像效忠的人那样。

"对不起。"沙威说道。他深施一礼，退出去了。

圣女啊！多少年来，您已经脱离了尘世，归入贞女姐妹们的天使兄弟们的光辉行列，但愿这次谎言计入您上天堂的善举。

沙威觉得嬷嬷的回答十分干脆，即使看见刚吹灭的蜡烛在桌上冒烟，也不觉得奇怪。

一小时之后，一个汉子匆忙离开海滨蒙特伊，穿过树林和夜雾，朝巴黎方向走去。那人就是冉阿让。据调查，有两三个赶大车的遇见他，说他背个包裹，穿一件布罩衫。他是从哪儿弄到的那件罩衫？无从知晓。不过，在工厂的医务室里，前几天死了一名老工人，只留下一件工作服。也许就是那件。

关于芳汀，最后再交代几句。

我们所有的人有一个母亲：大地。芳汀回到慈母的怀抱里。

本堂神父认为冉阿让留下的钱应当尽量留给穷人，也许他做得不错。说到底，这事牵涉到谁呢？只牵涉到一名苦役犯和一名妓女。因此，他简化葬礼，将费用减到最低限度，把芳汀埋葬在公墓。

就这样，芳汀葬在义冢。那一角地方属于大家，而不属于任何人，穷人就是在那里湮没无闻了。幸而上帝知道在什么地方招魂。他们让芳汀在黑暗中，伴随乱骨长眠，让她躺在男女混杂的骨灰上。她被抛进公墓，她的坟墓如同她生前的床铺。

第二部　珂赛特

第一卷　滑铁卢

一、从尼维勒来时所见

去年，即1861年，在5月的一个晴朗的上午，一位行客，本故事的叙述者，从尼维勒前往拉羽泊。他徒步，沿着两排树木夹护的一条铺石大道行进。一路丘冈连绵，时起时伏，犹如巨大的浪涛。他已经走过利卢瓦和我主伊萨克树林，望见西边勃兰拉勒的那座形若覆瓮的青石钟楼。他过了高冈的一片树林，到一条岔道口，看见一根虫蛀斑斑的立柱，上面写着："古关卡4号"。旁边有一家酒店，门前招牌上写着："爱煞伯四面风独家咖啡馆"。

从那家酒店往前走八分之一法里，便进入一个小山谷。谷底一条小溪，流经土石填高的道路下的涵洞。树木青翠而疏朗，覆盖道路的一侧，并在另一侧散布而悦目，朝着勃兰拉勒方向延展。

一家客栈坐落在这条路的右边，门前停着一辆轻便四轮车，戳着一大捆啤酒花杆儿、一把犁。靠绿篱有一堆干荆柴，一个方坑里的石灰正冒着热气，一架梯子横放在用麦秸做隔壁的破棚子的墙脚。一个大姑娘在田里锄草，田上随风飘动着一张大幅黄色广告，大概是什么集市上的野台戏。在客栈的斜角，靠近一群鸭子戏水的水塘一侧，有一条糟糕的石径没入荆丛。那行客走上石径。

他沿着一道花砖尖脊的15世纪院墙，走了一百来步，便来到一扇拱形的大石门前。大门的拱墩笔直，两侧饰有圆形浮雕，表现出路易十四世纪庄重的建筑风格。大门上方，赫然显现楼房十分古朴的正面，一道与楼房正面垂直的墙，几乎伸延到门口，却突然折个直角。门前的草地上放着三把钉耙，耙齿中间，5月的各种野花混杂开放。大门关着，双合门扇已经破旧，上面的旧门锤也生了锈。

阳光明媚。树枝5月间的这种微颤，仿佛由鸟巢传来，而不是风吹的。一只勇敢的小鸟，也许由于发情，在一棵大树上放声鸣唱。

行客俯下身，仔细观察门右下角左边这块石头，只见上面有一个类似洞穴的大圆坑。这时，两个门扇打开，走出一个村姑。

她看见行客，看到他观察的东西。

"这是法国一颗炮弹炸的。"她对行客说道。

她又补充说：

"您再往高看一看，大门上面，在一颗钉子旁边，有一个大火铳打的洞。大火铳没有把门板打穿。"

"这地方叫什么名字？"行客问道。

"乌果蒙。"村姑答道。

行客立起身，走了几步，又观看绿篱上面，目光越过树梢儿，望见一个土丘，土丘上有个东西，远远望去像头狮子。

他来到滑铁卢战场。

二、乌果蒙

乌果蒙，伤心惨目的地方，是那个叫拿破仑的欧洲大樵夫在滑铁卢遇见的第一道障碍，遭到的初次抵抗，是大斧劈下时碰到的第一个树节。

这原是一座古堡，现在成为普通农舍了。对于好古者来说，乌果蒙应是"雨果蒙"。这座庄园，是索墨雷的乡绅雨果建造的。正是他资助维赖修道院的第六任院长。

行客推开门，擦着停在门洞里的一辆四轮马车过去，走进庭院。

首先映入眼帘的是一道16世纪的门，仿造圆拱形，但四周已经坍塌了。宏伟的景象往往产生于废墟。在圆拱门不远的墙上另开了一个角门，门楣是亨利四世时代的拱顶石，从门里望出去是一片果园的树林。角门旁边有一个肥料坑，还放着几把锹和镐、几辆小车，还有一口石沿和铁辘轳的古井。庭院里一匹马驹在蹦跳，一只火鸡在开屏，还有一座带小钟楼的礼拜堂，贴礼拜堂墙根儿长着一棵开花的梨树。就是这座庭院，当年拿破仑梦想攻破它。这一隅之地，果真让他攻占，也许全世界就属于他了。一群母鸡觅食啄起尘土。忽然一阵狗叫，那是代替英国人的凶相毕露的一条大狗。

当年把守此地的英国人值得称赞。库克的四连守军坚持了七个小时，顶住大军的猛攻。

乌果蒙，包括房舍和园子，看地图上的几何图形，是一个缺了一角的不规则长方形。南门就在这缺角上，紧贴着这道护墙。乌果蒙有两道门：南门是古堡正门，北门是农舍的门。当年，拿破仑派他兄弟杰罗姆攻打乌果蒙。吉勒米诺、伏瓦和巴什吕各师受阻，雷伊投入全部兵力仍告失败，凯勒曼的炮弹在那堵英雄墙上消耗殆尽。博端旅增援攻打乌果蒙北面，也没有多少人幸存。索亚旅攻打南面，只能打个缺口而无法占领。

农舍的几间房子从南侧围住庭院。北门被法军打破一块，至今还挂在墙上，那是由两条横木钉在一起的四块木板，上面还看得出弹痕。

北门曾一度被法军攻破，后来补了一块门板，代替挂在墙上的那一块。这道虚掩着的门对着庭院，是在院子的北墙中间开出来的，而围墙下半截用石头，上半截用砖砌成的。每户庄稼院都有这种能通马车的便门，两扇门是粗木板做成的，门外边则是草地。当年争夺这一入口，战斗十分激烈。门上斑斑血迹的手印历久不褪，博端就在这里阵亡。

这庭院尚存战斗的腥风血雨，惨状历历，横尸喋血之迹化入景物，生死存亡，恍若昨日。墙垣垂危，砖石跌落，缺口惨叫，弹洞涔涔流血，树木倾斜抖瑟，仿佛竭力逃灾避难。

这座庭院在1815年营造，如今已多不见。当年的工事、凸角堡、地道犬牙交错，战后也都拆毁了。

　　英军在这里设防，法军攻破而又难以立足。古堡的一翼，还屹立在礼拜堂旁边，这是乌果蒙古宅仅存的遗迹，但也倾颓，徒留四壁，仿佛剖膛破腹了。战时，古堡充作指挥部，礼拜堂当作掩避所。两军厮杀，伤亡惨重。法军受到各个方向火枪的袭击：从院墙后面、阁楼上边、地窖里，从每个窗口、每个通气窗、每个石缝内都射出子弹。于是，他们就搬来一捆捆柴草，点上后烧围墙和里边的人，以火攻回答枪击。

　　古堡的这一翼被战火毁了，从窗口的铁条望进去，还能看见墙砖塌了的房间。英国守军就埋伏在这些房间里。一条旋梯，从楼下到楼上完全破损，好像打破了壳的海螺的内脏。楼梯有两层，英军受到攻击，聚在二楼的梯级上，拆毁了下面的楼梯。大块大块的青石板，在荨麻丛中堆得像座小山。还有十来个梯级挂在二楼的墙上，犹如三齿叉戳进墙里。这些悬空而无法攀登的石级牢牢嵌在墙壁里，而下面则像脱了齿的牙床。这里有两棵古树，一棵枯死，另一棵下部受伤，但到了4月份仍旧发青，1815年之后，树枝渐渐穿过楼梯。

　　礼拜堂里也有过拼杀，现在复归寂静，但里边景象很奇特。那次杀戮之后，这里再也没有做过弥撒。不过祭坛还在，那是靠着粗石壁的粗木祭坛。四壁粉刷了白灰，门对着祭坛，有两扇拱顶小窗。门上方有一个巨大的木雕的耶稣受难像，雕像上面有一个方形通风洞，用干草堵住了。一个玻璃全打碎的旧窗框，躺在墙角的地上。礼拜堂就是这种景象了。在祭坛旁边的墙上，还钉着一个15世纪的圣安娜木雕像，怀中圣婴耶稣的头也被火铳打飞了。法军曾一度占领礼拜堂，又被赶走，走时放了一把火。这座破损的建筑烈火熊熊，成为一个火炉，门烧着了，地板烧着了，然而，基督木雕却没有烧着。火舌舔到脚，继而熄灭，留下两只焦黑的残肢。据当地人说，这是显灵。童年耶稣丢掉脑袋，就没有基督幸运了。

　　墙壁布满字迹。在基督像的脚旁，能看到这个名字：亨吉内兹。还有其他名字：德·里约·马约尔伯爵、德·阿马格罗（阿巴纳）侯爵及侯爵夫人。也有一些法国人的名字，加了惊叹号，表示愤怒。那道墙于1849年重新粉刷过，因为各国在上面相互辱骂。

当时，一个手握板斧的尸体，就是在这礼拜堂门口收起来的。那是勒格罗少尉的遗骸。

从礼拜堂出来，朝左便看见一口井。院内有两口井。我们不禁要问：为什么那口井没有吊桶和滑车呢？因为不再从井里汲水了。为什么不再汲水了呢？因为里面填满了枯骨。

最后一个从这口井打水的人，名叫吉约姆·冯·库尔松。他是农民，在乌果蒙当园丁。1815年6月18日，他全家逃进树林避难。

在那几天几夜当中，那些不幸的居民全分散躲进维赖修道院附近的林中。如今还有些遗迹可辨，例如一些烧焦的古树干，便标志那些胆战心惊的可怜难民在密林中宿营的地点。

吉约姆·冯·库尔松住在乌果蒙，是"看守古堡"的，当时蜷缩在地窖里。英军发现他，并把这个吓破胆的人从躲藏的地方拖出来，用刀背打他，让他侍候。那些士兵渴了，吉约姆就给他们端水喝。他就是从这口井打的水。许多人都是这样喝了最后一口水。喝了井水的许多人死了，这口井随后也死掉了。

战斗之后，大家匆忙掩埋尸体。死神自有骚扰胜利的办法，让瘟疫紧随光荣之后。伤寒是武功的副产品。这口井很深，成了万人墓，丢进去三百具尸体。也许太匆忙了，丢下去的人果真全死了吗？传说没有全死。埋葬的当天夜晚，有人听见井里发出微弱的呼救声。

这口井孤零零在庭院中央，三面围着半石半砖的墙，好似折着的屏风，看上去仿佛小方塔。第四面敞开，是打水的地方。中间的墙上有个怪形的牛眼洞，估计是个弹洞。这个小塔原先有顶，现在只剩下木架了。右面的撑铁呈十字形。俯身望下去，只见砖壁圆洞黑黝黝的，深不见底。井四周长了荨麻，遮住了围墙脚。

比利时的水井，一般前沿都铺有大块青石板，而这口井前只架了一根横木，横木上钉了五六块类似粗大枯骨的多节而畸形的木头。井口既没有吊桶，也没有绳索和滑车，但是石头水槽还在，里面积了雨水，从附近树林不时飞来一只鸟儿，喝了水又飞走。

这片废墟中，有一所房子，即那排农舍，还住着人。农舍的门对着院子，上面镶着哥特式精致的锁板，还有一个安斜了的梅花头铁门纽。当年，汉诺威的维乐达中尉抓住门纽，想躲进农舍里，却让一名法国士兵一斧子砍掉手。

住在这里的一家人，是早已故去的那个园丁冯·库尔松的孙子辈。一位头发花白的妇人会告诉您："当年我就在这儿，那时只有三岁。我姐姐岁数大，吓得直哭。家里人把我们送进树林，母亲抱着我。大人把耳朵贴在地上倾听。我呢，就学大炮声：轰，轰。"

我们讲过，靠左边，院子有个角门通园子。

园子惨不忍睹。

园子分三部分，几乎可以说分三幕。第一部分是花园，第二部分是果园，第三部分是树林。三部分有一道总围墙，靠正门一侧，是古堡和农舍的建筑，左侧是一道绿篱，右侧有一道墙，正面的另一端也有一道墙。右侧是一道砖墙，底端是一道石墙。从角门先进入花园。花园地势较低，长了一些醋栗，杂草丛生，到一座石砌平台为止；那石头平台相当高大，栏杆呈双弧形。这是一座贵族花园，在勒诺特尔[1]之前，显示法兰西早期的园林风格，如今已经荒废，遍地杂草荆棘。栏杆柱顶端呈浑圆状，好似石球。数一数，还有四十三根栏杆立着，其余都卧在杂草丛中了。几乎每根栏柱都有弹痕。一根折断的栏柱横在平台前，看上去像一条断腿。

在那场战役中，第一轻步兵团的六名士兵，闯进这座比果园地势低的花园，就好像几头熊落入陷阱，再也冲不出去了，只好跟汉诺威的两连兵力搏斗。其中一连还装备了步枪，他们凭着石栏杆，从下射击。那些轻步兵则在低处还击，六个对付三百，英勇顽强，只有醋栗作为掩体，对峙了一刻钟，终于全部阵亡。

登上几级台阶，便从花园来到真正的果园。这几图瓦兹见方的弹丸之

1 　勒诺特尔（1613—1700）：法国建筑师和园林学家，创造了法兰西园林风格。

地，不到一小时的工夫，就有一千五百人倒下了。那堵墙似乎还要迎接战斗。英军在墙上凿出三十八个高低不等的枪眼，至今还存在。对着第十六个枪眼，有两座英式花岗岩坟墓。只有南面这道墙设了枪眼，这是主攻的方向。墙外面还有一道绿篱作为掩护，法军攻来，以为只有一道篱障，殊不知越过去，却有一道设了埋伏的高墙挡住去路。英国守军躲在墙里，三十八个枪眼一齐射击，子弹好似暴风雨，索瓦伊旅就在这里覆灭。滑铁卢战役也就这样开始。

果园还是攻占了。法军没有梯子，就用指甲抓住墙往上爬。在树下展开了肉搏战。这片草地全染上鲜血。纳索营七百士兵在这里被歼灭。凯勒曼的两个炮兵连从外面轰击，墙上布满霰弹的创痕。

这座果园同其他果园一样，对5月十分敏感。无莨和雏菊开了花，草长起来了，耕马在啃青。树木之间拉了衣绳，晾着衣衫，游人不得不低头通过，走在这片荒地上，脚时常陷入田鼠洞里。一棵连根拔起的树干，躺在乱草中又发绿了。布拉克曼少校就是靠着这棵树死去的。而德国将军杜普拉则死在旁边一棵大树下，他原是法国人，在废止南特敕令的时候，他全家才迁往德国。就在近前，斜长着一棵害病的老苹果树，树身缠了草，涂了黏泥。几乎所有苹果树都老化干枯，而且无不有枪伤弹痕。园中到处是枯树的遗骸。乌鸦在枝头乱飞。稍远一点还有一片树林，下面开满了蝴蝶花。

搏端战死，伏瓦受伤，战火，屠杀，血流成河，英国人、德国人和法国人的鲜血汇成激流，一口井里填满了尸体，纳索团和勃兰维克团被歼。杜普拉战死，布拉克曼战死，英国遭受重创。雷伊所部四十营法军损失二十营，在乌果蒙这个残破的宅院里，三千将士死于非命，刀砍，斧劈，扼杀，枪击，火烧。凡此种种，只为今天一个农夫对一个行客说："先生，给我三法郎，您若是高兴，滑铁卢的事儿我就说给您听听。"

三、1815年6月18日

追溯前尘，是讲故事的人的一种权利，让我们回到1815年，甚至比本书第一部分开场的时间还要早些。

1815年6月17日至18日的夜晚假如不下雨，欧洲的未来就会改变。多几滴雨或少几滴雨，决定了拿破仑的成败。上天只需洒一点雨，就让滑铁卢成为奥斯特利茨的收场，只要一片乌云违反时令穿越天空，就足以让一个世界崩溃。

滑铁卢战役，直到十一点半才打响，这就让布吕歇及时赶到。为什么？就因为地面潮湿，法军炮队要等地面硬实一点才好行动。

拿破仑当过炮兵军官，他很喜欢使用大炮。他在呈给督政府阿布吉战况的报告中写道"我们的某颗炮弹炸死六个人"，这足以说明这位天才将领的特质。他的全部作战方案都建立在炮击上。将炮火集中于确定的一点，这便是他取胜的秘诀。他把敌军将领的战略视为一个堡垒，定要打破缺口。他用霰弹猛击敌军薄弱部分，以大炮开战，也以大炮结束战斗。他的天才在于用炮。攻破方阵，歼灭营团，突破防线，粉碎并驱散集结的部队，全用这种打法，炮击，炮击，不停地炮击，把打的差使交给炮弹。运用这种令人胆战心惊的打法，再加上天才，这个城府极深的斗士，在战场上驰骋十五年，总是所向披靡。

1815年6月18日，他的大炮数量占优势，就更有恃无恐：威灵顿只有一百五十九门，而拿破仑有二百四十门。

假如地面是干的，适于炮队移动，早晨六点钟就开火，那么这场战役就能取胜，下午两点钟结束战斗，比普鲁士军队突然来增援还早三个小时。

这场战役失势，拿破仑有几分过错？沉船遇难总要怪舵手吗？

那个时期，拿破仑体力明显削弱，难道精力也减退了吗？征战二十年，难道像磨损剑鞘一样也磨损了剑锋，像消耗身体一样也消耗了心灵吗？这位将领难道遗憾地感到自己垂垂老矣？一言以蔽之，如同许多著名的历史学家所认为的那样，这位天才也才尽智穷了吗？难道他也进入疯狂状态，以掩饰自己的虚弱吗？他也开始轻举妄动了吗？他也犯了将帅的大忌，面对危险变得不清醒了吗？这类人称行动巨人的伟大的凡体，难道也有天才近视的年龄吗？高龄对典型的天才并不起作用，例如但丁和米开朗琪罗一类人，年事愈高，才气愈大。对汉尼拔和波拿巴一类人来说，难道才气要消减吗？难道拿破仑已经丧失打胜仗的直觉了吗？他再也辨认不出礁石，再也测不出陷阱，再也看不清悬崖的滑坡了吗？他已经丧失对灾难的嗅觉了吗？从前，他熟谙胜利的所有道路，在雷电的战车上，指挥若定，难道现在他昏聩到如此地步，将他乱哄哄的人马带入深渊吗？他到了四十六岁，真的疯狂到了无以复加的程度？这个掌握命运的巨灵神，难道成了一个地地道道的莽汉吗？

我们绝不这样想。

他的作战计划公认是一个杰作。直捣联军防线的中心，在敌人营垒打出一个洞，将敌军切断，半截英国赶到阿尔，半截普鲁士驱逐到通格尔，让威灵顿和布吕歇首尾无法相应，占领圣约翰山，攻克布鲁塞尔，将德国人扔进莱茵河，将英国人抛进大海。在拿破仑看来，这些都可以在这场战斗中解决，以后的事就再看了。

当然，我们无意在这里撰写滑铁卢战役史。我们所讲述的故事中，一个有伏线的场面与这场战役紧密相关，而这段历史并不是我们的主题。况且，这段历史已经撰写完了，洋洋洒洒，鸿篇巨制，一方面，由拿破仑本人作为；另一方面，出自史界七贤[1]的手笔。至于我们，还是让历史学家聚讼去吧，我们不过是事后的见证人，是这片原野的过客，是在这曾经血肉横飞的土地上俯身寻觅者，也许把表面现象认作事实。我既然没有军事实践，也没有战略眼光，不能提出一套方略，因而无权以科学的名义，视而不见一系列带有幻影的史实。在我们看来，滑铁卢的双方将领，都受到一系列偶然事件的支配；而对命运这个神秘的被告，我们也像天真的审判官——民众那样进行审判。

1　即瓦尔特·司各特、拉马丁、伏拉贝勒、沙拉、基内、梯也尔（雨果原注仅此六人）。

四、A

谁要想明了滑铁卢战役，只需想象在地上写个"A"字就行了。A字的左撇表示尼维勒公路，右捺表示格纳普公路，一横表示从奥安到勃兰拉勒的一条凹路。A字的尖端即为圣约翰山，是威灵顿雄踞的地方。左下角是乌果蒙，是雷伊和杰罗姆·波拿巴争夺之点；右下角为佳盟，是拿破仑大营所在的地方。横线与右捺相交点稍下一点是圣篱。横线的中心点，则是战役结束时，最后抛出那句话[1]的地方，而象征帝国羽林军最高英勇的狮子，无意中就是安排在这一点上。

A字上半部分的三角，正是圣约翰山高地。争夺那块高地，便是战役的全部过程。

两军的侧翼，在格纳普和尼维勒两条公路上，向左右展开。德尔戈与皮克东对阵，雷伊和希尔对阵。

在A字顶端的后面，即在圣约翰山高地的后面，是索瓦涅森林。

至于那片平川，可以想象为波浪起伏的旷野，一浪高过一浪，涌向圣约翰山，直到那片森林。

战场上两军对阵，恰似二人角斗，彼此搂抱，力图摔倒对方。抓住什么都不放松，一片荆丛就是一个支撑点，一个墙角就是一处掩体。缺少一点依靠，一团人马就立不住脚。平野上的一片洼地、一个土冈、一条斜插的捷径、一片树林、一条山沟，都可以撑住大军的脚跟，免其后退。退出战场就是失败。因此，率军的将领必须观察地形，仔细查看每一处极小的树丛、极轻微起伏的地段。

两军将领都仔细研究过圣约翰山平原，如今改称为滑铁卢平原。威灵顿早有远见，去年就查看这一带，做了大战的准备。6月18日决战那天，他占据了有利地形，拿破仑处于劣势。英国居高，法军临下。

在此速描拿破仑于1815年6月18日拂晓，手拿望远镜，骑马立在罗索

1　事见本卷第十四、第十五章。

姆高地上的姿态，可以说多此一举。在展示他的速描像之前，所有人都看到了。这副镇静自若的形象，头戴布里埃纳学校小帽，身穿绿色军衣，白色翻领遮住勋章，灰色礼服遮住肩章，背心下面露出红色绶带的一角，下身穿着皮短裤，足登丝袜和银马刺的马靴，骑着白马，马背披着角上绣有带皇冠的N和鹰的紫绒被，佩着马伦戈剑。这副最后一个恺撒的形象，挺立在人们的想象中，受到一些人的欢迎，也受到另一些人的敌视。

这副形象久已处于光辉之中。这是由于大部分英雄人物，在传说中都模糊朦胧，相当长时间难见真相，不过时至今日，历史和事件都真相大白了。

历史是冷酷无情的，这种明朗具有奇异和神妙的特点，虽为光明，正因为是光明，就往往在人们看到光芒的地方投下阴影，把同一个人化为两个不同的鬼魂，相互攻击，彼此惩罚：专制者的黑暗和统帅的辉光搏斗。民众在下定论时，从而掌握了比较准确的尺度。巴比伦遭蹂躏，损害亚历山大的声誉；罗马受奴役，损害恺撒的声誉；耶路撒冷遭屠戮，则损害提图斯的声誉。暴政继暴君而兴。一个人身后留下类似的形体的黑暗，这对他来说是一种不幸。

五、战役的烟云模糊处

大家都了解这场战役的最初阶段。开始的形势模糊不清，难以把握，犹豫不决，两军都面临危险，而英军更甚于法军。

雨下了一夜，地面一片泥泞。旷野低洼处像盆一样，都积了水。有些地方，积水没到车轴，马的肚带也滴着泥浆。如果小麦和黑麦不是让大量车轮压倒，填满了辙沟，给车垫平道路，那么任何军事行动，尤其在巴普洛特一带的山谷行动，都是不可能的。

进攻开始迟了。我们说过，拿破仑有个习惯，总是亲自掌握全部炮兵部队，如同握着手枪，在战役中，时而瞄向这一点，时而瞄向那一点。因此，他要等待套好马的炮车能够自由驰骋，这就要等太阳出来，晒干地面。

然而，太阳迟迟不出。这次，太阳不像在奥斯特利茨那样守约了。等到射出第一发炮弹的时候，英国柯威尔将军看了看表，正是十一点三十五分。

开始攻势很猛，法军左翼进攻乌果蒙的猛烈程度，也许超过了拿破仑的愿望。同时，拿破仑进攻中路，将吉奥旅压向圣篱，而内依则指挥法军右翼，冲击据守巴黎洛特的英军左翼。

进攻乌果蒙有几分诱敌作用，想把威灵顿吸引过去，使其偏重左面，这就是作战方案。如果四连英军和佩蓬歇尔师英勇的比利时士兵真能牢牢守住阵地，那么，这项作战方案就奏效了。然而，威灵顿并没有向乌果蒙集结兵力，仅仅派去四连近卫军和勃兰维克营驰援。

法军右翼攻占巴普洛特，击溃英国左翼，切断通往布鲁塞尔的道路，阻击可能来援的普鲁士部队，强行夺取圣约翰山，逼使威灵顿退守乌果蒙，再退至勃兰拉勒，再退至阿尔，这种战事进程再清楚不过了。如果不出点儿意外情况，这种进攻就会成功。夺取了巴普洛特，也攻占了圣篱。

要交代一个情况。英国步兵，尤其坎普特旅，招收了许多新兵。那些年轻士兵，面对我们勇猛的步兵，表现十分英勇。他们顽强作战的精神，弥补了经验的不足，尤其充当了出色的狙击手。狙击手士兵，稍微自主一点儿，就可以成为自己的将军。这批新兵有几分法军那种独立作战和奋不顾身的特点。这支新军极有活力，但威灵顿却为之不悦。

夺取圣篱之后，战事变幻不定。

那天，从中午到下午四点钟，是一个形势不明朗的阶段。这场战役的中间阶段几乎模糊不清，陷入一场混战，而暮色更加渲染了这种景象。只见暮霭中，千军万马往来飘忽，构成一幅令人目眩神摇的奇观。当年的战场阵容，如今几乎生疏了。红缨军盔、挂在刀旁飘动的扁皮袋、错综复杂的马革、榴弹袋囊、轻骑兵肋状盘花纽的军服、千褶红马靴、璎珞纷披的沉重的筒状军帽，勃兰维克所部几乎一色黑军装的步兵，同以白色大圆环代替肩章的红军装英国兵相混杂，汉诺威轻骑兵头戴红缨铜箍长方形皮军帽，苏格兰兵赤裸双膝，身穿方格花呢军服，而我国榴弹兵则缠着白色长绑腿。这些图景色彩斑驳，不成其为战阵队列，正是萨尔瓦托·罗查[1]所追求，而不是格里博瓦尔[2]所需要。

　　一场战役，总是要有一场暴风雨干预。"扑朔迷离，必有天意。"这种混乱的场面，每个历史学家都可以取其所好，描写几笔。不管统军将领如何筹划，两军一旦交锋，曲折变幻就层出不穷。双方计划一投入实战，就要相互穿插，相互牵扯而变形。战场的这一处比另一处吞没更多的兵卒，就像地面松软程度不同，吸进泼下的水也有快有慢一样。率军将领迫不得已，要投进去更多的兵力，受到出乎意料的耗损。战线犹如游丝，蜿蜒飘动。鲜血毫无道理地汇成溪流。两军前锋来回动荡，双方部队你进我退，犬牙交错，形成岬角海湾之势，所有这些对峙的礁石还不断蠕动。哪里有步兵，炮队就赶到；哪里有炮队，骑兵就追去；各种部队好似一片片云烟。那里明明有刀光剑影，仔细寻觅又不见了。疏朗之处时时转移，浓密之处进退无常。阴风阵阵，吹得人群或进或退，或聚或散，演出血肉横飞的惨剧。一场混战是怎样的情景呢？就是变幻不定。周密的作战方案是一种静态，只规划一分钟，而不能确定一整天。若描绘一场战役，非得气度恢宏、笔势雄浑的画家不可。伦勃朗就胜过冯·德·默伦，冯·德·默伦画中午准确，画下午三点钟就虚假了。几何会给人以假象，唯独飓风才是真实的。因此，佛拉尔[3]有理由驳斥波利伯[4]。应当补充一点：战役进行到某一时刻，往往转为混战，一个对一个拼杀，分散为无数的搏斗场面，借用拿破仑的说法，这类搏斗"属于各团队的传记，而不是全军的战史"。在这种情况下，历史学家显然有权概述，只能抓住战事的大轮廓。任何叙述者，再怎么力求写实，也绝不可能把狰狞的战云固定成型。

　　不过，到了下午的某一时刻，战局明朗了。

1　萨尔瓦托·罗查（1615—1673）：意大利画家。

2　格里博瓦尔（1715—1789）：法国将军，炮兵指挥。

3　佛拉尔（1669—1752）：法国军事作家。

4　波利伯：公元前2世纪希腊历史学家。

六、下午四点钟

　　将近四点钟，英军形势严峻。威灵顿·德·奥朗奇亲王指挥中军，希尔在右翼，皮克东在左翼。英勇无畏的亲王打得眼红，冲着荷比联军叫喊："纳索！勃兰维克！决不准后退！"希尔受到重创，向威灵顿靠拢。皮克东战死了。就在英军夺取了法军一〇五团军旗的时候，法军一颗子弹打穿脑袋，击毙了英国将军皮克东。这场战役，威灵顿有两个据点：乌果蒙和圣篱。乌果蒙还在死守，但是着了火，圣篱已经失守。守圣篱的德军一营只活下来四十二人。所有军官，不是战死就是被俘，只有五名幸免。在这座粮仓里，有三千士卒丧命。英国近卫军的一个中士，在英国是第一拳击好手，被他的伙伴赞为无懈可击，却让法军一个小小鼓手给干掉了。巴林丢了阵地。阿尔坦死于刀下。好几面军旗被夺走，其中有阿尔坦师军旗，有双桥家族一个王子举着的吕内堡营的一面军旗。苏格兰灰装部队死伤殆尽。蓬松比龙骑兵被刀斧手砍绝。骁勇的龙骑兵严重受挫，敌不过勃罗的长矛队和特拉维尔的铁甲军，一千两百骑仅余六百，三名中校有两名倒在地上：哈密顿受伤，马特战死。蓬松比落了马，身上被长矛戳了七个洞。戈登死了，马尔什死了。第五师和第六师，这两个师的兵力被歼灭。

　　乌果蒙被突破，圣篱失守，只剩中路一个结了。那个结一直打不开。威灵顿不断增援，从梅伯勃兰调来希尔部，从勃兰拉勒调来沙塞部。

　　英军大营所处地势略凹，地形十分有利，兵力又极其密集。它盘跨圣约翰山高地，背靠村庄，前有相当陡的斜坡。据守的石楼是尼维勒乡的公产，标志道路的交叉口，建于16世纪，非常厚实坚固，炮弹打上去会弹回来，根本毁坏不了。英军还在高地周围处处设障。山楂林里设了炮兵阵地，炮口从枝丫中探出，以荆丛做掩护。他们的炮兵埋伏在树丛里。战争中当然允许设陷阱，用诈术。英军的这一诈术十分巧妙，就连皇帝在早晨九点派去侦察敌军炮位的哈克索，什么也没有发现，回来向拿破仑报告说没有障碍，只有尼维勒和格纳普两条大道上设了路障。那个季节，麦子长高了，而坎普特旅的步枪营，就埋伏在高地边缘的麦田里。

英荷联军大营有这些掩护和据点，处境当然有利。

这一营地的危险在于索瓦涅森林。那片森林连着战场，中间只隔着格罗南达耳和博瓦弗沼泽。军队一旦撤向那里，必然覆灭，各团队会立刻溃散，炮车也会陷入泥沼。不少行家认为，往那里撤退，就意味着各自逃命。对此也有人提出异议。

威灵顿加强中心的兵力，从右翼调来沙塞旅，从左翼调来维克旅，再加上克林顿师。他还派了勃兰维克的步兵、纳索部队、琪尔芒塞格所部的汉诺威部队和翁普达的德军，支援他的英国部队：哈凯特各团、米切耳旅、麦朗德的近卫军。这时，他就掌握了二十六个营。正如沙拉斯所说："右翼折回到中路的后面。"在今天所谓"滑铁卢陈列馆"的地点，当年就有一大队炮兵隐蔽在沙袋的后面。此外，威灵顿还把索姆塞的龙骑兵，一千四百骑，布置在一长条洼地里。那是名不虚传的英国骑兵的另一半。蓬松比部被歼，只剩下索姆塞部了。

这个炮兵阵地布置在园子一道矮墙后面，还有匆忙堆叠的沙袋和一道土坡作为掩体，如果布置完成，就能发挥极大威力。然而，这个工事没有完成，周围还来不及设置一圈障碍。

威灵顿惴惴不安，却不动声色，立马在圣约翰山老磨坊靠前一点的榆树下，终日保持同一姿势。那座磨坊如今还在，但是那棵榆树，让一个热心摧残古迹的英国人花两百法郎买去，锯断运走了。威灵顿立在那里，英勇无畏又镇静自若。炮弹如雨点一般，副官戈尔登被炸死在他身旁。希尔勋爵指着一颗炸开的炮弹问他："王爷，万一您身遭不测，您给我们留下什么指示，留下什么命令呢？""像我们这样做。"威灵顿答道。他还简洁地对克林顿说："守住这里，直到最后一个人。"那一天，形势明显恶化。威灵顿冲他在塔拉韦拉、萨拉曼卡和维克多利亚的老战友喊道："孩子们！难道你们想后退了吗？想一想古老的英格兰吧！"

将近四点钟，英军防线动摇后退了。高地上只剩下炮兵和狙击手，其余部队忽然不见了，各营队遭受法军霰弹和炮弹的轰击，都退缩到后面去了。圣约翰山农庄的便道，如今还穿过那里。出现了退却之势，英军的前锋回避了，威灵顿后退了。——"开始退却啦！"拿破仑喊道。

七、拿破仑心绪极佳

那天，皇帝虽然有病，又因骑马而局部肢体不舒服，但是心情从来没有那样好过。从早晨起，他那张无人看得透的脸上，却露出了笑容。他那颗掩饰在大理石后面的深沉灵魂，在1815年6月18日那天，却盲目地焕发光彩。在奥斯特利茨脸色阴沉的那个人，在滑铁卢却心情愉快。天生负有大任的人，都会有这种反常的表现。我们的欣喜未能脱离阴影，最终一笑属于上帝。

"恺撒笑，庞培哭。"帝国第十二军团号称雷霆军团。雷霆军团的外籍军人如是说。这次，庞培未必哭，但恺撒确实笑了。

从夜里一点钟起，拿破仑就冒着狂风暴雨，同贝特朗骑马查看罗索姆一带的山丘，望见英军营地长长一线火光，从弗里什蒙延至勃兰拉勒，照亮了天边。他颇为满意，仿佛觉得在指定的日期，由他确定滑铁卢战场的命运，是确切无疑的。他勒住马，站立片刻，眼望闪电，耳听惊雷，有人听见这个宿命论者在黑暗中抛出这样一句神秘的话："我们想法一致。"拿破仑错了，他们想法不一致了。

那一夜他没有合眼，时时刻刻都流露出一种快乐。他巡视了整个前沿阵地，不时停下同哨兵说话。约莫两点半，在乌果蒙树林附近，他听见行军的脚步声，一时以为威灵顿后撤了，就对贝特朗说："那是英军后队拔营移寨了。刚刚到达奥斯坦德城的六千英军，我要全部俘获。"他兴致勃勃地交谈，又恢复了3月1日登陆时的那种豪情。登陆那天，他指着茹安湾那个欣喜若狂的农民，高声对大元帅说："喂，瞧啊，贝特朗，增援部队到啦！"6月17日到18日那个夜晚，他不断嘲笑威灵顿。——"那个小小的英国佬，就得受点儿教训。"拿破仑说。雨越下越大，皇帝说话伴随雷声。

凌晨三点半，他的一个幻想破灭了。派去侦察的军官回来向他报告说，敌军毫无行动。根本没有拔寨，一处营火也没有熄灭。英军在睡觉。大地寂静无声，只有天空在喧嚣。到了四点钟，巡逻队带来一个为英国骑兵旅当过向导的农民，那可能是维卫安旅，要去左端奥安村扎营。到了五点钟，两名比利时逃兵对他说，他们刚离开部队，英军正等着开战。

"好极啦！"拿破仑高声说，"现在我不是要把他们击退，而是要击垮。"

早晨，他来到普朗努瓦路拐弯的高坡上，下了马，站在泥中，命人从罗索姆农舍搬来一张桌子和一把乡下椅子，坐下来，又命人铺了一捆干草当地毯，在桌上展开军事地图，对苏尔说："多好看的棋盘！"

由于下了一夜雨，辎重车辆阻在泥泞的路上，早晨没有赶到。士兵全身淋湿了，没有睡觉，还饿着肚子。尽管如此，拿破仑还快活地高声对内依说："我们有百分之九十的把握。"八点钟，皇上的早餐送来了。他邀请了好几位将军一起用餐。餐桌上谈到前一天夜晚，威灵顿在布鲁塞尔参加了里什蒙公爵夫人的舞会。苏尔是一个貌如大主教的粗鲁武夫，他说："舞会，就是今天。"内依则说："威灵顿不至于那么简单，等待陛下的圣驾吧。"拿破仑也跟着取笑，这是他的一贯作风。弗勒里·德·夏布隆就说："他喜欢戏谑。"古尔戈也说："他天生一副诙谐的性情。"邦雅曼·贡斯唐则说："他动辄取笑，但是怪话多而妙语少。"这个伟人的玩笑话值得一书。正是他称他的羽林精兵为"老兵痞"，他揪他们的耳朵，扯他们的胡须。"皇上就爱捉弄我们。"他们当中有人就这么说。2月27日，拿破仑神不知鬼不觉从厄尔巴岛回法国的途中，乘坐的"无常号"在海上遇到"和风号"。"和风号"上的人打听拿破仑的消息。当时他躲在船上，还戴着他在岛上采用的绣有蜜蜂的红白徽章的帽子，他笑着拿起传话筒，亲自回答说："皇上身体健康。"能这样谈笑的人，自然能掌握局面。拿破仑在滑铁卢吃早餐过程中，就有好几次这样放声大笑。吃过饭，他静坐了一刻钟，然后，坐在干草上的两名将军拿起笔，将纸垫在膝上，开始记录皇帝口授的作战命令。

到了九点钟，法军排成五列纵队，展开阵式，开始行进。左右师各分两列，炮队居中，军乐队排在队首，鼓声雷动，军号齐鸣，头盔、战刀和枪刺汇成海洋，显示出强大、壮阔而欢乐的阵容。皇帝见了非常激动，连声高喊："壮观！壮观！"

从九点钟到十点钟，真令人难以置信，整个大军都排好阵列，分为六列纵队，照皇帝的说法，组成"六个 V 形"。阵列排好之后，在大战之前一段时间，战场如暴风雨来临之前一样寂静。皇帝望着三队重炮行进，拍了拍阿克索的肩膀，对他说："将军，瞧那二十四个美丽的姑娘。"那三队重炮是从埃尔龙、雷伊和洛博各部抽调出来的，准备用来轰击尼维勒和格纳普两条交叉口的圣约翰山。

他成竹在胸，看见第一军工兵连从面前经过，便以微笑鼓励他们。他们奉命一旦夺取村庄，就在圣约翰山构筑工事设防。在整个检阅的肃穆过程中，他只讲了一句高傲而悲悯的话。他转向左面，望见如今有一座大坟墓的地方，聚集骑着骏马的苏格兰灰装骑队，不禁说道："真可惜。"

继而，他跨上马，跑到罗索姆的前沿，在格纳普通布鲁塞尔的大道右侧，选了一块小草坪作为观察所。这是他的第二个驻足点。第三个驻足点非常险恶，那是如今还在的颇高的土丘，位于佳盟和圣篱之间。土丘后面平川的一个斜坡上，集结着羽林军。周围石头路面纷纷弹起弹片，有的直飞到拿破仑身边。还像在布里埃纳那样，他的头上枪子霰弹呼啸。后来，几乎就在他立马之处，有人拾得枯烂的炮弹、旧战刀和变形的枪弹，全都锈透了。"锈迹斑斑。"就在几年前，还在那里挖出一颗未炸的重磅炮弹，引信管贴着弹壳断了。也正是在这最后的驻足点，他的向导，一个叫拉科斯特的抱敌意的农民，被拴在一名轻骑兵的马鞍上，吓得要命，每当榴霰弹爆炸，就转过身去，想躲到那骑兵的后面。皇帝见了就申斥道："蠢货！真丢人，你要让人在背后给打死。"记述这话的人，在那土丘坡上松软的沙土里，也挖出锈了四十六年的一颗炮弹的弹头，还挖出一块块像接骨木那样一捏就碎的烂铁。

众所周知，拿破仑和威灵顿交战的那片原野，起伏不平的形貌，已非1815年6月18日的情景了。在这片凄惨的战场上建起纪念碑，却削平了原来的地势，历史遭到篡改，也就面目全非了。旨在颂扬，反而毁了它的原貌。战后过了两年，威灵顿重游滑铁卢，惊叹道："别人把我的战场给改变了。"如今用土堆起的顶着石狮的金字塔那地方，当初是一条山脊，向尼维勒大道一侧，地势渐低，但还不难走。可是朝格纳普大道那边，却是一个陡坡。如今，从格纳普到布鲁塞尔的大道两旁的两座大土冢，还能测出那陡坡的高度。道左侧为英军冢，道右侧为德军冢。法军没有坟墓，不过，整个那片平原，全是法军的墓地。那座高一百五十英尺、底基周长半英里的纪念塔，用了成千上万车沙土，因此，圣约翰山高地的坡度，如今平缓多了。而在大战那天，尤其是圣篱那一面，地势非常陡峭，英国大炮都瞄不到下面山谷作为战场中心的农舍。1815年6月18日那天，大雨把陡坡冲出一道道沟，满坡泥浆，更难攀登，不仅要上坡，而且要登泥泞溜滑的陡坡。沿着山脊原有一条深沟，这是在远处观察的人所难推测的。

那条深沟是怎么回事呢？需要说明一下。勃兰拉勒和奥安都是比利时村庄，都隐藏在低洼地段。一条长约一法里半的道路连接两座村庄，它通过起伏不平的川地，往往深入丘峦之间，仿佛耕出一条犁沟，因而有几段路形成沟壑细谷。那条路位于格纳普和尼勒维两条路之间，切开圣约翰山的山脊，如今还像1815年一样，只不过当初是凹路，现在同两旁地面齐平了。路两旁高坡的沙土被挖走，去筑纪念墩了。那条路其他地段，大部分还像从前一样，仍然是一条沟，有时深达十二法尺，而且路坡陡峭，不少地方塌了方，尤其是冬季下暴雨造成的。路上发生过伤亡事故。进入勃兰拉勒处的路面特别狭窄，一个过路人就被马车压死，有石头十字架证明。那个十字架立在墓地旁边，上面有死者的姓名："贝纳尔·德·勃里先生，布鲁塞尔商人"，车祸发生在1637年2月。[1]在圣约翰山高地那段路基极深，一个名叫马西厄·尼盖斯的农民，因为路坡坍塌，于1783年被压死在那里，这也有一个石头十字架作证。那十字架上半截没入田中，但是翻倒的石座，今天仍然见得到，在圣篱和圣约翰山之间那条路的左侧草坡上。

大战那天，沿着圣约翰山脊的那条凹路不露形迹，到达山顶的那段所形成的深沟，就像被浮土掩饰的辙沟，根本看不见，也就是说非常凶险。

1　碑文如下：布鲁塞尔商人，贝纳尔·德·勃里，在此遇车祸，不幸丧生。1637年2月（日期字迹不清）——原注

八、皇帝问向导一句话

可见，滑铁卢那天早晨，拿破仑很高兴。

他有理由高兴，他酝酿的作战方案，我们已经看到，的确令人赞叹。

然而，一旦交战，形势变化就十分曲折复杂。乌果蒙顽抗，圣篱固守，搏端阵亡，伏瓦丧失战斗力。那道意想不到的围墙使索亚旅受到重创，吉勒米诺因疏忽没带炸药包而造成惨重的伤亡。炮队陷在泥淖中，没有护卫队的十五门大炮被于克伯里奇掀翻在凹路上，轰击英军阵地效果甚微，炮弹扎进雨水浸透的泥土里，只高高溅起泥浆，结果开花弹变成了烂泥泡。皮雷部进击勃兰拉勒不见功效，十五连骑兵几乎全部覆灭。英军右翼触动不大，左翼也伤亡较轻。内依莫名其妙地误解命令，没有把第一军的四个师人马排成纵队，反而聚成一堆，横列二百人，接连二十七列，齐头并进，去迎击榴霰弹，让炮弹在人群中开花，瓦解进攻的队列。斜插的炮队侧翼突然暴露目标，布儒瓦、东兹洛和杜吕特各队受到攻击。齐奥部被击退，而维厄中尉，那个巴黎综合工科大学毕业的大力士，冒着防守格纳普通布鲁塞尔大路弯道的英军从工事俯射的枪弹，正用大斧砍开圣篱大门的时候中弹受伤。马科涅师受到步兵和骑兵的两面夹击，又受到埋伏在麦田里的贝斯特和帕克部队的迎面射击，以及蓬松比部队战刀的砍伐，他的炮队七门大炮的炮口被堵死。萨克斯－魏玛亲王死守弗里什蒙和斯莫安，顶住德·埃尔龙伯爵部队的冲击，夺了一○五联队军旗，又夺了四十五联队军旗。那个黑军装的普鲁士轻骑兵，让在瓦夫尔和普朗努瓦之间侦察的三百飞骑队俘获，他说出了令人不安的情况。格鲁奇的援军迟迟不到，而不到一小时，在乌果蒙果园里就损失了一千五百名士卒，在圣篱周围倒下一千八百人，用的时间还要短。所有这些风云变幻，如战争硝烟，在拿破仑的眼前掠过，他的眼神几乎没露惊色，坚信不疑的龙颜也丝毫没有黯淡。他习惯直面战争，从不一笔一笔计算令人痛心的局部损失。在他看来，数字并不重要，只要最后总数是胜利就行了。他自信能控制和掌握结局，开头失误丝毫也不惊慌。他善于等待，置身事外进行思考，以平等的身份对待命运，仿佛对命运说：想必你也不敢。

拿破仑自身半明半暗，也就感到在善中受到护佑，在恶中得到宽容。他同种种事变有一种，或者自认为有一种默契，几乎可以说一种合谋的关系，类似古代所说的金刚不坏之身。

然而，经过了贝雷西纳、莱比锡和枫丹白露[1]的人，对滑铁卢恐怕也得稍存戒心。天空深邃之处，一种讳莫如深的皱眉的神色，已经隐约可见了。

威灵顿后撤的时候，拿破仑不禁暗暗吃惊。他突然发现圣约翰高地兵力空虚，前沿阵地的英军不见了。英军在重新集结，但又逃避。皇帝在坐骑上半立起身子，眼里掠过胜利的闪电。

威灵顿一旦退至索瓦涅森林，全军覆灭，那么，英国就要永远被法国压垮，克雷西、普瓦图、马普拉凯和拉米利之耻[2]全部可雪。马伦戈的英雄就抹掉阿金库尔[3]之役。

于是，皇帝考虑这种可怕的突变，同时举起望远镜，最后一次扫视战场的每一点。他身后的卫士武器冲下，以一种虔诚的神态仰视他。他正在思考，正在观察山坡，衡量斜坡，测度树丛、方块黑麦田、小道，仿佛计数每一簇灌木。他凝视一阵两条大道上的英国防御工事：那两处宽宽的鹿砦，一处设在圣篱上面一点的格纳普大道上，装备两门大炮，是英军瞄向纵深战场的唯一炮队；另一处设在尼维勒大道上，荷兰军沙塞旅的枪刺在那里闪闪发亮。他还注意到，荷军防御工事附近那座古老的、粉刷成白色的圣尼古拉小教堂，坐落在通向勃兰拉勒的岔道口上。他俯身对向导拉科斯特说了一句话。向导摇了摇头，可能存心欺骗。

皇帝挺起身，又默想了片刻。

威灵顿退却了。法军只要压上去，就会使他溃不成军。

拿破仑猛地回过身，派了一名骑差，火速赶往巴黎报捷。

1　贝雷西纳是俄国的河名，1812年拿破仑出征，在此受挫；1813年，拿破仑与同盟军会战莱比锡失利；1814年，拿破仑在巴黎郊区枫丹白露宫被迫逊位。

2　法军在这些战役中都曾败北。

3　1800年在马伦戈，拿破仑大败奥军；阿金库尔是加来海峡省的一个乡，在英法百年战争中，1415年，英方亨利五世战胜法方军队。

拿破仑是个雷厉风行的天才。

他已经找准迅雷打击的要害。

他命令米楼的铁甲骑兵夺取圣约翰山高地。

九、意料之外

铁甲骑兵共三千五百名，排成四分之一法里宽的阵列，个个彪形大汉，骑着高头大马。他们分二十六队，后援部队则有勒费夫尔－德努埃特师、一百六十名精锐骑警、羽林军的一千一百九十七名轻骑兵和八百八十名长矛手。他们头戴无缨铁盔，身穿铁甲，挎着带枪囊的短枪和长刀。早晨，他们已受到全军的赞赏。九点钟军号吹响，各部队军乐队一齐奏起《保卫帝国》曲，他们列队走过来，浩浩荡荡。一个炮队在侧翼，一个炮队在中路，在格纳普和弗里什蒙之间的大路上分两列展开，在第二条强大的战线上列好阵式。这第二条战线是由拿破仑布成的，十分巧妙，左翼有凯勒曼的铁甲骑军，右翼有米楼的铁甲骑军，可以说安上了两只铁翅膀。

副官贝纳尔传达御旨。内依拔出剑，一马当先。大队人马开始进发。

那场面十分壮观，声势足能夺人心魄。

整个骑军高举马刀，旌旗迎风飘扬，军号激荡，由一师纵队殿后，步伐整齐犹如一人，动作准确又像攻城的一个铜羊头撞锤；从佳盟丘冈上冲下来，深入横尸遍野的险谷，消失在硝烟之中，继而又走出那幽暗之地，出现在山谷的另一边。队形始终密集紧凑，冒着枪林弹雨，冲上那令人畏惧的圣约翰山高地泥坡。他们往上冲，军容严整，凶猛而又沉稳，在枪炮声间歇的刹那间，可以听见大军行进踏地的声响。这支骑军分两个师，因而排成两列纵队，华蒂耶师居右，德洛尔师居左，远远望去，就像两条钢铁巨蟒爬向高地的山脊。这种长蛇阵穿越战场，真是一种奇观。

自从用大队骑兵夺取莫斯科河大炮台之后，再也没有见到类似的战争场面。这次缪拉不在，但是有内依。这一大队人马仿佛变成一个巨怪，而且只有一颗心灵。每支骑队起伏伸缩，宛如爬行动物的一个环节。通过浓密硝烟的缝隙可以望见他们。头盔攒动，喊声阵阵，马刀挥舞，而在大炮和军号声中，骏骑腾跃，势如暴风骤雨，一片奔腾，又整齐又威猛，那马上的铁甲仿佛巨蟒的鳞片。

叙述的这些场景好像发生在另一个时代。类似的情景，当然出现在古代志异的诗篇里。那种半人半马、人面马身的巨怪，奔驰而上奥林匹斯山，凶猛可怕，英勇无敌，显示出一种神威：既是神也是兽。

数字也天缘巧合：二十六营步兵迎击二十六队骑兵。在高地的背面，英国步兵在隐蔽的炮队的掩护下，每两营组成一个方阵，共有十三个方阵；又分成两列，前列七个方阵，后列六个方阵。他们肩托抵着肩膀，对准要冲过来的敌人，一动不动，沉默平静地等待着。他们看不见铁甲骑兵，铁甲骑兵也看不见他们。他们倾听这股人潮上涨，听见三千骑的声音越来越大：飞奔的铁蹄有节奏的声响、铁甲的摩擦声、战刀的撞击声，以及粗声大气的喘息。有一阵惊心动魄的寂静，接着，山脊上突然出现一长列高举战刀的手臂，出现头盔、号角和旌旗，三千蓄着灰胡子的脑袋齐声高呼："皇帝万岁！"铁骑全军冲上高地，就好像开始一场大地震。

突然，又出现惨不忍睹的场面，英军的左翼，即我军的右翼，铁骑纵队的排头战马竖起前蹄，并伴随惊叫的喧哗。他们一气冲上山顶，锐不可当，正要冲下去歼灭方阵和炮队，却猛然发现他们和英军之间有一条沟，这条深沟正是奥安的凹路。

那一刻真是鬼神皆惊。一条细谷，出乎意外地在那里显现，张着大口，直悬在马蹄之下，两壁之间深达两图瓦兹。第二排推动第一排，第三排又簇拥第二排，战马竖起，仰天倒下去，四蹄朝天往下滑，冲撞并打乱骑军阵列，根本无法后撤，整个纵队成为一颗炮弹，用以摧毁英军的冲力，却反弹回来摧毁法军。这无法规避的细谷，只有填满才肯罢休。骑兵和战马乱纷纷滚下去，相互挤压，在这深渊里成为一堆血肉，等深沟被活人填满，后边人马才从他们身上踏过去。杜布瓦旅将近三分之一人马葬入这个深渊。

这场战役从此开始失利。

当地有一种传说，无疑言过其实，说是奥安凹路里葬送了两千匹战马和一千五百人。若是把大战次日抛进去的尸体全计算在内，这个数字还差不多。

顺便交代一句，伤亡惨重的杜布瓦旅，一小时前还单独作战，夺取了吕内堡营的军旗。

拿破仑在命令米楼铁甲军冲锋之前，也曾仔细观察过地形，但是凹路在高地上连一点皱褶也没有显露，他无法看到。不过，他注意到那座白色小教堂和尼维勒大路所形成的角度，便警觉起来，估计可能有障碍，于是问了向导拉科斯特。向导回答没有。几乎可以这么说，正是一个农民摇了摇头，造成了拿破仑的惨败。

其他的败象也有显露。

拿破仑可能赢得这场大战吗？我们回答"不可能"。为什么呢？是威灵顿的缘故吗？是布吕歇尔的缘故吗？都不是。天意使然。

拿破仑在滑铁卢获胜，这不再符合19世纪的发展规律。一系列变故正在酝酿中，没有拿破仑的位置了。形势不祥的征兆，早已显露出来了。

时候已到，这个巨人该倒下了。

这个人的分量太重，打破了人类命运的平衡。他独自一人所占的比重，竟然超过全人类。人类过剩的精力集中在一颗头脑中，全世界都升华到一人的脑子里，这种情况如果持续过久，就会给人类文明带来致命的打击。至高无上而又永不腐蚀的公正，到了晓谕公众的时候了。决定精神和物质均衡的各种原则和因素，大概愤愤不平了。冒着热气的鲜血、人满为患的公墓、母亲的眼泪，这些全是感泣鬼神的控诉。大地苦难到了不胜负荷的时候，冥冥中就会发出神秘的怨艾，上达天庭。

拿破仑在无限中受到控告，他注定要垮台。

他妨碍了上帝。

滑铁卢绝非一场战役，而是世界面貌的焕然一新。

十、圣约翰山高地

凹路显现，炮队也同时卸下伪装。

六十门大炮和十三个方阵，迎面同时向铁骑军开火。无畏将军德洛尔向英国炮队致以军礼。

英军轻炮队全数飞驰回到方阵中。铁甲骑军一刻不停。凹路的惨祸伤了他们的元气，却未能稍挫他们的勇气。他们人员减少，勇气却倍增。

只有华西厄纵队惨遭横祸，德洛尔纵队则全员到达，因为内依仿佛预感到陷阱，让他们从左面斜插过去。

铁甲骑军猛冲英军方阵。

他们伏在鞍上，放开缰绳，牙齿咬住战马，手握着短枪，这就是当时冲杀的姿势。

在战斗中，人心有时变硬了，以致把士兵变成石雕，整个肉体变成花岗岩。英军营阵受到疯狂的冲击，却岿然不动。

那场面叫人胆战心寒。

英军方阵每一面都同时受到冲击，狂暴的旋风将他们团团裹住。但是，英军步兵毫不动摇，沉着应战。第一排一条腿跪在地上，用刺刀迎击铁甲骑兵，第二排一齐射击，炮兵在第二排后面则装炮弹，接着方阵正面敞开，让排炮射击，随即又闭合。铁骑军则以铁蹄践踏回击，他们的高头大马竖起前蹄，跨越排列，从刺刀上面飞跃过去，重重地砸在四堵人墙的中间。炮弹在铁骑队中炸出空洞，铁骑军则把方阵冲出缺口。一排排人被铁蹄踏得血肉模糊，刺刀也深深戳进这些神骑的肚腹。因此，这里的创伤奇形怪状，恐怕在别处战场见不到。方阵被这疯狂的骑队啃噬，逐渐缩减，但仍不后退半步。排炮霰弹也射不完，在进攻的骑队中开花。这场战斗的场面十分狰狞可怕。方阵已不再是营队，而成为火山口。铁骑军也不再是骑队，而成为暴风雨。每个方阵都是受到乌云袭击的火山，熔岩同雷霆大战。

右翼角上的方阵最为暴露，毫无凭依，经过第一阵冲击，就几乎被歼灭了。这个方阵由苏格兰高地兵七十五团组成。方阵正中有个吹风笛的士兵，坐在一面军鼓上，胳臂下夹着风笛，就在四周厮杀的时候，他仍吹奏山歌，出神的眼睛低垂着，忧郁的目光里映现出森林和湖泊。那些苏格兰士兵临死还想念他们的家乡，正如希腊人临死还惦记阿耳戈斯城。一名铁甲骑兵一刀将风笛连同那条胳臂砍掉，杀死歌手，山歌也就戛然而止。

铁骑军的数量相对少些，在凹路上又惨遭伤亡，现在几乎是同全部英军作战，但是他们以一当十，人数倍增了。在那阵工夫，几营汉诺威兵开始后退了。威灵顿见此情景，便想到他的骑兵。当时，拿破仑若是想到他的步兵，就可能赢得这场战役。这一疏忽铸成他无法弥补的大错。

横冲直撞的铁骑军，忽然感到遭受袭击，英军骑兵从背后攻来。对面是方阵，后面是索姆塞，索姆塞部有一千四百名龙骑兵，右侧有道恩堡的德国轻骑兵，左侧有特里普的比利时火枪队。这样，铁骑军正面侧面，前后左右受到步兵和骑兵的攻击，不得不四面应敌。这对他们又有什么关系呢？他们是旋风，那种勇猛已经无法形容。

此外，大炮还始终从背后轰击他们，不如此不足以伤他们的后背。铁骑军有一副左肩胛穿了弹孔的铁甲，就陈列在所谓滑铁卢纪念馆里。

必须有这样的英国人，才能对付这样的法国人。

这不再是一场混战，而化为一片阴影、一种疯狂，化为令人目眩的心灵的奋勇、寒光闪闪的刀剑的风暴。刹那之间，英军一千四百名龙骑兵，仅剩下八百了，富勒中校也落马而死。内依率领勒费夫尔－德努埃特的长矛队和轻骑兵赶来。圣约翰山高地攻占了，丢掉，重又攻占。铁骑军丢下龙骑兵，回身对付步兵，更确切地说，千军万马扭作一团，杀得难分难解。方阵始终固守，顶住十二次冲击。内依胯下连死四匹战马。铁骑军半数死在高地上。这场恶战持续两小时。

英军根基动摇。毫无疑问，铁骑军开始冲锋时，如果不是在凹路突遭横祸，那就会突破英军中路防线，决定战役的胜利。在塔拉维拉和巴达若兹见过大场面的克林顿，望着这种异乎寻常的铁骑军，也惊得呆若木鸡。

威灵顿十有七八要失败，仍不失英雄气概，低声赞道："出色!"[1]

铁骑军歼灭了十三个当中的七个方阵，夺取或堵塞六十门大炮，夺得英军团队的六面军旗，由羽林军的三名铁骑兵和三名轻骑兵送至佳盟庄，献给皇帝。

威灵顿处境恶化。这场奇特的战役，仿佛两个负伤者的激烈决斗，彼此流尽了鲜血，仍在死死地拼搏，两者看谁先倒下。

高地争夺战仍然继续。

这些铁骑军冲到什么地方呢? 谁也说不准，但有一点是确切无疑的。就在大战的次日，在尼维勒、格纳普、拉羽泊和布鲁塞尔四条大路的交叉口，有人发现一名铁骑兵，连人带马死在圣约翰山车辆过磅的磅秤架上。那名铁骑兵穿越了英军的防线。抬过那尸体的人中间，有一个还在世，住在圣约翰山。他名叫德阿兹，当年十八岁。

威灵顿感到要倾覆了。危急的时刻临近了。

英军中部防线没有被突破，在这个意义上，铁骑军根本没有成功。两军都拥有高地，因此谁也没有占领，总之，大部分还在英军手里。威灵顿掌握村庄和最高的山坪，内依仅仅夺取山脊和山坡。双方都好像在这伤心惨目的土地上扎了根。

不过，英军似乎无法补充损失的兵员了。这支军队伤亡惨重。左翼坎普特部求援。"没有援军，"威灵顿回答，"让他死拼吧!"事情也是奇巧，两支军队战斗力几乎同时衰竭。内依也请求拿破仑派步兵增援，拿破仑则喊道："步兵! 他要我到哪儿去找? 是要我现变出来吗?"

然而，英军却病入膏肓。那些铁甲钢盔的大队人马疯狂地冲击，已经把步兵踏成肉酱。寥寥数人围着一杆旗帜，就标志一个团队方阵的位置，营队的军官只剩下一名上尉或中尉指挥了。阿尔坦师在圣篱已受重创，高地这一役就几乎全军覆没了。冯·克吕兹旅的顽强的比利时兵，全部倒在尼维勒大路旁的黑麦田里。1811年混在我军中去攻打威灵顿的荷兰榴弹

1　原话如此。——原注

兵，1815年又同英军联合攻打拿破仑，这次几乎无人幸免。阵亡军官的数字也很惊人。于克伯里奇勋爵膝骨折断，次日要埋葬自己的断肢。铁骑军一战，法军方面，德洛尔、勒里蒂埃、克贝尔、德诺普、特拉维尔和勃朗卡尔，固然都或伤或亡，退出战阵，但英军方面，阿尔坦受伤了，巴恩受伤了，德兰塞阵亡，冯·默伦阵亡，奥姆特达阵亡，威灵顿的参谋部死伤大半。在这场两败俱伤的恶战中，英军伤亡更为惨重。近卫军步兵第二团失去五名中校、四名上尉和三面军旗；步兵三十团第一营，损失二十四名军官和一百一十二名士兵；第七十九山地团，则有二十四名军官受伤，十八名军官和四百五十名士兵丧命。坎贝兰德部的汉诺威轻骑兵有一整团人马，在哈克上校率领下，看到混战的场面，竟然掉转马头，全部逃进索瓦涅森林，致使布鲁塞尔都人心惶惶。后来，哈克上校受到审判，被免去了军职。当时，他们望见法军步兵推进，要逼近森林，就赶着炮兵运输车、辎重车、行李车、满载伤员的篷车，慌忙躲进森林。荷兰兵遭到法国骑兵的砍杀，纷纷高呼："不好啦！"据还在世的目击者说，从绿布谷到格罗南达尔，在通往布鲁塞尔方向近两里的路段上，挤满了逃难的人。就连流亡在马利纳的孔德亲王、流亡在根特的路易十八，也都惊慌失措。威灵顿的骑军，只剩下少量后备骑兵，分布于设在圣约翰山农场的战地医院后面，以及左翼的维卫安和汪德勒旅。许多毁坏的大炮躺在地下。西博恩承认了这些事实，普林格尔则过于渲染，甚至说英荷联军锐减到三万四千人。那位铁公爵还保持镇静，但是他的嘴唇都白了。派到英军作战参谋部的奥地利特派员万森、西班牙特派员阿拉瓦，都认为公爵大势已去。到了五点钟，威灵顿掏出怀表，低声说了这样一句凄惨的话："布吕歇不来，就是黑夜！"

大约就在这种时候，弗里什蒙那边高冈上，远远出现一排明晃晃的刺刀。

从此，这场恶战发生剧变。

十一、拿破仑的坏向导，布吕歇的好向导

大家知道拿破仑痛心疾首的错误估计：盼格鲁奇，却来了布吕歇，救星不来死神到。

命运就有这类转折突变，本来期望登上统治世界的宝座，却望见圣赫勒拿岛[1]。

给布吕歇的副将布洛当向导的那个牧童，假如建议他从弗里什蒙上边，而不是普朗努瓦下方走出森林，那么，19世纪也许就是另一种样子。拿破仑就会取得滑铁卢战役的胜利。普鲁士军不走普朗努瓦下方，而走任何别的路，炮队就会陷在谷中，布洛也就无法到达了。

普鲁士军将军穆福林也明确地说，如果布吕歇军迟到一小时，就见不到还站着的威灵顿了："这一仗丢掉了。"

可见，刻不容缓，布洛适时赶到。况且，他已经大大迟到了。他在狄翁山宿营，天一亮就拔营起寨，但是道路难走，部队在泥淖中跋涉，辙沟很深，抵达炮车的轴。此外，要过狄耳河，还必须走狭窄的瓦伏尔桥，而通向窄桥的街道被法军放了火，两边房舍火势正旺。炮队弹药车和辎重车只能等大火熄了才通过。直到中午，布洛的前锋还没有到达圣朗贝尔礼拜堂。

如果进攻提前两小时，到四点钟战斗就会结束，等布吕歇军赶到，拿破仑已经打胜了。总之，这类偶然性无穷无尽，非人力所能预测。

皇帝用望远镜观察，从中午就头一个注意到地平线上有动静。他说："我看见那边有一块乌云，好像是军队。"接着，他又问达尔马梯公爵："苏尔，圣朗贝尔礼拜堂那边，您看见有什么？"那位元帅举起望远镜望了望，答道："有四五千人马吧，陛下。显然是格鲁奇部了。"然而，那片人影，却在雾霭中停滞不动。参谋部所有人都举起望远镜，研究皇帝指出的"云影"。有人说："那是中途休息的部队。"大部分人却说："那是树木。"只有一点是确实的，那片乌云并不移动。皇帝派道蒙的轻骑兵师去侦察那点

1　圣赫勒拿岛：拿破仑战败后的囚禁之地。

黑影。

布洛的确驻足未动。他率领的先头部队力量太弱，上阵于事无补，必须等待大部队，而且，他也接到命令，先集结兵力再投入战斗。可是，到了五点钟，布吕歇见威灵顿形势危急，就命令布洛出击，并且说了这样一句出色的话："应当给英军送点空气了。"

时过不久，洛辛、希勒、哈克和里塞尔各师人马，全在洛博部队的前面展开阵式，普鲁士吉约姆亲王的骑兵也从巴黎树林冲出来。普朗努瓦大火熊熊，普鲁士军的炮弹像雨点一样射来，一直落到留守在拿破仑身后的羽林军队列中。

十二、羽林军

后来的情况大家知道了。第三支军队又突然投入，战场四分五裂，八十门大炮齐鸣，布洛率领的皮尔茨第一团、布吕歇亲自率领的泽坦骑兵突袭过来。法军被压下去，马科涅师被逐出奥安高地，杜吕特被赶出帕普洛特，东兹洛和齐奥部也且战且退，洛博侧翼遭到袭击。暮色中，一场新的战斗向我们伤亡惨重的部队逼来。英军全线反攻，猛冲猛打，法国首尾难顾；英普两军的炮火竞相逞凶，大量杀伤，法军前部惨败，侧翼惨败。正是在这种全线崩溃的情况下，羽林军投入战斗了。

羽林军士感到必死无疑，于是高呼："皇帝万岁！"历史上，再也没有比这种欢呼着誓死赴难更动人的场面了。

那天，天空一直阴沉沉的，恰好在那时候，到了傍晚八点钟，天边忽然亮晴，云隙中露出夕阳，血红血红的，透过尼维勒大路边榆树的枝叶。在奥斯特利茨战场上，他们看到的是初升的朝日。

羽林军义无反顾，每营都由一名将军指挥。弗里昂、米歇尔、罗盖、阿尔莱、马莱、波雷·德·莫尔旺都在战场上。羽林军士戴着雄鹰徽的高高军帽，队列整肃镇定，军容威武轩昂，在战火硝烟中出现，连敌军也对法兰西肃然起敬，以为看到二十位胜利女神展翼飞临战场，他们这些胜利者反倒以为战败，纷纷后退了。可是，威灵顿却高喊："近卫军，起立！瞄准！"趴在绿篱后面的英国红装近卫团站起来，一排子弹射出去，打穿了在我们雄鹰周围飘动的三色旗，大家一齐冲击，开始最后的血战。羽林军在黑暗中感到周围军心动摇，要全线溃退，他们听见逃命的喊声代替了"皇帝万岁"的呼声。尽管大部队在身后溃逃，他们却继续前进，每走一步就遭到更大的打击，也更加接近死亡。绝无一人犹豫，也无一人胆怯。在这支军队里，士兵同将军一样，个个是英雄，没有一人不为国捐躯。

内依拼命了，他决心一死，勇气能与死神比肩，在混战中奋不顾身。胯下坐骑死了五匹，他大汗淋漓，两眼冒火，嘴冒白沫，军服纽扣解开，一个肩章被敌骑砍掉一半，大鹰徽章也被子弹打了个坑。他浑身血污，满身泥浆，高举一把断剑，显得英勇绝伦，大吼道："过来看看吧，一个法兰西元帅是怎样死在战场上！"然而事与愿违，他求死不得，于是又惊奇又愤怒。他向德鲁埃·德·埃尔龙抛出这样的问题："喂！难道你不想死吗？"大炮从四面轰击这一小堆人，他在中间大吼："怎么不往我身上打！哼！我真希望英军炮弹全打进我的肚子里！"不幸的人哟，你活下来是留给法国人的子弹[1]！

十三、大难

羽林军后面，大溃败惨不忍睹。

大军从各个方位：乌果蒙、圣篱、帕普洛特、普朗努瓦，都突然同时退却。"叛国！"的吼声刚落，又响起"赶快逃命！"的喊声。一支军队瓦解，犹如江河解冻。无不弯曲，折裂，崩断，无不飘荡，席卷，跌落，相互撞击，相互推拥，张皇失措。这真是空前的大溃散。内依借了一匹马，跨上去，他没了军帽，没了领带，没了指挥剑，却横在通向布鲁塞尔的大道上，同时拦挡英国兵和法国兵。他还想力挽狂澜，召唤军

1　内依被元老院判处死刑，1815年10月7日执行枪决。

卒，斥骂他们，力图阻止大军溃退。然而，他独木难支。军卒见了他纷纷逃避，同时高呼："内依元帅万岁！"杜吕特的两团人马惊慌失措，往来奔突，左右失据，忽而投向骑队的马刀，忽而撞上坎普特、贝斯特、帕克和里兰德各旅的排枪。大混战最糟的就是溃退，为争夺逃路，友军相互屠杀，骑队步营相互践踏，全部冲散，在战场上涌起惊涛骇浪。洛博和雷伊各守两翼的一端，也被狂澜卷走。拿破仑用仅余的羽林卫队组成人墙堵截，甚至用上亲随马队，做最后的努力，然而徒劳。齐奥部在维卫安面前退却，凯尔曼部在汪德勒面前退却，洛博部在布洛面前退却，莫朗部在皮尔茨面前退却，道蒙和苏伯维克部在普鲁士亲王吉约姆面前退却，吉奥率领皇帝马队去冲锋，却落到英国龙骑兵的铁蹄下。拿破仑策马在逃兵面前来回奔驰，又是训话，又是催促，又是威胁，又是恳求。所有这些人的嘴，早晨还高呼皇帝万岁，现在却哑然无声，他们几乎不认识皇帝了。普鲁士骑兵是刚到的生力军，他们挥舞马刀，飞奔冲杀，大肆砍伐屠戮。马匹拖着炮车奔逃，乱冲乱闯。辎重兵丢掉弹药车，骑上马逃跑。撞翻的车辆四轮朝天，阻碍道路，造成屠杀的机会。人员马匹挤压践踏，从死人和活人身上踏过去。胳膊乱挥乱打，呼叫，悲号，军包和枪支丢到黑麦田里，用刀剑开路，不管什么战友，不管什么军官，也不管什么将军，仓皇逃命的情景难以形容。泽坦部队大杀大砍法兰西。狮子变成了麋鹿，便是这次大溃败。

在格纳普，法军还试图掉转枪口，准备阻击。洛博收拢了三百人，在村口建了防御工事。然而，普鲁士军一阵枪炮，守军又全逃散，结果洛博被俘。那一排射击在一座破砖房山墙上留的弹痕，如今还能见到。那座砖房在大道右侧，离格纳普村有十分钟的路。普鲁士军冲进村里，他们一上阵就获胜，自然还没有杀过瘾。追杀的场面十分残忍。布吕歇命令赶尽杀绝。罗盖已经开了恶劣的先例：凡是给他带来被俘的法国羽林军士，就必须处死。比起罗盖，布吕歇有过之而无不及。青年羽林军将军杜埃斯姆退到格纳普客栈门口，交出剑束手就俘，却被死神的骑兵用他的剑刺死了。屠杀战败者，胜利才算圆满。既然我们代表历史，那就惩罚吧：布吕歇老儿名誉扫地。这种残酷的杀戮，更使溃败混乱到极点。溃军争相逃命，穿过格纳普村，穿过四臂村，穿过戈斯利村，穿过弗拉斯恩村，穿过查理王村，穿过特浑，直到边境才停止。唉！是什么人这样逃窜？是大军啊。

历史为之惊叹的那种勇武精神，忽然这样张皇失措，惊恐万状，完全崩溃，这其中难道没有缘故吗？当然有。一只巨大的右手在滑铁卢投下阴影。那是决定命运的一天，一种超人的力量指定了那个日子。因此，万众都惊慌逃窜，因此，那些勇武绝伦的人交剑就擒。那些人一度征服欧洲，这回却一败涂地，再也没有什么可说，再也无能为力，只觉得冥冥中有一种可怕的东西。"天数使然。"那天，人类的前景起了变化。滑铁卢，就是19世纪的户枢。那个伟人必须退出历史舞台，历史才能进入伟大世纪。最高主宰做出了安排。英雄们惊慌失措，则事出有因了。在滑铁卢战场上空，不仅仅有乌云，还有一种奇象：是上帝经过那里。

天要黑下来的时候，在格纳普村附近的田野里，贝纳尔和贝特朗扯住衣襟，拦住一个人。那人眼睛怔忡，神色凄然，一副沉思的样子。他被溃军的潮流裹卷到那里，刚刚下马，挽着缰绳，精神迷离恍惚，独自一人转向滑铁卢。他就是拿破仑，梦游的巨人，还要走向已然崩摧的梦境。

十四、最后一个方阵

羽林军的几个方阵，好似江流中的岩石，在溃军的洪水中屹立不动，一直坚持到夜晚。夜色同死亡一同降临，他们毫不动摇，等待这双重的黑影，任其将自己团团裹住。每个团队都孤立作战，同四处溃散的大军也失去联系，只待以身殉难。他们排开阵式，准备最后一搏，有的在罗索姆高地，有的在圣约翰山的平川。那些孤立无援的方阵，明知战败，也英勇不屈，准备壮烈牺牲。乌勒姆、瓦格拉姆、耶拿、弗里兰各战役的胜利，也附在他们身上死去。

大约晚上九点钟，在圣约翰山高地脚下，夜色中还剩下一个方阵。这个方阵，在山坡脚下阴惨的谷中，还继续战斗。谷上的这面山坡，铁骑军曾经跃马冲锋，现在英军却如潮涌来，敌军胜利的炮火也集中疯狂地轰击。这个方阵由一个不知名的军官康伯伦指挥，每遭受一次轰击，就缩小一圈儿，但是仍然还击，以排枪对抗炮火，四面人墙逐渐消减。逃远的溃兵有时停下喘口气，在黑暗中倾听这沉雷声渐渐小了。

等到这队人马只剩下一小堆，等到他们的战旗只剩下一小片儿，等到子弹打完，他们的步枪只能当棍子使用，等到死尸堆超过活人堆的时候，胜利者对这些英勇卓绝奄奄待毙的人，也油然产生一种敬畏，就连英军炮火也停止射击，一时静默下来。这只是一段间歇。这些战士觉得周围鬼影幢幢，纷纷涌动：骑马的人影、炮身的黑影、从车轮和炮架之间窥见的白色天空。从一开始，这些英雄就隐约望见远处硝烟中的死神，只见死神的巨大头颅渐渐逼近，并且死死盯着他们。暮色中，他们还能听见敌人上炮弹的声响，点燃的导火线好似黑夜中猛虎的眼睛，在他们头的上方围了一圈。英军炮队的点火棒一齐凑近炮身，就在这千钧一发的时候，有个英国将军，有人说是柯维耳，有人说是麦郎德，他似乎心有所感，抓住最后一秒钟，对他们喊道："勇敢的法国人，投降吧！"康伯伦则回答："狗屎！"

十五、康伯伦

这也许是法国讲的最美妙的话，但是法国读者喜欢受到尊重，不愿听人重复，不准将发聋振聩的妙语写进历史。

我们甘冒大不韪，破此禁忌。

须知在所有这些英豪中，有个巨人，名叫康伯伦。

说出这句话，然后就义。还有比这更伟大的吗！他务求一死。此人在枪林弹雨中幸存，不是他的过错。

赢得滑铁卢战役的人，不是溃不成军的拿破仑，也不是四点钟退却、五点钟绝望的威灵顿，更不是不打就胜的布吕歇，赢得滑铁卢战役的人是康伯伦。

这样一句话如一声霹雳，回击要劈死你的雷霆，这就是胜利。

这样回答大灾大难，这样回答命运，给未来的狮子[1]指滑铁卢纪念墩上的铁狮子。提供这样的基座，以此驳斥那一夜的大雨，驳斥乌果蒙险恶的围墙，驳斥奥安的凹路，驳斥格鲁奇的姗姗来迟，驳斥布吕歇的增援。进入坟墓还要嘲讽，纵然倒下也不失为挺立的铮铮铁汉。将欧洲联盟淹没在这两个字里，把恺撒们领教过的这类秽物贡献给各国君主，给这最粗鄙的话掺上法兰西的闪光，合成一个最辉煌的字眼。用嬉笑怒骂来给滑铁卢收场，用拉伯雷补充勒欧尼达斯[2]，以这句最难启齿的话来总结这场胜利，丢掉阵地而保全历史。在这场大屠杀之后，让敌方成为嘲笑的对象，这就是气壮山河。

这就咒骂雷霆。这就与埃斯库罗斯[3]同样伟大。

康伯伦的话产生撕裂的音响效果。一个胸膛因鄙夷而撕裂，因愤懑涨满而爆破。谁战胜啦？是威灵顿吗？不是。没有布吕歇，他就完蛋了。难道是布吕歇吗？也不是。如果没有威灵顿打头阵，布吕歇怎能收拾残局。这个康伯伦，不过是最后一刻的过客，一个无名小卒，在大战中微不足道。然而他却感到荒唐，这次惨败太荒唐，因而倍加痛心，他满腔怒火要发泄的时候，恰好有人送来这样可笑的东西：逃生！他怎能不暴跳如雷呢？

他们全到场了，欧洲各国的君主、得意扬扬的将军们、大显神威的朱庇特们，他们有十万胜利大军，后面还有数十万、上百万大军，还有点燃导火线的大炮，张着大口。他们恣意践踏羽林军和法兰西大军，压垮了拿破仑，只剩下康伯伦了，只剩下这条小虫来抗争。他决心抗争。于是他寻找一句话，如同寻找一把剑。这句话发自嘴角的唾沫，唾沫就是这句话。面对这种奇异而又平庸的胜利，面对这种没有胜利者的胜利，他这悲痛欲绝的人挺身而出。他承认这场胜利的重大，却又看到它的空虚。他不只唾它，既然在数量、力量和物质方面相差悬殊，他就在心灵里找出一种表达方式，

1　指滑铁卢纪念墩上的铁狮子。

2　勒欧尼达斯：公元前5世纪斯巴达王，与波斯作战阵亡。

3　埃斯库勒斯：公元前5世纪，希腊悲剧之父。

也就是粪便。我们在此实录下来。他这样说，这样做，想出这个字眼，就成为胜利者。

就在这种决定命运的时刻，伟大日子的精神进入这个默默无闻的人的心灵。康伯伦找到滑铁卢的说法，正如鲁杰·德·李勒想出《马赛曲》，同是受到上天的启迪。一股神风离开天宇，下来穿过这两个人的身心，于是，他们有所感悟，一个唱出至高无上的战歌，另一个发出惊世骇俗的怒吼。这句极端蔑视的话，康伯伦不仅以帝国的名义抛向欧洲，这样分量太轻，而且还以革命的名义抛向过去。我们听见康伯伦的怒吼，听出他的声音有先烈精魂的遗韵，仿佛是丹东的演说，又像克莱伯[1]的狮吼。

康伯伦的话一抛出来，英国人就回敬一句：开火！大炮顿时火光连天，一个个青铜大口喷出最后一批霰弹，声震山岳，硝烟遍野，滚滚升腾，被初升的月亮微微映成白色。等到硝烟飘散，阵地上什么也没有了。这一点顶天立地的残部全歼了。羽林军死掉了。那座活人堡垒的四堵墙坍倒，地上的尸体堆里只是有的偶尔还在抽动。比罗马大军还雄壮的法兰西大军，就这样死在圣约翰山上，倒在那片雨水血水浸透的土地上，倒在阴惨的麦田里。而如今，那是约瑟夫每天凌晨四点钟的必经之地。他轻快地吹着口哨，挥鞭催马，赶着尼维勒的邮车驶过。

十六、将军的分量
· · · · ·

滑铁卢战役是个谜，无论对赢家还是输家，都同样模糊不清。在拿破仑看来，这是一场恐慌；布吕歇只见炮火；威灵顿则莫名其妙。看看那些报告吧。战报杂乱无章，评论自相矛盾。这些人结结巴巴，那些人吞吞吐吐。约迷尼将滑铁卢战役分成四个阶段；穆弗林则划为三次转折；唯有沙拉独具慧眼，看出一点儿门道，认为这是人类智慧同天意较量的一场灾难，尽管在某些方面我们和他见解不同。其他所有历史学家，都程度不同地眼

1　克莱伯（1753—1800）：法国将军，曾屡建战功。

花缭乱，在迷惑中摸索。那一天真是电闪雷鸣，军事专制政体崩溃，波及所有王国；强权政治衰落，黩武主义溃败，令各国君主惊诧不已。

这一事件具有天意难违的色彩，人力是微不足道的。

从威灵顿和布吕歇手中拿掉滑铁卢，难道就剥夺了英国和德国什么东西了吗？不然。无论显赫的英国还是神圣的德国，都与滑铁卢的问题毫无关系。感谢上天，人民之所以伟大，并不牵涉穷兵黩武。无论德国、英国，还是法国，都不是区区一个剑鞘所能容下的。在这个时期，滑铁卢不过是刀剑的一阵撞击声。在布吕歇之上，德国有歌德；在威灵顿之上，英国有拜伦。思想普遍兴旺昌盛是本世纪的特点，而在这曙光中，英国和德国也都各自放射出灿烂的光芒，因其思想而显得崇高，以其内在的东西提高人类文明的水平。这种贡献绝非偶然之举，而是来自它们的本身。在19世纪，两国壮大的根源不是滑铁卢。唯有野蛮民族，才仅凭一役之功而突然强盛起来，那是旋生即灭的虚荣，如同一阵风暴掀起的浪涛。文明的民族，尤其处于我们这个时代，不会因为一个将领的胜负，地位就提高或者降低。他们在人类中的特殊分量，来自比一场战事更深的东西。谢天谢地，他们的荣誉、他们的尊严、他们的智慧、他们的才能，都不是什么筹码，不可能让那些赌徒式的英雄和征服者投入战场去赌输赢。战败了，往往取得进步。少些光荣，却多些自由。战鼓声止，理性就发言了。这是输赢颠倒的游戏。双方还是心平气和地谈论滑铁卢吧。是偶然就归于偶然，是上帝就归于上帝。那么，滑铁卢是怎么回事呢？是一场胜利吗？不是。那是掷骰子掷出个双五。

掷出双五，欧洲赢了，法国输了。

在那里立起一只狮子并不过分。

况且，滑铁卢是历史上最奇特的一次遇合。拿破仑和威灵顿，他们并不是仇敌，而是截然相反的人。上帝最喜欢对比反衬，但是还从来没有制造出如此惊人的对比、如此出色的反衬。一方面是精确缜密，深谋远虑，行止合度，谨慎从事，撤退有方，留有余力，镇定而又坚忍不拔，既有坚定不移的作风，又有因地制宜的方略，部署兵力不失均衡，杀戮务合准绳，作战分秒不差，毫无侥幸的心理，总之，老谋深算，绝对合乎规矩，一副传统型将帅的风范；而另一方面，则全凭直觉，全凭灵感，是军事上的奇才，具有特异的本能，目光如炬，像鹰一样注视，像霹雳一样打击，恃才傲物，常以迅雷不及掩耳之势出奇制胜，心曲高深莫测，能与命运联手，号令乃至胁迫江河、平野、森林和丘峦服从，甚至战场也玩于股掌之中的专制者，既相信星相又相信战略学，既夸大又扰乱这种信念。威灵顿是战争的巴雷姆，拿破仑是战争的米开朗琪罗。然而这次，天才败于心计的手下。

双方都等待一个人。这样，计算精确的人就得手了。拿破仑等待格鲁奇而不来。威灵顿等待布吕歇却等来了。

威灵顿为战，是后发制人的传统型。拿破仑初露头角的时期，在意大利同他相遇，把他打得落花流水。老枭在雏鹰面前望风而逃。传统的战术不仅一败涂地，而且声誉扫地。这个二十六岁的科西嘉人是干什么的？这个意气风发的无知青年究竟是怎么回事？他身孤力单，以寡敌众，既没有粮草，没有弹药，又没有大炮，连鞋都没有，几乎没有军队，只带领一小撮人，对抗万众，冲向勾结起来的欧洲，在根本不可能的情况下，竟然连连取胜，简直荒唐到了极点！这个摧枯拉朽的狂人是从哪儿来的呢？他手中只掌握那点儿兵力，几乎没有喘息，一口气接连粉碎德皇的五个军，把博利叶摔到阿文泽身上，把乌姆塞摔到博利叶身上，把梅拉斯摔到乌姆塞身上，又把马克摔到梅拉斯身上！这个傲视一切的战场新手，究竟是什么人呢？学院派军事家纵然败退，也把他判为异端。正因为如此，老恺撒主义对新恺撒主义，规定刀法对闪光花剑，方正棋盘对非凡天才，就怀有一种刻骨的仇恨。1815年6月18日，这种仇恨有了结论。在洛迪、蒙贝洛、蒙诺特、芒图、马伦戈、阿科尔的下面，又添上了滑铁卢。庸人得胜，多数人宽慰。命运同意了这种嘲讽。拿破仑到了衰退的晚年，又撞见了年轻的乌姆塞。

的确如此，要睹乌姆塞的风貌，只需染白威灵顿的头发就行了。

滑铁卢，是二流将领赢得的头等大战役。

在滑铁卢战役中，值得赞赏的是英格兰，是英国式的坚定、英国式的决心、英国的血统。值得赞赏的是英格兰的精华，请别见怪，也正是英国本身。值得赞赏的不是它的统帅，而是它的军队。

威灵顿也怪得很，竟然忘恩负义，在给巴图斯特勋爵的信中，说他在1815年6月18日作战的军队，是一支"糟糕的军队"。埋在滑铁卢垄沟下的幽幽白骨，又做何感想呢？

英格兰在威灵顿面前，也太谦抑过分了。把威灵顿捧得多么伟大，就是把英格兰贬得非常渺小。威灵顿不过是一个普通的英雄。那些灰军装的苏格兰士卒、那些近卫骑兵、麦郎德和米切耳的团队、帕克和坎普特的步兵、蓬松比和索姆塞的骑兵、在枪林弹雨中吹风笛的苏格兰高地兵、里兰德的营队，所有那些新兵，敢于同埃斯兰和里沃利的老营对抗，这才是伟大的。威灵顿表现出顽强的精神，这是他的长处，我们并不想贬低。然而，他的军队中最普通的步卒和骑兵，也都跟他一样坚忍不拔，铁军配得上铁公爵。而我们的全部敬意，要献给英国士兵、英国军队、英国人民。如果有战功的话，那也应当归属于英格兰。滑铁卢的纪念柱，如果不是把一个人的形象，而是把一国人民的雕像高举入云，那就更加公允了。

然而，听到我们在这里讲的话，伟大的英格兰要恼怒发火了。英格兰经过它的1688年和我国的1789年之后，仍然对封建制抱有幻想，还信奉世袭制度和等级制度。那国人民，要论强盛和光荣谁也比不过，他们却自认为是民族而不是人民。他们作为人民甘居人下，奉一个勋爵为首领。做工的人[1]，任人蔑视。当兵的人，也任人鞭笞。大家还记得，在印克门那场战役中，据说有一名中士救了大军脱险，但是，雷格兰勋爵却未能论功行赏，因为英国军队的等级制度不准许在战报中表彰不够军官阶衔的任何英雄。

在滑铁卢这种类型的会战中，我们最欣赏的还是偶然的奇巧。一夜大雨，乌果蒙坚固的围墙，奥安的凹路，格鲁奇充耳不闻炮声，拿破仑受向导的欺骗，布洛得到向导的指引，这一系列天灾人祸都安排得极其巧妙。

总括来说，在滑铁卢，屠杀超过战斗。

1　原文为英文。

在所有阵列战中，滑铁卢是战线最短而兵力最多的一次。战线的长度，拿破仑拉开四分之三法里，威灵顿布了二分之一法里，而双方各投入七万两千名官兵。这种密集导致了屠杀。

有人做过统计，列出这样的比例数字。阵亡人数：奥斯特利茨战役，法军百分之十四，俄军百分之三十，奥军百分之四十四；瓦格拉姆战役，法军百分之十三，奥军百分之十四；莫斯科河战役，法军百分之三十七，俄军百分之四十四；包岑战役，法军百分之十三，俄普联军百分之十四；而滑铁卢战役，法军百分之五十七，联军百分之三十一。滑铁卢战役阵亡人数，总计百分之四十一。十四万四千官兵，阵亡六万人！

滑铁卢战场，如今平静了，仍属于大地——这一人类始终如一的寄托，又同所有平野一样了。

然而，到了夜晚，一种梦幻的薄雾从大地升起，一位行客若是经过那里，若是观察，若是倾听，若是像维吉尔经过凄惨的腓力斯平野那样幻想，就会悚然产生幻觉，看见那一幕刀兵之灾。可怕的6月18日的场面重又显现，虚假的纪念墩隐没了，那只俗不可耐的狮子也消失了，战场又恢复原状。一队队步兵像波浪一样在平野上推进，骑兵在天边狂奔飞驰！沉思者魂惊魄动，看见刀光剑影，炮弹火光纷飞，雷电交加。他听见鬼魂交战的呐喊，仿佛从坟墓传出的呻吟。那些黑影，正是羽林军士。那片荧光，正是铁骑军。那副枯骨，则是拿破仑。而另一副枯骨，便是威灵顿。那一切已不复存在，但是还在较量，还在搏斗。丘谷染成殷红色，树木为之抖瑟，杀气直达云霄，而所有那些凶险的丘峦：圣约翰山、乌果蒙、弗里什蒙、帕普洛特、普朗努瓦，在黑暗中显现，都隐隐笼罩着幽魂厮杀的一团团阴气。

十七、滑铁卢是好事吗

有一个非常可敬的自由派，根本不憎恶滑铁卢。我们却不能苟同。在我们看来，滑铁卢不过是自由的一个凶日。那样一只卵孵出那样一只鹰，当然出人意料。

如果高瞻远瞩地看待这个问题，那么滑铁卢则是处心积虑的反革命的胜利。那是欧洲反对法兰西，是彼得堡、柏林和维也纳联手反对巴黎，是守旧反对倡新，是通过1815年3月20日打击1789年7月14日，是惶惶不可终日的各个王国反对不可遏制的法兰西骚动。总之是一种梦想：扑灭这个博大的人民二十六年来突起的气焰。那也是勃伦维克、纳索、罗曼诺夫、霍亨佐伦、哈布斯堡等王室和波旁王室的联盟。滑铁卢背负着神权。的确，由于事物的自然反应，既然帝国是专制的，那么王国就必然是自由的了。同样，事与愿违，从滑铁卢产生出了立宪体制，令那些胜利者无比遗憾。这是因为：革命不可能真正被战胜，它顺应天理，必然大行其道，总能复现出来，在滑铁卢之前，体现在推翻旧王朝的波拿巴身上；在滑铁卢之后，则体现在接受宪章的路易十八身上。波拿巴还把一个驿站车夫安插在那不勒斯王位上，把一名中士安插在瑞典王位上，以不平等来体现平等。路易十八在圣都安签署了人权宣言。您要想了解革命是什么，那就称它为"进步"吧；您要想了解进步是什么，那就称它为"明天"吧。明天势不可当，必行其道，而且从今天就开始。说来也怪得很，它总能达到目的。它利用威灵顿，将区区一个士兵的伏瓦造就成演说家。伏瓦在乌果蒙倒下，又在讲坛上站起来[1]。进步就是这样进行。这个工人用什么工具都得心应手。它从容不迫，调动跨越阿尔卑斯山的那个人和爱丽舍神父[2]的那个虚弱而善良的老病夫，一同为它神圣的工作效力。它既利用那个足痛风患者，也利用那个征服者；外用征服者，内用足痛风患者。滑铁卢制止武力毁灭欧洲各王朝，只产生一种效果，就是从另一方面推动革命进程。征伐者退位，轮到思想家上场了。滑铁卢要阻止时代前进，时代却从上面跨过去，继续它的行程。这次险恶的胜利，又被自由战胜了。

总之，毋庸置疑，在滑铁卢得胜者，站在威灵顿身后微笑者，把全欧

1　伏瓦（1775—1825）：法国将军，在滑铁卢战役中是第十五次负伤。1819年进入议会，成为自由派的主要发言人。

2　那个人指路易十八；"爱丽舍神父"是他的外科医生的绰号。

洲，据说也把法兰西大元帅令杖送去者，欢快地推车运送满是白骨的沙土建筑狮子纪念墩者，在纪念墩基座得意地刻上"1815年6月18日"这个日期者，鼓励布吕歇屠戮溃兵者，站在圣约翰山上就像盯着猎物一样俯视法兰西者，正是反革命。正是反革命窃窃说出这样无耻的话：分割肢解。然而到达巴黎，它就靠近观察了火山口，感到这片火山灰烫脚，只好改变初衷，又回过头来结结巴巴地谈论宪章。

在滑铁卢中只应看其内涵。有意拥护自由吗？绝不是。反革命无意中成为自由派，而且无独有偶，拿破仑也同样无意中成为革命者。1815年6月18日，罗伯斯庇尔从马上摔下来了。

十八、神权东山再起

独裁制寿终正寝。欧洲一整套体制瓦解了。

帝国沉沦了，如同垂死的罗马帝国，隐没在黑影中。就像回到野蛮时代，人们又经历一场大劫难。1815年的蛮族，如果称其乳名，就叫做反革命。不过，这一蛮族气数太短，很快就气息奄奄而夭折了。应当承认，人们悼念帝国，而且洒下英雄的眼泪。如果说武功的荣耀造成了霸权，那么帝国本身就是荣耀。它将专制所能放射的光，全部散射到大地上。但这是黯淡的光，说得更甚一点，是昏暗的光，比起名副其实的白昼来，简直就是黑夜。然而，这一黑夜消尽，却产生日食的效果。

路易十八返回巴黎。7月8日的圆舞冲淡了3月2日的狂热。那个科西嘉人和那个贝阿内人[1]形成鲜明的对照。杜伊勒利宫圆顶上的旗帜换成白色。亡命之君重登宝座。路易十八百合雕花的坐椅前，又放上哈维勒杉木桌。大家谈论布维讷和封特努瓦，仿佛是昨天发生的事，奥斯特利茨已经是老皇历了。神坛和王座亲如手足，弹冠相庆。在19世纪的法国和欧洲大陆，确立了社会安全的最无可争议的一种形式。欧洲佩戴上白色徽章。特

1　指路易十八。

大容[1]名声大噪。在盖道塞兵营正门太阳形的拱石上，又出现"高于万众"[2]的箴言。凡是驻过羽林军的地方，就有一所红房子。卡鲁塞耀武门满是病恹恹的胜利女神，来了这些新客，它倒产生沦落异乡之感，也许还对马伦戈和阿科尔的胜利颇感羞愧，只好立了个昂古莱姆公爵的雕像来撑撑门面。马德兰墓地，是1793年惨不忍睹的万人冢，因为那片土里有路易十六和玛丽-安东妮特的枯骨，这回地面上就铺了大理石和燧石板。在万森墓地上，土中露出一截儿墓碑，令人想起昂菲安公爵就死于拿破仑加冕的那个月。教皇庇护七世在公爵被处决后不久，主持了那次加冕大典。他就像当初祝福拿破仑登基那样，现在又坦然地祝贺他的倾覆了。是啊，这些事情全实现了，这些国王又重登宝座，欧洲的霸主被关进囚笼，旧朝又变成了新朝，大地的黑暗和光明完全颠倒了位置，只因在夏天的一个下午，一个牧童在树林里对一个普鲁士人说："请走这边，不要走那边！"

1815年就像阴沉的4月天。各式各样有害有毒的旧东西，表面上都焕然一新。谎言也紧紧抓住1789年，神权戴上一副宪章的假面具，虚假的东西也都变成立宪的货色，那些成见、迷信和私欲，嘴边挂上宪章第十四条，纷纷称起自由主义了。那不过是蛇蜕皮而已。

人通过拿破仑，既变得伟大，又变得渺小了。在这金玉其外、浮饰成风的时代，理想也得了一个怪名：空论。嘲笑未来，是一个伟大的严重疏失。然而，作为炮灰的人民，无比爱戴炮手，还举目四望寻找他。他在哪里？他在做什么？"拿破仑已经死了。"一个行人对一个参加过马伦戈和滑铁卢战役的伤兵说。"他，还会死！"那士兵嚷道，"你也太了解他啦！"在想象中，那个垮台的人已经神化了。滑铁卢之后，欧洲天昏地暗。拿破仑一消失，很长时间留下巨大的空虚。

各国君主来填充这种空虚。旧欧洲趁机改头换面。他们拼凑了一个神圣同盟。决定命运的滑铁卢战场，早就称为佳盟了。

1　特大容：在尼姆城制造白色恐怖的雅克·杜蓬的绰号。
2　作者把路易十八的箴言稍作改动，实际是："非同一般。"

面对乔装打扮过的旧欧洲，一个新法兰西初具规模了。受皇帝嘲笑过的未来，也已破门而入。它的额头有颗自由之星。年轻一代的热切目光一齐转向未来。事情奇就奇在，他们同时热爱自由这个未来和拿破仑这个过去。败仗反而使败者更加伟大。倒下的波拿巴比站立的拿破仑还要显得高大些。得胜者却惶惶不可终日。英国派了哈德逊·洛维去看守他，法国派了蒙什奴去监视他。他叉起的手臂，也成为那些王位的忧患。亚历山大称他为：我的失眠症。这种恐惧来自他身上所负载的革命的分量。这样，波拿巴信徒的自由主义就好解释，也值得谅解了。这个幽灵让旧世界战栗。当政的国王都坐卧不安，总望见天边的圣赫勒拿岩岛。

拿破仑在龙坞奄奄待毙的时候，倒在滑铁卢战场上的六万人的尸骨也静静地腐朽了，他们的静谧扩散到人间。维也纳会议签订了1815年协定，而欧洲称这为复辟。

这就是所谓的滑铁卢。

然而，对于无限来说，这又算什么呢？整个这场暴风雨，整个这阵乌云、这场战争，继而这种和平、整个这片阴影，丝毫也没能扰乱无限慧眼的光芒。在这慧眼里，从一根草茎跳到另一根草茎的蚜虫，同圣母院上从一个钟楼飞到另一个钟楼的鹰，并没有什么差别。

十九、战场夜景

书归正传，再来叙述这片凄惨的战场。

1815年6月18日正是望月。月光给布吕歇的残酷追杀提供方便，照出逃兵的踪迹，将溃散的乌合之众交给疯狂的普鲁士骑兵，从而协助了这场大屠杀。在这类天灾人祸中，黑夜往往起可悲的作用。

最后一发炮弹射出之后，圣约翰山平野便一片空荡。

英军占据了法军的营地，这是确认胜利的通例：在败军的榻上高卧。他们越过罗索姆安营扎寨。普军则勇追穷寇，大力向前推进。威灵顿回到滑铁卢村，起草给巴图斯特勋爵的捷报。

如果说"这当然不是指您"[1]这句话真的实用，那么用在滑铁卢村上肯定最贴切了。滑铁卢离战场半里远，毫无作为。圣约翰山遭受炮击，乌果蒙焚毁，帕普洛特焚毁，普朗努瓦焚毁，圣篱受到猛攻，佳盟目睹两个胜利者拥抱。然而，这些名字鲜为人知，滑铁卢毫无战功，却尽享荣誉。

我们不是那种颂扬战争的人，但是有了机会，就要讲一讲战争的真情实况。毋庸隐讳，战争有一种凄美。当然也要承认，战争有其丑恶的方面。其中最令人吃惊的一丑，便是胜利后立即剥夺死者的衣物。战后第二天的晨光，照见的总是赤条条的尸体。

是谁干的呢？是谁这样玷污胜利？是什么丑恶的手偷偷摸进胜利的衣兜？是什么扒手在光荣后面干出这种勾当？有些哲学家，伏尔泰就是其中一个，他们断言这样干的人恰恰是胜利者。他们说那全是一丘之貉，并无二致。仍然站立的人洗劫倒下的人。白天的英雄，夜晚变成吸血鬼。况且，连人都杀了，再顺手捞点油水，也是合乎情理的。至于我们，却不敢苟同。既摘了胜利的桂冠，又扒窃死者的鞋子，我们觉得不可能是同一只手。

有一点确切无疑：胜利者的后面往往跟着窃贼。我们还是排除士兵，尤其是现代士兵。

但凡大军都有一只尾巴，那才是应当谴责的。那是蝙蝠似的东西，半土匪半仆役，是从所谓战争的这种暮晚产生的各种飞鼠，是穿军装不上阵的假兵，是装病号和假伤员而心黑手辣的家伙，是走私的食品贩子，有时还带着女人，坐着小马车，卖出去再偷回来，还有主动给军官当向导的乞丐、随军仆役、扒手窃贼，我们不说当代，从前部队行军，总拖着这批货色，以致有专门语言称为"收容队"。这帮家伙，不属于任何军队，也不属于任何民族。他们讲意大利语却随着德国军队，讲法语却追随英国部队。切里索勒斯战役胜利的那天夜晚，德·费瓦克侯爵就是让这样一个坏蛋给害死了。侯爵遇见那个讲法语的西班牙收容队员，听他讲蹩脚的庇卡底方言，就当成是本国人，结果性命和财物全丢了。盗窃生贼。有句可鄙的格

1　维吉尔一首讽喻诗的起句。

言：靠敌人吃饭。产生了这种麻风病，只有严惩才能治愈。有些人欺世盗名。我们有时就弄不明白，一些大名鼎鼎的将军为什么那样深孚众望。图雷纳受到部下的爱戴，就因为他纵容掠夺。纵容的恶也成为善了。图雷纳太善了，听任部下在帕拉蒂纳城烧杀抢掠。跟随部队的窃贼多寡，因率军的将领而异。贺什和马尔索的军队就根本没有收容队，我们也说句公道话，威灵顿的军队有而不多。

不过，6月18日夜晚到19日凌晨，仍有人盗尸。威灵顿纪律严明，下令当场抓获格杀勿论。然而，盗窃是顽症，战场这边枪决盗匪，那边照样行窃。

月光惨淡，照着这片平野。

将近半夜，奥安凹路那边，有个人在徘徊，确切地说，他在匍匐爬行。一看那样子，就知道他正是我们刚刚描述的那类人，既不是英国人，也不是法国人，既不是农民，也不是士兵，三分像人七分像鬼，被死尸的气味吸引过去，以盗窃为胜利，要抢劫滑铁卢。他穿一件带风帽的罩衣，鬼头鬼脑，又贼胆包天，朝前走又不住往后看。他是什么人？关于他的来历，也许黑夜比白昼还要清楚些。他没有行囊，但是显而易见，他罩衣的口袋又肥又大。他走走停停，四下张望，看看是否有人暗中注意，有时他突然弯下腰，翻动地上静止不动的什么东西，然后直起身，又悄悄溜走。他那样悄声游荡，那副鬼鬼祟祟的样子、那种偷偷摸摸的急促动作，就像黄昏时出没在废墟中的野鬼，也就是诺尔曼人古代传说中所说的游魂。

夜间水泽的某些涉禽，就有这种鬼影。

有人若是注意观察，就会透过那片迷雾，看见不远处有一辆小货车，仿佛躲在尼维勒大道边的一座破房子后面，恰好在圣约翰山到勃兰拉勒那条路的拐角。那辆车柳条编的车篷涂了柏油，驾着一匹饿得戴嚼子吃荨麻的驽马。车上有个女人模样的人，坐在箱匣和包裹上。那辆货车和这个游荡者之间，也许有点儿关系。

夜晚宁静。天空没有一丝云彩。大地染红，而月光依然皎洁。正所谓老天无情。牧场上，被霰弹打折的树枝，有的连皮还吊在树上，在晚风中轻轻摇曳。荆丛微动，好像发出气息，几乎像在呼吸。青草抖瑟，又仿佛灵魂离去。

远处隐隐传来英军营盘巡逻队往来、军士查哨的声响。

乌果蒙和圣篱，一东一西，还在燃烧。两片大火，又由丘冈上拉成巨大半圆的英军营帐篝火连起来，远远望去，好似解下来的红宝石项链，两端各缀一大块深红色光彩夺目的宝石。

上文谈过奥安凹路的惨祸。多少勇士死于非命，一想起来就胆战心寒。

若说惨事超出梦幻，果真存在的话，那就是这种情景：活在世上，看见太阳，全身有一种活力，又健康又快活，敞声大笑，奔向锦绣前程，感到胸中的肺畅快地呼吸，心脏有力地跳动，也感到有一个明辨是非的意志，能讲话，能思考，能希望，能爱，还有母亲，有爱妻，有子女，有光明。不料陡然一下，还不到一分钟，仅仅一声惊叫的工夫，就坠入深渊，身不由己地跌落，翻滚，砸别人，也受挤压，瞪眼看见麦穗、鲜花、叶茎和枝丫，却什么也抓不到，只觉得战刀无用了，身下人压人，身上是战马，徒然挣扎，黑暗中遭到马蹄践踏，骨断筋折，感到一个鞋跟儿将自己的眼珠蹬出来，发狂地咬着马蹄铁，窒息，号叫，浑身挛缩，压在下面，心里还会念叨一句："刚才我还是个大活人！"

惨祸发生的地点一片呻吟的喘息，现在全归寂灭了。凹路填满了战马和骑兵，横七竖八地堆在一起。乱尸堆惨不忍睹。两侧的路坡消失了。尸体堆到边缘，填得道路和旷野齐平了，真像量得平准的一斗大麦。上层尸体成堆，下层血流成河。这条路在1815年6月18日夜晚就是这种情景。血一直流到尼维勒大道上，在一堆砍掉树木的路障受阻，积成一个大血泊。这地点如今还供人凭吊。大家记得，铁骑军遇险的地点在对面，靠格纳普大道那边。尸体堆积的厚薄，同凹路的深浅成正比。这条路的中段逐渐平缓，正是德洛尔师通过的地方，尸体层就变薄了。

刚才我们让读者窥见的那个夜游鬼，正朝这段路走来。他嗅着这座无比巨大的坟墓，仔细观看，不知在检阅一支什么可怕的死人队伍。他踏着血泊往前走。

突然，他站住了。

前边几步远的地方，凹路中尸堆那一端，从人和马尸堆里伸出一只张开的手，被月光照得一清二楚。

那只手的指头上，戴着闪闪发亮的东西，那是一只金戒指。

那人俯下身，蹲了片刻，等到站起来的时候，那只手上的戒指不见了。

他并没有真正站起来，那姿势像一只惊恐的野兽，背对着死尸堆，双膝着地，两根食指着地撑住身子，头探出凹路边，眼睛窥视远处。豺狗的四只爪子，正适于做出这种动作。

继而，他打定主意，站了起来。

这时，他猛然一惊，觉得身后有人拉他。

他回头一看，原来是那只手合拢了，抓住他的衣襟。

换个老实人一定吓坏了，而这家伙却笑起来。

"嘿，"他说道，"原来是个死人，我宁愿撞着鬼，也不想碰见宪兵。"

他说话的工夫，那只手力气衰竭而松开了。在坟墓里，气力很快就用尽。

"咦，怪啦！"夜游鬼又说道，"这死人还活着吗？让我来看看。"

他重又俯下身，搜索死尸堆，把碍事的搬开，抓住那只手，再拉胳膊，拉出脑袋，又拉出身子，不大工夫，他就把一个像死了的，至少是昏过去的人拖到凹路的暗地。那是铁骑军的一名军官，还是个级别相当高的军官，铁甲下露出大肩章，不过头盔没有了。他脸上狠狠挨了一刀，血迹模糊。除了脸上的刀伤，他的肢体似乎没有骨折的地方。完全是侥幸，如果这里可以用这个词的话，尸体交叉成为拱形，撑在上面，没有压死他。他的双眼紧闭着。

他的铁甲上挂着银质的荣誉团勋章。

夜游鬼一把扯下勋章，装进他那罩衣的无底洞里。

接着，他又摸军官的小兜，感到有一只怀表，就掏了去。随后他又搜索背心，找到一个钱包，也装进自己的口袋里。

他正这样抢救这个垂死的人，军官的眼睛睁开了。

"谢谢。"他声音微弱地说。

他被这样急促地翻动，又有清爽的晚风，畅快地呼吸到新鲜空气，也就从昏迷中醒来。

夜游鬼没有应声。他抬起头。平野上传来脚步声，大概是巡逻队走过来。

军官还处于气息奄奄的状态，声音微弱地问道："谁打胜啦?"

"英国人。"夜游鬼答道。

军官又说：

"翻翻我的口袋吧，您能找到一个钱包和一只表，全拿去吧。"

他早就拿去了。

夜游鬼假装翻了翻，说道："什么也没有。"

"让人偷走了，"军官又说道，"实在遗憾。不然就送给您了。"

巡逻队的脚步声越来越清晰了。

"有人来了。"夜游鬼说着就要走。

军官艰难地抬起胳臂拉住他：

"您救了我的命。您是谁?"

夜游鬼慌忙低声回答：

"我同您一样，是法国军队的。我得离开您了。若是让人抓住，我就得被枪毙。我救了您的命。现在您自己想办法吧。"

"您是什么军衔?"

"中士。"

"您叫什么名字?"

"德纳第。"

"我不会忘记这个名字，"军官说道，"您也记住我的名字，我叫彭迈西。"

第二卷 奥里翁战舰

一、24601号变成9430号

冉阿让重又被捕。

那种惨痛的经过一笔带过，想必大家能见谅。我们只想转录两则小新闻，是在海滨蒙特伊轰动的事件发生之后几个月，由当时的报纸登载的。

两则新闻相当简略。要知道，当时还没有《法院公报》。

第一则录自1822年7月25日的《白旗报》：

> 加来海峡省的一个县刚刚发生罕见的事件。一个名叫马德兰的外地人，利用新方法生产人造墨玉，几年间振兴了地方旧工业。他发财致富了，也应当说，地方也因而富裕起来。为了表彰他的业绩，他被任命为市长。不料警方发现，这个马德兰先生真名叫冉阿让，原是苦役犯，1796年因盗案判刑，刑满释放又违禁私迁。冉阿让又重新被逮捕入狱。据说他在被捕前，从拉斐特银行提取存款五十多万，不过一般人认为，那是他在经营中所取得的非常合法的利润。冉阿让重又押回土伦苦役犯监狱，但是他那笔提款藏在何处却不得而知。

第二则新闻略微详细，是同一天《巴黎日报》的摘录：

一个名叫冉阿让的刑满释放苦役犯，最近又在瓦尔刑事法院受审，案情颇引人注目。该犯曾更名改姓，骗过警方的监控，居然在诺尔省的一座小城混上市长的职位。他在该城经营的企业规模相当大。多亏警方工作勤奋，不辞劳苦，他才终于暴露原形，被捕归案。他的姘妇是名妓女，在他被捕时因惊吓而死。该犯膂力惊人，寻机越狱，三四天后潜逃至巴黎，正要登上来往于京城和蒙菲村（塞纳-瓦兹省）之间的一辆小马车，又被警方抓获。据说他利用那三四天的时间，从我国一家大银行提取大宗存款；又据起诉书称，那笔钱款隐藏的地点只有他一人知道，因而无法查获。总之，那个冉阿让已押到瓦尔省高等法院受审，审他约八年前手持凶器拦路抢劫案，受害者正是费尔内族长的千古流传的诗句中所说的那种诚实孩子。

　　……

　　岁岁都从萨瓦来，
　　轻轻妙手善拂拭，
　　拂去长突厚烟炱。[1]

　　该盗匪放弃申辩。由于司法机构妙审雄辩，已确定是团伙抢劫案，冉阿让系南方一个匪团的成员。因此，冉阿让被判有罪，处以死刑。该犯却拒不上诉。不过，国王宽大无边，减判终身苦役。冉阿让随即押赴土伦苦役犯监狱。

他们也没有忘记，冉阿让在海滨蒙特伊谨守教规。包括《立宪报》在内的几种报纸，还称这次减刑是修士派的胜利。

冉阿让到苦役犯监狱变了号码，他叫9430号。

此外，有个情况交代一下，此后就不再赘述了。海滨蒙特伊的繁荣，随

1　　引自伏尔泰的《可怜鬼》（1758）一诗，前一句为："诚实孩子更可爱。"

着马德兰先生一同消失了。那天夜晚他左右为难，忧心如焚，所预见的一切后来都成了事实。的确，少了他便"失去灵魂"。他一垮台，就像霸业之主倒台那样，在海滨蒙特伊就出现了群私分割的局面。兴旺的事业分崩离析的这种悲剧，在人类社会中，天天都在暗自进行，而历史上只有一次最显著，因为那是在亚历山大死后发生的。部将们纷纷称王，工头们也纷纷充当企业主，于是彼此猜忌竞争。马德兰先生的各个大车间全关了门，厂房坍毁，工人走散了，有的背井离乡，有的改了行。从此以后，一改大型生产，全都小规模进行，一改为了公益，全都争取高利。没有中心了，竞争四起，而且十分激烈。当初，一切事务全由马德兰先生控制和指挥。他一倒台，人人争抢一己之利，倾轧的思想取代了协作的精神，刻毒贪婪取代了团结友爱，相互仇视取代了创办者对所有人的关怀。由马德兰先生所织结的关系，全部打乱并中断。生产偷工减料，产品低劣，丧失信誉，销路减少，订货锐减，这样，就降低工资，工厂停工，终至破产了。结果，穷人再也没有指望，一切烟消云散了。

连政府也发觉，什么地方折了一根栋梁。高等刑事法院确认马德兰先生和冉阿让是同一个人，并判处他终身苦役之后不过四年，海滨蒙特伊地区征税就翻了一番，而1827年2月，德·维莱勒先生就在议会里谈到这一点。

二、或许是两句鬼诗

往下叙述之前，不妨稍微详细地谈一件奇事儿。事情发生在蒙菲郿，大约在同一时期，同司法机构的推测有些巧合。

蒙菲郿那一带有一种迷信，由来已久，因是巴黎附近的一种民间迷信，也就跟西伯利亚长出芦荟一样珍奇了。我们就是这种人，看重一切像奇花异草那样的东西。这就谈谈蒙菲郿的迷信。那里人相信，从久远难考的年代起，魔鬼就选定森林埋藏财宝。老太婆都肯定地说，在天要黑下来的时候，走在林中僻静的地方，时常能碰见一身黑的人，瞧模样像个车夫或者樵夫。他穿一双木底鞋，穿一身粗布衣服，但有一点好辨认，他不戴帽子，头上却长两只大角。的确，一看脑袋就能认出他来。那个人往往在忙着挖坑。碰到这样的情况，有三种处理办法。第一种就是上前同那人搭话，这才发现他不过是个农民，因为是在暮色中，他才显得全身是黑色的。他并没有挖什么坑，而是在给奶牛割草，原来看成角的东西，也不过是他背上的一把粪叉，在暮色中望去，就像头上长出两只角。你回到家里，一周之内就会死去。第二种办法，就是在一旁观察，等他挖好坑再埋上，走了之后，就赶紧跑过去，将坑扒开，取走那黑衣人必然放在里面的财宝。这样，你一个月之内就会死去。还有第三种办法，就是既不跟那黑衣人说话，也不观察他，而是赶紧逃掉。这样，一年之内也要死去。

　　三种办法都有不妥之处，但是第二种至少还有些好处，好处之一是拥有财宝，哪怕仅仅一个月，因此，一般人都采取这种办法。那些吃了豹子胆、图财不要命的人，据说大多扒开黑衣人挖的坑，要偷窃魔鬼的财宝。收获似乎并不可观。如果相信传说，尤其相信关于这件事用蹩脚拉丁文写的两句费解的诗，情况至少是这样。诗的作者名叫特里风，是个诺曼底的花和尚，好弄点邪门歪道，死后葬在卢昂附近博舍维尔的圣乔治修道院，那坟上竟生出癞蛤蟆。

　　那些坑通常挖得很深，重新挖开，要费极大的气力，要流汗水，要搜寻，要干一个通宵，须知那种事总是在夜晚干的，总之，衣衫湿透了，蜡烛燃尽了，镐头磨钝了，终于挖到坑底，要伸手取"宝"的时候，会发现什么呢？魔鬼的财宝是什么呢？一个铜板，或是一个银圆、一块石头、一具骷髅、一具血淋淋的尸体，还兴许是一个幽灵，一折为四，就像折起来放在公文包里的一张纸，有时空无一物。这似乎就是特里风的诗向冒失的好奇者所宣示的含义。

　　　　他挖出深坑，埋藏起财宝：铜板、

　　　　银元、石块、尸体、雕像，空无一物。

据说，如今还能从坑里挖出东西，有时是一个火药壶和子弹，有时是一副显然群魔用过的油污发黄的旧纸牌。这两种奇物，特里风的诗根本没有提到，因为他生在12世纪，当时魔鬼好像根本没有想到，要赶在罗杰·培根之前发明火药，赶在查理六世之前发明纸牌。

再说，若是用这种纸牌赌博，那一定会输得精光。至于火药壶，也只能使你的枪筒爆炸，炸你满脸花。

且说司法机关就猜测，刑满释放苦役犯冉阿让，在潜逃的那几天里，就曾在蒙菲郿一带转悠。在那之后不久，那村子又有人注意到，有个叫布拉驴儿的老养路工，就在树林里有"那种举动"。当地人都似乎听说，布拉驴儿进过苦役犯监狱，他在一定程度上，还受警察监视，由于到哪儿也找不到工作，就由当地政府廉价雇佣，在加尼到拉尼那段路上当养路工。

那个布拉驴儿，当地人都不拿正眼看。他客气谦卑得过分，遇见任何人都急忙摘帽，在警察面前更是战战兢兢，满脸堆笑，据说他跟匪帮有联系，天黑时分埋伏在树丛打劫。此外，他还是个酒鬼。这样，他就是个完人了。

别人似乎注意到他的行为有点异常：

近来，布拉驴儿早早离开铺石补路的活儿，扛着镐头钻进树林去。黄昏时分，有人见到他在林中最僻静的空地上，在最茂密的树丛里，仿佛在寻找什么，有时在挖坑。老太婆经过那里，乍一看以为是鬼王，继而才认出是布拉驴儿，但是仍然提心吊胆。布拉驴儿似乎特别讨厌让人撞见，显然他有意躲躲藏藏，在干什么不可告人的事情。

村里人议论说："事情明摆着，魔鬼露面了，布拉驴儿瞧见，就到处寻找。老实说，他若真抓住魔鬼的尾巴，那就完蛋了。"爱开玩笑的人则说："没准儿，究竟是布拉驴儿追魔鬼，还是魔鬼追布拉驴儿呢？"老太婆都连连画十字。

后来，布拉驴儿不再去林中捣鬼，重又老老实实干他养路的活儿了。大家也就换了话题。

不过，有几个人好奇心未减，他们认为这里面不见得是传说中的财宝，而是比魔鬼银行的钞票更实在，更看得见摸得着的大笔外财。其中的秘密，那个养路工一定发现了一半儿。最"技痒动心"的人，要算乡村教师和客栈老板德纳第。德纳第跟谁都交朋友，甚至跟布拉驴儿套交情。

"他在苦役犯监狱关过吗？"德纳第说，"哼！天主啊！真不知道今天谁坐牢，明天谁入狱！"

有一天晚上，乡村教师肯定地说："若是从前，法庭早就传讯布拉驴儿，问清树林中的事，他不得不供出来，必要时就施刑，比方说用水刑逼供，布拉驴儿就准顶不住。"

"那么，咱们就给他用酒刑逼供。"德纳第说道。

于是，他们极力给老路工灌酒。布拉驴儿酒喝得很多，话却说得极少。他技巧高超，手法老练，把醉鬼的酒量和法官的慎言结合起来，相得益彰。然而，他们轮番进攻，反复盘问，还是从他口中套出几句含混不清的话，德纳第和乡村教师是这样理解的：

有一天早晨，天刚亮的时候，布拉驴儿去上工，走到树林中的一个角落，惊奇地发现荆丛下有一把锹和一把镐，好像是藏在那里的。不过，他想那可能是挑水夫六福爹的锹和镐，也就把这事儿丢在脑后了。可是当天傍晚，他看见一个人从大路朝密林深处走去，而他站在一棵大树后面，不会被人瞧见，他看出"那根本不是本乡人，而且是他布拉驴儿的老熟人"。德纳第解释为："苦役监狱的一个狱友。"布拉驴儿就是不肯说出那人的姓名。那人有个包裹，方方的，像个大匣子或者小箱子。当时布拉驴儿十分诧异。过了七八分钟，他才猛然想到应当跟踪上去。可是太迟了，那人已经钻进密林深处，天又黑了，布拉驴儿未能找见"那个人"。于是，他打定主意守在树林边上。"月亮出来了"。过了两三个钟头，布拉驴儿瞧见那人走出树丛，但不是拿着小箱子，而是扛着一把镐和一把锹。他让那人走过去，并不想上前搭话，心中合计那人力气比他大三倍，又拿着家伙，一发觉被他认出来，很可能一镐要他的命。故友重逢，两情相知，真令人感叹。不过，看到那把锹和镐，布拉驴儿灵机一动，赶紧跑到早晨的那片荆棘丛边，藏在那里的锹和镐都不见了。从而他得出结论，那人钻进树林，用镐刨了坑，埋了箱子，又用锹铲土，把坑填平。看那箱子很小，装不下尸体，装的肯定是钱财。因此，他就寻找。布拉驴儿搜寻、探索，整片树林都找遍了，凡是发现哪儿有新动土的迹象，就挖一挖瞧瞧。然而徒劳无益。

他什么也没有"挖出来"。蒙菲郿村没人再想这件事了。只有几个天真的老太婆还念叨：加尼的那个养路工，绝不会无缘无故那么折腾，肯定魔鬼来过了。

三、只有事先准备好才会一锤断脚镣

同一年，1823年大约10月底，土伦居民看见奥里翁号战舰回港。奥里翁号编在地中海舰队，在海上遇到大风浪，有些毁损，回港修理，后来派往布雷斯特充当训练舰。

那艘舰遭到海浪风暴的袭击，进港时颇为隆重。记不得当时舰上挂的什么旗，但是得到十一响礼炮的欢迎，它也一响回报一响，总共二十二响礼炮。礼炮，是王室和军队的礼仪，互致敬意的轰鸣，也是等级的标志，港湾和要塞的例规。每天日出日落，开城闭城，等等，诸如此类事情，所有要塞和所有战舰都要鸣炮。有人计算过，在整个地球上，文明世界为此虚礼，每二十四小时要鸣放十五万发炮。按每发六法郎计算，每天耗费九十万法郎，每年就是三亿，全化作硝烟了。这不过是一笔小账。而在鸣放礼炮的同时，穷人却饿死。

1823年，是复辟王朝所称的"西班牙战争时期"。

那次战争一个事件就包含许多事件，而且有许多奇特之处。对于波旁王室来说，那是一件重要的家事：法兰西这支救援并保护马德里那支，也就是说行使长房权，在表面上恢复我们的民族传统，恢复隶属于北方王朝的关系。自由派报刊称为"安杜雅尔英雄"的昂古莱姆公爵，颇反往常的安

详之态，露出得意之色，抑制了同自由派空幻的恐怖主义较量的宗教裁判所那种实有的老牌恐怖主义。以"赤臂汉"称号复活的长裤党[1]，令那些富有的媚妇恐慌万状。君主主义称社会进步为无政府主义而横加阻碍；1789年的各种理论遭到颠覆破坏而突然中断。一致对付法兰西思想的口号在欧洲风行起来。卡里尼安王子，正像当初他作为自愿军人，戴上红呢肩章，参加帝国羽林军那样，现在又改名为查理阿勒贝，参加反对人民的这种君主十字军，同大军统帅法兰西的儿子并肩作战。帝国士兵休息了八年，已然衰老，萎靡不振，现在戴上白色徽章，重赴战场。正像三十年前，白旗曾在科布伦茨[2]上空飘扬一样，一小部分英勇的法国人也在外国摇过三色旗。僧侣也混在我们大兵的队伍里。自由和革新的精神被刺刀镇压下去，各种原则被大炮轰得粉碎。法兰西以武力摧毁了以她的精神取得的成就；而且，敌军将领被收买，士兵无所适从，城池受到不计其数的金钱的围攻，毫无军事危险，却有爆炸的可能，如同突然闯进弹药库里，流血不多，也没有赢得什么荣誉，少数人引为耻辱，没有人感到光荣。这就是西班牙战争，由路易十四的龙子龙孙发动的、拿破仑当年麾下的将领指挥的一场战争，其可悲的命运，恰恰在于不伦不类，既不像大规模的战争，又不像大规模的政治。

还有几件战事值得一提，其中夺取特罗卡德罗，就是一次出色的军事行动。但是总括来说，我们再重复一遍，这次战争的号角声听着有些嘶哑，整个局面令人疑惑，历史也证实法兰西绝难接受这种虚假的胜利。显而易见，指挥抵抗的一些西班牙军官，那么轻易就退却了，让人想到这种胜利是贿赂的结果。赢得的仿佛不是战役，而是将军们，因而凯旋的士兵感到羞耻。的确是一次丢人的战争，在飘扬的旗帜上，能看到"法兰西银行"的字样。

1　长裤党是法国1789年革命中的平民派，"赤臂汉"则指1820年发动西班牙革命的自由派。

2　科布伦茨：普鲁士城市，法国逃亡贵族曾于1792年在那里组织反革命军队。

在1808年，攻陷坚城萨拉戈斯的士兵，到了1823年，看见要塞轻易开城投降，都不禁皱起眉头，纷纷遗憾没有碰到巴拉弗斯克[1]那样的对手。这就是法兰西的性格，宁肯碰到劲敌罗斯托普金，也不愿面对草包巴莱斯特罗。

从另一个角度看尤为严重，也值得强调一下。这次战争在法国损害了尚武精神，也激怒了民主精神。这是推行奴役的一次行动。法兰西士兵，民主的儿子，在这场战斗中，目的却是为别人争取枷锁。多么丑恶的反常。法兰西的天职，就是唤醒，而不是压抑人民的灵魂。自从1792年以来，欧洲的所有革命，都是法兰西革命。自由闪烁着法兰西的光芒。这是太阳一般的事实，只有瞎子才看不见！这是拿破仑讲的。

1823年的战争，既然残害善良的西班牙人民，也就同时残害了法兰西革命。这种残忍的暴行，却是法兰西犯下的，然而是被迫的。因为，除了解放战争以外，军队无论做什么，都是被迫的。"被动服从"的说法，就表达了这一点。一支军队是一件奇特的杰作：由大量软弱无力的成分组合成的力量。这就可以说明，战争是人类不由自主地反对人类的行为。

对于波旁家族来说，1823年战争也是致命的。他们以为是一次胜利，却根本无视以强令扼杀一种思想的危险。他们天真到了极点，竟错误地把大大削弱自己力量的一次犯罪，当成确立自己力量的因素。他们把阴谋诡计那一套纳入政治。1830年在1823年就发芽了[2]。在内阁会议上，西班牙战争成为他们使用武力，为神权而冒险的一种论据。法兰西既然能在西班牙扶起"纯粹的国王"，那么也完全能在国内恢复专制的君主。他们陷入后果不堪设想的谬误中，把士兵的服从当作全民族的认同。这种自信毁了王位。无论在芒齐涅拉毒树还是在军队的阴影下，都不是高枕无忧的地方。

言归正传，再回到奥里翁号战舰。

1　拿破仑于1808年率军攻打西班牙，在萨拉戈斯城遇阻。守将巴拉弗斯克坚守七个月之久。

2　1830年七月革命推翻了波旁王朝。

就在亲王统帅率军征战的时候，一支舰队正横渡地中海。上文讲过，奥里翁号属于这支舰队，遇到风暴遭受损坏，便驶回土伦港。

一艘战舰进入港口，不知为什么吸引了那么多人围观。大概因为那是庞然大物，民众喜欢巨大的东西。

一艘战舰，是人的智慧和自然力量的一种最巧妙的结合。一艘战舰同时由最重和最轻的东西构成，同时和固体、液体、气体三种状态的物质发生关系，又必须同这三种状态的物质作斗争。它有十一个铁爪，能抓住海底的岩石，还有比飞虫多得多的翅膀和触须，能在空中抓住风。它用一百二十门大炮喘息，仿佛吹响巨大的军号，能自豪地回答雷鸣。海洋企图让它在无边而相似的惊涛骇浪中迷失方向，但是战舰有灵魂，有始终指向北方并引导航行的罗盘。在漆黑的夜里，它有舷灯代替星光。这样，它有帆和索对付风，有木板对付水，有铜铁铅对付礁岩，有灯光对付黑暗，有一根指针对付茫茫大海。

若想了解战舰的巨大结构，只需走进布雷斯特或土伦港的一个船坞。在那里，建造中的战舰就好像罩起来。这根巨木是一条桅桁。这根躺在地上的巨柱，一眼望不到另一端，是主桅杆，根部直径有三法尺，若是竖起来，从底座到插入云中的顶端，高达一百二十法尺。英国大战舰的主桅杆，从水面算起，高达二百一十七法尺。我们前辈的海船用缆绳，如今则用铁链。一艘安装百门大炮的战舰，仅仅锚链盘起来，就有四法尺高，二十法尺长，八法尺宽。建造这样一艘舰需要多少木料呢？三千立方米。这是漂在海上的一整片森林！

此外，我们还应注意，这里谈的只是四十年前的战舰，仅仅是帆船。当时，蒸汽机还处于幼稚时期，后来才把这种新的奇迹给所谓战舰的这种奇物装配上。例如现在，一艘带螺旋桨的机帆船，就是一部骇人的机器，它的帆面有三千平方米，汽锅达到两千五百马力。

且不说这些新的奇迹，单讲克里斯托夫·哥伦布和吕伊特尔所乘的那种古船，就是人类的一件伟大杰作。它的力量用之不竭，如同太虚永不衰竭的气息，它用帆兜住风，乘风破浪，在浩瀚的波涛中自由航行。

然而，有时也会狂风骤起，六十法尺长的帆桁像麦秸一般折断，四百法尺高的主桅杆就像芦苇似的弯曲；万斤重的大锚也在惊涛的巨口里扭曲，如同白斑大狗鱼咬住渔人的钓钩；大炮则哀叫悲鸣，但是水天空阔，黑夜沉沉，炮声消失在飓风中；大船的全部威力、整个雄姿，淹没在另一种更加雄伟巨大的威力中了。

一种伟力展现出来，曾几何时，又衰弱到了极点，这种现象每每引人深思。因此，港口总有无数闲人，观看那些作战和航行的奇妙机器，连他们自己也不完全清楚为什么围观。

土伦港也一样，在码头、防波堤和突堤堤首，从早到晚都有大批闲人，照巴黎人的说法就是看热闹的人，这回他们要干的事便是观看奥里翁号。

奥里翁号舰早就有了毛病。在以往航行期间，船底结了一层层厚厚的贝壳，结果影响航行，速度降低一半。去年把它拖出水面，除掉贝壳，然后重又下水。但是，那次除贝壳时损伤了船底的螺栓，行驶到巴利阿里群岛，船壳板承受不住而开裂，当时船体没有铁皮护板，于是进了水。不巧又遇到风暴，船艏左舷和一扇舷窗破损，前桅的侧支柱也损坏，因此，奥里翁号驶回土伦港。

奥里翁号停泊在海军兵工厂附近，一面检修，一面补充弹药。右舷船壳没有受伤，但是按照惯例拆下几块舷板，以便船底舱空气流通。

有一天早晨，围观的人目睹了一个事故。

船员正忙着起帆，负责大方帆右上角的那个海员忽然失去平衡，只见他身子摇晃不稳，大头朝下，身体转过帆桁，双手就伸向深渊了。码头上围观的人都惊叫起来。他跌下去时，幸好一手抓住了一条软踏绳索，接着另一只手也抓住，整个人就悬在半空，下面是深深的大海，叫人头晕目眩。而且，他跌落时带动软索，就像秋千一样猛烈摇荡。那人吊在绳索上荡来荡去，好似抛石兜上的一块石子。

要去救他就得冒生命危险。船上的海员，大多是新近招募的渔民，谁也不敢冒险去救人。那个不幸的帆工力量渐渐不支，只见他脸上现出惊恐的神情，肢体也显然无力。他的胳臂拉得极长，他每次用力要上去，只能使软索摆得更厉害。他怕空耗力气，不敢喊叫。已经无望了，大家只等着他放开绳索的那一瞬间，不时扭过头去，不忍看他掉下去的惨景。有时，人的生命完全系在一段绳子、一根木杆、一根树枝上，而一个活生生的人，忽然脱手离开抓的东西，像一个熟果似的掉下去，那真是惨不忍睹。

突然，大家看见一个人敏捷如猫虎，攀缘直上帆索。他身穿红囚衣，显然是苦役犯，头戴绿帽子，无疑是终身苦役犯了。他到达桅楼那样高时，一阵风刮走了帽子，露出满头白发。原来他不是个年轻人。

不错，他是个苦役犯，在船上服苦役。事故一发生，船上人员一片慌乱，犹豫不决，所有水手都吓得发抖，纷纷退缩，而他却立刻跑去见值勤军官，请求允许他豁出命来去救那个帆工。军官只点了一下头，他一锤就砸断脚镣，操起一根绳子，飞身上了侧支索。当时，谁也没有留意脚镣那么容易就砸开了，事后有人才想起来。

眨眼工夫，他就登上帆桁，停了几秒钟，仿佛要目测一下。那个帆工在绳索末端随风摇荡，对围观的人来说，这几秒钟竟像过了几世纪。那苦役犯终于举目望着天空，向前跨了一步。众人这才松了一口气。只见他踏着帆桁跑过去，到了末端，把他带的粗绳一端系上杠上，双手抓住垂下的绳子溜下去。这时，众人担心到了极点：深渊上悬着的又多了一人。

那情景，就像一只蜘蛛捉住一只苍蝇，不过，那是救命而不是害命的蜘蛛。万目一齐注视那两个人，谁也不喊一声，不讲一句话，全皱着眉头，全都不寒而栗。人人都屏住呼吸，唯恐稍一喘气，就会助风摇晃那两个不幸者似的。

这工夫，那苦役犯已经顺着绳索滑到那海员身边。正是时候，再拖延一分钟，那人力竭绝望，就要脱手掉进深渊了。苦役犯一手抓住绳索，另一只手把绳索牢牢系在那人身上。然后，只见他重又爬上帆桁，将海员提上去，扶住那人停了一下，让他缓一缓劲儿，接着抱住他，沿着帆桁一直走到上下主桅连木，再从那里到桅楼，将他交给他的伙伴。

这时，观众鼓掌喝彩；有些老狱卒还流下眼泪，码头上的女人都相互拥抱。众人感动极了，齐声狂呼："赦免那个人！"

这工夫，那人又准备立刻下去，归队去干苦役。他要尽快赶回去，便顺着帆索滑下，又踏着下桅桁跑起来。所有的眼睛都跟着他，有一阵大家都担心，不知是他累了还是头晕，只见他脚步迟疑，身子摇晃了。突然，大家惊叫一声：那苦役犯掉下海去了。

他摔下去的地方很危险。"阿尔西拉号"巡洋舰就停泊在奥里翁号旁边，可怜的苦役犯掉在了两艘舰的夹缝中，很可能被卷进哪艘舰下面去了。四个人急忙跳上小艇。众人也都给他们鼓劲儿，每颗心重又焦虑起来。那人没有浮上水面，沉入海里，没有激起一丝波纹，就仿佛掉进油桶里。艇上的人探测，还泅到水下寻找，结果不见踪影。一直寻找到傍晚，连尸体也没有见到。

次日，土伦报纸刊载这样几行消息："1823年11月17日——昨天，在奥里翁号舰上干活的一名苦役犯，在搭救一名海员之后归队时，不慎坠海溺死。没有找见他的尸体，推测他可能卷入海军修船厂入海尖端的桩基下面了。他在狱中的号码是9430，名叫冉阿让。"

第三卷　履行对死者的诺言

一、蒙菲郿的用水问题

蒙菲郿位于利夫里和晒勒之间，坐落在分开乌尔克运河和马恩河的高地南麓边缘。如今，那里已经成为相当大的市镇，一座一座白墙别墅是终年的点缀，星期日更添兴高采烈前来游玩的士绅。1823年那时候，蒙菲郿还没有这么多白房子，也没有这么多喜气洋洋的士绅，那不过是一个林木环绕的村庄，只有零星几座别墅。从那气派，从那盘花的铁栏杆的阳台，从那小块玻璃在关闭的白窗板上映出深浅不同绿色的长窗，可以看出那是上个世纪遗留下来的建筑。然而，蒙菲郿照旧还是个村子，还没有被歇业的商贾和游息的雅士们发现。但那的确是一片景色宜人的幽境，远离交通要道，物价低廉，人们过着丰衣足食的乡野生活。唯一不足之处是地势较高，缺乏水源。

取水要走很长一段路。靠近加尼那边的村头，要到树林中优美的水塘取水。以教堂为中心的村子另一端靠近晒勒，要走一刻钟，到离晒勒大路不远的半山腰一眼小泉取水。

因此，对每家来说，打水是一件苦差事。大户人家，包括开客栈的德纳第在内的贵族阶层，往往以每桶一苏钱买水。在蒙菲郿村以挑水为业的老汉，每天大约可以赚八苏钱。不过，夏季到傍晚七点钟，冬季到傍晚五点，他就收工了。天黑下来，楼下的窗板都关上之后，谁家没有水喝，自己不去打水就得干渴着。

那正是小珂赛特最怕的活儿。读者也许没有忘记那个可怜的小姑娘，记得珂赛特对德纳第夫妇有双重用处：既能向孩子的母亲要钱，又能让孩子干活。因此，在母亲完全停止寄钱之后——在前面几章已经看到她不再寄钱的原因——德纳第夫妇仍然扣留珂赛特。她在那里顶替一个女工。既然是这种身份，只要没水她就得赶紧去提。孩子一想到黑灯瞎火要去山泉提水，就胆战心惊，因此，她特别留意，从不让客栈里缺水。

1823年过圣诞节，蒙菲郿格外热闹。初冬天气和暖，既没有上冻，也没有下雪。从巴黎来了一帮耍把戏的人，得到村长先生的许可，在村子的主街道上搭起棚子。同时又来了一帮流动商贩，同样得到允许，在教堂前广场上搭起摊棚，一直排到面包师巷。大家也许还记得，德纳第客栈就在那条巷里。这样一来，客栈和酒店都客满了，这个清静的小地方一时笼罩在热闹欢乐的气氛中。我们要忠实地叙述历史，就还应当提到一个情况。在广场上陈列的稀奇古怪的东西中，还有一个动物展览棚，里边有几个穿着破衣烂衫的小丑，不知是从哪里来的。他们在1823年，就拿一只巴西产的凶猛的秃鹫给蒙菲郿村民观赏，而国家博物馆直至1845年才弄到那样的一只。那种秃鹫的眼睛恰似三色徽章，我想自然科学家称为卡拉卡拉·波利包鲁斯，属于鹰类的鹫族。村里住着几个和善的退役老军人，是波拿巴旧部，他们怀着虔敬的心情前去看那只秃鹫。几个耍把戏的人声称，三色徽章式的眼睛是独一无二的奇相，是仁慈的上帝特意造出来让他们展示的。

圣诞节那天晚上，在德纳第客栈的楼下餐厅里，不少人，有车老板和货郎，围着餐桌四五支蜡烛坐着喝酒。那间餐厅同所有酒馆餐厅一样，有餐桌，有锡酒罐、玻璃酒瓶，有人喝酒，有人抽烟，烛光昏暗，人声嘈杂。不过，1823年这个日期却有标志，餐桌上放着两件在有产阶级中时髦的物品：一个万花筒和一盏亮晶晶的白铁灯。德纳第老婆正看着明亮的炊火上做的晚餐，老公德纳第正陪客人饮酒，谈论政治。

主要的政治话题是西班牙战争和昂古莱姆公爵，此外，在喧嚣声中，也能听到纯粹地方问题的议论。例如：

"在南泰尔和苏雷纳一带，酒产量很高。原指望产十桶的，却有十二桶。榨出来的葡萄汁特别多。""葡萄恐怕没有熟吧？""那地方，葡萄不能等熟了再收。等熟了才收，酿出的酒一打春就黏稠了。""这么说，那是很淡的酒了？""比这地方的酒还淡呢。葡萄还青的时候就收。"

……

再如，一个磨坊主嚷道：

"口袋里的东西，我们能管得了吗？里面净是杂质，我们哪有闲工夫挑出去，不管什么黑麦草籽、空壳、麦仙翁籽、大麻籽、加食草籽、野豌豆籽、山萝花籽，也不管许多别的什么杂草籽，全都倒进磨里。这还不算，有些地方的小麦，尤其布列塔尼产的麦子，掺进大量石子儿。我可不爱磨布列塔尼小麦，就像锯工不愿锯有钉子的木头一样。您想想，磨出来的是什么灰渣滓。等到吃的时候，都说面粉不好。这话没道理。出那种面粉，不是我们的过错。"

在两个窗户之间，有个割草工跟一个农场主坐在一起，正在估价来春草场的活儿。割草工说：

"草湿点儿绝没有坏处，反而好割。露水有好处。先生，没关系，您那草还嫩着呢，不好割，刀一下去，草就打弯儿。"

……

珂赛特待在老地方，坐在炉灶旁边菜案下面的横木上。她的衣衫破烂，光脚穿着木鞋，借着炉火光在给德纳第女儿织袜子。一只猫崽儿在椅子下玩耍。隔壁房间传出两个孩子清脆的说笑声，那是爱波妮和阿兹玛。

炉角的钉子上挂着掸衣鞭。

从这座房子的什么地方，不时传来一个极小孩子的哭叫声，冲破餐厅里的喧闹。那是前两年冬天，德纳第婆娘生的一个男孩，她常说："莫名其妙，可能是天冷的缘故。"那男孩有三岁多一点儿，母亲喂他奶，却不喜爱他。等小家伙的哭闹叫人受不了的时候，德纳第就说："你那儿子又鬼哭狼嚎了，去看看他要干什么。"孩子的母亲却回答："管他呢！烦死我了！"而那孩子丢在黑屋子没人管，就连续号叫。

二、相得益彰的两幅肖像

在本书中，还只见德纳第夫妇的侧影，现在应当围着他们转一转，从各个角度观察一下。

德纳第刚过五十岁，德纳第太太将近四十，不过，女人到这个年纪，就跟五十岁一样。因此，这对夫妇在年龄上保持平衡。

德纳第婆娘一露面，想必就给读者留下一点印象，记得这个女人身材高大，一头黄发，肌肤红赤赤的，膀大腰圆，满身肥肉，块头虽大但动作敏捷。我们讲过，她属于蛮婆的种类，人高马大，头发上缀着几个铺路的石子，常常昂首挺胸逛集市。她操持全部家务：收拾床铺，打扫房间，洗衣服，做饭，在家里耀武扬威，横冲直撞。她唯一的仆人就是珂赛特，一个服侍大象的小耗子。她一开口，家里的一切，窗玻璃、家具和家里人，无不颤抖。她那张宽脸满是雀斑，看上去就像一个漏勺。她还长了胡须，是菜市场男扮女装的搬运工的理想形象。她骂起人来特别精彩，常夸耀自己能一拳打碎一个核桃。说来也怪，这个母夜叉竟从小说中学了些娇声媚态，否则，谁也不会想到她是个女人。德纳第婆娘就像多情女人嫁接在悍妇身上的产物。别人听到她讲话，就会说：那是个警察；别人看到她喝酒，就会说：那是个赶大车的；别人见到她摆布珂赛特，就会说：那是个刽子手。她歇着的时候，嘴里龇出一颗獠牙。

德纳第相反，是个矮小瘦弱的男人，脸色苍白，瘦骨嶙峋，一副多病多灾的样子，其实身体十分健康。他的狡诈就是从这点开始的。他出于谨慎，总是面带笑容，几乎对所有人都客客气气，就是对向他讨不到一苏钱的乞丐也不例外。他的眼神像榉貂一样柔和，形貌像文人一样温雅，酷似德利勒神父的肖像。他的殷勤态度体现在陪车老板喝酒，从来没有人能灌醉他。他用一只大烟斗抽烟。上身穿一件粗布罩衣，下身穿一条旧黑裤。他雅好文学，标榜信奉唯物主义，嘴边常挂着一些人的名字，用来证明他讲的话，诸如伏尔泰、雷纳尔、帕尔尼，说来也怪，还有圣奥古斯丁。他声称自有"一套理论"，当然是骗人的一套，完全是个贼学家。确有贼和学结合而成为家的人。我们记得，他声称在军队中效过力，常常得意地叙述在滑铁卢战役中，他是什么第六或第九轻骑团的中士，独自抵挡过一队死神骑兵的冲杀，冒着枪林弹雨，舍身遮护并救了"一位受了重伤的将军"。因此，他的门口墙上挂了一块火红的招牌，他的客栈在当地称为"滑铁卢中士客栈"。他是自由派，又是传统派和波拿巴派，曾签名支持流亡营。村里人说他受过教育，可以当传教士。

我们认为，他仅仅在荷兰受过当客栈老板的教育。这个杂种的无赖，到什么地方说什么话，到佛兰德称为里尔的佛兰德人，到巴黎称为法国人，到布鲁塞尔称为比利时人，跨在国境线上观望，去哪里都方便。大家了解他在滑铁卢的英勇行为，显而易见，他有点夸大其词。他生活的要素就是起伏、曲折和冒险，破裂的良心拖着飘零的身世。在1815年6月18日那个狂风暴雨的日子，德纳第很可能属于我们介绍过的那种随军小贩，一路窥探，向这些人售兜，又向那些人偷窃；男人、女人和孩子，全家坐在破车上，追随部队，而且凭着本能，始终追随着打胜仗的军队。那次战役之后，拿他自己的话来说，他捞了点"油水"，便到蒙菲郿来开了客栈。

那些油水，无非是钱包和怀表，金戒指和银奖章，是收获季节从播满尸体的田垄中收获的，但总数并不多，没有让这个当上客栈老板的随军小贩维持多久。

在德纳第的言谈举止中，有一种说不出来的直线条的意味。听他讲一句粗话，就能想到兵营；看他画个十字，就能想到神学院。他能言善道，总让人相信他很有学问。然而，小学教师却注意到他说话读了"白字"。他卖弄学问，给旅客开账单，但是明眼人时常看出上面有错别字。德纳第为人狡诈，好吃懒做，但能见机行事。他绝不讨厌女用人，因此之故，他老婆不愿再雇佣。这个女人是个大醋缸，她以为这个面黄肌瘦的矮男人，是天下女人垂涎的对象。

德纳第的最大特点是奸诈又沉稳，他的确是一个极有节制的恶棍。这种人最坏，因为他虚伪险诈。

并不是说，德纳第不会发火，连他老婆都不如，但是这种情况很少见。

他一旦发火，那样子会吓死人，因为他仇视全人类，满腔燃烧着仇恨的烈火，因为他这类人一辈子都想报复，总指责眼前发生的一切、自己遭遇的一切，时刻准备抓个人出气泄愤。他一旦发火，生活中的全部失意、破产和灾难，就会在他心中膨胀、胀到满口满眼，化作冲天的怨气。在他发作的时候，谁撞上谁倒霉。

德纳第还有许多长处，其中一点就是处处留心，洞察事物，根据情况保持沉默或者信口开河，总能体现出绝顶的聪明。他眯缝眼睛的那种神色，就像看惯了望远镜的海员。德纳第是个政治家。

初来客栈的人，见了德纳第婆娘，心里就会想：家里一定是她做主。错了。她连主妇都算不上。主人和主妇，全是丈夫一个人。汉子出主意，婆娘动手。他以一种无形的磁力不断地指挥一切。他讲一句话就够了，有时只丢个眼色，大块头女人总是唯命是从。德纳第婆娘并没有完全意识到，其实她跟丈夫就像老百姓和君主的关系。她自有做人的道德标准，就是在一件小事上，也从不同"德纳第先生"争执，而且，这种假设就不能成立，无论什么事情，她决不当着外人的面说丈夫的不是。她从未犯过妇女常犯的那种"家丑外扬"的错误，用议会中的说法，就是"揭王冠"的错误。夫妇和睦的结果，虽然只是为非作歹，但是德纳第婆娘对丈夫的恭顺中，却有虔敬仰慕的成分。这座虎啸狼嗥的肉山，竟让一个羸弱的专制君主动一下小手指就随意驱使。以庸人的粗俗之见，这是天地间的一件大事：物质崇拜精神。须知，有些丑恶的东西，在永恒之美的极点也有存在的理由。德纳第有让人捉摸不透的地方，因此，这个男人对这个女人就拥有绝对权力。有时候，她把丈夫视为一支明烛，有时候她又觉得他是一只魔掌。

这个女人也是个奇物，她只爱自己的孩子，只怕自己的丈夫。她只因是哺乳动物才当了母亲，而且，她的母爱也只限于对两个女儿，没有男孩的份儿，这情况以后我们会看到。至于他，作为男人，只有一个念头：发财。

但事与愿违，根本没有发起来。这个干才没有用武之地。德纳第在蒙菲郿破产了，如果说一文不名还能破产的话。这个一文不名的人若是到了瑞士或者比利牛斯地区，也许成为百万富翁了。然而，这个客栈老板被命运抛在哪里，就得在哪里吃草。

要知道，所谓"客栈老板"，在这里当然是狭义，并非泛指整个阶层。

就在1823这一年，德纳第欠了催还的债款一千五百法郎，因而坐卧不安。

无论命运对他多么一贯不公道，德纳第却能以最现代的方式，极深刻极透彻地理解待客之道。这件事在野蛮人那里是一件美德，在现代人这里则是一种商品。此外，他还是一个出色的偷猎者，枪法常常受人称赞。他有一种平静的冷笑，那是最阴险莫测的。

他经营客栈的理论，时常像电光石火，从他头脑闪现，并把这种职业诀窍灌输到他老婆的头脑里。有一天，他咬牙切齿地低声对老婆说："客店老板的职责，就是客人一来，要赶紧卖给他烩肉、歇息、烛光、炉火、脏被单、女用人、跳蚤、笑脸。要拉住行客，掏空他们的小钱包，客客气气地减轻他们大钱包的分量，恭恭敬敬地招待旅行的人家住宿，剁男人的肉，拔女人的毛，剥孩子的皮。什么都要开出价。敞开的窗户、关起来的窗户、壁炉周围、扶手椅、普通座椅、圆凳、矮凳、鸭绒被、褥子和草垫，都要收钱。要知道没有光亮，镜子多么容易发污，这也得收费。总之，要出五十万个鬼主意，什么都要旅客出钱，就连他们的狗吃的苍蝇也不能免！"

这一对男女结合起来，一个唱白脸，一个唱红脸，演出又丑恶又可怕的一场戏。

丈夫总是挖空心思，运筹帷幄，而那婆娘却不考虑要登门的债主，既不愁昨天，也不愁明天，天天欢欢喜喜，一心过当前的日子。

这两口子就是这样，珂赛特夹在中间，受到双重的压力，犹如一只小动物，既受磨盘的碾磨，又受铁钳的撕裂。这一男一女各有惩治的办法。珂赛特的遍体鞭痕，是那婆娘的手艺。小姑娘冬天光脚出门，却是那汉子的高招儿。

珂赛特上楼下楼，忙里忙外，洗洗涮涮，擦擦扫扫，连跑带颠，忙得喘不上来气，那样羸弱的身子，要搬重东西，要干粗活。她得不到一点怜悯。主母是个母老虎，主人是只毒蝎。德纳第客栈就像一面蜘蛛网，珂赛特缚在上面发抖。理想的压迫，由这种当牛做马的可悲方式体现出来。这情景颇似苍蝇服侍蜘蛛。

可怜的孩子，逆来顺受，总是不声不响。

小小的生灵，赤身露体，在拂晓就这样落到人世间，那颗刚刚离开上帝的灵魂里会产生什么呢？

三、人要喝酒，马要饮水

又新来四位旅客。

珂赛特暗自发愁。

要知道，她虽然只有八岁，但已经饱受苦难，那愁苦的样子像个老太婆了。

她有个眼眶发黑，是让德纳第婆娘打的，而那婆娘还时常说：

"这丫头真难看，一个眼眶子是青的！"

珂赛特心想天黑了，已经很黑了，突然到来的客人房间里的水罐和水瓶要灌上水，而水槽里的水用完了。

幸好德纳第客栈的人不大喝水，这使她稍微心安一点。当然有人口渴，但是他们还是愿意饮酒，而不想喝水。在这交杯换盏中，谁若是要一杯水，他在众人看来无异于一个蛮人。然而有一阵，小姑娘却担心得发抖。炉灶上的一口锅滚开，德纳第婆娘揭开锅盖，操起杯子急忙走向蓄水池，拧开水龙头。小姑娘早就抬起头，盯着她每一个动作。从龙头里流出一线细水，勉强灌了半杯。"哦，"她说道，"没水啦！"

接着她沉吟一下，小姑娘也屏住了呼吸。

"算啦，"她看着半杯水说道，"这点儿水也差不多够了。"

珂赛特重又做她的活计，但是有一刻多钟，她感到心怦怦狂跳，仿佛要跳出胸口。

她一分一秒计数过去的时间，恨不能一下子就天亮。

有的酒客不时望望街上，嚷一声："天黑得像锅底！"或者感叹一句："这种时候，不打灯笼上街，只有夜猫子才行！"珂赛特听了心惊肉跳。

突然，有个住店的客商走进来，粗声粗气地说：

"你们没有给我的马饮水。"

"哪儿的话，饮过了。"德纳第女人答道。

"我说没饮就没饮，大妈。"客商又说道。

珂赛特从桌子底下钻出来。

"嗳！不对，先生！"她说道，"马喝过水了，是在桶里喝的，喝了满满一桶，还是我给马拎的水，我还跟它说话了。"

事情不是这样，珂赛特说了谎。

"这小丫头，还只有拳头大，就能撒天大的谎。"客商嚷道，"小妖精，告诉你，马没有饮水！我非常清楚，它没喝水喘气不一样。"

珂赛特还要争辩，因惶恐而说话声都嘶哑了，几乎听不见："它甚至喝了很多！"

"好啦，"客商发了火，又说道，"这些全是废话，少啰唆，快给我的马饮水！"

珂赛特重又钻到桌子下面去了。

"真的，这话不错。"德纳第婆娘说，"牲口若是没饮，那就应当给它水喝。"

接着，她环视周围："咦，人哪儿去啦？"

她哈下腰，发现珂赛特缩成一团，躲到桌下另一端，几乎到酒客的脚下。

"你出来不出来？"德纳第婆娘吼道。

珂赛特从藏身洞里钻出来。德纳第婆娘又说道：

"没名姓的狗小姐，去给马饮水。"

"可是，太太，"珂赛特怯声怯气地说，"水池里没水了。"

德纳第婆娘敞开临街的店门：

"那就去提水！"

珂赛特垂下头，走到壁炉角落，拎了一只空桶。

这只桶比她人还大，她坐到里面肯定很宽裕。德纳第婆娘又回到炉灶，拿木勺盛点锅里的汤尝尝，口里还嘟囔着：

"山泉那里有水。这有什么难的呢。唔，我想该放葱头了。"

她回身翻一个抽屉，只见里面有零钱、胡椒和葱头。

"拿着，癞蛤蟆小姐，"她又说道，"回来路过面包店，买一个大面包，钱在这儿，十五苏的硬币。"

珂赛特罩衫侧面有个小兜，她一声不响接过钱币，塞进兜里。

房门在面前大敞四开，她拎着水桶，却一动不动，仿佛等待有人来搭救。

"快去呀！"德纳第婆娘喊道。

珂赛特出去了。房门重又关上。

四、娃娃上场

大家还记得，露天摊棚从教堂一直扩展到德纳第客栈。由于有产者要去做午夜弥撒，即将经过那里，摊铺都点亮了蜡烛，放在漏斗形的纸罩里。据在德纳第店里喝酒的小学教师说，蜡烛放在这种纸罩里有"魔力"。反之，天上却不见一颗星星。

最后一个摊位正好对着德纳第店门，是卖小摆设的，有金属箔饰物、玻璃制品和白铁的精巧玩意儿，都闪闪发光。客商把一个大娃娃摆在货摊第一排，娃娃下面垫着一条白毛巾，有两法尺来高，身穿粉红绉纱裙，头上围着一圈金麦穗，头发是真的，眼珠则是珐琅质的。这件奇物摆了一整天，十岁以下的孩子经过这里都看呆了，但是蒙菲郿全村还没有一个孩子的母亲那么有钱，或者那么大手大脚肯买下来。爱波妮和阿兹玛傻看了几小时不肯离开，就连珂赛特，老实说，也敢偷看上几眼。

珂赛特拎着水桶出门来，不管多么愁苦和沮丧，也难免要抬眼望望那奇异的娃娃，望望她称作的"贵妇人"。可怜的孩子站那里看呆了。她还没有走到这么近前来看过，觉得整个货棚是座官殿，而她看到的也不是布娃娃，而是下凡的天仙。苦命的孩子深深陷入凄寒悲惨的境地，从这种虚幻的光彩中，恍若看到了欢乐、荣华、富有和幸福。珂赛特以孩子的天真而忧郁的智慧，测量把她同这个娃娃隔开的深渊，心想只有王后，至少是公主，才能得到这样一个"玩意儿"。她端详着娃娃漂亮的粉红衣裙、光滑美丽的头发，不禁想到："这个布娃娃，该有多么幸福啊！"她的眼睛简直离不开这奇妙的店铺，越看越眼花缭乱，真以为见到天堂。大娃娃后面还有不少小娃娃，在她眼里都像仙女仙童。商贩在摊铺后面走来走去，在她看来也像天父。

她只顾观赏，把什么都丢在脑后，甚至忘记了派给她的差使。突然，德纳第婆娘恶狠狠的声音，又把她拉回到现实中来：

"怎么，蠢丫头，你还没走！等着吧！看我去跟你算账！真叫人纳闷儿，她待在那儿干什么！小妖精，快去！"

刚才，德纳第婆娘朝街上望了一眼，发现珂赛特站在那儿出神。

珂赛特拎着水桶，尽量放大步子逃走了。

五、孤苦伶仃的小姑娘

德纳第客栈在村子里的位置，由于靠近教堂，珂赛特就得到晒勒大道旁的林中山泉打水。

她不再看任何摊铺陈列的东西了。只要走在面包师巷和教堂附近，就有店铺的烛光照着路，可是不大工夫，最后一个铺子的最后一点光亮也不见了。可怜的孩子走进黑暗，还要往黑暗的深处走去，她心情很紧张，就边走边用力摇动水桶提梁，弄出声响为自己做伴。

越走越黑，街上一个人也没有了。不过，她还是遇见一个妇人。那妇人停下脚步，回头看她走过去，嘴里咕哝道："这孩子要去哪儿啊？这是个狼孩怎么的？"继而，她认出是珂赛特，又说道："唔，是云雀啊！"

珂赛特就这样穿过蒙菲郿村靠晒勒这边迷宫似的、弯曲而空无一人的街道。只要还有房屋，哪管路两旁还有墙壁，她就能大着胆子朝前走。她不时看见窗板缝透出一点烛光，那就是光明，就是生命，那里就有人，她的心也就踏实一点。可是，她走着走着，不觉脚步就慢下来。走过最后一座房子的墙角时，珂赛特站住了。越过最后一个店铺，就非常难了，过了最后一座房子再往远走，简直不可能了。她把水桶撂在地上，手插进头发里慢慢搔着，这是儿童害怕而拿不定主意时常有的动作。这里不是蒙菲郿村，而是田野了。眼前黑糊糊一片，阒无一人。她绝望地注视这片黑暗，这里没人了，只有野兽豸虫，也许还有鬼魂。她仔细观看，听见野兽豸虫在草里行走，清晰地望见鬼魂在树林里移动。她一害怕就添了胆子，又拎起水桶，说了一句："哼！管她呢！我就说没水啦！"于是，她坚决返身回蒙菲郿。

她刚走一百来步，忽又站住了，重又搔起头来。现在，站在她眼前的是德纳第那婆娘——面目狰狞，眼睛冒着怒火。孩子前顾后盼，目光凄然。怎么办？会怎么样呢？往哪走呢？前面是德纳第婆娘的魔影，后面是黑夜树林的鬼魂，她还是在德纳第婆娘面前退却了，又走上去水泉的路，而且跑起来，跑出村子，跑进树林，什么也不看，什么也不听了，直到喘不上来气才不跑，但并没有停下脚步，还是不顾一切地朝前走。

她一路跑，一路想哭。

黑夜抖瑟的树林整个把她包围。她什么也不想，什么也看不见了。这个小小的生命面对无边的黑夜。一边是昏天黑地，一边是一粒原子。

从树林边到泉边，只需走七八分钟。这条路很熟，珂赛特白天常走。说来也怪，她没有迷失，残存的本能隐约在指引，虽然她不朝左看，也不朝右看，唯恐看见树枝间荆丛里有什么东西，但这样还是走到水泉。

这是一个狭窄的天然水潭，由泉水在黏土地上冲出来的，深约两法尺，周围长满青苔和人称"亨利四世皱领"有凸凹纹的蒿草，还垫了大块石头。潭口潺潺流出一条小溪。

珂赛特也不停下喘口气。周围一片漆黑，不过，她常来泉边，伸左手摸黑寻找一株斜在水面上的小橡树，这是她平日打水时的把手。她抓住一根树枝，胳膊吊在下面，弯腰把桶沉到水中。此刻她心情异常紧张，力量倍增。她弯腰打水时，没有注意罩衫兜里的东西落水了。那枚十五苏铜币掉进水泉，珂赛特没有看见也没有听到声响。她提起几乎满满一桶水，撂在草地上。

这时她才发觉，自己一点劲儿也没有了。她本想立刻回去，可是，一满桶水提上来，力气用尽，一步也走不动，只好坐下歇一歇，身子就往下一瘫，蜷缩在草地上。

她闭上眼睛，随即又睁开，不知为什么，反正非睁开不可。

身边桶里的水荡起一圈圈波纹，仿佛白色的火蛇。

头上天空布满大块乌云，仿佛滚滚黑烟。黑暗的悲惨面孔，依稀俯视这个孩子。

天神朱庇特睡在那幽邃的黑暗中。

孩子直愣愣地望着那颗巨星，她不认识，就不禁害怕。此刻，那颗巨星接近地平线，从浓雾出来，显得红红的，确实有点儿吓人。夜雾呈现出惨淡的紫红色，把那颗星晃大了，看似一处发光的伤口。

旷野刮着冷风。然而树林里一片漆黑，枝叶没有一点声响，也绝无夏夜那种清亮的波动。巨大的枝杈张牙舞爪，低矮怪状的荆丛则在林间空地嗦嗦作响。长草在寒风中偃伏，好似鳗鱼一般游动。荆枝扭曲弯折，仿佛长臂，伸出利爪捕捉猎物。几株干枯的欧石楠被风卷走，就好像仓皇逃难。四面八方，都是阴森可怕的旷野。

黑暗教人目眩神摇，人需要光亮。谁从阳光下走进黑暗的地方，立刻会感到心情紧张。眼睛一看到黑暗，思想就看到混乱。每逢日食月食，在黑夜里，在漆黑一团的地方，连最坚强的人也不免惶惶不安。黑夜独自在森林里行走，无不感到心惊肉跳。黑影和树木，这是双重可怕而又深不可测的东西。一种虚幻的现实，在深邃幽微中出现。不可思议的东西，就在离你几步远的地方，像幽灵一样清晰地显形。在空间或在自己的头脑里，有时会看到莫名其妙的东西在游动，既朦胧又难以捕捉，犹如鲜花的睡梦。天边时常出现诡谲的形影。我们还能嗅到黑暗的太虚散发的气息。我们既恐惧又想回头看。黑夜的空旷、变得凶险的景物、走近看便化为乌有的暗影、错杂纷披的朦胧之影、灰白的水洼、阴惨惨反射的幽光、墓地般的无边的寂静、可能存在的陌生的生灵、神秘树枝的垂拂、古怪可怕的树干、抖瑟的一簇簇长草，这一切，人都无法抵御。多么胆大的人都要战栗，感到惶恐近在咫尺，就好像灵魂同幽暗结为一体，成为怪异可怕的东西。黑暗的这种侵袭，在一个孩子身上，则阴森恐怖到了难以描摹的地步。森林就是阎王殿，在这阴森森的穹隆下面，一颗小小心灵的鼓翅声就像垂死挣扎。

珂赛特并不明白自己的感受，只觉得自身被天宇的无边黑暗所震慑。震慑她的不仅仅是恐怖，而是比恐怖还要可怕的东西。她浑身战栗，一直冷到心头的这种寒噤，有一种难以言传的奇特意味。她的眼神变得惊慌失措，仿佛感到明天此刻，恐怕还要来到此地。

于是，她出于本能，要摆脱这种她又不理解又惊恐的境况，就开始高声数一、二、三、四，一直数到十，然后再从头数起。她这样做，是要真实地感到周围的事物。首先她感到手冷，那是打水时弄湿了。她站起来，重又萌生了恐惧，是一种既自然又难以克制的恐惧。她现在只剩下一个念头：逃离，拼命跑出树林，跑过田野，跑到有人家、有窗户、有烛光的地方。但是，她也被德纳第婆娘吓坏了，不敢丢下水桶逃跑，于是双手抓住桶梁，使出全身力气才提起来。

她提桶走出十来步，但是一桶水太满太沉，她不得不又撂在地上，喘了口气，再提起来往前走，这回坚持的时间稍长些。然而，她还得停一停，歇息几秒钟，接着再走。现在她低着头，弓着腰，好像个老太婆，两条瘦胳臂让沉重的桶给拉长，变得僵直了，一双湿手握着铁梁也冻木了。她不得不走走停停，每停一下，桶里的水就泼到两条光腿上。这样悲惨的事情发生在冬天的黑夜，发生在密林中，发生在一个八岁的孩子身上，无人知晓，此刻唯有上帝看见了。

唉！当然，她母亲也看见了。

要知道，有些事情能让坟墓中的死者睁开眼睛。

珂赛特痛苦地倒着气，阵阵饮泣哽塞喉咙，然而她不敢哭出声来，甚至远远离开德纳第那婆娘，她也怕得要命，总想象那婆娘就在身边，这已经成为她习惯的念头。

然而，她这样走不多远，越走越慢了，心想非得一个多钟头才能回到蒙菲郿，准得挨那婆娘一顿狠打，不禁焦急万分，要缩短每次停歇的时间，多走一点路，可是办不到。焦灼的情绪，又添上黑夜在树林里独行的恐惧心情，因而累得精疲力竭，也没有走出树林。她走到一棵熟识的老栗树下，就最后停一次，歇的时间长一些，好缓过劲来，然后集中全身力气，再提起水桶，鼓足勇气往前走。不过，可怜的孩子心中绝望，禁不住叫出声来："天主啊！天主啊！"

声音未落，她突然感到水桶一点分量也没有了。有一只在她看来无比粗大的手，刚刚抓住桶梁，有力地提起来。她抬头一看，有一个高大直立的身影，在黑暗中挨着她往前走。这大汉是从后面赶上来的，她没有听见。这人一声不吭，只管抓过她提的水桶。

人一生各种际遇，都有本能的反应。这孩子并不害怕。

六、或许能证明布拉驴儿的聪明

正是1823年圣诞节那天下午，在巴黎济贫院大街最僻静的路段，有一个汉子徘徊了好久。他好像要找个住处，而且挑选了圣马尔索城郊路边的破烂街区，特意停下来看最简陋的房舍。

看下文就可以知道，此人的确在这偏僻的街区租了一间房子。

这个人的衣着和整个举止神态，显得极为穷困又极为整洁，体现一种典型人物，可以称为有教养的乞丐。这种混合类型相当罕见，能让明慧的人油然而生双重的敬意：既敬其清贫，又敬其庄重。他头戴一顶刷得十分干净的旧圆帽，上身穿一件快磨破了的赭黄色粗呢礼服，这种颜色在当时并不奇特，里面套一件老式带兜的大坎肩，下身穿一条膝部变成灰色的黑裤，脚上穿着黑毛线袜和镶铜扣襻的厚鞋。他很像在大户人家当过家庭教师并流亡归国的人。他满头白发，额头有皱纹，嘴唇苍白，脸上看样子饱经风霜，年纪六十开外。然而看他稳健的步伐，一举一动所显示的特殊力量，又觉得他还不到五十岁。他额头的皱纹生得匀称，能给仔细端详他的人以好感；嘴唇则聚了一条奇特的线条，显得又冷峻又谦和；眼神深处透出一种难以描摹的凄然而恬静的神情。他左手拎一个用手绢扎的小包，右手拿一根木棍，好像是从树篱砍的，仔细修削过，样子并不难看，每个节都巧加利用，上端用红蜂蜡镶了一个珊瑚圆头，说是棍棒，但是很像手杖。

这条大街行人一向很少，尤其冬天。此人不想接触行人，但也不显出有意回避的样子。

当时，国王路易十八几乎天天去舒瓦西王苑，那是他爱去的游憩之地。因此，几乎每天二时许，都能看到王驾和扈从沿济贫院大街飞驰而过。

这成为这个街区穷苦妇女的钟表，她们说："两点钟了，他又回杜伊勒利宫了。"

于是，很多人跑出来，行人也排列路两旁。国王经过，总是件热闹的事儿。何况路易十八忽现忽隐，在巴黎街头总要引起一点儿轰动。车驾飞驰而过，但是非常气派。这位残疾的国王爱好乘车驰骋，他不能走路，却喜欢奔跑；他双腿患了残疾，却情愿被拖着风驰电掣。他在明晃晃的刀枪中间，却要显得平和而庄严。他那辆大轿车全身漆成金黄色，厢壁绘有大朵的百合花，在街道上隆隆驶过。人们刚望一眼就过去了，只见里座右角的白缎软垫上坐着一个人，他紫红宽宽的脸膛显得很坚毅，刚扑过粉的额头上戴着御鸟式羽冠，眼神骄横而锐利，有一副文雅的笑容，一身绅士打扮，戴着流苏飘动的大肩章、金羊毛骑士勋章、圣路易十字勋章、荣誉团十字勋章、圣灵银牌、圣灵骑士章，挺着大肚子，那便是国王了。车驾一驶出巴黎城，他就摘下白羽冠，放到裹了英国绑腿的膝上。返回城时，他又戴上羽冠，但不大向民众致意。他冷冷地望着民众，民众也这样回敬他。他初次在圣马尔索街区亮相时，所得到的赞誉就是郊区一个居民对同伴讲的一句话："那个胖家伙就是朝廷了？"

国王在同一时间经过，这在济贫院大街是每天轰动的事件。

那个穿黄色粗呢礼服的行人，显然不是本区人，也许不是巴黎人，因为他不了解这一情况。王驾在一队身穿银饰带军装的骑卫簇拥着，两点钟从硝石库拐上济贫院大街时，他露出惊奇之色，几乎有点惊恐。当时侧道上只有他一人，他慌忙躲到一道院墙的角落后面，但还是让这天值勤的卫队长哈弗雷公爵瞧见了。哈弗雷公爵坐在国王的对面，对国王说："那个人恐非善类。"为国王开道的警察也注意到他了，其中一个便奉命跟踪查看。但是，那人钻进僻静的小街曲巷里，而天又黑下来，警察也就失掉了目标。这一情况，记录在当晚呈给国务大臣兼警察总署署长安格莱斯伯爵的报告中。

那个身穿黄礼服的人甩掉了跟踪的警察，更加快了脚步，仍频频回首，看看是否还有人跟踪。到了四点一刻，天完全黑下来了。他经过圣马丁门剧院，门口路灯照亮当天演出的剧告《两名苦役犯》，引起他的注意。当时他虽然走得很快，还是停下脚步瞧了一瞧。过了一会儿，他走进小板巷，再拐入锡盘巷的拉尼线旅行车站。这趟车四点半出发，马已经套好。旅客听见车夫招呼，都急忙着高高的铁踏板上车。

那人问道：

"还有座位吗？"

"只剩下一个，就在我赶车的座位旁边。"车夫答道。

"我要了。"

"请上来吧。"

不过，启程之前，车夫打量旅客一眼，见他穿戴寒酸，包裹又小，就要他先付钱。

"您直到拉尼吗？"车夫问道。

"对。"那人回答。

于是，他付了直到拉尼的车费。

马车启程了，驶出栅门之后，车夫就同他拉话，但是这位旅客总是哼哼哈哈，爱答不理。车夫也就作罢，只好吹口哨，喝骂几匹马。

车夫裹上大衣。天气很冷，那人好像并不觉得。马车就这样驶过古尔奈和马恩河畔纳伊。

将近六点钟，车行驶到晒勒。车夫让马喘口气，把车停到王家修道院老房改的大车店门前。

"我就在这儿下车了。"那人拿起小包和木棍，跳下车去。

转眼工夫，他就不知去向了。

他没有进客栈。

过了几分钟，旅行车接着往拉尼行驶，在晒勒大街沿路没有遇见他。

车夫回头，对车厢里的旅客说：

"那个人我不认识，显见不是本地人。他那样子不像个有钱的主儿，可是他并不在乎钱，付车费去拉尼，到晒勒就中途下车了。天都黑了，家家户户都关了门，他又没进客栈，人就没影儿了，难道钻进地里啦！"

那人没有钻进地里，而是沿晒勒大街，摸黑快步走去，在教堂前面拐上通向蒙菲郿的乡间小道，就好像他来过此地，熟悉这里似的。

他疾走在小道上，走到同那条从加尼到拉尼的林荫老路的交叉口，忽然听见有行人，就急忙躲进沟里，要等人走过去。其实，这样小心大可不必：我们已经说过，这是12月份的夜晚，天色一片漆黑，空中只有两三点星光隐约可见。

从岔道口开始就登山坡了。那人没有回到去蒙菲郿的路，而是朝右拐去，穿越田野，大步流星走向树林。

他走进树林，才放慢脚步，开始仔细查看每棵树木，一步一步往前走，仿佛在寻找什么。沿着一条唯独他知道的神秘路线，有时好像迷失方向，踟蹰不前，继而边走边摸索，终于走到一片林间空地，只见有一堆灰白色的大石头。他急忙朝石堆走去，透过黑夜的迷雾仔细查看每块石头，如同检阅一般。离石堆几步远有一棵长满树瘤的大树。他走到那棵树下，用手摸主干的树皮，好像要摸出并数清那些树瘤。

这是一棵树，对面有一棵害病脱皮的栗树，上面钉了一块铅皮护住疮疤。他踮起脚，就摸到了铅皮。

继而，他在那棵树和石堆之间的地面踏了一阵，仿佛要试出这里是否新动过土。

他踏完之后，再辨明方向，又穿过树林。

刚才正是这个人遇见了珂赛特。

他沿着一片矮林朝蒙菲郿走去，瞧见一个小黑影边移动边呻吟，把一件重物放下，接着又提起来，继续往前走。他走近一看，才知道是一个小孩拎一大桶水。于是，他走到孩子身边，一声不响，抓起了桶梁。

七、珂赛特同陌生人并排走在黑夜中

我们说过，珂赛特并不害怕。

那人同她说话，声音粗壮，几乎是低沉的。

"我的孩子，你提这东西，也太重了。"

珂赛特抬起头，答道：

"是的，先生。"

"给我，"那人又说，"我替你拎着。"

珂赛特松开手，那人拎着水桶走在她身边。

"这确实很重。"他喃喃说道。

继而，他又问道：

"小姑娘，你几岁啦？"

"八岁了，先生。"

"你从好远的地方打来的水吧？"

"从树林里的水泉打来的。"

"你要去的地方还远吗？"

"从这里还要足足走一刻钟。"

那人沉默了片刻，随后又突然问道："你没妈了吗？"

"不知道。"孩子回答。

未等那人再张口，她又补充说：

"我不相信我有妈。别的孩子都有，可我没有。"

她停了一下，又说道："我想我就从来没有过妈。"

那人站住，放下水桶，俯下身去，双手放到孩子的肩上，在黑暗中极力想看清孩子的面孔。

天光惨淡，只隐约照见珂赛特那张瘦削的小脸。

"你叫什么名字?"那人问道。

"珂赛特。"

那人仿佛触了电。他又细细端详，接着把双手从珂赛特的肩上抽回来，提起水桶，继续往前走。

走了一会儿，他又问道：

"小姑娘，你住在哪儿?"

"住在蒙菲郿村，也许您知道那地方。"

"我们就是去那儿吗?"

"对，先生。"

他又沉吟一下，然后问道："这么晚了，是谁让你到树林里打水的?"

"是德纳第太太。"

那人再说话时，想竭力保持无动于衷的口气，但是声音还是抖得出奇："你那德纳第太太，她是干什么的?"

"是我的东家，"孩子答道，"她开客栈。"

"客栈?"那人又说道，"那好，今晚儿我就去那里住店。带我去吧。"

"我们正往那儿走呢。"孩子说道。

那人走得相当快。珂赛特跟着也不费劲，她不觉得累了。她不时抬眼看看那人，脸上显出一种难以描摹的平静和信赖的神态。从来没有人教她面向上帝并祈祷，然而，她自身有某种感觉，类似飞向天空的希望和欢乐。

过了几分钟，那人又问道：

"德纳第太太没有雇女用人吗?"

"没有，先生。"

"就你一个人吗?"

"是的，先生。"

谈话又中断了。珂赛特提高声音说：

"对了，还有两个小姑娘。"

"什么小姑娘？"

"波妮和兹玛。"

孩子简化了德纳第婆娘心爱的浪漫名字。

"波妮和兹玛是谁？"

"是德纳第太太的小姐，也就是她的女儿。"

"那两个做什么呢？"

"唔！"孩子答道，"她们有漂亮的布娃娃，有带金子的东西，玩儿的东西多极了。她们就是玩儿，游戏。"

"成天玩儿吗？"

"对，先生。"

"那么你呢？"

"我呀，我得干活儿。"

"成天干活儿？"

孩子抬起一双大眼睛，滚动的泪珠由于天黑而看不见，她轻声回答：

"是的，先生。"

她沉默了一下，继续说道：

"有时候，我干完了活儿，要是允许，我也玩一玩儿。"

"你玩儿什么？"

"有什么玩儿什么，没人管我。但是，我没有多少玩具。波妮和兹玛不愿意让我玩儿她们的布娃娃。我只有一把小铅刀，就有这么长。"

孩子伸出小指头。

"切不了东西？"

"能切，先生，"孩子说道，"能切生菜和苍蝇脑袋。"

他们到了村头，珂赛特领着陌生人走在街上，经过面包铺，她也没有想起买面包的事儿。那人也沉闷下来，不再问她什么话了。过了教堂，那人看见那么多露天摊棚，就问珂赛特：

"这儿有集市啊？"

"不是，先生，是过圣诞节。"

快走到客栈的时候，珂赛特轻轻地捅了捅他的胳膊。

"先生！"

"什么事儿，孩子？"

"就要到家了。"

"要到家又怎么样？"

"现在，能不能让我提水桶？"

"为什么？"

"太太要是看见别人替我提水，就会揍我。"

那人把水桶交还给她。不大工夫，他们就到了客栈门口。

八、接待一个可能富有的穷人的麻烦

那个大布娃娃还摆在玩具摊上，珂赛特禁不住扭头望了一眼，这才敲门。店门打开，德纳第婆娘举着蜡烛出现在门口。

"唔，是你呀，小贼货！谢天谢地，用了这么长时间！准是玩儿去了，鬼东西！"

"太太，"珂赛特浑身发抖地说，"这儿有位先生要住店。"

德纳第婆娘那副怒容立刻换成奸笑，用眼睛贪婪地寻找新来的客人，这种瞬间变脸术是客店老板娘的特长。

"就是这位先生？"她问道。

"对，太太。"那人回答，同时手举到帽檐儿上。

有钱的客商不会这么客气。德纳第婆娘看到陌生人这一举止，又迅速打量一眼他的衣着和行囊，就立刻收起奸笑，重显怒容。她冷淡地说了一句："进来吧，伙计。"

"伙计"进门了。德纳第婆娘又瞥了他一眼，特别注意他那件快磨破了的外衣、有了洞的帽子，然后点了点头，紧了紧鼻子，眨了眨眼睛，向她一直陪车夫喝酒的丈夫讨主意。她丈夫微微摇了摇手指，同时努了努嘴唇，这种情况则表示：十足的穷光蛋。于是，德纳第婆娘提高嗓门儿说：

"喂！老头儿，对不起，店里没床位了。"

"随便给我安排个地方吧。"那人说道，"阁楼、马棚都行。我还是付一间客房钱。"

"四十苏。"

"四十苏，行啊。"

"好吧。"

"四十苏！"一名车夫对德纳第婆娘低声说，"不是只要二十苏吗？"

"他住店就得四十苏。"德纳第婆娘也同样低声说，"我让穷鬼住店，少给一个子儿也不行。"

"这话不错，"她丈夫轻声补充道，"店里接待这种人，总是煞风景。"

这工夫，那人已经把包裹和木棍放在板凳上，捡一张餐桌坐下来。珂赛特急忙给送上一瓶葡萄酒和一只玻璃杯。先头要水的那位客商亲自提桶去饮马。珂赛特又钻到菜案下面，回到老地方打毛线活儿。

那人倒了一杯酒，举杯抿了一小口，便开始出奇地注视那孩子。

珂赛特相貌挺丑，她若是快乐，或许会好看些。她那张愁苦的小脸，我们已经勾画过。她长得面黄肌瘦，虽然快满八岁，看上去也只有六岁。那双大眼睛由于经常流泪的缘故，深深陷入阴影中，几乎丧失了神采。那嘴角的弧线是经常惶恐不安的结果，在判处的犯人和不治之症的患者脸上就能看到。那双手正如她母亲猜想的，"满是冻疮"。此刻，炉火突现她骨骼的棱角，更显得枯瘦如柴了。她总是发抖，因此形成紧紧并拢双膝的习惯。她的全套衣裳就是一身破布片，夏天见了叫人可怜，冬天见了叫人心疼。满身没有一片毛织品，粗布衫也全是破洞，露了肉，看得见德纳第婆娘打出来的紫块青癜。那两条细腿光着，冻得红红的。那锁骨窝叫人见了也心酸落泪。那孩子举止神态、嗓音语调、迟钝的话语、看人的眼神、无言的沉默，总之，她的一举一动，整个人儿，只表达和显露一种心情：恐惧。

恐惧散布全身，可以说将她笼罩住。恐惧使她双肘紧贴在胯上，脚跟紧缩在裙子里，使她尽量少占地方，尽量少喘气。也可以说，恐惧成为她躯体的习惯，而且有增无减，不可能改变。她的眸子里有惊诧的一角，那便是恐怖所在。

珂赛特这种恐惧达到极点，她打水回来全身湿漉漉的，也不敢凑近炉火烤干，而是一声不吭，又去干活儿了。

这个八岁的孩子眼神总是那么黯淡，往往还显得那么凄然，有时她真好像要变成白痴或妖怪。

前面说过，她从来不知道什么是祈祷，也从来没有踏进过教堂。"我还有那闲工夫？"德纳第婆娘常说。

那个身穿黄衣裳的人目不转睛地注视珂赛特。

德纳第婆娘突然嚷道：

"哦，对啦！面包呢？"

每次德纳第婆娘一提高嗓门儿，珂赛特总是从案子下面钻出来。

买面包的事，她忘得一干二净，就采取终日战战兢兢的孩子的那种办法：撒谎。

"太太，面包铺关门了。"

"那就敲门。"

"敲过了，太太。"

"敲了怎么样？"

"不开门。"

"明天我就能弄清楚，这话是不是真的。"德纳第婆娘说道，"若是撒谎，看我不好好收拾你一顿。那十五苏铜子先还给我。"

珂赛特把手伸进罩衫兜里去摸，脸儿唰地变青了。十五苏铜子没有了！

"怎么的？"德纳第婆娘又说，"听见没有？"

珂赛特把兜儿翻出来看，什么也没有。钱哪儿去了呢？倒霉的孩子哑口无言，完全吓傻了。

"那十五苏铜子，你丢了吧？"德纳第婆娘暴跳如雷，"还是你想骗我钱?"

说着,她伸手去摘挂在壁炉旁的掸衣鞭。

一见这可怕的动作,珂赛特惊急喊道:

"饶了我吧,太太!太太!下次不敢了。"

德纳第婆娘摘下掸衣鞭。

这时,那个黄衣人伸手摸坎肩的兜儿,但是这一动作没有引起任何人注意。况且,其他客商都在喝酒打牌,根本不管周围的情况。

珂赛特恐慌万状,蜷缩到壁炉的角落,竭力收拢并藏起半裸的可怜四肢。德纳第婆娘扬起胳膊。

"对不起,太太。"那人说道,"刚才,我看见有什么东西从这孩子罩衫兜里掉出来,滚到地上,也许就是那枚硬币吧。"

他说着就俯下身,好像在地上摸了一阵。

"没错儿,在这儿呢。"他直起身来说道。

他把一枚银币递给德纳第婆娘。

"对,正是它。"她说道。

其实不是,因为,这是二十苏的银币。不过,德纳第婆娘得到便宜,把钱装进兜里,就瞪了孩子一眼,说了一句:"永远记住,别再给我出这事儿。"

珂赛特又回到德纳第婆娘所说的"她的窝",大眼珠盯住那个陌生的旅客,脸上开始显现她从未有过的表情。现在还只是一种天真的惊异之色,不过从中已经透出一种略带愕然的信赖。

"喂,您要用晚餐吗?"德纳第婆娘问这客人。

他没有应声,似乎陷入沉思。

"这是个什么人呢?"德纳第婆娘咕哝道,"肯定是个穷光蛋,连吃饭的钱都没有。我的房钱他付得起吗?幸好他从地上捡了钱,没有想到放进自己的腰包。"

这时,旁边一扇门开了,爱波妮和阿兹玛走进来。

她们的确是两个美丽的小姑娘,不那么土气,倒像城里孩子,非常可爱。一个挽着光亮的褐色发髻，另一个背后拖着长长的黑发辫。两人都特别活泼、整洁，长得胖乎乎的，皮肤鲜艳、健康，招人爱看。她们都穿得很暖和，而且由于母亲做工精巧，衣料虽厚，毫不减色，整身搭配得很漂亮。真所谓冬寒可御，春光不减。两个小姑娘都光彩照人，而且，身上颇有点儿做主子的派头儿。她们的服饰、快活的神情、高声的嬉笑，都显得随心所欲。德纳第婆娘一看见她们进来，就以充满慈爱的责备口气说："哼！你们俩，这会儿才过来！"

接着，她把两个女儿先后拉到膝上，给她们梳头发，又扎好绸带，再以母亲所特有的方式，轻轻地摇了一阵，才放开她们，同时高声说了一句："她们打扮得够整齐的！"

小姐儿俩走到火炉旁坐下，将一个布娃娃放在膝上翻来翻去，同时快活地叽叽喳喳。珂赛特的眼睛不时离开毛线活儿，悲伤地看看她们玩耍。

爱波妮和阿兹玛一眼也不瞧珂赛特。在她们眼里，她就像一条狗。这三个小姑娘年龄加在一起，也不到二十四岁，可是她们已经代表人类的整个社会：一方面是羡慕，另一方面是蔑视。

德纳第姊妹俩的布娃娃已经玩得很旧很破，也褪色了。尽管如此，珂赛特照样觉得可爱，她生来就没有得到过娃娃，拿孩子们都懂的话来说："一个真的娃娃。"

德纳第婆娘在厅堂里走来走去，忽然发现珂赛特愣神儿，不干活却只顾看玩耍的小姐妹。

"哼！这回让我抓着啦！"她吼道，"你就是这样干活儿的呀！我来抽你鞭子，教你好好干活儿！"

那陌生客没有离座，转身对着德纳第婆娘。

"太太，"他神色儿近畏怯地微笑着说，"算啦！让她玩玩吧！"

这种愿望，如果是一个晚餐吃一大块羊腿、喝两瓶葡萄酒的客人表示的，而不是出自"一个穷鬼"模样的人之口，那就成为命令了。然而，戴这样帽子的一个人还敢表达希望，穿这样衣裳的一个人还敢表达意愿，德纳第婆娘觉得不能容忍。她口气尖酸刻薄地答道：

"她要吃饭就得干活儿，我可不能白养活她。"

"她在干什么活儿呢？"那外乡客又问道。他那柔和的声调，同他要饭花子的衣衫和脚夫一般的肩膀，形成异常奇特的对照。

德纳第婆娘赏脸答道：

"瞧嘛，在织袜子，给我的两个小女儿，她们没得穿了，这样说差不多，过一会儿就要光脚走路了。"

那人瞧了瞧珂赛特红红的两只可怜的脚，接着说道：

"这双袜子她什么时候能织完？"

"她这个懒虫，至少还得三四个整天。"

"这双袜子织出来，能值多少钱？"

德纳第婆娘不屑地瞥了他一眼。

"至少三十苏。"

"出五法郎您肯卖吗？"那人又问道。

"老天！"一个车夫听在耳里，哈哈笑着说，"五法郎？这价钱我可想不到！五法郎！"

这当口儿，德纳第汉子认为应当开口了。

"行啊，先生，如果您有这种兴致，这双袜子五法郎就卖给您。我们对客商有求必应。"

"要马上付钱。"德纳第婆娘断然地说道。

"这双袜子我买下了。"那人回答，他从兜里掏出一枚五法郎硬币，放到桌子上，"我付钱。"

接着，他转向珂赛特。

"现在，你的活儿归我了，玩儿吧，孩子。"

那车夫见了五法郎，非常冲动，放下酒杯就跑过来。

"这可货真价实！"他边检查钱币边嚷道，"一枚真正的后轮币！一点儿不假！"

德纳第汉子走过来，一声不响将钱币放进兜里。

德纳第婆娘无话可说，她咬着嘴唇，脸上现出一副仇恨的表情。

这时，珂赛特还在发抖，她大着胆子问：

"太太，是真的吗？我能玩儿了吗？"

"玩儿吧！"德纳第婆娘大吼一声。

"谢谢，太太。"珂赛特说道。

她嘴上谢德纳第婆娘，整个小小的心灵却感激那旅客。

德纳第汉子又去喝酒，他老婆对着他的耳朵问：

"那个黄衣人会是干什么的？"

"我见过，"德纳第以权威的口气答道，"有的百万富翁就穿这样的礼服。"

珂赛特放下手中的活计，但是没有从她待的地方钻出来。她总是尽量少动，这时从身后一个盒子里取出破布片和那把小铅刀。

爱波妮和阿兹玛有一个重大行动，一点也没有留意周围发生的情况。她们捉住了猫，把布娃娃丢在地上。爱波妮是姐姐，她用许多旧衣裳，用红色和蓝色破布片往猫身上缠，也不管它怎么叫，怎么挣扎。她一面做这项严肃而艰巨的工作，一面对妹妹讲，儿童这种温柔美妙的话语，好似彩蝶，想要捉住却飞走了：

"瞧哇，妹妹，这个娃娃比那个好玩儿多了。它会动，会叫，还热乎乎的。瞧哇，妹妹，咱们玩儿这个吧。这就是我的宝贝女儿。我是一个阔太太。我来看你，你就盯着看它，看见它的胡须，吓了你一跳。接着，你又看见它的耳朵，又看见它的尾巴，又吓了你一跳。你就会对我说：哎呀！老天爷！我就会对你说：对，太太，我的宝贝女儿就是这样。如今的小姑娘全是这样子。"

阿兹玛听爱波妮讲，心中非常佩服。

这时，那些喝酒的人唱起一支淫秽的小调，边唱边狂笑，震得天棚直颤动。德纳第给他们鼓劲儿，伴随他们。

鸟儿做窝不择泥草，孩子用什么也都能做娃娃。爱波妮和阿兹玛这边往猫身上缠布，珂赛特那边也往小铅刀上缠破布片，她缠好了，就抱在怀里，轻轻唱起催眠曲。

布娃娃是女童的一种最迫切的需要，也是一种最可爱的本能。把东西想象成孩子，又是照顾，又是穿衣，又是打扮，穿了又脱，脱了又穿，还教它学习，有时责备几句，又是摇又是亲，哄它睡觉，这便是做女人的全部未来。正是在幻想和饶舌中，在做小襁褓和婴儿用品中，在缝小裙子和小内衣中，幼儿长成小姑娘，小姑娘长成大姑娘，大姑娘又长成少妇。头生孩子接替最后一个布娃娃。

一个小女孩儿没有布娃娃，几乎跟一个女人没有孩子一样痛苦，都是绝难忍受的。

因此，珂赛特用小铅刀给自己做了一个娃娃。

这工夫，德纳第婆娘凑到那"黄衣客"跟前，她心想："我老公说得对，他也许是拉斐特先生。有些富翁特别爱搞这种鬼名堂！"

她走过来，臂肘支在他的桌子上。

"先生……"她叫了一声。

听到"先生"这两个字，那人扭过头来。从投店之后，德纳第婆娘还只叫他"伙计"或"老头儿"。

"喏，先生，"她接着说道，同时换上一副献媚之态，比她的凶相还叫人受不了，"我也很愿意让孩子玩儿，这事儿我不反对，不过，偶尔玩一次还成，因为您慷慨。您想想，她什么也没有，总得干活儿呀。"

"这孩子，不是您的吗？"那人问道。

"噢，天哪！不是，先生！她是个穷苦人家的孩子，我们好心收养。是一个非常笨的孩子。她脑袋里一定有水，您瞧见了，脑壳儿那么大。我们尽量拉扯她，要知道，我们不是有钱的人。我们往她家乡写信也没用，半年了也没个信儿。看来她妈妈一定死了。"

"唔！"那人应了一声，重又陷入遐想。

"那个妈也是个没出息的东西。"德纳第婆娘又说道，"就这么抛下孩子不管了。"

在这场谈话过程中，珂赛特仿佛受本能的暗示，别人在谈论她，眼睛就盯着德纳第婆娘，模模糊糊地听着，也零星听到几句话。

这工夫，那些酒客全有七八分醉意了。他们反复唱着那支淫曲，越唱越起劲儿。他们唱的是一支趣味高尚的风流小曲，里边提到圣母和圣婴耶稣。德纳第婆娘也跟着一起大笑。珂赛特在菜案下面呆呆地望着炉火，眸子里反射着亮光。她也摇起刚才做的小襁褓，边摇边低声唱道："我母亲死啦！我母亲死啦！我母亲死啦！"

经过老板娘再三劝说，黄衣客，"那个百万富翁"，终于肯吃顿晚饭。

"先生要点儿什么？"

"面包和奶酪。"那人答道。

"这人肯定是个穷鬼。"德纳第婆娘想道。

那些醉汉还一直在唱歌，珂赛特在案子下也唱她的歌。

珂赛特忽然不唱了，她刚才扭头，看见德纳第小姐儿俩玩猫时扔在菜案旁边的布娃娃。

于是，她丢下那个将就抱着的小铅刀缠成的娃娃，眼睛慢慢扫视整个厅堂。德纳第婆娘跟丈夫窃窃私语，一边数着零钱，爱波妮和阿兹玛在玩猫，旅客都在吃饭喝酒或者唱歌。没人注意她。机不可失，她从菜案下爬出来，又瞧了瞧，确实没人窥视她，就赶紧溜过去，抓起布娃娃。过了一会儿，她回到原来位置，坐着一动不动，只是转身有意让自己的影子遮住怀里的布娃娃。对她来说，玩一个布娃娃的快乐实在难得，竟达到一种情欲的强烈程度。

除了慢慢吃便饭的那个客人之外，谁也没有看见她。

这种快乐持续了将近一刻钟。

然而，珂赛特再怎么小心，也没有发现娃娃的一只脚"伸出去了"，让炉火照得明晃晃的。这只鲜亮的粉红脚从暗影中露出来，突然映入阿兹玛的眼帘，她对爱波妮说："你看呀，姐姐！"

小姐儿俩愣住了：珂赛特竟敢动她们的布娃娃！

爱波妮站起来，抱着猫走到母亲身边，扯了扯她的裙子。

"别来闹我！"母亲说，"你要干什么呀？"

"妈，你瞧呀！"孩子说道。

她说着，用手指了指珂赛特。

珂赛特拥有娃娃，已经完全陶醉了，她什么也看不见，什么也听不到了。

德纳第婆娘勃然变色，露出动辄大惊小怪、因而得名为悍妇的那副凶相。

这下子，尊严受到挫伤，她更加火冒三丈。珂赛特太不像话了，居然冒犯"小姐们"的娃娃。

俄罗斯女皇瞧见农奴偷试皇太子的大绶带，也不会有另一副面孔。

她大吼一声，因盛怒嗓音都嘶哑了：

"珂赛特！"

珂赛特猛一惊抖，就好像脚下发生了地震。她扭过头来。

"珂赛特！"德纳第婆娘又喊一声。

珂赛特拿起娃娃，轻轻放在地上，她那虔敬的神态中透出绝望，眼睛还盯着娃娃，十根手指交叉起来，而且绞来绞去，一个小小年龄的孩子有这种动作，说起来真惨。接着，她哭了，受一天的折磨，无论夜晚去树林，提重重的一桶水，丢了钱，无论看见举到头上的鞭子，还是听到德纳第婆娘抛出来的瘆人的话，她都没有流泪，现在却哭了，而且泣不成声。

这时，那位旅客已经站起来。

"怎么回事儿？"他问德纳第婆娘。

"您没有看到吗？"德纳第婆娘说着，指了指卧在珂赛特脚旁边的罪证。

"那怎么啦？"那人又问道。

"这个贱丫头，竟敢动我孩子的娃娃！"德纳第婆娘答道。

"只为这点小事就大嚷大叫！"那人说道，"她玩玩这个布娃娃又怎么样呢？"

"还拿娃娃，瞧她那双脏手，那双讨厌的手！"

听到这话，珂赛特哭得更厉害了。

"你还不住声！"德纳第婆娘喝道。

那人径直朝临街的店门走去，开门出去了。

那人刚一出门，德纳第婆娘就趁机朝案下狠狠一脚，踢得珂赛特高声号叫。

店门重又打开，那人回来了，双手抱着我们讲过的、全村孩子眼馋了一整天的那个神奇娃娃，放到珂赛特面前，说道：

"拿着，这是给你的。"

他投店来有一个多小时，在沉思默想中，大概透过玻璃窗，隐约注意到烛火辉煌的玩具摊，仿佛受到启示。

珂赛特抬起眼睛，看见那人捧着娃娃朝她走来，就好像看见了太阳，她听见这句闻所未闻的话："这是给你的。"就瞧瞧那人，又瞧瞧娃娃，然后慢慢往后退，躲到案子下的墙角里。

她不哭也不叫了，好像连气儿也不敢喘了。

德纳第婆娘、爱波妮、阿兹玛，全都呆若木鸡。那些喝酒的人也都停下来。整个店里一片肃静。

德纳第婆娘愣在那里，一句话也说不出来，心中又开始猜测："这个老家伙究竟是什么人？是穷鬼还是百万富翁？也许两样都是，也就是说，是个强盗。"

德纳第汉子脸上堆起皱纹，那是本能以全部兽性力量控制人面时所突现的表情。这个客栈老板轮番打量布娃娃和那个客商，嗅那个人仿佛嗅到了钱袋。这只是一刹那的事。他走到老婆跟前，低声对她说："那玩意儿至少值三十法郎。别犯傻，在那人面前赶快服服帖帖。"

粗俗和天真这两种天性有一个共同点，都没有过渡阶段。

"怎么的呀，珂赛特？怎么不拿你的娃娃呢？"德纳第婆娘说道，她的声音要极力温柔一点，但完全是恶妇那种发酸的蜂蜜的味道。

珂赛特大着胆子从洞里钻出来。

"我的小珂赛特，"德纳第婆娘拿出怜爱的样子又说道，"这位先生送给你一个娃娃。拿着吧，娃娃是你的了。"

珂赛特恐惧地注视着娃娃，她还满面泪痕，但是眼睛像拂晓的晴空，开始充满喜悦的奇异光芒。她此刻的感受，犹如有人突然对她说："孩子，您是法兰西王后。"

她好像觉得一碰这娃娃，就会从里面打出响雷。

她这种念头在一定程度上是对的，因为她想到德纳第婆娘会训斥她，还会打她。

然而，诱惑力占了上风，她终于凑上来，转向德纳第婆娘，怯声怯气地问道：

"我能拿吗，太太？"

任何言语都难以描摹这种又绝望，又恐惧，又狂喜的神态。

"当然啦！"德纳第婆娘说道，"既然先生给了你，这就是你的了。"

"真的吗，先生？"珂赛特又问道，"真的吗？这贵妇人，就是我的啦？"

那外乡客好像泪水盈眶，他激动到了极点，一张口就难免要流泪，只好冲珂赛特点了点头，把"贵妇人"的手放到她的小手上。

珂赛特急忙把手缩回来，就好像被"贵妇人"的手烫着似的，她又开始注视地面。我们要补充一句：这时，她的舌头耷拉出来老长。突然，她转过身，欣喜若狂地抓住布娃娃。

"我就叫她卡德琳。"她说道。

这一时刻颇为怪诞：珂赛特的破衣烂衫，同娃娃的彩带和鲜艳的粉红罗裙紧紧贴在一起。

"太太，"她又问道，"我能把她放在椅子上吗？"

"可以，我的孩子。"德纳第婆娘回答。

现在，轮到爱波妮和阿兹玛眼红地望着珂赛特了。

珂赛特把卡德琳放到椅子上，然后在对面坐到地上，待着一动不动，一声不吭，一副景仰的神态。

"玩儿吧，珂赛特。"那外乡人说道。

"哦！我是在玩儿呀。"孩子回答。

这个素不相识的外乡客，好像是上天派来看望珂赛特的，但此刻却成为德纳第婆娘最恨的人。然而，必须克制自己。在平日，一举一动她都极力模仿丈夫惯于虚伪那一套，可是这回她太冲动，简直咽不下这口气。她急忙打发女儿去睡觉，又请求黄衣客"准许"，也让珂赛特睡觉去，还像慈母似的补充一句："今天她够累的了。"珂赛特抱着卡德琳去睡觉了。

德纳第婆娘不时走到餐厅另一端，到她丈夫待的地方，如她所说"安慰安慰灵魂"。她跟丈夫交谈了几句，因是恼火的话而不敢大声说出来：

"老畜生！他怀着什么鬼胎，到这儿来跟我们捣乱！要让这个小鬼玩耍！给她娃娃！那值四十法郎的娃娃，给一条四十苏我就卖的小狗！差一点他就像对待贝里公爵夫人那样称她陛下啦！这像话吗？这个装神弄鬼的老家伙，大概疯了吧？"

"为什么？这很简单，"德纳第答道，"只要他开心！你呢，让孩子干活儿，你觉得开心。而他，让孩子玩儿，他觉得开心。他有这种权利。一位客商，只要付钱，干什么事都行。那老头儿若是个慈善家，碍你什么事儿呢？他若是个傻瓜，又关你屁事儿。你管什么闲事儿，反正他有钱！"

一家之主的言论和客栈老板的推理，两者都毋庸置疑。

那人双肘撑着餐桌，又恢复冥思遐想的姿态。其他所有客人，商贩和车老板都稍微离开一点儿，不再唱歌了。他们怀着敬畏的心情，打量他。这个人穿得如此寒酸，却这么容易地从兜里往外掏银币，把那么大的布娃娃，随便送给穿木鞋干粗活的小姑娘。这样一个人肯定不简单，肯定不好惹。

几个小时过去了。午夜弥撒已经做完，喝酒的人都散去，酒店关门了。楼下的厅堂空荡荡的，炉火也已熄灭，可是，那外乡人始终坐在原地，保持原来的姿势，只是时而换一下着力的臂肘。自从珂赛特离去，他也没有再讲一句话。

只有德纳第夫妇出于礼貌和好奇，还留在厅堂里。"他就要这样过夜吗？"德纳第婆娘咕哝一句。凌晨两点的钟声响过，她声称实在支持不住，对她丈夫说："我去睡了，怎么对付随你的便。"她丈夫坐在角落的一张餐桌旁，点了一支蜡烛，开始看《法兰西邮报》。

这样又足足过了一小时。可敬的客栈老板把《法兰西邮报》至少看了三遍，从这期的日期一直看到印刷厂的名称。那位外乡人没有动弹。

德纳第又是晃动，又是咳嗽，又是吐痰，又是擤鼻涕，弄得椅子咯咯直响。那人却纹丝不动。"难道他睡着了?"德纳第想道。那人没有睡着,但是又无法将他唤醒。

德纳第终于摘下便帽,蹑手蹑脚走过去,试探着说:"先生不想去安寝吗?"

他觉得若是说"不去睡觉",就显得唐突和过分亲热。"安寝"则给人以款待之感,包含恭敬之意。这两个字还具有妙不可言的功能,使次日的账单数目膨胀起来。一间"睡觉"的客房要你二十苏,一间"安寝"的客房则要你二十法郎。

"咦!"那外乡人说道,"您说得对。您的马棚在哪儿?"

"先生,"德纳第微微一笑,说道,"我带您去,先生。"

他端起蜡烛,那人则拿起小包和木棍,两人一前一后走进二楼的一间屋子。这个房间的陈设异常华丽,全套红木家具,一张船式大床,挂着红布帏帐。

"这是什么地方?"客人问道。

"这是我们结婚时的洞房。"客栈老板回答,"我和妻子现在住另一间屋,一年只来这里三四回。"

"我还是愿意睡在马棚里。"那人口气生硬地说道。

德纳第装作没听见这种不大客气的想法。

他点燃壁炉上两支新蜡烛。炉火也着得很旺。

壁炉上的玻璃罩里有一顶银丝橘花女帽。

"这个,又是什么呢?"那人又问道。

"先生,"德纳第答道,"这是我妻子的婚礼帽。"

客人看着这件物品,那眼神似乎在说:那个魔鬼也有过当处女的时候!

其实,德纳第说了谎。他租这所破房开店时,这间屋就如此陈设了,只是买了这几件家具,将橘花冠罩起来,认为这可以给"他妻子"罩上曼妙的阴影,也如英国人所说的,给自家门庭增添体面。

等客人回过头来,店主已经不见了。德纳第悄悄溜走,未敢向他道晚安。他要等次日早晨狠狠敲一笔，就不想以不恭的亲热态度对待人家。

客栈老板回到房间。他老婆躺下了，但是还没有睡着，她一听到丈夫的脚步声，就翻过身来对他说：

"告诉你，明天我就把珂赛特赶出大门。"

德纳第冷冷地答了一句：

"你忙的哪份儿？"

他们再没有说别的话，过了几分钟就吹灭了蜡烛。

那客人则把小包和木棍放在角落里，等主人走了，他就坐到扶手椅上，若有所思地待了片刻。然后，他脱下鞋子，端起一支蜡烛，吹灭了另一支，推门走出房间，四下望了望，仿佛寻找什么。接着，他穿过走廊，来到楼梯口，听见类似孩子喘息的极轻微的声响，便顺着声音找去，走到一个三角形的凹室，也就是楼梯底下构成的空间。那里面堆满了旧筐、破瓶烂罐，净是灰尘和蜘蛛网，中间放了一张床。所谓床，不过是一条破洞露出草来的垫子，以及一条破洞露出草来的被子。没有床单，就直接铺在方砖地上。珂赛特正在这床铺上睡觉。

那人走近前端详她。

珂赛特睡得很香。她穿着衣裳，冬天这样睡觉可以稍微御寒。

她紧紧搂着的娃娃睁着一双大眼睛，在黑暗中闪闪发亮。她不时长出一口气，好像要醒来似的，手臂又用力搂住娃娃。她床边只有一只木鞋。

在珂赛特的陋室附近，有一扇敞开的房门，看得出是一个相当大的昏暗的房间。那外乡人走进去。里端又有一扇玻璃门，透过玻璃门能看见一对洁白的小床，上面睡着阿兹玛和爱波妮。两张床后面露出半截没挂帐子的柳条摇篮，里边睡着哭了一晚上的小男孩。

外乡人猜想这间屋一定同德纳第夫妇的卧室相连。他正要抽身回去，忽然看到一个壁炉，正是客栈里总有一点小火而看着又发冷的大壁炉。这个壁炉里没有火，连炉灰也没有，但是却有一样东西引起那旅客的注意，那是大小不一两只艳丽的童鞋，他这才想起久难考的这种美好的习俗：每逢圣诞节这天，儿童总把鞋放进壁炉，好让善良的仙女趁黑夜把金光闪闪的礼物放在鞋里。爱波妮和阿兹玛自然不会错过机会，各自把一只鞋放进壁炉。

那旅客俯下身。

仙女，也就是她们的母亲，已经光顾过了，只见每只鞋里都有一枚十苏的亮晶晶的新币。

那人直起身要走，忽又看见炉膛里最隐蔽的角落还有一样东西，仔细一看，才认出是一只木鞋，那是最粗制的木鞋，已经裂开，沾满灰渣和干泥巴，正是珂赛特穿的。珂赛特怀着儿童那种感人的信心，年年落空而永不气馁，她也把木鞋放到炉膛里。

一个孩子屡屡失望，仍怀着希望，这真是一件绝妙的事情。

这只木鞋里什么也没有。

那外乡人摸了摸坎肩的口袋，弯下腰，将一枚金币放在珂赛特的木鞋里。

然后，他悄手悄脚回到客房。

九、德纳第耍手段

第二天清晨，离天亮至少还有两小时，德纳第就来到酒店的厅堂，点了一支蜡烛，在桌子上为那黄衣客制造账单。

那婆娘哈着腰，站在旁边看他写。他们没有交换一句话。一方面是深思熟虑，另一方面则佩服得五体投地。一个人抱着这种虔敬的态度，就能看到一种奇迹从人类精神中产生并发展。房子里能听见响动，那是云雀在打扫楼梯。

几经涂改，用了足足一刻钟，德纳第才制造出这样的杰作：

一号客房账单

晚餐	三法郎
客房	十法郎

蜡烛	五法郎
炉火	四法郎
服物	一法郎
共计	二十三法郎

服务写成了"服物"。

"二十三法郎!"那婆娘又兴奋又略微迟疑地嚷道。

德纳第同所有大艺术家一样,并不满意,他说了一声:"呸!"

这正是在维也纳会议上,卡斯特莱[1]开列法国赔款清单时的声调。

"德纳第先生,你做得对,他就应当付这么多钱。"那婆娘咕哝道,她想起那人当着她女儿的面把布娃娃送给珂赛特的情景,"这样合情合理。不过,要得太多,恐怕他不肯付钱。"

德纳第冷笑一声,说道:

"他准得付。"

这种冷笑是坚信和权威的最高表现。事情这样一讲,就是板上钉钉了。那婆娘不再提出任何异议。她开始收拾桌子,丈夫则在厅堂里走来走去。过了一会儿,他又补充一句:

"我呢,还欠人家一千五百法郎啊!"

他走到壁炉角,坐下来思索,双脚踏在热灰上。

"哦,对了!"那婆娘又说,"今天我要把珂赛特赶出门,你没有忘吧?这个妖魔!她拿着那娃娃,就是吃我的心!我宁愿嫁给路易十八,也不肯在家里多留她一天!"

德纳第点着烟斗,吐了一口烟说道:"你把账单交给那人。"

说罢,他就出去了。

他前脚刚出厅堂,那位旅客后脚就进来了。

1　卡斯特莱(1769—1822):反法同盟打败拿破仑后在维也纳开会制订法国赔款条例时英国的全权代表。

德纳第又立即返身跟回来，走到半开的房门口站住不动了，但是只有他老婆看得见。那黄衣客手中拿着木棍和小包。

"起得这么早啊！"德纳第婆娘说道，"先生要离开客店啦？"

她嘴上这么说着，手里却摆弄着账单，用指甲折了又折，一副尴尬的神态；她那张凶狠的脸一改常态，隐隐露出胆怯和迟疑的神色。

这样一张账单，交给一个十足"穷鬼"模样的人，这事她实在觉得为难。

那旅客仿佛心事重重，心不在焉，随口应了一声：

"对，太太，我要走了。"

"先生，在蒙菲郿没有事情要办吗？"

"没有，我只是路过这里。太太，"他又说道，"我该付多少钱？"

德纳第婆娘没有回答，只把折起来的账单递给他。

那人将账单打开，瞧了一眼，但是，他的注意力显然在别处。

"太太，"他又说道，"你们在蒙菲郿这儿生意不错吧？"

"还凑合吧，先生。"德纳第婆娘答道，她见客人并没发作，心中不免诧异。

她以哀伤的声调继续说道：

"唉！先生，这年头可够艰难的！再说，我们这地方有钱人家太少！要知道，全是小家小户的。如果不时常来些像先生这样又慷慨又有钱的客人，那就更糟啦！我们的开销太大。喏，说这个小丫头，叫我们搭上多少钱！"

"哪个小丫头？"

"您知道，就是那个小丫头呗！珂赛特！这地方人叫她云雀！"

"唔！"那人应了一声。

她接着说道：

"这帮乡下佬，都这么蠢，起这种绰号！她那样子，叫蝙蝠还差不多，哪儿像什么云雀。您瞧，先生，我们不求人施舍，但也无力施舍给别人。我们赚不了什么钱，却要付大量费用，什么营业税、人口税、门窗税、什一税! 先生知道，政府要钱太狠啦! 再说，我自己有女儿，没必要养活别人的孩子。"

那人接口说道：

"若是有人替您养活呢?"他说话的声音尽量显得平淡，但还是有点颤抖。

"养活谁? 养活珂赛特?"

"对。"

这店婆的脸立刻涨成紫红色，笑逐颜开，越发丑恶了。

"唔，先生! 我的行善积德的先生! 领她走吧，留着她吧，带她去吧，带她去吧! 给她加上糖，配上块菰，做好了喝掉她，吃掉她，您会得慈悲的圣母和天国所有圣徒的保佑!"

"说定了。"

"真的吗? 您把她带走?"

"我把她带走。"

"马上带走?"

"马上带走。把孩子叫来吧。"

"珂赛特!"德纳第婆娘喊道。

"等着这工夫，我先付店钱吧。"那人继续说道，"一共多少钱?"

他瞧了一眼账单，不禁吃了一惊："二十三法郎!"

他注视店婆子，又说了一遍："二十三法郎?"

他重复这句话的声调，将惊叹号同疑问号区别开来。

德纳第婆娘已从容准备招架，便沉着地回答："当然了，先生! 二十三法郎。"

外乡客将五枚五法郎银币放在桌上。

"去叫孩子吧。"他说道。

这时，德纳第走到厅堂中央，说道："先生应付二十六苏。"

"二十六苏!"那婆娘嚷道。

"客房二十苏，"德纳第又冷静地说道，"晚餐六苏。至于那孩子，我得跟先生稍谈谈。老婆，你走开一下。"

德纳第婆娘心头豁然一亮，仿佛意外照进智慧的光芒。她感到大角色登场了，便一声不吭出去了。

等到只剩下两个人了，德纳第便搬了一把椅子，请客人坐下。客人坐下，德纳第却站着，他的脸换上和善而诚朴的特殊表情。

"先生，"他说道，"喏，我要告诉您，那孩子，我非常喜爱。"

外乡客眼睛盯着他，问道：

"哪个孩子？"

德纳第继续说道：

"真怪啦！就是心连着心。这么多钱放这儿干什么？您这一百苏的银币收起来吧。我非常喜爱那孩子。"

"谁呀？"外乡客问道。

"嗳，我们的小珂赛特呀！您不是要从我们身边把她带走吗？那好，我就实话实说，我不能同意，这是实在话，就跟您是正派人一样。那孩子走了，我会想念的。我是眼看着她从小长大的。不错，她害我花了许多钱；不错，她有不少缺点；不错，我们不是有钱人家；不错，她得过几场病，单单一场病的药钱我就花了四百多法郎！然而，总得为慈悲的上帝干点事儿啊。小家伙没爹没娘，我把她拉扯大。我挣了面包，给她和我吃。这孩子，我实在舍不得。您也理解，人在一起就有了感情。我是个老好人，头脑简单，不会想什么道理。这孩子，我很喜爱。我老婆性子急，但是她也喜爱。您瞧见了，就像我们亲生的孩子。我需要她待在家里，叽叽喳喳，说说笑笑。"

外乡客一直盯着看他。他继续说道：

"对不起，请原谅，先生，自己的孩子，总不能随便给一个过路人吧。我这话说得不对吗？除了这一点，我不是说，您有钱，看样子您也是个正派人，这是不是为了她的幸福呢？总得弄清楚啊。您理解吧？假如我割舍了，放她走，我也得知道她去哪儿，我不愿意失去她的音信，要知道她住在什么人家，能时常去看看她，让她知道她的好养父还在这儿，还一直关心她。总而言之，有些事儿是不行的。我连您的尊姓大名都不知道！您把她带走了，我就要说：咦，云雀呢？她到哪儿去啦？不管什么烂证，一张小小的通行证，也总得瞧一眼啊！"

那外乡客一直凝视他，可以说目光直透他的心灵，这时以严肃而坚定的口气回答：

"德纳第先生，来到离巴黎五法里的地方，并不需要通行证。我要带走珂赛特就带走，没什么啰唆。您不知道我的姓名，不知道我的住址，也不知道她去哪儿了。而我的意图，就是今生今世，她再也不见你了。我要割断拴住她双脚的绳子，让她离开。您觉得合适吗？行还是不行？"

妖魔鬼怪看到某些迹象，就能认出一尊更高的神降临，同样，德纳第也明白他遇到一个非常厉害的对手。他就好像凭直觉，一下子恍然大悟了。昨天夜晚，他陪车夫喝酒、抽烟、唱下流小调，同时也观察这个外乡客，像猫那样窥视，像数学家那样研究人家。他这样窥察既出于兴趣和本能，也为自己打算，却好像被人买通来暗中监视似的。这个黄衣客的一举一动，都没有逃过他的眼睛。早在这个来历不明的人对珂赛特如此明确表现出关切之前，德纳第就已经看出来了。他捕捉到这老人深沉的目光总围着那孩子打转。为什么这么感兴趣？他究竟是什么人？为什么穿戴如此寒酸，而钱袋里却有那么多钱？他心中提出这些疑问，得不到答案，不禁十分恼火，而且想了整整一夜。这人不可能是珂赛特的父亲。难道是祖父辈的人吗？那么，为什么不立刻相认呢？有了某种权利，就要显示出来。显而易见，此人对珂赛特并无权利。那又是怎么回事呢？德纳第在种种假设中转不出来。他隐约望见一切，但什么也没有看清楚。不管怎样，他开始同这人谈话时，就确信这其中必有秘密，确信此人不想暴露身份，因而感到自己理直气壮，可是一听这外乡客明确干脆的回答，便看出这个神秘的人物又神秘到如此单纯的程度，因而他又感到自己软弱无力了。他绝没有料到这种情况，他的种种推测全部瓦解了，于是又理了理思想，在一瞬间权衡这一切。德纳第这个人，一眼就能认清形势，他认为该是单刀直入的时候了。他像所有善于当机立断的伟大统帅那样，在这关键的时刻，突然亮出他的底牌。

"先生，"他说道，"必须给我一千五百法郎。"

这外乡客从侧兜掏出一个旧的黑皮夹，打开来，抽出三张现钞，放在桌上，又用粗壮的拇指按住，对店主说：

"把珂赛特叫来。"

发生这种情况的时候，珂赛特在干什么呢？

珂赛特一醒来，就去找她的木鞋，在里面发现那枚金币。那不是拿破仑币，而是复辟王朝发行的面值二十法郎的新币，上面的图案是普鲁士小尾巴，代替了原来的桂冠。珂赛特眼睛都看花了，她的命运开始令她激动。她还不知道什么是金币，从未见过。她急忙把这枚金币藏在兜里，就好像是偷来的。然而，她感到这确实属于她了，而且猜得出是从哪儿来的，不过，她所感到的欢喜却充满惧怕。她虽然高兴，但尤为惊诧。这样华丽的东西，在她看来不像真的。布娃娃令她害怕，金币也令她害怕。面对这些华丽的东西，她浑身隐隐发抖。她唯独不怕那个外乡客，非但不怕，还十分放心。从昨天晚上起，她在惊喜中，在睡梦中，那颗小小孩子的头脑一直在想这个人。这人的样子又老又穷，神色那么忧伤，却又那么富有，那么善良。自从在林中遇见这位老人，周围一切似乎都变了。珂赛特，还不如天上一只小燕子幸福，生来始终不知道躲在母亲的卵翼之下是什么滋味。五年以来，也就是从她最早记事的时候起，可怜的孩子就在抖瑟战栗中度日。在不幸的刺骨寒风中，她总是赤身露体，现在觉得穿上衣裳了。她的心灵从前发冷，现在暖和了。她也不再那么怕德纳第婆娘了。她身边有了一个人，不再孤苦伶仃了。

她赶快去干每天清晨的活计。她身上的那枚金币，就放在昨晚丢掉十五苏钱币的罩衫兜里，时时分散她的注意力。她不敢摸，但是每隔五分钟就要观赏一下，应当说观赏的时候还伸出舌头。她打扫楼梯不时停下来，愣在那儿不动，将扫把和整个世界都丢在脑后，一心望着在兜里的闪光的这颗明星。

她正在愣神儿瞻仰的时候，德纳第婆娘来找她了。

她奉丈夫之命来找这孩子，但是没有扇耳光，也没有骂一句，这真是闻所未闻的事。

"珂赛特，"她几乎温和地说，"马上过来一下。"

不大工夫，珂赛特就走进楼下的大厅。

外乡客拿起带来的包裹打开，只见里边包着一件毛线小衣裙、一件罩衫、一件毛绒内衣、一条衬裙、一条方围巾、长筒毛袜、皮鞋，是八岁小姑娘的一整套穿戴，全是黑色的。

"孩子，"那人说，"拿去赶快穿上吧。"

天色渐渐亮了，蒙菲郿居民有的起来开门，看见通往巴黎城的街上过去两个人，朝利弗里方向走去。一个穷苦打扮的老头儿，手拉着一个全身孝服、怀抱一个粉红大布娃娃的小姑娘。

谁也不认识那个人，而珂赛特换掉了破衣烂衫，许多人也没有认出她来。

珂赛特走了。跟谁走呢？她不清楚。去哪儿呢？她也不知道。她仅仅明白丢下德纳第客栈走了。谁也没有想到同她告别，同样，她也没有想到向任何人告别。她走出了她恨的人家、而人家又恨她的那个家。

可怜的小娇娃，一颗心始终受压抑。

珂赛特板着脸朝前走，她睁着一对大眼睛望着天空。将那枚金币已经放进新罩衫兜里，她不时低头瞧一眼，再瞧一眼这老人。她就觉得是慈悲的上帝走在身边。

十、弄巧成拙

德纳第婆娘一如既往，一切由她丈夫处理。她期待着重大事件。那人和珂赛特走后，德纳第沉住气，足足过了一刻钟，才把老婆拉到一边，给她看一千五百法郎。

"就这个呀！"她说了一句。

自从他们结为夫妇以来，她这是头一回敢于批评一家之主的举动。

一句话击中要害。

"真的，你说得对。"他说道，"我是个笨蛋。把帽子给我。"

他将三张钞票折起来，揣进兜里，匆匆出门去了，可是一头扎错了路，先朝右边走去。他问了几个邻居，才找准了去向——有人看见云雀和那人去往利弗里。他大步流星，朝别人指的方向走去，边走边自言自语：

"这个身穿黄衣的人，显然是个百万富翁，而我呢，是个蠢货。他先头给二十苏，接着给五法郎，然后给五十法郎，最后又给一千五百法郎，出手总那么容易，也许他能给一万五千法郎。我一定得追上他。"

还有，他事先就给小丫头准备好了一包衣裳，这一切怪得很，其中必有不少奥秘。抓到秘密就不能放手。富人的秘密是吸满金子的海绵，必须善于挤出来。所有这些念头，在他的脑子里盘旋。"我是个蠢货。"他说道。

走出蒙菲郿村，就到了通往利弗里的岔道口，可以望见那条路在高地上延展至远方。德纳第赶到岔道口，心里盘算应当望得见那人和小丫头。他极目远望，却什么也没有看到。他又打听，这就耽误了工夫。有几个过路人告诉他，他寻找的那个人和孩子朝加尼方向的树林走去了。他又赶紧奔向那里。

他们把他落下很远，可是，小孩子走路慢，而他却走得很快。再说，他非常熟悉这地方。

他猛地站住了，拍了拍脑门儿，仿佛忘了主要的事，要折回去似的。

"我那支枪应当带来呀！"他想道。

德纳第这种人具有双重天性，有时他们从我们中间经过，我们却不了解，他们直到消失，也不为人所知，因为命运只显示他们的一个侧面。许多人的命运，就这样在半掩蔽中生活。在平凡安定的环境中，德纳第完全可以做一个——我们不说是一个——称得上诚实的商人、善良的士绅。同时，如果某些动荡将他掩蔽在下面的天性激发起来，他也完全可能成为一个恶人。这个小店主身上附着魔鬼。有时撒旦大概就蹲在德纳第居住的破房角落里，对着这个丑恶的杰作做美梦。

他犹豫了片刻，转念又一想：

"算啦！这工夫，他们会溜掉！"

于是，他继续赶路，飞快往前奔，一副胸有成竹的样子，就像嗅到一群山鹬的狐狸那样精明。

他过了水塘，从美观林荫路右侧的大片旷地斜插过去，走到几乎环绕丘冈一周、覆盖晒勒修道院古渠涵洞的草径，果然望见一片荆丛上露出一顶引起他种种猜测的帽子。正是那人的帽子。荆丛不高，德纳第认出坐在那里的正是那人和珂赛特。孩子太小，还看不到，但是他望见了那个布娃娃的头。

德纳第没有弄错。正是那人坐下来，让珂赛特歇一歇。小店主绕过荆丛，突然出现在他寻找的两个人眼前。

"对不起，请原谅，先生，"他气喘吁吁地说，"这是您的一千五百法郎。"

他说着，就把三张钞票朝那外乡人递过去。

那人抬起眼睛。

"这是什么意思？"

德纳第恭恭敬敬地回答：

"先生，这就是说，我要把珂赛特领回去。"

珂赛特打了个寒噤，紧紧偎在老人身上。

那人目光直透德纳第的眼底，一字一顿地回答：

"您—要—把—珂—赛—特—领—回—去？"

"对，先生，我要把她领回去。我来向您说一声，我考虑过了。其实，我没有权利把她交给您。要知道，我是个诚实的人。这孩子不是我的，而是她母亲的。她母亲把她托付给我，我就只能把她交还给她母亲。您会对我说：可是，她母亲去世了。好。在这种情况下，我只能交给拿着她母亲签字的信来接孩子的那个人。这是显而易见的。"

那人并不回答，伸手掏兜儿，德纳第看见装钞票的那个皮夹子又出现在眼前。

小店主一见心喜，浑身都颤动了。

"好嘛！"他心想，"要稳住神儿，他要来收买我啦！"

那行客先游目四望，只见周围渺无人迹，树林和山谷绝无人影，这才打开皮夹，但从里边抽出来的，不是德纳第期待的大把钞票，而仅仅是一小张纸，他把纸展开，递给小店主，说道："您说得对。念一念吧。"

德纳第接过纸条，念道：

德纳第先生：

    请将珂赛特交给持信人。他会付给您所有零星欠款。

    即颂

    近安。

芳汀

1823 年 3 月 25 日

于海滨蒙特伊

"您认识这签字吧?"那人又问道。

这正是芳汀的签字，德纳第也认得。

无可反驳。德纳第感到两种强烈的恼恨，恼恨必须放弃他所期望的贿赂，也恼恨自己被击败。那人又说：

"这封信您可以留着，好交卸责任。"

德纳第退却也步步为营。

"这个签字模仿得很像。"他咕哝道，"行啊，就算是吧!"

接着，他还试图最后挣扎一下，说道：

"先生，这样行啊。您既然就是指定的人，不过，还应当付给我'所有零星欠款'。那可是欠我大笔钱啊。"

那人站起来，用手指弹了弹破衣袖沾的灰尘，说道：

"德纳第先生，1 月份，她母亲算过，共欠您一百二十法郎；2 月间，您寄给她五百法郎的账单；您在 2 月底收到三百法郎，3 月初收到三百法郎。此外又过了九个月，按讲好的价钱每月十五法郎，共计一百五十法郎。先头您多收了一百法郎，现在也就欠您三十五法郎的尾数。刚才我给了您一千五百法郎。"

德纳第此刻的感受，就像狼被捕兽夹的钢齿咬住时的感觉。

"这人是什么鬼东西？"他心中暗道。

他的举动也跟狼一样，抖了抖身子。他已经尝过一次胆大妄为的甜头。

"我—不—知—尊—姓—大—名的先生，"他这回抛掉恭敬的姿态，毅然说道，"要么我把珂赛特领回去，要么您给我一千埃居银币。"

那外乡客平静地说：

"走，珂赛特。"

他左手拉住珂赛特，右手拾起他放在地上的木棍。

德纳第注意到棍子很粗，这里很僻静。

那人领着孩子走进树林，丢下愣在原地不动的小店主。

眼看他们越走越远，德纳第注视着那人有点驼的宽肩膀和两只大拳头。

接着，他的目光又移到自身，垂到自己细弱的胳膊和枯瘦的双手上，心中又念道："既然出来打猎，却没有带枪，我真是个十足的笨蛋！"

然而，小店主还不想善罢甘休。

"我要弄清楚他去哪儿。"他咕哝一句。于是，他远远跟踪。他手上还留下两样东西：一样是嘲弄，芳汀签了字的破纸条；另一样是安慰，那一千五百法郎。

那人带珂赛特朝利弗里和朋地走去，他低着头，脚步很慢，一副愁思苦索的姿态。入冬木叶凋零，林木间显得透亮，因此，德纳第虽然远远跟随，也不会失去目标。那人不时回头，看看是否有人跟踪，他突然发现德纳第，就急忙和珂赛特钻进灌木丛中不见了。"见鬼！"德纳第骂了一句，就加快了脚步。

灌木丛稠密，德纳第不得不拉近距离。那人走到最密实的地方时，又转过身来。德纳第这回无处躲藏，树枝遮不住，不免被那人看见。那人戒忌地瞥了他一眼，随即摇了摇头，又继续往前走。小店主还是紧追不舍。他们又走了两三百步。那人又猛地转过身来，这回脸色十分阴沉，德纳第这才认为"没必要"再跟下去，于是折回去了。

十一、9430号再现，珂赛特中彩

冉阿让没有死。

他掉进海里，应当说他跳进海里的时候，正如人们所见的，已经卸掉了脚镣。他潜水游到一艘停泊的海船底下，旁边正巧有一只驳船，就爬上去躲起来，直到天黑。天黑之后，他又跳下水，游向离勃兰岬不远的海岸，上岸后弄了一身衣服。他身上有钱，在巴拉吉埃附近一家小咖啡馆又专门向逃犯提供衣物，这是赚钱的特殊生意。然后，冉阿让像所有狼狈的逃亡者那样，极力躲避法网和社会厄运，走上一条隐蔽而曲折的道路。他在博塞附近的普拉多，找到头一个避难所。继而，他又进入上阿尔卑斯省，奔向勃里昂松附近的大维拉尔。那是惶惶不安而时时探索的逃窜，走的路线就像鼹鼠的地道，净是摸不清的岔路。后来在许多地方，例如在安省西夫里厄地区，在比利牛斯省阿空名叫杜海克仓的地方，在沙瓦伊村附近，在佩里格附近戈纳盖教堂地区的勃里尼镇，都发现了他的足迹。他到达巴黎。我们在上文看见他到过蒙菲郿。

他到达巴黎要做的头一件事，就是为一个七八岁的小姑娘买一身孝服，然后找了一个住所。办完这两件事，他就前往蒙菲郿。

大家记得，他上次越狱后，曾到过那地方，或者到了那附近。那次诡秘的旅行，司法人员也查出了一些蛛丝马迹。

可是这回不同，大家以为他死了。这样，他的情况就更加隐晦难测了。他到巴黎，偶然看到一份登载这条消息的报纸，也就放下心来，心神几乎恬然，就好像真的死了。

冉阿让从德纳第夫妇魔爪中救出珂赛特之后，当天晚上便回到巴黎。他带着孩子，在天黑的时候从蒙梭门进城，上了马车，到观象台广场下来，付了车钱，便拉着珂赛特的手，二人在黑夜中，沿着乌尔辛和冰库附近的僻静街道，朝济贫院路走去。

对珂赛特来说，这一天十分离奇，充满令人激动的事情。路上，他们在篱笆后面，吃了从偏僻客栈买来的面包和奶酪，换了几次马车，步行几段路，她并不叫苦，但是太累了，冉阿让也发觉她越走越用力牵他的手了。于是，他背起孩子走。珂赛特仍抱着卡德琳，头枕着冉阿让的肩膀睡着了。

第四卷　戈尔博老屋

一、戈尔博先生

四十年前，有个孤独的行人，偶尔闯到妇女救济院的僻静地段，从济贫院大道沿上坡路朝意大利门走去，走到可以说成巴黎消失的地点。那里并不是荒无人烟，还是有过往行人；也不是旷野，还有房屋和街道；但是算不上城市，街道跟大路一样，有辙沟，长了荒草；同样不是乡村，房舍都很高。那是什么地方呢？那是个无人居住的住宅区，是个还有人的荒僻之地，是大都市的一条大道，巴黎的一条街，夜晚比森林还荒蛮，白天比墓地还凄惨。

那就是马市老街区。

那行人信步走过马市的四堵老墙，将右首围着高墙的花园丢在后面，穿过小银行家街，经过一片牧场，只见场上耸立着一垛垛鞣料树皮，好像巨大的水獭窝；再往前走，又见一片围着的空地，里边堆满了木料、树根、锯末和刨花，顶端有一条大狗汪汪狂吠；接着便是长长的一道矮墙，已经颓塌，上面长满青苔，春天还开花，旁边有一扇服丧似的黑色小角门；又经过最荒僻的地段，只见一座破旧建筑的墙上写着"禁止张贴"的大字，他就走到圣马塞尔葡萄园街的拐角，那是很少人知道的地方。在那一座工厂附近，当时还能看到花园两堵墙之间有一所破房子，乍一看像一栋茅屋，而其实有主教堂那么大，因为山墙对着公路而显得狭小。整座房子几乎被遮住了，只能看见房门和一扇窗户。

那所破房只有两层。

仔细观察一下，最显眼的是那扇门，只配安装在破窑子上，而那扇窗户，如果不是装在碎石墙上，而是开在方石墙里，就像一座公馆的窗户了。

房门是用几块虫蛀的木板和几条粗制的横木条胡乱拼凑的。一进门便是很陡的高台阶楼梯，和门一样宽，满是污泥、灰浆和尘土，从街上看好似一架直立的梯子，隐没在两面墙的暗影里。在畸形的门框上方有一块窄木板，中间锯出一个三角洞，那便是关门时的天窗和气窗。门背后用毛笔蘸墨水两下子涂写出数字"52"，而在门楣上，用同一支笔涂写了"50"，因而叫人游移不定。究竟是几号？门楣说是50号，而门则反驳说：不对，是52号。三角气窗上充当帘子的，不知是什么灰不溜秋的破布片。

窗户又宽又高，装有百叶窗和大格玻璃框。不过，那些大块玻璃有不同程度的破损，虽然巧妙地糊上纸，却更明显暴露了破损处。两扇百叶窗已经支离脱节，保护室内居住者不足，威胁窗下行人则有余。遮光的横板条有些脱落，便天真地钉上几块竖板条代替，结果原来的百叶窗变成窗板了。

房门一副邪恶的形象，而窗户虽破，却还显得正派，两者同在一所房屋，看上去就像两个不相配的乞丐并肩而行，虽然同样穿着破衣烂衫，却是两副截然不同的神态：一个始终是个穷鬼，另一个则曾经是个贵绅。

楼上的建筑体极其宽阔，仿佛是仓库改建成房子。中间有一条长廊作为通道，两侧是大小不等的隔门，必要时可以住人，但是更像小摊铺而不像单人房。这些房间好像在这周围空地上聚会，全都这么昏暗、丑陋、凄惨、忧伤、阴森可怕，而且屋顶或房门有缝隙，能透进寒光或冷风。这种住宅还有一种有趣的特色，就是蜘蛛个头儿大得出奇。

房门左侧临街的墙上，离地面约一人高有一个堵死的方形小窗，成为壁龛，里面堆满了过路孩子扔的石子。

这所房子不久前拆除了一部分，如今所余的部分仍能让人想见当初的全貌。整体建筑也就有一百来年。到一百岁，一座教堂还年轻，而一所住房却老迈了。看来，人的居所随人而寿短，上帝居所随上帝而永生。

邮差称这所破房为50—52号，但是在本街区则以戈尔博老屋而知名。

谈谈这个名称的来历。

爱搜集奇闻轶事并制成标本的人，总把易忘的日期用别针别在记忆上。他们都知道上个世纪，在1770年前后，巴黎沙特莱法院有两个检察官，一个人称乌鸦的柯尔博，一个人称狐狸的列那。这两个名字，拉封丹早有预见。两个人有这种大好机会，自然要巧鼓舌簧。不久，法院的长廊就开始传诵这样一首打油诗：

> 乌鸦柯尔博高栖在案卷上，
>
> 嘴里叼着一张拘捕状；
>
> 狐狸列那嗅到味儿跑来，
>
> 大致这样巧鼓舌簧：
>
> "喂，早安！……"1

这两位有教养的实干家忍受不了这种戏谑，他们昂首走过时听到背后狂笑，不禁气急败坏，决意更名改姓，便呈请国王恩赐。申请书呈给路易十八的那天，正巧教皇的使臣和拉罗什-艾蒙红衣主教一边一个，手拿拖鞋跪在地上，当着陛下的面，要给下床的杜巴丽夫人穿上。国王笑声不止，兴致勃勃地将话题从两位主教转到两位检察官身上，要赐姓或者近乎赐姓给两个法官。国王恩准，柯尔博头一个字变动一下，改称戈尔博；列那的运气差点儿，只在前面加一个"普"字，改称普列那，结果新改的姓跟原来的差不多，都同样名副其实。

根据当地传说，戈尔博先生曾是济贫院大街50—52号的房主。甚至那扇大窗户，也是他雇人安装的。

这就是戈尔博老屋名称的来历。

1　这是根据法国诗人拉封丹（1621—1695）的寓言诗《乌鸦和狐狸》改编的。

大道旁的树木中，有一棵死了四分之三的大榆树，正对着50—52号。戈布兰城门街口也几乎正对着它。当年那条街没有铺石，两旁没有房屋，只有发育不良的树木，一直通到巴黎城墙脚下，随着季节不同，有时绿叶成荫，有时满是污泥。附近一家工厂的房顶冒出一股股硫酸化合物的气味。

　　那座城门离得很近，1823年时城墙还在。

　　那座城门令人想起凄惨的景象。那是通往比塞特的道路，在帝国时代和波旁王朝复辟时代，死囚押回巴黎就刑那天就经过那里。1829年那桩神秘的凶杀案，所谓"枫丹白露城门案"，也是在那里发生的，至今仍是个无头案，没有抓到凶犯，真相不明，没有揭开可怕的谜团。再往前走几步，便是不祥的落须街。当年在隆隆的雷声中，乌巴克一刀刺死伊弗里的一个牧羊女，就像舞台上的一幕场景。再走几步，就到了圣雅克门，看见那几棵不堪入目的断头榆树，是慈善家用来遮掩断头台的权宜之计，那正是小店主和有钱市民阶层，以及平庸而可耻的格雷沃广场。他们在死刑面前退缩，既不敢大刀阔斧地废除，也不敢专横跋扈地维持。

　　按下那片仿佛命定始终恐怖的圣雅克广场不表，三十七年前，整个这条肃杀的大道最肃杀之点，也许就是遇到50—52号破房的地方，至今这里也缺乏吸引力。

　　二十五年后，有钱市民才开始在这里修建住宅。这地方满目凄凉，置身其间，心情就会抑郁凄惶，感到自己夹在望得见圆顶的妇女救济院，以及城门近在咫尺的比塞特之间，也就是说，夹在妇女的疯癫和男人的疯癫[1]之间。极目望去，所见只有屠宰场、城垣和寥寥几处类似兵营或修道院的工厂门墙；到处都是破房子和剥落的灰泥，老墙黑得像裹尸布，新墙白得像殓单；到处都是平行排列的树木、整齐划一的房舍、平庸单调的建筑，都是长长的冷线条和凄惨的直角。地势毫无起伏，建筑毫无奇处，毫无迂曲。这是一个冷冰冰的、齐整而丑恶的群体。什么也不如对称叫人揪心，因

1　妇女救济院也收容精神病人。比塞特当时是巴黎南市郊的村子，有一个救济院来收容老年和患精神病的男子。

为，对称就是厌倦，而厌倦又是哀伤的基调。失意者爱打哈欠。人可能幻想出比受罪的地狱还可怕的东西，那就是百无聊赖的地狱。如果存在这种地狱，那么，济贫院大街这一段，就可能是它的林荫路。

每当天光消逝、夜幕降临的时候，尤其是在冬季，凛冽的晚风吹落榆树上橘黄的残叶，天空黑沉沉的，不见星光，或者狂风撕开乌云，露出月亮，这条大道就骤然变得阴森可怕。那些直线条隐没在黑暗中，好似无限空间的一段段丝缕。行人不禁想到当地无数凶险的传说。这地方偏僻冷寂，发生许多命案，总叫人胆战心惊。走在这黑洞洞的地方，总觉得处处有陷阱，看到影影绰绰的各种物状也无不可疑，而树木之间隐约可见的幽深方洞，就像一个个墓穴。这地方，白天丑陋不堪，傍晚萧索凄凉，夜晚则阴森可怕。

夏季黄昏时分，零星有几个老太婆，坐在榆树下因雨淋而发霉的椅子上，向过往行人乞讨。

此外，这个街区的外观，与其说是古老，还不如说是陈旧，当时就有改变面貌的趋势了。从那时起，要一睹原貌的人，就得尽快赶来。这个整体每天丧失一部分。二十年来至今，奥尔良火车站在此落成，紧挨着老郊区，在这里就发挥作用了。一条铁路的起点站，无论建在一个大都市边缘的哪一点，都意味一片郊区的死亡和一座城市的诞生。在各族人民聚散的大中心周围，强劲有力的机车隆隆奔驰，吃煤炭吞烟火的文明巨马气喘吁吁，而布满幼芽的大地则随之震动、裂开，吞没旧住宅，让新住宅冒出来。旧房屋倒塌，新房屋升起。

奥尔良火车站侵入妇女救济院地盘之后，圣维克托城壕和植物园附近的小街古巷都动摇了，驿车、出租马车和公共马车汇成长流，横冲直撞，每天穿行三四趟，时过不久，就把房舍推向左右两侧。须看有些怪事却千真万确，值得一提。同样，我们说大城市的阳光吸引楼房朝南生长，车辆过往频繁就拓宽街道，也都是千真万确的。新生的迹象有目共睹。在这乡野的老街区，即使最荒僻的角落，也出现了铺石路面，即使尚无行人的人行道也开始伸延。1845年7月，一天早晨，值得纪念的一天早晨，人们看见

403

一些煮沥青的黑锅滚滚冒烟；这一天可以说文明到达了卢辛街，巴黎进入圣马尔索郊区了。

二、枭和莺的巢

冉阿让走到戈尔博老屋，便停下脚步。如同猛禽一样，他挑选最荒僻的地方做窝。

他摸坎肩的兜儿，掏出一把万能钥匙，开了门进去，又小心关上，一直背着珂赛特登上楼梯。

到了楼上，他又从兜里掏出另一把钥匙，打开另一道门，走进房间，又立刻关上门。这间破屋相当宽敞，就地铺了床褥垫，有一张桌子和几把椅子。靠角落有个生火的炉子，看得见炉火。路灯朦朦胧胧照见这清贫的屋内。紧里边一小间摆了一张帆布床，冉阿让就把孩子抱上床，小心没有把她弄醒。

他用打火石点着一支蜡烛，两样东西都事先准备好，摆在桌上。然后，他又像昨晚那样，开始端详珂赛特，凝注的眼神充满慈爱和温情，简直达到心醉神迷的程度。至于小姑娘，不知跟谁在一起就睡着了，也不知身在何处还继续安睡，这样坦然的信心，只能属于最强者和最弱者。

冉阿让俯下身，吻了吻孩子的手。

九个月前，他也吻过刚刚入睡的孩子母亲的手。

他心里充满了同样沉痛、虔敬、惨苦的情感。

他跪到珂赛特的床旁边。

天已大亮，孩子还在睡觉。时值12月份，一线惨白的阳光从窗口射进破屋，在天花板上拖出长条的阴暗和光线。一辆满载的采石车，突然从大街上驶过，真像雷雨大作，震得房子从上到下直摇晃。

"是，太太！"珂赛特一下惊醒，连声喊道，"来啦！来啦！"

她跳下床，惺忪睡眼还半闭着，就伸手去摸墙角。

"哎呀！上帝呀！我的扫把呢！"她说道。

她完全睁开眼睛，看见冉阿让那张笑脸。

"哦！原来是真的！"孩子说，"早安，先生。"

儿童接受快乐和幸福最快，也最随便，因为他们天生就是幸福和快乐的。

珂赛特看见卡德琳在床脚下，急忙搂住，她一边玩，一边问个没完，要冉阿让告诉她——她在什么地方？巴黎是不是很大？德纳第太太离得远不远？她还会不会再来？等等，等等。她突然高声说："这屋子真好看！"

其实，这是个破烂不堪的房子；但是，她感到自由了。

"我不用扫地了吗？"她最后又问道。

"玩儿吧。"冉阿让回答。

一天就这样过去了。珂赛特根本不想弄明白，她在这个布娃娃和这个老人之间，有一种说不出来的幸福。

三、两种不幸连成幸福

次日拂晓，冉阿让还在珂赛特的床边，立在那里不动，看着她醒来。

一种新的感受进入他的心扉。

冉阿让从来没有爱过什么。二十五年来，他在世上孑然一身，从未当过父亲、情人、丈夫、朋友。在苦役犯监狱里，他显得凶恶、忧郁、洁身自好、无知而又粗野。这个老苦役犯的心充满童贞。他姐姐及其子女给她留下的印象，已然模糊而遥远，最后几乎完全消逝了。他千方百计地寻找他们，未能找到，也就把他们忘了。这就是人的天性。

他一看见珂赛特，就抓住不放，把她带走并解救出来，当时他感到五脏六腑都搅动起来。他身上的深情和爱心一齐苏醒，冲向这个孩子。他走到孩子睡觉的床前，高兴得浑身颤抖，就像一位母亲似的感到一阵阵激动，却不明白是怎么回事，因为，一颗心产生爱时，那种伟大而奇异的悸动，是一件难以捉摸而又十分甜美的事情。

可怜的老人的心焕然一新！

然而，他已经五十五岁，而珂赛特才八岁，他毕生所能产生的爱，全部化为一种难以描摹的光亮了。

这是他遇到的第二颗启明星。从前多亏了主教，他的天际升起美德的曙光。现在多亏了珂赛特，他的天际又升起爱的曙光。

头几天就在这种陶醉的心情中过去了。

珂赛特这方面，她不知不觉也变成另外一个人，可怜的小东西！母亲离开时，她还太小，已经不记得了。孩子都像葡萄藤的幼枝，遇到什么都攀附，珂赛特也同样试图爱过，但是未能成功。德纳第夫妇、他们的孩子、别人家的孩子，全都排斥她。她曾经爱过一条狗，那条狗死了之后，再也没有什么东西或者什么人喜欢她了。说起来真惨，我们指出过，她八岁就寒了心。这并不是她的过错，她绝不缺乏爱的能动性，唉！缺少的是爱的可能性。因此，从第一天起，她身上的所感所想，无不开始爱上这个老人了。她体会到一种从未有过的感觉，一种心花怒放的感觉。

这位老人，在她看来甚至不老也不穷了。她觉得冉阿让挺美，正如觉得这破屋漂亮一样。

这是曙光、童年、青春、欢乐所产生的效果。照在陋室的幸福彩光，比什么都美好。在过去的经历中，我们每人都有过这样一间蓝色的陋室。

相差五十岁，这就是一道天然的鸿沟，将冉阿让和珂赛特隔开。然而，命运却将鸿沟填平了。命运以其不可抗拒的力量，骤然将这两个无家可归的人结合在一起：他们虽然年龄不同，却经历同样的苦难，正好相辅相成。出于本能，珂赛特要找一个父亲，而冉阿让也要找一个孩子。相遇即相得。在那神秘的时刻，他们的手一经接触，便连在一起了。这两颗心灵一见如故，正好相濡以沫，因而紧紧抱在一起。

从内涵和绝对的词义出发，可以说冉阿让是个鳏夫，珂赛特是个孤女，两者都由墓壁同世间隔绝。这样，冉阿让成为珂赛特的父亲，就跟天造地设一样。

此前，在晒勒的密林中，冉阿让在黑暗里抓住珂赛特的手，给她造成的神秘印象，确非幻觉，而是现实。这个人走进这孩子的命运中，就是上帝降临。

而且，冉阿让早已选好了避难所，住在这里可以高枕无忧了。他同珂赛特住的是带个小套间的屋子，有一扇临街的窗户。这是楼里唯一的窗户，因此不必担心邻居从旁边或对面窥视。

50—52号楼下是一大间破旧的棚屋，作为菜农的仓库，同楼上完全隔绝，中间隔了一层木板，好似横膈膜，既没有翻板活门，也没有楼梯。前面说过，楼上有好几间屋和阁楼，只有一间由一位给冉阿让收拾房间的老太婆居住，其余的房间空着。

老太婆的头衔是"二房东"，实际是照看门户的，就在圣诞节那天，她把房子租给了冉阿让。冉阿让来找她时，自称是吃年息的人，买了西班牙债券而破了产，要带小孙女儿住到这里。他预交半年的房租，请老太婆给大小房间安好家具，正如我们所看到的陈设。他们到达的那天晚上，也是老太婆生着炉火，全收拾妥当的时候。

一周一周过去了，这两个人在鄙陋的居所过着幸福的日子。

天一亮，珂赛特就又说又笑，唱个没完，儿童跟鸟儿一样有晨曲。

有时，冉阿让拉起她冻裂的红红小手亲一下。可怜的孩子挨惯了打，不懂这是什么意思，十分羞愧地走开了。

有时，珂赛特神情变得严肃，打量自己这身黑衣裙。她脱下破衣烂衫，换上一身孝服。她脱离苦难，走进生活。

冉阿让教她识字，有时一边教孩子拼读，心中一边想，当初在苦役犯牢房时，他读书是要做恶。原来的打算变了，现在教起孩子念书，老苦役犯想到这里，若有所思的脸上不由得露出天使般的微笑。

他感到这是上苍的一种安排，是超乎人的一种意志，于是陷入沉思。善的思想和恶的思想一样，都是深不可测的。

教珂赛特念书，让她玩耍，这几乎是冉阿让生活的全部内容。

后来，他向孩子讲了她母亲的事，让她祈祷。

孩子管他叫爹，不知道他有旁的称呼。

有时一连几小时，他观赏孩子给娃娃穿衣脱衣，聆听她喃喃自语。从今以后，他觉得生活充满了情趣，认为世人是善良公道的，内心里不再谴责任何人。现在有了这孩子的爱，他没有任何理由不活到很老，享受天年。在他看来，珂赛特宛如一盏美好的明灯，照亮了他的整个未来。最善良的人也不免要替自己打算，有时他欣慰地想到，这孩子将来一定是个丑姑娘。

这只是个人的一种见解，不过，应当说明我们的全部想法。冉阿让爱上珂赛特时的思想状况，并未表明他要在正道走下去，就不需要这一精神给养。不久前，他又看到人的残忍和社会的卑劣新的表现——固然，这种现象并不完整，不可避免地只表明真相的一个侧面；他也看到芳汀身上所体现的女人的命运、沙威所代表的政权；这回，他因做了好事而重新入狱，又饮了新的苦汁，重又产生厌恶和颓丧之感，就连主教的形象有时都在记忆中消逝，虽然过后重现时仍旧光辉灿烂，但是这一神圣的记忆毕竟越来越淡薄了。谁能说得准，冉阿让不是处于气馁和重新堕落的前夕呢？他有了爱，就重又坚强起来。唉！他摇摆不稳，并不比珂赛特强多少。他保护这孩子，这孩子也使他坚强。多亏了他，孩子才能走上人生之路。也多亏了孩子，他才能继续走上道德之路。他是这孩子的支柱，这孩子也是他的支点。天命的这种平衡，真是神秘莫测啊！

四、二房东的发现

冉阿让很谨慎，白天从不出门，每天傍晚时分，他才出去一两个小时。有时独自散步，多数情况带着珂赛特，总走大道两侧最僻静的小街，或者在天黑的时候走进教堂。他爱去最近的圣美达教堂。他不带珂赛特时，就把她交给老太婆，不过，孩子还是欢喜跟他出去玩。珂赛特觉得，同卡德琳厮守固然很有趣，但还不如同他待上一小时。他拉着她的手，边走边对她说些开心的事儿。

有时候，珂赛特乐不可支。

收拾房间，做饭买东西，都是老太婆的事。

他们生活很简朴，炉子里总有点火，但是像生计窘迫的人家那样。头一天摆上的家具，冉阿让一样也没有换，只是雇人把珂赛特小屋门的玻璃换成木板。

他一直穿那件黄礼服、黑裤子，戴那顶旧帽子。走在街上，别人把他当成穷汉。有几次好心肠的女人回过身来，给他一苏钱。冉阿让收下钱，深施一礼。有时候，他遇见乞求施舍的穷人，便回头瞧瞧是否有人看见，再悄悄溜过去，也把一枚硬币放进那人手里，又急忙走开，而他给的往往是一枚银币。这种举动也会招来麻烦。这个街区的人开始认识他，称他是"施舍的乞丐"。

那个"二房东"老太婆，是个看什么都不顺眼的人，以嫉妒的眼光注视别人，也特别观察冉阿让，但是没有让他察觉出来。她耳朵有点背，因此爱唠叨。从前满口牙只剩下两颗，一颗在上，一颗在下，还总爱叩齿。她问了珂赛特好多话，而珂赛特什么也不知道，什么也说不上来，只讲她是从蒙菲郿来的。一天早晨，这个总在窥伺的老太婆发现，冉阿让走进破楼里没人住的一间屋，神色有点不对头，于是她像老猫一样悄悄跟过去，对着门缝观察，却不会被对方瞧见。冉阿让也一定多加了一分小心，背对着房门。老太婆瞧见他从衣兜里掏出一个针盒、一把剪子和一团线，接着拆开上衣下襟儿的衬里，从拆开的缝里抽出一张发黄的纸片，将纸片打开。老太婆大吃一惊，她认出那是一千法郎的钞票，这是她有生以来看到的第二张或第三张，吓得她仓皇逃开了。

过了一会儿，冉阿让来找老太婆，求她把一千法郎换成小票面的钱，并说这是他昨天取来的这个季度的利息。"到哪儿取的呢？"老太婆心下暗道，"他昨天傍晚六点钟才出去的，那时国家银行肯定不会还开着门。"她去换了钱，同时也作了各种猜测。这一千法郎的钞票，经过评论和夸大，在圣马塞尔葡萄园街道，引起那些婆娘纷纷议论，大惊小怪。

过了几天，冉阿让只穿着衬衣，在走廊上锯木头，珂赛特在一旁看得出神。屋里只有老太婆一个人收拾东西，她一眼就瞧见挂在钉子上的外衣，便上前查看，衬里又缝好了。她仔细摸了一阵，觉出衣襟和袖子的夹层里有厚厚的纸，一定是一千法郎的钞票啦！

此外，她还注意到衣兜里有各种各样的东西，不仅有她见过的针线和剪刀，还有一个大皮夹子、一把长刀，以及可疑的东西：几顶颜色不同的假发套。这件外衣的每个兜儿，仿佛都装有应付意外情况的物品。

住在这座破楼里的人，就这样挨到了冬季的最后几天。

五、一枚五法郎银币的落地声

有一个穷人，经常蹲在圣美达教堂旁边一口填平的古井台上，冉阿让总爱向他施舍，从他面前走过时总要给几个钱，有时还同他说说话。眼红的人就说那乞丐是"警察的眼线"。那老头儿有七十五岁，从前当过教堂执事，因而口里总念念有词。

有一天傍晚，冉阿让又经过那里，这回没带珂赛特。路灯刚刚点上，他看见那乞丐还在老地方，跟平时一样，佝偻着身子仿佛在祈祷。冉阿让走过去，像往常那样把钱放到他手上。那乞丐猛地抬起头，注视冉阿让，又迅速低下头去。这动作犹如一道闪电，冉阿让心头一惊，刚才借着路灯的昏光，看到的仿佛不是老执事那张平静呆呆的脸，而是一张可怕而熟悉的面孔。当时的感觉，就像黑夜中突然撞见猛虎。他不胜骇然，吓得倒退一步，既不敢喘气也不敢说话，既不敢停留也不敢逃走，只是愣愣地看着那乞丐。那乞丐脑袋罩一块破布，低着头，似乎不知道他还站在那里。在这奇特的时刻，一种本能，也许是自卫的神秘的本能，使得冉阿让一句话没讲。那乞丐的个儿、破衣烂衫和相貌，还跟平时一样。"咦！"冉阿让说道，"我疯啦！简直在做梦！不可能啊！"他回到家里，心中惴惴不安。

他几乎不敢承认，看到的仿佛是沙威的面孔。

到了夜晚，他还想这事儿，后悔没有问问那人，好迫使他再抬一下头。

次日要黑天的时候，他又去那里。乞丐还在老地方。"您好，老伙计。"冉阿让给了一苏钱，毅然问道。那乞丐抬起头，以忧伤的声调答道："谢谢，我的好心的先生。"没错，正是那老执事。

冉阿让完全放下心来。他嘿嘿一笑，心中想道："见鬼，我在哪儿看到沙威啦？怎么，我的眼睛要花啦？"于是，他不再想这事儿了。

又过了几天，约莫晚上八点钟，他在房间里，正在让珂赛特高声拼读，忽然听见打开并关上楼门的声响，心中诧异。这破楼里除了他，只住着那个老太婆，她为了省蜡烛，总是天一黑就上床睡觉。冉阿让示意珂赛特不要出声。他听见有人上楼。大不了，只能是老太婆病了，出去抓药回来了。冉阿让侧耳细听，脚步很重，那声响像个男人走路。不过，那老太婆总穿一双大鞋，而一位老太太的脚步声，听起来比谁都更像一个大汉了。这工夫，冉阿让吹灭了蜡烛。

他打发珂赛特去睡觉，悄声对她说："去睡吧，别弄出动静。"就在他亲孩子的脑门儿时，那脚步停下了。他背对着房门，坐在椅子上没有动窝儿，不动也不出声响，在黑暗里屏住呼吸。过了好一阵，听不见动静了，他才无声无息地回过身，抬眼望望房门，只见锁眼透进亮光。在黑糊糊的房门和墙壁上，这点亮光真像一颗灾星。显然，门外有人举着蜡烛在偷听。

又过了几分钟，那光亮移走了。不过，一点脚步声他也没听见，这表明来到门口偷听的那个人脱掉了鞋子。

冉阿让和衣躺下，一夜未合眼。

天蒙蒙亮的时候，他因疲倦昏昏睡去，忽然被开门的声响惊醒。声音是从走廊里端一间阁楼传来的。接着，他又听见跟昨夜上楼同样的男人脚步声。脚步声越来越近。他急忙跳下床，一只眼对着锁孔窥视，锁孔相当大，可望见昨夜潜入楼里到他门口偷听的那个人经过时，看看究竟是谁。从冉阿让门外走过去的的确是个男人，这回没有停步。楼道里还太昏暗，看不清那人的面孔。不过，那人走到楼梯口时，外面射进来的一束阳光，正好鲜明地衬出他的身影，冉阿让看到了他的整个背影。那人身材高大，穿一件长礼服，腋下夹一根短棍，正是沙威那副凶相。

冉阿让本可以再从临街的窗户看一看，但是，那必须打开窗户，他不敢妄动。

显然，那人有钥匙，进楼就像进自己家一样。那把钥匙是谁给他的呢？究竟是怎么回事呢？

早晨七点钟，老太婆来打扫房间。冉阿让犀利的目光瞧了她一眼，但是没有盘问。老太婆的神色同往常一样。

她一边扫地，一边对他说："昨夜，先生也许听见有人进楼来吧？"

那年头，在那条大道上，晚上八点钟，就是漆黑的夜晚了。

"哦，对了，是听见了。"他以最自然的口气回答，"那是谁呀？"

"是新来的房客，"老太婆说，"住到这楼里了。"

"叫什么名字？"

"弄不清楚。叫杜蒙或者道蒙先生。差不多是这种名字。"

"那位杜蒙先生，是干什么的？"

老太婆挤着一对狡猾的眼睛注视他，答道："吃年息的，跟您一样。"

说者也许无意，但冉阿让却多心了。

等老太婆一走，他就把放在壁橱里的一百来法郎银币卷起来，揣进衣兜里。他收钱时尽管十分小心，怕人听见声响，还是有一枚五法郎的银币，丁零零滚在方砖地上。

黄昏时分，他下楼到街上，注意查看周围，没有看见一个人。这条大道似乎渺无人迹。当然，树木后面也许有人躲藏。

他又上楼去。

"走。"他对珂赛特说。

他拉起孩子的手，二人一道出门去了。

第五卷　夜猎狗群寂无声

一、曲线战略

在此要说明一点，这对于下面几页和以后的篇章都是必不可少的。

本书作者——非常抱歉，不能不谈及他本人，已经离开巴黎多年了。自从他离去之后，巴黎发生了变化，面貌一新，在一定程度上，成为他所陌生的城市。他无须讲他多么爱巴黎，巴黎是他精神的故乡。由于许多建筑物拆毁或改建，他青年时代的巴黎，他虔诚地铭刻在心的巴黎，如今已是不在。请允许我谈谈那时的巴黎，就当它依然如故似的。作者带着读者到一个地方，介绍说"在某条街上，有某所房子"，很可能今天那里既没有房子也没有街道了。读者若肯劳神，可以去查证一下。至于作者，他对新巴黎一无所知，眼前只有旧巴黎，抱着他所珍视的幻想来写作。梦想当年他在法国所见的事物，并没有荡然无存，有的还存留下来，这对他来说是非常惬意的事。一个人只要在故乡来来往往，就总以为那些街道与自己无关，那些窗户、那些屋顶和那些门都不算什么，那些墙壁非常生疏，那些树木也无足轻重，没有踏进去的房舍则毫无用处，脚下所踏的路石也不过是石块而已。后来一旦背井离乡，就会发觉自己珍视那些街道，怀念那些屋顶和门窗，离不开那些墙壁，热爱那些树木，没有踏进去的房舍天天要出入，而且，自己的五脏六腑、血液和心脏，都留在那些铺路的石块之间了。所有那些地点见不到了，也许此生再也见不到了，但是形象却保留在你的记忆中，而且有了一种令人心碎的魅力，带着幻象的忧伤重现在你的眼前，成为你见得到的圣地，也可以说，化为法兰西的本相。于是你爱上了，你极力回想那本来的样子、那旧时的模样，而且乐此不疲，不愿意那模样发生丝毫变化，因为，你珍视祖国的形象，如同珍视母亲的容貌一样。

因此，我们请求允许，在现在谈谈过去，这一点交代之后，请读者记下来，我们再往下叙述。

冉阿让立刻离开那条大道，拐进小街，尽可能转弯抹角，有时甚至突然折回去，看看是否有跟踪。

这种招数，正是受围猎的麋鹿喜欢采用的，在容易留下足迹的地段有许多好处，错杂的印迹能误导猎人和猎犬。这在狗群围猎中叫做"假遁树林"。

这天夜晚正是望月，冉阿让倒不气恼。当时，月亮还贴近地平线，将街道割成大块大块的阴影和亮地。冉阿让可以躲在阴影里，沿着房舍和墙壁游走，观察明亮的一边。也许他没有充分意识到忽视了阴影的一侧，不过，他确信波利沃街附近每条僻静的小巷里，都没有人跟在后面。

珂赛特只跟着走，并不问什么。她来到世上不久，就经历了六年苦难，天性中潜入了某种被动性。还有一点，今后我们还要不止一次地指出，她在不知不觉中，早已习惯这老人的怪异行为以及命运的离奇变化。再说，同他在一起，她有安全感。

其实，冉阿让不见得比珂赛特清楚要去什么地方。他依赖上帝，就像孩子依赖他一样；他感到自己拉着一个比他更高大的人之手，觉得一个无形的人在指引他。此外，他根本没有准主意，毫无计划，也毫无打算。他甚至不能确定究竟是不是沙威，即便是沙威，沙威也不能认定他就是冉阿让。他不是乔装打扮了吗？别人不是以为他死了吗？然而，近日来，有些情况很怪，这就足以令他警觉起来。他决计不再回戈尔博老屋，如同一只被逐出巢穴的野兽，他要找一个洞穴藏身，然后再找一处安身之地。

冉阿让在穆夫塔尔街区摆迷魂阵，兜了许多圈子。这一带居民都已安歇，就好像还恪守中世纪的法度和宵禁的限制。他在贡吏街和刨花街，在圣维克托木杵街和隐士井街，兜来转去，巧妙地周旋。这里有些小客栈，但是他一步也不跨进去，没有看到合适的。其实他并不怀疑，万一有人追踪，也早已失掉目标了。

圣艾蒂安·杜蒙教堂打了十一点钟，他正穿越蓬图瓦兹街，从41号的警察派出所门前走过。过了一会儿，他出于上文所指出的本能，又转过身来，借着派出所门前的路灯，清清楚楚地看见三个紧紧跟随的人，靠街道昏暗的一侧鱼贯从那盏路灯下走过。其中一个走进派出所的甬道。打头的那个人十分可疑。

"过来，孩子。"冉阿让对珂赛特说了一声，就急忙离开蓬图瓦兹街。

他绕了个弯子，转过此时已关门的族长巷通道，大步走上木剑街和弩弓街，又拐进驿站街。

前面是十字路口，正是今天罗兰学校所在地，也是连接圣日内维埃芙新街的地点。

（自不待言，圣日内维埃芙新街是一条老街，而驿站街十年也不见有一辆驿车驶过。早在13世纪，驿站街的居民是制陶工，真正的名字为陶器街。）

一轮皓月照在十字路口上。冉阿让藏在一个门洞里，心里打算那三人若是还跟着，就得通过那片亮地，他也就必定看得一清二楚。

没过三分钟，那些人果然出现了。现在他们共四人，个个人高马大，身穿棕色长礼服，头戴圆顶帽，手持粗棍。他们在黑夜中的行迹就够阴森可怕的，那大块头儿和大拳头也同样令人胆战心惊，看上去真像化身士绅的四个鬼魂。

他们走到十字街头中央便站住了，聚成一堆，似乎要商量事情，那样子显得犹豫不决。像是领头的那个人转过身来，气冲冲地抬起右手，指着冉阿让所走的方向，另一个人好像固执地指着相反的方向。前者回身的时候，正巧月光照在他脸上。冉阿让完全认出来，正是沙威。

二、奥斯特利茨桥上幸而行车

冉阿让疑团顿消，幸而那些人还游移不定，他便加以利用。他们耽误的时间，就是他赢得的时间。于是，他从潜伏的门洞里出去，冲进驿站街，朝植物园街区走去。珂赛特开始疲倦了，他就抱着她走。街上不见一个行人，因是月夜，也没有点路灯。

他加快脚步。

他大步流星，几下就跨到葛伯莱陶器店。月光照在老招牌上，字迹清晰可见：

> 老字号店葛伯莱，
> 水罐酒壶全都卖，
> 花盆砖管样样有，
> 凭心出售方砖块。

他连续把钥匙街、圣维克托水泉抛在身后，走下坡街，顺着植物园走到河边。他再回头望望，河滨路阒无一人，其他街道也空荡荡的。后边没人跟随，他长出了一口气。

接着，他走上奥斯特利茨桥。

当时还要付过桥费。

他走到收费处，给了一苏钱。

"应当付两个苏。"守桥的收费员说，"您还抱了一个能走路的孩子，要付两个人的钱。"

冉阿让照付了，但心中不快，怕有人窥见他过桥。凡是逃匿应当潜行，要神不知鬼不觉才好。

恰好有一辆大车跟他同时过河去右岸，这对他很有利。桥上这段路，他可以在大车的影子里隐身了。

走到桥中间，珂赛特说腿麻了，要下来走走。于是，他就放下孩子，又拉着她的手往前走。

过了桥，他望见前面偏右一点有一片工地，便朝那里走去。必须冒险穿过一大片明亮的空地，才能到那里。他并不迟疑。追捕他的那些人显然被甩掉了，冉阿让认为脱险了。追踪，不错。跟踪，办不到。

在两个有围墙的工地之间，出现一条小街，即圣安托万绿径街，街道又窄又暗，仿佛专为他修建的。钻进去之前，他又回头张望了一下。

他从自己所处的地点，能望见整座奥斯特利茨桥身。

有四个人影刚上桥头。

那些人背对着植物园，直奔右岸而来。

冉阿让不寒而栗，如同重陷围猎的野兽。

他尚存一线希望，但愿他拉着珂赛特穿过这一大片明亮的空场时，那些人还未上桥，没有看见。

情况若是这样，他钻进小街，潜入工地、沼泽、农田和空场，就能逃脱了。

他觉得这条寂静的小街靠得住，于是钻了进去。

三、看看1727年巴黎市区图

冉阿让走了三百来步，到了小街的岔口，分出左右两条斜街，展现在他面前的是Y字的两根枝杈。选哪一条好呢？

他毫不犹豫，拐上左边一条。

为什么？

因为，左边一条通往城郊，也就是说有人住的地方，而右边一条通往郊外，也就是荒僻无人的地方。

不过，他不像先前走得那么快了，珂赛特慢下来，拖住他的脚步。

于是，冉阿让又抱起珂赛特。孩子头枕在老人的肩上，一声也不吭。

他不时回头望望，而且留心一直靠街道昏暗的一侧。身后的街道笔直，他回头望了两三回，什么也没有看见，一片寂静，也就稍放宽心，继续往前走。过了一会儿，他又猛一回头，仿佛看见他刚走过的那段街上，远远的黑地里有东西在移动。

现在他的步伐不是走，而是往前飞奔了，只希望找到一条侧巷，赶紧逃避，再次甩掉跟踪的尾巴。

他撞见一道围墙。

那道墙并没挡住去路，而是贴着与冉阿让所走的那条街连接的一条横巷。

到了街口，又得做出决定，是往右还是往左走。

往右边一望，只见小巷延伸，两侧全是板棚和仓库之类的建筑物，巷尾是死的，横着一堵白色高墙，清晰可辨。

再往左边一看，只见巷子二百来步远处，与另一条街相通，那才是生路。

冉阿让正要拐进左边巷口，打算逃向隐约望见与巷尾相连的那条街上，忽然发现一尊黑糊糊的雕像，一动不动立在街巷的拐角。那是一个人，分明是刚刚派去守住巷口。

冉阿让慌忙后退。

当时他处于圣安托万街和拉佩街之间，正是巴黎彻底翻建的一个地段。这种翻建工程，有人斥为丑化，有人誉为改观。农田、工地和老建筑物统统消失了，如今这里是新建的大街、竞技场、马戏场、跑马场，还有一座马扎斯监狱，足见进步少不了刑罚。

半个世纪前，民众的传统用语还坚持把法兰西学院称作"四国"，把歌喜剧院称作"费陀"，同样，也把冉阿让站立的地点称作"小皮克普斯"。圣雅克门、巴黎门、中士便门、小门廊村、迦利奥特街、则勒司定会修士街、嘉布遣会修士街、槌球场林荫道、淤泥路、克拉克夫树街、小波兰街，这些全是在新巴黎浮游的旧名称。民众的记忆附在这些过去的漂浮物上。

其实，小皮克普斯作为街区只具雏形，存在时间极短，面貌酷似西班牙一座城市的修道之地，街道多半没有铺石块，两侧房舍稀少，除了我们要讲的两三条街道之外，各处全是围墙和空地。没有一家店铺，没有一辆马车，只有零星几点烛光从窗户透出，一过十点钟就全熄了。这里全是园圃、修院、工地、沼泽、寥寥几座低矮的房舍以及同房屋一样高的围墙。

这就是这个街区在上个世纪的面貌。那场革命给它造成严重的损害。共和国市政官对它又是拆毁，又是开凿，又是穿透，因此到处是一堆堆的瓦砾。三十年前，一群新建筑将这个街区一笔勾销。如今，小皮克普斯已不复存在，市区图上没有它一点痕迹了，可是在1727年出版的巴黎市区图上，标示得相当清楚。当年印行巴黎市区图的有两家出版商，一是巴黎的德尼·蒂埃里书局，位于石膏街对面的圣雅克街，一是里昂的若望·吉兰书局，位于天主广场的服装店街。小皮克普斯这里有我们所说的Y形街道，是由圣安托万绿径街劈叉而成的。两条枝杈，左边一条叫皮克普斯小街，右边一条叫波龙索街，顶端由一条横杠连起来，那横杠叫直壁街。波龙索街到横杠为止，皮克普斯小街则穿过去，上坡通到勒努瓦集市场。从塞纳河边来的人，走到波龙索街尽头，左首便是直壁街，来个九十度的急拐弯，就沿着这条街的围墙往前走了；右首则是直壁街的尾段，是条死路，叫做洋罗死胡同。

冉阿让就是到了这里。

上文说过，他望见一个黑影守在直壁街和皮克普斯小街的拐角，就慌忙后退。再也没有疑问了，那鬼影在窥伺他。

怎么办？

走回头路已来不及了。先前他回头张望，看见远处暗地里有活动的影子，那一定是沙威和他的小队。冉阿让走到街尾的时候，沙威很可能已经进入街口。看来，沙威非常熟悉这一小块迷宫似的地段，早就有所防备，派他手下一个人把住出口。这种种猜测显然都是事实，在冉阿让伤透的脑子里立刻乱纷纷飞旋起来，就像一把灰尘被一阵风吹飞一样。他仔细望望洋罗死胡同，那里无路可通。他再仔细望望皮克普斯小街，那里有人把守。他看见明亮的月光映白的铺石街道，突兀地衬出那个黑黝黝的身影。往前走吧，必然撞到那个人。往后退吧，又要落入沙威的魔掌中。冉阿让感到陷入罗网，感到罗网渐渐收紧了。他悲痛欲绝地仰望苍天。

四、探索逃路

为了看懂下文，就必须准确地想象出直壁小街，尤其从波龙索街拐进直壁街时抛在左首的街角。沿直壁街直到皮克普斯小街，右侧几乎一座连一座，全是外观贫寒的房舍；左侧只有一座形貌肃穆的建筑，是由连成一体的几栋房子构成的，而且往皮克普斯小街方向一栋比一栋高出一两层，因此，这座建筑靠皮克普斯小街一边非常高，靠波龙索街一边又相当矮，到我们提过的那个拐角处，建筑就低到仅有一堵墙了。不过，这道墙并不直趋波龙索街，而是缩回去一块，由左右两角遮掩，无论站在波龙索街还是站在直壁街的人都望不见。

这堵墙从斜壁的两角，往波龙索街方向延伸到45号住宅，往直壁街方向延伸的一段极短，连到我们提过的那座黑糊糊的楼房，斜切着楼房的山墙，在直壁街又形成一个缩角。这面山墙灰秃秃的，只有一扇窗户，说得更准确些，只有终日关着的两块包了锌皮的窗板。

我们在此描绘出来的这一街区的形貌，完全符合实际状况，在老住户的心中，一定能唤起种种真切的记忆。

斜壁完全被一样东西所占据，看似一扇门，无比高大又破烂不堪，是用竖条木板胡乱拼凑起来的，上边比下边的板条要宽些，横向又用长条铁皮连接固定。旁边还有一道大车门，大小正常，看样子辟建的时间不长，顶多有五十年。

一棵椵树的枝杈从斜壁上探出来，靠波龙索街的这面墙上爬满了常青藤。

情势凶险！在这千钧一发之际，冉阿让见这座房子孤零零，好像没有住人，就想试一试。他急速用眼睛扫了一遍，心想若能进去，也许就能逃命。他这才有了一个主意，有了一线希望。

这楼房正面中间部分临直壁街，各层的每个窗口都安有破旧的铅皮漏斗。从一根总管道分出粗细不同的排水管，接在各个漏斗上，整个看上去，就像画在楼房正面的一棵树。那些支管弯弯曲曲，又像盘曲攀附在老农舍前面的枯藤。

那些铅管铁管条条枝权，贴在墙上十分奇特，首先引起冉阿让的注目。他让珂赛特靠着一个石桩坐下，叫她不要出声，然后跑到排水管接触路面的地方。也许能设法顺着管道爬上去，潜入楼内。然而，管道年久失修，已经朽烂，勉强附着在墙上。而且，这座楼房直到阁楼，每扇窗户都镶了粗铁条。再说，月光正照在这一面，冉阿让若是爬上去，就会让守在街口的那个人发现。况且，珂赛特又怎么办呢？怎么把她带上四层楼呢？

于是，他放弃攀缘排水管的打算，又顺着墙根爬回波龙索街。

他回到他让珂赛特留在那儿的斜壁，发现谁也瞧不见这里。前面说过，这个角落避开了从任何方向射来的目光，而且处在暗地里。这儿还有两扇门，也许能撬开吧。墙头探出的椴树枝和爬着的常青藤，显然表明里面是座园子，尽管树叶落光了，但至少可以藏身，度过下半夜。

时间流逝，要赶紧行动。

他试试那扇大车门，立刻明白里外都钉死了。

他抱着更大的希望，凑近另一扇大门。这扇门已经破旧不堪，而且又高又宽，就更不牢固了，木板都朽烂，横连的长条铁皮只有三条，也全生锈了。这虫蛀朽烂的木栅，也许能凿穿个洞。

他仔细一看才发现，这并不是门，既没有铰链，也没有合页，既没有锁，也没有中缝。只有铁皮条横贯在上面，但是并不衔接。从木板缝往里瞧，能隐约看见三合土中的粗沙石。十年前，行人经过这里还能看到。冉阿让不禁愕然，只好承认这扇徒具虚表的门，只不过是一所房子后山的护墙板。撬开板子容易，但是还要碰壁。

五、有煤气路灯便不可能

这时，远处传来低沉而有节奏的声响。冉阿让冒险探出头，从街角向外张望一眼，只见七八名士兵列队走进波龙索街口，枪刺闪着寒光，正朝他走来。

他辨认出走在排头的大个子就是沙威。他们谨慎地缓缓行进，时常停下，显然是搜索每一处墙角、每一个门洞和每一条小道。

见此情景不会猜错，那支巡逻队是沙威半路遇见并调用来的。

沙威的两名助手也走在队列中。

根据他们行进的速度和停顿的情况，可以计算出他们还得一刻钟，才能到达冉阿让所在的地点。这一时刻万分危急，他第三次面临可怕的深渊，再过几分钟就坠落下去。这回判处苦役，就不单纯是服苦役的问题了，还意味珂赛特断送一生，要成为孤魂野鬼了。

只有一个办法可行了。

冉阿让有这样一个特点，可以说他身上有个褡裢，一头囊中装着圣徒的思想，另一头囊中装着苦役犯的惊人才能。他掏哪头行囊，要视情况而定。

从前他在土伦服苦役，曾多次企图越狱，练就一整套本领，其中攀登一技堪称高手，令人难以置信。我们还记得，他不用梯子，不用扣钉，仅凭自身肌肉的力量，运用后颈、肩头、臀部和双膝，稍稍撑一下砌石偶然的突起部分，就能顺着两面墙构成的直角一直登上七层楼。二十年前，囚犯巴特摩勒就是运用这种技巧，从巴黎裁判所附属监狱逃走，致使那处墙角既令人惊恐，又大名鼎鼎。

冉阿让看着探出椴树枝的墙头，目测一下高度，约有十八法尺。这堵墙和那座大楼的山墙的切角里，砌了一个三角形砖石墩，大概防范人称行人的那些粪虫到这异常方便的角落行方便。这类墙角防护墩在巴黎相当普遍。

这个砖石墩约五法尺高。墩顶距墙头，多说有十四法尺。

墙头盖了石板，没有披檐。

事情难在珂赛特，她不会爬墙。丢下她吗？冉阿让连想也不想。驮她上去又不可能。这种奇特的攀登，需要他使出全身的力气，哪怕一点点累赘，也能让他失掉重心而栽下去。

要有一条绳子。冉阿让身上没带。大半夜的，在波龙索街，到哪儿去找绳子呢？此刻，冉阿让若是拥有个王国，也会拿去换一条绳子。

危难关头总有闪光，有时令我们头晕目眩，有时叫我们心明眼亮。

冉阿让绝望的目光碰到洋罗死胡同的路灯杆。

当时巴黎街头还没有煤气路灯，只有带反射镜的油灯，每隔一段距离设一盏，天要黑时点亮，用绳子拉起或放下。那灯绳从空中横拉过街道，安在杆子的槽里，收放灯绳的绞盘装在灯下面一个铁盒里，钥匙由点灯工保管。灯绳下半段则用金属管保护。

冉阿让拿出殊死斗争的劲头儿，一个箭步蹿过街道，冲进死胡同，用刀尖撬开小铁盒的销闩，转瞬间又回到珂赛特身边。他有了绳子。这些不幸的人，同命运搏斗总能急中生智，行动干脆利落。

前面交代过，这天夜晚没有点路灯。洋罗死胡同和别处一样，路灯是黑着的。有人就是从旁边走过，也不会注意那盏灯不在原来位置上了。

然而，时辰那么晚，在那种地方，周围那么黑暗，冉阿让又神色惶遽，行为怪异，忽来忽往，这一切开始让珂赛特不安了。换个别的孩子，早就惊叫起来了，而她只是扯扯冉阿让的衣襟儿。巡逻队走近的脚步声一直听得见，而且越来越清晰了。

"爹，"她小声说，"我怕。那是谁来啦？"

"别出声！"不幸的人回答，"那是德纳第婆娘。"

珂赛特打了个寒噤。冉阿让又说道："别说话，让我来对付。你若是喊叫，若是哭，那么德纳第婆娘就会找来，把你抓回去。"

接着，他解下领带，扎在孩子的腋下，注意松紧适度，再把领带同绳子的一端系住，打了个海员所说的燕子结，咬住绳子另一端，脱下鞋袜扔过墙头，这一系列动作，不慌不忙，又干净利索，绝不重复，在巡逻队和沙威随时可能突然出现的这种时刻，尤为显得出色。然后，他跳上那砖石墩，身子贴住墙壁和山墙的切角往上爬，动作十分沉稳，就好像脚跟和臂肘下有梯级似的。只用了半分钟，他就跪在墙头上了。

珂赛特惊呆了，一声不响地望着他。冉阿让的叮嘱，以及德纳第婆娘的名字，早把她吓呆了。

忽然，她听见冉阿让轻声喊她："背靠在墙上。"

她照办了。

"不要出声，也不要害怕。"冉阿让又说道。

珂赛特感到双脚离了地。

她还未弄清是怎么回事，就被拉上墙头了。

冉阿让抓住她，放到自己背上，用左手拉住她两只小手，匍匐爬到斜壁上。他判断得不错，果然有一座小房，房顶与那木墙头相连，拂着椴树枝，坡度也平缓，披檐离地面不高。

这境地很可喜，因为墙里比临街一面高得多。冉阿让往下看，地面相当幽深。

他爬到斜屋顶，手还未放开墙脊，就听见一片喧扰，表明巡逻队赶到了，又听见沙威如雷的声音说道："搜这个死胡同！直壁街有人把守，皮克普斯小街也守住了。我敢打保票，他在这死胡同里！"

士兵冲进洋罗死胡同。

冉阿让背着珂赛特，顺屋顶滑下去，碰到椴树，便跳下地。也许由于恐惧，也许由于勇敢，珂赛特一声未出，她双手擦破了点皮。

六、谜的开端

冉阿让发现到了一座园子。园子很大，但形貌奇特，景色凄凉，仿佛建来专供人在冬夜观赏。园地呈长方形，里侧有一条林荫道，长着两排高大的杨树，角落还有一片高树，园中央是一片没有阴影的空地，只挺立一棵大树，另有几棵果树，枝干蜷曲，支棱八翘，好似大丛荆棘。此外，还有几畦菜地、一块瓜田，只见瓜秧培育罩在月光下闪闪发亮，旁边有一口排污水古井。几条石凳散布在各处，黑糊糊的，好像长了苔藓。一条小径两旁都栽有挺直幽暗的小树，路径半边杂草侵占，半边青苔覆盖。

冉阿让旁边有一所房子，他正是从那房顶滑下来的。还有一个柴堆，柴堆后面靠墙有一尊石像，面部损坏，成为一副畸形面具，在黑暗中若隐若现。

房子破烂不堪，只见几间屋子的门窗都拆毁，只有一间好像改作仓房，里边堆满杂物。

临直壁街延至皮克普斯小街高起来的那座大楼，有两面对着园子，呈直角突进来。园内这两面比临街那两面显得凄惨，窗户全安了铁栏，没有一点灯光；楼上几层还装有窗斗，同监狱的窗户一样。一面墙投在另一面墙上的阴影，又落到园地上，犹如巨幅黑布。

再也望不见别的房舍，园子尽头隐没在夜雾中。不过，有些纵横交错的墙头还依稀可见，仿佛园外还有园子；波龙索街的低矮房顶也依稀可见。

想象不出还能有比这更荒僻更冷清的园子了。园中一个人也没有，这很简单，时间太晚。可是这地方，即使在中午，好像也不适合人来散步。

冉阿让要做的头一件事，就是找到鞋子，重新穿上，然后带珂赛特走进仓棚。逃跑的人，总觉得自己藏匿的地点不够隐蔽。孩子还一直留心德纳第婆娘，她出于同样的本能，也尽量蜷伏起来。

珂赛特浑身战栗，紧紧靠着他。他们听见巡逻队搜索死胡同的喧闹声、枪托碰到石头的声响、沙威招呼他布哨的警察的喊声，以及他那掺杂着无法听清的话语的咒骂声。

过了一刻钟，那种狂吼的风暴渐渐离去。冉阿让敛声屏息。

他的手一直轻轻按着珂赛特的嘴。

不过，他置身的荒僻之地幽静得出奇，外面的喧嚣那么凶，又那么近，却丝毫也没有惊扰这里面。这里的墙壁，就像是用《圣经》里所说的哑石砌成的。

然而，在这一片沉寂中，忽然响起一种新的声音，是来自上天的无比美妙的仙音，跟刚才那阵可怕的喧闹，恰成鲜明的对照。这是从黑暗中传出来的天主颂歌，是在朦胧夜色和可怕寂静中由祈祷与和声汇成的炫目之光。这是妇女的声音，由贞女纯洁的声调和女孩天真的声调组合。这不是人间的声音，而像新生婴儿还听得到、垂死之人已经听到的声音。这歌声从屹立在园中的灰暗大楼里传出来。在魔鬼的喧嚣离去的时刻，从夜色中继之而来的仿佛是天使的合唱。

珂赛特和冉阿让一同跪下。

他们并不知道这是什么，也不知道身在何处，但是这老少二人，一个赎罪者和一个无罪者，都感到应当下跪。

这声音的奇特之处，就是并不妨碍大楼给人空荡荡的印象，听来就像空楼传出的超自然的歌。

冉阿让听着歌声，什么也不想了。他眼前不再是漆黑的夜，而是蔚蓝的天空。他感到我们每人心中都有的翅膀要展开了。

歌声止息。这歌声也许持续很久，冉阿让说不准。陶醉忘情的时间，从来就像一刹那。

周围又沉寂下来。街上悄无声息，园内也悄无声息了。凶险恐怖的、给人慰藉的，所有声响都消失了。只有墙头上的几株枯草在风中抖瑟，微微发出凄惶的声响。

七、谜的续篇

夜晚的寒风刮起来了，表明已是凌晨一两点钟。可怜的珂赛特一声不吭，挨着冉阿让坐在地上，头靠着他的身子。冉阿让以为她睡着了，就低头瞧了瞧，看见她睁大眼睛，一副沉思的样子，心中不禁一阵难过。

她浑身一直发抖。

"想睡觉吗？"冉阿让问道。

"我冷。"孩子答道。

过了一会儿，她又说："她还在那儿吗？"

"谁呀？"冉阿让反问道。

"德纳第太太呀。"

冉阿让已经忘了让珂赛特噤声的办法。

"唔！"他说道，"她走了，不用怕了。"

孩子叹了一口气，好像一块石头从胸口拿掉了。

地面潮湿，破棚四处透风，而晚风也越来越冷了。老人脱下外衣，给珂赛特裹上。

"这样暖和一点了吧？"他问道。

"嗯，爹！"

"那好，你等我一会儿，我这就回来。"

他走出破棚，开始顺着大楼查看，想找个更好的避身之所。他看到好几扇门，但是都关着，楼下的窗户也都安了铁栏。

他绕过大楼的里角，发现几扇圆拱窗透出亮光，于是在一扇窗前踮脚往里望。这些窗户全开在一座相当宽敞的厅堂外，厅堂地面铺了宽幅石板，由拱廊石柱间隔开，只见一点微光和巨大的阴影，什么也看不清楚。光亮来自挂在墙角的一盏长明灯。大厅空荡荡的，没有一点儿动静。不过，他极力凝望，似乎看见石板地上有什么东西，好像一个人体的形状，盖着一块裹尸布。那东西面朝下，直挺挺地趴在石板地上，两臂平伸，全身构成一个十字，但纹丝不动，就跟死了一般。看着石板上伏着一条蛇似的东西，真以为那骇人的形体脖子上套根绳索。

整个大厅灰蒙蒙的，灯光幽暗，平添了几分恐怖的气氛。

后来冉阿让常说，他一生也见过不少怖怪的景象，但还没有比这形体更令人胆战心寒的。这谜一样的形体，僵卧在这阴森的地方，在夜色中隐约可见，该是多么神秘莫测啊。设想那东西可能是死的，就够吓人了；设想那可能是活的，就更吓人了。

冉阿让还算有胆量，脑门儿贴着玻璃窗，窥视那东西动不动，这样徒然地待了一会儿，觉得过了很长时间，那僵卧的形体始终纹丝不动。突然，他感到被一种无名的恐惧所震慑，就慌忙逃开了。他跑回仓棚，一路不敢回头望一望，觉得一回头，就会看见那僵尸晃动手臂，大步流星地跟在后面。

他气喘吁吁回到破棚，双膝发软，腰间出了汗。

他到了什么地方？谁能想象得出，在巴黎市区，竟有这种鬼蜮？那奇异的楼房是什么场所？充满黑夜神秘的建筑，在黑暗中以天使的歌声招引灵魂，等招来灵魂，又赫然展示这种可怖的景象；本来许诺打开光辉灿烂的天国大门，却打开了阴森恐怖的墓穴之门！而这确确实实，是一座建筑，一座楼房，临街有门牌号！这绝非梦幻！他要摸一摸墙上的石头才相信。

寒冷，惶恐，忧虑，这一夜的惊扰，真把他弄得浑身燥热；千头万绪，在他头脑里乱成一团麻。

他走近珂赛特，见她睡着了。

八、谜上加谜

孩子枕着石头睡着了。

冉阿让在她身边坐下，开始端详她的睡容。在端详的同时，他的情绪也渐渐平静下来，又能重新把握思想的自由了。

他清楚地认识这样一个现实，也就是他余生的底蕴：只要这孩子还在，只要在他身边，他就除了为她以外什么也不需要，他就除了因她以外什么也不害怕了。他脱掉外衣盖在孩子身上，甚至没有感到自己身子很冷。

这阵工夫，他在冥思遐想中，听见一种奇特的声响，好像摇动的铃铛声。声音来自园内，虽然微弱，但是听得很真切，如同夜间牧场上牲口颈下小铃铛发出的幽微的音乐。

冉阿让闻声回头张望。

他定睛一看，发现园里有一个人。

那像个男人，走在瓜田的秧苗培育罩之间，不时停下，弯下腰又直起来，仿佛在地上拖着或者展开什么东西。那人走路好像一瘸一拐。

冉阿让浑身一哆嗦。不幸的人就是这样，动辄惊悸，看什么都可疑，都有敌意。他们提防白天，因为白天容易让人看见；他们也提防夜晚，因为夜晚容易让人突袭。刚才因为园子阒无一人，他心惊肉跳；现在园里有了人，他也心惊肉跳。

他从虚无缥缈的恐惧，又跌入实有真切的恐惧，心想沙威和警探也许没有离开，必定留人在街上守望。这个人万一发现他在园内，就要大喊捉贼，把他交出去。于是，他轻轻抱起熟睡的珂赛特，移到仓棚最里面的角落，放在一堆搁置不用的旧家具后面。珂赛特一动也不动。

他从里面观察瓜田上那个人的行迹。奇怪的是，铃声完全随着那人的动作而变异。人近声近，人远声远。他动作急促，铃声也急促，他停下不动，铃声也止息。显然，铃铛系在那人身上。可是，这其中有什么奥妙呢？那究竟是什么人，像牛羊一样系着铃铛呢？

他一面在心中提出这些疑问，一面伸手摸摸珂赛特的手，感到她的小手冰凉。

"上帝啊！"他叹道。

接着，他就低声唤她："珂赛特！"

珂赛特不睁眼。

他又用力推她。

她也不醒来。

"她别是死了吧！"他说着，就霍地站起，从头到脚浑身战栗。

他惊慌失措，一阵胡思乱想。有时候，可怕的设想如同一群疯魔，猛烈袭击我们，要冲破我们的脑颅。一涉及我们所爱的人，我们就慎而又慎，凭空想出各种荒唐的情况。他忽然想道，寒冷的冬夜，露天睡觉会丧命。

珂赛特面无血色，一动不动，瘫在他脚下的地上。

冉阿让倾听她的呼吸，感到她还喘气，但气息微弱，快要断了。

怎么让她暖和过来呢？怎么把她叫醒呢？与此无关的念头，全从他头脑里消失了。他发狂似的冲出破屋。

刻不容缓，一刻钟之内，必须把珂赛特放到火前和床上。

九、佩戴铃铛的人

冉阿让径直朝园里那人走去，手里攥着从坎肩兜里掏出来的一卷钱。

那人低着头，没有瞧见他走近。冉阿让几步就跨到他跟前。

他开口就喊道："一百法郎！"

那人吓了一跳，抬起眼睛。

"一百法郎给您赚，"冉阿让又说道，"只要您给我一个过夜的地方！"

月亮迎面照着冉阿让那惊慌的脸。

"咦，是您啊，马德兰老爹！"那人说道。

这名字，在黑夜的这一时辰，在这陌生之地，由这陌生人叫出来，使冉阿让连连后退。

他准备好应付任何局面，就是没有料到这一点。同他说话的是位老者，背驼腿瘸，身上的穿戴跟农民差不多，左膝绑条皮带，挂一个挺大的铃铛。他的脸背着月光，看不清楚。

这时，那老人摘下帽子，提高嗓门颤抖地说：

"天主啊！您怎么在这儿，马德兰老爹！耶稣上帝啊，您是从哪儿进来的？是从天上掉下来的吧？这不难猜，您若是真的掉下来，那只能是从天上。您怎么这身打扮！没扎领带，没戴帽子，也没穿外衣！不认识您的人见了会吓着的，您知道吗？天主上帝啊，如今的圣徒全疯了吗？真的，您是怎么进来的？"

一句紧接一句，老人像乡下人那样爽快，说起话来滔滔不绝，但决不让人下不来台。语气中既流露出惊讶，又显得天真而淳朴。

"您是谁？这里是什么宅院？"冉阿让问道。

"嘿，老天爷，太过分啦！"老人高声说，"我就是您安置在这儿的呀，这个宅院，就是安置我的地方啊。怎么！您认不出我来啦？"

"不认识，"冉阿让说，"我怎么会认识您呢？"

"您救过我的命啊。"那人又说。

他转过身，一束月光照见他的侧面，这下冉阿让认出是割风老头儿。

"哦！"冉阿让说，"是您吗？对，我认出您了。"

"还真行！"老人带着责备的口气说。

"您在这儿干什么？"冉阿让又问道。

"还用问！我在盖瓜秧苗呀！"

刚才冉阿让上前搭话时，割风老头儿确实提着一片草席，正要盖在瓜田上。而且，他到园子里来已有个把钟头，盖了相当一片了。冉阿让在破屋观察到的，正是他这种奇特的动作。

他继续说道：

"出来之前我心想，要上冻了，趁着月亮地儿，干吗不给瓜秧披上大衣呢？"他看着冉阿让，哈哈大笑，又补充说道："真的，您也应当披上一件啊！对了，您怎么在这儿呢？"

冉阿让心中暗道，这人既然认识他，至少知道他叫马德兰，那么自己就要谨慎从事，于是一连串提了许多问题。事情也真怪，双方似乎调换了角色，他这个不速之客，反倒盘问起人家来了。

"您膝上挂个铃铛干什么？"

"这个？"割风回答，"这是让别人避开我呀。"

"什么？让别人避开您？"

割风老头儿诡秘的样子，挤眉弄眼地说："当然喽！这大楼里住的全是女的，还有不少年轻姑娘，好像撞见我会有危险。铃声警告她们回避。我一来，她们就纷纷走开。"

"这是什么宅院啊？"

"嗳！您还不知道？"

"我真的不知道。"

"是您安置我到这儿来当园丁的呀！"

"回答我的话，就当我根本不知道。"

"好吧，这就是小皮克普斯修道院呀！"

冉阿让想起来了。两年前，割风老头儿出了车祸，成了残废，由他介绍到圣安托万区修道院来，而他恰恰闯到这里，真是巧遇，也是上天的安排。他自言自语似的重复道：

"小皮克普斯修道院！"

"是啊，不过，"割风又说，"您，马德兰老爹，真见鬼，您是怎么进来的？您是个圣徒也没用，总归是个男人，是男人就不许进这里。"

"您不是能在这儿嘛。"

"只有我一个例外。"

"不管怎么说，我得留在这儿。"冉阿让又说道。

"上帝啊！"割风叹了一声。

冉阿让凑到老人面前，严肃地说："割风老爹，我救过您的命。"

"这还是我头一个想起来的。"割风回答。

"那好，从前我为您做的事，今天您也能为我做了。"

割风两只皱巴巴的老手，颤抖着拉住冉阿让两只结实的大手掌，好一阵说不出话来，最后才高声说道：

"我若能报答您一点儿，那真是慈悲上帝的恩惠！我！救您的命！市长先生，用得着我这老头儿，您就吩咐吧！"

这老人一阵喜悦，连容貌都变了，脸上似乎焕发出光彩。

"您让我干什么？"他又说道。

"等一下我再向您解释。您有一间屋吗？"

"有一所破板房，在老修院破房后边，孤零零在一个隐蔽的角落，谁也看不见。有三个房间。"

果然，破棚在老楼后面，被遮住，十分隐蔽，谁也瞧不见，冉阿让也没有发现。

"很好，"冉阿让说，"现在，我要求您两件事。"

"什么事，市长先生？"

"头一件，关于我的情况，您对谁也不要讲。第二件，我的事您不要多问。"

"听您的。我知道您只能干正当的事，您始终是慈悲上帝的人。再说，是您把我安置在这儿的。这是您的事儿。我听您的。"

"一言为定。现在随我来，一道去找孩子。"

"啊！还有孩子！"割风说道。

他不再多说一句话，像狗随主人一样跟着冉阿让。

没过半小时，珂赛特睡在老园丁的床上，烤着旺旺的炉火，脸蛋儿就又变红了。冉阿让重又打上领带，穿上外衣，也找到了从墙头扔过来的帽子。冉阿让这边穿上外衣时，割风那边也解下系铃带，挂到背篓旁边一根钉子上，算是墙壁的点缀。割风往桌子上放一块奶酪、黑面包、一瓶葡萄酒和两只杯子；二人臂肘撑着桌子烤火，老头儿一只手按住冉阿让的膝盖，说道：

"唉！马德兰老爹！您没有一下子认出我来！您救了人家的命，却把人家给忘啦！噢！真不够意思！人家还总记着您！您这人真没良心！"

十、沙威如何扑空

这一系列事件，我们可以说看到了反面，其实发生的经过极其自然。

冉阿让在芳汀去世的床边，被沙威逮捕，当天夜里，他就逃出了海滨蒙特伊市监狱。警方推测，这个越狱的苦役犯必定前往巴黎。巴黎是吞没一切的大漩涡，如同大海的漩流一样，什么人进入这人世的漩流都会消失。巴黎藏匿一个人的踪迹胜过任何森林。各式各样的亡命之徒都深知这一点。他们奔向巴黎，就像钻进无底洞，而有些无底洞确是避难之所。警方也深知这一点，因此在别处丧失了线索，就到巴黎去寻觅。警方确在巴黎查访海滨蒙特伊的前市长。沙威也调到巴黎协同破案，他在重新逮捕冉阿让归案过程中，的确卖了很大力气。安格莱斯伯爵主管警察总署时，秘书夏布叶先生注意到在这件案子中，沙威表现出的忠勇和智慧，而且，当初他就提拔过沙威，趁这次机会，就把这个警探从海滨蒙特伊调到巴黎总署供职。沙威调到巴黎之后，屡次立功，其表现——还是明说吧，尽管这个字眼用于这种差使未免出人意料——忠勤可嘉。

天天出猎的狗追捕今天的狼，就会忘掉昨天的狼。同样，沙威也不再想冉阿让了，直到1823年12月，他这从不看报的人忽然看了一份报纸，作为保王党徒，他要了解"亲王大元帅"[1]凯旋，进入巴约讷城的详细报道。他看完感兴趣的一篇报道，在版面下端发现一个名字，是冉阿让，引起他的注意。报纸报道苦役犯冉阿让死了，发布了正式消息。沙威看了深信不疑，随口说了一句："那真是个好下场。"他扔了报纸，就不再想这事了。

不久，赛纳－瓦兹省警察厅转给巴黎警察总署一份报单，是发生在蒙菲郿乡的拐带儿童案，情节相当离奇。一个七八岁的小姑娘，由母亲托付给当地一个小客店主抚养，被一个陌生人拐走。小姑娘名叫珂赛特，是一个名叫芳汀的女子的女儿，那女子已死在医院中，时间地点不详。沙威看到这份报单，便又想起旧事。

芳汀这名字，他很熟悉，还记得冉阿让曾请求宽限三天，去领那贱人的孩子，当时引起他沙威哈哈大笑。他又想起，冉阿让是要上去蒙菲郿的驿车时被捕的。有些迹象表明，当时他是第二次搭那趟车了，前一天他到过那村子附近，只是因为没人见他进村子。他到蒙菲郿那地方去干什么？当时令人费解，现在沙威恍然大悟：芳汀的女儿在那里，冉阿让要去接她。而现在，那孩子被一个陌生人拐走。那陌生人究竟是谁呢？莫不是冉阿让？可是冉阿让死了啊。沙威没有对任何人提这事儿，就到木板死胡同锡盘车行租了一辆单人马车，前往蒙菲郿。

他满以为到了那里，就能弄个水落石出，谁料又坠入雾里雾中。

出了那事儿的最初几天，德纳第夫妇心中懊恼，不免张扬了一阵。云雀失踪的消息在村里传开了，而且立刻出现几种说法，最后归结成拐带儿童案。这就是警局报单的由来。然而，德纳第气过一阵之后，凭他那灵敏的本能，很快就意识到惊动检察官先生，绝不会有什么便宜，他就"拐走"珂赛特之事告官，产生的头一个后果，就是把司法那炯炯的目光引到他德纳第身上，引到他所干的许多不清白的事情上。猫头鹰最忌讳的事，就是

1　亲王大元帅：指昂古莱姆公爵。1823年4月，他率法军进入西班牙，镇压那里的资产阶级革命。

有人把一支点燃的蜡烛拿到面前。首先一点，他收了一千五百法郎，又怎能脱离干系呢？于是，他来个急刹车，又把他老婆的嘴堵上，再有人向他提"拐走的孩子"，他就故作惊讶，表示莫名其妙，说他舍不得那宝贝孩子，出于感情想多留她两三天，可是人家不由分说把孩子"抢走"，当时他固然抱怨了几句，但来领孩子的人是她祖父，这是天经地义的事儿。他编出个祖父来，效果极佳。沙威来到蒙菲郿，听说的就是这个故事。出来个祖父，冉阿让就化为乌有了。

不过，沙威还是追问了几句，想探探德纳第那套话的虚实。

"那祖父是个什么样的人？他叫什么名字？"

德纳第爽快地回答：

"是个有钱的庄稼人。我看了他的通行证，记得他叫吉约姆·朗贝尔先生。"

朗贝尔是个善良的名字，听了叫人放心，沙威又回巴黎去了。

"冉阿让那家伙明明死了。"沙威心想，"我犯什么糊涂。"

这件事他又丢在脑后了，到了1824年3月间，他听说圣美达教区住着一个怪人，人称"好施舍的乞丐"。据说那人靠年息度日，真名实姓却无人知晓，他独自带一个八岁的小女孩生活，对那女孩也一无所知，仅仅知道她是从蒙菲郿来的。蒙菲郿！这个地名总是反复出现，这回又让沙威竖起耳朵。有一个老乞丐，从前在教堂当过执事，后来给警察当眼线，他就常得到那怪人的施舍，他还提供一些情况："那个吃年息的人特别怕同人交往……总是天黑才出门……跟谁也不说话……只是偶尔跟穷人说两句……也不让任何人接近。他穿一件黄色旧礼服，破烂不堪，但里边缝满了钞票，价值几百万。"这些话引起沙威极大的好奇心，他想接触一下，瞧瞧那个怪息爷，又不打草惊蛇，有一天就向当过教堂执事的老眼线借了那身破衣裳，到他每天傍晚边念祷文边侦察的老地方。

"那可疑的人"果然来了，走到化了装的沙威面前，施舍了钱。沙威趁机抬头看一眼，以为见了冉阿让，而冉阿让也以为见了沙威，二人都同样一惊。

然而天太黑，可能认错人。冉阿让的死讯正式公布过，因此，沙威还心存疑虑，而且是重大的疑问。沙威是个一丝不苟的人，在犯疑的时候决不乱抓人。

他跟踪那人，一直跟到戈尔博老屋，向"老太婆"了解情况，这不费什么周折。老太婆向他证实了那外衣衬里有好几百万，还讲了兑换那张一千法郎钞票的事例。她亲眼看到！她亲手摸到！于是，沙威租下一间屋，当天晚上住进去，还到那神秘的房客门口偷听，可望听到他的嗓音。然而，冉阿让从锁眼发现了烛光，就不做声了，挫败了警探的计谋。

次日，冉阿让准备溜之大吉，可是，那枚五法郎银币落地的声响，引起老太婆的注意，她心想那房客要迁走，就急忙通知了沙威。到了夜晚，冉阿让出去的时候，沙威带两个人已经守候在大道旁的树后了。

沙威又到警署要了帮手，但是没有透露他要抓的那人姓名。这是他的秘密，他谨守秘密有三条理由：首先，稍有不慎，就可能引起冉阿让的警觉；其次，追捕一个公认死了的老逃犯，追捕一个法院案底曾列入"最危险的匪徒"之类的一个罪犯，如能逮捕归案，就是大功一件，这样一个案子，巴黎警署的老人绝不会让沙威这样一个新来乍到的人去办；最后，沙威是个讲究技艺的人，喜欢出奇制胜，他讨厌那种老早就宣布、谈得乏了味才得到的功绩。他要暗中准备杰作，然后赫然展示出来。

沙威从一棵树到另一棵树，跟踪冉阿让，再从一个街角到另一个街角，一刻也没有失掉目标。即使在冉阿让自以为十分安全的时候，沙威的眼睛也盯着他。

为什么沙威不逮捕冉阿让呢？那是因为他仍有疑虑。

回想一下，那时候警察不能为所欲为，还受自由言论的约束。报纸曾揭露几起武断的逮捕事件，在议会里引起反响，致使警署畏首畏尾了。侵犯人身自由是严重的事件。警察害怕错抓了人，署长责怪下来，一个过错就砸了饭碗。设想一下，二十种报纸同时刊登一则短讯，会在巴黎引起什么后果吧：昨天，一位可敬的老息爷领着八岁的孙女散步，被警察认作在逃的苦役犯逮捕，押进警署大牢！

此外，我们还要重复一遍，沙威本人也有顾虑。上级叮嘱，自己内心也百般叮嘱，他确确实实把握不准。

冉阿让背对着，一直走在黑地里。

往日的忧伤、不安、焦虑、沮丧，今天又遭不幸，不得不连夜潜逃，在巴黎临时为珂赛特和自己找个藏身之所，走路又必须适应这孩子的步伐，这一切，在冉阿让不知不觉中，改变了他走路的姿势，还给他躯体的习惯动作增添了龙钟的老态，这就势必让沙威所体现的警方产生错觉，而且他确也产生错觉了。沙威本来就没有把握，跟踪又不能靠得太近，看那人一身落魄学究的打扮，想起德纳第把他说成祖父的证词，尤其公认为他已死在服刑期间，因此，这个警探就更加疑虑重重了。

有一阵，他真想突然上前检查那人证件。可是转念又一想，即使那人不是冉阿让，也不是安分守己的老息爷，那他也不是个善类，很可能同巴黎的犯罪团伙有渊深而密切的关系，他很可能是匪帮的危险盗魁，平日施舍点钱财，以掩饰他其他的本领，这是掩人耳目的老伎俩了。他一定有党羽，有同伙，有应急的巢穴。他在街上所走的迂回曲折的路线表明，那家伙决不那么简单。下手太快，无异于"杀鸡取卵"。再等一等，又有何不可呢？沙威确信他跑不掉。

直到相当晚的时候，在蓬图瓦兹街，他才借着一家酒馆的明亮灯光，确认那是冉阿让。

世上有两种生灵能在心灵深处战栗：一是寻回孩子的母亲，一是抓到猎物的猛虎。沙威就在内心深处战栗起来。

他一确认了可怕的苦役犯冉阿让，就发觉他们只有三个人，于是到蓬图瓦兹街派出所请求帮手。

先要戴上手套，才能去抓带刺的木棍。

这样一耽搁，他又在罗兰十字路口同警探商量，就险些失掉目标。不过，他很快就断定，冉阿让必是过了河，以便甩掉追踪的人。他低头想了想，就好像猎犬鼻子贴着地面要辨准踪迹似的。沙威凭着本能的精确判断，径直走向奥斯特利茨桥，一句话就问明了情况。"您看见一个男人带着一个小姑娘吗?"他问过桥收费员。"我让他交了两苏钱。"收费员答道。沙威一上桥,恰好望见冉阿让在河对岸,拉着珂赛特走过月亮地的一片空场,还望见他走进圣安托万绿径街。他想到洋罗死胡同在那里好似陷阱,只有直壁街通往皮克普斯小街的唯一出口。正如猎人所说,他要"赶到前面堵截",急忙派了一个人绕道去守住那个出口。一个巡逻队要返回兵工厂营房,正巧经过那里,沙威就调用来协同追捕。在这类较量中,大兵就是王牌。再说,要猎获野猪,猎人用智,猎犬用力,这也是原则。这样布置完毕,沙威感到冉阿让已入围,右有洋罗死胡同,左有埋伏,后有他沙威追赶,想到此处,他不禁取一撮鼻烟嗅嗅。

接着,他开始耍戏了。一时间,他心怀杀机,乐不可支,明知对手跑不掉了,还故意让他在前面奔逃,尽量推迟下手的时间,品味已捉住对手又看着他自由行动的快感,如同蜘蛛让苍蝇翻飞,猫儿让老鼠逃窜,拿眼睛盯着时所感到的乐趣。猛禽猛兽的利爪都有一种凶残的肉欲:爪下猎物的心惊肉跳。这种生杀予夺,该有多么快活!

沙威好不开心。他的网结得十分牢固,胜券在握,只需合拢手指了。

他的人手这么多,冉阿让再怎么健壮,再怎么凶猛,再怎么拼命,也抗拒不了啦。

沙威稳步前进,一路搜索街头的每个角落,如同搜查窃贼的每个衣兜。

到了他结的蜘蛛网中心,苍蝇却不见了。

不难想象他该多么气急败坏!

他盘问布置在直壁街和皮克普斯小街路口的岗哨。那警察坚守哨位,根本没看见那人过去。

猎犬围住的鹿,有时会蒙混出去,也就是说逃脱,多老的猎人遇到这种情况,也只好哑口无言。杜维维埃、利尼维尔和德斯普雷兹也都不知所措。阿尔东日碰到了这种倒霉事,不禁嚷道:"那不是鹿,而是个巫师。"

沙威也真想这样大吼一声。

他那种失望,一时近乎绝望和盛怒。

毫无疑问,拿破仑在俄罗斯征战中犯了错误,亚历山大在印度征战中

438

犯了错误，恺撒在非洲征战中犯了错误，居鲁士在西徐亚征战中犯了错误，同样，沙威在征讨冉阿让之战中也犯了错误。他也许错在犹豫不决，没有确认这个老苦役犯，本来他看一眼就行了。他错在到那破楼房里，没有直截了当地去抓他。他也错在既然在蓬图瓦兹街认定了，却没有立刻下手。他还错在到了罗兰十字路口，站在月亮地里同助手商量。主意多固然有用，了解和征询忠实的狗的意见也是好的。然而，猎人追捕多疑的野兽，例如追捕豺狼和苦役犯时，就不应该过于审慎。沙威考虑太多，一路让狗群辨认踪迹，反而打草惊蛇，把野兽吓跑了。他尤其错在既然在奥斯特利茨桥上重又发现踪影，却还要搞那种奇特而天真的游戏，用一根线遥控那样一个人。他过高估计了自己，以为能跟一头狮子玩捉老鼠的游戏。同时，他又过低估计了自己，认为必须请求增援，延误了宝贵的时间，坐失良机。沙威犯了这一系列错误，仍不失为一个历来最精明最标准的警探。他完全够得上在围猎的术语中所说的"一条乖狗"。况且，谁又能十全十美呢？

最伟大的战略家也有失算的时候。

重大的蠢事也跟粗绳索一样，是由许多股拧成的。把绳索一股一股拆开，把具有牵力的一丝一缕分开，然后一根根拉断，你就会说："不过如此！"再把那一根根编织起来，拧在一起，那就非同小可了。那就是东征马西安还是西讨瓦伦提尼安，游移不定的阿提拉；那就是在加普亚流连忘返的汉尼拔；那就是在奥布河畔阿尔西酣睡的丹东。

不管怎样，沙威发现冉阿让逃脱了，并没有张皇失措。他确信在逃的苦役犯不会走远，便布置暗哨，设置陷阱和埋伏，在这个街区搜索了一整夜。他首先看到路灯错了位，灯绳剪断了。这一线索很宝贵，却把他引入歧途，使他搜索的重点转向洋罗死胡同。死胡同里有几处围墙相当矮，里面的园子隔着围篱就是大片荒地。冉阿让显然从那里逃跑了。其实，当时冉阿让若是往洋罗死胡同里多走几步，就很可能那样做，那么他就完了。沙威像找一根针似的，搜遍了那些园子和荒地。

黎明时分，他留下两个精干的人继续观察，而他返回警署，自觉汗颜无地，好似被个小偷耍了的一名警探。

第六卷　小皮克普斯

一、皮克普斯小街62号

皮克普斯小街62号那道大车门，在半个世纪前再普通不过了。平日，那道门总是半掩着，特别引人注目，只见里边呈现两样不算十分惨不忍睹的景物：一座围墙爬满青藤的院落，一张闲溜达的门房的面孔，对面的墙头探出几棵大树。每当一束阳光给院子带来欢快的气氛，每当一杯酒给门房增添欢喜的神气，那么，从皮克普斯小街62号门前经过的人，就很难不受感染，不带走一分愉快的心情。然而，那地方看上去相当凄黯。

门扇咧开微笑，而楼房却在祈祷并哭泣。

假如我们能通过门房那一关——那绝非易事，几乎没人办得到，因为，必须知道"芝麻，开门！"那样一句咒语才行。假如过了门房那一关，再走进右首的一个小门厅，就会看见两堵墙之间只能容一人通过的窄楼梯。假如我们没让墙上的鹅黄色和沿楼梯墙脚的巧克力色吓住，壮着胆子登上楼梯的一层平台，再登上二层平台，就到达二楼的楼道，发现墙上的鹅黄色和墙脚的巧克力色紧追不舍，悄悄跟上了二楼，而光线从两扇美丽的窗户透进来，照亮了楼梯和楼道。不过，楼道拐了个弯就昏暗了。假如我们也拐过弯，再往前走几步，便到了一扇门前，见它没有关闭而尤觉神秘。推门进去，是一间小屋，约六法尺见方，方瓷砖地擦洗过，墙上糊了十五苏一卷的小绿花南京壁纸，整个屋子显得洁净而清冷。一大扇小格玻璃窗占了整个左首一面墙，透进黯淡的白光。扫视周围，不见一人；侧耳细听，毫无动静，既听不见脚步，也听不见人语。墙壁光秃秃的，房间没有家具，连一把椅子也没有。

再仔细瞧瞧，就会看见房门对面的墙上有个一法尺见方的洞，洞口安装了铁网，牢固的黑铁条交叉打结，构成小方孔，而方孔的对角可以说不到一法寸[1]半。南京壁纸的小绿花平静而整齐，一直排列到铁网，并不因为接触阴森可怖的东西就惊慌失措，四处逃散。一个腰身多么纤细的人，若想从小方洞出入也不可能。那铁网不会放过躯体，只能放过眼睛，也就是说放过精神。这一点似乎早就有人想到，因此铁网靠里一点的墙洞里，还镶嵌了一块白铁皮，白铁皮上有无数小孔，比漏勺眼还小。铁皮下方开了一个长口，跟信箱口一样。还有一根铃绳带子，从铁网右边洞里垂下来。

如果你拉一拉那条带子，就会叮当响起铃声，还会听见一个人的声音，近在咫尺，能吓你一哆嗦。

"谁呀？"那声音问道。

那是一个女子的声音，十分轻柔，轻柔得有点悲切了。

到了这一步，还有一句咒语必须掌握。如果不知道，那声音就沉默了，墙壁重又暗哑，就好像坟墓里的黑暗愕然噤声一样。

假如你知道那句咒语，那声音就会应道：

"请从右边进来。"

右边正好对着窗户，你会看到一扇漆成灰色的玻璃门，门上还镶了一个玻璃框。你拉起门闩，跨进去，当即产生的感觉，完全像到了剧院，在铁栏还未放下、吊灯还未点亮的时候进入池座包厢。所到之处，的确像剧院的包厢，只从玻璃门透进一点微光，里面很狭窄，有两把旧椅子、一块散了的草垫，正面齐肘高处挂着一块黑色木板，真像名副其实的包厢。这包厢也有栏杆，但不是歌剧院的那种漆金木栅栏，而是一排奇形怪状、铁条错乱的铁栏，而嵌在墙中的榫头就跟拳头一样。

---

1 法寸：法国古长度单位，1法寸约等于0.027米。

过了几分钟，眼睛开始适应这种地窖的昏暗，目光就要越过栏杆了，但也只能看到栏杆以外的六法寸远。视线到那里，又遇到一道黑色窗板。窗板由果酱面包色横木加固，是几条能开合的长薄板片儿连成的，遮住整个铁栏，而且始终紧闭着。

过了一会儿，你会听见窗板里面有声音叫你，并对你说：

"我在这里。您找我有什么事儿？"

那是一个亲爱的声音，有时是一个被爱慕的声音。但是你看不见人，几乎听不见气息，仿佛是幽灵隔着墓壁同你说话。

假如你符合某些必备的条件——这种情况极少见，那么，窗板的一个窄木条就会在你面前打开，幽灵便显形了。你会隔着铁栏和窗板，勉强看见一个人头的嘴和下颌儿，其余部位则由黑纱遮住。那块黑色头巾、盖着黑色裹尸布的模糊形体，只是隐约可见。那个人头对你说话，但是不看你，也绝不冲你笑一笑。

光从你背后照过来，这样，你看她光亮，她看你黑暗。这种光照具有象征意义。

这工夫，你的眼睛通过这条开口，极力搜索这个完全避人耳目的地方。幽深的空间笼罩着那个服丧的形体。你的眼睛探索那空间，想分辨那形体的周围。不久你就会明白，你什么也瞧不见。你只看到黑夜、空蒙、幽暗，只看到掺杂墓气的冬雾，那是一种骇人的静谧、一种沉寂，绝无声息，连叹息都没有的沉寂，那是一片阴影，是什么也分辨不清，连鬼魂也看不见的阴影。

你所见到的，是一座修道院的内幕。

这就是这座阴森肃穆的楼房的内幕，当时称为永敬圣贝尔纳会修女院。你所在的包厢，就是接待室。头一个同你讲话的声音，是联络修女，她一直坐在墙里边，一动不动，一声不吭，对着有铁网和千孔板双重保护的方洞。

带铁栏的修室之所以昏暗，是因为接待室有一扇窗户通尘世，靠修院一侧却没有窗户。绝不能让世俗的眼睛窥探这圣洁之地。

然而，这种幽暗之处，仍有光荣，这种死寂中仍有生意。尽管这座修院壁垒森严，非别个修院可比，我们仍要进去，并带读者进去瞧瞧，还要讲讲别人从未见过，因此也从未叙述过的故事，当然我们不会忘记分寸。

二、马尔丹·维尔加分支

这座修院到1824年，在皮克普斯小街存在已经有年头了，是马尔丹·维尔加分支的圣贝尔纳会一座修女院。

因此，这些圣贝尔纳会修女与本会的修士不同，并不属于克莱尔伏，而像本笃会修士那样属于锡托。换句话说，她们并不隶属于圣贝尔纳，而隶属于圣伯努瓦。

稍微翻过书的人都知道，马尔丹·维尔加于1425年创建了一个圣贝尔纳－本笃修女会，总会设在萨拉曼卡，分会设在阿尔卡拉。

这个修会的分支发展到欧洲所有天主教国家。

一个修会嫁接到另一个修会上，在拉丁教会中并不罕见。就拿这里所谈的圣伯努瓦创建的修会而言，分支除了马尔丹·维尔加一系，有四个修会团体：意大利有两个，卡辛山和帕多瓦的圣朱丝丁；法国有两个，克吕尼和圣摩尔。还有九种修会：瓦隆布罗萨、格拉蒙、则肋斯定会、圣罗米阿尔会、查尔特勒会、受辱修会、橄榄山会、西尔维斯特会，以及锡托修会。须知锡托修会虽然是另外一些修会的主干，对于圣伯努瓦来说却是分支的分支了。锡托修会始于圣罗伯尔，在1098年，他在朗格尔主教区任摩莱姆修院院长。而魔鬼在529年被逐出阿波罗古庙，退隐在苏比亚哥沙漠（他老了，难道他当了隐士）。当初，他正是通过十七岁的圣伯努瓦住进古庙里的。

加尔默罗会修女要赤脚走路，胸前挂一根柳枝，绝不能坐下，除了她们的教规，最严的要算马尔丹·维尔加的圣贝尔纳－本笃修女会的教规了。她们穿一身黑色修袍，并按照圣伯努瓦的特殊规定，头巾要一直包住下颏儿。一件宽袖哔叽修女袍、一条毛纺的大面罩，要包住下颏儿、在胸前折得方方正正的头巾、一直压到眼睛的扎额巾，这就是她们的装束。除了扎额巾是白色的，其余的清一色。初学修女同样装束，但是全身白色。已经发愿的修女，侧身则挂着一串念珠。

马尔丹·维尔加的圣贝尔纳－本笃会修女，同所谓圣事嬷嬷的本笃会修女一样，都躬行永敬规训。本世纪初，本笃会在巴黎有两所修女院：一所在神庙，一所在圣日内维埃芙新街。不过，我们所讲的小皮克普斯圣贝尔纳－本笃会修女，和圣日内维埃芙新街与神庙的所谓圣事嬷嬷，属于完全不同的修会。教规有许多不同，服饰也不一样。小皮克普斯的圣贝尔纳－本笃会修女戴黑头巾，而圣事嬷嬷和圣日内维埃芙新街的修女戴白头巾，胸前还佩戴银质镀金或铜质镀金的三法寸来高的圣体像，小皮克普斯的修女从不佩戴圣体像。小皮克普斯和神庙两座修女院都躬行永敬规训，但绝不能因此把两者混为一谈。圣事嬷嬷和马尔丹·维尔加派的圣贝尔纳会修女，奉行这种规训仅仅貌似而已，正如在研究和颂扬有关耶稣－基督的童年、生活和死亡，以及有关圣母的所有神迹方面，菲力普·德·内里在佛罗伦萨创建的意大利经院，和皮埃尔·德·贝吕埃勒在巴黎创建的法兰西经院，虽然有相似之处，但是两个会派截然不同，有时甚至相互敌对。巴黎的经院以老大自居：菲力普·德·内里不过是个圣徒，而贝吕埃勒则是红衣主教。

扯回话题，再来看看马尔丹·维尔加派的西班牙式严厉教规。

这一派系的圣贝尔纳－本笃会修女终年素餐，在封斋节和为她们特定的日子还要斋戒，夜晚睡一觉就得起来。从凌晨一点至三点，要念日课经，唱晨经。一年四季睡在草垫上，铺盖全是哔叽布单，从来不洗澡，也从来不生火，每星期五受苦鞭，要遵守沉默不语的条规，只能在课间休息时说说话，而休息时间又很短。每年从9月14日圣十字架瞻礼节，穿上粗毛呢衬衣，一直到复活节脱下。穿六个月还是从权减短了，按戒规要整年都穿着，可是到了炎热的夏天，那种粗毛呢衬衣捂得人受不了，常常引起热症和神经性痉挛，因此必须缩短穿戴的时间。即使这样照顾，到了9月14日，修女们穿上粗毛呢衬衣，总要有三四天发烧。顺从、清苦、贞洁、安心待在修院，这就是她们的誓愿，却由教规大大地加重了。

院长任期三年，由有发言权的"参事嬷嬷"推举产生。院长只能再连任两届，因此，一个院长任期最长为九年。

她们从来看不见主祭神父，中间总用一道七法尺高的哔叽帘子隔开。宣道师来到小教堂讲经的时候，她们就放下面纱遮住面孔。她们说话必须小声，走路必须低头，眼睛看地面。只有一个男人可以出入这座修院，那就是本教区的大主教。

修道院里当然还有一个男人，那就是园丁，但必须是个老年人，以便他始终独自一个住在园子里，膝上还挂个铃铛，好让修女闻声回避。

她们绝对服从院长。那正是按照教规，完全忘我的驯顺。如同听到基督的声音，一看到手势和示意，立即奉命，表现出欣悦、坚定，盲目地顺从，好似工人手中的锉刀，而且未经特殊准许，不能阅读也不能写任何文字。

修女要轮流做她们所称的"大赎罪"。大赎罪就是祈祷赦免世人一切罪孽、一切过失、一切放荡行为、一切暴行、一切不义之举、一切罪恶。进行"大赎罪"的修女，要一连十二小时，从下午四点到次日清晨四点，或者从清晨四点到下午四点，对着圣体像跪在石板上，合拢手掌，颈上吊着一根绳子。她累得实在支持不住的时候，就脸朝下趴在地下，双臂伸开，同身体构成十字。这是唯一的放松。她以这种姿势为全宇宙的罪人祈祷。这种行为伟大到了崇高的程度。

这种祈祷始终对着顶端有一支蜡烛的柱子，因此"大赎罪"和"缚柱子"两种说法混同。而修女们出于卑躬心理，更喜欢后一种说法，认为其中包含受刑和受辱的意义。

进行"大赎罪"，必须全身心贯注，跪柱子的修女，身后即使落下响雷，也不能回头瞧一瞧。

再者，圣体像前总跪着一名修女，每班一小时，就像士兵换岗一样。这就是所谓的永敬。

院长和嬷嬷所起的名称，几乎都有重大的含义，并不是令人联想起圣徒和殉道士，而是特指耶稣－基督一生的阶段，如圣诞嬷嬷、圣孕嬷嬷、献堂嬷嬷、受难嬷嬷。不过，也可以袭用圣徒的名字。

外人见她们，只能看见一张嘴。她们的牙齿全是黄的。这座修院从未见过一把牙刷。刷牙在罪梯的顶端，而底部就是断送灵魂。

她们讲什么东西都不说"我的"。她们一无所有，也不应当留恋任何东西。无论什么她们都说"我们的"，例如说我们的面兜、我们的念珠，就是提起自己的衬衫，也说"我们的衬衫"。有时候，她们喜爱上某样小物品，如一本日课经、一件圣物、一枚祝福过的纪念章。可是，她们一发觉自己开始珍视这一物品，就必须送给别人。她们念念不忘圣泰蕾丝说的一段话：一位贵妇请求入她的修会时说："我的嬷嬷，我非常珍视一本《圣经》，请允许我派人去取来。"她回答说："哦！您还有舍不得的东西！既然如此，您就不要进入我们的修会了。"

任何人都不准关起门来，不准有"自己的家""自己的房间"。她们住的修女室总开着门。她们见面时，一个说："愿祭台的最崇高的圣体受到歌颂和崇拜！"另一个就回答："永远如此。"敲别人房门时也是同样仪式。手指刚刚碰一下门，就能听见屋里轻柔的声音急忙说出："永远如此！"就像所有宗教仪式那样，这种仪式习以为常，也变成一种机械行为了。有时，未待对方说完"愿祭台的最崇高的圣体受到歌颂和崇拜"这句稍长的话，这边已经脱口说出："永远如此！"

朝拜圣母会的修女，进屋的一个说"圣母经"，屋里的那个就说"雅哉圣宠"。这种问候的方式，的确够"雅哉圣宠"的。

每到整点，这所修院礼拜堂的钟要多敲三下。听到这种信号，院长、参事嬷嬷、发愿修女、杂务修女、初学生、备修生，全都中断自己所说、所做和所想的事，一齐说道。例如敲五点钟，就一齐说道："五点钟，以及每时每刻，愿祭台的最崇高的圣体受到歌颂和崇拜！"如果敲八点钟，就说："八点钟，以及每时每刻……"依此类推，随钟点不同而稍变。

这种礼俗旨在打断人的思路，随时将人的思想引向上帝。许多修会都有这种礼俗，只是套语各异。例如，在圣婴耶稣会，修者就说："在此时，以及每时每刻，愿对耶稣的爱燃烧我们的心！"

五十年前，小皮克普斯的马尔丹·维尔加派系圣贝尔纳-本笃会修女，则以纯粹素歌的低沉声调唱圣歌，自始至终都以饱满的嗓音歌唱。凡是唱到弥撒经上有星号的地方，她们就停顿一下，低声念道："耶稣——玛利亚——约瑟夫。"在追思祭礼上，她们的声调极低，降到女声再也降不下去的音域，那效果的确悲惨感人。

小皮克普斯修院在主祭坛下面造了地下室，以便安葬本院的修女。然而"政府"，照她们的说法，不准许将棺木放在地下室。这样，她们死后还得离开修道院，为此又痛心又惊愕，认为这违反天理。

不过聊以自慰的是，她们死后可以在特定时间，埋葬在伏吉拉尔公墓的特定地点。那一角墓地原就属于这所修院的。

星期四同星期日一样，她们要做大弥撒、晚祷和全部日课。此外，她们还恪守所有小节日的规定。教会大量确定的那些小节日鲜为人知，从前在法国盛行，如今在西班牙和意大利仍盛行不衰。她们在礼拜堂的祈祷数不胜数。我们只要引用修女的一句天真的话，就能极好地说明她们祈祷的次数和时间。那位修女说："备修生的祈祷多得吓人，初修生的祈祷多得吓坏人，发愿修女的祈祷多得吓死人。"

修道院每周召开一次全体会议，由院长主持，参事嬷嬷都参加。修女依次跪在石地上，当众高声交代她在这周所犯的大小过失。参事嬷嬷听完一名修女的忏悔，便商议一下，再高声宣布给予的惩处。

稍微严重的过失才高声忏悔，此外，她们所犯的轻过，要行所谓服罪礼。行服罪礼，就是在做日课的时候，五体投地，匍匐在院长面前，直到她们只称为"我们的嬷嬷"的院长示意，在祷告席的木头上轻轻敲一下，那修女才能起来。为了极小的事也要行服罪礼，如打破一只玻璃杯，撕破一块面纱，该做日课时不觉迟到几秒钟，在礼拜堂里唱错了一个音，等等，就足以让人们行服罪礼。行服罪礼完全是自发的行为，是罪人——从词字源学上讲，此处用这个词正合适——自我审判、自我惩罚的。每逢节日和礼拜天，唱经台上四个乐谱架前，有四位唱经嬷嬷随着日课唱圣诗。有一天，一位嬷嬷唱圣诗时，本应以"看呀"起始，却大声唱出"1、7、5"三个音符，为了这一疏忽，她的服罪礼持续了整个一场日课。这引起全场大笑，因而过错尤为严重。

一位修女被召到接待室，即使是院长，也要放下面罩，我们还记得，只能露出一张嘴。

唯独院长能同外界打交道。其他人只能见见最近的家人，而且见面的机会很少。万一有人求见当初在社交中认识或喜欢的一位修女，那就必须经过一系列交涉。求见者若是个女子，那么有时还可能允许。修女前来，隔着窗板同来访者说话。只有母女或姊妹相见，窗板才打开。自不待言，男人求见一概拒绝。

这就是圣伯努瓦定下的教规，由马尔丹·维尔加改得更加严厉。

这里的修女了无乐趣，脸色也不像其他修会的姑娘那样红润鲜艳。她们脸色苍白，神态沉肃。从1825年至1830年，有三名修女疯了。

三、严厉

备修至少得两年，往往要四年，初修也有四年。二十三四岁之前发愿终身修道的极为罕见。马尔丹·维尔加派系圣贝尔纳－本笃会修院决不接收寡妇入会。

她们在修室中的苦行种类繁多，难以名状，而且绝不能对外人讲。

一名初修生发愿的日子，大家要给她盛装打扮，给她戴上白玫瑰花，给她做头发，做成光滑的发髻。然后，她跪伏在地，身上盖一大幅黑布。大家唱起悼亡曲，举行追思祭礼。修女分成两列，一列从她身边走过，以哀怨的声调说："我们的姊妹死了！"另一行则以洪亮的声音回答："但活在耶稣－基督的心中！"

在本书所讲的故事发生的年代，有一所寄宿学校附属于这座修院，学员全是大家闺秀，多为有钱人家，其中有德·圣奥莱尔小姐、德·贝利桑小姐，还有一个英国姑娘，名叫德·托尔伯特，是天主教中的名门大姓。这些少女被圈在四堵墙里，接受修女的教育，在憎恶人世和这个世纪中成长。

有一天，她们当中一个人对我们这样说："我一见街道的石块路面，就从头到脚战栗。"她们身穿蓝衣裙，头戴白帽，胸前佩戴一枚银质镀金或铜质的圣灵章。每逢重大的节日，尤其是圣玛尔特节，特许她们一整天穿上修女服，按照圣伯努瓦的规定做弥撒，使她们乐不可支。当初，修女常把自己的黑道袍借给她们穿。后来院长明令禁止，认为这有渎圣服，只有初修生还可以借着穿一穿。在修院里，这种试装无疑得到容忍和鼓励，暗暗符合劝人入教的精神，让这些孩子事先品味一下圣衣，而值得注意的是，寄宿生还真把这当成一件快事，当成一种消遣。她们不过觉得好玩而已。"这是新鲜玩意儿，让她们改变一下。"这是孩子的天真理由，不足以让我们这些世俗之人明白，手拿圣水酒，站在乐谱架前一连高唱几小时，究竟有什么乐趣。

除了苦行，她们大致能遵守修院的所有教规。有一位少妇还俗结婚数年之后，还未能摆脱修院的一些习惯，每次听见敲门就脱口说一句："永远如此！"寄宿生同修女一样，只能在接待室同家人见面，甚至她们的母亲也不准拥抱她们，可见戒规严厉到何等程度。有一天，一位少女同来探望的母亲见面，很想亲亲带来的三岁小妹妹，未能获准而哭泣。就是不准！她请求至少让妹妹把小手伸进铁栏给她亲一下，这也遭到拒绝，几乎遭到愤怒的拒绝。

四、乐事

尽管如此，这些少女还是使这所肃穆的修院充满美好的记忆。

有些时刻，这所修院也散发出童稚之气。休息的钟声一响，园门就大敞四开。鸟儿叽喳说道："嘿！孩子们来啦！"一群姑娘随即蜂拥而入，挤进像殓单一样被一座十字形建筑切开的园子。那一张张焕发青春的面孔、一个个白皙的额头、一双双喜气洋洋的天真的眼睛，好似一朵朵朝霞，在这黑暗中散发开来。继唱圣诗声、钟声、铃声、丧钟声、祈祷声之后，突然响起小姑娘的喧闹声，听起来比蜜蜂的嗡鸣还悦耳。欢乐的蜂巢开放了，每个都带来一份蜜。有的嬉戏，有的相互召唤，有的扎堆儿，有的奔跑，有的在角落里叽喳说话，露出美丽的小白牙。那些面罩远远地监视这些嬉笑，黑暗窥视着光彩，但是这又有什么关系！她们照样兴高采烈，照样欢声笑语。那四堵阴森森的围墙也有陶醉的时刻，目睹蜂群纷飞的美妙景象，受到欢天喜地的情绪的感染，也隐隐变白，喜形于色了。这情景就像一场玫瑰雨洒在这种悲哀的氛围中。小姑娘在修女的注视下疯玩疯跑，严厉的目光并不妨碍天真的性情。幸而有些孩子，在连续严峻肃杀的时辰里，还有天真的时刻。小姑娘蹦蹦跳跳，大姑娘翩翩起舞。在这所修院里，游戏有蓝天的参与。这些欢快而纯洁的灵魂，真是无比可爱，无比庄严。荷马在世，一定会来这里同佩罗[1]一起欢笑。这黑糊糊的庭园里有青春，有健康，有欢声笑语，有冒失憨态，有欢乐幸福，足令老妪眉头舒展；所有老妪，无论史诗中还是童话里的，无论是王座上还是茅舍中的，从赫卡柏[2]到老奶奶，都会眉头舒展。

　　这所修院里讲的"孩子话"，也许比任何地方都多。孩子话总是那么美妙，令人发笑而又沉长思之。在这四面阴森森的墙壁中，有一天，一个五岁的孩子就这样嚷道："嬷嬷呀！一个大姐姐刚才告诉我，我在这里待的时间只剩下九年零八个月了，多叫人高兴呀！"

　　下面这段难忘的对话，也是在这里进行的：

　　一位参事嬷嬷："你为什么哭呀，我的孩子？"

　　孩子（六岁）抽抽搭搭地说："我对阿莉克丝说我知道法兰西历史。她对我说我不知道，可是我知道。"

　　阿莉克丝（大孩子，九岁）："不对，她不知道。"

　　嬷嬷："是怎么回事儿呢，我的孩子？"

　　阿莉克丝："她跟我说，随便翻开书，向她提那上面一个问题，她就能答上来。"

1　佩罗（1628—1703）：法国作家，开创法国童话的文体。

2　赫卡柏：希腊神话传说中特洛伊城王后。

"问了怎么样呢?"

"她没有答上来。"

"哦。你问她什么啦?"

"我照她说的随便翻开书,看到一个问题就向她提出来。"

"什么问题?"

"那问题是:后来发生了什么情况?"

一个靠年金生活的太太的女儿有点贪吃,也是在这里得到这样深刻的评价:

"她真可爱!她爱吃面包片上面抹的果酱,就跟大人一样!"

在这所修院的石板地上,拾到一份忏悔词,是一个七岁犯罪的女孩怕忘记而事先写的:

"主啊,我控告自己吝啬。

"主啊,我控告自己淫乱。

"主啊,我控告自己抬起过眼睛瞧男人。"

下面这则童话,是一个嘴唇红润的六岁女孩在园中草坪上编造的,讲给四五岁的蓝眼睛听:

"从前有三只小公鸡,住的地方开着许多花。他们采了花,放进衣兜里。然后又采了叶子,放进他们的玩具里。那地方有一只狼,还有不少树林。狼在树林里,吃了那些小公鸡。"

还有这样一首诗:

> 从哪儿打来一棒子?
> 是波利希奈勒[1]打猫的。
> 猫挨打疼得不好受,
> 一位太太就把他投入狱。

---

[1]   波利希奈勒:法国木偶戏中鸡胸驼背的丑角。

有一个遭遗弃的女孩，由这所修院发慈悲收养，她讲了一句又美妙又恼人的话。她听见别人谈论自己的母亲，就在角落里咕哝一句："我呀，出生的时候，我妈不在身边！"

修院有个跑外的胖修女，名叫阿加德，她经常带着一大串钥匙，在楼道里往来匆匆。那些"大大姑娘"，即十岁以上的，都叫她"阿加多钥匙"[1]。

食堂是个长方形的大厅，仅从与园子成水平的圆拱回廊透进点阳光，因而又昏暗又潮湿，拿孩子们的话说，到处是昆虫。周围每一处都能提供一大堆虫子。四面墙角的每一角，都按照寄宿生的语言，取了鲜明的特殊名字，有蜘蛛角、毛虫角、鼠妇甲虫角和蛐蛐角。蛐蛐角靠近厨房，受到另眼看待。那里不像别处那样阴冷。食堂这些名字又用到寄宿学校，用以区别四伙学生，如同从前马扎然学院那样。每个学生在食堂用餐所坐的方位，就属于哪一伙。有一天，大主教前来巡视，瞧见一个金发朱唇的美丽小姑娘，就问身边一个褐发桃腮的可爱姑娘：

"那一个是谁？"

"是个蜘蛛，大人。"

"哦！另外那个呢？"

"那是个蛐蛐。"

"还有那个呢？"

"是个毛毛虫。"

"是嘛，那么你自己呢？"

"我是鼠妇甲虫，大人。"

凡是这类修院都有自己的独特之处。本世纪初，艾古安就是这样一个又美妙又肃穆的地方，姑娘的童年是在近乎庄严的昏暗中度过的。在艾古安，参加圣体列队式，可以区分为童贞女和献花女。还有"华盖队"和"香炉队"，前者拉着华盖的挽带，后者捧香炉熏圣体。鲜花自然由献花女捧持，四名童贞女走在前面。在这隆重节日的早晨，常听见寝室里这样问道：

1　阿加多钥匙，音近于阿加多莱斯，是约公元前361年至公元前289年锡拉库萨的暴君。

"谁是童贞女?"

康邦夫人援引了一个七岁的"小姑娘"的一句话:

要走在队尾的小姑娘,对着要在列队中打头的一个十六岁"大姑娘"说:"你哪,是童贞女,而我不是。"

五、驰心

食堂的门楣上,用黑色大字体写了一篇祈祷文,称作"白色祈主文",据说能把人直接引入天堂。

"小小的白色祈主文,上帝所创,上帝所讲,上帝在天堂展示。夜晚我去安歇,看见我的床上躺着三个天使,一个在床脚,两个在床头;仁慈的圣母玛利亚在中间,她让我睡下,切莫迟疑。仁慈的上帝是我的父亲,仁慈的圣母是我的母亲,那三位使徒是我的兄弟,三位童贞女是我的姊妹。天主降世穿的衬衣,现裹在我的身上,圣玛格丽特十字画在我胸前。圣母夫人去田野,正为天主掉眼泪,遇见圣约翰先生。圣约翰先生,您从哪里来?我从祝祷永生来。您没有看见仁慈的上帝吗?一定看见了。他在十字架的树木里,双脚垂下,双手钉住,头上戴着一顶小小的白荆冠。谁在晚上念三遍,早晨念三遍,最后一定能上天堂。"

1827年,这篇独特的祈主文盖了三层灰浆,已从墙上消失了。到如今,也要从当年的几位年轻姑娘——今天的老太婆的记忆中抹掉了。

我们似乎提过,食堂只有一扇门,对着园子,厅里墙上挂着一副大型受难十字架,全部装饰也就补充完整了。两张长长的窄桌子平行摆着,从食堂一端延至另一端,每张桌子两边各摆一长趟条凳。白色墙壁、黑色桌子,这两种丧礼的颜色,是修院里唯一可相互替换的。饭食很粗劣,孩子的食品也十分单调。只有一盘菜,肉和菜混在一起,或者咸鱼,这就算开荤了。然而,这种专门为孩子们准备的便餐,不过是个例外。孩子们不声不响地吃饭,值周嬷嬷在一旁监视,如果一只苍蝇胆敢违反院规,前来飞旋嗡鸣,她就打开并合上一本板书,弄出啪啪的声响。受难十字架脚下有个斜面小讲台，有人立在那里宣读圣徒传记，作为这种寂静餐饭的调味品。值周宣读，先是一个较大的学生。在光秃秃的餐桌上，每隔一段距离放一个上了釉的瓦盆，供学生自己洗金属杯和餐具，难以下咽的东西如嚼不动的肉或臭鱼，有时也丢在里面，但是这样做要受罚。学生管那水盆叫圆水池。

吃饭说话的孩子，要用舌头画十字。画在哪里？画在地上——让她舔地。尘埃，这人间一切欢乐的残渣，又用来惩罚因窃窃私语而获罪的这些玫瑰花瓣儿。

这座修院有一本书，每版都是"孤本"，禁止阅读。这是圣伯努瓦教规，俗眼不得探其奥秘。"我们的教规，或者我们的体制，不得外传。"

有一天，寄宿生得了手，偷出这本书，贪婪地看起来，但是看看停停，唯恐被发现，时常慌忙地把书合上。她们冒了极大的风险，所得乐趣却微不足道。"最有趣的"几页，是看不大懂的关于男孩犯罪的部分。

园中小径两边长了几株瘦弱的果树，她们常在小径上玩耍，不顾严密的监视和严厉的惩罚，有时偷偷拾起大风刮下来的青苹果、烂杏或虫蛀的梨。现在，我让放在面前的一封信讲话吧。二十五年前写这封信的寄宿生，今日成为××公爵夫人，是巴黎最风雅的一位贵妇。原文在此照录："我们千方百计藏起梨或苹果，趁晚饭前上楼放面罩的工夫，塞到枕头下面，好等夜晚在床上吃，实在不行，就躲在厕所里吃。"这是她们最快活的一件事。

有一回，还是在大主教先生视察这所修院的时候，一名少女，同世族蒙莫朗西沾点儿亲的布夏尔小姐，打赌说，她能请下一天假！在这种戒规森严的修院里，这简直是妄想。不少人跟她赌，但谁也不相信有这种可能性。时机到了，大主教从寄宿生的队列前经过，布夏尔小姐突然出列，引起同学们难以名状的惊恐。她说道："大人，请一天假。"布夏尔小姐秀美挺拔，有一副佳妙无双的粉红小脸蛋儿。德·凯朗先生笑眯眯地答道："怎么，我亲爱的孩子，才请一天假！还是请三天假吧。我准三天假。"大主教发话了，院长无可奈何。修女无不气愤，而寄宿生无不快活。想一想这事的效果吧。

这所壁垒森严的修院也并非密不透风，围墙挡不住外界狂热的生活、人世的风波，乃至小说钻进来。我们在此仅仅简短地指出并讲述一件无可辩驳的真事，就足以证明这一点。这件事本身同我们叙述的故事毫无关联，我们列举出来，是要让读者了解这所修院的全貌。

大约就在这个时期，修院里有一个神秘的人物，称作阿尔贝汀夫人，她不是修女，但极受尊敬。她的身世不甚了了，只知道她疯了，而世人则以为她已死去。据说其中有隐情，为了一桩重大婚姻的财产问题，必须做出这种安排。

这妇人将近三十岁，褐色头发，容貌相当美，黑色大眼睛看什么都没有神。她看见了吗？这实在是个疑问。她走路就像滑动，也从不说话，连喘气不喘气都很难说。她的鼻孔紧缩而苍白，就像刚断了气似的。碰到她的手，仿佛接触冰雪。她有一种幽灵般的奇特的风韵。她所到之处，寒风袭人。有一天，一位嬷嬷瞧见她走过，就对另一位嬷嬷说："大家都以为她死了呢。"另一个回答说："也许她真的死了。"

关于阿尔贝汀夫人有种种传说。寄宿生在这上面的好奇心始终不减。礼拜堂里有个看台，叫做"牛眼台"，因为看台只有一个小圆窗，故得此名。阿尔贝汀夫人就在那看台上参加日课，通常总是独自一人，因为从这二楼的看台上，能望见讲道神父或主祭神父，这对于修女是禁止的。一天，站在讲坛上的是一位年轻的高级神父。德·罗安公爵，法兰西元老院元老，1815年他还是莱翁亲王时，任过宫廷骑卫红队军官，1830年在贝桑松任红衣主教和大主教，后来去世。这是德·罗安先生首次来小皮克普斯修院讲道。阿尔贝汀夫人平日听道和参加日课，一向沉静，纹丝不动。那天，她一望见德·罗安先生，便探起身子，在礼拜堂的肃静中高声叫道："咦！奥古斯特！"全场愕然，都转过头去，宣道士也抬起眼睛，可是，阿尔贝汀夫人又恢复静止的状态。外界的一阵微风、生命的一点光亮，一时从这毫无生气而冰冷的脸上拂过去，随即又化为乌有，疯子重又变成僵尸。

然而，这两个词引起纷纷议论，这所修院里能讲的闲话全讲了。"咦！奥古斯特！"这一声叫喊有多少含义，泄露多少隐情！德·罗安先生确实叫奥古斯特。阿尔贝汀夫人认识德·罗安先生，显然她出身上层社会。她以如此亲热的口气跟一个大贵族讲话，显然她身份很高贵，同他有关系，也许是亲戚关系，但肯定非常密切，既然她直呼他"小名"。

两位十分庄严的公爵夫人，舒瓦瑟和塞朗夫人，常来探访这所修院。自不待言，她们以"贵妇人"的特殊身份进入修院，让寄宿生们心惊胆战。当两位老夫人走过时，这些可怜的姑娘无不浑身发抖，垂下眼睛。

此外，德·罗安先生还不知道，他已经成了寄宿生注意的对象。当时，他刚刚就任巴黎大主教的副大主教，可望升任主教。这是他的一种习惯，常来小皮克普斯修女院礼拜堂，参加日课唱诗会。由于隔着哗叽帷幕，年轻的修女谁也望不见他，但是，她们最终能分辨出他那柔和的、有点细弱的嗓音。从前他当过宫廷骑卫，而且，别人说他极爱打扮，一头栗色美发打成卷儿，围着头梳理得整整齐齐，腰间扎的黑色宽带十分华美，黑色教袍剪裁得也无比讲究。他的形象萦绕在这些十六岁少女的想象中。

世间的喧声绝传不进这所修院。然而有一年，一支笛声却飞进来了。这是件大事，当年的寄宿生还记忆犹新。

附近有个人吹笛子，总吹同一支曲调，那曲调距今已相当久远：《我的泽吐贝姑娘，来主宰我的灵魂吧》。每天总能听他吹上两三回。

那些少女一连几小时聆听，参事嬷嬷都惊慌失措，动脑筋想办法，惩罚好似雨点落到那些少女头上。这情形持续了好几个月。寄宿生都或多或少爱上了那个吹奏的陌生人，每人都幻想自己就是泽吐贝。笛声是从直壁街方向传来的，她们情愿不惜一切代价，不惜冒任何风险，但求看一看，哪怕瞧上一眼，瞧一下笛子吹得如此美妙的"小伙子"，瞧一下吹笛子的同时，无意中也吹动了这些少女心的那个"小伙子"。有几个从便门溜出去，爬上临直壁街的四楼上，想从钉死的窗口往外张望。可是徒劳。有一个还把手臂举过头，从铁栅探出去摇动白手帕。还有两个更为大胆，她们设法爬上房顶，冒着生命危险，终于望见那个"小伙子"。那是个老迈的流亡贵族，眼睛瞎了，又破了产，在阁楼上吹笛子消遣解闷。

六、小修院

小皮克普斯的围墙里，有三座截然分明的建筑：修女居住的大修院、寄宿生居住的寄宿学校以及所谓的"小修院"。小修院是带园子的一组房舍，由形形色色的老修女合用居住。那些老修女属于不同的修会，是修道院被革命毁了之后苟活下来的。那是黑色、灰色和白色相混的杂色，是各式各样修会团体汇聚的杂体，如果能这样搭配字词的话，那就叫它什锦修院吧。

帝国开创之初，就允许所有那些流离失所的修女前来，躲到圣贝尔纳-本笃会修女院的卵翼之下。政府付给她们一小笔津贴，小皮克普斯的嬷嬷热情地接待了她们。她们组成了奇特的大杂烩，各守各的教规。寄宿学校的学生有时获准去拜访她们，这是姑娘们最开心的时候，在她们记忆中留下了圣巴齐尔、圣斯科拉蒂克和雅各以及其他修会的嬷嬷形象。

那些避难的修女，有一个觉得几乎回到老家，她是圣奥尔修会的修女，整个修院只有她一人幸存。圣奥尔修女院旧址，从18世纪初起，恰恰就是小皮克普斯修院，后来才转交给马尔丹·维尔加的本笃修会。那位圣女太穷，穿不起本会华美的服装——白修袍和朱红圣衣，就虔诚地给一个小模特穿上，喜欢拿出来给人看，临终时捐赠给修院。到1824年，那个修会只剩下一名修女，如今只剩下一个玩偶了。

除了这些可敬的嬷嬷，还有几位上流社会的老妇人，像阿尔贝汀夫人那样，得到院长的准许，来到小修院隐居，其中有博福尔·德·欧普勒夫人和杜弗雷讷侯爵夫人。还有一位，在小修院仅以擤鼻涕声音洪亮而著名。学生都叫她噗喳哗啦夫人。

大约1820年或1821年，德·让利斯夫人编一种小期刊，名为《无畏》，她申请入小修院带发修行。奥尔良公爵写了荐举信。这一下捅了马蜂窝，参事嬷嬷都胆战心惊，知道德·让利斯夫人写过小说。然而她明确表示，她比谁都憎恶小说，而且，她也到了非修行不可的阶段。上帝相助，亲王也相助，她终于进了修院。但是，六个月或八个月之后，她又离开了，走的理由是嫌园子没有林荫。修女们都为之庆幸。她虽然年事已高，还能弹竖琴，而且弹得很好。

她走的时候，在修室里留下了记号。德·让利斯夫人颇为迷信，也是拉丁文学者。这两点就能相当清楚地勾画出她的形象。她的修室有一个小五斗橱，收藏她的金银首饰，里面贴了一张黄纸，由她亲笔用红墨水写了五行拉丁文诗，在她看来具有辟盗的法力，前几年还能见到那张诗笺：

> 木架吊着品德不同的三具尸，
>
> 上帝两边是狄马斯和盖马斯；
>
> 前者要升天，后者倒霉下地狱。
>
> 万能的天主保佑我们和财产。
>
> 念念这首诗，财产不失保平安。

这几句诗是用16世纪拉丁文写的，这就提出一个问题，骷髅地上那两个强盗，究竟像通常那样叫狄马斯和盖塔斯，还是叫狄斯马斯和盖马斯。上个世纪，德·盖马斯子爵自称是那名坏强盗的后裔，他若是见了这种写法，准要大为恼火。此外，这几句诗的法力，修女们都深信不疑。

这所修院的礼拜堂，从建造格局上看，是要隔开大修院和寄宿学校，自然归寄宿学校和大小修院共有。临街甚至还开了一道门，专供公众出入，不过整个布置有方，修院中的任何女子都见不到外人的面孔。设想一下，一座礼拜堂的唱诗室被一只巨手抓得错了位，不像一般礼拜堂那样从祭台后面延伸一段，而是扭到主祭神父的右侧，成为一间厅室或者昏暗的石洞；再设想一下，这间厅室由一道七法尺高的哔叽帷幕封住，帷幕里昏暗中有一排排祷告坐板椅，让唱诗班修女挤在左面，寄宿生挤在右面，而把杂务修女和初修生堆在后面，那么，你对小皮克普斯修女如何参加祭祀，就会有一点概念了。这个石洞，即所谓的唱诗室，由一条走廊通入修院。礼拜堂的光线是从园子照射进去的。修女们参加日课，照规矩要敛声屏息。公众听见坐板起落碰撞的声响，才知道她们在场。

七、昏暗中几个身影

　　1819至1825年的六年间，小皮克普斯修院院长是德·勃勒默尔小姐，在教中称纯洁嬷嬷。她和《圣伯努瓦会圣徒传》的作者玛格丽特·德·勃勒默尔同属一个家族。她连任一届。她有六十来岁，又矮又胖，"唱圣诗就像破罐发出的声音"，这是前文引用的那封信中说的。除此而外，她那人倒极好，整个修院唯独她喜气洋洋，因而深受爱戴。

　　纯洁嬷嬷有先人玛格丽特——修会那个达西埃[1]的遗风。她有文才，学识渊博，精通事理，熟谙历史，满腹拉丁文、希腊文和希伯来文，在本笃会虽为修女，却有修士的气魄。

　　副院长西内雷斯嬷嬷，是个几乎失明的西班牙籍老修女。

　　参事中的要员有司库圣奥诺琳嬷嬷、初修生主任导师圣杰特吕德嬷嬷、副主任导师圣安琪嬷嬷、圣器室管理员圣母领报嬷嬷、护士圣奥古斯丁嬷嬷（是全院唯一的恶人）；还有圣麦什蒂德（戈万小姐），她非常年轻，嗓音十分美妙；安琪嬷嬷（德鲁埃小姐），曾先后在圣女修院、吉卓尔和马尼之间的宝藏修院；圣约瑟夫嬷嬷（德·科戈吕道小姐）；圣阿代拉伊德嬷嬷（德·欧维奈小姐）；慈悲嬷嬷（德·西福安特小姐，她受不了苦修）；怜悯嬷嬷（德·拉米蒂埃小姐，六十岁破例出家，非常富有）；天意嬷嬷（德·洛迪尼埃小姐）；献堂嬷嬷（德·西康扎小姐），1847年成为院长；最后，圣赛利涅嬷嬷（雕塑家赛拉奇的姊妹），后来疯了；圣香塔尔嬷嬷（德·苏宗小姐），后来也疯了。

　　容貌最美的人当中，还有一个二十三岁的妙丽姑娘，生于波旁岛，是罗兹骑士的后裔，她在尘世叫罗兹小姐，出家则称升天嬷嬷。

　　圣麦什蒂德嬷嬷负责歌唱和圣诗班，乐于选用寄宿生。她往往把她们排成一个完整的音阶，也就是说七个人，从十岁到十六岁各一人，并有相应的嗓音和个头儿，让她们按年龄排列，由最小到最大，站成一排歌唱，看

1　达西埃（1651—1720）：荷马史诗《伊利亚特》和《奥德赛》的译者。

上去好似少女做成的芦笛、天使做成的排箫。

在杂务嬷嬷中，寄宿生最喜欢的有圣欧伏拉吉嬷嬷、圣玛格丽特嬷嬷、老天真圣玛特嬷嬷、令人发笑的长鼻子圣米歇尔嬷嬷。

这几位妇人对孩子都非常温和。修女们仅仅严于律己。只有寄读学校才生炉火，比起修院来，学生伙食也算精细了，此外，还有无微不至的照顾。不过，孩子碰见修女，修女从来不答话。

保持肃静的院规导致这种后果，全院里，言语撤离开人，转给无生命的物品了。时而礼拜堂的大钟说话，时而园丁的小铃说话。传达嬷嬷旁边挂一口非常洪亮的小钟，全院都能听到，像有声电报一样，用不同的敲法表示物质生活中安排的活动，必要的时候，还能把修院中这个或那个人召到会客室。每个人和每样物品都有其响声：院长是一声接一声，副院长是一声接两声。六声接五声表示上课，因此，学生从不说回教室上课，而是说去六五。四声接四声是德·让利斯夫人的音标，经常能听到；毫无善心的人说：这是四声魔鬼。十九声宣告重大事件，即打开"修院的大门"；那道铁板门十分吓人，有好几道栓杠，只在迎接大主教时才打开。

我们说过，除了大主教和园丁，任何男人不得进入修院。寄宿生倒是还能见到两个：又老又丑的神师巴奈斯神父，她们在唱诗室隔着栅栏能望见；另一个是绘画教师安西奥先生，在前面已经看到几行的那封信中称"安细腰"，别号"驼背老妖"。

可见每个男人都是经过挑选的。

这所怪修院就是如此。

八、人心在前石在后

勾画出这所修院的精神面貌之后，再介绍一下物质外形也不是无益的。读者对此已经有了一点概念了。

小皮克普斯－圣安托万修道院，几乎占了整个不等边四边形这一大片场地，四周有波龙索街、直壁街、小皮克普斯街，以及在老地图上叫欧马雷街的死巷。四条街相交，像城壕一样围住这个四边形。修院由好几座建筑和一个园子组成，主建筑是几座不同的楼房连缀起来的，从空中望下去，好似放倒在地上的一把折尺。折尺的长臂从小皮克普斯街到波龙索街，占了整条直壁街的一侧；短臂是一座高楼，临小皮克普斯街，正面灰暗而肃穆，门窗都安有铁栏。62号大门则标志这趟楼房的尽头。这趟楼房正中有一道老式圆拱矮门，门板因挂满尘土而发白，门洞拉了不少蜘蛛网，只是礼拜天开一两个小时，或者修女的灵柩出院才偶然开一下。那是公众进礼拜堂的入口。折尺形建筑的折角是一个方厅，用于配膳，修女称作"食品储藏室"。折角楼长臂为嬷嬷修女的修室和初修院。短臂中有厨房、带回廊的食堂和礼拜堂。62号大门和欧马雷死巷之间是寄宿学校，但从外面却看不见。不等边四边形的其余部分便是园子，园地比波龙索街面要低，因此，围墙里侧比外侧高一些。园地中央微微隆起，形成个小土丘，上面挺立一棵圆锥形秀丽的枞树，宛如圆盾中心的突刺；四条路径从中心向四面伸展，每一条路径都是双道，如果围墙是圆形的，八条小道所构成的几何图形，就像车轮上的十字辐条了。每条路径都通到墙根，而园子围墙又极不规则，路径也就长短不一，路两旁栽了醋栗树。有一条白杨林荫路，从直壁街角的老修院废墟，一直通到欧马雷死巷的小修院建筑。小修院前面是所谓的小园子。在这整体上再添加一座院落、内部建筑体所形成的各种各样棱角、监狱似的围墙，以及作为全部视野和毗邻的波龙索街另一侧屋顶的黑色长线条，那么对于四十五年前小皮克普斯的圣贝尔纳修女院，就会有个完整概念了。从14世纪到16世纪，这地方原是一个著名网球场，叫做"一万一千魔鬼网球场"，后来在旧址上建起这所圣洁的修院。

此外，这里全是巴黎最老的街道。直壁和欧马雷，这些名字都很古老，以此为名的街道还要古老。欧马雷巷从前叫摩古街，直壁街从前叫野蔷薇街，须知上帝让鲜花盛开，早在人凿石之前。

九、修女巾下一世纪

我们既然详细描绘小皮克普斯修院从前的面貌，敢于打开一扇窗户窥探这幽秘之地，想必读者能允许我们再谈一件离题的小事。这件事虽与本书无关，但是很有特点，有助于让人了解修院本身有它的奇人奇事。

小修院里有位百岁老妇，是从封特伏罗修院来的，在1789年革命之前，她甚至还是社交场中人。她常谈起路易十六的掌玺官德·米罗梅尼先生，谈起她十分熟识的法院院长杜普拉夫人。她动不动就提起这两个姓名，既出于乐趣，也出于虚荣。她那封特伏罗修道院，也说得天花乱坠，跟城市差不多，里边有街道。

她说话的方式像庇卡底人，让寄宿学生特别开心。每年她都要庄严地发一回誓愿，发愿时对神父说："圣弗朗索瓦大人向圣于连大人发过这种誓愿，圣于连大人向圣欧赛伯大人发过这种誓愿，圣欧赛伯大人向圣普罗柯泊大人发过这种誓愿……因此，神父，我也向您发这一誓愿……"寄宿生听着偷偷地笑，那不是暗笑，而是窃笑，是压抑不住的咪咪的可爱笑声，惹得参事嬷嬷直皱眉头。

还有一回，那位百岁老人讲故事，她说在她年轻的时候，圣贝尔纳会修士绝不亚于宫廷骑卫。这是一个世纪在讲话，不过是18世纪。她讲述香槟地区和勃艮第地区敬献四种酒的风俗。革命前，一个大人物，法兰西元帅、亲王、公爵或者元老院元老，经过勃艮第或香槟的一座城市，市府官员致辞欢迎，并用舟形银杯敬献四种不同的葡萄酒。第一只银杯上刻着"猴酒"，第二只银杯上刻着"狮酒"，第三只银杯上刻着"羊酒"，第四只银杯上刻着"猪酒"。这四种铭文表示醉酒的四种程度：第一种薄醉快活，第二种半醉恼怒，第三种大醉愚钝，第四种烂醉成一摊泥。

她有一件隐秘的物品，宝贝似的锁在柜子里。她这样做并不违反封特伏罗会教规。那件物品，她不肯出示给任何人，每回自己要观赏时，就关起门来躲在屋子里，这也是她的教规所允许的。她一听见走廊有脚步声，那双老手就尽快关上柜门。她平时很爱讲话，一听人提起这事，就沉默不语了。好奇心多么强的人，在她的缄默面前也败下去；多么善缠能磨的人，在她的执拗面前也败下去。这也成为全院闲得无聊的人议论的话题。百岁老人如此珍视、如此保密的究竟是什么宝贝？莫非是一本圣书？莫非是独一无二的念珠？莫非是经过考证的遗物？猜测纷纭，却不知所以。等可怜的老妇人一死，大家就急不可耐，跑去打开柜子，找出包了三层布好似圣盘的东西。那是法昂扎窑的瓷盘，图案是一群起飞的小爱神，受到手拿大针管的几个药铺学徒的追逐。追逐的场面充满怪相和滑稽的姿态。一个可爱的小爱神已经被针头刺穿，但仍在挣扎，鼓动小翅膀想飞走，可是小魔头却在怪笑。图案的寓意：爱神被痛疾战胜了。那只盘确为稀有之物，也许不同凡响，曾引发过莫里哀的创作动机。直到1845年9月，此盘还存在，摆在博马舍大街一家旧货店里出售。

那位善良的老妇人不肯接见世间任何来访的客人，她说"会客室太阴暗凄惨了"。

十、永敬修会的起源

不过，我们试图勾画的这间坟墓似的会客室，只是当地的一种情况，其他修院中并不如此严厉。尤其神庙街属于另一教派的修院，黑色窗板由棕褐色窗帘所取代；会客室像客厅一样，也镶了地板，挂着悦目的白纱窗帘；墙上挂着各种镜框，其中有一幅本笃会修女露出面孔的画像，另有几幅花卉画，甚至还有一个土耳其人的头像。

正是在神庙街修院的园子里，挺立着一棵全法国最大最美的印度栗树，被18世纪的善良人们誉为"王国栗树之父"。

我们说过，神庙街修院中为永敬本笃会修女，根本不同于锡托教派的本笃会修女。永敬修会创建并不久，超不出二百年。当初1649年，在巴黎圣绪尔皮斯和河滩广场圣约翰两座教堂，圣体受到两次亵渎，先后仅隔数日；那种渎神的弥天大罪实属罕见，震动全城百姓。圣日耳曼草地教堂副大主教兼院长先生决定，他的全体神职人员举行一次隆重的列队游行，并由罗马教皇使臣主祭。然而，两位尊贵的妇人，库尔丹夫人，即德·布克侯爵夫人和德·夏托维厄伯爵夫人，却认为这样还不足以赎罪。亵渎"神坛上极崇高的圣体"的罪行，虽是偶然事件，但两位圣女系念于心，认为只有在一所修女院进行"永敬"，才能够补赎。于是，她们二人，一个在1652年，一个在1653年，将大笔钱财捐给卡德琳·德·巴尔嬷嬷，即本笃会修女圣体嬷嬷，以实现虔诚的心愿，创建一所圣伯努瓦会的修道院。第一份建院批准书，由圣日耳曼修院院长德·麦茨先生交给卡德琳·德·巴尔嬷嬷，"规定入院的修女必须带进三百利弗尔年金，合本金六千利弗尔"。继圣日耳曼修院院长之后，国王也签发了批准书。到了1654年，修院批准书和国王批准书，一并由审计院和高等法院核实通过。

这就是巴黎圣体永敬本笃修女会创建的缘起和法律依据。她们用德·布克和德·夏托维厄两位夫人的捐款，"新建"的第一所修院，就坐落在珠宝匣街。

可见，这一修会和所谓锡托的本笃修女会不能混为一谈。它隶属于圣日耳曼草地修院院长，正如圣心会嬷嬷们隶属于耶稣会会长，慈善会嬷嬷们隶属于遣使会会长。

这一修会，和我们刚描述了内部的小皮克普斯圣贝尔纳修女院，也根本不同。1657年，教皇亚历山大七世特谕，小皮克普斯圣贝尔纳会修女，跟圣体本笃会修女一样，也奉行永敬规诫。尽管如此，这两个修会仍然了无相涉。

十一、小皮克普斯的结局

刚进入波旁王朝复辟时期，小皮克普斯修院就开始衰败了，那是整个修会衰亡的一个环节，如同所有宗教会派经过了18世纪那样的趋势。静修同祈祷一样，是人类的一种需要，然而，它跟所有受到革命触动的事物一样，也要发生变化，从敌视转而有利于社会进步了。

小皮克普斯修院人员锐减。到了1840年，小修院就消失了，寄宿学校也消失了。既没有老妇人，也没有少女了；老的离世，少的离去。飞走了。

永敬修会的戒律极严，令人生畏。有入会愿望，也望而却步，招募不来新人员。到了1845年，杂务嬷嬷还有几个，而唱诗班修女却一个不见了。四十年前，修女的人数将近百名。十五年前，只剩下二十八名了。今天还有多少呢？ 1847年，院长挺年轻，还不到四十岁，这表明选择的范围缩小了。人员越减少，负担就越重，每人的任务也就越加繁重了。当时就能预见到，过不了多久，就只能剩下十一二副佝偻痛苦的肩背，扛着圣伯努瓦那套沉重教规了。重担一成不变，人多人少一个样。重担压下去，把人压垮了。因此，修女们死了。本书作者还住在巴黎的时候，就死了两个，一个二十五岁，一个二十三岁。后者很可以效仿朱莉娅·阿勒庞奴拉的墓志铭："我葬在此地，享年二十三岁。"修院正因为如此衰败，女子寄宿学校才办不下去了。

这所幽暗的修院非同寻常，又鲜为人知，我们从门前经过，就不能不进去瞧瞧，不能不带领陪伴我们的、听我们讲述冉阿让悲惨故事的人进去，这对一些人也许是有益的。我们已经朝这宗教团体里投了一眼，这会派层出不穷的仪式和修行十分古老，如今看来却极为新奇。这是禁闭的园子。我们已经介绍过这奇特的地方，既详尽而又恭敬，至少尽量保持在恭敬和详尽两者可以调和的限度内。我们并非什么都理解，但是我们什么也不侮辱。我们对等距离，处于约瑟夫·德·迈斯特尔和伏尔泰之间：前者歌功颂德连刽子手都歌颂，后者冷嘲热讽连耶稣受难像都嘲讽。

顺便说一句，伏尔泰不合逻辑，他会像为卡拉斯[1]辩护那样为耶稣辩护。而对于那些否认神灵降世的人来说，耶稣受难像又能表示什么呢？不过是一个被杀害的贤哲而已。

进入19世纪，宗教思想经历一场危机。人们忘掉一些事情，这样也好，只要忘记这个又学会那个。人心里不能空空如也。有些东西破除，但破除

1　卡拉斯（1698—1762）：法国新教商人，被诬告杀害要脱离新教的儿子而被处以轮刑。死后三年，伏尔泰等为之昭雪，改判无罪。

之后随即建设就是好的。

　　当前，还是研究一下不复存在的事物吧。有必要认识那些事物，哪怕只是为了避免再现。效仿过去而取假名，爱称作"未来"。"过去"这个幽灵，善于伪造护照。我们应当了解陷阱，要特别当心。过去，有一副面孔，就是迷信；还有一副面具，就是虚伪。提示它的真面孔，揭掉它的假面具。

　　至于修道院，所提出的问题很复杂。是文明问题，文明却谴责它；是自由问题，自由又保护它。